我这一生，行走在美学人生的道路上，致力于探寻美学的中国化、现代化和具体化的创新之途，并不时付之于我自身的生活实践。从文艺美学始，逐步推进，持续累加，吸纳了文化美学和自然美学，寻求人和世界之间的动态平衡，尽力达致人生的最佳状态、最优平衡：天地境界。最后，我在晚年把这些连接在一起，将我的美学归结为人生美学。

胡经之

亲历美学风云

胡经之◎述作
朱海坤◎整理

美学与文艺批评丛书　高建平　主编

中国社会科学出版社

图书在版编目（CIP）数据

亲历美学风云/胡经之述作；朱海坤整理．—北京：中国社会科学出版社，2023.3

（美学与文艺批评丛书）

ISBN 978-7-5227-1755-5

Ⅰ.①亲…　Ⅱ.①胡…②朱…　Ⅲ.①文艺美学—文集　Ⅳ.①I01-53

中国国家版本馆CIP数据核字（2023）第106142号

出 版 人　赵剑英
责任编辑　张　潜
责任校对　王丽媛
责任印制　王　超

出　　版　中国社会科学出版社
社　　址　北京鼓楼西大街甲158号
邮　　编　100720
网　　址　http://www.csspw.cn
发 行 部　010-84083685
门 市 部　010-84029450
经　　销　新华书店及其他书店

印刷装订　北京君升印刷有限公司
版　　次　2023年3月第1版
印　　次　2023年3月第1次印刷

开　　本　710×1000　1/16
印　　张　33.5
字　　数　516千字
定　　价　158.00元

1936年的全家福，三岁的胡经之站在祖父膝下

1953年春，周海婴（鲁迅之子）为入读北京大学半年的胡经之摄下了第一张照片

胡经之与导师杨晦先生

胡经之与燕东园近邻朱光潜先生

1961 年，胡经之受命参编由蔡仪主编的《文学概论》

胡经之与王朝闻共赏颐和园

1980年6月中华全国美学学会在昆明成立，胡经之应邀陪同朱光潜先生（中）与会，在住所和周来祥（左）、涂途（右）合影

1985年，胡经之在北京大学畅春园寓所与文艺美学研究生一起畅谈

1984年，胡经之与李希凡（左三）、陆贵山（右三）、鲁枢元（右二）等在北戴河

1985年，胡经之与国际比较文学学会主席佛克马在深圳大学共同主持全国首届比较文学国际研讨会

1986年，胡经之在香港拜访饶宗颐

2001年，胡经之与钱中文（左一）、汝信（左二）、周来祥（左三）参加文艺美学学科建设研讨会

1988 年，胡经之与李泽厚（中）、张磊（右）相逢于珠岛，参加《文心雕龙》国际研讨会

1998 年，胡经之在深大校园接待徐中玉（中）、钱谷融（左）

1996 年，胡经之与深大首任校长张维院士在深圳大学

胡经之与深圳大学文学院教师共商学科发展（旁为深大校长章必功）

1998年，胡经之和吴承学（前排左一）、王先霈（前排左二）、饶芃子（前排左三）、蒋述卓（后排左三）等参加文艺学博士论文答辩

2019年，胡经之受聘为深圳大学首位文科荣誉资深教授

2015年，《胡经之文集》首发式留影

2018年，“胡经之文艺理论研讨会”留影

一大爱好弹钢琴

北大学的模式，局限在文、史、哲的框架，应该另辟蹊径，以适应深圳向国际化城市发展的需要。我还是从培育国际文化人才发展思路，力主把中文系和外文系、传播系相结合，培养国际文化交流人才，把中国文化向外传播，又把国外文化介绍进来，中文系和外文系是两端，通过传播这一中介，相互融合，互相促进。我还向他说明，我这是受前一辈学者的启发。1945年抗战胜利之后，西南联大的教授们回归清华、北大，闻一多、冯至、朱光潜、盛澄华等曾有过一次讨论，主张重组中文系、外文系，把中国文学和外国文学两大专业合成一个系，叫文学系，把中国语言和外国语言合在一起成立语言学系。这个改革，难度太大，未能付诸实践。我们深圳大学是新校，不妨一试，把中文系和外语系合在一个学院，中外沟通。蔡德麟觉得有道理，后来深圳大学成立文学院，真的把中文系、外文系、传播系合在一起，由研究印度文化的郁龙余任文学院长，而精通俄苏文化的吴俊忠任院党委书记。后吴予敏接替为院长，郁龙余又去主办新建的国际交流学院当院长。

我和蔡德麟同住深大新村11栋，他担任校务委员会主任，我当副主任，合作很愉快。1996年，校长卸任后，蔡德麟又被深圳的清华大学研究院请去做研究。他后来搬到荔园村，我也迁入荔园村，但仍常有联系。蔡德麟之后，谢维信任校长，仍兼任学术委员会主任，我仍任副主任。牛憨笨院士来深后，任学术委员会副主任，自然科学委员会主任。我们也合作得很好，我常和牛院士畅谈：“学好数理化，走遍

21

《亲历美学风云》手稿

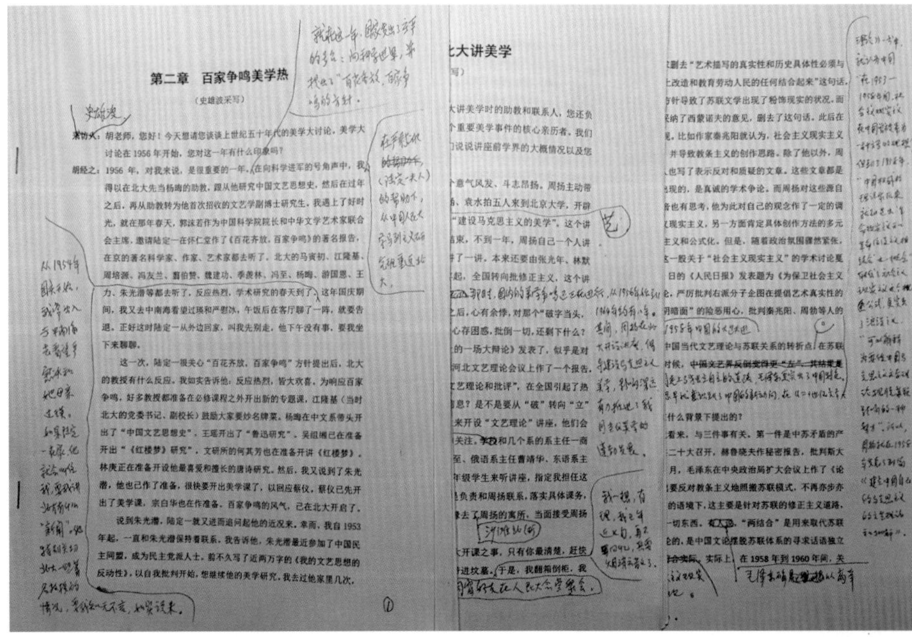

《亲历美学风云》批阅

序　一

回顾历史，重新出发

高建平

读这部《亲历美学风云》的书稿，阅读感受很好。在这部书中，胡经之老师从个人经历出发，将当代中国美学和文论的历史串连起来，写出了一个人的当代中国美学和文论史。胡老师是从 20 世纪 50 年代开始直到今天中国美学和文论发展的当事人。以写作亲身经历的方式呈现这段历史，就使得这本书既具有很强的可读性，又能进入历史的细节之中，说清楚一些重要事件的来龙去脉。

这部书是深圳大学美学与文艺批评研究院的几位年轻人花了两年多的时间，多次去胡经之老师家访谈，并整理发展而成。大约是在 2019 年，我与李健老师一道筹划此事，定基调，拟提纲，几位年轻人就开始忙了起来。记得 2020 年的秋天，我与李健一道去看望胡老师，谈到这本书。胡老师说："希望这本书不要做成一部个人传记，要把学术的发展放进去。"我说："这正是我这次来要对您说的。最近我读了几本别的前辈学者的口述史，觉得那些书做得有的好一些，有些就差一些。这一本一定要做出特色来，写成一部从您的亲身经历出发的当代中国学术史。"从胡老师那里回来后，我就将几位年轻人召集到一起，说了这个意思。我说："这么做很难。如果只是记录胡老师说了什么，搞一个录音整理，那很容易，但意思也不大。要多读书，读胡老师的书，读同时代其他学者的书。把胡老师的话与他的著作结合起来，也与时代结合起来。通过胡老师的视角，将一整部新中国的美学和文艺学的学术史写进去。这样的书才有价值。这对你们来说，也会很有收获。"经过这段时间的努力，现在到我手头的这部书稿，基本达到了这个目的。

最近一些年，我做了两件事，都与当代中国的美学和文论有关。一是主编了一套2卷本的《当代中国文艺理论研究（1949—2019）》，有110万字，于2019年新中国成立70周年之际在中国社会科学出版社出版了。二是主编了一套4卷本的《20世纪中国美学史》，这是国家社科基金和国家出版基金的双重大项目，共150万字，由江苏凤凰教育出版社2022年出齐。由于这两件工作，我读了不少当代中国美学和文论的资料，对一些我没能亲身经历的美学和文论史上的事件有了一些书本知识，同时，也对我虽然经历，但还对其意义尚认识不足的历史过程，有了新的了解。然而，读了胡经之老师这部书稿之后，我的当代美学和文论史的知识有了进一步丰富，认识也有了进一步深化。例如，“美学大讨论”是如何兴起的？它与“双百方针”是什么关系？当时的一些人，特别是像陆定一和周扬这些重要领导人，在其中起了什么作用？再如，《文学概论》和《美学概论》两部教材编写工作的缘起和过程如何？编写队伍是怎样形成的？为什么请艺术家王朝闻主编《美学概论》，而请美学家蔡仪主编《文学概论》？主编《美学概论》的为什么不是朱光潜、李泽厚这些当时的美学名家？一些在今天成为谜团的问题，在这本书中交代得清晰而准确。一些后人百思不得其解，只好如实记录的事件，在胡经之先生的口中，却成了自然而然发生的事，不足为怪。由此我深感我们过去只读已经发表的文章，通过文字材料，特别是正式的文件和已经发表的文章和著作来了解历史，这是不够的。历史有其偶然性，而又有其势所必然之处。进入细节，还原当时的情境，有些事件的发生原因就能得到了解。理论的历史不是理论的抽象发展，而是理论在生活实践中生长起来的活的过程。研究理论史所需要的，恰恰就是这种鲜活的材料。

读这部书稿，我对胡老师的学问，有几个突出的感受。

第一，胡老师提出了不少标志性的概念，在学术界影响深远。然而，这些概念均不是一时心血来潮想出来的。他对这些概念的提出，都有着充分的准备，一经提出，就在学界产生巨大影响。例如，最著名的“文艺美学”的概念，由胡老师提出，在国内得到广泛响应。今天，有人从“美学”一词原文的意义，它在东亚的翻译史，在中国的发展等角度来评论这个概念，从而质疑原本就有“艺术哲学”含义的“美学”二字之前加

“文艺”二字是否有必要。另有人把这个提法看成是一面旗帜，将任何质疑看成是反“文艺美学”，要站出来捍卫。其实，这两种做法都不符合胡老师的原意。如果进行历史语境的还原就可看到，受20世纪50年代“美学大讨论”的影响，美学的讨论域被高度哲学化了。学界先是将“美学”看成只是关于美是主观还是客观的讨论，后又将“美学”看成是关于美和美感的讨论，从而对有关文学艺术的美学研究严重缺乏。这种状况的出现，是20世纪50年代“美学大讨论”时期的政治气氛和学术导向所决定的。其实，这本来也不合朱光潜的原意，大讲主观还是客观，不讲艺术规律，对朱光潜来说，有几分无奈。王朝闻主编《美学概论》，就给艺术留出了很大的篇幅。在1980年提出“文艺美学”，有新形势下在美学研究中充实文艺研究的内容，并给从事文学和艺术研究的人进行美学研究提供学科空间的意义。引导从事文艺理论研究的人参与到美学研究中去，在学科建设上有着重要意义。文艺美学的提出适逢其时。同时，这部书稿也说明，胡老师个人与美学的缘分本身就与文学和艺术有关，是深厚的文学艺术的修养引导他走进美学，他也将这种修养带入美学研究之中。

他关于建构“文化美学”的构想也是基于此。身在深圳，接触香港流行文化，有着突出的感受，从而萌发从流行文化、精英文化、主流文化来研究美学，把文化的维度融入到美学研究中来的想法。

第二，胡老师在回顾历史并做总结时，持论公允，有现实感和常识感。有时，我们在读一些历史叙述的文字时，常会感到一些人持论偏执，违背常识，让人难以接受。读胡老师的文字，就完全没有这种感觉。他的叙述入情入理，原先我们对一段历史看得不清楚，细节模糊，历史逻辑关联不够，经他一点拨，就清楚多了。例如，毕达可夫来华授课和举办毕达可夫班，是当代中国文论史上的一件大事。在20世纪50年代初，许多学科都从苏联请来了老师。中央美院有，北京人艺有，音乐学院也有。其他学科对苏联专家授课的评价都比较正面，但在文艺理论界，评价就比较负面。胡老师作为这一段历史的亲历者，对毕达可夫授课的优点和不足之处，以及历史意义，做出了公允的说明和评价，令人信服。再如，“两结合”创作方法的提出，这部书稿交代了提出的过程，所受到的影响，以及对当时的文艺创作的意义，使人一目了然，解开了很多历史之谜。

近年来，我们常常看到一些文章，挑出历史上的一些事来加以发挥，得出一些极端的结论，或是全盘接受，或是全盘否定。读胡老师的书，可以还原历史过程，将历史事件还原到历史语境中来理解，就要平和得多，既总结了历史的经验和教训，又能看到在历史中活动着的真实的人。

第三，全书的文字如行云流水，娓娓道来，原本在书中常常出现的一些人的名字，经他一讲，就栩栩如生，立体化，作为活人呈现在我们眼前。读此书是一种享受，又能在享受中了解过去70年美学和文论的历史。

2018年，深圳市召开了一次“胡经之文艺理论研讨会”。不少胡先生过去的学生来参加会议，这些学生中很多已经成为全国知名的学者或重要学术机构的负责人。会议由我主持，我对在场的各位胡经之先生的弟子们说：尽管我不像诸位一样是正宗胡门弟子，但我认识胡先生比诸位都要早。

这就说到我与胡先生的缘分。我第一次见到胡经之先生是1982年。1982年春天，我从扬州师范学院本科毕业，到天津师范学院读研究生。临行前，我去向扬师的几位老师告别，其中有两位是王家骏和弓惠英夫妇，都是当年的毕达可夫班的研究生。这两位老师合作，曾给我们扬师中文系77级学生讲授了一年马列文论课程。王家骏老师嘱咐我，到天津后，会常有机会到北京，可去北京大学向他的老同学胡经之先生请教。那年的“五一”期间我到北京，按照王家骏老师给我的地址找到胡老师在北京大学附近蓝旗营的家。从那时到现在，正好四十年。那时老师们家里还没有电话，不能预约，想去拜访就直接去敲门。我至今仍能记得，胡老师为我开门，看到来访的是一个陌生的青年，正在疑惑间，我急忙自我介绍，我在天津跟鲍昌读研究生，原来在扬州读书，王家骏老师介绍我来向胡老师请教。胡老师当即春风满面地将我迎进门，询问王家骏老师的情况，询问我的学习情况。从那以后，我与胡老师建立了联系，常常通信。胡老师后来到了深圳大学工作，我也能常常在学术会议上见到胡老师。记得有一次是在扬州开会，陪着胡老师去兴化看了郑板桥、刘熙载故居；还有一次在成都，陪着胡老师在四川大学附近的望江公园散步。2010年，在北京大学召开第18届世界美学大会，我去参加会务工作，在北京大学燕南园意外碰到同去参会的胡老师。北京大学的燕南园曾是许多著名教授居住的地方。胡老师兴奋地当起导游，带着我在燕南园走了一圈，指着一个又一个的庭院说，这是马寅初家，那里是汤用彤、冯友兰家，朱光潜家在那个方向，美学美育中心原来是周培源的家……他说的那些人都是如雷贯耳的学术明星，胡老师说起他们时的语气是那么平常，像是在说自己的老邻居一样。后来，我几次提起这件事，说胡老师是领着我在地上数星星。下一次见到胡老师，是2015年在北京大学的勺园召开5卷本《胡经之文集》出版座谈会，北京大学和深圳大学的一些老师参加了这次会议。当时并没有想到，一年后我与胡经之先生就有了进一步的缘分。

2016年我应聘到深圳大学工作后，就与胡老师经常见面了。我们每逢春节后开学和教师节前后，都去看望胡老师。胡老师一直支持着我的工作，深圳大学成立美学与文艺批评研究院，让我当院长，胡老师当顾问。他这个顾问可不只是挂名，每次去看望他，都指导我要做什么，嘱咐我要注意什么。其实，我也早过了耳顺之年，而近古稀之年，但在胡老师的眼中，我还是精力充沛的青年。他说中国美学要再出发，我当着中华美学学会的会长，就是往我的肩上压担子。他还推荐我去当深圳市文艺评论家协会主席，去参与深圳文艺界的事。精力不济也要做，这是胡老师交给的任务。有胡老师在，我不敢称老，也不敢老。

祝先生健康长寿，每天还能按时游泳。我也要争取常去见他，听他谈天说地，谈古论今。

2022年9月3日

序　二

温故为创新

李　健

新中国成立之后的美学和文艺理论进程，大都是伴随着一些重要的事件的，涉及很多重要的人物。由于这些事件与人物对认识、评价当代美学与文艺理论的发展意义重大，自然而然就成为研究的焦点，受到特别的关注。然而，这些事件的真相究竟是什么？倘若不是事件的当事者、亲历者，仅仅靠一些史料的记载或外围的描述，很难准确了解，更遑论洞悉事件的实质。而真相和实质正是每个研究者都想知道的。例如，1954 年掀起的批判以俞平伯为代表的红学研究运动，两个刚出茅庐的年轻人李希凡、蓝翎如何能搅起这么大的风浪？当时学界对这个运动有什么看法？对两个年轻人怎么看？20 世纪 50 年代关于美的本质的论争，关于浪漫主义和现实主义两结合的讨论，具体情形怎样？为什么在中国当代美学史和文艺理论史上影响如此深远？1954 年，苏联学者毕达可夫来北京大学举办“文艺学研究班”，亲授“文艺学引论”课程，哪些人参加了这个班？毕达可夫授课的情形如何？这个研究班对中国当时的文艺学学科建设有何影响？当时的学者怎么看？为什么毕达可夫班结束之后，周扬又带领邵荃麟、林默涵、张光年、袁水拍、何其芳等人来北京大学举办“建设马克思主义的美学”讲座？整个讲座开展多少场？讲了哪些内容？具体开展的情形如何？效果怎样？1960 年，周扬主导编写高等学校教材，为什么在这个困难时候组织编写教材？周扬最为关注的是《文学概论》和《美学概论》的编写，为什么美学家蔡仪主编的是《文学概论》，而《美学概论》则由当时在美学界并不活跃而以雕塑闻名的美术家王朝闻主编？等等，诸如此类。今天的美学与文艺理论研究者都晓得，这些都是当代学术的大事件，每一个专业研究者都应该将它们作为常识了解，以便更好地认识当代美学与文艺理论的发展。可是，绝大多数只知其然，不知其所以然。至于这些事件的前因后果、参与人物及其心态，乃至整个事件的实质究竟是什么？若非亲历者，很难知晓。单凭一些表面的材料和想象去推测，是很难进行准确描述进而得出客观公正的评价结论的。

这些发生在新中国初期的美学和文艺理论事件，距离当下并不遥远，算起来最长也就 70 年左右的时间。漫漫历史长河，70 年只是弹指一挥间，可是，对一个人来说，70 年却是古稀之年。“人生七十古来稀”，非常不易。从这个意义上说，亲历者非常难得。所谓“亲历”，是亲自参与、经历，作为孩童经历这个时间段并不能算数，而要作为成年人实质性参与。以 18 岁成年为标准，亲历过这些美学与文艺理论大事件的，到如今都已接近 90 岁高龄。因为这些事件都发生在北京，亲历者必须是生活在北京的，而且处于关键部门，担当关键角色。可以想象，能满足这些条件的人一定是凤毛麟角的。

胡经之先生就是这些事件的亲历者。1952 年，他 19 岁，考入北京大学中文系，从本科一直读到副博士研究生，然后，留校任教，在北大沉潜了三十五载。毕达可夫的文艺学研究班在北京大学举办，胡先生全程参与；周扬在北大开讲座，胡先生被副校长魏建功和中文系主任杨晦任命为周扬的助教；浪漫主义和现实主义两结合讨论，胡先生深度参与，并发表多篇论文；《文艺报》是那个时代非常重要的文艺理论报刊，胡先生和李希凡、李泽厚、严家炎等被张光年聘为特约评论员；蔡仪主编《文学概论》，胡先生受命撰写第一章。作为新中国初期美学与文艺理论大事件的重要参与者，胡经之先生对这些事件的了解程度罕有其匹。因此，他是最有资格回忆和言说这些事件的学者之一。

我 2004 年入职深圳大学，那时，文学院办公地点在行政楼（今汇元楼）二层，条件很差。院里没有老师的个人办公室，而绝大多数老师住在市内的各个角落，虽有校车接送，但来一趟学校也不容易。因此，每个老师的课都会排得比较集中，上午下午连轴转，有的甚至到晚上。中午休息，大家都会聚集在院里的会议室里。人多也无法休息，于是就侃大山。吴予敏教授是院长，自然有自己的办公室，但他有时也会到会议室，加入老师们侃的行列。记得有一次，大家聊起了我的老师胡经之先生。吴予敏说："胡老师的经历是当今美学界和文艺理论界最为丰富的。50、60 年代乃至"文革"中的很多大事件，他都是亲历者。他与当时的意识形态高层陆定一、周扬、林默涵、邵荃麟、张光年等有过交往，和朱光潜、宗白华、何其芳以及我的老师蔡仪（注：吴是蔡仪的博士研究生）等关系密切。当时京城里的一些重要的美学与文艺理论学者他大都很熟悉。"文革"期间还被指定为西哈努克亲王王子的文学老师。如果给胡老师做个访谈，让他谈谈这些事，出一本书，一定非常精彩。"我随胡老师已经多年，期间，听到过胡老师的很多故事，胡老师也给我们讲了一些学界往事，主要是杨晦、朱光潜和宗白华的事，吴予敏教授说的有很多我并不知道。

后来，我看到了由吴予敏主编的《美的追寻：胡经之学术生涯》（北京大学出版社 2003 年版），通过钱中文、曾繁仁、金开诚、王元骧、王岳川、王一川等的回忆，陆续了解了他在北大的经历，但胡老师自己没有写回忆文章，我稍感遗憾。我希望有人能做深入探访。可是，那时文学院人多，事情多，吴予敏教授很忙，院里的老师也都很忙，确实抽不出人手。2006 年，学校专业大调整，文学院一分为三：文学院、外国语学院、传播学院三家，吴予敏教授毅然去了传播学院，继续做院长，专心经营传播学。如今，传播学成为深圳大学实力强大的特色学科，是吴予敏教授的功劳。

当初，吴予敏教授说者无心，可是，我却听者有意。当时，我教学任务繁重，抽不出时间来做。我就在想，如果文艺学博士点申报成功，我会组织博士生去做这件事。可是，我万万没有想到，那次文艺学博士点申报未能成功。那时，深圳大学文艺学专业力量非常强大。胡老师 72 岁刚刚退休，精力依然充沛，仍可做很多事。中年教授有吴予敏、庄锡华、郁龙余、章必功、陈继会、吴俊忠等，青年教授有刘洪一、钱超英、郭杰、王晓华和我。每个人都有自己的专业方向，都在各自专业领域做出过不俗的成绩。可是，结果却出人预料。从此，深圳大学文艺学进入迷茫期，我因为心灰意懒，个人精力有限，就把胡老师访谈这件事放了下来。

然而，我还是做了一些工作。那是因为师兄王岳川教授的推动。2010 年，王岳川教授联系我，说他准备主编一套"中国当代美学家文论家评传丛书”，第一辑已选定朱光潜、宗白华、蔡仪等10个人，出10本书，要我写胡老师，并且强调这是一套学术评传，重点写学术。我欣然应约。为写评传，那一阵子我经常找胡老师聊天，有时趁着陪他去外地参加学术会议的机会聊，聊了许多五六十年代的学界往事，果然应验了吴予敏教授的说法。胡老师经历确实丰富，记忆力特别好，很多细节经他描述栩栩如生，绘声绘色。很快，我便完成了《胡经之评传》。这一套丛书最终在2016年由黄山书社整体推出，产生了一定的影响。

但是，《胡经之评传》立足的是写胡老师本人，写作的视角受限。许多大事和重要人物虽有涉及，并不细致，因此，仍取代不了我计划开展的访谈。2016年10月，深圳大学成立了美学与文艺批评研究院，与中国社会科学院研究生院（现中国社会科学院大学）联合共建，高建平教授出任院长。研究院新进了几位博士，是我们千挑万选进来的，非常优秀。有了人，我又动了先前的心思，开始谋划这件事。我把想法说给高老师听，他非常赞同。于是，先由我草拟了一个计划，然后开始布置，几位年轻博士分工，就各自的问题找胡老师访谈。可是，胡老师听力却出现了严重衰退，给几位年轻博士带来不少困难。2019年，新冠疫情暴发，干扰了这项工作，使得访谈时断时续。本来应该早早完成的事情，却延迟到今天。

呈现在大家眼前的这本《亲历美学风云》就是访谈的成果。由高建平老师和我策划，由美学与文艺批评研究院的年轻老师朱海坤、李永胜、史建成、史雄波合作分工采集，最后由朱海坤整理成此书。感谢几位年轻博士的辛勤付出，但愿这次访谈能给他们的学术成长带来动力。温故不仅为知新，而且进而为创新，希望这部访谈对学界进一步认识与评价当代美学与文艺理论的发展历史有所助益。

2023年，恰值胡老师90岁上寿之年，祝恩师百尺竿头，更进一步！

2022年9月10日中秋节、教师节

目　录

上　编

导　论　美学导我爱人生 …………………………………… 3
第一章　引进苏联文艺学 …………………………………… 29
第二章　百家争鸣美学热 …………………………………… 54
第三章　周扬北大讲美学 …………………………………… 76
第四章　“两结合”中露头角 …………………………………… 119
第五章　蔡仪门下编教材 …………………………………… 139
第六章　美学重释《红楼梦》 …………………………………… 156
第七章　文艺美学应时生 …………………………………… 184
第八章　文化美学待深探 …………………………………… 219
第九章　中西比较为我用 …………………………………… 258
第十章　中国古典文艺学 …………………………………… 282
尾　声　自由境界真善美 …………………………………… 307

下　编

余　韵 …………………………………… 337
中华美学再出发 …………………………………… 340
美好生活涵精神 …………………………………… 344
美学助我创人生 …………………………………… 348
比兴研究拓新篇 …………………………………… 368
心物感应美显呈 …………………………………… 372
意象经营意境生 …………………………………… 393

难忘深圳创业情…………………………………………………………………… 411
感恩深圳赤子心…………………………………………………………………… 430
建好文明大湾区…………………………………………………………………… 437
成如容易却艰辛…………………………………………………………………… 443
杨晦的北大岁月…………………………………………………………………… 448
高风亮节钱中文…………………………………………………………………… 501
附录一　胡经之：乐读万卷书　心向真善美 ………………………………… 509
附录二　胡经之著编要目 ………………………………………………………… 520
整理后记 ……………………………………………………………………………… 522

上　编

导　论

美学导我爱人生

为什么要出这本书？我在这里先阐明一下缘由，再梳理一下我的学术道路，和我所经历的美学风云相呼应，也许会有助于全面了解我的美学思想的来由。

一

人生如流水。三十年前，我写过《流水人生》一文，抒发我对水的深情，感叹时光的无情。一江春水向东流，奔腾入海不复回。人生不能倒流，俱往矣，能见到的只是今朝。幸而，人有一点灵明，随着实践的不断推进，人生智慧也在日渐增长。人能回忆往事，还能反思，对人生的得失做个归结，为后人留下点历史资料，作为借鉴。

近数年来，我已很少参加社会活动，爱坐在窗前，眺望深圳湾，远及对岸香港流浮山，回忆过往，浮想联翩。往事并不如烟，今犹历历在目。北京大学同窗好友严家炎从加拿大温哥华回到蓝旗营寓所后不久，给我来了一个电话，说他和杨铸正在筹备纪念杨晦先生诞辰一百二十周年的学术研讨会，要我写一篇文章。我当即写了一篇一万多字的《感恩晦师引路情》，由王一川代我在会上宣读了片段。中国艺术研究院主办的《传记文学》甚感兴趣，让一川立即告诉我，希望以此为基础拓展一下，叙写出杨晦先生在北大度过的三十五载岁月的全貌。我凭在北大的亲身经历，写了五万言。《传记文学》在 2020 年连载了 3 期，为我了却了一个心愿，我终于把杨晦先生的后半生经历大致展示了出来，从并不寂寞到甘于寂寞，直到人生的终结。

大家都对五四新文化运动以后出现的前辈学者感兴趣。这是理所当然的，因为像蔡元培、陈望道、朱光潜、宗白华、蔡仪、杨晦、季羡林等从事的都是“新学”，和以前的文人学士所做的“旧学”差别甚大。我们这一辈是在新中国成立后成长起来的学人，被看作“被耽误的一代”，做不成什么学问。我们也自认只是过渡的一代，在青黄不接时，过渡一下，赶快传给下一代，让下一代去做大学问。我们这些人，连个学士学位都没有，更不要说硕士、博士了。1956 年号召向科学进军，北大试招副博士研究生，我和严家炎、王世德是第一届。到了 1958 年“大跃进”时，批判苏联修正主义，认定军衔制、学位制是资产阶级法权，就都取消了。所以我在 1960 年毕业时，连个副博士学位也没有拿到。到了改革开放之初，我们这些连学士学位也没有的副教授们要带硕士研究生，提了教授又要带博士研究生，这是那个时代特有的现象。

然而，跨入 21 世纪以后，就开始有人关注起我们 1930 年以后出生的这一代人了。那时，我们这一代已七十上下，大多已退出历史舞台，但还有不少人仍在带博士生、写文章、做学问，有的还越来越有劲，于是就渐渐被人关注起来。甚至，像陶东风那样，还把 30 年代出生的学人和 50 年代出生的学人，做了一番比较，说是做的是不同的学问。2003 年，我七十岁，正是我学术生涯五十周年之际，深圳大学文学院院长吴予敏教授在北京大学出版社为我出了一本纪念文集《美的追寻——胡经之学术生涯》，还特别约请了我的同辈学者钱中文、金开诚、童庆炳、陆贵山、王元骧、杜书瀛等撰写了回忆文章。予敏是蔡仪的美学博士，对师辈当然熟悉，也看过我们这一辈如李泽厚、汝信、钱中文、杜书瀛等的著作，知道我们也做了点学问。他看过我的《文艺美学》，其中有一节“虚实相生取境美”在 2001 年被人民教育出版社新版的新世纪高中语文读本收进去了，我自己却不知道。予敏的女儿正在深大附中读书，告诉了他，他又告诉了我，我方知道。予敏坦率地对我说：你们这一代遇上的政治运动真不少，我们很想知道你们在运动不断的时日里，怎么做学问？你应该写些回忆。

予敏的这一提醒，使我沉思良久，觉得有道理。

那时，文化研究热潮已在掀起，美学日益趋于边缘，我却倡导文艺美学走向文化美学。承蒙学界关切，《文艺研究》《文艺报》《中国艺术报》

等陆续来采访，要我谈说文艺美学、文化美学怎么发展，这就要从我经历的美学发展史说起。中国艺术研究院的李世涛，正在研究当代中国美学史，在北京和深圳采访过我好几次，收入了他和戴阿宝编著的《中国当代美学口述史》（中国社会科学出版社 2014 年版）。熊元义博士和我做过三次长谈，写成《诗意的裁判 文艺的价值》在《文艺报》发表，后收入《当代文艺理论家如是说》（中国文联出版社 2015 年版）一书。《中国艺术报》的乔燕冰，《文艺争鸣》的朱竞都写过长篇采访。李健在《文艺研究》、李诗男在《中国文艺评论》中也都应编辑部之约，写过文章。最近的采访是《中国社会科学报》记者李永杰的《胡经之：乐读万卷书 心向真善美》。由于篇幅所限，不能充分展开，我的回忆只是断断续续，未能完整梳理。

如今，我们遇上了好时光，美学正大有可为。美学界新人崛起，改革开放以后成长起来的 50 后、60 后学者培养出的新一代美学博士陆续出场。深圳大学美学与文艺批评研究院的青年教师开始关注我的美学经历。朱海坤博士早在三年前就不时到我的深圳湾寓所访谈，后来李永胜博士等也来了。高建平、李健支持他们组成了一个团队，由海坤和李永胜、史雄波、史建成一同参与其事，最后由海坤统一整理成一本书，作为研究院的集体科研成果。这就是这本《亲历美学风云》成书的缘起。

自 1953 年我投入研习中国现代美学起，至今已近七十年，我也将跨入九十高龄。更巧的是，2023 年是深圳大学建校四十周年，我借花献佛，敬将此书奉献祝贺，愿深圳大学欣欣向荣，为新时代的高等教育发展做更大贡献。

饮水不忘掘井人，我这里要向高建平、李健、朱海坤、李永胜、史雄波、史建成诸位致谢。

美学风云七十年，引导我走上了美学之路。我的美学生涯亦应时而进，在学术道路上经历了十大“驿站”。我在这“导论”中概括地梳理一下我的美学之路的整个历程，然后在后面十章中做具体阐述。最后一个“尾声”为自由境界真善美，晚年走向天地境界，并收录我近几年写的文章，为《胡经之文集》所未收，作为“余韵”。我亲历了七十年美学风云，如今旧事重提，但我不想仅仅回归历史、追忆过往，还想在梳理事实的基础上，稍做展开，阐释一下这些亲身经历，对我的学术发展和人生道路有何意义和启示，如何影响了我的美学思索和人生走向。我要求采访者列出提纲，我先做准备，思考好了再自述，尽可能不做即兴发言，少说空话。

二

我这个人，好奇心重，喜欢寻根究底，探问为什么。人生在世究何为？闲忙能有几多回？世界大全怎识得？宇宙多重真存在？这些问题时常浮现脑海。我的思索也应时而进，诸如苏联怎么会解体，是什么酿成如此悲剧？现代化究竟是什么？人自身怎样才算现代化？等等。我的关注重点常有变化，可常变中有不变，那就是我好从美学视界体察万事万物，从日常生活到人文创造，一直到天地自然。即使在文化研究崛起，美学受冷落之时，我也仍然热衷于美学，不为所动。

我爱好从审美眼光看世界，我的学术志趣就走向了美学之路。1953年，我20岁时就走入了探索美学的门径，美学成为我人生中密不可分的伴侣。美学伴我悟人生，美学导我爱人生，美学助我创人生。我这一生，行走在美学人生的道路上，致力于探寻美学的中国化、现代化和具体化的创新之途，并不时付之于我自身的生活实践。从文艺美学始，逐步推进，持续累加，吸纳了文化美学和自然美学，寻求人和世界之间的动态平衡，尽力达致人生的最佳状态、最优平衡：天地境界。最后，我在晚年把这些连接在一起，将我的美学归结为人生美学。

如要更进一层，追问我怎么会爱用审美眼光看世界，那就要归结到我所受环境的影响和教育的培养。马克思、恩格斯说得好："人创造环境，同样环境也创造人。"① 先辈创造了我所生存的环境，对我进行教育，这环境和教育造就了我这个人。

1933年5月，我出生在苏州、无锡之交的江南第一古镇梅村，从小受吴文化的熏陶，崇信温、良、恭、俭、让、仁、义、礼、智、信。我父亲一生在中小学任教，期望成为书香门第。那时，钱穆曾在梅村高小和无锡师范教书，我父亲胡定一鼓励我好好读书，像钱穆一样，成为一个有学问

① 《马克思恩格斯选集》第1卷，人民出版社1972年版，第43页。

的人。读书不为稻粱谋，觅得真知求自由。20 世纪初，蔡元培倡导美育，江浙一带得风气之先。我初小读的是苏州城里的一所美国教会学校，为的是不受日本的奴化教育，读了三年多，参加了童声唱诗班，从此爱上音乐。等到上高小和中学，先后遇到了语文老师陈友梅和何阡陌，受他们影响，我喜欢上文学和艺术。为了培养我的艺术感知能力，何先生让我读了朱光潜的《谈美》。朱光潜的名字我老早就知道。在这之前，我已经读过他的《给青年的十二封信》，那是父亲给我买的。我进入无锡师范读书时，学校开设许多文学艺术课程，我学会了弹风琴和钢琴。陈友梅先生调到了师范教书，又成为我的文学课老师，他还特意买来朱光潜的《诗论》送给我，引导我阅读这样的美学著作。读了朱光潜的书，我才知道世界上还有一门学问叫美学，心向往之。

我的美学启蒙始于读朱光潜的书，但我并不知道美学究竟是什么。我对朱光潜美学发生兴趣，乃是因为它解答了我的一个困惑，却又引发了我的新的困惑。

我对朱光潜谈艺术美之说甚为信服。艺术美，美在哪里？依他之见，美在意象，这很有见地。我年少不懂事，以为文学作品里出现的都是真人真事、真情实景。高尔基小时候，为书里的故事吸引，竟拿起书来，对着太阳照看，想找出书里的人物情景。朱光潜美学告诉了我，书里出现的不是真象，而是意象，是作家艺术家头脑里呈现出来的映象，和他的情趣一合拍，就产生了意象美。当时许多人都以为艺术美就在形式美，文学就是语言美，连梁实秋和托尔斯泰这样的作家，都认为文学的内容是道德的善恶，美只在形式上。朱光潜则赞同黑格尔的见解，力主艺术之美，美在内容，形式服从内容。周扬在 20 世纪 30 年代就赞同朱光潜的见解，以为梁秋实对艺术美的理解太狭窄了，只停留在形式。意象美既非形式美，又非生活美，具有独立的价值。1943 年秋冬之交，父亲带我去苏州城外寒山寺，想印证一下张继的《枫桥夜泊》是否写实。到那里一看，我大失所望。在日军铁蹄的蹂躏下，枫桥一带乌烟瘴气，臭气熏天。寒山寺大门紧闭，周边杂草丛生，满目疮痍，哪里还有诗中描绘的良夜美景？但是，这首诗脍炙人口，流传千古，那是因为诗中创构了由众多意象缀合成的意境美。

我在赞叹意象美之余，却产生了新的困惑：在艺术之外的现实生活里，难道没有美吗？依朱光潜所说，美只存在于意象，浮现于脑海之中，所以美一定是意识形态，意象之外的自然，无所谓美不美。可是，我从我自己的审美体验出发，就觉得现实生活中也充溢着美，并非只有意象才美。大自然也存在美，江南水乡就到处有美，美景、美物、美事、美人等，这都是实实在在的美，怎么能说大自然无所谓美不美呢？

在进入北大之前，我一直生活在江南水乡。我生在江南古镇，是“镇上人”。1938 年，为躲开日军的蹂躏，我跟随外祖父逃难去了鱼池村，成了“乡下人”。1940 年初，经父亲奔走，我又进了苏州城里的晟成中学附小，成了“城里人”。直到 1943 年夏，才回到梅村读高小和中学。我从小就亲身体验到了江南水乡的美。我 2—3 岁时，一到夏天，就由邻居小孩带着跳进门前的伯渎江里玩水。那时，江水碧清，澄澈见底，还能摸鱼捉虾，自由自在，其乐融融。当老渔翁撑着鱼鹰小舟驶来时，亲眼目睹鱼鹰嘴里叼着小鱼向老渔翁游去，我们这些小孩一片欢腾，拍水叫好。在鱼池村住了两年，和大自然有了更多的亲密接触，我永远都忘不了那竹林、水田、鱼塘在我心里留下的美好记忆。

我的审美体验是从感受大自然的美开始的。随后，江南水乡的风俗人情吸引了我。每年农历正月初九，为纪念吴泰伯的生日，泰伯庙要举行盛大的公祭仪式，庙门大开，一连三天都向公众开放，举行游艺活动。我们儿时最乐于游泰伯庙，三天都不放过，真是兴高采烈。泰伯庙始建于汉代，后来几经重修或重建。民国初年，当过总统或总理的徐世昌、黎元洪、冯国璋等，都先后送了豪华匾额，高高悬挂在大殿中央的泰伯像前，我们年少时都亲眼见到。朝拜仪式，庄严肃穆，道场、诵经等在这三天里轮番进行。我们小孩看了，眼界大开，崇敬之心油然而生。日本赤佬占领梅村后，一个日军小队占了泰伯庙，每年的祭祀活动被迫中止。1945 年抗战胜利，那年的深秋，新任上海市长吴国桢带了好几十人，乘一艇汽船从苏州河开进伯渎江，来到梅村，声称他是吴泰伯的后代，要进庙祭祖。泰伯庙又热闹了起来。吴国桢带来了一个童子军小乐队，祭祖仪式时演奏，土洋结合，别开生面。我当时刚入梅村的中华中学读初中，感到很新鲜，所以留下了印象。我家乡的风俗人情，从新年之初的唱春，到秋收后的迎神盛会，丰富多彩，自成特色，深深吸引着我。这应属人文审美。

然后才是艺术审美。我进苏州城读美国教会学校，开始接触音乐和体育。那里教的音乐，都是西洋的，大多从简易的民歌开始，从《可爱的家》《念故乡》《故乡的亲人》到《红河谷》《宁静的湖水》等，我一下就喜欢上了。之后，音乐老师让我参加了童声唱诗班。每逢星期天，我们穿上小礼服，系上蝴蝶结，到礼拜堂去唱诗，配乐都是些使人安详肃穆的《圣母颂》《梦幻曲》之类，使我心醉神迷。所以，最先引发我的审美兴趣的艺术是音乐。这所苏州城里最好的学校还有一座室内游泳池，我在此接受了正规的游泳训练，从狗刨式、扑蝶式提高到了蛙式以及仰泳、侧泳、浮泳等各种泳姿，一生受用。

我 8 岁进城读书，曾一度沉迷于看小人书。那时，苏州城里的街头巷尾都有摆摊的小商贩，出租小人书，吸引学童去看。起初，我一放学就去书摊租书看，看得入迷，常忘记回家吃晚饭。没有多久，我父亲发现了，就对我说，那些《东游记》《南游记》《北游记》等，都是瞎编骗人的，别相信，不要看，还不如读点古诗。他就给我找《唐诗三百首》来读，可那时还读不大懂，兴趣就转移到园林艺术上了。我住的东花桥巷离拙政园和狮子林都很近，不到十分钟的路程。我们几个住得相近的同学一放学就结伴到那里去玩。狮子林又近又好玩，太湖石垒成的假山，重重叠叠，曲曲折折，仿佛进入了迷宫，进进出出捉迷藏，其乐无穷。拙政园宽广敞亮，湖上的画舫还不时演奏江南丝竹乐器，悠扬悦耳，使人流连忘返。在陶醉于园林之美的同时，我也爱上了苏州评弹。从此，我再也不去租书摊上看小人书，对那时还在流行的造神弄鬼的《封神演义》以及动辄打斗的武侠小说之类也不再问津。

我对文学发生兴趣，是在上了中学以后，受语文老师何阡陌的引导而进入现代文学，受班主任陈友梅的启蒙而进入古典文学，逐渐培养出阅读的兴味来。

所以，我的审美经验乃从自然审美开始，逐渐进入人文审美，然后跨入艺术审美之门。

抗战胜利那年，我正上中学，周璇演唱的一曲《真善美》风靡江南。我对人生的前景充满了憧憬，就向父亲讨问什么是真善美。父亲就为我买了朱光潜的书。读了朱光潜那几本书，产生了探知美学的欲望，想解答我心中新的困惑，就想读更多的美学书。残酷的现实打碎了我的美梦，抗战刚胜利，国民党就急忙来劫收江南，不久又发动内战。1947 年，由蔡楚生、郑君里编导，白杨、舒绣文、上官云珠、陶金等主演的电影《一江春水向东流》上演，激发了我对现实的强烈不满。1948 年，我秘密参加了新民主主义青年团，投入了反内战、反饥饿的学生运动以及迎接解放的护校运动，成了无锡县的学生领袖。1951 年，我去南京慰问参军的同学，去看了总统府，又瞻仰了孙中山陵墓，脑海里涌现出了毛泽东的七律：

钟山风雨起苍黄，百万雄师过大江。虎踞龙盘今胜昔，天翻地覆慨而慷。

宜将剩勇追穷寇，不可沽名学霸王。天若有情天亦老，人间正道是沧桑。

当时，一个念头立即涌现了出来：外面的世界真大！好男儿志在四方，我该走出江南水乡，走向更大的世界！就在那一刻，我下定主意，要考大学去。

一年多后，我如愿考上了北京大学中文系。1952 年秋，我和同时考上北大的苏州学生约二十人结伴，乘火车从苏州出发去北京。我父亲特地为我订做了一件皮长袍，送我三样礼物：一块镀银怀表，一支派克钢笔，一只精美笔筒。送我上火车后，他转过身去，流下了惜别的眼泪。我一阵心酸，脑海里突然涌现出朱自清《背影》里所写的场面，永远留在我的记忆中。

那年我 19 岁，从此离开了江南水乡，我的审美人生渐次转向了美学人生。

三

我去北大，想攻读文艺学和美学，就带了三本书：一本是杨晦先生的《文艺与社会》（1949 年上海中兴书店版），一本是周扬编的《马克思主义与文艺》（1950 年苏南新华书店版），一本是朱光潜先生的《诗论》。

那时，经过院系调整，北大刚迁入燕园，跨入了历史上最辉煌的黄金时代。原清华大学和燕京大学的文科全并入了北大，真是大师云集。杨晦、魏建功、游国恩、章廷谦（川岛）等原本是北大的名教授，如今，林庚、吴组缃、浦江清、季镇淮、王瑶、吴小如等也来了。不久，王力和马采也从中山大学来了。在北大中文系的历史上，从未有如此强大的阵容。我在北大听的第一堂课就是系主任杨晦开设的文学概论，我是这门课的课代表。王瑶为我们讲中国现代文学史，吴组缃讲当代作品分析，游国恩、林庚、浦江清等讲中国古代文学史，章廷谦教写作实习。我在中文系攻读文艺学，真是得其所哉！

然而，那时北大却没有开设任何美学课程，哲学系没有一个人讲美学，中文系也没有。到 1958 年周扬开讲“建设中国马克思主义美学”讲座后，哲学系才建立了美学教研室。北大研究美学的人却不少，最有名的朱光潜，那时正在西语系，开的是英语翻译课，不讲美学。宗白华刚从南京大学调来哲学系，从事中国现代思想史的研究，也不讲美学。邓以蛰从清华调入北大后，也不开美学课。这些美学大家云集北大，却没有一个人讲美学，使我有些失望。我想攻读美学，怎么办？只好自学，自己找书读，同时向北大的美学大家登门求教。

我先到燕东园 37 号杨晦先生家，当面向他讨教自学美学该从哪里入手，读些什么书。杨晦先生早在蔡元培上任北大校长时进了哲学门，1920 年，他在毕业前正好赶上蔡元培开讲美学。他告诉我，王国维最先倡议京师大学堂要开设美学，却并未付诸实践。蔡元培在 1912 年就任教育总长时，把美育列入国家教育方针，得力助手周树人（那时他还没有使用“鲁迅”的笔名）在教育部当佥事，主管社会教育司，在北京向社会推广美育。蔡元培当了北大校长，才亲自在北大开讲美学。杨晦先生教我先攻读蔡元培的美学著作，然后攻读梁启超的美学，再读蔡仪的美学。

当时，朱光潜既不住在燕东园，也不在燕南园，我请在西语系就读的苏州同乡孙凤城打听到，他住在校医院北侧名叫佟府的破旧平房里。借新年拜年之机，我在 1953 年元旦来到“佟府”，敲开了朱光潜先生的家门，在那阴暗低矮的平房里，第一次见到了他。他听说我是杨晦先生的学生，客气地接待了我。他告诉我，他受王国维的美学影响多些，劝我不妨也从此入手。他很推崇吕澂，他俩都持自然移情说，劝我也读他的著作。再就是宗白华，他说宗先生对中国古典美学有研究，他也来北大了。

那年寒假，我没有回苏州过年。北京的冬天很冷，我很不适应。到了十二月，我突发急性阑尾炎，班长沙作洪把我急送校医院。那时校医院尚无手术室，外科医生孙宗鲁当机立断，立即叫了中央人民医院的急救车，当晚就动手术，割除了阑尾。手术后回校，校医院因没有病房，就把我安排在备斋的临时病房里。在这里，我和鲁迅独子周海婴相识了。他正在物理系三年级就读，患有慢性胃炎，受冷后急性发作，还渗出了血，也住在备斋治疗养伤。海婴比我大四岁，修长消瘦，温柔敦厚，如兄长一样待我，我们一起在胃病食堂同桌吃了三年多饭。1953 年早春，我和海婴一起在未名湖畔散步，忽然遇见一位戴着罗宋帽，穿着蚌壳棉鞋的老人迎面走来。这穿戴是典型的江南人打扮，我俩一问，果然就是从南京大学来的教授，名字叫宗白华。我一听，高兴得不得了，连声说，我正要找您！他住在备斋东侧的那栋名叫健斋的二层楼房里。在这养病的半年时光里，我们在散步时几乎天天见面。

备斋原是燕京大学的男生宿舍，周汝昌当研究生时，就住在这里治《红楼梦》，清净无扰，环境优美。我春节不回家，正好在这里安心读书。我先读了蔡元培、梁启超，再读王国维、吕澂，然后是蔡仪、宗白华。1953 年这一年，我在课业之外，集中精力攻读中国现代美学，看了 30 本书上下，摘录了卡片，积累资料，准备做毕业论文时，写一篇《美学初起半世纪》。

读了这些书，使我眼界大开，知道了美学不只教人审美，还对审美活动进行研究，从理论上阐明审美是怎么回事。我看了朱光潜的《文艺心理学》。他在书中开宗明义地讲美学究竟是什么。依他之见，美感是第一位的，美学的重心就在研究美感，先要弄清美感是什么样的心理活动，才能进而追问什么样的事物能引起美感。所以，朱光潜的美学就集中在阐发审美心理，声称这是“从心理学观点研究出来的美学”。和朱光潜美学不同，蔡元培的同学金公亮编著了一本《美学原论》（1936），声称他这本书是要回答“美究竟是什么？”蔡元培为此书作了一篇序，这样说道：“通常研究美学的，其对象不外乎‘艺术’‘美感’与‘美’三种。以艺术为研究对象的，大多重在‘何者为美’的问题；以美感为研究对象的，大多致力于

‘何以感美’的问题；以美为研究对象的，却就‘美是什么’这问题加以探讨。我以为‘何者为美’‘何以感美’这种问题虽然重要，但不是根本问题；根本问题还在‘美是什么’。但就艺术或美感方面来讨论，自亦很好，但根本问题的解决，我以为尤其重要。”依蔡元培、金公亮之见，“美是什么”乃美学所要研究的最重要问题。

蔡元培说到我的心坎上了。我当时最感困惑的，就是美究竟是什么。我从小就感受到了自然美、风俗人情美和艺术美，我能感知到何者为美，但美究竟是什么呢？因此，我读那些美学书籍，最感兴趣、最想弄清楚的还是“美是什么”。金公亮说“美便是那给领略者以愉快的一种东西”“美不是主观的而是客观的”，我觉得有道理。但进一步问，这客观的东西是什么？他的答案是：美是秩序，是秩序的精华。这就使我费解了。等我看了“五四”以来最早的两部《美学概论》——分别是1923年吕澂和1927年范寿康所著，觉得“美是价值之一”的说法有道理。他俩都认为，美是对象的价值，亦即物象的价值。但价值有多种多样，有肯定的价值，也有否定的价值，所以还要对价值做进一层分析。吕澂说：“于物象的观照中，所感生之肯定视为美，所感生之否定是为丑。”他明确认定“为美学之中问题者，惟美与丑”，所以“美学乃价值之学”。

当时，一般以为美是形象，美在形象。价值论就进了一层，指出形象有美有丑，并非都美，美是形象的肯定价值，对人生有积极效应的形象才美。这价值论就比形象论更接近美的实质了。

但是，吕澂、范寿康在深入分析价值的不同形态时，却夸大了移情的作用。“美的价值实是感情移入的价值”，美是人的感情移入到了对象那里，所以那对象就美了；“一切的对象未经我们感情移入之前，那物象既无所谓美，也无所谓丑”。这样一来，价值论又回到了主观论，很像后来由朱光潜阐发的意象论，物象无美，意象才美。吕澂、范寿康的价值论，应是主观价值论。

移情说在20世纪二三十年代影响甚大，但蔡元培以为它只能解释美感中的一些现象，只是局部有效，但不能说明全部。蔡元培的美学牢牢奠基于价值论，早在1915年所著的《哲学大纲》中，他就把美学列入人生哲学的价值领域。此书专设了“价值论”一编，开宗明义地说：“价值论者，举世间一切价值而评其最后之总关系者也，其归宿之点在道德，而宗教思想与美学观点亦隶之。”蔡元培1924年写了《简易哲学纲要》，自称此书受德国的价值哲学名家文德尔班的影响，又一次把美学、伦理学、宗教都列入价值领域。1927年，蔡元培写《真善美》一文，把真、善、美列为价值。蔡元培的价值论不仅运用于艺术，而且拿来分析人的心灵。他对当时盛行的立普斯的移情说做了价值分析，指出感情本身也有积极的和消极的，并非有情就好，对感情也要有价值区分。这就和梁启超的趣味说走向一致了。梁启超一生都倡导趣味主义，他对趣味做了价值区分。在《趣味教育和教育趣味》一文中，他这样说道：“趣味的性质，不见得都是好的。比如好嫖好赌，何尝不是趣味？但从教育的眼光看来，这种趣味的性质当然是不好的。”对于情感，他也做了价值区别，说人的情感并不都是善的，都是美的，也有很恶的方面，好起来好得可爱，坏起来坏得可怕。所以，蔡元培和梁启超都倡导美育和艺术教育，目的很明确——导向真善美。正如梁启超《中国韵文里头所表现的情感》说的，情感教育的目的，不外乎尽量发挥情感中善的、美的方面，而把那恶的丑的方面渐渐压伏淘汰下去。美育的目的是培育“美情”，而不是恶情、丑情，所以，对于艺术家来说，最要紧的功夫是修养自己的情感，极力往高洁纯挚的方面，向上提挈，向里体验，自己腔子里那一团优美的情感养足了，再用美妙的技术把它表现出来，这才不辱没了艺术的价值。

把美归结为一种价值，就和人生紧密联系起来了。价值是对人来说的，是对人生的意义。吕澂在《现代美学思潮》（1931）中说，价值是“于人生的继续或向上所不可缺的”。他明确地把美学视为价值之学。

美学作为一门学科是从海外传来的，王国维、蔡仪等从日本传来，朱光潜从英国传来，蔡元培、宗白华等从德国传来。德国的鲍姆嘉通把美学定名为感性学，文德尔班把美学归入价值学。传入中国后，蔡元培、陈望道、吕澂等突出了美的价值属性，我最为信服。对我而言，美学不是一般的感性学，也不是一般的价值学，而是感性价值学。美离不开感性形象，形象蕴含着内质，具有价值特性。美的形象具有肯定的、正面的、积极的价值，丑的形象具有否定的、反面的、消极的价值。美、丑都在象中，但性质各异，不能混为一谈。美、丑既可在意象中，也可在物象中，亦可在符象中，但都是对象的客观存在，不是审美者的主观感受或情感移入。这样的价值论，是客观价值论，有别于主观价值论。我当时更倾向于客观价值论。

1953 年是我跨向美学之门的开始，想弄清美究竟是什么，最大的收获是把美看作是一种价值，美学研究应有价值论的视界。我的人生道路多变，对美学的探索时断时续，但我对美学的志趣始终未变，价值论也沉淀为我的美学底色。

四

我还没来得及写《美学初起半世纪》，北大请来了苏联专家毕达可夫开讲文艺学引论。我虽然看过周扬编的《马克思主义与文艺》，知道列宁曾明确说过，美应该是社会主义艺术的标准，但不知道马克思主义如何讲文学艺术之美，就想听听苏联专家怎么讲，为什么美能作为社会主义的艺术标准。

1954 年 5 月，毕达可夫来北大举办“文艺学研究班”和“文艺学进修班”，讲授文艺学引论。这两个班的学员分别是即将毕业的高年级学生和全国各高校的青年骨干教师，我即将升入三年级，没有资格参加；但在杨晦先生特许下，我跟随这个研修班，完整地听了毕达可夫的课，开始接受马克思主义文艺理论，完成了结业论文《论文学的人民性》。这是我第一次学写学术论文，从未拿出来发表。1956 年，我跟随杨晦先生攻读文艺学副博士研究生，毕业后留校任教。我的学术生涯与杨晦、朱光潜、宗白华、王朝闻、蔡仪等先生有极其密切的关系，受他们的影响极深。1958 年，周扬带何其芳、邵荃麟、林默涵、张光年、袁水拍来北大开设马克思主义文艺理论讲座，大力倡导“建设中国的马克思主义美学”。我当讲座的助教，听课之后深受启发，想接续马克思之问，写出《为何古典作品至今还有艺术魅力》，作为副博士毕业论文。1960 年底，我毕业留校，杨晦先生要我先讲文学概论，同时准备开一门新课，讲文学艺术的美学。还没开始，1961 年 5 月，我就被送到中央高级党校，参加蔡仪主编的《文学概论》，撰写第一章。这以后运动不断，无从再开美学课，直到 1979 年改革开放之始，我方能全力以赴投入美学研究。

1980年春，我在昆明的会议上提出发展文艺美学，这其实是长期思考的结果，并不是一时心血来潮。20世纪50年代，北大中文系的重点学科是中国古代文学，我听了三年多由游国恩、林庚、吴组缃、浦江清、王瑶讲授的中国文学史；又听了曹靖华、冯至、季羡林、李赋宁讲外国文学史，也都是外国古典。我为那些优秀的作品所吸引，引发我的思索。马克思在谈希腊史诗和艺术时说到，引发他思索的是“它们还继续供给我们以艺术的享受，而且在某些方面还作为标准和不可企及的规范”①。我沿着马克思的这个思路，来探索中国古典名作迷人的魅力何在。我在写副博士毕业论文时，想把我阅读名作的实际体验从理论上做个归纳。那些古典名作之所以吸引人，就是因为其中蕴含着真、善、美。这是文学艺术的一个永恒话题。为什么古典作品至今仍有艺术魅力？一是因为古典作品表现了真、善、美，二是这些真、善、美激起今人相应一致的情感和审美享受。优秀的古典作家虽然生活在古代，有阶级局限性，但在实践生活中具有真切的感受和体会，他们的生活体验、人生感悟，对今天有价值，能给我们带来美感。这就是从美学角度思考文学问题。当时我还没想到什么文艺美学，但这篇文章对我的思想发展确实很重要。当时文艺界流行的观点是，文学艺术之所以吸引人是因为形象。我觉得，形象只是表层，应进入深层。形象的意蕴，既有真、善、美，又有假、恶、丑。古典名作的魅力正在于深层的真、善、美。美学应该探索作品的深层意蕴。这是我倡导发展文艺美学的最早想法。我参与蔡仪主编的《文学概论》，负责写第一章“文艺是反映社会生活的特殊的意识形态”。那是在周扬的直接参与下编写的一部高校教材。蔡仪力求彰显文学的认识意义，把真实性置于首位。周扬则重视政治价值，在以阶级斗争为纲的时代，突出的是文艺为政治服务。这本教材是蔡仪的认识论和周扬的政治价值论相调和的产物，轻忽了审美价值。我提出开拓文艺美学，目的是拓宽学术之路，深入到文学艺术的审美维度，探索艺术创造如何体现真、善、美的价值意向。1963年，我编完教材回北大，教文学概论，杨晦先生要我再开一门美学课，结合文艺实践来讲美学，这促使我把文艺学和美学融为一炉。但在那以“阶级斗争

① 《马克思恩格斯选集》第2卷，人民出版社1972年版，第114页。

为纲”的年代，很难再谈“美的规律”，美学课也就搁置下来，一晃就是十多年。改革开放使我精神振奋，激发了我学术研究的积极性。1976 年，我读到了台湾学者王梦鸥的《文艺美学》，一下子点燃了我的激情，我就思量着将文艺美学发展成一个学科。王梦鸥的“文艺美学”只是个书名，他没有对这个概念进行阐释，更没有将它发展为一个学科的想法。我感觉这个名称很好，可以把一向分离的文艺学、美学融为一体。其实更早，李长之在 20 世纪三四十年代就已提出“文艺美学”这个名称。我 2004 年才读到李长之的《苦雾集》。李长之明确说，文艺美学就是德国人所说的文艺体系学，应把文学和其他艺术放在一起做系统研究。可见，他的文艺美学已经是一个学科，但是诗学。在我心中，文艺美学的研究对象要扩展为整个文学艺术，不仅仅是诗学，应探索文学与艺术共有的美的规律。在昆明会议上，我提出发展文艺美学的建议，立刻得到许多艺术院校的响应，朱光潜、蒋孔阳、伍蠡甫等先生都支持我的这一想法，给我诸多鼓励。后来，文艺美学一度很热，成为一个影响很大的学科，这是我始料未及的。我提出发展“文艺美学”，是要把文学扩展到整个艺术领域，发展为一门交叉学科，并且付诸实践。1980 年，我在北大开设文艺美学课，并在 1981 年开始招收文艺美学研究生。王一川、陈伟、丁涛最早入学，以后，王岳川、张首映、王坤等也来了。

我提倡发展文艺美学，力求把文艺学与美学融合在一起，透过艺术创造、作品、阐释这一活动系统去看人的审美体验和心灵超越。我对文艺美学的理解，首先，它是文艺学的一个特殊门类，可以归入文艺学，但与文艺学有区别；其次，它可以归入美学，又区别于一般美学。我一再说，文艺美学是交叉学科，是美学、文艺学的交叉融合。文艺学包括文艺理论、文艺史和文艺批评三个方面，这三个方面的职能不一样，研究角度和内容也不一样，它们共同构成了文艺学学科。文艺美学不能和任何一个方面对应，却有交叉关系。文艺美学是从美学角度研究文学艺术，深入到文学艺术的审美层面，揭示文学艺术审美创造的特性和规律。美学的涵盖面非常广，如今倡导的生态美学、生活美学等均广及自然、社会、精神，天之美、地之美、人之美、物之美、心之美均在其中。文艺美学关注艺术美，探讨的是文学艺术与其他审美创造活动相区别的特殊的审美性质和美的规律。也就是说，文艺美学的研究对象是文学艺术，着重把握的是文学艺术的审美特性，揭示艺术活动系统的奥秘，把握多层次的审美规律，发掘艺术生命的底蕴，探讨文学艺术创作和批评的方法。文艺美学以文学艺术活动系统为中心，当然要研究文学艺术的创作理论和批评理论。它对创作和批评的考察着重的是审美价值，思考怎样才能创作出美的作品，怎样进行文学批评和鉴赏才能获得审美享受。在我看来，美学不只研究人的审美活动，还研究创美活动和育美活动。文艺创造是一种独特的创造，文艺美学就是美学和文艺学都关注的交叉学科。

从20世纪80年代至今，文艺美学发展了四十多年，取得的成就不小，已被教育部列入研究生培养的一个专业方向。山东大学早已成立教育部重点研究基地文艺美学研究中心，由曾繁仁主持，编撰了文艺美学的学术史。魏饴等写出了《中国文艺美学教学发展论纲》。刘悦笛、李修建著的《当代中国美学研究》，赵奎英等的《美学基本理论的分析与重建》，祁志祥的《中国现当代美学史》等都有专门章节探讨文艺美学。但是，文艺美学还需要完善，不断地适应文学艺术发展和审美的需要。如今，杜卫、邢建昌、宋伟、张晶等学者正在呼唤“文艺美学再出发”，研究新问题，我很赞同。进入21世纪以来，学界在反思文艺学学科发展时曾经说到，文艺美学应继承和发扬传统的中华美学精神。1988年，杜书瀛在苏联采访苏联美学家鲍列夫，请他谈谈中国的文艺美学，他不认为文艺美学可以成为一个学科。杜书瀛对鲍列夫进行了批驳。文艺美学却在中国得到承认，这其中有中国特色和民族化的情结。在当下，属于中国自己的文艺学、美学话语体系仍没有有效建立，今后应在文艺美学的旗帜下多建构中国自己的话语，从中国古代文艺理论、美学中汲取精华，向蔡元培、王国维、朱光潜、宗白华、杨晦、钱钟书等老一代学者学习。比如，中国古典美学的意象说、意境说、境界说和中国古典哲学中的人生境界论相互关联，能否从今天的眼光做出新的阐释，运用于当代美学。这一方面是弘扬传统，另一方面是创新。文艺美学更应该关注当下，研究新问题。我们都知道，如今的中国文艺已有高原，但缺少高峰，须在出精品上下功夫。如何出精品？美学应做深入研究。大众文化、精英文化、主流文化如何互相促进？值得研究。文艺美学要发展，还得“马列指导，古为今用，洋为中用”，但关键还是要“面向现实”，最终要“解决问题”，亦要解决当今文艺实践的新问题。

在我的美学生涯中，前期着重研究文艺美学，中间走向文化美学，后来我更多地投向自然美学。文艺美学、文化美学、自然美学，构成了我本人的美学思想的“三部曲”。

这是我适应现代学术发展所做的应变。改革开放之初的思想启蒙、精神解放，促使文学艺术大发展，文艺美学应时而生。随着改革开放的深入，20 世纪 90 年代，大众文化在中国崛起。可大众文化在中国港台地区早就流行了。那时，我听邓丽君、费玉清、蔡琴等人的演唱，产生新的审美体验。从 1984 年到 1987 年间，我在中国香港电视台上看了近百部外国影片，感觉有好有坏。如何认识这种现象？我思索良久。1986 年，我到香港中文大学访学，在新亚书院住了一个多月，结识了不少香港学者，他们告诉我，香港的主流文化是大众文化，高雅文化只存在大学殿堂里。我当时很困惑，大众文化怎么能成为主流呢？我们要建设中国特色的社会主义文化，社会主义精神才是主旋律，要成为主流，就必须一手伸向大众文化，一手伸向高雅文化，汲取众长，方能立于不败之地。可从中国港台和海外传来的大众文化、流行文化对中国大陆的影响越来越大，学术研究不能不关注这些问题。美学要发展，必须面对现实，把大众文化放在价值视域进行美学探索，做出价值评判。在这种情形下，我提出从文艺美学走向文化美学，这是文艺美学的自然延伸。

我对自然美的热爱源于童年生活。江南水乡有绝美的自然风光，我从小流连于这些自然风光之中，身心受到陶冶，获得无与伦比的审美享受。因此，我很早就对朱光潜先生的自然非美论产生怀疑，相信宗白华的自然有美说。随着工业化的深入，过度开发自然，日益严重的生态危机凸显在人们面前。我原本对自然情有独钟，向往返璞归真，所以晚年就更关注自然美学。

自然美学作为生态美学的一个重要组成部分，必须引起人们的高度关注。自然是人类的生命共同体，自然生态的破坏直接影响到人的生存。人生存于人文世界之中，也生存于天地自然之中。人的生存危机，既包括人文生态危机，也包括自然生态危机。所以，应把文艺美学、文化美学和自然美学统一起来做整体研究，把人文、自然、精神这些现象综合起来考察。我敬佩恩格斯把辩证法贯穿到自然、历史、精神的统一之中。我信奉人生美学，想把审美、创美、育美都统一到人生之中，在整个人生中，不仅要懂得审美，还要参与创美和育美的实践，一生都要追求真善美。

马克思主义哲学的精神是不仅能解释世界，而且要致力于改变世界。怎么改变世界？马克思在谈到物质生产时，提出要按美的规律来建造。我们的美学应该接着马克思“美的规律”说，研究如何按照美的规律来改造世界，不仅改造客观世界，而且改造主观世界，使主观世界和客观世界获得动态平衡。人在一生中，如何体现这一伟大精神，正是人类美学所应关注的中心。

五

我这一生，历经了江南稚子、北大学子、南海游子三个阶段。在我的人生中，美学是我关注的重心，而且始终关联着我的人生。我屡次说过，美学伴我悟人生，美学导我爱人生，美学助我创人生。蔡元培倡导要以美育代宗教，冯友兰继而倡导要以哲学代宗教，对我而言，乃是以美学代宗教。我虽读过私塾，进过教会学校，但我从不信教，也不信佛，只崇尚真、善、美。

求美能在人生中起多大作用？俄国作家陀思妥耶夫斯基通过作品《白痴》中的主人翁梅什金公爵喊出：“美拯救世界！”这当然是他的梦想。美不可能直接拯救世界，却可以影响人的心灵，从而导向实践，实践才能改变世界。对美的追寻可以改变人的一生。俄国作家乌斯宾斯基在他的小说《她使我们伸直了腰》中刻画了一个人物。一位穷愁潦倒的教师，郁郁寡欢，精神萎靡，无精打采，犹如行尸走肉，毫无生趣。然而，当他在展览馆见到那尊断臂的维纳斯雕像时，眼光顿时一亮，一下子就“被一种非同一般的不可思议的力量所震慑”。从这一瞥始，“我就感到在我的心中升起了巨大的欢乐……是她‘舒展了’我的被现代生活揉皱了的灵魂，给予了我感受这种灵魂‘舒展开来’的无涯欢乐”。这也许是作家的想象，现实生活中会出现这种情景吗？会！我曾亲耳听到宗白华对我说起的一件真人真事。一次在他朗润园寓所聊到音乐时，我说我敬佩音乐学家王光祈，是他开创了中国现代音乐学和比较音乐学。宗老一听，精神来了，就对我说起王光祈的故事来。他俩在青年时代是亲密好友，都是1918年成立的少年中国学会的领导人物，积极得很。1920年，他们先后到了德国，交往甚密。王光祈处境不顺，屡受挫折，最大的一次打击是他女友的背叛。他省吃俭用，把省下来的钱寄给女友，让她也到德国。不料女友在赴德途中，竟跟另一男子去了法国。王光祈悲痛欲绝，独坐在莱茵河畔，沉默良久，痛不欲生，欲投河自尽，了此一生。正在此刻，河上传来了贝多芬奏鸣曲，他心灵为之一震：世上竟有如此美妙的音乐，世界还有美存在，不能就此了结。于是，王光祈重振精神，全心投入了音乐研究，把西洋音乐介绍到中国，把中国音乐推介到西方，对中、西、印的音乐做了比较研究，对音乐学做出了重大贡献。美能改变人生。

美学是“为人”之学，也是“为己”之学，助自己探索人生之路，培育美好人格，创造美好生活。人生在世，一要生存，二要发展，三要完善。先要活得了，再要活得好，最好是活得美，能诗意地生存在天地之间，美滋滋，乐陶陶。人的一生，从正心、诚意、格物、致知、修身、齐家、敬业、乐群一直到治国、平天下，都可进入美的境界。我自己的生活很简朴，在基本需要满足之后，开始寻求精神生活的丰富。我体会到，对真、善、美的永恒追求，是人生的终极目标。适者生存，善者优存，美者乐存，进入天、地、人和谐一致的天地境界方是极乐世界。冯友兰说，中国古典哲学的精华在于提升人生境界，我深以为然。我的人生美学就是想继承和发扬这种精神，因此可归入境界美学。美学应该推进人的自我完善和人格塑造，不断提升自己的人生境界，及早从“求生”境界进入“求真”境界、“求善”境界、“求美”境界，最后提升到“自由”境界。

我的学术志趣较广，从文艺美学到文化美学，从中国古典文艺学到比较文艺学，均有涉猎。海天出版社在2015年出的《胡经之文集》，共5卷，近三百万言。我为国内高校主编了一些文艺学教科书及参考书，有八百万言，有的至今仍在使用。《西方文艺理论名著教程》自1986年至今，已印了近20次。而我着力最多的是文艺美学。1989年，北京大学出版社出版了我的《文艺美学》。1999年，北大百年校庆，我做了修订，增写了近五万字，收入“北京大学文艺美学精品丛书”再版。此书成为中国高校文艺美学研究生的参考书。我之所以写此书，要归功于改革开放新时代的召唤。早在1963年，杨晦先生就让我开一门结合文艺实践的美学课，我随即开始思索如何进行，但“文化大革命”一来，就无法开课了。1979年，邓小平复出后，立即要北大回归正常，北大鼓励大家炒“名牌菜”，我才得以开设文艺美学课。80年代初，北大筹建出版社，社长麻子英动员我去当总编辑，我婉言谢绝，但答允为他组编一套“北京大学文艺美学丛书”，我的讲稿就收入其中。此后，我还主编了《文艺美学丛刊》，请王朝闻、宗白华为顾问。这只是在学科建设上做试探，所以我在《胡经之自选集》中只说“文艺美学初开拓”，是否能成学科，有待大家共同努力。

在开设文艺美学课之后，1982年，我准备再开一门专讲西方文艺理论的新课。这时，李衍柱、邹贤敏找我，策划一起编一本教材。我想请伍蠡甫当主编，特意去复旦大学讨教。伍蠡甫说，他年事已高，已无精力主编，还是要我来当，但答允和我共同主编一套《西方文艺理论名著选编》作为教材参考书。1986年，由我主编的高教教材《西方文艺理论名著教程》和我与伍蠡甫共同主编的《西方文艺理论名著选编》（3卷）出版了，被全国高校普遍采用。2000年，我请钱中文为顾问，由王岳川、李衍柱任副主编，做了大规模修订，出了第2版。2016年又出了第3版，一直沿用至今。这部教材1992年获得国家教育委员会优秀教材二等奖。国家教委要我再编一本西方当代文论教材，我与张首映合作，出版了《西方二十世纪文论史》、《西方二十世纪文论选》（4卷）。承蒙学界关注，由陈众议主编的《当代中国外国文学研究》中说道：“80年代后期至90年代初，胡经之是外国文学理论教材编写的代表。”影响较大。

我一直没有忘记中国古典文艺学传统，但在改革开放之初的十年里，因为要开设文艺美学课，想尽可能多吸收一些国外的资料，所以读的大多是苏联、欧美的美学和文艺学著作。我讲文艺美学，涉及的作家作品，以西方的居多，高尔基、托尔斯泰、果戈里、巴尔扎克、莫泊桑、歌德、莎士比亚等。我之所以组编《西方文艺理论名著教程》，除了教学需要之外，也想从中汲取营养，为我构建文艺美学补充理论资料。到了1995年，我就逐渐转向了中国古典美学、文艺学。为什么呢？1995年11月，中华美学学会在深圳大学举办了国内首届国际美学与美育研讨会，会长汝信、副会长聂振斌、刘纲纪、滕守尧等都来了，还来了好几位国外学者。两位德国美学家的发言给我留下了深刻印象。一位是明斯特大学曼纽什的发言，说道："我期望随着中国思想对西方美学影响的增长，会产生这样的结果：目前流行一时的方法论诸说，及读者反应批评、结构主义、后结构主义、解构主义、新历史主义等，最终都变得无意义。因为所有这些被人们大量讨论的主义，早就失去了其应有的目标。……艺术对人之存在的意义问题，将再次变成人们注意的焦点。"还有一位是特里尔大学的卜松山，他提出，中国有自己的美学传统，不要跟着西方走，"西方人仍然要等待一种具有强烈中国文化特色的现代中国美学。这种美学不是顺从西方理论，而是能对其提出挑战"。2021 年 10 月，卜松山在中国社会科学院举办的"学术中国"高峰论坛上再次发表高见，以为中国美学自成特色，称"审美境界才是生命中最崇高、最高尚的追求"。那一年，美国的布洛克正在中国香港讲学，也从香港赶来参会，他坦率地告诉我，他和那两位的发言有同感，当代中国美学应从传统中吸取营养，自成特色。自此以后，我的美学研究就逐渐转向中国古代美学和文艺学。我与李健合作出版了《中国古典文艺学》，主编了《中国古典美学丛编》（3 卷）、《中国古典文艺学丛编》（3 卷），这是文艺美学研究的古代延伸，希望通过对中国古代文艺学的研究，夯实文艺美学的学科基础。

近年来，我对宗白华的艺术意境论产生了浓厚兴趣，想接着说下去。我觉得，若把意境论和冯友兰、张世英等的人生境界说内在地连接起来，文艺美学大有可为。我已写了《意象经营意境生》发表在《中国文艺评论》上。

六

我刚过知天命之年，便从我国最古老的高等学府来到了当时最年轻的新型大学。这是我人生中的最大也是最后的转折。

在我的人生道路上，原本没有深圳创业这一段历程。20 世纪 80 年代初，改革开放激发了我的学术热情，先后开设了文学概论、文艺美学、西方文艺理论名著等课程。1981 年，我接力杨晦先生，开始培养文艺美学研究生，忙得不可开交。1984 年初，负责创建深圳大学的清华大学副校长张维院士，请钱逊（钱穆之子）约我和汤一介二人去他的清华园寓所见面。他坦率地告诉我们，他已说服深圳市长梁湘，深圳大学一定要办中文系，而且要请北大来办。北大的常务副校长张学书一口答允，由张维校长自己来挑人选，北大全力支持，同时说好，三年后，深大中文系办起来就得回北大。张维校长说，深圳大学要办成国际性新型大学，必须发展新学科，让正在美国攻读比较文学的乐黛云和我一同来负责中文系，中国传统文化也不能丢，要在中文系设立国学研究所，请汤一介当所长。张维校长见多识广，知道北大不会轻易放我们走，就想了一个灵活的办法，要我和乐黛云轮流坐镇，半年在北大，半年在深大，可做到两不误。

汤一介和我做了一番考量，觉得不妨一试。当时，季羡林正在北大开拓国际文化交流，鼓励我们在这块改革开放的前沿阵地搭建一个国际文化交流的平台，和北大相呼应。1984 年 9 月，我、汤一介、乐黛云和担纲深大外语系主任的李赋宁四个北大人，与来自清华大学担任深大电子系主任的童诗白、建筑系主任汪坦、图书馆馆长唐统一，以及来自中国人民大学的深大法律系主任高铭暄共八人，由张维校长亲自带领来到深圳大学。在校园落成典礼上，张维校长介绍我们和市长梁湘、副市长邹尔康相识。同时与会的还有专程从香港前来祝贺的饶宗颐、罗忼烈、程祥徽，开始了我们和香港学术界的交往。从此，我和深圳大学结下了不解之缘。

改革开放的暖风把我们从北大的未名湖吹到了深大的文山湖畔，我们很快把中文系、国学研究所建立起来。三年后，汤一介和乐黛云回到了北大，我却迟迟不走，为什么？1987 年春节，张维校长在清华园寓所和我做了一次长谈。深圳大学的人文学科虽然办起了中文系和外语系，但今后如何发展，尚无深究。张维校长劝我留下来，在办好中文系外，多为人文学科的发展做贡献。当时，我对深圳已产生美好的印象。这是一块正待开垦的处女地，就像白纸一样，可以任你创造，画出最新最美的图画。这里洋溢着创新精神，特区特办，新事新办，陈规旧例少，办事效率高，在北大办不到的事，在这里很快就能办成。我们来后第二年，即 1985 年，就在深大举办了中国比较文学学会成立大会，季羡林、杨周翰都来了。1986 年，在这里召开了中国港澳台及海外华文文学国际学术研讨会，国内外学者云集，徐中玉、钱谷融等都来了。王朝闻、张光年、冯至、王力、王瑶等也先后来访。季羡林赞叹，想不到深大很快就建立起了国际文化交流平台。人生能有几回搏？正是张维校长的衷心劝慰，我从此留在了深大，从事人文学科的建设。

我在北大 35 载，实现了读万卷书的梦想，我的学术视野只停留在大、洋、古。到深大后，实现了行万里路的美梦，我走出国门，考察了 30 多个国家和地区的文化教育，学术视野扩及新、高、尖，从而走向文化美学。我开始怀着"国际视野，深圳情怀"来关注深圳的文化艺术，写了不少文艺评论，尝试从美学上评说，探索深圳的文艺之路。我先后被推举为深圳作家协会、文艺评论家协会主席。深圳市委宣传部把我和祝希娟、王子武、但昭义等一起列入深圳文艺名家，为我出版了《胡经之画传》，举办了学术成果展。我在深圳的生活丰富多彩，许多人生体验只有到了这块改革开放的前沿才能亲历，从真的境界、善的境界到美的境界，一直到"从心所欲不逾矩"的自由境界，精彩纷呈。2020 年，山东文艺出版社策划了"中国现代美学大家文库"，收入出版了我的美学文选《体验人生价值美》，其中有篇《最美海上夕阳红》，对此已有所思索，但未及展开。若老天再给我二三年时间，我将再陆续写些回忆，把这种思考表达出来。

说到深圳，我不由自主地想起了马克思在《哲学的贫困》中说的话。马克思在批判哲学家普鲁东的"实际寓于原理"一说时，这样说道："每个原理都有其出现的实际。……难道探讨这一切问题，不就是把这些人既当成他们本身的历史剧的剧作者，又当成剧中人物吗？"历史发展本身就是个历史剧，参与历史进程的人，既是剧作人，又是剧中人。马克思说的甚是。从我自己的主观感受来说，前半生我在北大，很少有剧作人的感觉。我和家炎兄都曾参与了北大历史进程，走进了历史深处。20 世纪 60 年代，我俩都对批判杨晦先生发表了不同意见，却由不得我们怎么看，批判照样进行。到了邓小平复出，我们积极参与了改革开放的实践，我才稍微有了剧作人的感觉。到了深圳，进入了一个新天地，正在开发的处女地，百事待兴，需要充分发挥自己的主观能动性，积极动脑筋去创新，主人翁的感觉出现，自觉成了剧作人。我来三年后，自作主张，把中文系扩建成国际文化系。眼见生态日益恶化，我也可以以主人翁的态度自由发表意见，剧作人的感觉显著增强。哲学家拉兹洛说得好：“我们是有意志和目的的演员，并且有权改动脚本——至少是在表演的那部分以内。我们是聪明地改动了还是愚蠢地改动了，这就要看我们有多聪明。”我不能直接创作深圳特区建设这个大脚本，却可以对如何修改这脚本不时发表些意见。正因为如此，当李子彬写出回忆录《我在深圳当市长》（2020）时，他就把打印稿送我，让我提前写好评论，并邀我出席新书发行典礼。我写了一篇《成如容易却艰辛》，发表在 2020 年 10 月 30 日的《文艺报》上。他所写的亲历，不少也是我的亲眼所见，所以倍感亲切。

人生在世，必需活动，能动方能活得了。活动的领域广泛，并非只是实践活动。人的一生中，有三分之一的时间在睡眠，这不是实践活动，而是生理活动。睡眠中时常做梦，这是心理活动，有美梦，也有噩梦，这是不是属于审美活动？当我清醒时，坐在窗下静观深圳湾，远眺对岸香港流浮山；而我闭目养神，脑海里不时浮现以前见过的姑苏风光、太湖美景。这都是审美活动而不是实践活动，尽管这审美得以发生的最后根源，可以追溯到实践活动。不过，通观人生全局，起主导作用的还是实践活动。人在社会上生存，社会生活本质上是实践的。我活故我在，我思故我在，都有道理，但最关键的还是“我为故我在”。人生追求美，应把审美、育美、创美统一起来，从发现、发明到发育，连接一起。

人生的最终目的，正如马克思所说，是为了“人类的幸福和我们自身的完美”。我在跨入二十岁时，读到了马克思在中学时代所说的箴言，大为叹服，并在构筑我的人生美学时，成了我的价值导向。马克思说得好：“在选择职业时，我们应该遵循的主要指针是人类的幸福和我们自身的完美。……人类的天性本来就是这样的：人们只有为同时代人的完美、为他们的幸福而工作，才能使自己也达到完美。”① 我就牢牢记住了。后来，我陆续读了一些古书，发现中国古典哲学中的人生论极为丰富，在向现代哲学转化的过程中，冯友兰、宗白华、张世英等都视人生论为中国古典哲学中的精华，吸取过来发展为人生境界说。冯友兰在 1918 年从北大哲学门毕业后，去美国哥伦比亚大学攻读哲学博士，师从杜威。当时，西方哲学包

---

① 《马克思恩格斯全集》第 40 卷，人民出版社 1982 年版，第 7 页。

含三大论：宇宙论、知识论和人生论。冯友兰发现，西方哲学最重宇宙论和知识论，人生论则不如中国厚重。中国古典哲学最重人生论，成就最大，冯友兰立志要钻研人生论，使之发扬光大。他在美国做的博士论文，就叫《人生哲学》。冯友兰的人生哲学以人生论为基点，吸收了宇宙论和知识论，但主次分明。他在后来出版的《中国哲学简史》中这样说道："我所说的哲学，就是对于人生的有系统的反思的思想。宇宙论的产生，是因为宇宙是人生的背景，是人生戏剧演出的舞台。知识论的出现，是因为思想本身就是知识。"

冯友兰的人生哲学吸取了西方哲学中的宇宙论、知识论，继承和发扬了中国古典哲学中的性理学、心性学的精华，构建了人生境界论，这是走向现代哲学的一大贡献。他所称颂的"天地境界"，颇有今日所倡导的生态哲学的意味。他在《三松堂自序》中说："天地境界是从一个比社会更高的观点看人生。这个更高的观点是什么呢？……叫'大全'。"他所说的人生境界，主要是精神境界，凸显的是"觉解"，实际就是自我意识。他也重视人生的超越，但重心还是内在超越，即古人所说的"内圣"，而非"外王"，即今日所说的"外在超越"。所以，他说的人生境界还属精神世界，正如他自己所说，"这是一个关于认识的问题，不是一个关于存在的问题"。他的人生境界说之所以还停留在精神领域，是因为他轻忽了实践这一更重要的维度。人生不仅要有"觉解"，更重要的是要付诸实践。人生本质上是实践的。正如列宁所说，实践高于理论的认识，因为实践不仅有普遍性的优点，而且有直接现实性的优点。天地自然是人生实践的背景舞台，也是实践的对象。人生境界蕴含着精神维度，而重要的是实践维度。人生境界不仅是精神境界，还是实践境界，人生境界应属存在的层次。反映到文学艺术中，艺术意境才只属于精神世界。人在世界中，世界映心中，天、地、人互动，三位一体，但人是主体，只有人才能主动调节天、地、人之间的关系，促使物质、能量、信息的交换，达到动态平衡状态。所以，我力倡以人为本，动态平衡。所谓美，其实就是在天、地、人的互动中，以人为本，天、地、人三位一体，达到动态平衡的最佳状态，使天、地、人都能趋于优化。人不能只停留在审美层次，还要进而创美、育美，提升人生新境界，这都包含在人生美学之内。

如今，我们遇上了美好的新时代，正是美学可以更好发挥作用的机会。我自 15 岁时参加了新民主主义青年团，走向了社会，亲历了旧社会的多灾多难，迎来了新社会，中国从饥寒交迫的困境中，走向了丰衣足食，如今实现了全面小康，正在向共同富裕迈进，奔向美好生活。时代呼唤美学，美学正可大有作为。2021 年冬，中华美学学会第九届全国美学大会在深圳召开，高建平邀我到大会现场，我就不由得提出：中华美学再出发。承《人民日报》约请，我进而写了《中华美学助力创造美好生活》一文，发表在 2022 年 1 月 7 日的报上，表达了我对当代美学的期望。

写到这里，我想起了卞之琳在 1935 年写的一首诗《断章》：

> 你站在桥上看风景，看风景的人在楼上看你。
> 明月装饰了你的窗子，你装饰了别人的梦。

我忽然想到，我只是那个站在桥上的“你”，另有楼上人在看“你”。我所说的那些，是耶，非耶？就只能由后人来评说了。

二〇二二年元旦初稿
二〇二二年八月定稿
深圳湾　望海书斋

第一章

引进苏联文艺学

朱海坤：胡老，您好！受高建平教授和李健教授的委托和安排，我们深圳大学美学与文艺批评研究院的几位青年教师要与您做一个系列访谈，希望通过您的口述，从您的个人视角回顾和反思当代中国文艺理论和美学的发展历程，同时梳理和总结您的学术生涯与美学成就，借此实现老一辈学者与青年一代的学术传承。您和李泽厚、钱中文、王元骧、童庆炳等是新中国成立后成长起来的第一代美学家、文艺理论家，20 世纪 30 年代出生，属“30 后”。高建平、王一川、陶东风等学者是 50 年代以后成长起来的，应是第二代，和前一代的学术道路有所不同。我们这些 80 年代以后成长起来的年轻一代，对高建平、王一川、陶东风这一代比较熟悉，但很想知道你们那一代的学术之路。对您，我们最想知道的是，您把美学和文艺学结合起来的学术之路。

胡经之：好，我愿一试。我们这一代治美学的人已陆续逝去，李泽厚、刘纲纪、周来祥、王世德、童庆炳等都已在近年相继离世，所剩无几。前年，为出版我的美学文选，我尝试梳理了一下我的美学之路，现在结合文艺学再做进一步梳理。我在年少时，最早接触的是朱光潜美学，1952 年到北京大学，就从蔡元培、梁启超、王国维的美学，扩及五四以来的中国现代美学。所以，我进入美学领域是从中国现代美学开始的，然后才接触苏联美学。1954 年，参加毕达可夫文艺学研究班，初识苏联文艺学，1956 年投入中国古典文艺学和美学，1961 年参编蔡仪主编的《文学概论》，广泛阅读了西方文艺学和美学。1979 年后，在改革开放的最初十多年，主攻的也是西方文艺学和美学，倡导文艺美学。1995 年起，我转向中国古典文艺学和美学。我的学术兴趣较为广泛，应时而进，多有变化，但学术研究的基点仍在美学，多变中有不变，好从美学视界审视世上的一切。新中国成立后的七十年美学风云，我都经历了，所以说来话长。

朱海坤：好！我们的采访从您 1952 年进入北大读书开始吧。在这一年，北京大学经历了翻天覆地的变化，经过全国院系调整，北大的文科实力一时无两。那么您能否回忆一下当初刚进入北大校园时的情形？

胡经之：从我进入北大读本科到副博士研究生毕业的 8 年间，正是北大历史上最辉煌的黄金时代。北大的全盛期就是这个时候，过去从未这样兴旺发达过，应该大书特书。1952 年院系调整，新北大得益最多，当时北大中文系汇聚了一大批知名学者，魏建功、杨晦、游国恩都是原北大的著名教授。清华大学“四剑客”中，季羡林到北大当了东语系主任，吴组缃来了中文系，林庚先是去了燕京大学，再从燕大到北大，只有李长之一人去了北师大。浦江清和王瑶也来自清华。还有燕京大学的人，也并入北大。它是教会学校，司徒雷登当过校长，更重视洋的。高名凯、吴小如等都进了新北大。当时，老北大的副教务长杨晦先生做中文系主任，发扬北大的学术自由传统，让大家充分发挥自己的特长，各显神通，炒名牌菜。这些名教授都给我们开课，吴组缃先生开现代文学作品选读，林庚先生讲唐诗，季羡林先生讲东方文学，曹靖华先生讲俄苏文学，闻家驷、李赋宁讲英美文学，都是一流的，讲得都很好！当时，好几位著名美学家都在北大，朱光潜本来就是北大的，邓以蛰是清华的，宗白华原是南京大学的，以前叫中央大学，也调到了北大。中山大学的王力和研究美学的专家马采，也来到北大。1953 年，北大专门成立了文学研究所，是中国社会科学院文学所的前身，由郑振铎任所长，副所长是何其芳。蔡仪也从中央美术学院来到北大，做了文学研究所理论组的组长，他是杨晦先生的好朋友。还有西语系主任冯至，杨晦先生最亲密的至交，早年一起创办沉钟社。所以那时的北大人文学科真是人才荟萃。

在院系调整之前，北京高校的校园数燕京最好，其次是清华，老北大的校舍是清末亲王的一些旧王府，已破破烂烂，而且分散在各处。蔡元培当北大校长后，才建造了沙滩红楼。经过院系调整，燕京大学就不存在了，北京大学则入主燕园。所以，北大在院系调整时最占便宜，最好的校舍、最著名的教授、最大的图书馆，都是一流的。

朱海坤：新中国成立初期那几年，大学课堂还未引进苏联文艺学，那时国内的文艺学课程是如何开设的？讲授内容包括哪些？

胡经之：新中国成立初期，各个高校自己开课，各显神通，文艺学课程并不是规定必修科目，愿意上就上，不愿意就不上。院系调整之后，教育部就要求高校重视文艺理论的教学，但难度很大，直到 1954 年，教育部才下令要统一编订文学概论的教学大纲。在此之前，连教学大纲都是没有的。当时有些学校开了这门课，过程有些曲折，引起了一些风波。我们这一代中，李希凡接受文艺理论最早，他比我大 6 岁，在 1950 年进入华东大学学习。华东大学的文学系主任吴富恒，就开设了文学概论这门课。他是哈佛大学毕业的，受西方的学术训练，课上讲的都是外国文论，举的也都是外国文学的例子。李希凡上了这门课，开始接触外国文学。1951 年，华东大学并入山东大学。山东大学中文系主任是大名鼎鼎的美学家吕荧，他也开文学概论。李希凡对文艺学最感兴趣，就选了这门课，而且是课代表。吕荧外文很好，翻译了很多东西。他讲的大部分也是外国文学，很少讲中国文学，都是讲巴尔扎克、托尔斯泰这些作家。李希凡自己说，他从这个时候开始接触别林斯基、车尔尼雪夫斯基、杜勃罗留波夫，想当文艺评论家。1951 年冬天，山东大学中文系的教学秘书张祺去听了吕荧先生的课。完了以后，他发现有问题，就写了一篇文章批判吕荧，说吕荧课上大肆宣传洋教条，不讲毛泽东文艺思想，讲的都是西方理论，脱离中国实际。当时确实是这种情况，文艺学课堂讲毛泽东文艺思想。杨晦先在北大开课，一开始就没有开设文学概论课，而是专讲毛泽东文艺思想，叫作“文艺政策”，不叫文艺学。他从 1950 年就开“文艺政策”的课，讲毛泽东文艺思想。这是毛泽东文艺思想第一次进入北大讲坛，功不可没。当时的新任校长马寅初对此甚为赞赏，1951 年，他给周恩来总理的信中就这样写道：“北大教授中有新思想者，如汤用彤副校长，张景钺教务长，杨晦副教务长，张龙翔秘书长等十二位教授。”

当时《文艺报》主编是冯雪峰，发了这篇批判吕荧的文章，题目是《离开毛主席的文艺思想是无法进行文艺教学的》。①《文艺报》是中国作家协会主办的刊物，全国影响大，发行量十几万份，很多学校都要看的。《文艺报》围绕文艺学教学问题召开了座谈会，在全国展开讨论，全国28所高校的来稿竟有三百件左右。这件事在当时已经引起全国轰动。李希凡作为课代表，写文章表明态度立场，也批吕荧是教条主义。李希凡当时既是课代表，又是《文艺报》的通讯员。他以通讯员的身份写了批评吕荧的文章，发表在《文艺报》1952年第2号上，文章叫《对我校文艺教学的几点意见》。吕荧挨了批评，一气之下，立即罢教，拂袖而去，离开了大学讲坛，到北京专事翻译去了。

杨晦先生和吕荧属同辈，两人间还曾有过学术争论。前车之鉴，杨晦先生应当何为？他毅然知难而进，在“文艺政策”一课之外，又新开了“文学概论”一课。那时，既无教材，又无教学大纲。每次讲课，他都把讲授要点写在一张小纸片上，在讲堂上当场发挥，沿着他的思路一路讲下来，既没有一、二、三、四，又没有甲、乙、丙、丁。这就苦了许多同学，不知怎么记笔记。我因为是课代表，听课特别专心，尽力把杨晦先生所讲，全部记下来，好让同学在课后对笔记。那时，已在参与筹建北大文学研究所工作的何其芳的夫人牟决鸣、蔡仪夫人乔象钟也常来听课，每次都找我看笔记。徐悲鸿夫人廖静文正在为写《徐悲鸿传》做准备，想来听杨晦先生讲课。她通过牟决鸣来找我看了此课的笔记，觉得不好学，就知难而退了。

文学概论这门课确实不好学，也不好讲，需要有点勇气，当时，敢上

① 这篇文章发表在《文艺报》1951年第5卷第2期，是该期“关于高等学校文艺教学中的偏向问题”的讨论中的一封读者来信。《文艺报》在发表的时候，加了“编辑部的话”，指出了当时高校文艺学教学存在教条主义和资产阶级教学观点的双重问题。这次讨论中还有一篇署名郭木的文章，题为《文艺教学不能脱离实际》，同样是对文艺学课程教条化的不满，要求加强与文学实践的联系。张祺的批判文章发表后，吕荧致信《文艺报》做自我辩解。《文艺报》刊发吕荧来信并在“编辑部的话”中写到，这封来信“表明了他在这次思想改造运动中所采取的不正确的态度……他还没有能够很好地考虑批评者所指出的他的教学中根本性质的问题”。

这门课的教授寥寥无几。这门课是五四新文化运动以后新设的，研究的是五四以来的新文学，不仅要懂得新文学，还要有深厚的理论功底。蔡元培在1917年任北大校长时，对京师大学堂的课程做了大刀阔斧的改革，增加了许多新课程，特别重视美学和文艺学这两门基础理论课程。他要哲学门及早开出美学课，无人敢接，他就亲自上阵，在1920年开讲美学，后来才请到法国回来不久的张竞生接着讲。蔡元培要国学门开出文学概论，也无人敢接。鲁迅（当时还叫周树人）是蔡元培在教育部推进美育时的得力助手，应是开文学概论的最佳人选。他当时还在教育部任职，只能在北大兼职当讲师，不能当专职教授，他正在研究中国小说史，所以就在北大开了一门“中国小说史”。为了支援北大开设文学概论，鲁迅把自己的胞弟周作人推荐给了北大。蔡元培本想让他来讲，不料周作人知难而退，不愿开这门新课，而是另辟了两门新课：欧洲文学史和外国文学选读。到了1920年，蔡元培请到了从日本归来的张凤举（定璜），北大才首次开设了文学概论。杨晦先生刚开始接触，很快就毕业了。打这以后，文学概论这门课在北大时断时续，因人而设，既无固定教师，又无固定教材。鲁迅翻译了日本学者厨川白村的《苦闷的象征》一书，1925年由北新书店出版。他就以此书作为教材，在北大举办了几次讲座，以此替代文学概论。杨晦先生深悉北大的这段历史，正好他的《文艺与社会》已在1949年由上海中兴出版社出版，有了底气，所以敢像鲁迅那样，以自己的著作为底本，开讲文学概论。

朱海坤：杨晦先生的文学概论课讲些什么呢？

胡经之：那时，苏联文艺学还未进入大学课堂，杨晦先生发挥他在《文艺与社会》中所持的文艺见解。他常以地球的自转和公转为喻，阐释文艺运动的自律和他律，相互作用，共同促成了文学艺术的发展。他在20世纪40年代的文艺评论中，更多关注了他律，侧重阐发文学艺术的社会作用。但在文学概论课上，他对文学自律论做了更多的阐发，要大家弄清文艺和文章的区别。在古代，文学涵盖了所有文章，所有用语言文字写出来的文章，都是文学。在发展过程中，逐渐把文章做出区分，分化出“缘情”“言志”之作，和议论、说理之作有所不同，突出以形象来表现，发展成今天所谓的“艺术的文学”。如今，这“艺术的文学”已和其他艺术归入同一系列，成为文学艺术，简称文艺，和其他类型的文章有所区别了。如今的文艺学、美学已和古代的有所不同。刘勰《文心雕龙》的研究对象是广义的文学，其中包括了“艺术的文学”，但远远不限于此，而是包括了所有文章，因此是文章学。依杨晦先生之见，今天的“文学论”应属文艺学，要阐明“作为艺术的文学”和其他类型文学的不同。“作为艺术的文学”要创构艺术形象，以形象来反映生活。在文学概论课一开始，他就以夏商之际的“铸鼎象物”来说明文学艺术的特性。古人铸鼎象物，是要“象其物宜”，目的在于“使民知神奸”，求真是为了求善。那时，美善不分，到了孔子，“美”与“善”已有所区分。《论语》里说：“《韶》，尽美矣，亦尽善矣；《武》，尽美矣，未尽善矣。”真、善、美成为文学艺术的最高要求。

1954 年春，苏联专家毕达可夫来北大开设文艺学引论以后，杨晦先生就另辟蹊径，转向中国文艺思想史的研究。他对苏联专家所讲的文艺理论颇为失望，认为不切合中国文艺创作的实际。后来，他几次和我说起过，想写一本《文学论》，把自己的文学观念清理一下，做个总结。可惜杨晦先生晚年体衰，未能写成，深为遗憾。

杨晦先生讲文学理论，不尚空谈，紧密联系实际，不仅面向文艺创作实际，而且针对学生的实际学习能力。每次我去他那里，他总要关切地询问学生听课的反应，提出了什么问题，好在下次讲课时为学生释疑解惑。我想多读些美学著作，不知应从何着手，向杨晦先生请教。他谆谆善诱，善解人意，要我从读蔡元培的著作着手，再读梁启超的著作，然后读蔡仪的美学。他对蔡元培特别敬重，多次给我讲了蔡元培在北大任校长时的许多事迹。他将毕业时，还赶上了听蔡元培的美学演讲，留下了深刻印象。然后，我又拜访朱光潜先生，他劝我先读王国维，再读吕澂、宗白华。我发觉，杨晦先生和朱老的思路有所不同，我则从我自己实际出发，先读蔡元培，再读梁启超、王国维、蔡仪、宗白华、吕澂等人的美学著作。在 1953 年，我集中精力，读了 30 本左右中国现代美学著作，大开眼界。在此之前，我只读过朱光潜的《谈美》《诗论》等，只知道蔡元培在江南推行美育，却没有读过他的著作。经杨晦先生的点拨，蔡元培的美学才进入我的视野。我发现，蔡元培虽未写出美学专著，但在他的整个哲学体系中，美学具有重要地位，而且他的美学见解，自成一格，不同于朱光潜的美学，要谈中国现代美学的发展，绝不能轻忽蔡元培所做的贡献。改革开放之初，我参与“北京大学文艺美学丛书”的组编，特邀朱光潜、宗白华、杨晦三位先生做顾问。听取杨晦先生的意见，我们优先推出了《蔡元培美学论文选》，受到读者欢迎，产生了广泛而深远的影响。

每当和我说起蔡元培，杨晦先生总是倾注着无限崇敬之情。正是蔡元培把京师大学堂这一培养半封建式官僚的旧式学宫引向现代大学的建设之路。他告诉我，早在1912年初，蔡元培被任命为国民政府的第一任教育总长，5月就下令把京师大学堂改名为北京大学。1917年初，蔡元培正式接任北京大学校长，厉行改革，主张兼容并包，把陈独秀、李大钊、胡适引进北大，并扩大招生，向平民倾斜。正是这一举措，使得出身于东北穷苦之家的杨晦，有机缘在当年考入北大哲学门，和朱自清等同窗三载多，接受现代高等教育。

杨晦先生告诉我，正是在北大受到了新文化的启蒙与熏陶，他增生了忧患意识，激发了爱国热情，才积极投身于五四运动，和许德珩等最早闯入赵家楼。说到北大精神，他最信奉的是李大钊的“铁肩担道义，妙手著文章”这十字方针。这精神激励着他的一生。

担道义，著文章，从此成了杨晦先生的人生追求。蔡元培一再声称，北大所以和一般的专科性学校不同，就在于坚持“大学者，研究高深学问者也”。那时，杨晦先生入读哲学门，听胡适讲西方哲学，又讲中国哲学，而受影响最大的，是胡适在1917年发表在《新青年》上掀起了文学革命浪潮的《文学改良刍议》。蔡元培在1920年为北大开设了美学课，杨晦先生正好在毕业前的最后一学期赶上了。蔡元培的美学课，是美学在中国教育史上第一次进入大学殿堂。尽管梁启超、王国维早于蔡元培倡导在京师大学堂开美学，却从未得以实施，只有到蔡元培亲自上阵，才开了风气之先。杨晦先生深有体会地说，蔡元培提倡美学研究的最大贡献是，促进美育的实践，使美学理论和美育实践密切联系在一起，不只是务虚，还务实，虚实结合，推进了教育事业的发展。杨晦先生读了蔡元培1917年发表在《新青年》上的《以美育代宗教说》，又读了1919年发表的《文化运动不要忘了美育》等文，深受启发，开始关注文学艺术，思考文学艺术在社会中究竟能起什么作用。那时，鲁迅被蔡元培聘为专职讲师，在北大开讲“中国小说史”。杨晦先生开始注意鲁迅为配合蔡元培在全国推行美育而写的一些文章，思考如何通过教育改造国民性的宏大课题来。

为此，杨晦先生把蔡元培所撰的《哲学大纲》（商务印书馆 1915 年版）找来做了一番研究，发现在蔡元培的哲学体系中，美学占有重要地位，仅次于伦理学。在书中，蔡元培专设了一编“价值论”，对道德、宗教、美学做了分析，对美学情有独钟。在那个众声喧哗的年代，不断有人鼓吹宗教信仰，甚至要把儒学提格为儒教，蔡元培力排众议，倡导要以美育代宗教。对此，杨晦先生极为敬佩和信服。他从哲学门毕业后转向了文艺教育，这是受到了蔡元培、鲁迅的影响，想在重塑国民性上起一点作用。

经杨晦先生的点拨，我不仅把他推荐的《哲学大纲》借来读了，还在北大图书馆找到了蔡元培所写的《简易哲学纲要》。这本书 1924 年由商务印书馆出版，当时被列为“现代师范教科书”，影响甚广。在这本书里，蔡元培比在《哲学大纲》中更详细地展开论说了他的价值论，探索“论理、伦理、美学三方面的关系”，深入知、情、意，统论真、善、美。在那个年代，蔡元培已明确指出，“此物是白的”，属事实判断，而“此物是好的”，则属价值判断。两者是不同的，不能混为一谈。称赞一物是美的，就属于价值判断，即如今所说的审美判断，是一种价值评价。蔡元培的美学，显然受了康德美学的影响，但受文德尔班的影响更大。蔡元培在此书的一开头就说，他最赞赏的哲学，乃是德国文德尔班（他译作“文得而班”）的人生哲学。他这本书就是继承了文德尔班《哲学入门》的思路来写的，美学属于价值学，探索人生价值。真、善、美是人生追求的终极目标、最高价值。

正是受到了杨晦先生的点拨和引导，我在 1953 年开始接触蔡元培的美学，进而读了梁启超、王国维、蔡仪、宗白华等人的著作，还萌生了一个想法，想在毕业时写一篇毕业论文，题目就叫《美学初起半世纪》。为此，我在那年就开始写卡片、积资料，却没有来得及写成论文，多年后，才在王一川、陈伟的参与下，编成《中国现代美学丛编》，由北京大学出版社出版。我对蔡元培的美学也未能做进一步研究。20 世纪 80 年代初，在北大出版社推出《蔡元培美学论文选》后，直到 2012 年，蔡元培倡导美育 100 周年之际，我回忆起杨晦先生当年的教导，写了一篇长文《蔡元培的美育精神》，了却了心愿。正是在 20 世纪 50 年代初，杨晦先生把我引进了文艺学之门，又从文艺学引向美学之门，开启了我今后的学术道路。

朱海坤：如果那时苏联文艺学没有进入北大，您可能就走向接续蔡元培的美学之路了。苏联专家到北大来讲授文艺理论，改变了您的学术方向，也深刻影响了中国文艺学学科的发展。这是谁的主意？当时做了怎样的安排？

胡经之：1952 年院系调整之后，当时的教育部长马叙伦（原北大教授），去当高等教育部部长。杨晦先生当北大副教务长，就是马叙伦签的令，因为当时北大和清华是高等教育部直管的。副部长、党组书记叫钱俊瑞，实际上是他主理高等教育部的常务。1949 年北京和平解放，是他最早接管北大和清华。他对苏联比较注重，在高等学校推行向苏联学习，从 1952 年开始实行。北大是重点推行单位，当时请了好几个苏联专家，哲学系请了哲学专家，俄语系请了俄罗斯文学专家，中文系请了文艺理论专家毕达可夫。当时，中国还穷得很，苏联比中国先进多了，生活也好多了。为了迎接他们，学校专门给他们盖了房子。马寅初、江隆基跟大家讲，尊重苏联老大哥，不能亏待老大哥。当时，北大的第一公寓就是给苏联专家盖的，每套 1 房 1 厅，有卫生间。中国教授是没有的，王瑶等人还都住在中关村平房，一级教授才能住到燕东园、燕南园。杨晦、蔡仪是一级教授，住在燕东园。朱光潜那时也没资格，后来恢复一级教授，才住了燕东园的房子。后来，第一公寓就变成我们这些年轻教师的居所，在 20 世纪 70 年代，我住进了第一公寓，我们都很高兴。但教育部来人一看，说不行，还不合格，就专门在未名湖朗润园盖了一所招待所，地板房、卫生间、食堂都有，设施是当时北大最好的，后来是“梁效”的地方。改革开放以后，给外国留学生盖的那些迎宾大楼当时都没有，都是以后的事。苏联专家当时就住北招待所那座灰楼里，是北大最好的住所。苏联专家给我们上课，学校都要派车，把他们接到教室。我们都是跑腿，学校里有自行车的人极少，那就是有钱人了。

那时的中苏关系处于蜜月期，毛泽东主席亲自到苏联签订友好条约，称苏联为老大哥，向苏联学习是在这种背景下开始的。一边倒是当时的必然选择，美国对中国实行封锁政策，要封杀新中国，我国只能求助于苏联老大哥，对学苏联，不能简单否定。没有学苏联，我们这一辈人对西方的情况根本就毫无所知，很封闭。苏联对欧美的东西还有些了解。我们对外国有所了解，也是通过苏联。因为学苏联，我们才知道了苏联的文艺理论，然后慢慢地知道些西方的东西。尽管它是以批判的立场来介绍西方的，但你至少知道西方有这个东西。马克思主义文艺理论是苏联送来的，以前是靠译介，如今直接到大学课堂宣讲了。

毕达可夫是基辅大学的一个副教授，北大讲学回国后，他才升了教授。那时他才四十多岁，身材魁伟，参加过卫国战争，在战争中受伤，失去了一条胳膊。第二次世界大战胜利后进了莫斯科大学，成了季摩菲耶夫的学生。季摩菲耶夫的《文学原理》是苏联的大学教材，1953 年查良铮（诗人穆旦）把它翻译到中国来了，由平明出版社出版。我在当年已经看过这本书，但它不是教材，还没有出现在大学讲堂，只有少数有兴趣的人看到。季摩菲耶夫是苏联的著名文艺学家，他的《文学原理》1934 年初版，1948 年再版，影响很广。我接触马克思主义文艺学，是从苏联专家讲课和这本《文学原理》开始的。

为迎接苏联专家的到来，中文系成立了文艺理论教研室，系主任杨晦先生任教研室主任，还把精通西方文艺理论的钱学熙从西语系调来。这是学苏联的体制，倡导教学与科研相结合，教授乃学科带头人。新中国在成立前学的是欧美，没有这样的教学和科研相结合的教研室。杨晦先生很重视教研室，想以此为基地，吸收年轻人在教授的带领下早些投入学科建设。那时，我攻读中国现代美学著作刚告一段落，很想攻读苏联文艺学，所以就去找杨晦先生，希望他能批准我去听苏联专家的课。我当时还在二年级，即将升入三年级，本不够条件，但杨晦先生看我对文艺学、美学感兴趣，真心实意想学，就放我一马，特批我修此课。他当时就与我约定，修完课后，我必须像其他学生一样，写一篇结业论文，交教研室留存，杨晦先生和钱学熙教授同为指导老师。

杨晦先生对这次苏联专家讲学十分重视，为此费了不少心力。北大一下来了三位苏联专家，学习苏联老大哥由此大规模开始了。当时的高等教育部直接下达命令，马叙伦、钱俊瑞委托杨晦先生在北大办两个班，一个文艺理论进修班，一个文艺理论研究班，要为教育部直接管辖的重点高校培养文艺理论教师。这两个班都由杨晦先生当班主任。他深感责任重大，负有培养新中国第一代文艺理论教师的历史使命，不能忽视。那时，文艺理论研究班约二十人，都是从北大的中文、西语、俄语三系的即将毕业的高年级学生中挑选出来的。比我高一届的师兄师姐们有幸，在即将升入四年级时，就提前毕业，其中有谭令仰、赖应棠、王家骏、石汝祥、乔福山、吴佩珠、陈贤英、弓惠英、曹国宇等做了苏联专家的研究生。当时我好羡慕这些幸运儿，要在北大研究三年文艺理论，下功夫写出研究生毕业论文，再到部属高校去教文艺理论，何等舒心啊！文艺理论进修班和研究班有所不同，人数比研究班多，有近三十人，都不是北大的，而是从复旦大学、南京大学、中山大学、厦门大学、武汉大学、云南大学等教育部直属重点高校派来的青年教师，有的正在教文艺理论，甚至有人已当了中文系主任。年龄最大的郝御风已近五十，是西北大学的中文系主任，本来教古典文学，但为了开文学概论课，就亲自来北大听苏联专家讲课。抗战前，他在清华大学读书、写诗，和曹禺、吴组缃齐名，被称为“清华三诗人”，是余冠英的知己好友。我和大家一起听课，认识了好几位进修教师，如复旦大学的蒋孔阳，陕西师范大学的霍松林，武汉大学的王文生、何国瑞，云南大学的张文勋，厦门大学的蔡厚示，东北师范大学的李树谦、康伣，中山大学的邱世友，山东大学的吕惠娟等。进修教师和研究生不一样，来去自由，一两年就可以回本校，而且不需要写毕业论文。有些教师在这里，一边听课，一边编写教材，吸收了苏联专家的观点，加上中国文学的例证，就赶快回去开设文学概论。在此期间，蒋孔阳开始酝酿《文学的基本知识》，霍松林在准备《文艺学概论》，李树谦、李景隆的《文学概论》也是在这个时候开始构思的。1957 年，国内出版了一批文学概论的教材，大多受到苏联专家的影响。

杨晦先生对苏联专家的讲学曾寄予较高的期望。1954 年春节过后，毕达可夫来到北大，在文史楼大教室上第一堂课时，杨晦先生亲自陪同他到教室，把他介绍给听众。大教室里坐得满满的，约有 60 个听众，除了进修教师和研究生，中、西、俄语系的一些年轻教师也来旁听。杨晦先生常来听课，朱光潜、蔡仪也来听过，但不久都不来了。杨晦先生颇为失望，因为听来听去，觉得内容和季摩菲耶夫《文学原理》一书所论的差不多。毕达可夫不懂中文，也没有学过中国文学，讲课只能说俄语，举例也都是俄苏欧美文学。北大专门配了两个翻译做他的助手，一个是俄语系教师李广成，上课时当场口译，一个是中文系女教师霍汉姬，做笔译，先在内部印刷出版。因此，教学进度非常缓慢，教学效果不佳，大家有些泄气。

教学效果虽不甚佳，但杨晦先生对毕达可夫还是很尊重，苦口婆心地劝说研究生要把课听完，全面掌握苏联文艺理论，以便将来好好总结经验，建设中国自己的文艺理论。听了他的话，我就沉下心来，把毕达可夫的课程和季摩菲耶夫的《文学原理》做了些对比，想发掘毕达可夫讲课中的一些新意，将来写结业论文时可作发挥。我发现两人所论，基本架构差不多，但大同而有小异。《文学原理》分三册出版：文学概论、怎样分析文学作品、文学发展过程。毕达可夫的讲课也分成三部分：文学的一般特征、文学作品的构成、文学的发展过程。在论述文学的一般特征时，就有些差别。季摩菲耶夫较重视文学的真实性，而毕达可夫更重论述阶级性、人民性和党性，突出文学的意识形态性质。这是斯大林时代文艺理论的特点。我听毕达可夫讲课，思考最多的就是文学的阶级性、人民性、真实性，想围绕着这些来写结业论文。

我把这想法告诉了杨晦先生，他想了一想，就说那就写篇《论文学的人民性》罢！一锤定音。毕达可夫的课原本定于 1954 年当年结束，但拖拖拉拉，直到 1955 年初夏才了结，他就匆忙回国了。我在 1955 年初开始写结业论文，8 月初完成，先送钱学熙审阅，又交杨晦先生，完成了选修文艺学引论的作业。

在写这篇结业论文的过程中，我既吸取了苏联专家文艺学引论中的一些说法，又吸取了杨晦先生文学概论课中的一些论述。苏联专家的论学方法是从宏观到微观，把文学艺术放在整个社会架构中来考察，从经济基础到上层建筑，再到意识形态，自上而下，层层演绎，然后推论到文学的阶级性、人民性和党性。杨晦先生的论学方法与此不同，是从微观到宏观，从具体的文学现象考察起，把艺术的文学从一般的文章中分出来，自下而上，从文学的自律，上升到更广的社会层面，考察社会的他律和文学的自律之间的相互转换。我更喜爱杨晦先生的论学方法，爱从具体的文学现象说起，再上升到理论。我在论文中大量引用了现实主义和浪漫主义的文学作品，特别是中国古典名著，在巴尔扎克、托尔斯泰、普希金之外，我还对陶渊明、苏轼等的作品有所分析。受杨晦先生论析《红楼梦》的启发，对这部古典名著的人民性做了更多的论述。这篇结业论文写得很顺畅，竟有三万多字，主题是“论文学的人民性”，我特意加了个副标题：兼论现实主义和浪漫主义。这篇论文没有拿出去发表过，被北京大学用统一的论文封皮包装起来存在教研室，后来却起了作用。三年后，文坛掀起了倡导“革命现实主义与革命浪漫主义相结合”的高潮，《文艺报》举办讨论会，邀请杨晦先生参加。他记得我对现实主义和浪漫主义有过探讨，就把我推荐给主编张光年，我就和他一起去了。后来，杨晦先生要我参加“现实主义和反现实主义”专题的研讨会，《文学评论》邀我写《理想与现实在文学中的辩证结合》，我的基本观点都来自那篇结业论文，只是“兼论”变成了“主题”，根据当时的需要加以发挥。

我听苏联专家讲课的最大收获是开拓了我的学术视野。我开始了解马克思主义的意识形态学说，初步领会了文学艺术在整个社会结构中的地位和作用。但我受杨晦先生的文学概论影响更深，惯于从具体作品出发，归纳文学的特征，再上升到意识形态学说。后来，我思索文艺学，常举郑板桥画竹的实例，从园中之竹到眼中之竹，再到胸中之竹、手中之竹，最后成为纸上之竹，简明扼要地阐明文学艺术是一种特殊的意识形态，就是受杨晦先生分析铸鼎象物的方法影响。他论铸鼎象物，所谓“象物”就是“象其物宜”，这里确有对物的模仿，要像，却不只是模仿，在“象”中贯穿着思想意识、价值评价，目的在“使民知神奸”，有意识形态的性质。但文学艺术不同于道德、宗教、政治等意识形态，有自身的特殊性。文艺学既要研究这种普遍性，又要探索其特殊性以及两者如何结合在一起，文艺运动和社会运动如何相互促进。这正是杨晦先生的治学之道对我的启示，使我终身受益。

在送走苏联专家之后，杨晦先生没有再请外国专家来，而是向研究生倡导总结中国自己的文学实践经验，在出版《文艺学引论》（1958）时，他特地在“出版后记”中说明切勿教条主义地引用。他自己转向了中国文艺思想史研究，引导研究生向这方向前进。他为研究生开出了一批毕业论文选题，分成三大类：一类如文艺与道德、文艺与宗教、文艺与政治；一类如毛泽东文艺思想、鲁迅文艺思想、瞿秋白文艺思想；一类如先秦时代文艺思想、魏晋时代文艺思想等，重点都放在总结中国文艺实践经验，真个是用心良苦！很多研究生尝试运用历史辩证法来研究中国文学，如石汝祥专致于鲁迅的文艺思想，王家骏钻研毛泽东文艺思想，赖应棠致力于探讨文艺与政治的关系。熟悉欧美文学的乔福山对文艺与道德的关系感兴趣，对托尔斯泰、雨果的作品做了深入分析，同时对中国文学传统中的道德观念做了新的阐发，被《光明日报》赏识，请去当编辑，后来成为文艺部主任。

朱海坤：*您认为，毕达可夫的文艺学引论课程对中国当代文艺学的学科发展和话语建构产生了哪些影响？*

胡经之：从历史发展的角度看，影响还是很大的。马克思主义文艺学由此进入大学讲堂，这是中国历史上从来没有的。马克思主义的一些基本观点介绍到中国的高等学府，为我们带来了新鲜血液，从而引发我们新的思索。

首先，把文学艺术放到整个社会生活中来考察，对文学艺术在社会生活中的地位，有了新的解释。在经济基础—上层建筑—意识形态这个结构框架中，文学艺术属意识形态，当然也是上层建筑。这个观点在后来引发过争论，但还是达到较为广泛的共识。当时，杨晦、朱光潜、蔡仪都来听了毕达可夫的课。杨晦先生把文学艺术的意识形态看作自律，而把经济基础、上层建筑看作他律，相互间还是公转与自转的关系。朱光潜认为，文学艺术作为意识形态不能称作上层建筑，远离经济基础，漂浮在高空。他一直坚持美是意识形态，不属于上层建筑，不随经济基础而变更，所以具有不朽的魅力。把美归结为意识形态，亦即意象，这是他一贯坚持的看法，自成一家。但不管如何解读，这都是马克思主义文艺学带来的新现象。直到如今，我们的文艺学仍在争论文学艺术是不是意识形态，是什么样的意识形态。

其次，我国大学中文系有了文艺学教科书。1954 年，教育部委托杨晦先生为全国高校的文学概论课拟出一个教学大纲，以应教学急需。他以苏联专家的教学大纲为参照，虚心听取了蒋孔阳、霍松林、张文勋、蔡厚示等进修教师的意见，拟出了文学概论的教学大纲，这是新中国成立以后的第一次。由杨晦先生主持拟写的这个教学大纲一直推行到1958年。毕达可夫的《文艺学引论》1958年才由高等教育出版社出版，以后连续印了8次，在全国高校采用，要到60年代，以群主编了《文学的基本原理》，蔡仪主编了《文学概论》，方才代替了毕达可夫的教材。更主要的是，它直接影响了这些进修教师、研究生。1957年前后，国内出版了好几部进修教师编的教材，把苏联和中国的文学理论进行融合。除了蒋孔阳的《文学的基本知识》，霍松林写了《文艺学概论》，吸收苏联专家的观点，结合中国文学的材料。东北师大的李树谦和李景隆也写了一本《文学概论》，冉欲达和康伣写了《文艺学概论》。当时的情况是，李树谦将毕达可夫的讲课内容详细记录下来，用快信寄回东北师大，由他的同事接到后补充中国的内容，课就是这么上的，大学课堂就是这样建设的。现在有人说，那时的文学理论都是苏联的，其实进修班的那批教师已经开始融合中国的经验。还有一部分人后来参与编写蔡仪主编的《文学概论》，李树谦、吕惠娟和我都进了编写组。这些教材都吸取了毕达可夫讲课的内容，把文学艺术作为意识形态来论述。蒋孔阳的《文学的基本知识》一书中就这样写道："文学是用语言来创造形象，并通过创造形象的方式来反映人类社会现实生活的一种特殊的社会意识形态，它是属于上层建筑的社会现象之一。"

最后，它激励了中国学者尝试运用历史唯物主义来研究中国古典文论。进修教师中有不少人原是从事古典文学研究和教学的，如郝御风、张文勋、王文生、邱世友、霍松林等。进修回去后，受苏联文艺学的启示，他们先是开设了文学概论课程，后来又陆续开设了中国古典文论的课程，对中国自己的文艺理论传统进行梳理、研究。

朱海坤：毕达可夫的讲课对您个人的学术道路有什么影响？

胡经之：影响很大。首先，引发了我对马克思主义的关注。这是我接受马克思主义的起点，从此学会从历史辩证法的角度来看待文学艺术。我知道了文学艺术属于意识形态，而不是一件普通的物品。一本书、一幅画的背后有精神内涵。这意识形态属于经济基础之上的上层建筑，却和政治、法律等的上层建筑不一样，属于"更高的、悬浮于空中的上层建筑"，可以称之为第二上层建筑。我接受了这个基本观点，所以蔡仪主编《文学概论》时，要我撰写第一章“文学是反映社会生活的特殊的意识形态”，我欣然应命，并就此命题和蔡仪有了深谈的机缘。那时，我对文学艺术作为特殊的意识形态有了进一步思考。文学艺术和哲学、道德、宗教等都是意识形态，文学艺术的特殊性在哪里呢？当时我认为，就特殊在文学艺术是对社会生活做审美的反映。这不是我的新发现，卢卡奇在《审美特性》中早就这样说了。但是，蔡仪明确地对我说，《文学概论》不谈美学，美学问题让《美学概论》去说。《文学概论》谈文学的特点，只谈到形象地反映就行了，不去谈审美反映。因此，这一章的第二节就叫“文学是社会生活的形象的反映”。1963 年，我在北大讲文学概论，已把审美反映加进去了，还大讲“美的规律”，引起了学生的嗤笑。课代表曾镇南告诉我，学生间给我取了个外号——“胡经之，字规律”。此时还没有写出文章来，1979 年我才在《论艺术形象》里谈审美反映。审美反映仍然是意识形态，不过是特殊的意识形态。所以，文艺的意识形态说是我一贯坚持的，最早来自苏联专家的讲课。尽管我在 1951 年读到周扬编的《马克思主义与文艺》时，已知道意识形态之说，但并未解其真意。

其次，从听苏联专家讲课开始，我这一生都关注着苏联美学、文艺学的发展。毕达可夫的《文艺学引论》基本上还是斯大林时代的马克思主义文艺理论，对文学艺术的意识形态的独特性还没有做出深入探索，却引发了我对这一问题的思考。斯大林时代过去之后，苏联的审美学派、文化学派、符号学派蓬勃兴起，我对此产生了浓烈的兴趣。1956 年，我从中国人民大学马列主义研究班回到北大，师从杨晦先生攻读文艺学副博士研究生，当时国内已掀起美学大讨论。《文艺报》《光明日报》等知道我涉猎过五四以来的现代中国美学，约我写稿参加讨论，杨晦先生劝我安心钻研中国古典文论，切勿旁骛。我遵嘱不写，却一直关注着美学争论，觉得只在美是客观的还是主观的这一层面争论，无法解决文学艺术的复杂问题，因而转向苏联美学。1961 年，我在中央高级党校参加《文学概论》编写，和《美学概论》编写组在一起。我和从莫斯科大学归来的刘宁常常交谈，关注苏联美学的最新发展。那时，苏联的美学家斯托洛维奇、卡冈、布罗夫等已深入到探索文学艺术的真、善、美的相互关系，美在艺术创作中占有什么地位，起什么作用。为了对审美体验做进一步探索，我还请我的北大同学、正在莫斯科大学钻研苏联文学的孙美玲买了苏联著名心理学家鲁宾斯坦的新作《心理学的原则和发展道路》（1959 年俄文版）。其中有专论"体验"的一节，深得我心。1978 年，我劝说正在跟朱光潜先生攻读西方文学批评史的凌继尧，赶快把斯托洛维奇、卡冈等的美学著作翻译进来，在改革开放初的新一波美学热潮中起了积极作用。

最后，我开始知道为学之路，既要从上而下，又要自下而上，宏观与微观相结合，这样才能全面掌握研究对象。我听毕达可夫的课，一个明显的感觉是，他跟杨晦先生的路子不一样。杨晦先生都是从现实出发，提出问题来讲，是从个别到一般，从具体到抽象，最后提高到文学的自律和他律。这是我的感受。什么是文学？文学究竟是指什么东西？他要明确的是，文学是作为艺术的文学，不是一般的文章，不包括杂文。文章有另外的标准，不适用于艺术标准。比方说文以载道，就是以"道"的对错作为标准。艺术就不是，艺术就要讲有没有艺术性，有没有文学性，艺术性、文学性是什么？要讲这个，要讲到真善美的问题上。杨晦先生是这个路子。当然他最后也提高到上层建筑与意识形态上来，文学艺术有自转，也要围着经济基础公转。毕达可夫用的是新的论述方法。他把整个体系倒过来讲，先讲马克思主义哲学体系是什么，再把文学艺术放在这里头来看。那就首先要讲经济基础与上层建筑，这在当时是新鲜的，以前没听说过。他讲社会是什么，由什么构成，再讲文学在社会里头是占什么地位和起什么作用。文学是上层建筑，是意识形态，要讲这个。这些问题到现在实际上还没解决，还在讨论呢。

当时我们似懂非懂，完全听毕达可夫的，因为他是马克思主义文艺理论的专家。接下来，他讲文学具有什么性质呢？文学有阶级性、人民性、党性，三大核心，我记得清清楚楚。一讲文学就要讲阶级性、人民性、党性。不讲这个，不是马克思主义。这是第二个重点，我受益。然后再讲创作方法，讲社会主义现实主义。我记住的，就是这三大重点。所以我一直认为，文学艺术是意识形态，是特殊的意识形态，这是我一直坚持的。我现在还认为文学是意识形态，是特殊的意识形态。那个时候我就接受了。但是，我有困惑。这个困惑在哪儿呢？上层建筑要随着经济基础的变革而变革，不可能是永恒的。那时候，古典文学是我们的重点课，我在听苏联专家讲课前，已经听了三年的中国文学史，都是著名专家来讲，游国恩讲先秦两汉、林庚讲唐诗、浦江清讲明清、吴组缃讲古典小说。那古典文学为什么还是很吸引人？怎么我们现在还那么感兴趣？古典文学怎么到现在还是我们学习的典范呢？我脑子里有疑惑，这是一个问题，对我来说是一个难题。后来我写的东西，都跟这个有关系。第二个困惑是，文学有阶级性，我承认。我认为是有阶级性。党性且不谈，古典文学不能谈党性。但在我心里，古典文学的阶级性跟人民性是个矛盾，为什么那些优秀作品大多是统治阶级、剥削阶级出身的人物创作的？他们怎么会有人民性呢？这老在我脑子里悬着，是个问题。第三个问题关于社会主义现实主义。现代文学作品提倡社会主义现实主义，古典文学不可能有社会主义现实主义吧？那么古典文学有哪些好的创作方法呢？当时，连游国恩这些老先生一讲古典文学还有什么价值，就说一个是认识价值，反映现实，一个是有人民性。很多古典诗词就是写他对人生的感受，他的心境，这是不是现实？是不是现实主义？

其实，杨晦先生早已注意到了。毕达可夫讲文学发展的历史就是形式主义和现实主义斗争的历史，他不同意。文学艺术不就得讲形式吗？没有形式怎么成为文学呢？这是个难题。还有一点，浪漫主义好不好？反正我心里一直犯嘀咕。杨晦先生有自己的见解，我很快接受了他的见解。他在课上就讲浪漫主义有积极的和消极的，不能简单地只说现实主义，不能说雨果的《九三年》之类的作品都是现实主义的。很多作家既有浪漫主义，又有现实主义。这是杨晦先生的一贯观点。我觉得有道理，我就听他的，不听毕达可夫的。我写结业论文《论文学的人民性》，就是要解我自己的困惑，什么是人民性。同情人民当然是人民性，杜甫、白居易有人民性，他们虽然出身剥削阶级，但同情人民。有的人不一定直接同情人民，但揭露社会的黑暗腐败，符合人民的愿望，按照杨晦先生的观点，这也有人民性。他就讲，《红楼梦》的价值在于暴露黑暗，符合人民要求，有人民性。我吸取他的观点，在文章里头也讲了。我的副博士毕业论文《古典作品为什么至今还有艺术魅力?》想解决我的另一个困惑。我的观点是，文学艺术只要蕴含真、善、美的品质，就有艺术魅力。符合真、善、美的要求的作品就好，就有不朽的艺术魅力，不同作品有不同的重点，有不同的标准，最好是真、善、美相统一。这是我学了苏联专家的理论之后的收获，通过这两篇文章解答一些自己的困惑。

朱海坤：您刚才谈到，在吕荧教授所开设的文艺学课程遭批判时，李希凡曾撰文表态，实际上起到了推波助澜的作用。李希凡是中国当代文学史上十分活跃的人物，关于他与文论界的交往，您能否再介绍一些？

胡经之：我与李希凡交往很多，我们是同辈人，走的是不同的治学方向。李希凡 1953 年从山东大学提前毕业，到中国人民大学马列主义研究班做研究生去了。他毕业的时候，中文系有二十几人分配到北京，中央机关各部门、报纸杂志都有，只有两个人去当研究生。他作为拔尖人才，就是其中之一。人大马列主义研究班是从 1952 年开始办的，是要培养马列主义的接班人。可是李希凡不喜欢当研究生，不喜欢坐而论道。他后来说，那期间没有真正好好念书，他头疼学外语，对于哲学的抽象理论，也没有兴趣。他想当别林斯基那样的评论家，专事文艺评论。当时，他的同班同学蓝翎分配到北师大工农速成中学当老师，两个人常在一起。李希凡在 1954 年看到了俞平伯在《新建设》上发表的《红楼梦简论》。两个人就写了批评俞平伯的文章。实事求是地讲，他们完全是自发的，这件事情没有得到上头任何人的授意，就是他们本人的见解。他讲他自己的想法，我就这么看，很自负，认为他的观点就是马克思主义的。但究竟是不是呢？别人也有看法。乔福山是《光明日报》文艺部主任，李希凡是《人民日报》文艺部主任，他们相熟。乔福山是毕达可夫班的研究生里头最有成就的。他就说，李希凡基本上是车、别、杜的路子，搞评论，不重视理论，理论跟评论是不一样的。这是乔福山的看法。现在他们都过世了。何其芳很反感李希凡，有过激烈争论。周扬对李希凡也不是很赞赏。陆定一对李希凡也是有看法的，比较赞赏李泽厚的理论。后来，李希凡和蓝翎合写的《关于〈红楼梦简论〉及其他》，先是寄给《文艺报》，后来又给了山东大学的《文史哲》，《文史哲》发了。毛泽东看到了，就写了封信给政治局，予以肯定。毛泽东在信里还批了《文艺报》，说贵族老爷对小人物不加理睬。冯雪峰被撤了《文艺报》主编的职务，换了张光年。这是 1954 年的事。然后，就开展批判俞平伯的运动，有两个月文联、作协天天开会。杨晦先生去参会，就为俞平伯辩护。他也不同意李希凡的观点。李希凡坚持自己是马克思主义的，他们认为李希凡不一定是马克思主义的。学术争论嘛，各说各的理由。后来总结教训，包括陆定一都认为这是个学术问题，不能提到政治上来。俞平伯原来是北大的，后来筹建北大文学研究所，把俞平伯、余冠英调过去了。当时，何其芳是副所长，要保护他，都是替俞平伯说话的。

李希凡因批判俞平伯而出名，然后坚决要求调离人大，不当研究生了。他自己给中央写信，说他愿意到《人民日报》参加文艺评论，中宣部主管文艺的副部长周扬把他调到了《人民日报》。《文艺报》请他当了特约评论员。我和严家炎、王世德后来也被聘为《文艺报》特约评论员。我是这个时候跟李希凡认识的，之前不认识他。蓝翎比李希凡还早进入《人民日报》文艺部，两个人都在那里，就有条件一起合作写文章了。1956 年反右运动开始，王蒙的小说《组织部新来的年轻人》挨批，被划成右派，李希凡写文章批王蒙的右派言论。他说，堂堂首善之区、祖国首都，怎么会出现官僚主义？王蒙戴着有色眼镜来看我们的首善之区。文章被毛泽东看见了，毛泽东说首善之区怎么没有官僚主义？官僚主义出现在北京，这有什么可奇怪的？李希凡不了解生活，不了解实际情况，还是到学校去教书吧！这是有批示的。这个批示给他的领导看过，李希凡本人并不知道。领导就找他谈，要调他走，他坚决不走。他说，我就在《人民日报》，哪儿也不去。李希凡一直在《人民日报》文艺部，“文化大革命”之后才到中国艺术研究院，在当时的文艺评论界影响很大。

李希凡有没有功劳？在我看来，功劳很大，他的主要贡献在文艺评论。那时新出来的很多作品，他都评了，如《红旗谱》《青春之歌》。他为人真诚、直率，我们相互尊重，一起参加过不少活动。

朱海坤：杨晦先生是您的恩师，请您谈一谈他对您的治学之路有哪些影响？

胡经之：晦师是我人生中遇到的第一位学术引路人，对我的学术道路、人生道路都起着引导作用。俗话说，一日为师，终身为父。这个古老的传统在“五四”以后也还存在。我从浦江清、王瑶两位先生与朱自清的师徒关系中，感受到了这一传统。在与杨晦先生的交往中，我有幸亲身体会了老师对学生慈父般的关爱，懂得了传统师生情谊的珍贵。他从北大毕业后，在国内多处辗转，1950 年回到北大，当中文系主任、副教务长。我跟杨晦先生过从 30 余年，直到他 1983 年去世，1984 年我来到深圳。1960 年底，我副博士研究生毕业的时候，南京大学要我去，我也想去，因为我的父母在南京，杨晦先生劝我留在北大。那时我在北大已经 8 年了，不能说走就走，还是留下了。

1949 年春，杨晦先生从上海辗转香港到北京，在当年夏天受邀参加文代会，作为主席团成员参与了大会文件的起草。一开始，周扬通过何其芳向他表达意愿，想让他留在文艺界，和张光年等人一起建设作家协会，继续从事文艺评论。冯至劝他到北大，安心做学问。杨晦先生听从了冯至的劝告，回到了阔别 30 年的母校。杨晦先生的为学之路可分为三个阶段：1939 年之前主要从事戏剧创作与翻译，从 1939 年到 1952 年倾力于文艺评论，院系调整以后则转向学术研究。我在北大上的第一课就是他开设的文学概论，而且是这门课的课代表，负责师生沟通，因此常出入他的燕东园 37 号的寓所。

毕达可夫来北大开设文艺学引论课程后，杨晦先生就转向中国文艺思想史研究。我做副博士研究生，他也叫我从事古代文论的研究。于是，我从孔子、庄子开始研读，一直到魏晋南北朝。后来，周扬提倡马克思主义美学，在北大开设系列讲座，我被任命为助教。所以，读副博士研究生的前两年，我跟着杨晦先生研究古典文论，之后就转向马克思主义美学了。我为什么没有继续走这条路呢？1963 年，我从中央高级党校回到北大，杨晦先生为我安排了两门课，一门是文学概论，以蔡仪主编的教材为准；另一门是美学课程，让我结合文学艺术来讲。那时，哲学系杨辛、甘霖已开了美学课，但没有深入结合文学艺术来讲，中文系学生希望能开出紧密结合文学艺术的美学课。杨晦先生就跟我说：你就跟宗白华、朱光潜多请教。在那个以阶级斗争为纲的年代，我还未能把这门课开起来，“文化大革命”就开始了。改革开放之初，我重读了鲁迅在 1912 年为推行蔡元培美育方针而讲的《美术略论》，觉得可以沿着这条路发展，才在中文系开出了文艺美学课。

朱海坤：最后，我还想回到文艺的意识形态属性问题上来，这是学界广泛争议的问题，您为什么一直坚持文艺是意识形态之说，您如何理解意识形态？

胡经之：这早已是由马克思和恩格斯说清楚了的。马克思在《路易·波拿马的雾月十八日》中说：“在不同的财产形式上，在社会生存条件上，耸立着由各种不同的、表现独特的情感、幻想、思想方式和人生观构成的整个上层建筑。”马克思把表现情感、幻想、思想的方式和人生观等都列为上层建筑，文学艺术当然也在其内，这些都是意识形态的上层建筑。我把这看成是第二上层建筑，以区别于物质设施的上层建筑，那是第一上层建筑。恩格斯《在马克思墓前的讲话》中说：“人们首先必须吃、喝、住、穿，然后才能从事政治、科学、艺术、宗教等等；所以，直接的物质的生活资料的生产，从而一个民族或一个时代的一定的经济发展阶段，便构成基础，人们的国家设施、法的观点、艺术以至宗教观念，就是从这个基础上发展起来的，因而也必须由这个基础来解释，而不是像过去那样做得相反。”这里也说得很清楚，文学艺术属于意识形态的上层建筑，区别于国家设施的上层建筑。文学艺术既是意识形态，又是上层建筑。我在20世纪50年代就是这么看的。我参加蔡仪主编的《文学概论》，受命写第一章“文学是反映社会生活的特殊的意识形态”，就明确了文学既是意识形态，又是上层建筑。这就不同于朱光潜之说，朱光潜说文学艺术是意识形态，不是上层建筑，这与马克思、恩格斯的原意不符。恩格斯把意识形态称之为“观念上层建筑”。他在《反杜林论》中就倡导“按历史顺序和现今结果来研究人的生活条件、社会关系、法的形式和国家形式及其由哲学、宗教、艺术等组成的观念上层建筑”。正因为文学艺术是观念上层建筑，不同于政治这第一上层建筑，所以就不一定和经济基础发生直接关系。恩格斯在《路德维希·费尔巴哈和德国古典哲学的终结》中说：“更高的即远离物质经济基础的意识形态，……观念同自己的物质存在条件的联系，越来越错综复杂，越来越被一些中间环节弄模糊了。但是这一联系又是存在着的。”马克思、恩格斯在《德意志意识形态》中指出，生产力、社会状况和意识之间可能而且一定会发生矛盾。意识形态和经济基础，可能平衡，也可能不平衡。恩格斯就阐明，18世纪启蒙时代的哲学和那个时代的普遍的学术繁荣一样，是经济高涨的结果，意识形态和经济基础平衡发展。但在 19 世纪，艺术发展和经济基础明显有了不平衡。挪威在经济上不如英、德、法等列强，但恩格斯在 1890 年指出，挪威近二十年的文学繁荣，除了俄国以外没有一个国家能与之媲美。他甚至还说，“经济上落后的国家在哲学上仍然能够演奏第一小提琴”。意识形态和经济基础之间有一系列中介，有各自的发展规律，常出现不平衡状态。

对于意识形态本身，我们研究得还不够。意识形态不仅和政治上层建筑不同，而且本身具有相对独立性。意识形态有不同的形式，不同形式的意识形态，各有自己的发展规律，相互区别而又相互作用。马克思曾把理论形式的意识形态和实践思维、艺术思维、宗教思维等做了区分，人类从精神上掌握世界的方式有不同类型。恩格斯在《致瓦尔特·博尔吉乌斯》的信中说：“我们所研究的领域越是远离经济，越是接近于纯粹抽象的意识形态，我们就越是发现它在自己的发展中表现为偶然现象，它的曲线就越是曲折。”恩格斯所说的哲学，马克思所说的理论，普列汉诺夫所说的思想体系，我看都可以归入“抽象的意识形态”之列。但意识形态并非都是抽象的，也可以是具象的。普列汉诺夫明确地说：“艺术既表现人们的感情，也表现人们的思想，但是并非抽象地表现，而是用生动的形象来表现。这就是艺术最主要的特点。”所以，在我的心目中，文学艺术是具象的意识形态，不是抽象的意识形态。在关于意识形态问题的争论中，有人以为只有思想体系才算意识形态，文学艺术不是思想体系，所以不属于意识形态，这是片面理解了马克思、恩格斯的本意，不符合实际。当代英国马克思主义文艺学家伊格尔顿说得好：“大可不必把‘文学和意识形态’作为两个可以被互相联系起来的独立现象来谈论。文学，就我们所继承的这一词的含义来说，就是一种意识形态。”

对意识形态做进一步探究，必然要进入价值论的领域。意识形态的核心就是价值观念。意识形态的特点，不仅在确证事实，而且要对事实给予评价，做出价值判断，这就需要具有价值意识。车尔尼雪夫斯基说美是生活，但他意识到生活并不都美，所以补充说明“应当如此的生活，那就是美的”。艺术反映生活，并不只是把那生活事实呈现出来，还要予以评判，表现作家艺术家的思想感情，这思想感情就是价值意识。我特别敬佩恩格斯用“诗意的裁判”来阐释文学艺术的意识形态性质。1883 年，恩格斯在给拉法格的信中，称赞巴尔扎克的《人间喜剧》真实地反映了法国 1815 年到 1848 年这一历史重大转折时代的社会生活："在他富有诗意的裁判中有多么了不起的辩证法。"这"诗意的裁判"，不仅是对生活中的真、善、美的肯定，也是对生活中的假、丑、恶的否定。巴尔扎克的《人间喜剧》，更多是对假、丑、恶的否定，但都是通过具体描写生活现象表现出来的。恩格斯把这称作"诗意的裁判"，不是抽象的理论上的裁判。价值观念可以表现为抽象的理论，按黑格尔的看法，这叫理念，以区别于实践观念，实践观念乃是具象的。先秦时代的荀子就懂得从事实判断上升到价值判断。他在《荀子・王制》篇中评价人的价值时说："水火有气而无生，草木有生而无知，禽兽有知而无义。人有气、有生、有知亦且有义，故最为天下贵也。"前面都在摆事实真相，最后一句"故最为天下贵也"，就在讲道理，做价值判断。这就是理论形态的价值意识。鲁迅创造了众多艺术形象，在形象中表达他的价值意识，对阿 Q 就是"哀其不幸，怒其不争"。对当时的人民和统治者，采取了"横眉冷对千夫指，俯首甘为孺子牛"的态度，这都是从社会实践中得来的价值体验和情感判断。

为了有所区别，我以为可以把理论的意识形态称为价值观，把实践中的意识形态称作价值感。我们的审美感，就是一种价值感，是对价值的感受，体验到的是价值。美国的桑塔耶纳就说，美学研究的是"价值感觉"，因而美学乃价值之学。

价值观念从社会实践中来，又反作用渗透到不同的实践领域中去，发挥价值导向的作用，形成了不同形式的意识形态，如政治意识形态，道德意识形态，审美意识形态，宗教意识形态等。在俄国十月革命时代，和普列汉诺夫、卢那察尔斯基齐名的沃罗夫斯基，在 1910 年发表的《马克西姆・高尔基》一文中就已指出，随着无产阶级革命的兴起，在革命实践中形成的政治意识形态日趋成熟，但"对于审美的意识形态就还不能这样说。人类创作的这个领域，其实质是对生活作出诗意的反映，因此它对现实的反映往往最不准确，反映得也最不及时"。他期待"审美的意识形态"也要迎头赶上。显然，在他心目中，"审美的意识形态"和政治意识形态，是意识形态的不同形式，发展并不平衡，在革命高潮中，应促进"审美的意识形态"的发展。"审美的意识形态"的建构，成为这位马克思主义理论家的期待。

审美意识形态不仅表现于文学艺术，还渗透到人类生活的各个领域，物质生产、精神生产、人的自身生产，一直到日常生活，都能生成审美意识。对此，前人早已有所觉察。革命先驱邹容就说过这样的话：“居处也，饮食也，衣服也，器具也，若善也，若不善也，若美也，若不美也，皆莫不深潜默运，盘旋于脑中，角触于脑中，而辨别其孰善也，孰不善也，孰美也，孰不美也。善而存之，不善而去之；美而存之，不美而去之。而此去存之一微识，即革命之旨所出也。”① 但审美意识形态确实在文学艺术中得到较为集中的表现。只不过文学艺术有多种多样，审美意识形态的程度和水平也就各有千秋。在实用艺术中，实用功利占首要地位，建筑艺术、园林艺术等实用艺术当然要以实用价值为先。在精神艺术中，不追求实用功利，追求精神功能，而精神功能也有多种多样，可以以求真为目的，也可以以求善为目的，也可以以求美为目的。以求美为主要目的的艺术，属于美的艺术，以审美价值为主导。

我的美学研究是从探索文学艺术的审美价值开始的，但我更看重融真、善、美于一炉的文学艺术。我的文艺学副博士论文《为何古典作品至今还有艺术魅力》，旨在阐明古往今来的优秀作品，或以真取胜，或以善取胜，也可以以美取胜，但最好还是真、善、美结合。审美意识形态在不同的文学艺术中究竟占有什么分量，起什么作用，仍然值得我们的文艺学做深入探讨。

二〇一九年十月　采访

二〇二二年七月　定稿

深圳湾　望海书斋

① 邹容：《猛回头——陈天华邹容集》，辽宁人民出版社 1994 年版，第 183 页。

第二章

百家争鸣美学热

史雄波：胡老，您好！今天想请您谈谈20世纪50年代的美学大讨论。美学大讨论在1956年开始，您对这一年有什么印象吗？

胡经之：1956年，对我来说，是很重要的一年。就在这一年，国家发出了庄严的号召，向科学进军，并提出了"百花齐放，百家争鸣"的方针。在向科学进军的号角声中，我在陆定一夫人严慰冰的帮助下，从中国人民大学马列主义研究班重返北大，先当杨晦先生的助教，跟从他研究中国文艺思想史，过年之后，再从助教转为他首次招收的文艺学副博士研究生。那年春天，郭沫若作为中国科学院院长和全国文联主席，邀请陆定一在怀仁堂做了《百花齐放，百家争鸣》的著名报告，在京的著名科学家、作家、艺术家，包括北大的马寅初、江隆基、周培源、冯友兰、翦伯赞、魏建功、季羡林、冯至、杨晦、游国恩、王力、朱光潜等都去听了，反应热烈。学术研究的春天到了。从1954年国庆开始，我常出入于中南海，去看望严慰冰和她母亲过瑛。如果陆定一在家，他就会叫住我，要我讲讲北大有什么新闻。他特别关切一些著名教授的情况，要我知无不言，如实说来。这年国庆期间，我又去看望过瑛和严慰冰，午饭后在客厅聊了一阵儿，就要告退。这时陆定一从外边回家，叫我先别走，他下午没有事，要我坐下来聊聊。

这一次，陆定一很关心"百花齐放，百家争鸣"方针提出后，北大的教授有什么反应。我如实告诉他，反应热烈，皆大欢喜。为响应百家争鸣，好多教授都准备在必修课程之外开出新的专题课，当时北大党委书记、副校长江隆基鼓励大家要炒名牌菜。杨晦先生在中文系带头开了中国文艺思想史，王瑶开了鲁迅研究，吴组缃和文学研究所的何其芳都已在准备开讲《红楼梦》，林庚正在准备开设他最喜爱和擅长的唐诗研究。然后，我又说到朱光潜，他也已做了准备，很快要开出美学课了，以回应蔡仪。蔡仪已先开出了美学课，宗白华也在做准备。百家争鸣的风气，已在北大开启了。

说到朱光潜，陆定一就追问起他的近况来。我自 1953 年起，一直和朱光潜保持着联系。我告诉他，朱光潜最近参加了中国民主同盟，成为民主党派人士，前不久写了近两万字的《我的文艺思想的反动性》，以自我批判开始，继续他的美学研究。我去过他家里几次，他住在校医院后面的破平房里，房子太旧，他心情却平和，安心做学问。我听杨晦先生说，江隆基已经向他打了招呼，准备让他搬到燕东园 27 号去住。那原是燕京大学校长陆志韦的住宅，陆志韦去了中国科学院社会科学学部，这“豪宅”准备给朱光潜住。听到这里，陆定一就说开了：这就对了！对朱光潜先生这样的老教授，生活上还是要给予照顾。在政治上，他是国民党的中央监察委员，但没有跟着国民党跑。北平快解放时，蒋介石派飞机来，要把一些文化名人接到台湾去，名单里就有他，他没有走，这精神就可嘉。新中国成立后，他能自我批判，清算以前走过的道路，愿意学习马克思主义，我们应该欢迎才对，不要把愿意进步的老知识分子拒之门外。去年中国科学院要大家推荐学部委员，你们北大的党委书记、副校长江隆基想把朱先生列入哲学社会科学学部当学部委员，引起不少争议。不少人还说，像蔡仪、黄药眠这些进步教授都不是，怕摆不平。既然一时争论挺大，那就先暂时搁一搁，等下次再说。但我对周扬、乔木都说了，对他的生活待遇还是要照顾，学术上要发挥他的作用。看来，北大已经在落实了，这就对了。

“百花齐放，百家争鸣”的方针出来后，知识分子确实欢欣鼓舞，却也有一种担心，怕这只是暂时性的策略。我就听吴组缃在私下说过，他当然希望这是长期政策，不要只是权宜之计。他当时正在申请加入中国共产党，真心诚意盼望通过百家争鸣来发展学术。他说，我们有些人，就像大人对待小孩一样，为了让孩子听话，就给孩子一块糖吃，让他顺着大人，如若小孩不听话，立刻就伸手打。当时，我脑海里闪过的也正是这个困惑，所以就对陆定一说，大家都盼望“双百”方针是个长期政策，有人担心，怕这只是权宜之计。陆定一听我一说，就站起身来，面向我说，你们这些年轻学者要做老一辈学者的工作，要相信“双百”方针可不是权宜之计，是要长期实行的。提倡“百花齐放，百家争鸣”可不是我一个人的想法，这是毛主席的主张。毛主席在1951年为中国戏曲研究院题词“百花齐放，推陈出新”，1953年针对中国科学院的历史问题争论，提出要“百家争鸣”。我个人在苏联多年，亲身感受到斯大林时代的教条主义太厉害，中国不能这么办，文化艺术还是要“百花齐放”，学术研究还是要“百家争鸣”。学术问题、艺术问题、技术问题不能和政治问题混为一谈，必须区分开来，不然就会变成乱麻一团，混战一场。各行各业都有自己的专家，要靠行家里手来解决本专业的问题。前几年，中国科学院要编中国史，光历史分期就有好几种不同的分法，郭沫若、范文澜、翦伯赞都不一样，要我们中宣部裁决。我对毛主席说，这是学术问题，不能由我们中宣部来敲定。毛主席也同意不要去干涉，还风趣地说，中宣部就是请马克思、恩格斯、列宁来当部长，也解决不了这些学术问题。要繁荣文化艺术，发展科学研究，还是得靠“百花齐放，百家争鸣”，这是历史的必然。他接着说，大学课堂也不能只许“一花独放”。他已经和江隆基打了几次招呼，在高年级应该允许开一些“资产阶级学说”的课程，罗素哲学、凯恩斯经济学等都应该让学生知道，要引起争鸣，学术才能发展。

他还谈到了当时的美学讨论。他说美学是一门精微的学问，就更需要大家争鸣。你们北大集中了那么多老一辈的美学家，就可以从朱光潜先生的自我批判开始，展开美学的争鸣。我已和周扬说过了，让大家自由争鸣，不要妄加干涉，蔡仪、黄药眠、吕荧都可以充分发表自己的见解，慢慢在学术界形成一种风气。不要把学术争鸣当作政治斗争，这不利于学术发展。

那天，陆定一的精神很好，兴致勃勃地为我说了一大套。这是我听陆定一说得最多的一次，给我留下了深刻印象，使我真诚相信“百花齐放，百家争鸣”的方针在北大能够实施，能开花结果。我本就对美学饶有兴趣，听他这么一说，我更关注起当时正在展开的美学讨论。在此后数年的美学争论中，学界陆续发表了美学文章近三百篇，绝大部分我都看过，尽管理论水平尚不高，还曾出现相互扣“唯心”的帽子的现象，但没有像

《红楼梦》的争论那样，后来发展成政治批评。事后，陆定一又和我说过，美学大讨论比《红楼梦》批判搞得好。陆定一是“双百方针”的积极推动者，他的这一看法，受到不少人的赞同。当过中国社会科学院院长的胡绳就在《中国共产党七十年》一书中写道：对《武训传》的批判和《红楼梦》的争论，把学术问题引向了政治斗争，不利于学术发展。他不仅召开会议，向俞平伯公开道歉，并且声称：思想问题和学术问题是属于精神世界的很复杂的问题，采取批判运动的方法来解决，容易流于简单和片面，学术上的不同意见难以展开争论（可参看胡绳该书313页）。

回到美学大讨论和这场讨论的背景。这场讨论起于《文艺报》发起的对朱光潜文艺观念和美学思想的批判，胡乔木、周扬等人分别提前给朱光潜打过招呼，不是要整人，而是要澄清思想。1956年6月底，《文艺报》刊发了朱光潜先生的文章《我的文艺思想的反动性》。在刊发这篇文章时，《文艺报》加了编者按语，大致意思是接下来会陆续发表讨论美学问题的文章，只有通过充分的、自由的、认真的讨论和批判，真正科学的、根据马克思列宁主义原则的美学才能逐步地建设起来。这引发了接下来的一系列批判、讨论，包括贺麟在《人民日报》发表的《朱光潜文艺思想的哲学根源》，曹景元在《文艺报》发表的《美感与美》，黄药眠的《论食利者的美学》，敏泽的《朱光潜反动美学思想的源与流》，还有李泽厚在《哲学研究》上发表的讨论朱光潜的唯心主义美学的文章。《文艺报》编辑部在1957年出了文章汇编，叫《美学问题讨论集》，后来《新建设》编辑部接着出，1964年出到第六集，一直到“以阶级斗争为纲”的年代，就此结束。近10年间，一共发表了300篇左右的文章，作者近百人。这是中国历史上从未有过的学术盛况。

史雄波：20世纪50年代的美学大讨论虽然在1956年才开始，但实际上新中国成立初期，这场讨论就已显露端倪。比如，《文艺报》早在1949年和1950年就刊发过批评朱光潜美学思想的文章，这是不是与新中国成立初期党的文艺政策联系紧密？

胡经之：是的。新中国成立初期，党在文艺战线上的重要任务就是周扬提出的“建立科学的文艺批评，加强文艺工作的领导”，其中的关键就是必须具体应用毛泽东文艺思想。当时，新旧话语相互碰撞，新的政党亟待变更旧的意识形态话语。早在 1949 年 10 月，读者“丁进”就在冯雪峰主编的《文艺报》发文批评朱光潜美学背离政治标准第一、艺术标准第二的原则。随之蔡仪、黄药眠、吕荧等先后发表了批评朱光潜美学的文章。到了 1954 年，毛泽东支持李希凡、蓝翎这两个“小人物”批判俞平伯红学研究而掀起了《红楼梦》批判高潮，改由张光年主掌《文艺报》。1956 年在“双百”方针提出后，周扬、胡乔木、张光年等主动和朱光潜打招呼，希望他以自我批判开始，开展美学争鸣。所以，朱光潜总体的写作态度是一种“自我检讨”，蔡仪和黄药眠的文章主要批判朱光潜，批判他将美感与现实人生、艺术与人生完全割裂开来。当时争论的焦点还是落脚在“唯心”还是“唯物”问题上。

史雄波：这场美学大讨论主要围绕着美的本质问题展开，提出了主观说、客观说、主客观统一说以及客观性和社会性统一的观点。能不能谈谈您对这四种观点的看法？

胡经之：美学大讨论主要围绕美的本质这个核心问题展开，按照甘霖的归纳，形成了四种观点。第一种观点是美是主观的，以吕荧、高尔泰为代表。美学大讨论开始前，吕荧就撰文提出“美是人的一种观念”。因此在这场讨论中，吕荧和他的思想一开始就被归入“唯心主义”阵营。这种划分是有问题的。1957 年，吕荧在《人民日报》发表了《美是什么》，正面回应了对美的主观论的质疑。美难道没有客观性吗？吕荧认为，美的观念是一种社会意识形态，它是客观存在的，但是这种观念是在一定的社会生活中和历史条件下的客观存在，并不是离开社会和生活的客观存在。他说，美作为一种社会意识，为社会生活决定，也反作用于社会生活，随社会生活的发展而发展。吕荧的美学观可以看作是一种唯物论的主观派。同是主观派，高尔泰的观点就不一样，高尔泰认为不存在客观的美，对于美，只有人感受到它，它才存在，不被人感受到，它就不存在。美与美感在他这里是融合在一起的，不可分割的，超美感的美是不存在的。所以高尔泰说，如果一定要把美说成是物的属性，得加上一个注解：这个属性是欣赏者暂时附加给对象的。

第二种观点是美是客观的，以蔡仪为代表。蔡仪在新中国成立前就提出，美是客观事物的典型。在美学大讨论中，这种说法遭到很多人的质疑，比如，典型的苍蝇、典型的恶霸是美的吗？面对这些质疑，蔡仪一直保持着他的基本立场，坚持美不是主体对事物的特征的感受，而是美的事物的特征，它不是属于主体的，而是属于客体的。他还从美的评价来谈这个问题。如果对象的美没有它本身的原因，只取决于人的主观，那么美学评价也就没有了客观标准，没有了是非之分、正误之别，美就成了相对的东西。这就形成了美学上的相对主义，实质上就否定了美，美学也陷入了虚无主义。这是蔡仪的观点。

第三种观点是美是主客观的统一，以朱光潜为代表。朱光潜很早就提出美不仅在物，亦不仅在心，它在心与物的关系上面。美学大讨论中，朱光潜换了一种表述，他说美既有客观性，也有主观性；既有自然性，也有社会性；不过这里客观性与主观性是统一的，自然性与社会性也是统一的。但在蔡仪、李泽厚看来，朱光潜的观点仍然是唯心主义的。朱光潜在《我的文艺思想的反动性》中也说，他实际说明的看起来还是，“凡是美都要经过心灵的创造……我花了万余言，绕来绕去，终于没有跳出克罗齐的主观唯心论的掌心”。

第四种观点是美是社会性与客观性的统一，以李泽厚为代表。在李泽厚那里，美与善一样，都是人类社会的产物，它们都只对于人和人类社会才有意义。他认为，美是现实生活中具体的社会形象和自然形象，这些形象包含着社会发展的本质规律和理想，可以被感官直接感知。美学大讨论中，美的社会性常常与它的主观性，与客观唯心主义讲的“观念的体现”混同。李泽厚对此做了辨析。他说：“我们讲的美的社会性是美依存于人类社会生活，是这生活本身，而不是指依存于人的主观条件的意识形态、情趣。”这就区分了美和美感的社会性。美感的社会性是一种社会意识，它是主观的，而美的社会性是客观存在的。

史雄波：您作为当时的亲历者，如何看待这次美学大讨论？

胡经之：这是新中国掀起的第一次美学热潮，在“百花齐放，百家争鸣”声中，营造了一种和风细雨的氛围，不像《红楼梦》批判那样，给人以疾风暴雨的印象。约有 10 年光景，发表了近 300 篇美学文章，作者近百人，培育出了一大批对美学产生兴趣的人文学者，后来成为改革开放之初的新美学热潮中的活跃力量。

新中国成立之初，很少有人关注美学这一学科，很多人以为美学是外国传来的资产阶级伪科学，不予置理。1953 年，我想弄清美学究竟为何物，但北大无人开美学课，我只好自学，自己从图书馆找书看。“双百”方针提出后，陆定一就嘱咐江隆基，北大要真正贯彻“百家争鸣”的学术方针，资产阶级的课程也可以开。他要江隆基在北大抓两个典型范例，尝试通过自由争鸣，建设起新学科。一个典型是生物学教授李汝祺，从美国留学归来，属于摩尔根学派，让他把这一学派的生物学课程开设起来。陆定一在苏联多年，亲历了苏联的生物学争论，斯大林支持李森科学派，把摩尔根学派封死。陆定一觉得，在中国不能这样，要让不同学派自由发展，这才符合科学规律。另一个典型就是美学教授朱光潜，要让他通过自我批评，吸取大家意见，运用马克思主义做新的阐释。周扬贯彻陆定一的指示，鼓励朱光潜开美学，随后，蔡仪、宗白华、黄药眠等也陆续开出了美学。周扬自己带头于 1958 年到北大开设讲座，第一讲就开门见山呼唤“建设中国的马克思主义美学”。我们这一代人文学者方才知道，马克思主义也要建设美学，从而积极投入。周扬讲座后，北大立即成立了美学教研室，杨辛、甘霖之后，哲学系的叶朗、李醒尘等留校，还从中文系调入阎国忠、于民，从事美学教学和研究。中共中央高级党校文史部负责人何家槐成立美学小组，聘请朱光潜、宗白华、蔡仪等开讲美学。紧接着，中国人民大学成立了以马奇为首的美学教研室。中国科学院（后来哲学社会科学学部独立成立中国社会科学院）的美学研究室、文艺理论研究室更是成为我国美学研究的重镇。李泽厚、刘纲纪、叶秀山等都是从北大哲学系出来的本科学生。李泽厚的本行是研究中国近现代思想史，但美学热潮初起，他就投向美学争论，后又和刘纲纪合作撰编《中国美学史》。新中国成立之初从苏联留学归来的刘宁、涂武生（涂途）、杨汉池、王善忠等，回国后都积极投入了美学研究。

美学争鸣不仅吸引了不少哲学界人士的参与，不少从事中国文学研究的人也投入进来。我和王世德是北大招收的首届文艺学副博士研究生，专业为文学理论，但我们的副博士毕业论文都转向了美学。我的论文还是研究文学艺术的真、善、美，王世德的论文干脆就定为《劳动创造了美》，这超出了文学艺术。比我高一届的金开诚留校任教，先是当王瑶的助教，后当游国恩助手，又在魏建功门下整理古籍，受美学争鸣的感召，竟在专业之外，另辟新路，研究起文艺心理学来。他说，这才是他真正的爱好，志趣所在。研究文学，若不用美学的眼光分析创作心理，那就索然无味，难以解释文学的奥秘。还有一位李厚基，和金开诚同班，毕业留校做吴组缃的研究生，研究明清小说，毕业后去天津师范学院任教，在开设古典文学课程之外，大讲电影美学，发表的文章也大多为电影的美学分析。比我低一届的黄海澄，和袁行霈同班，1957 年毕业后先到了中央民族学院，后去广西师范学院教古典文学，又回北大来从林庚治唐诗，回到广西后，在教古典文学之外，立美学新说。在美学热潮的感召下，北大这几位师兄弟都在研究古典文学的过程中，深切地体会到，文学研究不能只停留在考证、训诂，还要解其义理，但一涉及义理，若不懂美学，则寸步难行。所以，他们都从研究古典文学转向了美学研究，以便解读和领悟文学的奥妙。

史雄波：听您这么说，我就理解了你们这一辈新中国成长起来的第一代人文学者为什么那么重视美学了。我想进一步追问，这次美学争鸣对您个人的学术道路有什么影响？对您有没有特殊的意义？

胡经之：我和大家一样，受到了这次美学争鸣的影响。我们这一辈人在世的已经不多了，2020 年，山东文艺出版社出了一套《中国现代美学大家文库》，我浏览了一下，前辈学者蔡元培、王国维、朱光潜、宗白华、蔡仪、蒋孔阳早过世了。我同辈的六个人，最年长的周来祥是李希凡的同班同学，比我大五岁，也早已不在了。其次是李泽厚，比我大三岁，刚去世不久，活到 91 岁。刘纲纪、叶秀山和我同年，也在前几年去世。如今健在的汝信，比我大两岁，同辈中只剩下我们二人了。自然规律，不可抗拒。

这次美学争鸣，使我懂得，建设社会主义也需要美学。列宁不是大声疾呼“美应是社会主义文艺的艺术标准”嘛！周扬也振臂高呼，要建设马克思主义美学。这促使我从研究中国文艺思想史转向美学研究，坚定了我的学术方向：尝试以马克思主义观点研究美学。

我有幸早在 1952 年进入北大后不久，就在图书馆里看到一本德国学者写的马克思传记，里面谈及马克思在中学毕业时写的毕业论文。其中就说到，马克思从小就确立了人生的奋斗目标，那就是为了“人类的幸福和我们自身的完美”。马克思的一生，就是为了“人类的幸福”以及“我们自身的完美”而奋斗。他坚称，只有通过实践才能实现这一目标，人类进行的一切实践活动，都是为了人，通过人，最后复归人，人应成为世界的主人。马克思的人文关怀给我留下了深刻印象。

1953 年，我认识了病友周海婴，先后去过他大石作胡同和景山东街的家，因而认识了许广平。许广平知道我在北大读副博士研究生，就送了我一套 1938 年版的《鲁迅全集》。自 1956 年起，我就陆续读鲁迅的作品。鲁迅写的小说、杂文当然吸引人，但最令我感兴趣的是他的人生哲学。早在 1907 年，他在《文化偏至论》中鲜明地提出要“立人”，树立理想的人格。1919 年在《我们怎样做父亲》一文中，提出“一，要保存生命；二，要延续这生命；三，要发展这生命”。1925 年，在《忽然想到（六）》一文中，他更是大声疾呼：“我们目下的当务之急，是：一要生存，二要温饱，三要发展。苟有阻碍这前途者……全都踏倒他。”鲁迅那个时代，中国还是贫困落后的旧国，人的“当务之急”还只求生存、温饱，并有所发展，谈不上求“完美”。我已生活在新中国，应把马克思所说的“完美”列入人生目标，因此我把人生的追求归纳为三：一要生存，二要发展，三要完善。完善还不是完美，而在向完美方向发展，不断完善，最后达到完美。

天地万物以人为贵，人类的一切实践活动要以人为本，要“以人观物”，用人的眼光来考察万事万物。这就有了价值论的视域，万事万物对人类的生存、发展和完善究竟具有什么意义：肯定的、正面的、积极的意义，还是否定的、负面的、消极的意义。鲁迅对普列汉诺夫的《艺术论》甚为赞赏，在译本序里说得好：“在一切人类所以为美的东西，就是于他有用——于为了生存而和自然以及别的社会人生斗争上有着意义的东西。功用由理性而被认识，但美则凭直感底能力而被认识。享乐着美的时候，虽然几乎并不想到功用，但可由科学底分析而被发见。所以美底享乐的特殊性，即在那直接性，然而美底愉乐的根柢里，倘不伏着功用，那事物也就不见得美了。”普列汉诺夫在《艺术论》中就以实例论证了艺术起源于实用价值的创造，然后增生了审美价值。鲁迅和普列汉诺夫一样，都是从价值论视域来考察事物对人具有什么价值，审辨美丑。

审美活动萌生于实践活动。生产劳动是基础性的实践，如马克思所说，是“制造使用价值的有目的的活动”，劳动创造出了具有使用价值的产品，而活动本身就具有乐趣，从而“把劳动当作他自己体力和智力的活动来享受”，劳动创造了美，生成审美价值。劳动不断重复，久而久之，审美活动就从实践活动中独立了出来，求美成了独立的目的。古人云，“食必常饱，然后求美；衣必常暖，然后求丽；居必长安，然后求乐”。这是人类历史发展的普遍规律，审美活动本身，不尚知解，而尚体验，以身体之，悉心验之，不同于认识活动和意志活动，成为一种独特的精神活动。

真、善、美就是人类所追求的终极价值。在实际生活中，真、善、美是紧密联系在一起的，假、丑、恶也时常出现。一个人如何面对真、善、美和假、丑、恶？这就产生了价值意识，要做价值评判。文学艺术要反映生活，既要面对真、善、美，又要面对假、丑、恶，更要对此做出评价，表现出自己的态度。这正是恩格斯所说的“诗意的裁判”，属于价值意识。审美和求真、求善一样，都属于价值意识，优秀的文学艺术不仅求美，也求真、求善。正如古罗马贺拉斯在《诗艺》中所说，一首诗仅仅具有美是不够的，还必须有魅力，必须能按作者愿望左右读者的心灵。我在 1952 年到 1956 年间，听过游国恩、林庚、浦江清等先生讲授的中国古典文学史，读了不少古典作品，深切感受到了古典作品中的优秀佳作，意蕴不仅美，而且真和善。古典佳作的艺术魅力，乃是来自真、善、美的综合效应。那时正好遇上美学热潮掀起，对美的艺术的探讨尚未深入展开，所以我对文学的美做了更多的阐释，艺术美应是艺术魅力所在的重要因素。我崇尚美，却不唯美。历来都存在着不同的文学，因价值取向不同，有假的文学，有恶的文学，有丑的文学，也有真的文学、善的文学、美的文学。文学的魅力可以来自真，也可以来自善，亦可以来自美，但真、善、美的融合所生的综合效应，当最具艺术魅力。

每当说起中国古典文学的魅力，我总会想起一位被称作“苏州奇人”的黄人（字摩西）。他生于 1866 年，在东吴大学（苏州大学前身）担任国文教习长达 13 年，早在 1904 年就写出了中国历史上第一部《中国文学史》，170万字，先印讲义，然后在1907年正式出版。这部文学史的总论一开头就开宗明义地说道："人生有三大目的：曰真，曰善，曰美。而所以达此目的者，学是也。"他把学问分成三大类：求真之学，求善之学，求美之学。美学当然属于求美之学。那么，文学呢？在他看来，文学是表达思想感情的，内含三方面，即"真、善、美是也。美为构成文学的最要素，文学而不美，犹无灵魂之肉体"。依他之见，不仅文学的形式要美，内容也要真、善、美，但美最重要。如今的文学界，仍有人力主美并非文学之必需。这位苏州奇人的见解，仍可作为令人深思的参考。

美学在中国20世纪二三十年代曾掀起了第一次高潮，价值论美学成为当时的主流。当时的美学家大多持价值论，把美看作是人生的一种价值，这与蔡元培的倡导密切相关。蔡元培不仅倡导以美育代宗教，而且亲自在北大讲美学，以提升人生价值。1901年，他就写了《哲学总论》，1907—1911年，他在德国留学，研究哲学、美学、伦理学，1915年出版了《哲学大纲》。在这本书中，蔡元培在论述存在论、认识论之后，设了一编"价值论"，把伦理、宗教、美学都列入了价值论，展开论证。1924年，蔡元培依据德国文德尔班的人生哲学，写出了一本《简易哲学纲要》，对价值论做了更深入的探索，着重阐释了论理、伦理、美学三方面的关系，区分了事实判断和价值判断的不同之处。这本《简易哲学纲要》被当时的商务印书馆作为"现代师范教科书"出版，普及到师范学校和中学，影响深远，我的父辈、师辈都受益，都知道万事万物对人生有益的方为美。所以，价值论美学成为当时的主流，蔡元培功不可没。

不过，由于价值理念不同，美学家对价值论的阐释就有了区别，因而形成了美是主观价值说和美是客观价值说两种不同的说法。吕澂、范寿康、朱光潜等都持主观价值说，肯定美是一种价值，但对象之所以美，乃是人把自己的感情移置到了对象上，移情说成了主观价值说的依据。但是，金公亮的《美学原论》明确表示，移情说把美看作是主观的，是错觉，"美不是主观的而是客观的"。另一位美学家李安宅在《美学》（1934）中，把美看作是相对于人生而言的价值意义。他说我们说什么是美，乃是做了判断。这个价值判断的对象，便是美。美感和美的对象互为因果，实际当前的东西是因，心理感受是果。

价值论美学在那次美学高潮中成为主流，但在新中国初期的美学争鸣中，却被人遗忘，争论的中心移向了美是主观的还是客观的诸说，以致后人只知道甘霖所归纳的四派。实际上，在这次美学争鸣中，还是出现了价值论学说。祁志祥的《中国现当代美学史》回溯了当时的实际情况，鲜明地指出了在那四派之外，还出现了第五派，那就是价值论美学。他以实例来说明，杨黎夫和继先二人就是客观价值说的代表。杨黎夫在《美是形象的肯定价值》一文中说，世界上的一切事物，只有对人类讲来，才有这样那样的价值，比如美、丑、善、恶、好、坏等，而且一切价值都是客观的，美也不例外。价值有正、反，丑、恶也是一种价值，属于负价值，美也是一种价值，而是正价值，即“对象的肯定价值”。继先的《也谈美是什么和美在哪里》一文中也说，价值都是客观的，我们可以对事物做价值评断，不评断我们就不能清楚地认识它，但价值本身却是外在于我的。此文对价值和评价做出了区分：价值是客观的，评价是主观的，美是价值，不是评价，所以美乃是客观的，美感才是主观的。杨黎夫、继先这两位是新中国新生的客观价值派。其实，那时还有一位老牌的客观价值派，那就是洪毅然。

洪毅然早就持美是客观价值之说。他在《新美学评论》（1949）一书中说，美的本质亦如善的本质一样，是一种价值，而不是一种实体。他积极参与了这次美学争鸣，连续写出了《美是什么和美在哪里?》《再论美是什么和美在哪里?》等文。针对继先一文中所说的美是离不开主体的一种价值，洪毅然特别做了发挥，把客观价值和主观评价做了严格区分，指出如果把美只视为一种价值判断或主观评价——即人的看法，就不妥当，美尽管是一种价值，而这种价值却总是那个对象事物本身特性所具有的，在物不在人。洪毅然是坚定的客观价值论者。改革开放之初，他连续写了《大众美学》《新美学纲要》二书，继承和发扬了美是客观价值说，认为“事物的美，其实就是事物内在好本质、好内容的外部形象表征”，是“诉诸一定人们感受上的一种客观价值”。洪毅然是新中国“美是客观价值”学派重要的代表人物。

祁志祥依据童庆炳的说法，把黄药眠列为价值论美学的代表人物。黄药眠 1957 年曾在北京师范大学做了一次美学演讲，题目是《美是审美评价：不得不说的话》。这篇文章当时没有发表。40 多年后，童庆炳为纪念黄药眠诞辰 110 周年而写了一篇文章，称赞黄药眠的美是评价说，乃是那次美学争鸣中的第一学派。黄药眠晚年确实也从价值论视域来审视美学了，但他把美归结为一种评价，这就不是客观价值论，而属于主观价值论，和洪毅然等不同。谁是谁非，后人尚可进一步探索。

在这次美学争鸣中，宗白华的美学见解引起了我的特别注意。宗白华在 1952 年从南京大学调入北京大学哲学系之后，受命研究中国近代思想史，没有再写美学文章，只是想把新中国成立前的美学文章收集起来，出一本文集《艺境》。但在美学争鸣启动后，宗白华在 1957 年连写了两篇文章，阐发了自己的美学见解。1957 年 3 月，针对高尔泰《论美》中的观点，他在《新建设》发表了一篇《读〈论美〉后一些疑问》。这是他在新中国成立后发表的第一篇美学论文，他指出美和美感不是一回事，不能混同。“当我们欣赏一个美的对象的时候，譬如我们说：‘这朵花是美的’，这话的涵义是肯定了这朵花具有美的特性和价值，和它具有红的颜色一样。这是对于一个客观事物的判断，并不是对于我的主观感受或主观感情的判断。……这美的对象对于我这鉴赏美的主观心灵是百分之百的客观事实，不以我的意志为转移。”紧接着，他又写了《美从何处寻?》，进一步发挥了美是对象的客观特性、价值的观点。在他看来，“这‘美’对于你是客观的存在，不以你的意志为转移”，鉴赏的人当然有自己的意志，但这意志只能主使你的眼睛去看她，或不去看她，而不能改变她。你能训练你的眼睛深一层地去认识她，却不能动摇她。他还特别引用了一首古诗来阐明自己的观点——“尽日寻春不见春，芒鞋踏遍陇头云。归来笑拈梅花嗅，春在枝头已十分。”梅花之美就在梅花本身，乃梅花固有的特性、价值，是梅花之美引发了人的美感。宗白华把美看作是对象的特性、价值，在我心中目中，他的美论，亦应属客观价值论。

宗白华对自然美情有独钟。他在年轻时就热爱着大自然，这在《三叶集》中已有表露。他和郭沫若、田汉三诗友，都对大自然充满了爱，热情洋溢。他和热爱大自然的冰心，也灵犀相通，成为诗友。因此，宗白华的美论不同于朱光潜。朱光潜一直坚持美在意象，只有艺术中的意象才美，自然就谈不上美。宗白华则以为自然乃大美，是一切美的根源，艺术之美来自外师造化，中得心源，自然造化乃根本。在艺术美中，宗白华和他的好友王光祈一样，最爱音乐。音乐之美直接和大自然的声韵、音律、节奏相通，艺术美中的“气韵生动”，就是由大自然的“气运生动”而来。朱光潜最赞赏的是诗美，诗中的意象之美，宗白华则更看重由意象经营而来的意境之美。他俩都生于1897年，同在1986年去世，都活到89岁，寄情于美学，但关注的重心有所不同。朱光潜较多关注美学界的学术活动，虽也常在未名湖畔散步，但很少游山玩水。宗白华则不仅在未名湖散步，还不时走出校园，抓紧机会去看美展和游山玩水。我在北大的岁月，出入于西校门时，常见他拄着拐杖，背着旧黄书包在32路汽车站等车，有时是登上向东南方向开的车，那是到城里去看画展；有时登上向西北方向开的车，那是去圆明园、颐和园和更远的西山八大处，奔向大自然。

在这次美学争鸣中，我关注最多的当然是李泽厚的实践论美学，同时密切关注着价值论美学。我恍然有所觉悟，觉得其间应存在着内在的联系，但说不清楚。于是我把目光转向苏联的审美学派、文化学派，看看他们怎样解释美。从1956年始，我一直密切关注着斯大林时代之后的美学进展。

我发现，苏联在斯大林时代是批判和否定价值论的，把它视为资产阶级的伪科学，直到1960年，《苏联哲学百科全书》中的“价值学”条目中还宣称“辩证唯物主义摒弃价值哲学”。就在这一年，出现了转机。著名哲学家图加林诺夫出版了一本《论生活和文化价值》，肯定了价值论。接着，他又写出了一本《马克思主义中的价值论》，阐释了马克思也有价值论，引发了哲学界的讨论热潮。1964—1970年，苏联哲学界围绕价值论进行了五六年的争论，最后，接受了马克思主义价值论。苏联美学界在20世纪50年代出现的审美学派、文化学派也接受了价值论。审美学派中最早论证艺术的审美本质的布罗夫，在1956年起，连续发表了《艺术的审美本质》及论文《论艺术概括的认识论本质》，还只是把美放在认识论视域中来考察，仅仅看作人的认识对象。后起者斯托洛维奇却更进一步，在1972年出版的《审美价值的本质》一书中，批评布罗夫只停留在认识论的视域论美，没有看到美的价值本质。他以为应向前一步，通过认识审美关系的价值本质，才有可能解决艺术的对象和特征问题。依他之见，人的审美关系历来就是价值关系，没有价值论的态度，要认识它原则上是不可能的。他在这本书中，开始从价值论的视域来研究美，而且阐明了价值是人在实践活动中生成的。此书在苏联美学界影响甚大，所以，出身俄语系的凌继尧在20世纪70年代末随朱光潜读研究生时，我就劝他把此书翻译过来。斯托洛维奇不仅研究美，还把美和真、善联系起来研究，1994年还写出了《美、善、真：审美价值史概论》，把真、善、美都列入审美价值的历史视野之内。只不过他的视野在西方，对中国的历史不甚了解。汤一介几次和我说起，他想写一本中国哲学史，以真、善、美为中心展开，可惜未能实现，他在87岁时去世了，为我们留下了深深的遗憾。

新中国初期的那场美学争鸣，使我更坚定地把美学置入价值论视域内来审视。在当时，我的价值论来源有二：一是中国20世纪20—30年代所开启的人生价值论，特别是蔡元培、陈望道、金公亮的人生价值论，对我影响颇深；二是苏联斯大林时代之后兴起的审美学派的斯托洛维奇的审美价值论，以及图加林诺夫和卡冈的文化价值论。当时我还没有直接去钻研马克思本人的价值学说，直到"文化大革命"中我读了马克思的《资本论》《剩余价值论》等之后，深信美是人类的使用价值之一种。从此我就接受了马克思的价值论，这是第三个来源。所以，在改革开放之初，我就力主美的价值说。从1960年开始，我就尝试既从审美客体方面，又从审美主体方面以及主客体的关系中来说明审美活动，把古典文学之美和今人的当下需要结合起来探索艺术魅力。学界已经注意到了我的这一发展动向，祁志祥在《中国现当代美学史》中这样说道："八十年代以来，美是一种价值重新被胡经之、童庆炳、杨春时、陈伯海等人强调，当然，侧重点已逐渐向存在论主观论转移。"其实，改革开放以来持价值论来谈美学的不只是这几个，我还可以增列出好多个：杜书瀛、黄海澄、蒋培坤、杨恩寰、刘悦笛、冯宪光、陈传才、李准、李咏吟、吴功正、黄凯锋、李春青、柯汉琳、敏泽、党圣元、程麻等，都把现实美或艺术美看作是一种价值。我的文艺美学是以价值论为基础的。谭好哲、孙媛等著的《文艺美学元问题研究》中这样说道："以胡经之、周来祥、杜书瀛、曾繁仁等人为代表的文艺美学研究，都为新时期以来审美论的崛起发挥了重要推动作用。"推崇审美价值，这是当时很多人共同的意愿。

史雄波：听您评说了那场美学争鸣，这几乎是对20世纪中国美学脉络的全面梳理，很受启发！您在这一场争鸣中受益，坚定地走向了价值论美学之路，这既与您1953年研读现代中国美学，深受蔡元培的美学思想影响有关，也与新中国成立后马克思主义美学和苏联美学的兴起有关。实际上，您把这两个美学传统结合起来，它们成为您的美学研究的底色。

胡经之：我最早接触美学是在20世纪40年代读中学时看了朱光潜的《给青年的十二封信》以及《谈美》，朱先生的书吸引了我对美学发生了兴趣。到了50年代，我在北京大学开始接触蔡元培的美学，才逐渐懂得，美学不仅要研究美感经验，还要研究现实中的美的存在，更要研究两者之间的联结，即主观和客观是如何联结起来的，而这里正存在着“美的规律”。苏联在斯大林时代之后，审美学派、文化学派兴起，受此启发，我对马克思所说的“美的规律”深感兴趣。

20世纪上半叶的中国现代美学给我留下了深刻印象，最重要的有三：一是美学关注人生，我把这称之为人生美学；二是美是一种价值，我把这称之为价值美学；三是自然因移情而美，移情美学在那个时代影响甚广。那个时代的美学，都重视文学艺术的美学研究，追求艺术美，时常把文学艺术总称为美术，连鲁迅也不例外。但那时的美学已开始关注整个人生，尝试探求人生的价值。蔡元培在清末当了4年翰林院编修，眼看清王朝已经病入膏肓，不可救药，1907年，他在已将40岁之时，毅然去了德国，钻研哲学、美学、艺术学。辛亥革命成功后，孙中山立即任命他为教育总长，他在中国历史上第一次把美育列入国家教育方略之中。1917年当上北京大学校长之后，他在中国历史上第一次把美学推上大学讲堂，亲自在北大开设了美学课程。蔡元培研究了康德、黑格尔的美学，但他的美学受与他同时代的德国哲学家文德尔班的人生哲学、价值哲学的影响最大。他在1915年出版的《哲学大纲》中专设了价值论，把真、善、美列入了价值论中，展开了论述，后又写过专文《真善美》，阐明人生在世，最终还是要以真、善、美为目的。中国现代美学中最吸引我的，还是蔡元培的美学。蔡元培的美学不像梁启超的美学那样，慷慨激昂，催人奋起，激励人们立即投身社会变革；也不像王国维美学那样精深，引导人们潜入古典诗词的艺术意境，而是综合吸收了两家之长，平和全面而又自成特色。他把自己的美学建立在人生论和价值论基石之上，他的美学既是人生美学，又是价值美学，这两点特别吸引了我。还有第三点，蔡元培对“移情说”的评价，也令我信服。当时，“移情说”对中国影响很大，朱光潜、吕瀓、范寿康的美学均持此说。蔡元培在那时就清醒地觉察到，移情理论不能说明全部，大自然还是有自己独特的美，不能由其他的美来替代。他区分了自然美和人工美，艺术美只是人工美的一种。他批评黑格尔轻视自然美，认为自然有一种超过艺术的美，而艺术亦有一种不同于自然之美。他甚至认为，人造的美随处可作，而自然美却很难得。中国的传统艺术特别重视自然美，美术作品大半取诸自然。依他之见，“若花鸟，若虫草，若山水，率以自然美为蓝本，而山水尤盛”。他的见解和我的审美体验颇为相符，我觉得很有道理。我之所以进入美学堂奥，开始乃是为了自我解惑，要对我自己的审美体验做出阐释。美学对我而言，乃为己之学。后来接触了蔡元培、梁启超等美学，方知美学还是为人之学，人人需要。所以我就觉得，美学研究更有意义了。美学既能为己，又可为人。《颜氏家训》的《勉学》中说得好：古之学者为己，以补不足也。今之学者为人，但能说之也。古之学者为人，行道以利世也。今之学者为己，修身以求进也。美学的使命不仅应有助于改变主观世界，也应有助于改变客观世界。

价值哲学的积极倡导者文德尔班在他的《哲学导论》（1914）中，归纳了西方美学发展的两种不同的道路。他特别提醒说：“我们将自然中的美和艺术中的美区分开来，后者是人所创造的。因此，美学沿着两条道路发展。它要么从自然之美出发，然后去理解艺术美；要么从对艺术之美的分析中获得定义，然后再转向自然之美。第一条道路处理的是对美的享受；第二条道路处理的则是对美的生产和制作。”他对美的这种区别很重要，自然之美不是人的创造，我们人类面对自然之美，只是享受，而不是生产；艺术之美则是人类的创造，对于艺术之美，我们所要研究的是如何按美的规律来生产。我的美学研究是走的第二条道路，先从文艺美学着手，探索文学艺术之美，进而探索更为广泛的文化之美。这些都是人类的创造，我认为美学就是要研究文化艺术是如何按美的规律来创造的。

史雄波：20 世纪 50 年代的美学大讨论主要围绕一些核心问题展开，

比如“美的本质”“美学的研究对象”“自然美”和“形式美”。您觉得美学还应该研究什么问题？

胡经之：美学要研究些什么问题？朱光潜在《文艺心理学》一开头就指出，近代美学所侧重的问题是在美感经验中我们的心理活动是什么样的，至于一般人喜欢问的“什么样的事物才算得上美”这个问题还在其次。第二个问题并非不重要，不过要解决它，必先解决第一个问题；因为事物能引起美感经验才能算得上美，我们必先知道怎样的经验是美感的，才能决定怎样的事物所引起的经验是美感的。朱光潜把审美的心理活动放在美学研究的首位，作为美学探讨的第一问题。他的《文艺心理学》就以美感为中心，对美感的心理因素如通感、联想、移情等做了探索。受当时西方盛行的审美心理学的影响，朱光潜把审美的心理过程视为美学最根本的问题，认为审美心理和常态心理不同，是一种变态心理，所以要将其从心理学中分出，单独研究。

蔡元培在 1934 年为金公亮《美学原理》作的序中说了这样一番话：通常研究美学的，其对象不外于艺术、美感与美三种。以艺术为研究对象的，大多重在“何者为美”的问题；以美感为研究对象的，大多致力于“何以感美”的问题；以美为研究对象的，却就“美是什么”这个问题加以探讨。他认为，何者为美、何以感美这种问题虽然重要，但不是根本问题；根本问题还在“美是什么”。我们看到，美学大讨论的核心问题，各方争论的焦点，还是这个问题。

我认为美学应该关注当下现实中的问题。人民的生活自改革开放以来发生了巨大的变化，那么，人民的审美需要又发生了什么样的改变？此问题至今还没有得到很好的研究。

我对人生追求的体认，可以归结为三：一要生存，二要发展，三要完善。人来到这世上，首先得活得了，然后方能求活得好，而要活得更好，就要追求活得美。人在能够生存之后，就会要求发展，但发展到哪里去？还是要向完善的方向发展，完善的人生，就如马克思所说，追求的是人类的幸福和我们自身的完美。

人的审美需求是从物质生活中产生的，在物质生活中得到物质享受引起了生理快感，由此逐渐上升到由心理享受引起的心理快感，再上升为由精神享受引起的精神快感。审美享受虽从物质生活中生发，但在社会生活和精神生活中得到了更高的发展和提升。审美需要在物质生活、社会生活和精神生活的不同领域中，都在不断变化。时代的发展推动了人类审美需要的变化，从物质生活中的审美，提升到社会生活中的审美、精神生活中的审美，审美需要不断扩大和提升。早在两千多年前，思想家墨子就已经意识到“食必常饱，然后求美；衣必常暖，然后求丽；居必常安，然后求乐”。

在我看来，美学包含了审美学，却不只有审美学，还应有育美学和创美学。当初，德国美学家鲍姆嘉通把美学命名为感性学，是要探索感性认识的完善，并未把感性活动包括进来，所以，那时的美学还只停留在精神学、心理学层次，称之为审美学未尝不可。但美学的发展日益超越了审美领域，黑格尔的美学，其重心已转向艺术美学，探索美的艺术的创造。尽管黑格尔突出了艺术的精神审美，但实际上美的艺术创造已是一种精神实践活动，内含着精神活动，又付诸了实践，生产了“意义”——通过符号实践来表达精神意蕴，成了生产“意义”的创美实践活动。马克思在谈到物质生产时，进一步提出物质生产也应遵循“美的规律”，这就把美学推及物质生产领域了。艺术生产属于精神实践活动，物质生产则是物质实践活动。物质生产是人和物的互动，精神生产重在心的互动，而作为人的生产的教育实践，更多重在人与人的互动，三者都需遵循“美的规律”。美学不能只研究艺术，也应研究如何按“美的规律”来改造主观世界和客观世界，更应探索如何建立主观世界和客观世界的和谐关系。

对我而言，美学首先是为己之学。在我的一生中，美学助我体验人生，领悟人生的价值和意义。由切身的审美体验出发，我自己的美学研究重在对人生价值做些探索。因此，我追求的美学是人生美学、价值美学、体验美学的融合。

人生之美是美学探索的应有之题。自美学传入中国，蔡元培、梁启超、王国维等都致力于在美学上解决人生难题，探索人生的意义，这成了我国现代美学的一个传统。人生乃是人的整个生命活动，具有宽广的、丰富的、多层次的内容。马克思说：“物质生活的生产方式，制约着整个社会生活、政治生活和精神生活的过程。”在这里已提出了物质生活、社会生活、精神生活的多个层面，并指出连生产活动本身，也是生活的构成部分。所以，马克思所说的生活，是一个包括了生产在内的宽广的概念。在文德尔班的价值哲学里，生活不仅包括社会生活、政治生活，而且包括道德生活、宗教生活、科学生活和艺术生活。这里所说的生活，也正是我所理解的整个人生。审美渗透在整个人生的不同层面的生活中，只不过大量存在的是依存美，追求自由美的则为数不多。因此，美学不能只注视艺术美，还应关注人文创造之美和天地自然之美，进入天地境界。

美学关注人生，目的在于探讨人生的价值，美学探索必然涉及价值论范畴，追求真、善、美的统一。生活中充溢着真、善、美，却也存在着假、恶、丑。美学理应成为审辨美丑的学问，探讨审辨美丑之理。其实，从价值学的角度来研究美学现象、审美活动，也是中国现代美学的另一个传统，不能丢弃。受蔡元培的价值论的影响，当20世纪50年代后期，苏联的审美学派、文化学派也开始用价值论的视角来谈论美学、文化时，我就对此发生了浓烈兴趣，并进而对马克思的价值论做了些探索。我终于懂得了，如若没有价值分析，如何能审辨出真、善、美和假、恶、丑？美学要经常谈论生命、生活、存在、实践、现象、心灵、意象等，但这些都美吗？不见得。有美好的生活，也有丑陋的生活，实践能创造美，也能制造丑，有美好心灵，也有丑恶心灵，有美的意象，也有丑的意象。人类之所以需要美学，不正是要在审察世界万象的基础上探索美的规律，区分出真、善、美和假、恶、丑吗？

要探索美的规律，必先从审美体验着手。人是在生活实践中获得审美体验，在体验中分辨出真、善、美和假、恶、丑的。我所理解的审美活动，就是经由审美体验来掌握世界（包括外在世界和内在世界）。人在世界中，世界映心中；精神融实践，天地人互动。我们的生活世界是天、地、人互动的世界，我们要从实践上去掌握这个世界，也要从精神上去掌握这个世界。从精神上去掌握世界有多种方式，科学的、道德的、宗教的，等等。审美活动是以体验的方式来掌握世界。

在我的美学探索中，人生、价值、体验是联结在一起的，是我的美学研究的中心。我觉得它们是美学研究的核心问题。

史雄波：美学是从西方引入中国的，美学大讨论是当时的思想改造运动在美学领域的延续，是美学中国化的一次尝试，它发挥自身的历史作用。今天，美学可以说是一门边缘学科。您认为21世纪的中国美学该如何发展？

胡经之：20世纪50年代的美学大讨论是新中国美学的真正起点，它不只为当代中国美学提供了基本话题，还规定了近几十年来中国美学的几大形态，比如马克思主义美学、实践美学、价值论美学和认识论美学。美学虽是从西方来的，但移植到中国后，确实需要中国化，就像马克思主义也来自西方，融入了中国经验，便发展了，中国化了。这里的关键是要通过社会实践，吸收中国自己的新经验，解决中国的新问题，从而做出新的理论概括。

改革开放以来，西方的美学经典陆续得到译介和阐释，中国的古典美学经典也都获得了新解。中国的美学，经历了“我注经典，经典注我”的发展路程，需要进入一个新的阶段，那就是要“经典解今，创新经典”。我们已经知道了那么多中外古今美学经典，不能只停留在储藏知识的阶段，而应面向当今现实，用经典来解释社会实践中出现的新现象，解决美学中的新问题，这样才能对经典做创新阐释，进而创造出新的经典，推进美学的创新发展。美学要创新，必须以问题为导向，抓住当今现实中的重大美学问题，促使马克思主义美学、中国美学、西方美学都关注现实问题，共同致力于问题的解决，做出新的理论概括。我们的美学发展还是要走这样的路：“马列指导，古为今用，洋为中用，面向现实。”

美学要创新发展，只能面向当下现实，把握时代脉搏，回答实践中涌现出来的问题。当今现实错综复杂，而美学理当密切关注现实生活中的审美现象。德国美学家德索早在《美学与艺术理论》中就提醒世人，“审美需要强烈得几乎遍及一切人类活动”，美学研究应跟踪追寻人类的活动，并对此加以深入考察。

中国地广人多，发展极不平衡，不少地方还在从前现代迈向现代，少数地方则已在向后现代迈进。如今，我国已实现全面小康了，再接再厉，还要向中等发达水平提升，实现共同富裕，这就要不仅满足人民的物质需要，还要进一步满足人民不断增长的社会需要和精神需要。在经历了数十年的超常发展之后，我国已进入了新常态，这是一个需要高扬真、善、美的伟大时代，美学应大有作为，紧跟时代的步伐，把握住人民的新的审美需求，推进美学面向当下现实，回答实践中出现的美学问题，提升美学研究的水平。

二〇二〇年六月　采访
二〇二二年七月　定稿
深圳湾　望海书斋

第三章

周扬北大讲美学

李永胜：胡老，您是周扬等人在北大开办美学讲座时的助教和联系人，还负责整理了周扬的两次讲稿，是这个中国当代美学史上的重要事件的主要亲历者。我们想就此对您做个采访，您能先给我们说说讲座前学界的大概情况以及您接受这一任务的机缘吗？

胡经之：那是在“大跃进”的年代，周扬主动带了邵荃麟、张光年、何其芳、林默涵、袁水拍五人来到北京大学，开办了一个文艺理论系列讲座，主题是“建设马克思主义的美学”。这个讲座自 1958 年冬开始，到 1959 年夏结束，不到一年，周扬一个人讲了两讲，邵荃麟讲了一讲，何其芳讲了一讲。本来还要由张光年、林默涵分别讲两讲，但从 1959 年下半年起，全国转向批判修正主义，这个讲座还没结束，就戛然而止。那时，国内的美学争鸣还在进行，从 1956 年到 1964 年，约有 8 年。周扬在北大开设讲座，倡导建设马克思主义美学，影响深远，有力推进了中国当代美学的蓬勃发展。

北大教师在经历了“反右”斗争之后，心有余悸，对那个“破字当头，立在其中”的批判学术权威的新运动心存困惑，批倒一切，还剩下什么？正是这个时候，周扬的《文艺战线上的一场大辩论》发表了，似乎是对“反右”斗争做了个总结。接着，周扬在河北文艺理论会议上做了一个报告，说要“建立中国自己的马克思主义文艺理论和批评”，在全国引起了热烈反响。这是不是传达了一个新的信息？是不是要从“破”转向“立”了？如今，周扬主动提出要到北大来开设文艺理论讲座，他们会讲些什么呢？这引起了文科几个系的关注。当时主持北大人文学科的学部委员魏建功和几个系的系主任一商量，中文系主任杨晦先生、西语系主任冯至先生、俄语系主任曹靖华先生、东语系主任季羡林先生一致决定，由这几个系的高年级学生来听讲座，指定我担任这个讲座的助教，职责就是负责和周扬联系，落实具体课务，并和各系沟通。为此，我曾两次去了沙滩北街的周扬寓所，多次去沙滩红楼中宣部办公室，当面接受周扬的指教，从此开始了和周扬的交往。

北大百年校庆时，同窗好友在人民大会堂聚会，同学中有人半开玩笑地说，周扬到北大开课的事，只有你最清楚，赶快提笔写下来，好对历史有个交代，别带进坟墓。我一想，这话有理。我已年过七旬，再不回忆，真要烟消云散了。我还保留着在北大读书期间的听课笔记，其中就有两次在周扬家里的谈话，两次讲课记录，以及周扬后来对编写《文学概论》等发表的想法等，于是我翻箱倒柜找出来。那时，中国艺术研究院的李世涛博士在研究中国当代美学的发展史，《文艺报》的熊元义也在梳理中国当代文艺理论的发展过程，分别采访了我多次，我也趁此机会梳理了当时的回忆，对历史，也对我自己有个交代。

我是从杨晦先生那里领受这个助教任务的。那时，我正在跟从他攻读文艺学副博士研究生，集中研读中国古典文论，到 1958 年暑假，基本修完，告一段落。此时，毕达可夫在北大授课的讲稿，由高等教育出版社正式出版，其中有一个重要的观点是，现实主义和形式主义的斗争，像一根红线一样贯穿着整个文学和文学科学的历史。在斯大林时代，苏联文艺理论界把唯物主义和唯心主义的斗争直接用到文艺上，把文艺发展史归结为现实主义和反现实主义的斗争史。这个观点不仅在苏联流行着，也影响了中国。著名作家茅盾就十分赞赏，他在《夜读偶记》系列论文中，就把中国文学史归结为现实主义和反现实主义的斗争史。这个说法引起了北大中文系 55 级学生的热烈响应。当时正在参与红色文学史编撰的吴泰昌告诉我，张炯等都赞成茅盾的说法，他们所编写的两卷本《中国文学史》，就以现实主义和反现实主义的斗争作为线索，纲举目张，贯穿全书。杨晦先生却不以为然，不同意把中国的文艺史归结为现实主义和反现实主义的斗争，以为那样就把文学史简单化了，不符合中国文学发展的实际。但杨晦先生为人向来不喜张扬，既不愿发表文章和茅盾论争，更不愿泼青年学生的冷水，而是要我协助他准备开设一个文艺问题专题课，在寒假后开讲，正面阐释中国文学史的丰富多彩，既有现实主义，又有浪漫主义，不能简单地归结为现实主义和反现实主义的斗争。杨晦先生说，1959 年的“五四”科学讨论会，中文系可以以此为主题，展开讨论。他知道我在听毕达可夫文艺学引论课后所写的结业论文，谈的正是现实主义和浪漫主义的人民性问题，叫我也在“文艺问题”专题课上讲几次。

正当我全心投入准备这一专题课时，1958 年秋，杨晦先生把我叫到他的家里，要我暂时把此事放一放，马上转向周扬讲座的事。他告诉我，去年马寅初、江隆基聘了周扬为兼职教授，来北大开讲座是周扬自己提出来的，几个系都想来听，学校决定把这个讲座向中文、西语、俄语、东语四个系开放，估计哲学、历史等系也会有人来听，还给外校、报刊记者留点座位，听众会有 800 人。这件事的工作量不小，牵涉到好几个系，需要一个懂得文艺理论的人来专门张罗此事，他和魏建功都推荐我来担当此事，就算是讲座的助教罢。关键是要做好上情下达，下情上达，既要和周扬他们几个讲课人联系，又要和几个系沟通，最后落实到办公楼小礼堂这个课堂。他说，他已和冯至、曹靖华、季羡林这几位系主任商定，每一系都有一位负责学术的秘书和我联系，你只要找这几个联系人就可以了。杨晦给了我一个名单：中文系邵岳、俄语系顾稚英、西语系王泰来、东语系张光珮。我一看，都是我认识的几位年轻教师，也就稍为放心了。

李永胜：那时通信设施并不完善，讲座前，您和周扬联系和沟通顺畅吗？您对他的印象如何？他为什么要选择这个时候在北大开设美学和文艺理论的讲座呢？

胡经之：我此前从未和周扬直接照过面，不知道好不好打交道，不免心存顾虑。杨晦先生常和周扬打交道，他安慰我道，我比周扬大不过十岁，比朱光潜、宗白华小两岁，周扬对我们这些人都像对长辈一样，没有什么官架子，他对学者还是很尊重的，不必过虑。我心想，他们都是著名学者，当然受尊敬，我还没有成为学者，哪能和他们这一辈比呢！只好抱着试试看的心态，谨慎些就是了。

那时电话还是稀罕物，我和严家炎等住在 25 斋研究生楼，没有电话，只有文史楼中文系办公室和系主任杨晦先生办公室才有电话，不可能和周扬直接通话。我什么时间去周扬那里，要听中宣部通知中文系，再由主任秘书蔡明晖骑车到我宿舍告诉我。

我第一次跨进周扬家门是在1958年11月6日。那时，他住在离沙滩红楼不远的沙滩北街一所三进式的老住宅里。我去过欧阳予倩的家，比周扬的家要豪华些，样式却差不多，清净而文雅，都透着书香。

在明亮宽敞的客厅里，周扬从书房里出来，指着他的秘书说，她叫谭小邢，电影学院出来的。我看她，顶多比我大上一二岁，已经有好几年的工作经验，很干练的样子。几年后，我的同班同学邹士明从高教部调到中宣部当林默涵的秘书，她告诉我，谭小邢还是一位作家，笔名叫露菲，从小就参加了革命。

周扬听说我是杨晦先生的副博士研究生，很高兴地说，你老师可是我们文艺界的老前辈，“五四”老人啊！距离一下子好像缩短了不少。然后，周扬就开门见山，说了他所以要开设这个讲座的目的是想在大学讲堂提倡建设马克思主义美学，希望有更多青年学生投身于这个事业。新中国成立前，他在上海大夏大学读书，那时，欧美的文艺理论占主导地位，当然也有介绍马克思主义的，像瞿秋白、鲁迅、陈望道等都着力于此，但在大学讲堂上，还是欧美的文艺理论占优势。新中国成立后，我们提倡学苏联，北大、师大、人大都请了苏联专家来讲文艺理论、美学、文学史，现在看来，并不都适合中国国情。我们既要批判修正主义，也要否定教条主义，又不能只破不立，要有破有立，以立带破。我们要以马克思主义观点来总结我们的文艺实践经验，建立马克思主义的文艺理论和批评。前不久，他在河北有个发言，大家反应比较热烈。这次他和其他几位到北大开个文艺理论讲座，想从建立中国自己的马克思主义美学这个角度来谈文艺理论，考虑更长远些。建立中国的马克思主义美学是更长远的任务，但必须做，希望有更多的年轻人早些投入，做长期打算，探讨一些较为稳定的规律性问题。

李永胜：如您所说，这个讲座并没有讲完，您能给我们说说，当初周扬对这个系列讲座是如何设计的吗？他有什么具体规划没有？

胡经之：按照周扬的初步设想，这个讲座共有六讲：第一讲由周扬自己讲，作为整个讲座的序论，题目叫“我们的任务——建设马克思主义的美学”，讲一讲过去的马克思主义美学已达到什么高度，我们今天要在伟人的肩上更上层楼，就要知道伟人已有什么样的美学思想。第二讲还由周扬来讲，题目定为“文艺和政治”。第三讲由邵荃麟来讲，题目叫“文艺和现实”。第四讲由林默涵来讲，题目叫“文艺和人民”。第五讲由何其芳来讲，题目叫“文艺和传统”。第六讲由张光年来讲，题目叫“文艺和批评”。这几个人都是当时文艺界的核心领导人物。林默涵是中宣部协助周扬的副部长，何其芳是中国文学研究所所长，邵荃麟主管中国作家协会，张光年是《文艺报》主编。袁水拍是中宣部的文艺处长，还管着《人民日报》的文化艺术宣传，太忙，没答允来讲课。

周扬说，他已和这几位主讲人打了招呼，可具体讲课时间还无法排定。这几位都是文艺界的大忙人，什么时间能抽出身来，还要和几位具体落实。周扬要我和他们保持联系，他估计这个系列讲座会持续半年时间，有的一次讲不完，还可以再讲。

讲座要怎样进行？周扬有些新的想法，说不能像给文艺界做报告，必须调动学生的积极性，让他们参与进来。他提出了两点，一是每次讲过之后，最好要在学生中引起争论，深入讨论些问题。比如找一本过去流行的文艺理论书籍，像季摩菲耶夫的《文学原理》这一类，抓住些问题剖析一下，对修正主义的东西，要进行批判。听到这里，我心中有些震动之感，这是我第一次听到周扬谈到要批判苏联的修正主义。在我的心目中，苏联文艺理论的主要弊端是教条主义。杨晦先生在刚出版的毕达可夫《文艺学引论》一书中写了个“出版后记”，说此书所讲的只是从苏联方面出发，所运用的也多是苏联的文艺理论成就，我们中国只能作为借鉴，“必须避免教条主义的搬用”。我倾向于他的想法，在当时，中国文艺理论的主要问题就是教条地搬用苏联理论，不从中国的实际出发。周扬说要找苏联的书来批判修正主义，是我没有想过的，当时也无法理解。所以，我也没有进一步追问应该怎样来批判。

当时我心里着急的是周扬谈及的第二点：配合这个讲座，要让学生自己动手来编选一些文艺理论资料，培养学生对理论的钻研精神。那么，马上就有紧迫的问题：怎么编选？编成什么样的资料？我立即向周扬提出了这个问题，并告诉他中文系有些学生正想把他在延安所编的《马克思主义与文艺》做进一步扩充，增补新的资料，不知他的意见如何。

周扬对此表示了首肯，说增编可以进行，要建设马克思主义文艺理论和美学，不了解马克思主义创始人以来有了什么发展，就无法前进。但仅仅知道这些，是不够的，还必须博古通今，学贯中西，吸收人类以往文化中有价值的东西。所以，编选资料不能只收集马克思主义的，《马克思主义与文艺》的扩编是一个方面，另一方面，还要编选一套古今中外作家谈创作经验的资料。周扬对这套资料的编选提出了具体建议，内容包括三大方面：一是文艺理论和美学方面的世界经典言论的摘编；二是古典作家谈创作经验；三是现代作家谈创作经验。

周扬对后两项做了一点发挥，他说，我们要建设中国的马克思主义文艺理论和美学，就一定要和中国自己的文艺实践相结合，回顾中国自己的文艺实践中的问题，这就必须研究我们自己的文艺传统，批判地继承，推陈出新。中国历史上已有了两个传统，一是“五四”以前的古代传统，二是“五四”以来的现代传统。五四运动对中国古代传统批判有余，继承不足。如今，我们要做第二次批判继承，不仅要对古代传统批判继承，也要对“五四”以来的现代传统做批判继承。这是双重的批判继承，任务比“五四”时代更加艰巨。“五四”运动要打倒孔家店，在文艺领域反掉了两面旗帜。一是魏晋六朝的骈文被反掉，批判了它的形式主义，其实六朝骈文也有其长处——华丽，不能一笔抹杀。二是唐宋古文被反掉，批判它枯燥呆板。其实，唐宋古文也有其长处：说理的逻辑性强。所以，对古代传统也要批判继承，丰富的文化艺术遗产不能在我们手中丢弃，编选资料要能包容中外古今。这当然不太容易，但必须要有人做。

周扬的善谈是有名的，说起来口若悬河、滔滔不绝，而且头头是道，流利顺畅，容不得我插上半句话，只是低头记在笔记本上。谭小邢不时从书斋中走出来听一听，最后一次走出来向周扬指指她手上的表，示意时间已到。我赶紧抓紧时机，向周扬略说了北大等他去做演讲的安排，征求他的意见。

我告诉他，北大已安排中文、俄语、西语、东语四个系的高年级学生将近800人来听课。周扬说：“规模这么大啊！我得认真准备。”我又告诉他，哲学系、历史系也会有青年教师来听。冯至、曹靖华、杨晦、季羡林这几位系主任都会来，朱光潜、宗白华等几位研究美学的老教授也都说要来听讲座。周扬说："哪敢当啊！好多都是我的老前辈。"最后我问他，好些报刊，如《人民日报》《光明日报》《文艺报》《文学研究》，上海的《文汇报》《大公报》已闻讯而来，让不让听？报道怎么发？周扬稍微停顿了一下，想了想就说道："报刊可以派人来听，怎么报道，他们自己定，但不要发表我的讲课全文。我的课，不会写出全文，会准备一个大纲，还会写下一些课堂要用的引文。讲课的全文，要麻烦你了，你去请两个记录员，把我说的全记下来，然后请人打印出来。这打印稿放在你那里，不要交报刊，直接送给我 10 份，千万不要给报刊拿去发表。这件事得辛苦你了。"

李永胜：当时您那么年轻就接受这么重的任务，有压力吗？或者说，您有把握做好这件事吗？

胡经之：从周扬家里出来，我一路上都在想下一步该怎么办。我感到，这件事是不大好做的，一种无形的压力袭上心头。我回去后，实际上必须落实三件事：一是周扬所说，要让学生有争论，争论什么问题？二是周扬要学生动手编选资料，怎么做？三是周扬要我去找记录员，把他的讲座内容记下来，印出来，去找谁做？向来习惯于书斋生活的我，这下犯了愁。

我回到学校，先找了中文系负责科研的学术秘书邵岳，然后我们两人一同去杨晦先生家里。我把去周扬家的情况告诉了他，并向他讨教下一步该怎么办。姜还是老的辣，在紧要关头，显示出了杨晦先生的智慧，他听过我的介绍后，镇静若定，娓娓道来，反叫我不要着急。他围绕着我着急的三件事慢慢说道：

> 一是让学生争论什么？周扬要学生把季摩菲耶夫的《文学原理》当靶子，批判苏联文艺理论中的修正主义，这不大好办，还没有弄清楚问题所在，就要去批，容易弄巧成拙，效果反而不好。咱们中文系还不如抓一抓"现实主义和反现实主义"这个问题展开争论，把这个搞清楚，这也是对马克思主义美学建设做贡献。所谓"现实主义与反现实主义是文学史主线"这个理论是从苏联来的，红色文学史就是运

用这个理论来编撰的。我向张炯说过我的看法，红色文学史要做修改，可以让大家讨论一下“现实主义和反现实主义”这个问题，推动红色文学史的修改，又配合了周扬的这个讲座。我看，明年（1959年）的“五四”科学讨论会，中文系就可以把“现实主义和反现实主义”问题作为主题，把这个争论从理论上做个总结，这不正是对马克思主义美学建设做贡献嘛！

我一听杨晦先生的这个意见，真可谓茅塞顿开，觉得这是个极为高妙的主见，十分可取。当时，文艺界正大张旗鼓地展开“革命现实主义与革命浪漫主义相结合”创作方法的讨论，这也是周扬亲自领导的，中文系如果抓住“现实主义和反现实主义”问题的争论，也就是对周扬的支持，何况那个理论又是来自苏联，批评那个理论也可说符合批判苏联的总要求罢！有了杨晦先生的这个主见，我心里的石头也就落了地，将来面对周扬就可以有个说法。尽管这个说法不一定符合周扬的原意。杨晦先生举重若轻，把这个难题解了。

至于其他两个问题就更好解决了。当时杨晦先生就和邵岳一起拍板，决定由中文系的学生来编选资料。《马克思主义与文艺》一书的扩编，召集一个组，由刘烜等负责。其他资料的编选，交给三年级一个班级负责，由班主任孔辰光来组织编选队伍。我心里又一块石头落地。最后，为周扬讲座记录的事，杨晦先生说，由他打一个电话给校长办公室，请负责文秘工作的高望之派两个记录员来，但此事要我负责到底，从整理到校对，都要我参与。从杨晦先生家里出来，我立即奔校长办公室找到高望之，他一口答允，要我在周扬演讲前两天，提前告诉他，他好做安排。他还告诉我，周扬来了就安排到临湖轩接待。

就这样，我心头最后一块石头落了地，回到宿舍美美地睡了一觉，就等周扬来北大开讲了。

李永胜：周扬讲座现场的情形您还记得吗？

胡经之：周扬在 1958 年 11 月 22 日正式开讲。他带着邵荃麟、张光年、何其芳、林默涵、袁水拍一起来到北大。北大接待他们的是即将上任的党委副书记冯定，著名哲学家，和周扬是老熟人。曹靖华、冯至、杨晦、季羡林等几位系主任也来了，我还把朱光潜、宗白华、闻家驷（闻一多的胞弟）等几位老教授也请来，一同见了面。随后，我陪大家一起去了办公楼小礼堂，请周扬开讲。

那时没有什么烦琐客套，周扬由冯定陪同上讲台介绍后，所有听讲的人都坐在台下静听。我只在讲台左侧安排了两位速记员记录，台上只有主讲一个人。周扬谈笑风生，说自己是北大聘请的兼职教授，来北大开这个讲座，是要履行自己的职责，和北大文科师生进行学术交流，共同为建设中国自己的马克思主义文艺理论而奋斗。

李永胜：很明显，这场讲座是经过精心筹备的。您还保留着周扬讲座的记录稿，能详细说说他都讲了什么重要的理论问题吗？

胡经之：周扬的第一讲是这个讲座的序论，这序论就叫“我们的任务——建立马克思主义的美学”。为什么这个文艺理论讲座一上来要讲建设马克思主义美学？对此，周扬开宗明义地说，文艺理论并不就是美学，美学也不就是文艺理论。俄国文艺理论家车尔尼雪夫斯基的著作《艺术与现实的审美关系》一书虽然主要在论艺术的美，但他以为，美不仅在艺术，还在生活，美是生活，生活之美高于艺术之美，把生活之美抬得很高。所以，我在延安时，把他的这本书从英文翻译过来，书名就叫《生活与美学》。但是，美学和文艺理论有着密切的联系，人类不仅希望生活要美，而且艺术也要美，作家、艺术家也要求自己的作品能美。毛主席在延安文艺座谈会上说得好：“人类的社会生活虽是文学艺术的唯一源泉，虽是较之后者有不可比拟的生动丰富的内容，但是人民还是不满足于前者而要求后者。这是为什么呢？因为虽然两者都是美，但是文艺作品中反映出来的生活却可以而且应该比普通的实际生活更高、更强些，更有集中性，更典型，更理想，因此就更带普遍性。”周扬对此做了进一步的阐发：

> 毛主席在这里说到了生活和艺术两者都存在着美，但他比车尔尼雪夫斯基高明多了，道出了艺术美和生活美两者的辩证关系，艺术美可以而且应该高于生活美。他没有说一定和必然，而是说可以而且应该。可能，并不就是必定，这里的关键是要看作家、艺术家能不能做到，有没有这个才能。这是马克思主义美学的观点，比革命民主主义

的美学更科学、更高明，我提出要建设我们中国自己的马克思主义美学，就是要沿着这个方向和道路发展。

那么，我们为什么要建设马克思主义美学呢？周扬说道，无产阶级登上历史舞台，肩负着伟大的历史使命，既要破坏一个旧世界，又要建设一个新世界。不破不立，但不能只破不立，而是要又破又立，在立中有破。无产阶级要建设，既要经济建设，又要政治建设，还要文化建设。我们建设马克思主义美学就是要进一步推进文化建设，使无产阶级的文艺运动进一步提升。无产阶级的文化建设既需要有道德的武器，又需要有真理的武器，还需要有美学的武器。美学就是无产阶级争取自由解放的武器，建设马克思主义美学的根本目的，就是为了无产阶级的自由解放，直接目的就是推动无产阶级文艺运动的前进。

接着，周扬特别提出，当前我国社会主义建设正在蓬勃发展，时代特别需要马克思主义美学的加快建设。周扬说，马克思、恩格斯就开始了马克思主义的美学建设，曾想写美学著作，但还没有来得及做。毛主席在延安的文艺讲话，使当代马克思主义美学达到了最高水平。但是，马克思主义美学要随时代的发展而发展，总结无产阶级文艺运动的新经验，不断完美和提升，不仅要有科学性，还要有系统性和完整性。直到现在，马克思主义美学还没有达到这个时代的要求。美学在无产阶级的意识形态领域，在思想和文艺的整个领域中，还是一个薄弱的环节。所以，建设马克思主义美学，乃是我国当前思想建设中一个迫切的重大任务。

明确了我们的任务之后，接下来的问题就是，怎样来建设我们的马克思主义美学？对此，周扬做了进一步阐发。他以为，既然我们要建设的是马克思主义美学，那么，我们首先要做的，就是要知道以前的马克思主义美学已经做了些什么，达到了什么样的水平，才能站在巨人的肩上，向前挺进。他回溯了马克思主义创始人的美学成就，指出马克思、恩格斯虽然没有写出专门的美学著作，却在一系列著作中表达了自己的美学观点，奠定了马克思主义美学的基础。例如《〈政治经济学批判〉导言》《德意志意识形态》《神圣家族》《诗歌和散文中的德国社会主义》等著作以及在给拉萨尔、考茨基、哈克奈斯的一些信件中，都精彩地表达了丰富而宝贵的美学思想。马克思、恩格斯全集还正在陆续翻译过来，是真正的宝藏，需要我们进一步去挖掘和研究。

周扬只是列举了马克思、恩格斯的少量著作，正如他所说，马克思、恩格斯的大量著作当时还没有翻译过来。像《1844 年经济学哲学手稿》这样的重要著作，在 1956 年下半年才由何思敬翻译、宗白华审校后出版发行，只有极少的人注意到了，到60 年代才受到了更多的关注。我估计周扬还没有来得及看，所以没有提及此书。人类应该按美的规律来创造这一思想正是在这部著作中提出来的。

马克思、恩格斯给我们留下了极为珍贵的精神遗产，是我们建设马克思主义美学的重要理论资源。周扬谈了几点自己所受到的启示。首先是用美学的观点和历史的观点看待文学艺术。周扬说，我特别注意到了恩格斯一再说到，要用美学的观点和历史的观点来看待文学艺术。比如，评价歌德这样的作家，可以从道德的、政治的甚至从人性的观点来看待。但恩格斯却说他只是从美学的和历史的观点来衡量歌德的作品。十三年后，恩格斯致信拉萨尔评价他的作品，再一次说到，“我是从美学观点和史学观点，以非常高的、即最高的标准来衡量您的作品的”。[①] 恩格斯和马克思一道，都是把美学观点和历史观点结合起来看待作家、艺术家的作品。他们评论莎士比亚、巴尔扎克、席勒、欧仁·苏等人的作品，都体现了美学观点和史学观点的融合，这给我们留下了珍贵的启示。

其次，一个进步的作家、艺术家要不要在自己的作品中表达自己的思想倾向？周扬对此予以正面回答，说马克思和恩格斯都肯定了进步作家、艺术家要在自己的作品中表达社会主义思想倾向。周扬谈到了恩格斯写给女作家考茨基的信，其中写道：“我决不反对倾向诗本身。……现代的那些写出优秀小说的俄国人和挪威人全是有倾向的作家。”对于思想倾向的表达技艺问题，恩格斯提出“倾向应当从场面和情节中自然而然地流露出来，而无需特别把它指点出来”。文学艺术是要创造艺术形象，思想倾向要通过艺术形象自然流露出来。进步作家、艺术家的社会主义思想倾向，应该通过艺术的真实性自然表露出来，倾向性要和真实性融合在一起。周

① 《马克思恩格斯文集》第 10 卷，人民出版社 2009 年版，第 177 页。

扬认为，这些明智的论断对于中国自己的马克思主义美学建设来说，是极珍贵的启示。

最后，周扬特别指出一点，那就是马克思、恩格斯第一次提出了无产阶级在文学中的地位问题。他们批评了当时自称为“真正的社会主义”的诗人，不去“歌颂倔强的、叱咤风云的和革命的无产者”，而一味地去歌颂各种各样的可怜的小人物。恩格斯在给哈克纳斯的信中，则进一步提出了“工人阶级对他们四周的压迫环境所进行的叛逆的反抗，他们为恢复自己做人的地位所作的极度努力——半自觉地或自觉地，都属于历史，因而这应当有权在现实主义领域内要求占有一席之地”。

谈了马克思主义创始人对我们的美学启示以后，周扬的话题转向了列宁。列宁在历史上第一次提出文化艺术应成为“无产阶级总的事业的一部分”。而在这个事业中，“绝对必须保证有个人创造性和个人爱好的广阔天地，有思想和幻想、形式和内容的广阔天地”。列宁提出了两种文化学说，论证了每一个民族都存在着剥削阶级和被剥削阶级的文化。列宁还提出要建设无产阶级的文化，其前提是确切地了解人类全部发展过程所创造的文化，并对之加以改造，否则不能完成这项任务。周扬以为，列宁的这些思想，对于我们说来，具有巨大的现实意义。当时，我们正处在社会主义建设高潮之中，要建设社会主义的文化，离不开过去人类文化的发展。我们不是要抛弃，置之不理，而是要批判地继承。列宁要我们学习马克思，以马克思为典范：凡是人类社会创造的一切，他都要批判地重新加以探讨，任何一点也没有忽略过去。

周扬说，列宁还号召广大青年，必须取得过去遗留下来的全部文化，取得科学、技术、知识和艺术，用来建设社会主义文化。只有用人类创造的全部知识财富丰富自己的头脑，才能成为共产主义者。即使是在革命高涨的时代，要破坏旧世界，但也要保护好“旧美”，捍卫艺术中真正的美。革命胜利之后，在制定文化艺术政策时，应该把美作为构成社会主义社会中的艺术标准。列宁本人就是一个艺术修养极高的人，对音乐尤其情有独钟，他听贝多芬的《热情奏鸣曲》《悲怆奏鸣曲》等后不禁发出赞叹：“这是绝妙的、人间所没有的音乐。我总带着也许是幼稚的夸耀想：人们能够创造怎样的奇迹啊！”

说到列宁之后，周扬没有提及斯大林。在他过去所编的《马克思主义与文艺》一书中，收录了斯大林的专辑，但在此次“建设马克思主义美学”的序论中，不再提及斯大林。我们这些听众心里也都明白，自苏联出现了批判斯大林主义思潮之后，谈论斯大林就成了敏感的话题，不能轻易涉及。所以周扬的沉默，大家都能体谅。

那么，在列宁之后，马克思主义美学还有没有继续发展？有。周扬接着提出了三个人：普列汉诺夫、卢那察尔斯基和高尔基。在他主编的《马克思主义与文艺》中，收有普列汉诺夫和高尔基的专辑，但没有卢那察尔斯基。此次演讲，周扬不提斯大林，却提及了卢那察尔斯基。周扬说，卢那察尔斯基是苏联最早的教育人民委员（即后来的教育部长），科学院士，又是文艺评论家。他坚定地站在列宁主义的立场上，在《列宁与文艺家》一书中，全面阐发了列宁的文艺思想和美学思想，批判了庸俗社会学。他积极参与了当时热烈展开的创作方法讨论，既肯定了社会主义现实主义，又倡导可以有一种社会主义浪漫主义。社会主义文学的创作方法应该多样，对整个辽阔的世界都应感到有兴趣，应该试着登高远眺，展望未来。卢那察尔斯基的美学视野比较广阔。鲁迅曾把卢那察尔斯基的《艺术论》翻译了过来，赞赏其“真善美合一”之说。

谈及普列汉诺夫，周扬说，在20世纪30年代，“左联”对他的美学著作就有译介，鲁迅、瞿秋白对他都有好的评价。周扬对普列汉诺夫的美学也甚为赞服，对自己影响最大的有三点。一是他的艺术起源新说。艺术的起源何在？历史上有多种多样的说法，当时最流行的是说艺术起源于游戏。普列汉诺夫却进一步追问：人类为什么要游戏？他以为，游戏是为了把过去生活中所经历的事再体验一下，从中得到快乐。所以功利活动早于游戏活动。人类先有功利活动，后有游戏活动，再从游戏活动中萌生艺术活动。也就是说，艺术起源于功利活动。这一点，鲁迅甚为激赏，他在《〈艺术论〉译本序》中阐述道：“社会人之看事物和现象，最初是从功利底观点的，到后来才移到审美底观点去。在一切人类所以为美的东西，就是于他有用——于为了生存而和自然以及别的社会人生的斗争上有着意义的东西。功利由理性而被认识，但美则凭直感底能力而被认识。享受着美的时候，虽然几乎并不想到功用，但可由科学底分析而被发现。所以美底享乐的特殊性，即在那直接性，然而美底愉乐的根里，倘不伏着功用，那事物也就不见得美了。”

周扬说这“功利活动”当然包括物质生产活动，即我们常说的生产劳动。普列汉诺夫还以战争、父母抚养子女为例，那么，这里的“功利活动”是否比物质生产的活动更广，后人可以进一步去研究。

周扬说，普列汉诺夫影响他的第二点是他对艺术特性的阐发。托尔斯泰在他的《艺术论》一书中，再三说艺术是感情的表现，是把作者自己的感情用一种外在的标示表达出来，把自己体验过的感情传达给别人，让别人也能在艺术中体验到这种感情。普列汉诺夫则进一步论证了艺术既表现人们的感情，也表现人们的思想，但是并非抽象地表现，而是用生动的形象来表现。艺术最主要的特点就在于此。关于这一点，鲁迅也给予了充分肯定。他说普列汉诺夫在这里提出了“艺术是什么的问题，补正了托尔斯泰的定义，将艺术的特质，断定为感情和思想的具体底形象底表现，于是进而申明艺术也是社会现象”。鲁迅以为，这是“从唯物史观的观点来观察的”，符合历史事实。

第三点是周扬从自己的深切体会出发，特别关注普列汉诺夫的社会心理“中介”说。周扬说，普列汉诺夫突出了社会心理在社会结构中的中介作用，可以称之为社会心理“中介”说。一个社会，经济是基础，政治是经济的集中表现，属上层建筑，文化、意识形态也是上层建筑，文学艺术是更加漂浮在上的上层建筑。普列汉诺夫把意识形式细分为社会心理和思想体系，整个社会结构有五个因素：生产力、生产关系、政治制度、社会心理和思想体系。社会心理是思想体系和政治制度的“中间环节”，文学艺术和社会心理的关系更密切，和政治、经济发生关系，要以社会心理为“中介”。依他的看法，对于社会心理若没有精细的研究和了解，就无法了解艺术史。他对法国18世纪的文学、戏剧和绘画做了深入的分析，指出文学艺术直接反映了当时社会的社会心理。他的研究值得我们借鉴。

周扬还说，我们对普列汉诺夫研究得不多，应该有进一步的研究。对高尔基的研究就比较多，因时间不够，他就没有详细展开谈高尔基。

接下来，周扬就把话题转向中国。他在这次演讲中列举了三位对马克思主义美学的传播与发展做出贡献的人物：瞿秋白、鲁迅、毛泽东。周扬说，毛泽东文艺思想代表了中国马克思主义的最高水平，在讲座的开头就已论说了，因时间不够，不能再展开细说；鲁迅的文艺思想在《马克思主义与文艺》中有专辑介绍，此次也不展开。但瞿秋白，书中没有收进他的资料，大家了解不多，所以要稍微说一下。

瞿秋白出身江苏常州的书香门第，1917 年，18 岁的他就考到北京的俄文专修馆，怀着“文化救国”之心，钻研俄国文化。1919 年，他投身五四运动，在北京大学参加了李大钊领导的“马克思学说研究会”，向往社会主义。1920 年，他主动应《晨报》之聘，当国际记者，到革命成功的俄罗斯去采访，写出了震惊文坛的《饿乡纪程》和《赤都心史》。在莫斯科两年，经张太雷介绍，瞿秋白加入中国共产党，在共产国际工作，见过列宁，被共产国际赞誉为“优秀的马克思主义者”。中国共产党早期领导人陈独秀到共产国际开会，和瞿秋白相处一个多月，最后把他说动，随陈独秀回北京，参与筹创中央理论刊物《新青年》。1923 年，党中央秘密从北京转移到上海，瞿秋白也从此到了上海，任《新青年》主编，后被派到由于右任任校长的上海大学任学务长、社会学系主任，以此为基地在上海展开了革命的文化运动。他自己写出了《社会哲学概论》《社会科学概论》《现代社会学》等。但是，随着国共合作的结束，严酷的政治斗争把瞿秋白推上了政治舞台的中心。1927 年，年仅 28 岁的瞿秋白被推上了中共最高领导岗位，既要把共产党从白色恐怖下拯救出来，继续革命，又要避免在复杂的党内斗争中倒下，不得不来往于莫斯科和上海之间，最后王明和共产国际联合把他排挤出领导岗位。1931 年，瞿秋白卸去了千钧重担，重返文化战线，有三年时间，参加了“左联”的领导工作，和鲁迅、茅盾在一起，推进文化运动的发展。作为“左联”革命文学的领导者之一，周扬对瞿秋白极为尊敬，他介绍道，瞿秋白从 1931 年重返文坛，三年间所写的和翻译的著述超过了“五四”时期。他和鲁迅一道，大量翻译了马克思主义文艺理论。他编译了一本《“现实”——马克思主义文艺论文集》，对马克思、恩格斯、普列汉诺夫、拉法格等的文艺理论都做了全面的介绍。他编译了高尔基创作选集，还出版了高尔基的论文选集。他对鲁迅的杂文做了高度评价，在为《鲁迅杂感选集》所写的序言里，把鲁迅作品称作“最清醒的现实主义”。可惜，1934 年他被国民党抓获，次年就牺牲了，年仅

36 岁。

周扬对瞿秋白的牺牲十分感慨，为他马克思主义理论生涯的早逝感到惋惜。在谈完马克思主义美学的发展历程之后，周扬归纳道：

> 马克思主义的美学史是在无产阶级走上历史舞台的斗争过程中产生的，既和修正主义作斗争，又和教条主义作斗争，在斗争中总结无产阶级文化事业的经验。今天，无产阶级的革命事业正在蓬勃发展，斗志昂扬，意气风发。我们要在马克思主义创始人一直到毛主席所奠定的马克思主义美学基础上，总结无产阶级革命的新的历史经验，建设和发展马克思主义美学，从而再来指导今后的无产阶级革命事业。

那么，从马克思主义美学出发，应该着重在哪些方面进行深入探索呢？周扬提出了五个方面，也就是他开办这个文艺理论讲座所要探讨的问题。周扬说，十多年前，毛主席在《在延安文艺座谈会上的讲话》中提出了艺术美可以而且应该比生活美更高，我们现在就是要进一步探索，无产阶级的文学艺术怎样才能创造出比普通生活更高的艺术之美，这需要从马克思主义美学观点来处理好五个方面的关系。

一是文艺和政治的关系。文艺是无产阶级革命总的事业有机整体中的组成部分，文艺从属于政治，就是要为无产阶级革命事业服务，如何服务？这就有很多美学问题，需要好好研究。我们经历了民主主义革命，又发展为社会主义革命，现在正在从事社会主义建设，革命深入到经济、政治、文化各个领域。我们的文艺既要为经济建设、政治建设服务，又要为文化建设做贡献。文艺怎样才能完成自己的使命，就要处理好各种关系，特别是文艺与政治的关系，因为政治是阶级利益的集中表现。周扬说，这个问题将由他在下一次到北大来再展开说一说。

二是文艺和现实的关系。文艺是现实的反映，文艺如何反映现实？这里也有许多美学问题。为什么我们提倡革命现实主义和革命浪漫主义相结合，说它不是唯一的却是最好的创作方法？为什么齐白石说他的画在“似”与“不似”之间？这都是马克思主义美学必须回答的问题。这个问题要请邵荃麟来讲。

三是文艺和人民的关系。文艺要为谁服务？要为人民服务，文艺应该服务于最广大的人民。要为人民服务，就要在文艺中表现人民的生活，作家、艺术家就应深入人民生活，不仅熟悉，而且要有真切而深刻的体验。文艺和人民的关系，一是要为人民喜闻乐见，二是要表现人民。再进一步发展，人民要自己动手创作文学艺术，从人民群众中涌现出许多作家、艺术家。作家、艺术家深入人民生活，和人民融成一片；又在普通人民中培养出更多作家、艺术家。两者结合起来，使文艺和人民的关系更加密切，融为一体。这个问题，想请林默涵来讲。

四是文艺与传统的关系。社会主义的文艺不是从零开始，而是在吸收人类历史所创造的文化基础上创新发展。无产阶级要善于吸收人类创造出来的文化精华。中华民族有悠久的文化传统，首先是数千年的古典文化传统，然后是“五四”以来的新文化传统，这两种传统都要吸收、发展。我们不仅要继承中华文化传统，还要关注世界上的其他文化传统，古为今用，洋为中用。这个问题，要请何其芳来讲。

五是文艺与批评的关系。文艺作品好还是不好，不能只凭作家、艺术家的自我感觉，作家、艺术家总觉得自己的作品美。这就需要有文艺批评，文艺批评和文艺创作相互促进。那么文艺批评怎样进行？鲁迅说，文艺批评逃不脱真的圈子、善的圈子、美的圈子。这也需要进一步研究。这个问题，要请张光年来说。

周扬在讲完这个讲座准备要展开的五个问题之后，本可在此结束这第一讲。但他觉得意犹未尽，又回过头来对文艺与政治、文艺与现实这两个问题做了一些说明。首先，周扬谈到文艺与政治的关系问题，说这是文艺中的根本问题。我国古代就有文艺是“言志”还是“载道”之争，实质就是文艺要不要为政治的问题。“五四”以来，我国经历了民主主义革命和社会主义革命两个历史阶段，文艺也就从为民主主义革命服务发展到为社会主义革命服务。如何理解文艺为政治服务？文艺如何为政治服务？我们必须总结文艺实践经验，做进一步探讨。

其次，文艺和现实的关系问题，这是文艺所以产生的基础。文艺反映现实，又反作用于现实，这里的关键是文艺要怎样反映现实，才能推动现实。我们提倡革命现实主义与革命浪漫主义相结合这一创作方法，并不是只准用这一创作方法，革命现实主义、革命浪漫主义也可以单独运用，但如果能把这两者结合起来，应该说是最好的创作方法。接下来，周扬专门就革命现实主义和革命浪漫主义相结合为什么是最好的创作方法，展开了论述。仅就这一问题的论述，整理出来的打印稿就有 4000 多字。人民文学出版社主编《周扬文集》第 3 卷时（1990 年），根据我送去中宣部的打印稿，选了这 4000 多字成为一篇文章，收入文集。后来，我查阅了我当时的笔记，发现打印稿中有三处遗漏，可能当时的记录员不熟悉周扬所引用的古人用语，未能记下来。这里，我根据我的笔记，补上这三处。

第一处是谈及现实主义时，高尔基说“现实主义”这个名词最早发源于英国，可信。马克思曾高度评价英国的现实主义成就：“现代英国的一批杰出的小说家，他们在自己的卓越的、描写生动的书籍中向世界揭示了政治和社会真理，比一切职业政客、政论家和道德家加在一起所揭示的还要多。”从菲尔丁到狄更斯、萨克雷等，形成了现实主义传统。

第二处是谈及浪漫主义具有理想时，周扬举了德国作家席勒，说席勒的理想色彩很浓，恩格斯称赞“席勒的《阴谋与爱情》的主要价值就在于它是德国第一部有政治倾向的戏剧”。但席勒的许多作品，现实主义不够，喜欢通过剧中人之口大发议论。所以恩格斯不大赞成席勒化，而鼓励莎士比亚化。

第三处是在谈到齐白石所说画在似与不似之间时，周扬说中国艺术讲究形神兼备。他在此时举出了东晋大画家顾恺之为例：“顾长康画人，常数年不点睛目。人问其故，顾曰：四体妍媸，本无关于妙处，传神写照，正在阿堵中。”人要传神，关键在眼睛，所以不能轻易点睛。这“阿堵”就是指的眼睛。

这三处都是举例或引语，以便更有力地论证周扬所要阐发的观点：革命现实主义和革命浪漫主义相结合是最好的创作方法。

周扬讲完这两个问题后，时间已来不及，没有再展开对后三个问题的阐发，第一讲就到此结束了。

李永胜：*周扬讲座之后的反响如何？*

胡经之：周扬说的是一口带有湖南口音的普通话，流利顺畅，大家都听得懂，不像陆定一的无锡话，陈伯达更是一口浓重的闽南话，需要别人来翻译。他在讲台上，风度翩翩，神采飞扬，讲起来滔滔不绝，不念讲稿。他的讲稿，只写一个提纲，记下一些必须引用的经典作家的原文，其他都是临场发挥，真可谓是才思敏捷，口若悬河。如果他做专业的大学教授，一定会成为学生崇拜的名师。

周扬的这个演讲，在北大引起了热烈反响。俄语系主任曹靖华说，“建设马克思主义美学”这个题目出得好，过去我们完全跟着苏联跑，照搬苏联的理论，今后确实应总结我们自己的实践经验，建设中国的马克思主义美学。西语系主任冯至也说周扬的演讲好，好久没有听到这样的演讲了。他的视野广阔，放眼世界，从无产阶级的整个事业出发来谈文艺，要解决的是中国自己的问题。哲学系来听课的杨辛、甘霖就更高兴了，他们正在准备美学课程，但心里没底，过去批判说美学是资产阶级玩意儿，现在周扬说要建设马克思主义美学，心里就有方向和底气。正是在周扬这次演讲以后，他们受到了激励，加快了哲学系的美学建设，在1960年正式成立了全国第一个美学教研室，朱光潜开设西方美学史，宗白华开设中国美学史，杨辛、甘霖开设美学概论。于民、阎国忠、李醒尘、叶朗等也陆续留校，加入美学建设的行列。当时在中共中央高级党校主管人文教学的何家槐，也找到我，来北大听了周扬的第一讲，回去后就积极筹备成立美学组。他后来告诉我，正是周扬提出了要建设马克思主义美学，我们就可以大胆组织美学教学了。在60年代初期，何家槐分别请来了朱光潜、蔡仪、王朝闻等美学家去中共中央高级党校，为一些学员讲美学。

周扬这次演讲不仅促进了北大加快建设美学教研室，推动美学这一学科的发展，而且对北大的整个人文学科建设都起着鼓舞的作用。对此，杨晦先生很有感触。面对北大校园内正在展开的教学改革大辩论，作为中文系主任的他感到十分困惑，无所适从，教师还要不要做学问？北大还要不要搞学科建设？周扬这个时候来大讲“建设马克思主义的美学”，这不啻是下了一场及时雨，这是不是中央的精神？在杨晦先生看来，这是中央的精神，所以把周扬的演讲称为“及时雨”，这就给人文学科发展带来了一丝希望。

这是杨晦先生有感而发的真实想法。林庚就和我说过几次，他的好几部著作都是那几年写出来的。王瑶也说那几年是知识分子的黄金时代。院系调整后，马寅初当北大校长，请江隆基来当副校长、党委书记，还是教育家办教育，比较尊重教育规律。每年纪念“五四”运动，都举办为期一周的全校科学讨论会，历来是马寅初致开幕词，江隆基致闭幕词、作总结。学科建设是靠科学研究推动的。1957 年就划了 500 多个“右派”，其中教师就有 90 个，1957 年 10 月，陆平来当北大一把手，陆平是从铁道兵团提拔起来的，雷厉风行，在北大补划了近 100 个“右派”，其中教师增补了 20 人，中文系的乐黛云、金开诚、傅璇琮、沈玉成、褚斌杰、裴家麒、谭令仰就是被补划上的，使中文系大伤元气。杨晦先生更不能理解的是，好不容易“反右”结束，中文系又批判了游国恩、林庚、吴组缃、王瑶，出版了四本《文学研究批判专刊》。只用一个暑假，就写出了两卷本的红色《中国文学史》，以现实主义和反现实主义为纲，对中国古典文学做了重新评价。历史被颠倒过来了，老教授、老专家成了批判对象，或者为学生提供批判资料，按冯友兰后来的说法，他也成了“侍读”。杨晦先生是共产党员，又是系主任，虽然没有被列入“资产阶级反动权威”之列，但他深感困惑和惶恐，这还算是正常的教学秩序吗？中国几千年的丰富多彩的古典文学史，怎么能归结为现实主义和反现实主义这两个简单化的结论呢？他知道，这不能怪罪青年学生，也不愿泼大家的冷水，而想写文章正面论述中国文学史不是简单的现实主义和反现实主义的斗争。这想法曾和我说过，也和他的好友冯至表露过。但在那波诡云谲的批判热潮中，他也犹豫不定，不知如何是好。周扬的这次演讲，使他从心底涌起一丝希望，这种横扫一切之风，可能只是暂时的，不久还将走向正轨。

李永胜：周扬是在什么机缘和背景下在北大开设马克思主义美学讲座的呢？

胡经之：周扬在此时提出建设马克思主义的美学，不是他一时的心血来潮，而是内心的一种长期追求。周扬早年在日本东京和上海，受苏联无产阶级文化派的影响，参与并领导了上海左翼文化运动。1932 年苏联解散了“拉普”，清理了“左”倾思潮，敏锐的他在国内第一个否定了“唯物辩证法”的创作方法，写文章介绍“社会主义现实主义”。他在 1933 年就开始注重艺术运用形象思维创造艺术形象的特殊性，指出若没有形象，艺术就不能存在，单是政治的成熟的程度，理论的成熟的程度是不能创造出艺术来的。他突出了艺术创作和现实生活的紧密关系，认为艺术家是从现实生活中汲取自己的形象的，将深入生活作为艺术创作的基础。1936 年，周扬又发表了《现实主义试论》，对艺术反映现实的形象特征做了进一步探索。

由探索艺术特性，周扬进而关注起美学。他不仅研究了俄国革命民主主义美学（别林斯基、车尔尼雪夫斯基、杜勃罗留波夫），而且关注普列汉诺夫、卢那察尔斯基美学，努力从马克思主义的美学观点来考察当下文艺实践。1937 年初，同在北大任教的朱光潜和梁实秋之间发生了一场美学争论。先是梁实秋发表了一篇《文学的美》，对朱光潜在《文艺心理学》《谈美》中表现出来的“直觉论”“表现论”持有异议。朱光潜则发表了《与梁实秋先生论文学的美》一文，重申了自己的美学观点。梁实秋接着又发表了《再论“文学的美”——答朱光潜先生》。梁实秋认为，朱光潜所信奉的克罗齐美学把美归结为直觉，美既不能在物质的媒介物（颜色、声音、文字等）里去寻找，更不能与实际生活发生关系。梁实秋以为文学与人生密不可分，应该更多关注文学中表现了什么，但他把艺术的内容只归结为善，走向了片面。周扬在 1937 年也写了一篇《我们需要新的美学》，既指出了朱光潜美学的偏颇（把美学完全心理学化，不承认生活中也有美），又对梁实秋的偏颇（把艺术和美截然分开）做了修正。在周扬看来，生活中也有美，但艺术之美有自己的特点，是“通过感情的情绪的形象”来反映生活。所以，对于艺术的评价，不但要看作者反映了怎样的现实，而且要看那现实的描写是否被表现在形象中，“对于作品之社会的分析和美学的分析是应当统一的”。最后，周扬说：“无论是客观的艺术作品，或是主观的审美能力，都不是本来有的，而是从人类的实践过程中所产生。”也就在这时，周扬开始注意到了马克思的《1844 年经济学哲学手稿》，可惜那时还没有人能翻译过来。

就在这一年，周扬去了延安，紧张地投入到解放区的文化教育事业中，但仍没有忘情美学。他在延安曾为文艺青年开讲过王国维美学思想，在“鲁艺”开设过艺术论课程，还想写出《文学简论》一书。1940 年，他支持“鲁艺”编选了《马克思恩格斯列宁论艺术》作为教材，还写了一个评述马克思、恩格斯和列宁文艺思想的“后记”。同时，他还忙里抽闲，动手翻译了车尔尼雪夫斯基的《生活与美学》，高度评价他的美学“坚持艺术必须和现实密切地结合，艺术必须为人民的利益服务”。此书出版后，周扬亲自送书给毛泽东，说车尔尼雪夫斯基特别重视生活对创作的意义：“生活是第一义，没有生活的深切实践，不会有伟大的艺术产生。”在延安时期，周扬甚至想邀请正在四川大学任教的朱光潜去讲美学。1938 年 12 月，他给朱光潜写了一封信，请作家沙汀、周文面交朱光潜。可惜，就在年底，朱光潜已应武汉大学之聘，去当教务长和外文系主任了。沙汀把周扬的信交给朱光潜时，已是 1939 年 1 月，晚了一步，朱光潜只好给周扬写了一封道谢信，深表歉意。

周扬在上海时期的文艺思想，主要受俄苏美学思想的影响，到了延安时期，就更多地接受了毛泽东文艺思想。他在上海的后期，处境困难，才华很难舒展，受到鲁迅、茅盾的批评之后，更难开展工作。到了延安，周扬的心情很快舒展开来。作家周立波是周扬的侄子，1939 年也到了延安。他就说过，他在延安就明显感到，周扬那几年工作热情特别高，心情舒畅。周扬曾和周立波推心置腹地说过：“立波，我们找到了自己的领袖。”周扬对毛泽东一直崇敬，特别是在 1942 年毛泽东在延安文艺座谈会上讲话之后，他忠实地执行了毛泽东文艺路线。1944 年，周扬在《马克思恩格斯列宁论艺术》一书的基础上，增编了斯大林、普列汉诺夫、高尔基、鲁迅、毛泽东的文艺言论，纂为《马克思主义与文艺》一书出版。周扬写了一篇长序，重点阐发了毛泽东文艺思想从根本上解决了文艺为群众与如何为群众的问题，发展了马克思主义，称之为“马克思主义文艺科学与文艺政策的最好的课本”。

从此，周扬全心全意地投身于文艺政策的制定和执行，领导革命的文艺运动。十多年过去，当历史跨入“大跃进”的年代，已届 50 岁的周扬重新燃起“建设马克思主义美学”的热情来，呼唤有更多的人来参与这一建设工程，以实现他年轻时代曾为之奋斗过的理想。

李永胜：周扬的两次讲座间隔时间有三个月之久，这期间发生了些什么事，您是如何与周扬沟通的？

胡经之：1958 年秋，周扬在讲完“建设马克思主义的美学”之后，原本要在年内完成第二讲，但这计划没有实现。那年冬天，周扬特别忙，天南海北，到处去了解文化艺术的发展情况，还在和茅盾、邵荃麟筹备召开全国的文学创作会议。作为这个讲座的助教，我按他先前说的要求，把他的演讲整理成为打印稿。我只为《北京大学学报》写了一个学术动态报道，没有把周扬的讲稿交给任何报刊发表。临近年终，我去了一趟中宣部，把打印稿交给谭小邢，并询问周扬什么时间再来北大讲第二讲。她说她也说不好，恐怕要到开春再说了，一有消息，她会及时告诉我。

次年开春，全国文学创作工作会议就召开了。1959 年 2 月 18 日，会议在王府井大街北侧的中国文联会堂开幕。由邵荃麟主持并致开幕词，然后由茅盾做了长篇报告。我特地从北大赶到文联听茅盾的发言，知道两天后要由周扬来做总结，于是我在 2 月 20 日又到文联，以便能见到周扬，询问能否定下他来北大讲第二讲的时间。周扬在会上兴致勃勃，一口气讲了半天，畅谈了作家的使命和他的希望。散会后，我抓紧时间见了他一面，问他何时再来北大。不料他干脆利落地告诉我，要我明天去他家里，一起商定。

1959 年 2 月 21 日，我第二次去了周扬家里。这一次我们去了三个人，我和中文系负责科研事务的邵岳、孔辰光。这是因为上次在周扬家谈到，要学生参加讨论及编选参考资料，需要在这次见面时征求他的意见，以便最后落实。他们两人是具体抓这事的，所以我把他们请来，请周扬当面指点。

一见面，周扬半开玩笑地说，上次他去北大“献丑”了，不知道反应怎么样？我告诉他，反应热烈，哲学系已在酝酿向北大领导打报告，要把朱光潜从西语系调到哲学系，和南京大学来的宗白华，中山大学来的马采一起，准备成立美学教研室，以推进北京大学的美学建设。中共中央高级党校的何家槐，在听了报告之后，也在准备成立一个美学小组。

周扬一听，就兴高采烈地说：这是具有开创性的喔！中国还从来没有过美学教研室，要是北大成立美学教研室，那得好好发扬北大的美学传统。蔡元培当校长后，就开启了北大的美学传统，他不但自己开设美学课程，还在北大推广美育实践活动，成立音乐研究会、美术研究会、书法研究会等，力倡以美育代宗教。李大钊在北大当图书馆长，虽然没有开过美学课程，但他赞成蔡元培在北大倡导美学，发表过《美与高》等美学文章，称赞蔡元培的美学。蔡元培病倒之后，立即请了从法国回来的张竞生来接替他讲美学，一直把美学放在心上。将近70岁时，蔡元培还说，若让他回到20岁，他一定要专治他所心爱的美学和世界美术史。由他开启的北大美学传统没有断，后来，邓以蛰、朱光潜都讲过美学。北大要继承和发展这个由蔡元培开启的美学传统。

接下来，邵岳向周扬报告了中文系学生的反应。周扬的演讲激起了不少学生的理论兴趣，“建设马克思主义的美学”的话题吸引了不少青年学生。1955级学生正在以“现实主义和反现实主义的斗争”为线索修改红色文学史。听了周扬的演讲，大家就想围绕这个理论问题进行深入讨论，既学习马克思主义来解决这理论问题，又学以致用，推进红色文学史的修改。周扬听完，稍作沉吟，说道：既然文学史修改回避不了这个问题，那就不妨做些深入的讨论，从理论上弄清楚。他说他对这个问题也没有做过研究，但听何其芳说过，文研所在讨论红色文学史时，也对这个问题提出质疑，不能把中国文学史归结为现实主义和反现实主义的斗争。这个理论是从苏联传过来的，中国不能硬套，深入讨论也好。那时大家在争论“论从史出”还是“史从论出”，周扬同意“论从史出”，写文学史不要预设一个理论框架，然后把历史事实往这个框架里填，以证实那个理论。写中国文学史，也不能先预设一个“现实主义与反现实主义斗争”的理论套子，而要从实际的历史出发，得出理论结论。周扬说，要讨论“现实主义与反现实主义”这个理论问题，要从中国的文学发展的实际出发，理论要和实践相结合。

在谈及红色文学史的修改问题时，邵岳说到，学生们对另一个理论问题感兴趣，那就是古典文学时代已过去了千百年，许多优秀作品出于剥削阶级出身的作家之手，在今天却还具有艺术魅力，吸引着今人去欣赏，这是为什么？在修改红色文学史时，感到不大容易说清楚。这个问题，引起了周扬的浓厚兴趣，从而引发了他的一番议论。周扬说道：

这是一个值得深思的好问题，应该深入去探讨。大家可以去读一读马克思在《政治经济学批判》导言中所说的古代希腊的艺术和史诗为什么至今还给予我们艺术享受，还对我们具有艺术魅力的那一番话，从中可以得到启示。马克思在谈论古希腊艺术和史诗时，既阐明了它的历史价值，又揭示了它的现代价值。古希腊艺术和史诗产生在那个历史时代的土壤中，反映了那个历史时代，那是人类的童年时代。世上不同民族的童年是不一样的，有粗野的童年，有早熟的童年，而希腊的童年发育得很正常，是正常的童年。古希腊艺术和史诗，正是反映出了这个正常童年的完美之处。马克思说，为什么历史上人类童年时代在它发展得最完美之处，不该作为一去不复返的历史而显示出它的永久魅力呢？这就是说，古希腊艺术和史诗反映了人类正常童年时代的完美，具有历史价值。但这还只是第一层意思，马克思还进而阐发了第二层意思：古希腊艺术和史诗还对我们今天这个时代提供着艺术享受，因而具有现代价值。马克思说，困难不在它如何反映了那个时代，困难在于，它们何以仍然能够给我们以艺术享受，千百年过去了，为什么还对我们具有艺术魅力？马克思又以成人和童年为喻做进一步阐发：人类的童年时代早已过去，进入了成年时代。但那童年时代的天真，对于成人来说仍有不可磨灭的价值，难道人类不该在更高阶梯上把童年的天真再现出来吗？

周扬说，依他的理解，马克思的意思是说，现代人类应该在更高层次上把天真的童年时代的完美之处再现出来。周扬兴致勃勃，意犹未尽，继续发挥他的见解。他提出，这里的关键还在于文学艺术作品能否反映出那个时代，能否把握住那个时代的精神。我国古典文学的优秀之作，就把握住了时代精神。不错，古典作家大多出身于剥削阶级，所谓“书香门第”，不可能是劳动人民家庭。劳动人民在旧社会，整天忙于劳动，为生活而奔走，连基本的生活水平也达不到，哪有精力和时间来从事文学创作！那个时代，人类的智慧只集中在少数人身上，能掌握琴棋书画的还是剥削阶级出身的文人雅士。所以，古典文学有阶级性，打上了阶级烙印。但是，优秀的作家能跳出狭隘的阶级局限，反映他所生活的那个时代的某些本质方面。中国古代文化比欧洲发展得早，唐代已出现文化高潮，那时欧洲还很落后，欧洲出现文艺复兴，中国已到了明代。李白、杜甫的诗歌就反映了盛唐气象，富有时代气息，杜甫更多地触及了社会矛盾。歌舞升平底下蕴藏着社会危机，安史之乱终于爆发，这就更深一步反映了那个时代。

古典文学反映了当时的时代，那个时代的面貌在今天已不可重复，一去不复返了。“杨柳岸，晓风残月”，是那个时代的产物，反映的是那个时代的风貌，但至今还是可以引起人的美感。“西出阳关无故人”，也反映了那个时代的真实，那时的边关，交通不便，人烟稀少，见不到什么熟人。今天我们读《阳关三叠》，会引起思古之幽情，能产生美感，归根究底是因为优秀的古典文学艺术反映了那个时代的真实。

那么，古代的作家、艺术家大多不是出生在劳动人民家庭，怎么会创造出优秀的文学艺术作品呢？这就要对作家、艺术家的人生实践做历史的、具体的分析。一个人若要创作文学艺术作品，必须要有自由的时间、充沛的精力、较高的文化素养、丰富的生活阅历。“行万里路，读万卷书”，才能下笔如有神。在社会生产力水平不高的情况下，劳动人民没日没夜地在从事体力劳动，为基本生活条件而奔走，哪有时间和精力来从事文学艺术创作？在劳动过程或间歇中，在实际生活的深切体验中，也会产生本源性的文学艺术，像民歌民谣、民间艺术，但要创作出反映时代精神、凝聚时代精华的杰作，还得靠汇集时代智慧的文化精英。在体力劳动和脑力劳动相分离的时代，文化的创造主要还得靠脑力劳动者。古代的文人雅士主要产生在中小地主阶级，而上层人士则忙于政治事务，统治国家。出身于“书香门第”的文人雅士，不用为生活奔忙，有时间和精力专事文学艺术的创作，行万里路，读万卷书，又使文人雅士能走出狭隘的阶级关系而走向更广阔的天地。优秀的文学艺术就能反映出那个时代的精神。那个时代的精华和智慧就集中在这些文化精英身上。中国如此，在世界范围内也是这样。莎士比亚、歌德、莱辛、席勒、巴尔扎克、托尔斯泰、契诃夫、罗曼·罗兰、惠特曼，都是他们那个时代的文化精英，集中了时代智慧，反映了时代精神。

周扬说他最崇敬的作家，一是德国的歌德，二是俄国的托尔斯泰。然后，他还对 19 世纪美国诗人惠特曼做了一番评价。他说，惠特曼和歌德、托尔斯泰不一样，不是封建贵族，不是农奴庄园主，属于两个不同的时代。惠特曼出现在资产阶级上升时代，高扬个性自由，反映了美国处于上升时代那种蓬勃向上的精神。周扬说，他读《草叶集》，就像从诗篇中看到了一种新型的人，一种惠特曼式的形象，身体健康，心胸开阔，有着大理想，乐观奋发，反映出来的是一种新的时代精神。

周扬兴之所至、侃侃而谈，我听得也是津津有味，忘了时间。在公开报告中，周扬不会这样说的。这时，坐在我旁边的孔辰光有些着急了，暗暗向我指了指手表，我明白他还要当面向周扬请教如何处理两件实事。我趁周扬讲完惠特曼的间歇，赶紧向周扬介绍孔辰光：这是中文系的青年教师，做学生班主任，正在抓《毛泽东文艺思想概论》的编写和《马克思主义与文艺》的增编，要请您指导，应该怎样进行才好。

对于学生编写《毛泽东文艺思想概论》，周扬明确表示支持，这是"建设马克思主义美学"题中应有之事。周扬应允全书初稿出来后，可以送他看看，再提意见。关于《马克思主义与文艺》一书的增编，周扬的想法是，还是限定在马克思、恩格斯、列宁、斯大林、普列汉诺夫、毛泽东、高尔基、鲁迅这八位的经典论说，暂不要增加其他人的论说。要增补一些新材料，要少而精，尽可能完整些。所增选的材料，还是按照文艺理论本身的逻辑，分不同的问题入编，并兼顾时间的先后。

谈完《马克思主义与文艺》的增补，周扬接着又提出，要建设马克思主义美学，不能只读马克思主义的思想资料，还要读中国古代和外国的文艺理论资料。他希望北大中文系的学生在增编完《马克思主义与文艺》后，还继续编中国古代和外国的文艺理论资料。周扬说道，中国古代、外国的文艺理论不可能都是唯物主义的，但列宁说得好，聪明的唯心主义比愚蠢的唯物主义更接近聪明的唯物主义。我们编收的材料，当然最好是聪明的唯物主义的，但退而求其次，也可以编收一些聪明的唯心主义的，这总比那愚蠢的唯物主义好些。这就要靠我们编选者的智慧了。最后，周扬说，他争取在这个月底去北大讲第二讲。

李永胜：周扬的第二讲是关于文艺与政治的，在那个年代这个论题并不新鲜，他提出了什么新的看法吗？

胡经之：周扬是大忙人，原定在二月底再次到北大，却未能脱身前来，又延后了一周。1959 年 3 月 6 日，周扬才到达北大办公楼礼堂，为"文艺理论讲座"做了第二讲：文艺与政治。

周扬一上来就说他为什么要讲文艺与政治的关系。他说，以往他总是从无产阶级的历史使命说起，无产阶级要登上历史舞台，必须进行阶级斗争，斗争贯穿在经济、政治、文化的各个领域，文艺是阶级斗争的工具，文艺事业是无产阶级总事业中的有机组成部分。无产阶级要求文艺服从于政治斗争，也是从阶级斗争出发的自觉要求，这是对文艺发展规律的自觉掌握的结果，不是凭空而来的。他这次来北大讲课，就想换一个角度，从文艺发展的客观规律说起，文艺和政治在历史发展中有着密切的关系，文艺受政治制约，反过来又作用于政治，其中存在着客观规律。无产阶级掌握了历史发展的客观规律，自觉运用客观规律，为革命事业服务。

周扬先从文艺的社会作用谈起。每一个时代的文学艺术都是在社会中产生和发展的。为什么社会需要文学艺术？这正是因为文学艺术对社会有用，若对社会没有用，也就不会有文学艺术了。文学艺术反映社会生活，对社会生活起作用。文学艺术对社会生活起什么作用呢？那就要把文学艺术放在整个社会生活中来考察，才能有所了解。

马克思主义创始人从整体上分析了社会结构。整个社会就像一座大厦，既有基础，又有上层建筑。经济是基础，政治、法律、艺术、宗教、哲学等都是上层建筑。上层建筑建立在经济基础之上，没有经济基础，上层建筑也就建立不起来。上层建筑不是单一的，有多种多样。后来的马克思主义理论把上层建筑一分为二：政治是第一上层建筑，意识形态是第二上层建筑，艺术、宗教、哲学等意识形态并不直接和经济基础相联系，而是直接和政治这第一上层建筑相联系。政治是意识形态和经济基础相联系的中介，艺术、宗教、哲学等意识形态和经济基础的相互作用，乃是通过政治这一中介来实现的。文艺和政治有着密切的关系。

被鲁迅赞誉为“用马克思主义的锄锹，掘通文艺领域第一人”的普列汉诺夫，对文艺和政治的关系做了深入的研究。他并不满足于人们常说的文学艺术反映社会生活的说法，这虽是正确的意见，可毕竟还不十分明确。为了理解文学艺术是怎样反映社会生活的，就必须了解社会生活的机制。普列汉诺夫更加深入地揭示了经济基础和意识形态之间的“中介环节”，提出了社会结构的五要素：生产力、生产关系、政治制度、社会心理、思想体系。他突出了“社会心理”这一中介环节对意识形态的重要作用。依他之见，社会心理不仅对政治制度、法律规定等起着作用，而且对文学、艺术、哲学等起着更加巨大的作用。反过来，文学艺术对政治发生反作用，也是先影响社会心理，通过社会心理的改变影响政治。这就是说，文学艺术对政治发生的影响，常常是间接的，而不是直接的。这并不意味着，文学艺术和政治没有关系，从整个历史发展看，文艺和政治存在着直接和间接的关系。普列汉诺夫在《艺术与社会生活》一书里说得很清楚，任何一个政权，只要注意到艺术，自然总是偏重于采取功利主义的艺术观。这也是可以理解的，因为它为了自己的利益就要使一切意识形态为它自己所从事的事业服务。

对于政治的理解，向来存在广义和狭义之分。和列宁并肩前行、主管了全俄文化教育事业的卢那察尔斯基就曾说过，纯粹的政治领域是狭窄的，一个作家为社会服务的事，当然不能只归结为政治。他曾写过一篇《作家和政治家》，称赞高尔基既写散文、小说，又写政论，既是作家，又是政治家。他还号召作家要理直气壮地关心政治，应当为其艺术作品富有政治意味而感到自豪。普列汉诺夫在谈论政权、政治制度时，指的是狭义上的政治，但在谈论文学艺术、哲学、道德时，常在广义上理解政治。他对 18 世纪的法国文学、戏剧、绘画做过深入的分析，精辟地指出法国在政治上开辟了一个新纪元之后，也在艺术上开辟了一个新时代，这个时代所表现的是一个新的上层阶级即资产阶级的愿望和兴趣。这个时代的艺术，是渗透了政治的艺术。他甚至认为，古希腊艺术，很大程度上也是政治的艺术。普列汉诺夫在把当时的法国艺术和古希腊艺术称为政治的艺术时，还特地做了一个说明：我们是在广义下使用“政治”这个字眼，意思是说，任何阶级斗争都是政治斗争。

在阶级社会中，阶级斗争表现在社会生活的不同层面，经济、政治、思想的不同领域都存在着阶级斗争。恩格斯在《反杜林论》一书中，就已说到无产阶级的历史使命，就要在经济、政治、思想各个领域展开阶级斗争。那么，这里所说的政治就是狭义的，政治领域的阶级斗争，应不同于思想领域的阶级斗争。但是，思想领域的阶级斗争是和政治领域的阶级斗争相互配合、相互渗透的。政治是阶级利益的集中表现，政治斗争更为激烈，发展到极致，就成军事斗争。而思想领域的阶级斗争，就直接或间接地服务于政治斗争。文学艺术是更为复杂的社会现象，按普列汉诺夫的看法，文学艺术直接表现了那个社会的社会心理。审美需要、审美趣味、审美理想等都属社会心理，文学艺术的变化直接反映了社会心理的变化，但社会心理变化的推动力，是阶级斗争。他对 18 世纪的法国戏剧做了重点剖析，深刻说明了那时的戏剧，从所谓的“闹剧”发展为“悲剧”，然后再到“流泪喜剧”，直接表现的是审美趣味的变化，但深层原因还是政治斗争的演变。在他看来，在中世纪舞台上占重要地位的是“闹剧”。“闹剧”是为人民演出的，表现的是人民的愿望和趣味，直接表达了人民对上层等级的不满之情。从路易十三的王朝开始，“闹剧”趋于衰落。此时的封建王朝，看重的是“悲剧”，它是封建贵族的创作，表现的是上层等级的观点、趣味和愿望。悲剧是宫廷贵族的产物，悲剧中的主人公是帝王、贵族，被奉之为“伟大”“崇高”的人物。法国当时的悲剧，体现了封建王朝君主政体的巩固而成长起来的贵族趣味的精巧细致。但是，当法国出现了第三等级并日益壮大之时，对封建贵族的仇恨和对正义的渴望也同时在心中生长起来。于是，在法国舞台上出现了“流泪喜剧”，歌颂第三等级，嘲笑王公贵族。“流泪喜剧”成为18世纪法国资产阶级的肖像，反映了新社会制度同封建制度的斗争，是这种政治斗争在思想上的反映。反过来，这资产阶级的戏剧的产生，又是为巩固新的社会制度服务的。

说到这里，周扬的话题稍作转向，提出从另一个方面来说明文艺和政治的关系。他指出，当一个社会的阶级斗争相对缓和，文学艺术常被用来调节阶级内部和阶级之间的关系。中华民族的传统文化一向重视的礼乐精神，就着力于调节人与人之间的关系。早在先秦时代，我们的孔老夫子就特别重视礼乐在社会中的作用，礼、乐、射、御、书、数这六艺之中，礼乐被置于首位。一个人要成为仁人君子，必须“兴于诗，立于礼，成于乐”。修身养性首先要从学《诗》做起。诗的作用，可以兴、可以观、可以群、可以怨。学诗三百，可以激发志意，可以观风俗之盛衰，更可以调节人群关系，怨刺上政，礼乐则更进一层，促进政通人和，社会有序，而乐的最高境界，还能达到天人之和。礼和乐的社会作用并不完全相同，“乐统同，礼辨异”。所谓“礼辨异”就是要把人群的不同等级的差异区分开来，亲疏、贵贱、长幼、男女，在礼法上均要有所区别，这样就可以各安其位，天地君亲师还是要有个次序。乐则统同，要把不同等级的人统一为一个整体，达到精神上的和谐。尽管礼和乐的功能并不相同，但最后的目的是一致的。《乐记》里说，“乐者为同，礼者为异。同则相亲，异则相散”，就是要使社会安定团结，人与人之间相亲而相敬。这样看来，早在古代，孔老夫子就已意识到了诗、乐和政治的作用：安定人心，政通人和。

周扬说到这里，稍做一下归纳。作为一种社会现象，文学艺术属于第二上层建筑，和作为第一上层建筑的政治，必然发生这样或那样的联系，相互制约而又相互作用。问题在于：第一，对于这种相互作用是自觉意识到了，还是还没有意识到；第二，这种相互作用是直接的还是间接的；第三，这种相互作用是正面的还是反面的。文学艺术本身有不同性质的差别，有的文学艺术为反动政治服务，有的文学艺术则为进步政治服务，必须具体分析。

如果要对文艺与政治的关系做更进一层的了解，就必须考察具体的作家和作品。周扬重点考察了巴尔扎克和托尔斯泰，通过作家的社会生活和文学创作来看文艺和政治的关系。这两位世界第一流的作家，主要创作文学作品，也都写了不少政论，巴尔扎克写有二三百万字的政论，托尔斯泰更多。他们的政治观点主要表现在政论中，也间接或直接地表现在艺术性的文学作品中。

法国作家巴尔扎克，出生于 19 世纪来临前的一年，死于 1850 年，只活了 50 岁。他生活的那个时代，正是法国社会经历了伟大变革的历史时代，阶级斗争异常激烈。1789—1894 年的法国革命，资产阶级登上政治舞台，击败了封建贵族，取得了初步胜利。巴尔扎克出身于第三等级的平民阶层，在法国革命胜利后出生，受到新兴政制的鼓舞。已经跨入中产阶级门槛的父母供养他读大学法科，希望他将来能当上律师、法官或公证人，成为资产阶级。可是，正当他即将步入社会之时，法国社会又有了巨大变化，封建王朝复辟，阶级分化激烈，巴尔扎克一家的生活在 19 世纪 20 年代急转直下。后来他向别人说道：忧患催人老，你真想象不到我 22 岁以前过的是什么日子。他曾尝试办过印刷所、铅字厂，但很快失败了，负债累累，终于在 20 多岁的时候下定决心，致力于写作，从此投身文学，靠卖文为生。巴尔扎克崇拜拿破仑，在他租来的书房里，供着一座拿破仑石膏像，底座处他写了一条座右铭："彼以剑锋未竟之事业，吾将以笔锋成之。"

巴尔扎克的文学创作，其笔锋主要指出当时法国社会生活中的丑恶的、荒谬的、可笑的社会现象，所以他把自己的文学创作称之为"人间喜剧”。他是站在哪个阶级的立场上来揭露社会的黑暗的呢？历来研究巴尔扎克的有不同说法，有的说他是从封建贵族立场出发的，有的说他是站在下层人民的立场，有的说他所持的是资产阶级立场。巴尔扎克的世界观确实比较复杂，从总体上看，巴尔扎克是从中小资产阶级的立场出发来反映法国19世纪上半叶社会生活的。巴尔扎克也曾想办厂经商，发财致富，成为资本家，但初战即败，一辈子只好出卖自己的脑力劳动，拼命写作。成名之后，巴尔扎克曾几次尝试竞选当议员，入法兰西科学院，也都没有成功。为了走入上流社会，巴尔扎克曾出入于这个公爵夫人、那个侯爵夫人等的文艺客厅，附庸风雅。甚至，他还在保皇派的刊物上发表政论，要求国家政权还要保留贵族的一定位置，贵族院还要继续存在，只是贵族院要进行改革，不应只重视出身，应该把才华卓著的社会优秀人才吸收为成员。但是巴尔扎克的政治见解并未得到坚定的保皇派的赏识，终其一生，他始终与贵族院无缘。

巴尔扎克之所以关爱贵族，自有其个人偏见的因素。他出入于贵族门庭，为一些表面现象所迷惑，心里以为豪门贵族，知诗达礼，温文尔雅，是些有教养的人物。他之所以推崇贵族，还有更深一层的原因，那就是当大资产阶级（大土地资本家、金融资本家）登上政治舞台之后，很快就暴露出了贪婪、残酷、虚伪的阶级本性，比起贵族阶级来，有过之而无不及。所以，巴尔扎克自己的文学创作，不断地抨击大资产阶级，对高利盘剥的金融资本家揭露尤深，他本人就吃了高利贷之苦。对于贵族的推崇，是巴尔扎克的政治偏见，在他的系列政论中有明显的表现。但巴尔扎克并不属于贵族阶级。正如恩格斯所说，巴尔扎克看到了他心爱的贵族们灭亡的必然性，从而在自己的作品中，把贵族们描写成不配有更好命运的人。在他的笔下，他让那些自己深切同情的贵族男女行动的时候，对这些贵族男女的嘲笑空前尖刻，他的讽刺空前辛辣。巴尔扎克的文学创作，深切同情和衷心赞扬的是什么人呢？他经常毫不掩饰地赞扬的人物，即是他政治上的死对头，就是那些既反对贵族又反对大资产阶级的共和党的英雄们，也就是他所处那个时代中的真正的人民代表。巴尔扎克在当时唯一能找到未来的真正的人民的地方找到了这样的人，从而在自己的作品中做了反映。随着时光的推移，1848年大革命即将来临，在巴尔扎克的心目中，劳动人民的地位越来越显得重要，他的关注和同情越来越向劳动人民这边倾斜。

巴尔扎克的世界观是复杂的。巴尔扎克的政治观点随着时代的发展而变化，他憎恶大资产阶级，却推崇贵族，后来越来越关注和同情劳动人民。巴尔扎克作为小资产阶级的脑力劳动的出卖者，他和现实政治的关系也在发展着。这一切，都反映在他的“人间喜剧”中。

现在再来看看俄国作家托尔斯泰，他和他的文学创作与政治有着什么样的关系。托尔斯泰生于1828年，死于1910年，活了82岁，比巴尔扎克长多了。他的一生，经历了俄国历史发展中的一个重要时代，那就是1861年在俄国进行的农奴改革运动以来，一直到1905年的俄国资产阶级革命，俄国社会发生了急剧变化。托尔斯泰本人也从贵族上层阶级转向了农民阶级的立场，他的文学创作反映了宗法制社会的农民的思想和感情。

托尔斯泰出生于大庄园主家庭，生活在贵族上层，养尊处优。他早年所写的《童年》《少年》《青年》三部曲，就直接反映了他所过的贵族生活。他读的是喀山大学法学系，青年时代就开始关注农奴制的政治变革。在酝酿农奴改革的19世纪50年代后期，托尔斯泰在彼得堡和莫斯科积极投入了各个政治派别的改革争论。他虽支持农奴改革，但还是站在贵族温和派立场，与那些平民知识分子车尔尼雪夫斯基所持的革命民主主义立场，明显不同。托尔斯泰还去德国、英国、法国、瑞士、意大利等已走上资本主义道路的国家，实地考察，亲身体验，看看资本主义究竟好在哪里。结果，他体验到的却是资本主义的残酷和肮脏，人民没有得到幸福。托尔斯泰公开说，我不觉得工厂主对工人的态度，比地主对农奴的态度要显得人道一些。托尔斯泰不愿意俄国的农奴解放导致走上资本主义。甚至，托尔斯泰在1863年动笔写《战争与和平》时还这样宣称：我不是个小市民，正像普希金大胆说过的那样，而且我还要大胆地说，我是个贵族，不论在出身上、习惯上、地位上、境遇上，都是这样。他在这部反映俄国1812年卫国战争的伟大史诗中，歌颂了贵族和人民共同抗击法国拿破仑发动的侵略战争。为巴尔扎克所崇拜的拿破仑，在托尔斯泰的笔下，却是一个侵略暴君、历史小丑。

1861年俄国农奴制改革开始以后，在托尔斯泰看来，俄国社会就一切都混乱了。俄国向何处去？托尔斯泰心头始终在思索着，思想上不时产生矛盾。在即将跨入 50 岁之时，托尔斯泰创作了《安娜·卡列尼娜》。他通过安娜为追求自己的幸福而最后酿成悲剧的命运，抨击了沙皇的农奴制改革，并没有为人民带来幸福，深刻揭露了上流社会特别是国家政权的腐败，官僚的冷酷无情。但他看不到有什么出路，还是把希望寄托在列文这样的仁慈贵族上，要用“博爱”来感化地主、贵族。此时，托尔斯泰的阶级立场、世界观还是受贵族所主导，但目光已更多地向农民注视，密切关心农民的命运。

经过 20 多年的探索，托尔斯泰通过访贫问苦、实地调查、捐赠办学、义务赈灾等实践活动，深深地体验到了劳苦农民的苦难和不幸，痛感到地主贵族生活的可耻，决心和过去告别。在 19 世纪 70 年代到 80 年代初，托尔斯泰写下了著名的《忏悔录》，自称，在 1881 年这个时期，乃是他从内心上改革整个人生观的一段最为紧张热烈的时期。托尔斯泰辞去了县城里贵族长的职位，拒绝再担任法院的陪审员，在庄园里多做体力工作，不吃肉不喝酒，少抽烟，要和“寄生虫”的生活告别，追求道德的自我完善。列宁曾对托尔斯泰的立场、思想激变这样评价道：由于俄国社会的破裂，使他的整个世界观发生了转变。就出身和教育讲来，托尔斯泰是属于俄国高等地主贵族，但是，他与这个阶层的一切传统的观念决裂了。而且在他的后期作品里，他以剧烈的批判攻击了现代的各种国家的、教会的、社会的、经济的制度，这些制度都是建立在对群众的奴役上，在群众的贫穷上，在农民和一般小农的破产上，在从头到底把整个现代生活渗透的暴力和虚伪上。

托尔斯泰的阶级立场，世界观转变之后，断续用 10 年时光写出的《复活》，达到了他的文学的最高峰。这部小说的主人公已经转向被污辱被损害的底层人民。通过马丝洛娃被冤屈受苦受难的命运，托尔斯泰全面地揭露和抨击了沙皇的国家机器，贪赃枉法，草菅人命，骑在人民头上作威作福。托尔斯泰又通过贵族地主聂赫留朵夫这个人物对贵族阶级做了自我忏悔，否定了贵族的腐朽生活，要重新做人，过一种自然朴素的生活。但就是在这部作品中，也仍然表现出了托尔斯泰思想的局限性，那就是面向贵族地主们劝善，要追求道德的自我完善，用“博爱”来拯救自己和农民，不要用暴力来抗恶。这正如列宁所指出的，托尔斯泰一方面无情地批判资本主义剥削，揭露政府的暴虐、法庭和国家管理机关的滑稽可笑。另一方面托尔斯泰又痴呆地鼓吹“不用暴力去抵抗恶”。正是从他的托尔斯泰主义出发，他推崇文学艺术要在社会生活中发挥调节人际关系使之团结友爱的作用，有点像中国儒家推崇的礼乐精神。

周扬在谈过巴尔扎克、托尔斯泰之后，接着说像田园诗、爱情诗、山水画、花鸟画等这样的文学艺术作品和政治有什么关系。他说，这样的诗画作品，向来被看成只关风花雪月，无关政治教化。确实，在这类作品中并不直接表现政治内容，和政治没有直接的关系。但是这类诗画在什么时代兴盛，作家、艺术家为何对此类作品情有独钟，这深层原因却和政治有关。政治因素对这类作品的兴衰起着间接的作用。陶渊明为什么对田园诗情有独钟？这是因为他对那时的偏安江南的东晋政权不满。陶渊明原是名门之后，年少时也曾猛志逸四海，三次出去做官，都很快辞官归家，有志不获骋，不愿再为五斗米折腰。他写的《感士不遇赋》，所发的其实就是政治上不满而引起的牢骚。生不逢时，怀才不遇就走向田园，做个自由人。因此，他寄情田园的深层动因，是对政治的不满。陶渊明对政治的不满，也反映在他的饮酒诗中。鲁迅在 1927 年写的《魏晋风度及文章与药及酒之关系》中就说过，即使在陶渊明退隐之后，“总不能超于尘世，而且，对朝政还是留心”，他所作的《述酒》就是“说当时政治的”。周扬看到朱光潜先生也坐在台下，就朝他说道，今天朱光潜先生也在座，我想起了鲁迅和朱先生争论陶诗的往事。我记得 1935 年您在《中学生》杂志上发表过一篇答夏丏尊先生的文章，说到陶渊明，您说他浑身是静穆，所以他伟大。鲁迅就不同意您的说法，提出了他的看法，历来伟大的作者，没有一个是浑身静穆的，陶渊明也并非浑身都是静穆。确实，陶渊明也有“金刚怒目”的一面，又有隐逸静穆的一面。后来，朱先生写了一篇长文《陶渊明》，对陶渊明的评价就比较全面了，对陶渊明的研究推进了一步。学术正是要有争论，才能有所推进。

在即将结束这第二讲时，周扬对此做了总结：

以上，我们从时代、个人和作品的不同层次上考察了文学艺术和政治的关系。我们可以这样说，文学艺术作为一种社会现象，在历史发展中，历来都是同政治有着这样或那样、直接或间接的关系，只是有的是自觉意识到了，有的则没有意识到。马克思主义自觉意识到了这一客观规律，就自觉地把文学艺术事业纳入无产阶级革命事业。过去，我们倡导文艺要为民主革命事业服务，现在，无产阶级的政治就是社会主义革命和社会主义建设，所以，我们倡导文艺要为社会主义革命和建设服务。意气风发，斗志昂扬，鼓足干劲，力争上游，当前，文艺就要鼓舞全体人民为社会主义而奋斗。若问为社会主义而奋斗又是为了什么，那就是要为人民服务，满足广大人民的物质需要、政治需要、精神需要。所以，文艺最终是为广大人民服务的，但这已是下一个话题，要等下两讲来展开了，这里就此打住。

李永胜：周扬的第二次讲座反响如何？产生了怎样的影响？

胡经之：周扬来北大做第二讲，仍然是神采奕奕，兴致勃勃，旁征博引，滔滔不绝，对巴尔扎克、托尔斯泰、陶渊明进行了较具体的阐发。但北大师生的反应，却没有像听第一讲《建设马克思主义的美学》时那样热烈。这是为什么？“建设马克思主义的美学”这个话题本身就吸引人的关注。10 年来，美学常被人说成是资产阶级的伪科学，而主管文学艺术的周扬却敢于在北大的讲坛上倡导要建设马克思主义美学，北大师生心里为之一亮，都想听他说如何建设马克思主义美学。但“文艺与政治”这个话题，自新中国成立后就一直在说，是老生常谈了。当然，周扬也想讲出一些新意，竭力从时代、作家、作品的不同层次上探索文艺与政治的关系，而不像他在历次报告中所一再强调的文艺“应该”如何如何。周扬在此次演讲中，主题还是放在文艺如何为政治服务这个问题上。他着重从两方面来论证：一方面，他把政治的含义尽力扩大，超出狭义上的政治；另一方面，他又突出了文艺为政治服务的途径十分宽广，既可直接地，又可间接地为政治服务。但最后还是归结到文艺要为政治服务。文艺为什么以及如何去为政治服务，这当然很重要，需要弄清楚，但这不能解答当时北大师生心目中的最大的困惑。

什么是当时北大师生心中最大的困惑？这恰恰就是如何区别政治问题

和艺术、学术、思想等问题。本来，大家原以为是艺术、学术或思想的问题，怎么一掀起运动来，就变成了政治问题？“双百”方针提出后，大家兴高采烈，积极响应，各抒己见，纷纷为治国兴邦献计献策。但反右运动一来，就成为政治问题，那么，什么是政治问题，什么又是艺术、学术、思想问题，怎样才能区别开来？当时最使人困惑不解的是，我们那受人尊敬的校长马寅初的《新人口论》也被批判为反党反社会主义的帝国主义理论。马寅初自1951年担任校长后，在国内坚持人口调查，1957年在最高国务会议上出谋献策，提出要控制中国人口。不料，在北大建校60年校庆之后，在“大跃进”声中，却掀起了批判马寅初的高潮。就在1958年秋天，也就是周扬来开讲座前的三个月，马寅初在北大实际已“靠边站”了。按惯例，北京五所著名大学的校长都要被邀参加由毛泽东主持的最高国务会议。这一次，中国人民大学校长吴玉章，清华大学校长蒋南翔，北京师范大学校长陈垣，北京农业大学校长孙晓村四位都出席了，唯独北京大学校长马寅初再也无缘出席，而是由副校长陆平出席了。这引发了北大师生的极大困惑，大家不明白：学术问题怎么一再被归结成了政治问题？这次周扬来讲“文艺与政治”，大家希望能从中受到启发，如何区别文艺与政治、学术与政治、思想与政治。但实际上，周扬的这一讲解不了大家的“惑”。也许，从现实中涌现出来的问题本身太复杂，一时难以说得清楚。

不过，周扬这次谈文艺与政治，对于如何发展马克思主义文艺理论，仍然给予我们一定的启发，并非毫无意义。文艺与政治的关系，在周扬的文艺思想发展中一直占据着重要地位，他一生都思考着，探索着。周扬出生于小康之家，年轻时就从湖南离家到上海上大学。过了20岁又跑到日本，受到苏联无产阶级文化派的影响。周扬在当时接受的文艺观点是：一切的艺术都是宣传。1930年，他从日本回到上海，次年加入“左联”，23岁时就被推上“左联”的领导岗位。周扬在加入“左联”后所写的《文学的真实性》（1933），就批判了“第三种人”苏汶把文学的真实和政治的正确两者对立起来的观点，力主“文学自身就是政治的一定的形式”。那时，周扬以为，文学的真理和政治的真理是一个，其差别只在于文学是通过形象去反映真理的。所以，政治的正确就是文学的正确。周扬在此时就已引用了恩格斯所说的，无产阶级的阶级斗争的三种形态，经济的、政治的、理论的形态。但周扬做了自己的发挥。他以为，成为这三种形态之中心、之枢轴的，是政治斗争。所以，文学斗争，从属于政治斗争的目的，服务于政治斗争之任务。

可见，周扬从参加文艺运动之初，就把文学艺术看作是从属于政治、服务于政治的阶级斗争的武器。但是，周扬不仅具有政治敏感，而且具有理论敏感，从而能迅速调整自己的思想观点。半年之后，周扬发表了一篇重要的论文《关于“社会主义的现实主义与革命的浪漫主义”》（1933）。这篇论文还加上了一个副标题：“唯物辩证法的创作方法”之否定。周扬在文章开篇就介绍了1932年苏联文学界发生的一件大事，那就是清算了“拉普”的错误，否定了过去提倡的“唯物辩证法的创作方法”，进而倡导一种新的创作方法：社会主义现实主义。周扬这篇论文的重要性在于：这是中国第一篇较为全面评价社会主义现实主义的论文，其中，社会主义现实主义就包括了革命浪漫主义在内。在此，周扬比以前更为重视艺术的特殊性（“借形象的思维”），反思了过去所倡导的“唯物辩证法的创作方法”，其根本错误就在于“把艺术对于政治、对于意识形态的复杂而曲折的依存关系看成直线的、单纯的”。周扬由此明白了，文艺和政治的关系，乃是复杂而曲折的，需要做细致的分析。也就是从此时，周扬对俄国革命民主主义的美学进行了研究。开始接触马克思美学，提出“我们需要新的美学”（1937）。

虽然看到了文艺乃是用形象来思维的特性，但周扬一直没有放弃文艺从属于政治、服务于政治的思想观点。所以，当他在1937年冬从上海转移到延安后，就受到毛泽东的赏识。周扬和毛泽东的思想观点高度一致，自延安文艺座谈会以来，就一直坚持着文艺从属于政治、服务于政治的这一方针，以政治标准第一、艺术标准第二来衡量和指导文艺的发展。周扬1958年发表的《文艺战线上的一场大辩论》更在理论上发展到极端，把文艺思想上的争论上升为严酷的政治斗争，文艺问题变成了政治问题。

读一读《文艺战线上的一场大辩论》，再来听《文艺与政治》这一讲，比较之下，就能领会周扬此讲的一些新意：第一，文艺与政治的关系不一定是直接的，也可以是间接的，就如他在20世纪30年代就已领悟到的，这关系是复杂而曲折的，不是直线的、单纯的。因此，文艺为政治服务的途径是多样的、广阔的，方式既有直接的，又有间接的。第二，并不是所有的文学艺术作品都具有政治内容，不少田园诗、山水画、花鸟画、爱情诗等作品，并不表现政治内容，看不出政治倾向。政治因素在这些作品中只是作为原因而深藏在创作背景中。第三，文艺为政治服务，归结到最终，就是为人民服务。人民的需要是多种多样的，精神需要丰富多彩，所以，文艺为政治服务这个方针，不能狭隘地理解。

周扬在对文艺界的反右斗争做过总结之后，他的文艺思想对艺术特性有了更多的关注。周扬在北大的讲课，正处在这个转折点上。尽管他在这一讲中，主题还是要阐释文艺要为政治服务，探讨文艺如何为政治服务，但已开始拓展自己的思路，关注起文艺如何满足人民的精神需要。在以后好几年文艺思想发展中，周扬的这个思路越来越清晰了：

就在次年，周扬在1960年召开的全国第三次文代会上，做了《我国社会主义文学艺术的道路》这一报告。他坚持了文艺要为政治服务的方针，但他又指出："政治是十分广阔的领域"，文艺"为政治服务的途径和方式应当是多种多样的"。甚至，他还在此时提出了文艺应起审美教育作用，"我们的文艺应当使人变得更崇高、更聪明和更优美。审美教育是共产主义教育的一个重要方面"。周扬在阐发文学艺术必须百花齐放、不能一花独放时，举出了牡丹虽好，为花中之王，但是若只许牡丹一花独放，那生活不是太单调了吗？这样的思想观点，在过去的第一、二次文代会上是从来没有说过的，却在一年前的北大讲课中出现了。

差不多同时，周扬开始酝酿制定"文艺十条"，以鼓励文艺界实现"百花齐放"。由周扬主持制定的"文艺十条"，第一条就是要文艺界正确认识文艺和政治的关系：文艺为政治服务，是一条最广阔的道路，不应当只狭隘地理解为配合当前的某一政治斗争。我们不但需要表现强烈的政治内容的作品，也需要虽然没有什么政治内容，但能给人以生活智慧和美感享受的作品。

"文艺十条"经反复修改，成为"文艺八条"，1962年作为中央文件下发。与此同时，为纪念延安文艺座谈会20周年，周扬授命在《人民日报》上发表社论《为最广大的人民群众服务》。这篇社论明确提出：今天的文艺，是为最广大的人民群众服务的。“以工农兵为主体的全体人民都应当是我们的文艺服务的对象和工作的对象。”而广大人民对于文学艺术的需要是多种多样的，“群众需要的多样性，生活本身的多样性，决定了文学艺术的多样性”。至此，周扬的文艺要为人民服务的思想得到了较为集中的表现。在“文化大革命”中，周扬的这一思想被批判为“全民文艺”论。

文艺要为广大人民服务，这应成为今后文艺发展的根本方针。“文化大革命”后，这一思想观点渐为国人欣然接受。邓小平一锤定音，明确表示：以后，“不继续提文艺从属于政治的口号”，但又补充了一句：“这当然不是说文艺可以脱离政治”。1979 年，第四次全国文代会召开，复职后的周扬在大会上做了《继往开来，繁荣社会主义新时期的文艺》的报告，再也不提文艺要为政治服务或文艺从属于政治，指出了“把文艺说成只是阶级斗争的工具，把文艺和政治的关系简单化，是不对的”。周扬对新中国成立以来 30 年的文艺经验和教训做了反思和总结，归结为如何正确处理三个关系：一是文艺与政治的关系，二是文艺与人民生活的关系，三是文艺的传统和革新的关系。周扬明确指出，这三个关系中，“文艺和人民生活是最本的、起决定作用的”，文艺和政治的关系，“从根本上说，也就是文艺和人民的关系”。文艺和政治的关系并未取消，但在周扬心目中，这已不是最根本的、第一位的问题。文艺与人民的关系，成为更根本的、第一位的问题。正是沿着这个思路，周扬比以往任何时期更加重视对人民、人性、人道的思考，进而去探索马克思主义的人道主义问题了。

文艺与政治的关系，确是一个十分复杂的问题，马克思、恩格斯、列宁、普列汉诺夫等都有所涉及，特别是在苏联主管了 12 年文化教育的卢那察尔斯基，由于亲身参与了当时的文化实践，对文艺与政治的关系问题，探索尤多。周扬在我国主管文艺的时间比卢那察尔斯基的时间要长得多，他对文艺与政治关系问题的思考与探索，也许可以给我们以启发，进而更全面、深入地做出马克思主义的阐释。但这是另一个话题，这里就不再展开了。

李永胜：周扬讲完之后，接下来的讲座如何展开，反响怎么样？

胡经之：周扬讲完了这一讲，他在北大的讲课任务就完成了，但还有三件事尚需不时得到他的指导，我仍要和他保持联系。《毛泽东文艺思想概论》初稿已经写出，正在修改；《马克思主义与文艺》正在加紧增补，也快完成了；中国古代和西方的文艺理论资料的选编，难度较大，进展不快，还需继续奋斗。下一步怎么办，等着周扬指点。

这个讲座还需继续进行，我邀请林默涵来做第三讲，谈文艺与人民群众的关系。但他说一时抽不出时间，暂不能讲，还是请邵荃麟先讲。邵荃麟痛快答允，来北大讲了第三讲：文艺与现实。在这一讲中，他对当下正在热烈讨论的革命现实主义与革命浪漫主义相结合的创作方法做了深入的分析。他也认为，革命现实主义与革命浪漫主义相结合，是文艺创作的最好方法。邵荃麟讲完后，就由何其芳来讲第四讲：文艺与传统。何其芳原住在燕东园，在1958年底搬出了北大，迁入东单的西裱褙胡同，和蔡仪住同一个院落。那天，我特地赶早到东城，把何其芳接来北大办公楼。何其芳的四川口音较重，但谈兴甚浓，对如何继承中国古典文学传统，如何从继承中发展、创新，有较深切的体会。邵荃麟和何其芳在北大的讲课，我都写成了摘要，交给《北京大学学报》发表了。

林默涵一直没有来讲，也没有说为什么，只回答没有时间，安排不开。那年国庆前，我只好去找张光年，请他来做最后一讲：文艺与批评。他在一年多前聘了我做《文艺报》的特约评论员，参加了好几次他组织的活动，比较熟悉了。他为人较为坦诚，就实话对我说，他这一讲也不讲了，已没有精力和时间来做这件事。中央已下令批判苏联修正主义，周扬带着林默涵、何其芳和他们这些人已转移阵地，紧张地准备进入新的战斗。周扬已叫何其芳去中国人民大学找吴玉章校长，决定由何其芳、何洛负责开办一个马克思主义文艺理论研究班，在全国招收研究生，赶快培养能批判国际修正主义的人才。你们北大的那个讲座也就到此为止了，已经顾不上。

张光年这么一说，我心里立即明白了。反对苏联修正主义已经成为当时更加紧迫和重要的任务，周扬、林默涵、张光年、何其芳等意识形态领域的重要人物要转移阵地，投入批判修正主义的战斗，确实顾不上北大这个文艺理论讲座了。北大那些批判资产阶级权威的青年学生们还太年轻，一时难以投入批判国际修正主义的这场更为复杂的战斗，必须另外组织力量。这还得依靠从延安出来的那批老革命，开办文研班，迅速培养人才，以应急需。文研班从全国选拔人才，成材迅速，立竿见影。开班后，就很快成立了一个批判修正主义的写作班子，叫“马文兵”（“马克思主义文艺理论尖兵”的缩写），在《文艺报》和各大报刊发表了不少批判苏联修正主义的长文。这个文研班培养出来的研究生，和北大文艺理论研究班培养出来的不同，不是只在高等学府讲课，而是走向社会，到很多在省、区、市一级的文化厅、文联、作家协会、宣传省委部等担任文化部门的领导。文艺理论进入了一个新的时代——批判国际修正主义，高举毛泽东文艺思想大旗。

北大文艺理论讲座的收尾是在 1959 年 10 月。我在沙滩红楼周扬的办公室听他做了这样的交代：这个讲座结束了，林默涵、张光年不再去讲了，《马克思主义与文艺》等的增编等工作，他也不再过问了。他让我转告北大的有关领导，感谢近一年来对这一讲座的支持。快要离开他办公室的时候，我最后向周扬请教，我已着手写我的副博士研究生论文，选的题目是“古典作品为何至今还有艺术魅力?”，这题目可不可以做？周扬一听，就说这是沿着马克思的思路向前走啊，怎么不能做！

这个讲座一结束，我就集中精力写我的副博士毕业论文。1960 年冬，游国恩、林庚、吴组缃、钱学熙和导师杨晦先生通过了我的论文，结束了四年多的副博士研究生生活，留北大任教。我再次见到周扬，是在 1961 年，我去中共中央高级党校参加蔡仪主编的《文学概论》编写，周扬直接参与了提纲的审定和初稿的讨论。那是后话，等以后再谈。

李永胜：周扬的讲座对您个人的学术追求有什么影响？

胡经之：那一年，我 25 岁，正在寻找自己的学术方向。1956 年，北京大学开始试行副博士学位制，杨晦先生已意识到苏联的文艺理论不能解决中国的文艺实践问题，想从研究中国文艺思想史入手来探讨中国文艺的发展道路。我从中国人民大学马列主义研究班回到北大，跟随他攻读文艺学副博士学位，两年多时间，两耳不闻窗外事，一心只读圣贤书，刚告一段落，就要准备投入副博士学位论文的思考和写作了。今后我将向哪个学术方向发展？正是在这个时候，我听了周扬这个讲座，尽可能详细地做了笔记。他的学术热忱深深感染了我，并在今后的交往中，鼓舞我走向关注当下现实，汲取文化遗产，共同来建设中国自己的马克思主义美学这个大方向。

我在北大攻读文艺学副博士的四年研究生生涯中，前两年沉浸于研习古典，后两年则转向关注当下，这个转折就是周扬的“建设马克思主义的美学”的讲座引起的。我由此迈出书斋，走向文坛，被《文艺报》聘为特约评论员，和李希凡、李泽厚等相识，参与了“革命现实主义与革命浪漫主义相结合”的讨论，为全国读书运动辅导丛书写了评论《野火春风斗古城》的小册子。在周扬和杨晦先生的鼓励下，最后我把副博士毕业论文定为《古典作品为何至今还有艺术魅力》，想接续马克思之问来解析中国古典文学之谜。

在周扬于北大倡导的“建设中国的马克思主义美学”的精神鼓舞下，我在那两年积极参与了文艺评论。那时，我是自觉遵循政治标准第一，艺术标准第二的批评原则来写评论的。周扬在讲座中，提到了列宁在革命高潮时大力呼吁要保护好“旧美”，坚决捍卫“艺术中真正的美”，并要制定政策，“应该把美作为社会主义社会中的艺术标准”。这引发了我的特殊关注，从此以后，我就一直想探索艺术之美究竟何在？正是从周扬的这一讲座开始，我的学术志趣转向了艺术美的探索。

二〇二〇年八月　采访

二〇二二年七月　定稿

深圳湾　望海书斋

第四章

“两结合”中露头角

朱海坤：胡老，在周扬提出要建设中国自己的马克思主义美学并在北大开办文艺理论讲座的同时，文艺界发生了另一件重要的事情，那就是革命的现实主义和革命的浪漫主义相结合，俗称“两结合”的创作方法论的提出和讨论。您是这一事件的亲历者，请您回忆一下当时的经过如何？

胡经之：这件事的发生也与周扬关系密切。“两结合”作为一个重要的学术话题在1958年至1960年期间掀起了一股热潮，就是由周扬在《红旗》杂志创刊号上的一篇文章引起的。在这篇题为《新民歌开拓了诗歌的新道路》的文章中，周扬对“两结合”的创作方法进行了定性表述：“毛泽东同志提倡我们的文学应当是革命的现实主义和革命的浪漫主义的结合，这是对全部文学历史的经验的科学概况，是根据当前时代的特点和需要而提出来的一项十分正确的主张，应当成为我们全体文艺工作者共同奋斗的方向。”

毛泽东提出“革命的现实主义和革命的浪漫主义相结合”，可以说是经过深思熟虑的，并非一时兴起。早在1938年，他给延安鲁迅艺术文学院（简称“鲁艺”）的题词就写道：抗日的现实主义，革命的浪漫主义。1958年初，毛泽东创作的一首新词《蝶恋花·答李淑一》在《人民日报》发表，《文艺报》主编张光年找到郭沫若，请他谈一谈对这首词的感想，郭沫若在回信（1958年3月16日）中说，毛泽东的这首词“正是革命的浪漫主义和革命的现实主义的典型的结合”。张光年在随后的复信（1958年3月20日）中肯定了郭沫若的说法，认为“两结合”的方法很值得探讨。① 毛泽东随即

---

① 郭沫若、张光年二人的通信发表在《文艺报》1958年第7期，可参看。

在1958年3月22日的党内工作会议上谈到当时的新民歌运动，并倡导“革命现实主义和革命浪漫主义相结合”的创作方法。5月8日，在党的八大二次会议上，毛泽东再次指出在文学上要将“革命的现实主义和革命的浪漫主义相统一”。周扬的那篇文章就是在这种背景下发表的。

“两结合”的创作方法提出后，得到了极大的重视和热烈的反响，郭沫若、茅盾、邵荃麟、冯至等文艺界人士无不著文响应，全国各报纸杂志、文艺团体、各大高校等纷纷召开座谈会。《文艺报》先是开辟了“诗人们笔谈革命的现实主义和革命的浪漫主义相结合——向毛主席的诗词学习，向大跃进的歌谣学习”的笔谈专栏，发表了诗人贺敬之、郭小川、臧克家、袁水拍等人的文章。之后又在第12期发表了戏剧家任桂林、董小吾等人的文章。到了年底，《文艺报》连续召开了七次座谈会，召集北京的一百多位作家、艺术家、理论家、高校师生等参与讨论，其中包括何其芳、郭汉城、杨晦、冯至、田汉、艾芜、陈白尘、老舍、沙鸥、贺敬之、臧克家、曹禺、冯其庸、张文泰等，我也被邀请去参加了讨论，并在1958年《文艺报》第23期发表了《关于革命的现实主义和革命的浪漫主义相结合》一文。

关于“两结合”的讨论持续了整整2年的时间，直到1960年，中国文学艺术工作者第三次代表大会召开，周扬在会上做了题为《我国社会主义文学艺术的道路》的报告，这场讨论才算尘埃落定。周扬的报告专门阐述了“两结合”问题，其中写道：

> 毛泽东同志是根据马克思主义关于不断革命论和革命发展阶段论相结合的思想，根据文学艺术本身的发展规律，从当前革命斗争的需要出发提出这个方法来的，他把革命气概和求实精神相结合的原则运用在文学艺术上，把文学艺术中现实主义和浪漫主义这两种艺术方法辩证地统一起来，以便更有利地表现我们今天的时代，有利于全面吸取文学艺术遗产中的一切优良传统，有利于更好地发挥作家、艺术家不同的个性和风格，这样就给社会主义文学艺术开辟了一个广阔自由的天地。

报告在事实上确立了“两结合”创作方法的合法性地位。自此以后，“两结合”成为文艺创作和文艺批评的主要方法，直到“文革”爆发。

朱海坤：在“两结合”提出之前，我国在文艺创作上主要遵奉的是苏联的社会主义现实主义，为何要在这一广被接受的创作方法之外，提出这个新的说法，二者之间的主要区别在哪里？

胡经之：把社会主义现实主义介绍到中国来的，周扬功劳最大。他在1933年发表了《关于“社会主义现实主义与革命浪漫主义”——“唯物辩证法的创作方法”之否定》一文，引进和介绍苏联的前沿文艺思想，在当时党内文艺界产生了较大的影响。这时，社会主义现实主义在苏联国内还没有被正式确立为文艺创作和理论批评的基本方法。从社会主义现实主义这个概念的提出，到作为苏联文学创作基本方法的确立，经历了2年的时间。早在1932年，斯大林就曾亲自过问文学创作方法问题，并在与苏联作家协会组织委员会主席格隆斯基的谈话中，首次提出“社会主义现实主义”的概念。同年10月，斯大林参加了在高尔基寓所召开的一次作家座谈会，会中他再次申明社会主义现实主义的创作原则。在此之后的两年，苏联文艺界就社会主义现实主义展开了热烈的讨论，最终在1934年的苏联第一次作家代表大会上通过了《苏联作家协会章程》，其中对社会主义现实主义做了明确表述：“社会主义现实主义，作为苏联文学和苏联文学批评的基本方法，要求艺术家从现实的革命发展中真实地、历史具体地去描写现实；同时，艺术描写的真实性和历史具体性必须与用社会主义精神从思想上改造和教育劳动人民的任务结合起来。”

社会主义现实主义作为一种基本的无产阶级文学创作方法，不同于19世纪西方的批判现实主义，由于时代环境的差异，对于已经取得了无产阶级革命胜利的苏联文学来说，暴露阶级矛盾和批判社会黑暗的现实主义创作原则已经不再适宜。那么，文学创作应该如何进行？采取哪种创作方法？这在苏联文艺界曾经引起激烈的讨论，出现了“无产阶级现实主义”“有倾向的现实主义”“英雄的现实主义”“辩证唯物主义的创作方法”等多种说法，最终才将“社会主义现实主义”作为基本方法确立下来。

社会主义现实主义除了要求艺术描写的真实性原则外，还强调了历史具体性和社会主义精神，这是与批判现实主义不同的地方。什么是历史具体性呢？它实际上源于恩格斯的《致玛·哈克奈斯》。在这篇著名的文艺通信里，恩格斯批评作家哈克奈斯在小说《城市姑娘》中对工厂女工的人物形象塑造缺乏整体的历史观，未能呈现19世纪末期汹涌澎湃的无产阶级革命浪潮和真正觉醒的工人阶层的主体意识。这封信给苏联和中国的现实主义文学创作提供了指导思想，要“真实地再现典型环境中的典型人物”，把马克思主义唯物史观与艺术表现相结合，对具体人物和情节的描写要与特定的历史发展阶段相匹配，要在具体的人物和情节上体现出时代精神。那么对于20世纪30年代的苏联来说，无产阶级革命业已完成，文学的主要使命便转移到思想改造上来了，要以文学途径彰显和宣传社会主义精神。

那么，苏联社会主义现实主义是不是排斥和否定浪漫主义呢？并不是这样。日丹诺夫①在苏联第一次作家大会上说：“革命的浪漫主义应作为一个组成部分列入文学的创造里去，因为我们党的全部生活、工人阶级的全部生活及其斗争，都在把最严肃的、最冷静的实际工作跟最伟大的英雄气概和雄伟的远景结合起来。”可以看出，积极的浪漫主义体现为革命的理想主义和英雄主义，在社会主义现实主义中是占有一席之地的。其实，高尔基早在1912年就说过，社会主义的文学艺术既不是单纯的现实主义，也不是单纯的浪漫主义，而是两者的综合。他一直坚持这种看法，到了1931年，他仍提出应该寻找一种可能性，把现实主义和浪漫主义结合成为第三种东西。而这“第三种东西”是不是后来斯大林所认定的社会主义现实主义，还是另有所指，高尔基未做进一步阐释。

我们再说国内的情况。20世纪30年代是左翼文学的热潮，国内文学界对苏联的文艺动向十分关注。周扬在1931年加入左联后，自觉地承担起了翻译和传播马克思主义文艺理论的工作，其中最具代表性的就是他对苏联社会主义现实主义理论的倡导。在20世纪30年代初，我国左翼文坛受到苏联“拉普”的影响，注重“唯物辩证法的创作方法”，把浪漫主义当

① 安德烈·亚历山德罗维奇·日丹诺夫（1896—1948），苏联著名的马克思主义理论家，联共（布）中央政治局委员、中央书记，苏联最高统帅部常务顾问、上将政委，斯大林的得力助手，从1934年苏联共产党十七大升任中央书记处书记，主管苏联的意识形态工作，直至1948年去世。

作唯心主义予以批判，扼杀了创造社等一大批作家的创作热情和作家个性的发展。周扬将苏联社会主义现实主义引进来，一定程度上恢复了浪漫主义创作方法的正当性。但是，同苏联一样，周扬所肯定的浪漫主义，是一种革命理想主义，是对无产阶级革命取得最终胜利的信念，而非作家主体情感和个性的彰显。

问题是，当时的中国文艺界能否效仿和采纳社会主义现实主义的创作方法呢？在这一点上，周扬本人还是很清醒的，他指出苏联提出社会主义现实主义是以苏联社会和文学的种种条件为前提的，当时中国还没有进入社会主义建设时期，还在进行反帝反封建革命，如果生吞活剥地把社会主义现实主义运用到中国文学中来，并不合适。因此，在1949年之前，我国文艺界虽然对社会主义现实主义非常关注，时常引起争论，却并没有像苏联那样明确地提出社会主义现实主义的口号，而是出现了“革命的现实主义”“抗日的现实主义”“新民主主义现实主义”“无产阶级的现实主义”等说法。

直到新中国成立后，社会主义现实主义才逐步发展成为中国文学创作与批评的基本方法。先是周扬在1951年的一次演讲中强调要向苏联学习，把社会主义现实主义的文学艺术作为人民最有益的精神食粮。次年5月，周扬在一篇文章中明确提出“社会主义现实主义应当成为我们创作方法的最高准绳”。1953年便开始了有组织地讨论和推广社会主义现实主义的创作方法。这些讨论为同年9月召开的第二次文代会宣布把社会主义现实主义作为整个文学艺术创作和批评的最高准则做了准备。茅盾在会议上做报告，也要求作家们遵循社会主义现实主义的创作法则。这里还有一个有趣的细节。1954年首次出版的《毛泽东选集》第3卷收录了《在延安文艺座谈会上的讲话》，其中有一句话是“我们是主张社会主义的现实主义的”，这句话原本是“我们是主张无产阶级的现实主义的”，这是根据新的时代条件做出的修改。实际上“社会主义的现实主义”是在1953年才正式成为官方的文艺纲领。

然而，这并不意味着社会主义现实主义的创作和批评方法从此一路绿灯、畅行无碍了。苏联的动向更加紧密地牵动着国内文艺界的发展。在斯大林去世后，苏联文艺界开始出现质疑社会主义现实主义理论的声音。

1954 年 12 月，苏联召开第二次作代会，作家西蒙诺夫就对社会主义现实主义发难，要求删去“艺术描写的真实性和历史具体性必须与用社会主义精神从思想上改造和教育劳动人民的任务结合起来”这句话，他说这一文艺创作指导方针导致了苏联文学出现了粉饰现实的状况。而且，新的作家协会章程采纳了西蒙诺夫的意见，删去了这句话。国内随即也有类似的声音出现。比如，作家秦兆阳就认为，社会主义现实主义产生了一些庸俗的思想，并导致教条主义的创作思路。除了他以外，周勃、从维熙、刘绍棠等人也写了表示质疑或反对的文章。这些文章都是在“双百”方针颁布后出现的，是真诚的学术争论。周扬对这些源自苏联和国内的质疑的声音也有思考，他为此对自己的观念做了一定的调整，一方面坚持社会主义现实主义，另一方面肯定具体创作方法的多元性，反对创作上的教条主义和公式化。但是，毛泽东不认可这样的修正，因而另辟蹊径倡导“两结合”。随着政治氛围骤然紧张，“反右”斗争的到来使这股关于“社会主义现实主义”的学术讨论戛然而止。1957 年 9 月 1 日的《人民日报》发表题为《为保卫社会主义文艺路线而斗争》的社论，争论不再进行。

1958 年可以看作中国当代文艺理论与苏联关系的转折点。在苏联逐步走出斯大林体系的时候，中国走上了独立自主的道路，毛泽东更突出了中国特色。在此背景下，周扬就在 1958 年发表了那篇《建立中国自己的马克思主义的文艺理论和批评》。国外著名学者佛克马、易布思早就意识到了中国的新动向，在《二十世纪文学理论》一书中，就认为中国在 1953—1958 年间，社会主义现实主义曾被奉为一种文学理想，但到了 1958 年，中国权威的理论家创造出“革命现实主义和革命浪漫主义相结合”这一概念，取代了社会主义现实主义这个公式，更突出了浪漫主义，“可以解释为要使中国马克思主义文学理论摆脱苏联影响的一种努力”。1985 年，中国比较文学学会在深圳大学成立时，时任国际比较文学学会会长的佛克马亲口告诉我，他当时正在荷兰驻中国大使馆任文化参赞，看过我在《文艺报》的发言和发表在《文学评论》上的那篇《理想与现实在文学中的辩证结合》。

朱海坤：*“两结合”是在怎样的历史背景下提出的？*

胡经之：“两结合”的提出，在我看来，与三件事有关。第一件是中苏矛盾的产生。1956年2月，苏共二十大召开，赫鲁晓夫做秘密报告，批判斯大林，走修正主义道路。4月，毛泽东在中央政治局扩大会议上做了《论十大关系》的讲话，提出要反对教条主义地照搬苏联模式，不再亦步亦趋地跟着苏联走，要走中国自己独立自主的道路。50年代初期和中期，我国倡导学苏联，建立了军衔制，在北大等试行学位制。我和严家炎、王世德就在1956年开始攻读文艺学副博士。到了1958年，毛泽东发话说不要再学苏联，要限制资产阶级法权。此后，中国就取消了军衔制，不再评元帅、大将、上将、中将、少将；中国的学位制也就不了了之。我和王世德读了四年副博士，最后北大没给学位。杨晦先生对此颇为抱憾，却也无可奈何。在当时的语境下，这主要是针对苏联的修正主义道路，而不是抛弃来自苏联的一切东西。毛泽东确以高举“两结合”来取代苏联的社会主义现实主义理论，是中国文论摆脱苏联体系、寻求话语独立的标志。但这并非要否定社会主义现实主义，而是社会主义现实主义的进一步发展。实际上，在1958年到1960年间，关于“两结合”的讨论，并未出现取代社会主义现实主义的说法。相反地，普遍的看法是认为，“两结合”是对社会主义现实主义的进一步阐释。周扬在北京大学开办文艺理论讲座时就谈到了这个问题，他说得很明确：“我们不能否定社会主义现实主义，但对于社会主义现实主义这一体系，我们也可以研究一下……我个人认为，革命的现实主义和革命的浪漫主义相结合这个说法是比较完全的。”甚至在茅盾为苏联第三次作家代表大会所做的祝词中也仍断言“社会主义现实主义是国际无产阶级文学基本的方法”。郭沫若《浪漫主义和现实主义》解释说：“马克思列宁主义为浪漫主义提供了理想，对现实主义赋予了灵魂，这便成为我们今天所需要的革命的浪漫主义和革命的现实主义，或者这两者的适当的结合——社会主义现实主义。”比较清晰地阐述“两结合”与社会主义现实主义之间关系的是邵荃麟。他指出，提出“革命的现实主义和革命的浪漫主义相结合”是为了更好地去探讨和阐明社会主义现实主义方法中现实主义与浪漫主义的相互关系，社会主义现实主义是社会主义文学的基本方法，这是必须肯定的。绝不能错误地理解，以为提出这个问题是和社会主义现实主义有什么矛盾或不一致的地方。这样的理解是不妥当的。但不容否认的是，“相结合”和社会主义现实主义有所不同。主要在于，在“两结合”的讨论中，革命浪漫主义受到了高度重视，突出了反映现实要有理想，才有高度。1958 年的《长江文艺》第 2 期登载了一首题为《雾中的汉水》的现代诗，描写黎明时分汉水岸边的生活情景。袁水拍看到了这首诗，就在他的一篇文章中批评它没有体现出新中国成立后的新气象，未能反映社会主义的真实画面。①

强调革命浪漫主义，主要与第二件事有关，那就是“大跃进”运动。1958 年 5 月，党的八大二次会议正式通过了社会主义建设总路线，号召全党全国人民鼓足干劲、力争上游，多、快、好、省地建设社会主义，超英赶美。而当时的文艺活动就要配合“大跃进”的生产运动，要用浪漫主义的创作方式来表现和反映大跃进中的远大理想和英雄气概，激发和鼓励广大人民的劳动热情和革命信念。邵荃麟就说，革命的浪漫主义是人民群众在社会主义建设中对于社会主义和共产主义的信心和远大理想，共产主义者的英雄气概和乐观主义精神，以及工人阶级无穷的创造性、想象力和幻想在文学上的反映。茅盾则指出，社会主义革命和社会主义建设的革命气魄是社会主义现实主义必然包含革命浪漫主义的现实基础。

第三件是新民歌运动。新民歌运动是毛泽东亲自发动的，最开始提“两结合”，也是在谈民歌的问题时说的。全国上下开展了轰轰烈烈的民歌运动，在各级党委的带动下，纷纷组织诗会、创作民歌、编选诗集，文艺卫星满天飞。诗人徐迟编过一本《一九五八年诗选》，描述了当时的盛况：“几乎每一个县，从县委书记到群众，全都动手写诗；全都举办民歌展览会。到处赛诗，以致全省通过无线电广播来赛诗。各地出版的油印和铅印的诗集、诗选和诗歌刊物，不可计数。诗写在街头上，刻在石碑上，贴在车间、工地和高炉上。诗传单在全国飞舞。”

新民歌运动为革命现实主义和革命浪漫主义相结合的理论提供了实践基础和论说对象，在讨论“两结合”的过程中，大多数文章是围绕新民歌运动来谈的，包括周扬的那篇《新民歌开拓了诗歌的新道路》，很多讨论

① 1958 年，蔡其矫《雾中的汉水》发表在《长江文艺》2 月号，其诗云：两岸的丛林 | 成空中的草地；堤上的牛车 | 在天半运行；向上游去的货船，只从沉雾中传来沉重的橹声，看得见的 | 是千年来征服汉江的纤夫 | 赤裸着双腿全身向前 | 在冬天的寒水冷滩上喘息……艰难上升的 | 早晨的红日，不忍心看这痛苦的跋涉，用雾巾遮住颜脸，向江上洒下斑斑红泪。

文章都列举民歌的例子来说明革命的现实主义和革命的浪漫主义相结合的创作方法的正确性。当时最常被引述的一首民歌是这样写的：

> 天上没有玉皇，/地下没有龙王；/我们就是玉皇，/我们就是龙王。/
>
> 喝令三山五岳开道，/我来了！

朱海坤：您曾在1955年写的毕达可夫班结业论文《论文学的人民性》中花了较大篇幅谈论现实主义和浪漫主义问题，其后又先后写了《关于革命的现实主义与革命的浪漫主义相结合》和《理想与现实在文学中的辩证结合》（《文学评论》1959年第3期）两篇文章参与话题讨论，请您回顾一下当时您对这个问题的主要看法。

胡经之：我参加了毕达可夫的文艺学研究班，修了文艺学引论课程，按照杨晦先生的要求，得写一篇结业论文。我在1955年完成了这篇论文，题目是《论文学的人民性》，还有一个副标题，叫“兼论现实主义和浪漫主义创作方法”，对文学创作方法做过一些研究。到了1958年，《文艺报》编辑部邀请北大教师去中国文联参加“两结合”问题的座谈会，杨晦先生便让我一起。

在“两结合”讨论中，我主要关注三个问题：一是“两结合”的理论依据和现实基础；二是“两结合”是历史的还是普遍的；三是“两结合”的创作方法与表现方法的区别。先说第一个问题。当时有一种看法认为，所谓“两结合”，就是现实主义和积极浪漫主义的简单相加，是在反映现实的基础上加上个光明的尾巴。这种看法片面且浅薄，难以使人信服。我就想搞清楚，革命现实主义和革命浪漫主义相结合的学理依据在哪里？现实主义和积极浪漫主义，各有优点，也有缺点。现实主义的优点在于，真实地反映现实，揭露社会矛盾，有认识价值，所以恩格斯肯定了巴尔扎克，说他的小说比当时所有的历史学家、经济学家的著作提供的知识还要多。但是，现实主义作品常常缺乏理想，使人看了感到悲观，难以激发人的斗志和勇气。积极浪漫主义克服了这种缺陷，通过塑造英雄人物和抒发怀抱，能够在思想上、情感上激励人，教人敢于行动，向往未来。但是，积极浪漫主义往往对现实缺乏透彻的分析和认识，虽然站得高，但看得不够深。那么，现实主义和浪漫主义相结合，就能克服两者的弊端，起到认识现实和激发主观能动性的双重效果。这还只是一种期待，一种假设。至于这一假设是否可行，需要从学理上进行论证，寻找“两结合”的根据。毛泽东提出“两结合”，并不只是他个人的艺术趣味决定的，而是与他的文艺思想一脉相承的。在《在延安文艺座谈会上的讲话》中，他就肯定了革命文艺要起到鼓舞人民勇敢改造世界的作用，文学艺术作为一种意识形态，要成为推动历史前进的重要力量。这也正是马克思主义文艺观的根本看法。原有的批判现实主义理论由于缺乏正确的历史观，缺乏对人类未来的正确理解，因而忽略了或者是无法发挥改造世界的作用，仅仅强调再现世界的本来面目。那么，在以马克思主义哲学为根本指导的社会主义国家，无论是苏联还是中国，文艺的社会作用都受到了充分的重视。从“革命的现实主义”“抗日的现实主义”“社会主义现实主义”到“两结合”，文艺创作问题始终是与社会生活紧密关联的。中国到1957年已经完成了无产阶级革命和社会主义改造的任务，开始进入社会主义建设阶段，而且是要“跑步进入共产主义”，这时强调现实与理想的统一就成为“两结合”创作方法的逻辑基础。它要求在远大理想的指导下反映现实生活，又要在对现实的深刻认识中看到未来，文艺创作要从理想的高度去认识现实和反映现实。

再说第二个问题。有人说，现实主义和积极浪漫主义相结合，是古已有之的。不少文章从中国古典文学中寻找“两结合”创作方法的合理性依据，认为屈原、李白、杜甫等都运用了“两结合”的创作方法。我不赞同这种看法。我就说，“两结合”是一定历史发展阶段的产物。在历史上，现实主义和浪漫主义有走向结合的趋向，《孔雀东南飞》《窦娥冤》《牡丹亭》《梁山伯与祝英台》等都是，但古典文学不可能彻底解决如何将两者结合为一个有机整体的问题。为什么这么说呢？正像郭沫若说的，“马列主义为浪漫主义提供了理想，对现实主义赋予了灵魂”，只有在马克思主义哲学体系中，才会出现革命的现实主义和革命的浪漫主义相结合的要求。古代没有马克思主义，因此不会出现“两结合”。只有在实际生活中从根本上解决了理想与现实的矛盾，才有可能在文学中出现革命的现实主义与革命浪漫主义相结合的创作方法。在阶级剥削社会，任何真正美的理想，都是与丑恶的现实尖锐地对立着的。美好的理想不可能在丑的现实中实现，终究只是一种乌托邦式的幻想。杜甫高唱“安得广厦千万间，大庇天下寒士俱欢颜”，这种理想很美好，但终究无法实现。1958 年，在第一个五年计划完成之后，全国上下都在马克思主义唯物史观的指导下，憧憬着光明的前景，认为未来可期。

第三个问题是如何区分“两结合”的创作方法和文学表现方法。在理解革命现实主义与革命浪漫主义相结合时，有的人把表现方法作为衡量的准则，似乎凡是以生活本身的样子反映现实的，就是现实主义，而以生活不存在的样子反映现实的就是浪漫主义。也有人说，凡是运用夸张、象征、想象等艺术手法，就可以达到浪漫主义。这些说法未免把问题简单化了。积极浪漫主义未必一定要以生活不存在的样式去反映现实，假如作者能从理想方面去反映现实，甚至基本上写的是现实生活，也仍然可以是积极浪漫主义。积极浪漫主义在过去之所以常常运用虚幻的形式，也有现实原因。或者是由于作家的世界观及时代的局限，虽然对现实极度不满，却找不到正确的出路，只能虚构不存在的世界和人物。或者作家对现实极度不满，理想与现实产生了尖锐的冲突，于是借种种非现实的物事凸显丑恶、讽刺现实。在这样的思想意图下，积极浪漫主义常采用特殊的夸张、象征等手法，其实仍与现实存在一种必然的联系。从另一方面说，也不是所有的夸张、幻象、象征都是积极浪漫主义，不能只从表现方法来分判现实主义或浪漫主义。那么，“革命现实主义和革命浪漫主义相结合”在创作方法上对文学表现方法有没有特殊的要求或规则，我认为没有。它在表现方法上是无限多样的，我们不能说，运用了夸张的手法就不是现实主义的了，或者按照生活本来的样子去写就缺少了浪漫主义的因素。革命现实主义和革命浪漫主义相结合有一个重要的前提，那就是作家在思想意识层面要充分理解和接受马克思主义历史观，要真正认同理想与现实的统一，自觉地从理想高度去认识现实和反映现实。只要做到了这一点，作家无论运用什么样的表现手法来创作，都是可以的。

朱海坤：这样说来，“两结合”不仅仅是个创作方法的问题，还涉及作家思想改造的问题。这次“两结合”讨论，影响巨大。1953 年我国第二次文代会上，把社会主义现实主义确立为首要的创作方法，经此次讨论，1960年中国第三次文代会上就正式把革命现实主义和革命浪漫主义相结合确定为我国文艺最好的创作方法。直到1979年第四次文代会，才不提“两结合”了，开始倡导创作方法的多样化。在这发展过程中，发生了什么争论？

胡经之：毛泽东在1957年就对当时出现的新民歌极感兴趣，提出我国应在新民歌的基础上发展出别具特色的新诗：“形式是民歌，内容应是现实主义和浪漫主义对立的统一。”在党的八大二次会议上，毛泽东又说：“我们的工作要革命热情、革命理想和实际精神相结合，在文艺上就是革命浪漫主义和革命现实主义相结合。”当时周扬参加了会议，毛泽东还特别向周扬说：“周扬同志，你是文艺理论家，你以为对吗？”周扬的《新民歌开拓了诗歌的新道路》就呼应了这场大讨论。在当时，当然是一片赞扬声，但细究起来，还是能分辨出略有差异。李希凡最为激进，声称“无论是文学史上和现代杰出的文学作品，都渗透着两种创作倾向的融合……离开了两种倾向的结合，就很难想象，一个作家能够创作出伟大的作品来”。依他之见，不仅当代优秀作品是依“两结合”创作出来的，就是古典作品中的优秀者，也是依照“两结合”创作的。一向以现实主义著称的茅盾却大不以为然，他就说：“我对于历史上的大作家常常同时是浪漫主义者又是现实主义者的说法，以为这两个主义从来就是结合在大作家身上的说法，都是不敢苟同的。”依他之见，“我们只见有的基本上是浪漫主义或者现实主义，但个别作品也显现出不同色彩的作家，却没有看见体现两个主义结合的作家”。我和杨晦先生的见解，不同于李希凡，也不同于茅盾。我们都认为，历史上出现的优秀之作，并非都是“两结合”的，但确有“两结合”的趋向。我把这称之为“两结合”的萌芽。如今倡导的“两结合”，乃是在社会主义条件下产生的“第三种东西”，具有新质，不同于古典作品中的那个“萌芽”。我曾举出了毛泽东的一些诗词以及当时涌现出来的《红旗谱》《林海雪原》《野火春风斗古城》《保卫延安》《万水千山》《我的一家》等做了阐发。

改革开放之初，从1979年到1985年，有关“两结合”的争论仍时有所见，陆续不断，大多仍持肯定态度，但已不成热点。茅盾对“两结合”

一向持审慎态度，他在全国第四次文代会上说了这样一番话：“毛泽东在苏联（赫鲁晓夫时代）抛弃了社会主义现实主义这个口号以后，提出革命现实主义和革命浪漫主义相结合的创作方法，明确地提出革命浪漫主义这一重要的因素。毛泽东对这个新的创作方法没有下明确的定义，留待理论家去探讨，而理论家又有待于作家的实践。”但当时的文艺实践，依他所见，“还没有十分成功的作品，因此，理论家暂时无从总结经验，对‘两结合’的创作方法作出明确的具体揭示”。这说的确也是当时的实际情况。

多年之后，我见到了一本《现实主义的当代中国命运》，是河北师范大学现代文学教授崔志远承担的一个国家社会科学基金项目，2005 年由人民文学出版社出版。书中曾对“两结合”创作方法的提出和历史命运做了梳理。依作者之见，现实主义和浪漫主义这两种创作方法，原则分明，各具规律，根本不可能结合成一种创作方法，所以不可能成功。在他看来，“两结合”在 1958 年兴起时，文章虽然不少，讨论看起来也轰轰烈烈，但大多是带着崇敬的心情为领袖的提议做注解，有理论深度的文章并不多见。他在书中对我的两篇文章《关于革命的现实主义和革命的浪漫主义相结合》《理想与现实在文学中的辩证结合》做了分析和评价。他认为是将创作方法分为思维方法、典型化方法和表现方法三个层次，提出了一个很好的论述框架，这在当时的文章中是极为少见的。承蒙作者的关切，书中还详尽介绍了我对那三个层次方法的论述。但是，作者最后说道：“在讨论‘两结合’时，由于时风的影响，这比较科学的框架却未能得出正确的结论。”我分析现实主义和浪漫主义的不同特征，给出的结论是应该而且可以把两者结合在一起，合两者之长而去两者之短。崔志远则以为，这两种方法，根本原则不同，不可能结合在一起，只能各自发展，各展其长。在分析方法的三个层次时，他特别重视表现方法这一层次，现实主义和浪漫主义的表现方法，又不相同，自成特色，批评我的文章不重视两种创作方法的不同表现手法，这是最大的失误。依作者之见，表现手法恰恰是区分不同创作方法的最紧要之处。

此书的作者自成一说，考虑较为深入。出书时，作者请了时任中国作家协会副主席和中国当代文学研究会会长张炯写了序言。张炯充分肯定了此书的学术价值，却对作者所做的结论却提出了异议。他说：“对于现实主义和浪漫主义是否能够结合，历来就有争论。著者认为两者只能‘混合’，而不能‘结合’，我就有所质疑。王国维在说到‘造境’与‘写境’及‘理想’‘写实’二派时，紧接着就指出，‘然二者颇难分别。因大诗人所造之境，必合于自然，然所写之境，亦必邻于理想故也’。过去有很多学者写过文章论证文学史上这种‘结合’的存在。且‘混合’与‘结合’何由分？也不易说清楚。”张炯肯定了这“一家之言”可以引发大家进一步深思，但对所下的结论，提出了商榷。

张炯是著名的当代文学评论家，曾参与编写蔡仪主编的《文学概论》。他一直是“两结合”创作方法的积极倡导者，直到如今。前不久，我在《中国社会科学报》（2021 年 11 月 12 日）上看到他写的《中国共产党与百年新文学》一文，其中写道：“从 1949 年到 1977 年，我国文学走向新境界。……革命现实主义和浪漫主义相结合成为主要的艺术倾向。”他举出了大量实例来证明这一判断，光长篇小说就有《风云初记》（孙犁）、《保卫延安》（杜鹏程）、《红日》（吴强）、《红旗谱》（梁斌）、《林海雪原》（曲波）、《青春之歌》（杨沫）、《创业史》（柳青）、《山乡巨变》（周立波）、《百炼成钢》（艾芜）、《红岩》（罗广斌、杨益言）等。

朱海坤：如今文艺理论界已很少谈“两结合”了，倡导现实主义的却不乏其人。在近几年，习近平在文艺座谈会上又提出了作家艺术家要有“现实主义精神，浪漫主义情怀”，您如何理解？

胡经之：我也注意到了，习近平不止提到过一次。我所见到的，至少有两次。2014 年 10 月 15 日，习近平在北京主持召开的文艺工作座谈会上，就鲜明地提出：作家艺术家应该“用现实主义精神和浪漫主义情怀观照现实生活，用光明驱散黑暗，用美善战胜丑恶，让人们看到美好、看到希望、看到梦想就在前方”。他这一次是突出作家艺术家观照现实生活，要用现实主义精神和浪漫主义情怀。作家艺术家要反映生活，怎么反映？马克思早就提出过，艺术掌握世界的方式，不同于科学、宗教等的掌握方式。毛泽东提出要用现实主义和浪漫主义相结合的方式。习近平在这里接着说，观照现实，要有现实主义精神和浪漫主义情怀。反映生活，就要以真善美战胜假丑恶，让真善美发挥广大。说得好！最近这一次是 2021 年 12 月 14 日在中国文联十一大、中国作协十大开幕式上的讲话，习近平进一步提出：作家艺术家在塑造艺术形象时，亦要有现实主义精神和浪漫主义情怀。这次是说的塑造艺术形象。他是这样说的：“文学艺术以形象取胜，经典文艺形象会成为一个时代文艺的重要标识。一切有追求、有本领的文艺工作者要提高生活的能力，不断发掘更多代表时代精神的新现象新人物，以源于生活又高于生活的艺术创造，以现实主义和浪漫主义相结合的美学风格，塑造更多吸引人、感染人、打动人的艺术形象，为时代留下令人难忘的艺术经典。”从现实主义精神和浪漫主义情怀来观照现实生活，进而以此来塑造艺术形象，从而创造出了具有现实主义和浪漫主义相结合的美学风格的艺术经典，这才是社会主义文学艺术所应走的道路。

正是在这种精神的鼓舞下，近几年的文艺界出现了令人瞩目的新气象，涌现了不少艺术精品。仅以影视作品来说，《觉醒年代》《大决战》《外交风云》《海棠依旧》以及《我和我的祖国》《我和我的家乡》《我和我的父辈》三大系列，就深深吸引了我。《觉醒年代》我就先后看了三遍，《大决战》我就看了两遍，感到意味无穷，堪称经典。

朱海坤：在您看来，这些作品都体现了现实主义精神和浪漫主义情怀相结合的原则吗？

胡经之：是的。我以为这些佳作都在新的历史条件下，在我们这个伟大的时代，重新走向探索现实主义精神和浪漫主义情怀相结合的道路。这种新的探索达到了很高的水平，我们当下的文艺学正就应该跟踪追寻，继而在理论上做新的探索。

我为什么看了三遍《觉醒年代》？正是因为这部杰作以具体生动的艺术形象反映了“五四”时代的典型环境中的典型形象，不仅回归到那个时代的历史真实，而且洋溢着浓烈的革命崇高精神。这部作品的编剧龙平平是中央文献研究室的一位党史专家，有 30 多年的学术积累，曾参与《历史转折中的邓小平》等的创作。他以炽烈的革命热情，认真研究了历史，花了 6 年时间，才写出了这个剧本。“没有形象思维的作品，根本无法触及人们的灵魂”，鲁迅的这句话，在全剧中得到了体现。全剧反映了自 1915 年《青年杂志》问世到 1921 年中国共产党诞生的 6 年历史，展示出了“五四”前后两辈人的时代探索：中国的出路究在何方？塑造出了觉醒年代两辈人的群像：以蔡元培、陈独秀、李大钊、鲁迅、胡适等为代表的思想先驱，以毛泽东、周恩来、邓中夏、陈延年、陈乔年等为代表的年青一代革命者。这是我国第一部以全景方式全面塑造新文化运动的群体形象的电视剧，以前还未见过，功不可没。1956 年，我曾在中国人民大学马列主义研究班听过党史专家胡华、何干之讲授中国革命史，对“五四”运动的始末做过一番探索，想追问“五四”运动为什么会在北京大学掀起，北大如何成为新文化运动的策源地？《觉醒年代》以生动具体的艺术形象回答了我的问题，全剧以典型环境中的典型形象指明了中国的出路。我曾问过杨晦先生，我看到的历史资料说当时北洋政府的外交委员会事务长林长民把巴黎和会的信息告诉了蔡元培，还有一种说法是委员汪大燮告诉了蔡元培。杨晦先生告诉我，林长民、汪大燮这二人都在 5 月 3 日分别告诉了蔡元培，可能是林长民在先。所以，我在《蔡元培的美育精神》一文中，只说了林长民；梁启超在 5 月 2 日从巴黎电告了林长民，林长民又告诉了北京诸友。《觉醒年代》秉持了“大事不虚，小事不拘”的艺术原则，着力描写了汪大燮多次和蔡元培交往，为他出谋划策，如何运用智慧应对北洋政府的迫害，这可能更符合当时的历史真实。

《大决战》为我们展示了解放战争中三大战役的宏大历史，也深深吸引了我。那时，我还是个中学生，抗战胜利后，我也曾一度对未来充满憧憬，盼望国泰民安，安居乐业。不料，国民党发动内战，我们这一代人又面临新的困惑：中国要向何处去？我也卷入了学生运动，反内战、反饥饿、要和平。1948 年，我参加了地下新民主主义青年团，组织进步学生保护校园，准备迎接百万雄师下江南。当时我紧密关注着解放军的动向，但并不知晓其中内情。《大决战》把三大战役的来龙去脉都形象地展示了出来，使我重返了那个历史时代。围绕着宏大的历史事件，《大决战》塑造了毛泽东、朱德、周恩来、刘少奇、任弼时等这一代革命者的雄才大略，崇高胸怀，使我们缅怀历史，激情满怀，坚信只有社会主义才能救中国，更加坚定地走向未来。

现实主义精神和浪漫主义情怀应该而且可以在文学艺术中融合起来。周恩来说得好：“我们的理想主义，应该是现实主义的理想主义；我们的现实主义应该是理想主义的现实主义。”我们的文艺理论应该对近几年涌现出来的佳作进行深入探讨，总结新经验。当然，也可以对旧经验再做审视，对成败得失予以反思，推进文学艺术更好地发展。

我想起了20世纪60年代对柳青《创业史》第一部的讨论。柳青的《创业史》第一部一出来，严家炎就一连发表四篇评论进行探讨。[①] 当时，文艺评论界对《创业史》一片赞扬，有评论甚至把它誉为革命现实主义和革命浪漫主义相结合的最高成就、完美典范。严家炎肯定了第一部的杰出成就，认为它是“两结合”的创作方法的一次重要尝试。依他之见，第一部中的梁三老汉这一形象写得最好，生动感人，梁生宝却并非写得最成功的形象。严家炎把这一形象的塑造归结为“三多三不足”：一是写理念活动多，性格刻画不足（政治上成熟的程度更有点离开人物的实际条件）；二是外围烘托多，放在冲突中表现不足；三是抒情议论多，客观描绘不足。严家炎再三说明，他对梁生宝这一形象的探讨，并不是要否定“两结合”，而是要探索如何更好地运用“两结合”塑造艺术形象，避免那“三不足”。

我当时就觉得严家炎的分析很在理，这正是当时运用“两结合”创作方法时常见的缺陷。1959年，我在一本评论李英儒《野火春风斗古城》的小书中，就以金环这一形象塑造为例，说明金环牺牲前留下的遗书，热情感人，堪称革命现实主义和革命浪漫主义相结合的诗篇。但是，此遗书和金环这个人物形象不协调，有些脱离了人物性格和行动本身，给人“言语大于行动”之感。指出这样的缺陷，我们的本意都是为了完善“两结合”，但严家炎对梁生宝形象的分析还是被人批评为为“中间人物”张目。其实，他的分析正是为了让先进人物的形象更真实可信。《野火春风斗古城》后来被改编为电影，加强了金环的行动。著名演员王晓棠分饰两角，既演银环，又演金环，她的表演使金环的形象更为丰满，真实动人，弥补了小说的不足。

说起柳青的《创业史》，我又想起了浩然的《艳阳天》。1964年，浩然的第一部长篇小说《艳阳天》在《收获》杂志发表。当年2月，老一辈

---

① 这4篇文章分别是：《〈创业史〉第一部的突出成就》，发表于《北京大学学报》1961年第3期；《谈〈创业史〉中梁三老汉的形象》，发表于《文学评论》1961年第3期；《关于梁生宝形象》，发表于《文学评论》1963年第3期；《梁生宝形象和新英雄人物创造问题》，发表于《文学评论》1964年第4期。

著名作家叶圣陶就给浩然写信祝贺，说他读完全书，喜不能禁，称赞此作“可谓足下创作上之大进展”。但是，叶圣陶随即指出了书中的一大缺陷，劝浩然改进，那就是“作者说明人物性习与心理状态之处，似稍嫌其多，可否作适当之删汰。此宜于叙写行动与对话之时宛委表达之，俾读者自为领悟”。现实主义应为“两结合”的基础，革命理想应融合于现实描绘之中。现实主义不足，脱离人物形象地大发议论，是当时创作的一大通病。《艳阳天》也沾染此病，发展到《金光大道》（1972），更趋于极端。实事求是地说，《艳阳天》要比柳青的《创业史》写得好，农村面貌比较真实，肖长春这一人物也比梁生宝更具真实性。1971 年，《艳阳天》第 3 卷出来后，叶圣陶立即买了一本，读完后又给浩然写信说：“您真是熟悉农村的阶级斗争。我可以说是完全不知农村的人，但是我敢断言您是真熟悉，由于熟悉，故而能表现得高于现实。您的书使我间接地知道了一些农村。”当时还在海外的中国古典文学专家叶嘉莹，说她向来不爱看阶级斗争的文学作品，但读到《艳阳天》，连看了三遍，产生了浓厚的兴趣，竟写起评论来，先后共写出了 10 多万字的论文。1976 年，她在香港《七十年代》杂志上发表的《我看〈艳阳天〉》一文中说道：“《艳阳天》这部小说之所以特别成功，便因为它不是在套用样板中的口号教条，它是作者对革命的理想和热情正当的高潮时，结合了斗争实践体验孕育出来的作品。”这位文学修养极高的古典文学专家在改革开放后的 1994 年还写了一篇《〈艳阳天〉重版感想》，她写道：“我原是一个从事中国古典文学之研读的工作者，对于中国解放后叙写革命与斗争的小说，原来并没有阅读的兴趣，但当时浩然的这一部《艳阳天》却正风行一时，大有如日中天之势，经不住朋友们的推介，我终于不仅看了这部小说，而且为其所吸引、所感动，最后更以我平日对于古典文学之研读的精神，对这一部叙写革命与斗争的小说，竟然也投注了大量的精力和时间，做了一番研读的工作。”我也以为，《艳阳天》是改革开放之前写农村最好的一部长篇。所以当柬埔寨国王西哈努克的儿子纳拉迪波王子在 1966 年从我学习时，我就在 1967 年带他去拜访浩然，得赠《艳阳天》。

《艳阳天》先后出版了五百万套，我不知道如今的年青一代还看不看这部书。其实，年青一代的文学评论家还是不妨一读，分析一下此书的成败得失，总结一下历史经验。改革开放以后，浩然的《艳阳天》和《金光大道》都受到批判。从 1980 年起，浩然改弦更张，东山再起，到 1993 年病倒为止，一连写了七部长篇小说：《山水情》《苍生》《迷神》《乐土》《活泉》《晚霞在燃烧》《乡俗三部曲》，比以往写得更多。其中，《苍生》写得最好，1988 年出版后，还被搬上荧屏，深受广大农民的喜爱。改革开放之初的农村面貌，展现在我们面前，广大观众为之振奋。浩然声称，改革开放以后，“重新认识历史，重新认识生活，重新认识文学，重新认识自己”。他在 1985 年 2 月在《北京文学》上发表了这么一番话：

> 经过一个“反省过去，思考未来”的进程之后，我决计：立足农村这块基地，写人，写人生；不再单纯地写新人新事，也不再沿用往时那种以政治运动和经济变革为“经”线，以人物的相应活动为“纬”线来结构作品；这回倒过来，不论写中篇还是“小长篇”，贯穿着作品的主线都是“人”，写人的心灵辙印，人的命运轨道；政治、经济，即整个社会动态动向，只充当人的背景和天幕。

浩然的自我归结，是耶非耶？颇可为后人做进一步的思考。斯人已逝，留下了 18 卷《浩然全集》。我之所以旧事重提，是想后人能对他的创作道路和创作方法做更进一层的探索，因为他的创作，具有中国特色的典型性。冰心老人深知浩然的为人，说了一句意味深长的话：“浩然树小根深，风摇不动。”浩然是个道地的农民作家，没有上过大学，14 岁当儿童团长，16 岁就加入中国共产党，自学成才，走上了文艺创作之路，一辈子就在写农村，为农民写。他在 1987 年就为自己写了墓志铭：“我是农民的子孙，誓做他们的忠诚代言人。”信然！信然！改革开放 40 多年，城市化加速，生出不少弊端。如今要治理城市，振兴乡村，未来的农村要大发展，应该有更多的作家艺术家沿着浩然的创作道路走向农村，希望有更多反映农村振兴的作品涌现。这就需要年青一代文艺理论家研究如何超越浩然。

早在改革开放之初，茅盾就劝文艺理论家要对现实主义和浪漫主义如何结合进行理论研究。40 多年过去了，我们的文艺理论波澜壮阔，新潮迭至。但有段时光，理论旨趣不在探索如何创作出好作品，而是争论文学艺术的底线在何处，下限不断下沉，甚至为一些文化垃圾争名分，极力论证厕所里的马桶放在展厅、人体的排泄物收在玻璃瓶也都能成为艺术，不发一声居然也可以成为音乐，说是此时无声胜有声。1986 年，我第一次去香港，文友告诉我，香港文化的主流乃大众文化。随后，大众文化在内地兴起，蔚然成风，是不是也成了主流？21 世纪之初，我写了一篇《焕发新审美精神》的长文，发表在刘纲纪、王杰主编的《马克思主义美学研究》2002 年第 6 辑上。我的主张是，在社会主义新中国，文学艺术的主流应以高扬社会主义精神为主旋律，若要保持主流地位，必须既吸收高雅文化之长，又吸取大众文化的精华，且自成特色，方能立于不败之地。三者互动形成良性循环，形成文艺发展的新格局。如今，看到高扬社会主义精神的佳作频出，主旋律文学艺术成为主流，我国文化艺术正在大阔步地迈向新时代，我欣喜，并热切盼望我们的文艺理论能总结新旧经验，进一步探索如何以现实主义精神和浪漫主义情怀，创造出现实主义和浪漫主义相结合的艺术形象，出现更多的典型环境中的典型人物。

二〇二〇年十月　采访
二〇二二年七月　定稿
深圳湾　望海书斋

第五章

蔡仪门下编教材

史建成：胡老，蔡仪主编的高等学校教材《文学概论》在中国当代文艺学史上产生了很大的影响。我们知道，您参加了这本教材的编写，而且是负责撰写第一章。请您先介绍一下《文学概论》编写的时代背景。

胡经之：1961 年，中央正式实施“调整、巩固、充实、提高”的方针，在农业、工业、科学、教育、文化等方面进行改革。重新编写高等学校文科教材，就是在这个历史背景下展开的。

当时，负责党中央日常事务的书记处总书记邓小平下达了编选文科教材的任务，由周扬总负责。经过党内外充分讨论，修订了七种文科专业（包括中文、历史、哲学、政治、政治经济学、教育、外语）和七类艺术专业（包括戏剧、音乐、戏曲、电影、美术、工艺美术、舞蹈）的教学方案草案，并相应地制定出 224 门课程、297 种教材编选计划。这是新中国成立后社会科学建设的最巨大的一项工程，学术界称之为“中国的大百科全书”。

当时的国务院副总理陆定一亲口对我说了启动这一宏大工程的内情。1961 年春节，我去陆定一家做客，听说中央书记处早在 1960 年 9 月就讨论了文科教材建设问题。邓小平在主持会议时说，我们经济遭受严重困难，就要休养生息，休养生息有积极的，也有消极的，咱们要走积极的休养生息之路；咱们把仓库好好清理一下，拿出些库存的鸡鸭鱼肉，供应给学者专家，补充一点营养，请大家为文科建设多做贡献，既发挥老一辈学者专家的作用，又可以带动年轻一辈的成长，最后拿出研究成果和教材，何乐而不为呢？《文学概论》和《美学概论》两本教材，都是 20 世纪 60

年代前期编成的。这两本书都努力吸取了当时的学术成果，例如《文学概论》把理论奠基在认识论基础上，而《美学概论》对美的解析采取了李泽厚的说法，既是客观的，又是社会的，这也是苏联斯托洛维奇的见解。

史建成：那您本人在当时正处于什么样的状况，为什么您会参加《文学概论》编写组？

胡经之：1960 年底，我毕业留校，但在当时，是去是留曾经一度成为一个问题。在北京读书八年，每年暑假，我都会回家探亲。先是回苏州，后来父亲调到南京电力专科学校任教，我就回南京。每次回家，父亲都会谈起我毕业后的去向问题。他一直希望我回江南工作，南京、苏州、杭州、上海都可以。我当时确实做好了去南京工作的思想准备，罗根泽早就邀请我去南京大学，从事中国古典文艺理论和批评史的研究；主管哲学系的杨永祁，是毕达可夫班的进修教师，也要我去教美学。1960 年初，高教部征求我们这一届研究生的毕业去向意愿，要求填写一份表格，我毫不犹豫地填了南京大学。但临近毕业，杨晦先生语重心长地对我说："北大好不容易培养了你们两个文艺学副博士研究生，王世德去了四川大学，北大自己总得留下一个，你一直在北大，熟悉北大，年纪又最小，就留下来做学问吧！做学问需要一个良好的环境，机缘可遇而不可求。你不是想研究文艺学、美学吗？朱光潜、宗白华都在北大，留在北大，可以经常向他们请教，对你的学问会有很大帮助。"老师的一席话，让我心里充满感激，最后我做出了留在北大发展的抉择。留下来后，我就着手准备为东语、西语、俄语等专业学生讲授文学概论，为中文系学生准备文艺理论专题课程，同时着手准备一年后再开一门美学课，重点放在文学艺术中的美学问题方面。但新学期开学不久，讲了几次文学概论课，杨晦先生就把我叫到他家。他说："周扬已经委托蔡仪主编《文学概论》，作为全国高校统编教材。蔡仪要求我推荐人参加《文学概论》的编写，我已经把你和吕德申推荐给他。你不是喜欢研究吗？可以利用这个机会好好学习、研究。这一去可能要几年，你不能住在北大，编写组都要统一住在中央高级党校。在此期间，你不需承担教学任务，专心致志做研究。你好好准备一下，去参加教材编写吧！"就这样，我讲了两个月的文学概论，过了五一，就去了中央高级党校。

史建成：周扬是这个教材工程的总负责人，他在编写期间参与多吗？

胡经之：周扬是整个工程的策划者、积极参与者，被称为中国大百科全书派的领袖。他先是在北京、上海高校进行了充分调查研究，1961 年 4 月在北京召开了高等学校文科和艺术院校教材编选计划会议。他在会上做了长篇讲话，对文科建设和教材编写，从指导方针上进行了透彻精辟的阐述。在编写过程中，他亲自参加哲学、经济学、教育学、心理学、中文、历史、外文等教材的讨论会，特别注重《文学概论》的编写，从最初的设想、构架、提纲拟定到修改，都参与了，并提出了详细的意见。他也过问《美学概论》的编写，但主要还是王朝闻带领大家讨论和修改。从 1961 年到 1962 年底，他亲自参加了 5 次《文学概论》编写座谈会，还把冯至、林默涵、邵荃麟、张光年、侯金镜、王朝闻、杨晦、唐弢等请来一起讨论。专家学者众说纷纭，最后，周扬还是让蔡仪自己做主来酌定。周扬的基本思路是以毛泽东文艺思想为纲领，贯穿全书，坚持思想性第一、艺术性第二。所以《文学概论》比《美学概论》更加重视政治倾向性。对于如何编写《文学概论》，周扬的内心是很复杂的。他对美学很尊重，觉得文学艺术应该讲美学。他在北大讲座的第一讲就是“建设马克思主义的美学”。当时，他私下曾跟我说过，朱先生做美学很有成绩。但他毕竟还是一位文化官员，必须贯彻文学艺术为政治服务的原则，要在意识形态上和中央保持一致。新中国成立后关于文艺的政治运动，他其实是很为难的。所以，当时代氛围缓和起来，他就努力想去弥补一下知识分子心理的伤痕，给学者们政治允许范围内的自由。

史建成：您对主编蔡仪的印象是怎样的？作为美学大讨论重要代表的他为何没有主编《美学概论》呢？

胡经之：早在读本科的时候，1954 年，我就作为北京大学校刊记者，采访过蔡仪先生。后来，他和张光年参加了我的副博士毕业论文的校外评审。我去中央高级党校报到时，他见了我很高兴。蔡仪先生对人很好，但不善言辞，没什么话。我们在中央党校住了两年多，不时到颐和园散步，边走边谈，你问他，他才答几句，很严肃，不怎么谈具体的艺术现象。他的理论比较抽象，很有逻辑性，推理一步接一步，非常严谨。

周扬为什么没有请蔡仪主编《美学概论》呢？底下对此议论较多，众说纷纭。我曾就这个问题问过张光年。张光年说，周扬在此之前给他派过任务，要他来当《美学概论》的主编。当时，周扬制定的原则是参加美学大讨论的各方都不当《美学概论》主编，以示公正。朱光潜也是论战一方，不能让他当主编发挥他的美学思想，只能请他编撰《西方美学史》。周扬较为欣赏李泽厚，他也是论战一方，再说还太年轻，轮不上年轻人来当主编。蔡仪和黄药眠、吕荧、朱光潜同辈，当然有资格，可他也是论战一方，还是不当《美学概论》主编为好。所以，周扬动员张光年当主编，《文艺报》较早就成立了一个美学研究小组，有一定基础。张光年感到很为难，他不愿再分心来主编《美学概论》。他知道，一旦卷进去就要两三年出不来，因而坚辞不受。所以，周扬选定了王朝闻来当《美学概论》主编，这是当时的最佳选择。

周扬选定蔡仪为《文学概论》主编，也是有原因的。蔡仪年纪比杨晦先生小了七八岁，当时才 50 多岁，不仅美学上有成就，而且在文学上早已有专著问世，例如《新艺术论》《新文学史》。另一方面，文学研究所是国内研究文学的最高学术机构，由文艺理论教研室负责编写《文学概论》，也是理所应当、责无旁贷的。因此，要蔡仪当《文学概论》的主编，他是无法推辞的。只不过，他一直关注美学，并且已经着手修改《新美学》，精力更多地放在美学研究上，要他编《文学概论》不免有些分心。另外，《文学概论》的定位比较特殊，要求以毛泽东文艺思想为根本思路，这同蔡仪所认同的思路颇为不合。蔡仪的文艺理论，一向把真实性放在第一位。所以，在具体编写的过程中，蔡仪提出要编两本教材，一本是《文学概论》，阐发文学的基本理论；一本是《毛泽东文艺思想》，专门论述毛泽东的文艺思想，是有原因的。1961 年夏天，蔡仪让王燎荧、张炯把《毛泽东文艺思想》的详细提纲写出来，供周扬在召开座谈会时做参考。最后，周扬否定了分编两本教材的方案，还是决定只编一本《文学概论》，毛泽东文艺思想要贯彻到这本教材中。但究竟如何贯彻，怎么编写，还是执行主编责任制，由蔡仪定夺。在我看来，这本《文学概论》是周扬理念和蔡仪理念相调和的产物。蔡仪坚持从认识论角度谈文学，不涉价值论，把反映论等同于认识论。而周扬的视界则进入了价值论，但把政治价值放在首位。因此，《文学概论》就把认识论放第一章，而为政治服务放第二章。

史建成：作为新中国成立后的首部全国统编教材，《文学概论》要怎么编，内容结构如何安排，毛泽东文艺思想如何贯彻，都是很具体和重要的问题。请您再具体谈一谈《文学概论》这本教材的编写理念以及您本人在撰写第一章时的用心。

胡经之：对于《文学概论》的理论结构，在 1961 年最早讨论全书架构时，周扬提出应由本质论、发展论、创作论、鉴赏论、社会主义文学前途五个部分组成。编写组基本上是按照他的意图实施的。只是在具体写作过程中，“社会主义文学前途”被融合到各部分之中，没有单列出来。《文学概论》实行的是主编负责制，在政治方向正确的前提下，又要贯彻主编自己的学术观点。蔡仪关于文学艺术的最基本理念是，“反映现实”是第一性质，而“服务政治”只是第二性质，只有反映了社会生活，才能反作用于社会生活。我受主编之命撰写第一章，蔡仪就要我掌握这个原则，把文学反映社会生活这个基本原理说清楚。为此，我把蔡仪的代表作《新艺术论》钻研了一番，尽力贯彻他的意图。这第一章一共三节：第一节“文学是社会生活的反映”，突出阐明社会生活是唯一源泉；第二节“文学是社会生活的形象的反映”，突出文学的形象性和典型性；第三节“文学是语言的艺术”，突出阐明文学作为语言的艺术和其他艺术不同的特点。我在写初稿时，还曾写有第四节：文学的功能和作用，采用的还是三分法，即认识作用、教育作用、审美作用，想把真、善、美的价值论引入。但蔡仪将此节否决了，说这一章不谈功能、作用，让第二章去谈意识形态对社会的反作用。这一章是蔡仪自己最后改定的，在原书的开头就旗帜鲜明地点明：“作为社会意识形态的文学，和客观社会生活的关系如何，这是文艺理论中的一个最根本的问题。”第一章就是把文学反映现实作为第一性质，然后在第二章“文学在社会生活中的地位和作用”中阐明第二性质——作用于社会、服务于社会。我也以为文艺和社会生活的关系是文艺理论的根本问题，如何来展开论证，我有自己的思路。其实，毛泽东在延安文艺座谈会上已提出这个问题：“人类的社会生活虽是文学艺术的唯一源泉，虽是前者较之后者有不可比拟的生动丰富的内容，但是人民还是不满足于前者而要求后者。这是为什么呢?”他不仅提出了问题，而且做了这样的回答：“因为虽然两者都是美，但是文艺作品中反映出来的生活却可以而且应该比普通的实际生活更高，更强烈，更有集中性，更典型，更理想，因此就更带普遍性。”生活和文艺都可能美，并不一定都美。人类之所以需要文艺，正在于文艺可以而且应该创造出比普通实际生活更美的作品来。这里的关键在于，如马克思所说，文艺要按美的规律来创造。依我的想法，《文学概论》可以从这问题切入，展开对文学基本原理的论证。我曾向蔡仪说过我的思路，蔡仪的回答是：《文学概论》不谈美学，美学让《美学概论》去谈吧！我当然遵从蔡仪的思路，再不谈美学。从我自己的审美经验出发，我最推崇的是天地之大美。我敬服章学诚所说的“万事万物，当其自静而动，行迹未彰而象见矣。故道不可见而恍若有见者，皆其象也”。他把“象”区分为“天地自然之象”和“人心营构之象”，而“人心营构之象”也来源于“天地自然之象”。文学艺术创造出来的是艺象，艺象所表达的是意象，所以美既可在意象，也可在艺象。可天地自然之象不是人心营构之象，乃自然天成，天地之大美就在这自然之象中。蔡仪肯定了自然有美，美就在自然之象，这和我的审美经验相合，所以有了共同语言。他对自然之所以美的阐释，我却不以为然。他把美归结为典型，用物种的典型来解释美，不能解决问题。典型有可能美，也有可能丑，这决定于事物和人的生活具有什么样的联系，是具有否定意义还是肯定意义，是正价值还是负价值。当时苏联审美学派的斯托洛维奇等已从认识论进入价值论，以价值观来研究美学。蔡仪不仅不接受，而且批判价值论为主观主义、唯心主义。他一直坚守从认识论来看美丑，一直到晚年，贯彻始终，还写文章批判斯托洛维奇等。其实，认识论是基础，以认识论为基础，还需更进一层，进入价值论视域，才能分出美丑、善恶、好坏。只停留在认识论，就无从分别美丑。就以典型为例，吕荧在 1953 年就在所撰的《美是什么》一文中批评了蔡仪的典型说，反问典型的恶霸、典型的帝国主义者是不是也美？他们不也是“个别之中呈现着种类一般”（蔡仪语）吗？吕荧还向蔡仪追问：“如果说美是典型，这就是说，一切的典型都是美的。可是，为什么许多的典型，如典型的猴子、鳄鱼、苍蝇、蛔虫……通常都认为不美呢？这些都是自然界的事物。还有社会中的事物，如典型的高利贷者、恶霸、帝国主义，为什么都不是美的呢？看到了这些事实，我们觉得典型说不能解释美。”这些都是现实中的丑，确是真实存在的。文学艺术反映现实，于是在作品中出现了丑的意象，《白毛女》中的黄世仁，《红色娘子军》中的南霸天，《沙家浜》中的刁德一、胡传魁，这些意象能说是美的吗？可见，就是意象说，也还需进入价值论视界，才能说明什么是美的意象，什么是丑的意象，意象并不都美。美在意象，美是意象之说，尚缺价值论的视界。美在意象，丑也在意象，意象如何分美丑，还需要进一步价值分析。

史建成：我们了解到，当时您在中央高级党校编写教材期间，由于多种教材编写同时进行，很多学者聚集在一起，其中有很多名家，也有不少年轻学者。这是一种盛况。这些学者后来大都成为某一学科的杰出代表，对学科的发展做出了重要贡献。您与不少学者都有交往，能不能谈一谈当时的情况？

胡经之：在编写《文学概论》的时候，《美学概论》和《中国现代文学史》的编写也同时进行。这三个编写组都集中在中央高级党校。党校十分重视，为我们安排了一座带有专门食堂的独门独院，文史部主任何家槐还常常来看我们。这个院子紧靠颐和园，有南北两座楼，《美学概论》组住北楼，《文学概论》和《中国现代文学史》组住南楼，都在同一处食堂用餐，所以，大家天天都可以见面。每位成员有一个单独的小房间，非常安静。在这里，本来就有一些人是旧相识，像《中国现代文学史》组的唐弢、王瑶、严家炎、樊骏，《美学概论》组里的李泽厚、刘纲纪、于民等，大多为北大的熟人。住进党校后，所有编写人员都相识了。我们在党校安顿下来之后，周扬就来看望大家。他和李泽厚早就相识了，见面就叮嘱李泽厚，“你要多发挥作用”。我和周扬已有近两年没有见面，他一见我就认出来了，“你也来了，好啊！”我说我是来学习的。周扬鼓励说，既要相互学习，又要发挥作用，相互促进嘛！周扬再三说明编教材是要立，未立不破，立比破难得多，所以要相互切磋，相互启发，采取老、中、青结合的方式。蔡仪是老一代，那时是55岁。中年一代有王燎荧，是从延安鲁艺来的。北大的吕德申，是西南联大时沈从文的学生。中山大学来了楼栖，已教过多年的文学概论，教学经验丰富。这一代在40岁上下。年轻一代，东北师大的李树谦，山东大学的吕慧娟，都是苏联专家毕达可夫在北大讲学时的进修班学员，是新中国成立后成长起来的年轻教师，年龄在30岁上下。我和柳鸣九、张炯、杨汉池以及武汉大学的何国瑞等是这一代中最年轻的，当时二十七八岁。起初，编写组的集体活动比较频繁，因为大家需要聚在一起讨论写作提纲，进行章节撰写分工。分工确定后，就主要靠个人的钻研了。我们年轻一辈之间的交流机会更多，难得有如此机缘在颐和园旁边住两三年，除了开讨论会之外，每天晚饭后，就去颐和园散步。每当傍晚，城内来此游园的人们纷纷回城，此时，正是我们入园的好时光。夕阳西下，昆明湖倒映着一片红霞，凉风吹来，身心舒畅。

《美学概论》的主编王朝闻，我早闻大名，读过他的艺术评论，敬佩万分，这回亲见其人，而且很快意气相投，成为忘年之交。我们晚饭后常一起去颐和园散步，有时是一群人，李泽厚、刘纲纪、刘宁等都在，有时就我和他两个人。一路上，我很少说话，就听他谈天说地，从大自然之美，说到园林之美，一直到戏剧之美，谈笑风生，妙趣横生。有时，路过颐和园露天剧场正在放电影，遇到他感兴趣的，就乘兴坐在水泥墩上看了起来。王朝闻主持编写《美学概论》，十分注重民主，让李泽厚、刘纲纪、刘宁、周来祥、马奇、杨辛等都要充分发表自己的看法，以求集思广益。他动员我去他那里。我说，不是不愿，而是不能。既然蔡仪邀我在先，我就不能朝三暮四，就得坚持始终。王朝闻一听，也就谅解了我。但他问我，若是你编《美学概论》，你觉得怎么编好？我就坦率地说，不要一开始就把难懂的哲学问题抬出来，大讲哲学基础、美的本质等宏大问题，而应从我们常见的审美现象出发，采用具体、抽象、再回到具体的叙述方法。从看山是山、看水是水，进到看山不是山、看水不是水，再返回到看山是山、看水还是水的思维层次。这需要我们对生活中得来的审美体验加以提炼、概括。我从小是从大自然中、从江南风光中得到审美享受的，所以对自然之美情有独钟。王朝闻听后颇有同感，他也说自己在童年就喜爱上了大自然。王朝闻对这段生活甚为怀念，常常说他一生中难得有这样的轻松。后来，只要我们再见面，他就会禁不住提起这段时光。直到 20 世纪 80 年代，我来到了深圳，他还在给我的信中说起这段日子难以忘怀。

蔡仪把文学研究所文艺理论室的大部分研究人员带到党校来了，他也觉得，通过《文学概论》的编写培养一代学者，是个好方法。他此时最大的志趣，还是想研究美学。1958 年底，随着文学研究所从北大迁入建国门社科大楼，蔡仪和何其芳也从北大燕东园迁居东单的西裱褙胡同46号，就在《北京日报》社旁。从1959年底开始，蔡仪就制定出了自己的研究规划，把研究马克思主义美学作为自己毕生的任务。第一步就是要花三年时间，先把《新美学》修改好，然后再深入研究马克思、恩格斯的美学思想。不料，周扬要他主持全国教材编写，却没有让他主编《美学概论》，而是要他主编《文学概论》，这影响了他的研究计划，使他心中颇为不快。蔡仪做事严肃认真，待人和蔼可亲。他和杨晦、冯至有长达半个世纪的亲密友情。虽然不是沉钟社成员，但他为《沉钟》写了好几篇小说，在日本留学时，和杨晦先生常有书信往来，相互鼓励。蔡仪的夫人乔象钟，是杨晦先生在中央大学任教时的学生，由他介绍给蔡仪，两人相识、相知而相爱。1978年，杨晦先生在北大、蔡仪在文研所都招收了第一届研究生。我在1981年接续杨晦先生招收研究生，专业方向为文艺美学，和蔡仪的美学更接近了，联系就更多了起来。我多次受邀去他永安南里的寓所，参加美学研究生的论文答辩，从而与许明、严昭柱、吴予敏等相识。

文学研究所文艺理论研究室来参编的人中有一些是留苏归来的，如涂武生、杨汉池、王善忠，有的是研究欧洲文学的，如柳鸣九，我得以有机缘不时讨教，受益匪浅。当时，钱中文已留苏归来，在文学研究所研究苏俄文学，还未入文艺理论研究室，所以未曾来党校参加《文学概论》编写，暂时未能相识。和钱中文同在莫斯科大学留学的刘宁，在那里修习美学，也听过钱中文攻读副博士研究生时的导师波斯彼洛夫讲文艺学，一向关注苏联的美学和文艺学，这次参加了王朝闻的《美学概论》编写。他曾在《美学概论》组介绍过苏联美学的发展动向，引起了王朝闻、李泽厚、刘纲纪等的密切注意。我和刘宁在此相识，常有交流。在教材编写间隙，我还抽空去南方走了一趟。1961年夏，我去南京看望了已从苏州调到了南京电力专科学校的父母，然后去了苏州和上海，拜访在那里编书的一些学者。当时，由叶以群任主编的《文学的基本原理》编写组集中在苏州的沧浪亭。我先找到了江苏师范学院（今苏州大学）的应启后，他带我去看了俞铭璜，交谈了教材编写中的问题。接着，我去了上海，先到国际饭店去见了郭绍虞。他在主编《中国历代文论选》，见面后他为我详细介绍了编写意图和思路。然后，我又去了复旦大学，专程拜访了伍蠡甫。他受命编写《西方文论选》，因为资料欠缺，暂时只能先着手编上册。那时，西方新出的图书很难在国内找到，只有香港大学比较齐全，而一般人很难有机缘去香港，所以一时很难编下册，更何谈编写《西方文论史》了。自这次见伍蠡甫后，我就和他保持着联系，不时向他请教西方文艺理论中的一些问题。80 年代初期，我和李衍柱等商量要编《西方文艺理论名著教程》，我力主伍老当主编，专门去复旦请他。他已八十高龄，未曾允应，但答应和我共同主编教学参考书《西方文艺理论名著选编》。

史建成： *参加《文学概论》的编写对您的学术历程有什么影响呢？*

胡经之： 我在北京的 30 多年里，最值得留恋的有两段时光。一段是 1952—1960 年的 8 年间，在北大一直读到研究生毕业，真正读了些书，做起自己感兴趣的学问来。还有一段时光，就是在 1961—1963 年的两年多里，住在中共中央高级党校，专心致志地读书、编书。1963 年秋，我回到北大，为中文、俄语、西语、东语几个系的学生开文学概论，就是按照这本内部发行的教材讲授的。北大将文学概论课列为重点课程，主管人文学科的副校长魏建功和教务处处长王学珍曾来听课。后来，我不时在《人民日报》《光明日报》《文艺报》发表一些文艺评论文章。我个人设想，以后就在这新编教材的起点上，继续研究提升，开展文艺学的学科建设，如周扬所说，建设中国的马克思主义美学和文艺理论。

参编《文学概论》给了我一个围绕课题来读书的好机会。围绕着文学艺术区别于其他社会现象的独特性这个问题，尽可能搜集中外古今的见解和说法。我此前对中国历代的说法和苏联审美学派、文化学派的观念比较熟悉，这次就着重关注西方的说法，现实主义理论之外，更多补足了浪漫主义的美学理论。给我印象最深的是席勒《审美教育书简》中的这样一种说法：美对我们来说固然是对象，因为有反思做条件，我们才对美有一种感觉；但同时，美又是我们主体的一种状态，因为有感情做条件，我们对美才有一种意象。因此，美固然是形式，因为我们观赏它；但它又是生活，因为我们感觉它。总之，一句话，美既是我们的状态，又是我们的行为。按席勒的说法，美存在的领域十分广阔，美既存在于客体的对象，又存在于主体的状态，更存在于人的行为之中。如果是这样，那么，美在自然、美在意象、美在实践等说法都只是把美归结为一端。美既可在自然，也可在意象，更可在实践之中，若各执一端，就把美窄化了。再说，自然并非全美，意象也可能假、丑、恶。实践亦非必美，人的行为既可能符合美的规律，又可能违反美的规律。文学艺术的创造，既可能创造出真、善、美，又可能流于假、恶、丑。因此，从美学的高度来看文学艺术，不能只停留在形象性、典型性的层面，而应深入到艺术境界的真、善、美这一更高的层次。这就不能停留在认识论，而应进一步到价值论才行。

不过，我在参编《文学概论》之前，对美学这一学科的认识，还只停留在第一层次，那就是把美学看作是审美之学，只是研究审美活动，鲍姆嘉通称之为感性认识。依我的理解，审美活动是审辨美丑的精神活动，首先要审辨美丑，才能引发对丑的反感和对美的快感，美丑都分不清，怎么能欣赏美？我之所以对美学感兴趣，首先就是要提高我的审辨美丑的能力，更好地欣赏美。参编《文学概论》的时候，我受席勒的启示，美学教人实施审美教育，还能进而培育人的个性，养成美的品格。美学研究进入了第二层次，那就是美学还是育美之学，培养人格之美。我那时还没读过马克思的《1844 年经济学哲学手稿》，还不懂得要探索“美的规律”，从而探索人类如何按照“美的规律”来改变世界，进行美的创造。美学探索还有第三层次：创美活动。

我初次读到马克思的《1844 年经济学哲学手稿》，要到我从参编《文学概论》后回到北大，从宗白华先生那里借到了一本 1956 年出版的由何思敬翻译、宗白华审校的国内最早的译本。1963 年秋，我回到北大，在开设文学概论课的同时，遵杨晦先生之嘱，着手准备开一门为高年级讲授的美学课程，着重讲文学艺术中的美学问题。国庆期间，我去朗润园十公寓看望宗白华先生，向他请教要读些什么新书。他说新书没有，但有本旧书，你要准备开美学，不妨一读。于是他就把那本由他审校的何思敬译本借给我了。这是我第一次读到马克思的这本书，当时看到这本书的人很少，并不引人注目。要到 1979 年人民出版社出了刘丕坤的新译本，还赶上美学热潮涌动，一下子就印了近三万册，读的人就多了起来。我有幸，得宗白华先生之助，在 1963 年秋就读到了这本经典之作。

这本书使我大开眼界，拓宽了新的视野。最吸引我并使我产生浓厚兴趣的，就是阐释“美的规律”的至理名言，如今在哲学界、美学界已广为人知，可在当时，我眼前顿觉一亮，茅塞顿开，似有所悟。马克思在这里告诉我们，动物的生产活动与人的生产活动存在本质差异，动物只是按照它所属的那个物种的尺度需要来进行塑造，而人则懂得按照任何物种的尺度来进行生产，并且随时随地都能用内在固有的尺度来衡量对象；所以，人也按照美的规律来塑造物体。

我当时领悟到了什么？我觉得马克思在这里对生产劳动提出了三个尺度。一是任何物种的尺度，那就是求真，不能作假，要遵循物的规律来生产。二是人内在的尺度，那就是要向善，不能趋恶，要符合人的合理需求。三是理想的尺度，那就是要按照“美的规律”来创造，达到美的境地，因而在实现实用价值之外，还能使人在精神上获得美的享受。生产劳动要符合这三个尺度，物的尺度、人的尺度、心的尺度，归结起来，就是要达到真、善、美这三者的最高目的，这也是生产劳动的价值追求。马克思把生产劳动看作是制造使用价值的有目的的自觉自由的活动。“在这种情况下，我们每个人在自己的生产过程中就双重地肯定了自己和另一个人”，“我在我的生产中物化了我的个性和我的个性的特点，因此，我既在活动时享受到了个人的生命表现，又在对产品的直观中由于认识到我的个性是物质的，可以直观地感知的因而是毫无疑问的权力而感受到个人的乐趣”。自由的劳动，乃是对人的双重肯定，不仅是在劳动的产品中，而且也在劳动过程的活动中，给人以乐趣，令人赏心悦目，扣人心弦，悦志悦神，心旷神怡。

马克思在此时所说的生产劳动，主要是指物质劳动，但我受到启示，物质生产都要按美的规律来进行，那么精神生产和人自身生产（人我生产）当然就更要按美的规律来开展了。艺术生产是精神生产中的最精致的一种，不正要更重视美的规律吗？于是，我的学术志趣就把焦点聚集到探索文学艺术是怎样按美的规律来创造的。当时，我正在为中文系 1963 届学生讲文学概论，课代表是祁念曾，在讲课中我已开始谈及美的规律，但还未展开。到了 1964 届入学，我在讲《文学概论》的同时，已在准备另开一门美学课，于是在讲课时，就不时谈及文学艺术要按美的规律来创造，讲文学艺术离不开美学。那届的课代表是曾镇南，他当时就对我说，我虽讲的是文学概论，但给人留下印象最深的却是“美学”和“规律”两个关键词，同学在底下给我起了一个绰号，说“胡经之，字规律”。我一听，顿觉尴尬，这不是对我的讽刺吗！时代已跨入“阶级斗争为纲”的时代，批判之风已在涌动，周谷城的“时代精神汇合论”、邵荃麟的“中间人物论”已在挨批，往下就是杨献珍的“合二为一论”了，学生的理论兴趣已经转向当下最现实的问题，亟须予以解答，我却还在高谈阔论美的规律，不仅不合时代潮流，而且在逆潮流而动，是不是太迂腐了？我感到大事不妙，就去找我的导师杨晦先生，向他请教我该怎么办。他凭自己的经验安慰我，文学概论照开，还按蔡仪主编的教材讲基本知识，美学暂时不开，马上另开一门新课，就叫文艺理论专题，专讲当下正在批判的课题。我一听，开了窍，当机立断，立即新开了这门专题课，由全系学生自由选修。我一连讲了几个专题：中间人物论、现实主义深化论、文艺道路广阔论。我还请了哲学系的李醒尘来讲“时代精神汇合论”，他已发表了长篇大论批判周谷城。我还准备请汤一介来讲“合而为一论”，他答应了，但后因病未成。由此，美学课也就搁置起来了，这一搁就是十多年，要到 1981 年我才开出文艺美学。但对美的规律的思考，却不时在我脑海中涌起，连绵不断。

对于马克思所说的“美的规律”，有多种不同的理解和阐释。我特别关注蔡仪、朱光潜、李泽厚三人的解释。李泽厚很明确，美的规律就是物的尺度和人的尺度这两种尺度的统一，并且归结为一种公式：美的规律即合规律性和合目的性的统一。朱光潜的解释是，内在固有尺度，既是事物的尺度，又是人的尺度，而美的规律就是意象和情趣的结合。蔡仪与此均不同，坚持只有一个尺度，并无两个尺度，那就是物的尺度，美的规律就是物种的典型化的规律，和人的需要无关。他在《新美学》的改写本中这样写道：“物种的尺度和内在固有的尺度，无论从语义上看或从实际上看，并不是完全不同的两回事。物种的特征，既有外表的，也有内在的。”依他之见，所谓“物种的尺度”，就是揭示物种外表的尺度，而“内在固有的尺度”就是揭示物种的内在本质的，两者结合，就是揭示了物种的现象和本质，都是物种的尺度。所谓“美的规律”，就是“以非常突出的现象充分地表现事物的本质；或者说，以非常鲜明、生动的形象有力地表现事物的普遍性”。所以，“美的规律”，最后还是可以归结为典型的规律。

蔡仪的美论，在他一生中都是前后一贯的，那就是坚持美是物种典型说，美的规律就是典型化规律。然而，美就是典型吗？典型的就必定美吗？吕荧在1953年的《美是什么》一文中就提出质疑，蔡仪当即回击，写了《吕荧对美是典型之说是怎样批评的？》一文，其中论及“典型的反动地主”美还是不美。蔡仪的阐释是，反动地主在他的本阶级范围内部，在他的阶级主观方面来说，既是典型的，也就是美的；而在整个的社会范围、从历史发展的必然性来说，他绝不是典型的，也绝不是美的。在我看来，蔡仪的这一阐释，实际上已经采取了两个尺度，不仅有外在对象的尺度，而且还有人民内在尺度，典型的地主在地主阶级这一群体内部的尺度来衡量，认为是美的；但在人类发展的这一内在尺度来看，却不是美的。可见，典型并非都美，典型的美与不美，还是和其发生关联的人有相关性，离不开人的尺度，要由人的尺度来评判对象的价值性，对人类具有什么样的意义和价值。捷克哲学家布罗日克在《价值和评价》一书中写道：“表现为一定价值的价值对象性是由客体在社会实践中所获得的地位和功能所决定的。”典型的地主，在本阶级内是物种的典型，但在人类的社会实践中获得什么地位、起什么作用，却要另做具体分析，评估其价值。蔡仪的阐释不自觉地涉及了人的内在尺度，却仍然认为评价美不美只是一个尺度，即外在对象的物种尺度。这就涉及了蔡仪对认识论和反映论的理解。

蔡仪的美学分为三大板块：美的存在（现实美论）、美的认识（美感论）、美的创造（艺术美论）。现实美是美的客观存在，美的认识乃是现实美的反映，产生美感，而艺术美就是表达美的认识。蔡仪的美感论，一贯坚持认识论。蔡仪的认识论是什么？他说，“认识就是外部世界的事物在人的头脑中的印象或反映”。他对认识本身，后期比起前期来，认识上有所发展，在前期，他把认识只分为感性认识和理性认识；后期，则予以三分，把认识分为感性—知性—理性。但是，基本观点始终不变，那就是认识就是“外部世界的事物在人的头脑中的反映”，反映的就是“外部世界”，不涉及人的内部世界。他以梅花为例说道：“梅花原是自然界的植物，它本身原是没有什么社会意义和社会价值的；关于梅花的美感当然也是和社会意义和社会价值无关的。”梅花的美和引发的美感都和意义、价值无关。这里只是一个尺度，那就是外在世界的物的尺度，并无人的内在固有的尺度。蔡仪的认识论和价值论无关；认识只是对外在世界的认识，即对象意识，而无涉内在世界，即自我意识。这样，蔡仪心目中的反映，亦即仅限于认知，感情、意志等均不属反映之列。因此，蔡仪的反映论等同于认识论，认识论又等同于不包括感情、意志等在内的认知论（亦即知识论）。

把反映归结为认知，这并非蔡仪一个人的见解，而是传统反映论的共同看法。马克思在《关于费尔巴哈的提纲》中说："从前的一切唯物主义——包括费尔巴哈的唯物主义——的主要缺点是：对对象、现实、感性，只是从客体的或者直观的形式去理解。因此，结果竟是这样，和唯物主义相反，唯心主义却把能动的方向发展了，但只是抽象地发展了，因为唯心主义当然是不知道现实的、感性的活动本身的。"旧唯物主义的反映论只是直观的反映论，不是能动的反映论，不是从实践活动的动态中来考察反映活动。直观反映论只从客体一方来看反映，缺少主体一方，因而是片面的反映。直观反映论只重反映外在世界，只是对象意识，不重反映内在世界，忽视自我意识。马克思主义的反映论，奠基于实践论，从人类的实践活动出发，考察意识如何从实践活动中生成、发展，是能动的反映论。能动反映论把外在世界和内在世界都纳入了反映对象之内，发展了对象意识和自我意识，进而又形成了关系意识，不仅反映外在世界和内在世界，而且还反映了外在世界和内在世界的互动关系。人类之所以要开展实践活动，都是为了要创造价值，以满足自己的需要。所以，人和世界的关系必然是价值关系，内含着价值定向。这正如卢卡契在《社会存在本体论》中所说："在任何实践中都涉及这个价值（肯定或否定），如价值不能变成这样对象的目的假定，价值就不能在社会中得到同任何本体论的联系。"

意识反映存在，这是反映论的总规定，但是意识有多种多样。它反映了什么？如何反映？反映的结果是什么？这都需要反映论做深入探索。马克思、恩格斯都认为："意识在任何时候都只能是被意识到了的存在，而人们的存在就是他们的现实生活过程。"而所谓现实生活过程，"包括了一个广阔范围的多样性活动和世界的实际关系"。文学艺术反映这错综复杂的现实生活，不仅要对反映对象有所认知，而且还要对反映对象做出诗意的裁判，也就是对生活本身的价值做出评价，这就不仅限于认知，还需要感情、意志等的参与，运用形象思维来反映生活。而反映的结果则是意象，而不是概念，经由意象经营又生成意境或典型，建构出一个具有真善美意蕴的精神世界。

文学艺术是人类掌握世界的一种特殊方式，其反映现实生活的方式不同于科学理论的反映方式。现实审美也不同于艺术审美，艺术审美中的情趣因素更为突出，现实审美中的认知因素更为重要，但审美并不仅是认知，知、情、意都在相互起作用。朱光潜美学否定（后期忽视）现实生活中有美的存在，突出美在意象，美是意象形态，只承认艺术才有美，这就把美的存在领域窄化了。在我相识的美学家中，最为重视现实审美的，要数蔡仪、宗白华、王朝闻、伍蠡甫等人。现实审美包括了自然审美、人文审美，蔡仪、宗白华对自然审美更为重视。蔡仪晚年的《新美学》改写本对自然美做了更详尽的阐释，基本观点却仍是坚持物种典型说，梅花之美，乃在其植物本性，与人的意义、价值毫无关联，把美感等同于认知。

其实，梅花的美和梅花的白虽然都是梅花的属性，但还是两种不同的属性。蔡元培早已阐明，判断美和白乃是两种不同的判断，断言美是价值判断，而判定白乃是事实判断。朱光潜也早已看到，花之美不是花之红，只是他把花美归结为意象，已脱离了花这个实体了。其实，花之美也仍在花本身，美就在花本身的形象，只是和花之白或红不同，乃是花和社会的人发生了关联，成为人的社会需要的对象，因而在花的自然属性之上，生成了新的属性，这属性应称之为价值属性。马克思说得好，“价值”这个概念，“是从人们对待满足他们需要的外界物的关系中产生的”。价值，乃是物的一种属性，“实际上是表示物为人而存在”。价值是什么样的属性呢？马克思说得明确，价值“最初无非是表示物对于人的使用价值，表示物的对人有用或使人愉快等等的属性”。梅花之美，对人不具实用价值，但可以“使人愉悦”，这“使人愉悦”的属性，就是价值属性。正如马克思所说：“人在把成为满足他的需要的资料的外界物”进行评估，“赋予它们以价值或使它们具有‘价值’属性”。因此，我把花之美称为价值属性。花之美，不是蔡仪所说的自然属性，但也不一定是李泽厚所说的自然人化物，更不是朱光潜所说的意识形态性（意象），而是花这一实物对人的具有的“使人愉快”的价值属性。为了和花的实用价值（药用或酿酒等）相区别，我把这称作虚用价值（精神价值）。世上的万事万物都各自有自己的属性，属性更是多种多样，我把事物的属性区分为三大类：恒性（第一性质）、偶性（第二性质）、间性（第三性质）。我把价值属性归为间性(第三性质)，乃是关系属性，是物和人发生关联后出现的关系属性。正如马克思所说：“它是人们所利用并表现了对人的需要的关系的物的属性。”这些，我在1989年所写的《艺术的审美价值》一文中有较为详尽的阐释。只是我还未来得及在《文艺美学》(1989）一书中予以展开。其实，马克思的价值论，实乃实践唯物主义的灵魂，实践论的核心应是以人为本的价值论。人类之所以要从事各种各样的实践活动，乃是为了人，通过人，最后复归于人。人类的审美活动，最终也是为了人。人来自大自然，最后还是要回归大自然。人生在世，不过百年。但人既来到这世上，离不开这世界，那就要和这世界和谐相处，理想的应是：人生一世，内外关联，协同优化，动态平衡，以人为本。真、善、美应是和世界的关系达到动态平衡的最佳优点（境界）。所以，马克思主义的美学，应从实践论进而深入价值论。反映论也应从直观反映论提升为能动反映论。审美不是一般的认知，而是对价值的体验，审美体验中会有认知的因素，但实质乃是对自我和对象的价值关系的反映，乃关系意识、价值意识，亦即对象意识和自我意识的结合。

二〇二〇年十一月　采访
二〇二二年八月　定稿
深圳湾　望海书斋

第六章

美学重释《红楼梦》

李永胜：胡老师，20 世纪 70 年代，您有一段时间特别关注《红楼梦》，从美学的角度对《红楼梦》做了一些研究，写了一些论文。您能先给我们讲讲，您研究“红学”的机缘吗？

胡经之：我是在 1970 年开始研究《红楼梦》的。毛泽东一再倡导，高层领导也要多读《红楼梦》。毛泽东自青年时代起，就喜欢读《红楼梦》，他先后读过五遍，而且心得颇深，当然，他是从历史和阶级斗争的角度来解读《红楼梦》的。我当时非常敬佩毛泽东对《红楼梦》的评论，以为他的论说，比以前的“自传说”“爱情说”“叛逆说”都要高出一筹。所以，我一开始的研究及论文写作都是按照毛泽东的思路在做。我和陈熙中等在《北京日报》1973 年 9 月 22 日发表的《〈红楼梦〉——形象的封建社会没落史》就是如此。这篇文章影响比较大。当时，好几个省的报纸都转载了，还印成小册子，在全国各地发行。当时，毛泽东在党内高层会议上，又再倡导读《红楼梦》，要大家都能懂得四大家族是怎么由盛转衰的。当时的北京市副市长、《北京日报》社长急着要发表《红楼梦》评论，就派人到北大党委，点名要我写，越快越好。我找陈熙中一商量，五天就赶写出来，匆忙发表了。因为是当时开展《红楼梦》评论较早的文章，所以有了轰动效应。

李永胜：我读了您的相关论文，发现您的《红楼梦》研究系列论文也有一些不是按着毛泽东的思路来的，也不同于其他人的考证的路子，采用的是较为宏观的审美的和艺术的视角，这在当时是开风气之先吧？

胡经之：是的。那是在“文化大革命”结束之际，我已醒悟到只从政治视角来谈《红楼梦》，只是一种途径，还需有美学的路径，应该如鲁迅所说，要用鉴赏的态度去欣赏它。所以，从 1980 年起，我再评《红楼梦》，采用的是美学方法，更重视《红楼梦》的艺术和审美价值，这实际上也开了文艺学美学的风气之先。不过，我是在王朝闻的影响下，才开始这么做的。当时的《红楼梦》研究，基本上都是沿着毛泽东的思路做。王朝闻却别出心裁，另辟蹊径，跳出毛泽东的思路，力图揭示《红楼梦》这部小说的艺术成就和审美价值。他的《论凤姐》，洋洋洒洒五十万言，我读后敬佩之至。从 1979 年开始，我就不时到他的东四胡同寓所当面请教。后来，王朝闻主编《艺术美学丛书》，我也被列为编辑委员。

受王朝闻《论凤姐》的启示，我开始倡导从美学上来评说《红楼梦》。我在 1981 年写了一篇《红学与美学》，发表在《光明日报》上，意在说明，从历史的、社会的、政治的观点来评说《红楼梦》是必要的，但还不够。我认识到，《红楼梦》研究的深入发展，必然要从美学上来评说。改革开放之后，我就竭力倡导从美学上来评说《红楼梦》。此文后来被刘梦溪收入了《红楼梦》研究文选当中。以后，我又陆续写了些论文，尝试从美学上来谈论《红楼梦》。当时，北京的《红楼梦》研究也出现了百花齐放的局面，同时创办了两个研究刊物，一个是中国艺术研究院办的《红楼梦学刊》，一个是中国社会科学院办的《红楼梦研究集刊》。我受中国社会科学院文学研究所之邀，担任了《红楼梦研究集刊》的编委，常和邓绍基、蒋和森、刘世德、沈玉成等一起畅谈《红楼梦》。上海也有孙逊、郭豫适、章培恒、魏同贤等担任编委，亦在此时相识。钱钟书、吴组缃、俞平伯则是学术顾问。我和《红楼梦学刊》的编委们也很熟，李希凡、冯其庸、刘梦溪、胡文彬等早就相识，时有交往。北大的学生中，有些人对《红楼梦》情有独钟，1980 年，中文系的吴德安、李彤、梁左（谌容之子）、马新艳（马少波之女）等成立了一个《红楼梦》研究小组，请吴组缃先生当顾问。吴先生是我的老师，教过我两年文学作品分析，他知道我对《红楼梦》下过功夫，所以叫他们找到我，要我也担任顾问。我就对他们说，研究《红楼梦》要从多个视角来分析，历史的、社会的、政治的、美学的，这样才能全面掌握，有立体感。这些学生在就读时就写出了多篇论文，我都推荐给《红楼梦学刊》《红楼梦集刊》发表了。他们成为当时研究《红楼梦》的新生力量，引起了国内红学界的重视。1981 年，全国《红楼梦》学会在济南成立，我作为特邀代表带着这个《红楼梦》小组出席，在大会上做了发言。这次大会，吴组缃先生被推举为《红楼梦》学会的首届会长。

那几年，我认识了红学界的好多朋友，老一辈的周汝昌、吴世昌、吴恩裕等，我都登门拜访讨教过。但是，我并不想成为专门的红学家，只是想尝试对《红楼梦》做美学分析，着眼点还在提高自己的美学分析能力。我到深圳后，就很少再参加红学界的活动了，参加美学界的活动却始终未断。

李永胜：那您认为，美学与“红学”有关系吗？它们之间是一种什么关系呢？或者说，在《红楼梦》研究中，我们应该怎么处理历史的、文献的研究与美学研究之间的关系呢？

胡经之：初看起来，“红学”与美学，似乎风马牛不相及，怎么能扯到一起！细想一下，却又不然，两者之间其实存在着内在联系。“红学”并不就是美学，它和美学密切相关。《红楼梦》研究的日益深入，必然要触及美学问题。人们对《红楼梦》的兴趣越是浓厚，就促使我们不得不深入思考：如果要做美学的探索，我们将怎样来看待这部古典名著？

《红楼梦》是小说。小说属于文学艺术之一种，它必然具有文学艺术所共有的特点，同历史、传记有别。无疑，作为文学的种类之一，小说本身也有各种差别。比起其他类型的小说来，历史小说更接近于历史本身，传记小说更接近于传记。“红学”史上，曾有人把《红楼梦》看作历史小说，也有人把《红楼梦》说成传记小说，以突出这部小说区别于其他类型小说的特殊之处。但是，不管《红楼梦》是历史小说还是传记小说，它毕竟既不是历史，也不是传记，而是艺术的文学。

作为文学，《红楼梦》当然具有一切意识形态所共有的普遍性质，因而同历史、传记有相通之处。《红楼梦》本身就是人类创造历史的产物，它不能摆脱产生它的那个时代。因此，要研究《红楼梦》就要像鲁迅所阐明的那样，“最好是顾及全篇，并且顾及作者的全人，以及他所处的社会状态”。确实，不顾及作品的整体，脱离了作者全人和时代状况，那样的《红楼梦》研究，是很容易近乎“说梦”的。而要弄清《红楼梦》的全篇、作者全人、社会状态，就不能不做历史学的、文献学的、考据学的研究。比如，《红楼梦》究竟由何人所作？又由何人修改和续作？原作是什么样子？曾经出现过些什么版本？流传情况如何？产生这个文学珍品的历史土壤究竟怎样？等等。单单要弄清楚这些基本事实，就需要做细致的历史研究和周密的文献考证。因此，《红楼梦》研究必然要借助于历史学、文献学、考据学。事实上，对《红楼梦》的这种历史学的、文献学的、考据学的研究，也已纳入了“红学”的范围。

平心而论，对《红楼梦》时代和作者的历史研究和文献考证，至今尚不能说已经足够和充分，还不能说它已能满足“红学”发展的需要。《红楼梦》的作者和产生时代，虽然已大致确定，但它的成书过程，至今还知道得太少，一时还很难说清。曹雪芹究竟是原作者还是编定者，经他最后定稿之前，有无别人参与撰稿，是否曾以他人的稿本做基础？《红楼梦》八十回以后究竟是什么样子？高鹗续书与原书本意符合到什么程度？这些也有待继续考证和探索。曹雪芹的生平经历，我们所知也还不多。至于脂砚斋等人的情况，材料就更少了。这种历史研究和文献考证的不足，制约了我们深入了解《红楼梦》创作构思的总体过程。

依高尔基之见，在世界文学史上，莎士比亚、巴尔扎克、托尔斯泰三人是最高的丰碑。在美国大学讲堂上教了 20 多年《红楼梦》的白先勇却著文说，若要评出世界上五本最伟大的小说，《红楼梦》应为第一。然而，关于莎士比亚、巴尔扎克、托尔斯泰的研究，甚至对歌德《浮士德》的研究，规模都很宏大，出现了许多有价值的考证，作者评传也时有更新，特别是，这些研究已深入到创作过程的探索。外国有的，中国倒不一定都要有。无价值的烦琐考证，在国外也有。比如，许多著作无休止地考证莎士比亚本人的奇闻逸事、怪癖奇症，甚至远及作者的远房亲戚、远祖世系等。烦琐的考证，不仅无助于艺术珍品真正价值的揭示，反而背道而驰，越离越远，甚至混淆视听，把人引向迷途。外国的那些无价值的，不足取，且要引以为鉴，而有价值的，却不可不学。《红楼梦》是中国古典小说中最好的一部，它不只是我国的古典名著，也是世界文学杰作。然而，关于《红楼梦》作者的评传，至今还寥寥无几，而关于这部古典名著的创作过程，连一本系统研究的专著都还没有，这不能不引起人们的关切。

如此看来，在“红学”领域，历史研究、传记考察、文献考证等，还是大有可为的，尚待深入。历史学的、文献学的、考据学的研究，也需要不断提高研究水平。研究需要精细，却又不能陷入烦琐，这就不仅在方法上要正确，而且在方向上要对头。

“红学”和史学传记相通，却并不等同。作为小说，《红楼梦》有和历史、传记不同而为文学所独具的特点。“红学”应该把《红楼梦》作为文学艺术来研究，这是理所当然的。即便是对《红楼梦》做历史学的、文献学的、考据学的研究，也不能忘记，它是文学艺术，不是一般的历史、传记，必须时刻以此为前提。“红学”首先应该是文艺学。《红楼梦》是曹雪芹按照美的规律创造出来的艺术珍品，应从历史的观点和美学的观点来研究这部小说。

从文艺学上来研究《红楼梦》，不仅要对它做“外在”的研究，更需要做“内在”的研究，把“外在”和“内在”的研究统一和综合起来。单是外在的研究，并不能揭示《红楼梦》本身所具有的艺术价值，这是一种特殊形态的审美价值。考证出作者的生平经历，研究了《红楼梦》创作时代的经济、政治、道德、哲学、宗教等状况，能使我们明白《红楼梦》这部巨著怎么会产生，它反映了什么样的时代生活。对《红楼梦》的生活本源和社会起因的研究，固然重要，却还只是“外在”的研究。《红楼梦》如其他艺术珍品一样，是艺术的创造，不是一般的人造产品，只有对这个艺术创造本身的独特本质的研究，才是内在的研究。任何艺术珍品的创造，既有“他律”，又有“自律”，它是两者统一起来的“合力”完成的。因此，要理解这个艺术珍品的真正价值，不能只停留在“他律”的研究，还要登堂入室，入乎其内，对它的“自律”有所研究，弄清“他律”和“自律”相互作用造成的“合力”如何造就了这个艺术珍品？具有什么特点？等等。

那么，对《红楼梦》做内在研究，就必然要排斥考证吗？那倒亦未必，要具体分析，如果有助于我们掌握《红楼梦》的艺术价值，不仅是考证，就是索隐，都不妨采用。中国古典文学向来重视“言有尽而意无穷”，表现的不仅是一层意，还有双重意、多重意，因此，我们读古典文学，不能只看表面意，还要看深层意。所谓“言外之意”，倒也并不都是“寄托”

的寓意，因而并不仅限于“微言大义”，绝不等同于“影射”。古典文学中许多优秀作品，并无“寓意”，并不“影射”，因而我们不必去寻找“微言大义”。但是，反过来，也不能说“言外之意”就决不能有“微言大义”。古典文学中有些优秀之作，确有“寄托”，有“寓意”。屈原《离骚》的香草美人，意有所隐。李商隐的《无题》诗，也不全是只有爱情，有些则确有寓意。对于此类作品，钩隐稽实，似有必要，考证作者的“为文之用心”，可以帮助我们透过表面意义，掌握深层意义。小说不是诗歌，两者有别。但是，中国古典戏曲和小说，确也不乏寓意之作，具体作品需做具体分析，不能一概而论。晚清小说家吴沃尧曾说，中国素无言论自由，文字常常招来横祸，“故忧时愤世之心，不得不托之小说。且托之小说，亦不敢明写其事也，必委曲譬喻以为寓言，此古人著书之苦况也”（《杂说》）。不敢明写直书，而以譬喻为寓言，寄托忧时愤世之心，且不说这是不是中国古典小说的通例，但像《西游记》《聊斋志异》这类小说，确有寓意，似应无疑。

那么，《红楼梦》是不是也有“言外之意”？有人说有，有人说没有，至今尚未取得一致意见。既有分歧，当可探讨。近代小说评论家天僇生（王钟麒）断定曹雪芹写《红楼梦》有托言寓意之旨，称满清王朝建立全国统治以后，“其不肖者，往往凭藉贵族因缘以奸利，贪侈之端，乃不可偻指数。曹氏心伤之，有所不敢言，不屑言，而又不忍不一言者。则姑诡谲游戏以言之，若有意，若无意。（《中国三大家小说论赞》）”当然，《红楼梦》的典型意义、审美价值远远不限于讽刺清朝贵族，要广泛深刻得多，但我们不能简单断言作者的主观意图就毫无此意，这种主观意图在作品中就毫无体现。《红楼梦》究竟有无“伤时骂世之旨”，有没有“难隐之言”？若果有所“隐”，当去求“索”，无妨做点“索隐”。但是，这种索隐，既不是根据片言只语，生拉硬扯，也不是离开艺术形象，捕风捉影，而是从作品的形象体系出发，在整体上去把握，做出实事求是的分析。蔡元培《石头记索隐》的荒谬，主要不在于企图从书中寻找“微言大义”，而在于把其中的个别人物、情节随意比附，妄加猜测，将《红楼梦》的宏大内容，只归结为“影射”某人某事。他所索出的“微言大义”也不正确。所谓“书中本事在吊明之亡，揭清之失”，“揭清之失”，可引起我们进一步思考，但把《红楼梦》的本意归结为“排满”，则是穿凿附会，“吊明之亡”，更是纯属捕风捉影。蔡元培的索隐如此，至于王梦阮、寿鹏飞、景梅九等人的索隐就更荒谬可笑，毫无价值可言。

在文学艺术的创造中，作者的主观意图（创作本意）和作品的客观内容、形象体系既有联系而又有区别，两者的关系是复杂的，不能简单等同。如果能索出所隐的创作本意，那么就有助于我们掌握作品的客观内容。但是，作者的主观意图要转化为形象体系，艺术形象的客观内容同作者的主观意图，既有一致的方面，又有矛盾的方面，这要具体分析。即使客观内容与主观意图相一致，也并不就是等同。对于文艺学来说，探索文学艺术本身的奥秘更为重要，寻找作者的创作本意，是为了更好地理解作品本身的客观内容。为索隐而索隐，离开了艺术形象整体的索隐，就会没有意义。

《红楼梦》里的人物、故事情节，在实际生活中究竟有没有原型，有何所本？如果能做些本事考证，这在文艺学上也很有益，可以使我们明白，生活和艺术有着怎样的联系，又有着什么样的区别。《红楼梦》里所写的贾府兴衰，也许曾以曹家命运做原型，也许概括了更多封建家族的命运。贾宝玉这个艺术典型，也许曾以曹雪芹作原型，也许曾以脂砚斋或其他更多的人做原型。贾府里的大观园，也许曾以北方的某个名园做模型，也许又以南方某些名园做模型。然而，艺术形象毕竟不是生活原型，即使是描写真人真事的传记文学，也不是生活原样的复制。因此，考证生活原型并不能代替分析文学作品。胡适《红楼梦考证》的错误不在于考证了曹雪芹生平，这恰恰是他的功绩，而在于把《红楼梦》看成了曹雪芹的自传。

艺术终究是艺术，它是对生活的反映，是把从生活中得来的映象做了独特的改造，是审美的反映。文学作品描写生活中的事实，正如鲁迅、高尔基等所说的那样，并不是“一切所写为事实，靠事实来取得真实性”，作家在实践活动中感知生活事实而获得的映象，只是创作的原料，并非艺术成品。文学艺术的创造并不要求把生活事实原封不动地移置到作品中，读者也不必因为没有找到所写的生活事实而感到“幻灭”。鲁迅说：“但只要知道作品大抵是作者借别人以叙自己，或以自己推测别人的东西，便不至于感到幻灭，即使有时不合事实，然而还是真实。”（《三闲集·怎么写》）文学艺术的创造，无非是作家自己的直接经验和从别人那里得来的间接经验的融合，所创造出来的艺术形象，或者是“借别人以叙自己”，或者是“以自己推测别人”的东西。“别人”和“自己”在艺术形象中统一起来，而结合的方式基本上就是这两种。文学艺术创造的形象，要合乎情理，却不必要合乎事实，读者也不必以是否合于事实来看小说，“倘有读者只执滞于体裁，只求没有破绽，那就以看新闻记事为宜，对于文艺，活该幻灭。而其幻灭也不足惜，因为这不是真的幻灭，正如查不出大观园的遗迹，而不满于《红楼梦》者相同”（《三闲集·怎么写》）。《儒林外史》里的马二先生，可能曾以冯执中作为原型，曹雪芹也可能是贾宝玉的生活原型，一个是以“别人”做原型，一个是以“自己”做原型。“然而纵使谁整个的进了小说，如果作者手腕高妙，作品久传的话，读者所见的就只是书中人，和这曾经实有的人倒不相干了。”（《且介亭杂文末编·〈出关〉的“关”》）读者在文学作品里看到的只是贾宝玉、马二先生这些艺术形象，艺术的魅力来自这些艺术形象，而不在生活原型那里。

因此，无论是“内在”的还是“外在”的研究，“红学”都应该把《红楼梦》作为文学艺术来研究。考证也好，索隐也好，都应围绕一个中心进行，那就是为了有助于我们从艺术形象体系中掌握这部古典名著的价值和意义。

《红楼梦》是艺术，艺术需要美，研究《红楼梦》也应研究它的艺术美，揭示它的审美价值。“红学”和美学相通。文学作品是一个多层次、多序列的复杂综合体，既有内容，又有形式，是内容和形式的有机统一。《红楼梦》的内容和形式都极复杂，对它做“内在”的研究，领域也很广阔，方法可以多样，并不只限于美学一途。社会学的、心理学的、语言学的研究，可以多方面地进行，从不同角度揭示出《红楼梦》的价值和意义，方法不同，目的相通。然而，要能真正揭示它的审美价值和艺术价值，就不能不借助于美学上的研究。

李永胜：胡老师，美学上的研究，这一说法可能有很多人不太理解。究竟哪些是美学的研究，哪些不是呢？美学的研究是仅仅指艺术形式的研究，还是也包括内容呢？您能借《红楼梦》给我们谈谈形式美与内容美的关系吗?

胡经之：对《红楼梦》做美学的探讨，常被人误解为只是谈论艺术形式、表现手法。其实不然。对《红楼梦》的美学研究，当然要探索它的艺术形式之美，然而并不仅限于此，更重要的是要研究它的艺术内容之美，进而了解它的内容和形式是如何统一的，达到了怎样的完美程度。《红楼梦》的艺术形式是美的，语言、文笔、结构都很优美，令人惊叹。对于《红楼梦》的完美的形式结构，我们研究得还很不够，应该尝试用多种方法进行研究，甚至不妨借鉴结构主义的某些方法。当然，对《红楼梦》艺术形式的研究，不能脱离它的艺术内容孤立进行。形式只有相对独立性，艺术的形式结构归根到底还是由艺术内容决定的，一定的艺术内容需要一定的形式结构。结构主义的根本错误在于，不顾内容而孤立研究形式，把艺术文学归结为只是形式。结构主义不顾内容，但在研究文学的形式方面并非一无是处，如果不是搬用而是借鉴，"红学"也应吸取一些方法用来分析《红楼梦》的形式结构。比较文艺学所特别重视的比较方法，也值得"红学"一试，如果能把《红楼梦》和西方小说做些比较，找出异同，这将使《红楼梦》研究提高一步。当然，这种比较并不限于形式，也应扩及内容。

《红楼梦》的内容也是美的，美的形式体现了美的内容，两者达到了完美的统一，构成了《红楼梦》的艺术美。问题在于怎样理解《红楼梦》的内容之美。这是美学上的一个难题，值得"红学"探讨。

《红楼梦》里描绘了许多美的东西：美好的人物，美妙的故事，优美的景物，等等。那么，《红楼梦》的内容之美，不就表现在这里吗？并不尽然。描绘美的对象，并不就是对那个对象做出了美的描绘；美妍地描写，并非就是描写美的对象，这是相互联系而又不可等同的两回事。历史上一些重要的美学家，如普列汉诺夫、车尔尼雪夫斯基等，对此已经做过阐述。描绘美的对象的艺术，其内容未必都美。伟大的人物如列宁，在反动作家阿威尔岑的笔下，反而成了丑恶的形象。崇高的对象被丑化了，以美为丑。卑微的人物，封建末世的才子佳人，在《儿女英雄传》里却成了着力描绘的理想人物，既有儿女深情，又有英雄至性，卑微的人物被美化了，以丑为美。相反，果戈理的《钦差大臣》和《死魂灵》，描绘的却全是人类的丑恶现象，而其艺术内容却未必丑。果戈理自己说，他的作品把当时所知道的俄罗斯的一切丑恶的东西，一切非正义的行为都集中在一起加以嘲笑。果戈理描绘了丑，却不能说他的作品的内容就只是丑。像《金瓶梅》这样的作品就更为复杂，它所描绘的主要人物大都是些丑恶的形象，正如评点家张竹坡所说："西门庆是混账恶人，吴月娘是奸险好人，玉楼是乖人，金莲不是人，瓶儿是痴人，春梅是狂人，敬济是浮浪小人，娇儿是死人，雪娥是蠢人……"就是那些次要角色，"若王六儿与林太太等，直与李桂姐辈一流，总是不得叫做人，而伯爵、希大辈，皆是没良心的人，兼之蔡太师、蔡状元、宋御史，皆是枉为人也"。《金瓶梅》在描绘丑恶人物、丑恶现象时，既有嘲笑，又有赞赏，这就使得内容呈现出更复杂的情况。种种情况表明，描绘美的对象，艺术内容未必都美，描绘丑的对象，艺术内容也未必都丑，这是文艺美学上经常要碰到的事实。我们在《红楼梦》研究中也必然要接触到这个问题。

艺术的内容，不是作者反映的对象，而是对生活的反映本身。文学艺术对生活的反映，不只是一种认识，而且是对生活的评价以及作者的态度。正如恩格斯在 1883 年谈及巴尔扎克的《人间喜剧》时所说，那是对社会生活所做的"诗意的裁判"。艺术的内容，是对生活的审美反映，其中既是对生活的审美认识，又是对生活的审美评价和审美态度。文学艺术可以再现出生活中的优美、崇高等审美价值，也可以再现出生活中的丑恶、卑鄙等审美价值。文学艺术在再现生活时，对生活做出评价，表现作者的态度，从而显示出作者的美的观念、美的感情、美的理想。仅就《红楼梦》所描绘的对象来说，与其说它描绘了许多美的人、美的事、美的景、美的物，倒还不如说描绘了美的毁灭，这更确切。

在《红楼梦》里，作者把人生中许多他认为有价值的东西毁灭给人看，各种悲剧，接踵而至。贾宝玉、林黛玉的命运是悲剧，薛宝钗、史湘云的命运又何尝不是悲剧？尤氏姐妹的遭遇是悲剧，柳湘莲的遭遇也是悲剧。就是王熙凤、贾探春所经历的也是悲剧。大观园里的青年女子，几乎都是悲剧的命运。所谓"千红一窟，万艳同悲"，不只是个别女子，而是所有值得同情的少女，或者是被毁灭，或者是有运无命，或者是有命无运，任人摆布。在悲剧中，人生有价值的东西，真的、善的、美的，被毁灭了。被毁灭的东西，价值越高，悲剧的气氛愈浓。美的毁灭，本身不是美，而是悲。然而，《红楼梦》创造了生动的艺术形象，把人生中有价值的东西毁灭给人看，不仅描绘出了美的毁灭的事实，而且表现出了对于这些事实的评价和态度——把确实有价值的东西评价为美，以美为美，并且，满腔热情赞美了美，无比惋惜地哀悼美的毁灭。作者这种审美评价和审美态度，是从美的观念、美的理想出发的。因此，《红楼梦》在对美的毁灭的完美描绘中，表现了作者的美的感情、美的观念、美的理想，这些正是艺术内容之美的有机组成部分。《红楼梦》不只是真实地再现出了生活中美的毁灭的事实，而且做出了正确的审美评价，表现了正确的审美态度。美的感情、美的观念、美的理想就渗透在对生活的真实再现中，完美地统一起来，这也正是我们常说的真实性和倾向性的完美统一，构成了艺术内容之美。

李永胜：我理解了您的想法。听您谈论《红楼梦》也是一种审美享受！您能再给我们讲讲《红楼梦》中人物悲剧的不同及各自的特点吗？

胡经之：《红楼梦》里的悲剧多种多样，并不都是爱情悲剧。这里至少有三重悲剧：家族毁灭的悲剧，人生命运的悲剧和爱情的悲剧。即使是青年女子的悲剧命运，也并不只是爱情上的不幸，更多的是整个人生包括婚姻的不幸。她们枉有青春生命，聪明才智，却都不能掌握自己命运，只能随着封建家族的衰落，走向毁灭。

先说王熙凤，她是个复杂的艺术形象。她一生颐指气使，不可一世，最后却捉襟见肘，低声下气，结局并不美妙。“凡鸟偏从末世来，都知爱慕此生才。一从二令三人木，哭向金陵事更哀。”这是她的判词。不少论者推测，她可能被贾琏所休而哭向金陵，这当然是不幸。但不幸并不就是悲剧，有价值的东西的受挫或毁灭，才具有悲剧性质。王熙凤的不幸具有悲剧性质，但并不只是什么爱情或婚姻上的悲剧，而要丰富得多。

王熙凤的悲剧极为复杂，既是性格悲剧，又是社会悲剧。她的性格，矛盾而又统一。她确如兴儿所说，“嘴甜心苦，两面三刀，上头一脸笑，脚下使绊子，明是一盆火，暗是一把刀，都占全了”。毒设相思局，弄权铁槛寺，大闹宁国府，借剑巧杀人，这些都集中表现了她心狠手辣、为非作歹的性格特征，淋漓尽致地揭露了她的丑恶。在对这一形象的描绘中，可以看出，作者对这些丑恶行径的憎恶和反感。然而，王熙凤的性格中又有另一面，聪明伶俐，才干出众。正如冷子兴所说："模样又极标致，言谈又极爽利，心机又极深细，竟是男人万不及一。"偌大荣、宁二府，几十个主子，男的只知醉生梦死，花天酒地，独有王熙凤，以一个青年女子，不仅治理荣国府，而且协理宁国府，支撑着贾府这座大厦。秦可卿托梦，赞她是"脂粉队里的英雄"。综观全书，这并非夸大之辞，作者也是这样评价的，对她的这一面，极为赞赏。但是，这个"男人万不及一"的"脂粉队里的英雄"，最后却落得个悲惨的结局，"机关算尽太聪明，反误了卿卿性命"。王熙凤机关算尽，枉费心计，没有把自己的聪明才干用于"正途"，而是不择手段谋取私利，最后搬起石头砸自己的脚，不仅加速了封建家族的灭亡，而且也赔上了自己的性命。对于王熙凤的命运，作者是以一种惋惜的心情来描绘的。王熙凤经历的是悲剧。她的悲剧的酿成，有其性格上的原因，这是一个性格悲剧。王熙凤的悲剧，有着更深刻的社会原因。她缺乏探春那种对封建家族的忠心耿耿，但终究还是为了家族利益而日夜操心。问题在于，任何人的聪明智慧也无法挽救封建家族的衰败。封建家族自身的脓疮已烂，衰败命运已无法挽回，这是内在的必然，非个人所能阻挡。尽管她心劳日拙，也无济于事。她的贪婪自肥、中饱私囊，本身就是封建家族腐败的表征。终于，大厦倒倾，她的聪明才干，连同她的整个生命，都一起埋葬在瓦砾堆中。"枉费了，意悬悬半世心；好一似，荡悠悠三更梦。忽喇喇似大厦倾，昏惨惨似灯将尽。呀！一场欢喜忽悲辛。"王熙凤的一生，无疑地又具有一定的喜剧性，在她身上确有不少无价值而冒充有价值的东西，可笑而可恨。王熙凤的毁灭中确也包含着有价值的东西的毁灭，作者也以惋惜之情写出这种毁灭。

探春的命运，比起王熙凤来更有悲剧性。这个"最是心里有算计"的"乖人"，自视甚高，也受人称道，但结局并不美好："清明涕泪江边望，千里东风一梦遥。"这是她的判词。探春的悲剧，不只是婚姻上的不自主，最后被遣送远嫁，随着封建家族的衰败，她不会有更好的命运。她不仅才大，而且志高，在品性上高出王熙凤。"探春精细处不让凤姐"，"知书识字，更利害一层"，可见她的才大。她对家族的忠诚，更远超王熙凤。探春理家是全心全意、鞠躬尽瘁的，不像王熙凤那样中饱自利，私挖墙脚。

只不过，探春为姨娘所生，处于庶出地位，这使她被置于封建家族中十分尴尬的处境，连下人也懂得，她在贾府理家不能长久。更要紧的是，这个腐朽的家族已是千疮百孔，不可救药，任你才大志高，也无法挽救衰败的命运。“才自清明志自高，生于末世运偏消”，这才是探春的真正悲剧所在。探春自己也知道，贾府日趋衰败，自有内在原因，所谓“百足之虫，死而不僵”，必须先从家里自杀自灭起来，才能一败涂地。她自恃才大志高，想有所作为，出来理家，兴利除弊。可是，忙了一阵儿，结果如何呢？脂砚斋的评语云：“探春以姑娘之尊，以贾母之爱，以王夫人之付托，以凤姐之未谢事，暂代数月，而奸奴蜂起，内外欺侮，锱铢小事，突动风波，不亦难乎！”探春理家，不可谓不呕心沥血，到头来，却无济于事，白费心血。贾府还是颓败了，探春远嫁了。作者以无限感慨的心情，写出了探春经历的人生悲剧，对有价值的东西的毁灭，寄予哀思。

作为《红楼梦》的第一主人公，贾宝玉的悲剧要比王熙凤、贾探春的悲剧更深刻和复杂。贾宝玉的悲剧，当然包含着爱情悲剧、婚姻悲剧，这没有疑义。仅就贾宝玉和林黛玉的爱情悲剧来说，《红楼梦》深刻揭示了爱情悲剧的社会成因和思想基础，无论在深度和广度上，都超出了《西厢记》《牡丹亭》所达到的水平。但是，贾宝玉的悲剧性质，远不限于此。

贾宝玉一生经历了双重悲剧。一是直接经验的悲剧，亦即他自己切身亲历的悲剧；一是间接经验的悲剧，亦即他耳闻目睹、听到看到的别人的悲剧。贾宝玉和林黛玉志趣相投，情意相合，但是，封建家族为了家世利益，牺牲了两人的爱情，摧毁了林黛玉的生命。这是贾宝玉直接经验到的悲剧，使他有切肤之痛，难以忍受。但是，促使宝玉“悬崖撒手”的原因却有多种。他对官场污浊深恶痛绝，坚决不走仕宦之途，也不被世俗所容，这里本身就有悲剧冲突。他不愿与官宦为伍，遁逃到大观园，厮守在女儿群里，沉浸在理想境地，过较为自由自在的生活。然而，好景不长，他所敬爱的好友知己，命运也日见不济。恰如鲁迅所说，“颓运方至，变故渐多。宝玉在繁华丰厚中，且亦屡与‘无常’觌面，先有可卿自经，秦钟夭逝，自又中父妾厌胜之术，几死；继以金钏投井，尤二姐吞金，而所爱之侍儿晴雯又被遣，随殁。悲凉之雾，遍被华林，然呼吸而领会之者，独宝玉而已”（《中国小说史略》）。这里，贾宝玉直接经验的和间接经验的各种人生悲剧，相互交错，汇聚一起，促使他改变人生道路。贾宝玉眼看人世间一切有价值的东西正在逐个毁灭。在他看来，有价值的东西毁灭了，人生也就没有价值了。他想保住有价值的东西，但他无能为力，没有力量敢于反抗，于是，只好逃离，出家去了。贾宝玉的悲剧，是人生的悲剧。

贾宝玉本身就是悲剧性格。一个人，如果对人生悲剧熟视无睹，只是醉生梦死，就说不上是什么悲剧性格。贾宝玉和贾府的其他贵族老爷少爷不同，他对人生的悲剧有特殊的敏感。鲁迅说贾宝玉“爱博而心劳”，对人世间的爱广博得很，特别富于感情。脂砚斋评语中说及宝玉“情不情”，黛玉“情情”，宝玉的“情”比黛玉的“情”要广博得多。黛玉只对有情人施之于情，宝玉则对无情者也施之于情，“凡世间之无知无识，彼俱有一痴情去体贴”。宝玉不仅对人，对物也充满了情。无知无觉的无情之物，落花、绿枝、相思树、花鸟草木等，宝玉都以情对之。对人，宝玉不仅对有情分的人待之以情，对并无情分之人，也待之以情。素不相识的龄官、藕官，都引起他的同情。即使是以怨报德的贾环，宝玉也以情相待。正因为宝玉“爱博而心劳”，而世上的不幸人太多了，人生的悲剧接踵而至，所以他的“忧患亦日甚”。对于人生的忧患、世上的不幸，宝玉都要去关切、同情，必然要陷于苦恼而不能自拔，这正是宝玉的悲剧性格的特征。鲁迅说得好：“多所爱者，当大苦恼，因为世上，不幸人多。”宝玉确是如此。金钏惨死，王夫人赏了五十两银子，金钏亲母也只是磕了头，谢了出去。但宝玉心里却激起了波浪，“五内摧伤”，恨不得也身亡命殁，跟了金钏死去。金钏死后一周年，宝玉还默默记着。正当全家因凤姐生日而沉浸在欢乐声中，他却到水仙庵“撮土为香”，深深悼念金钏。遍被华林的悲凉之雾，别人还未感受，独独宝玉已呼吸而且领会到了种种人世的悲剧，他感受特别深，苦恼也更甚，最终使他无法忍受，只好愤而出走了。

贾宝玉这个艺术形象，是《红楼梦》的独特创造，是“今古未有之一人”。这个形象既不是生活中真人真事的简单模仿，也不是前人创造的抄袭，就连素来爱把自己同贾宝玉比附的脂砚斋也承认：贾宝玉“是我辈于书中见而知有此人，实目未曾亲睹者”，“不独于世上亲见这样的人不曾，即阅今古所有之小说传奇中，亦未见这样的文字”。（戚序本第 19 回）在宝玉的形象中，作者融合了自己直接和间接的生活经验，并把他自己的思想、感情、理想等都灌注进去了。

《红楼梦》创造了众多的悲剧人物。在这些艺术形象中，作者对人生中有价值的东西给予肯定，对美的毁灭无限愤慨，其中渗透着作者美的感情、美的理想。这些悲剧形象是构成《红楼梦》内容之美的重要组成部分。

《红楼梦》以悲剧为主，全书笼罩着悲剧气氛，也交织着喜剧成分，把人生中无价值的东西撕破给人看。前人已看到，在《红楼梦》里，“悲戚欢愉，不啻双管之齐下也”（戚蓼生《石头记序》）。喜剧会描绘到丑的形象。四大家族里那些人面兽心的贾赦、贾琏、贾瑞、贾蓉、薛蟠之流，丑态百出，令人作呕。丑和美相对立，是否定的审美价值。但文学艺术中的喜却并不等于丑，喜剧是对丑的否定，它嘲笑丑。《红楼梦》在描绘生活中的丑恶现象时，不是为丑而丑，更不是以丑为美，而是撕下丑的假面，还其本相，加以无情的嘲笑，在笑中否定丑。对丑的直接否定，也就间接地肯定了美。对丑的嘲笑，也表现了作者的美的情操、美的理想。这是《红楼梦》高于《金瓶梅》的根本之处。

文学艺术是对生活的独特创造。《红楼梦》的作者对人生有着深刻而丰富的体验，其中包含着审美体验。《红楼梦》之可贵正在于作者对于人生有着深刻而真切的感受，即王国维所说，“其所见者真，所知者深”。在对人生的审美体验中，不仅有对生活的观察，不只是把生活中美、丑、悲、喜等现象再现出来，而且对它做出评价，表现出作者的爱憎态度。因此，对《红楼梦》做美学的研究，不仅必须了解它再现了生活中的一些什么现象，而且要弄清作者是怎样评价这些现象的，亦即恩格斯所说的“诗意的裁判”，渗透在艺术形象中的感情态度是怎样的，再现和表现怎样在艺术形象中统一起来，构成了艺术之美。

李永胜：非常精彩！以上您给我们讲了很多《红楼梦》的美，我们还想知道，《红楼梦》这部小说在美学上有什么贡献吗？

胡经之：艺术是一个整体。歌德说：“艺术要通过一种完整体向世界说话。”艺术的美，就存在于这个整体之中。七宝楼台，拆成碎片，不成整体，美在哪里？《红楼梦》是个宏大而复杂的形象体系。许多人物，许多故事，众多场面，所有形象，相互交错，彼此联系，综合为浑然整体。作者对人生的审美体验，正是通过完整的形象体系才得以呈现。因此，要了解《红楼梦》的美的真谛，就不能不去把握它的艺术整体。

是什么东西把那么多的单个形象综合成为一个完整的体系？当然是由作品的主题来统一所有的形象。然而，文学作品的主题并非抽象的概念。主题当然是一种思想，正如高尔基所说：“主题是从作者的经验中产生，由生活暗示给他的一种思想，可是它蓄积在他的印象里还未形成。当它要求用形象来体现时，它会在作者心中唤起一种欲望——赋予它一个形式。”（《和青年作家的谈话》）这是从作者的生活经验中产生并和生活经验密切联系着的具体的思想，是渗透着感情的思想。这种思想和科学著作中那种由推理得来的思想有所不同，这是形象的、和感情结合着的思想。托尔斯泰在谈到他自己的创作经验时，不止一次地发表过这样的见解：在长篇巨著中，把众多复杂的现象统一为艺术整体，这不仅是情节的连贯和人物关系的一致，更重要的是作者对待所写生活的评价和态度上的统一。正是作者对生活的评价和态度上的统一决定了艺术作品内部的形象的联系，把人物情节、场面等统一起来。

那么，《红楼梦》是以一种什么样的思想和感情来结构它的形象体系的？《红楼梦》对生活如何评价？持什么态度？《红楼梦》开篇第一回，那块石头上有一首偈语云：“无材可去补苍天，枉入红尘若许年；此系身前身后事，倩谁记去作奇传？”这偈语，当然不等于《红楼梦》形象整体所体现出来的主题思想，形象的思想和概念的思想不能直接等同。但是，这首偈语所说的思想，同《红楼梦》体现出来的主题思想有内在联系。“无材可去补苍天”，说的是顽石，脂砚斋却说是“书之本旨”；“枉入红尘若许年”，说的是宝玉，脂砚斋则说“惭愧之言呜咽如闻”。确实，这里是以顽石、宝玉自况作者的人生感叹。“无材可去补苍天，枉入红尘若许年”，正是作者对于现实人生的评价和态度。作者对于他所置身于其中的现实人生，有着异常辛酸的体验，希望人生有意义而现实却又无意义，想有所作为而却又无所作为，满腔悲愤情，一把辛酸泪。

《红楼梦》所表现出来的对于人生的评价和态度，是复杂而矛盾的。一方面，有对人生的依恋和追求，幻想补天济世，使人生变得美好；另一方面，人生太黑暗了，不幸太多了，使人失望，不如出世，逃离人间。一方面，对人间的污浊，官场宦途，深恶痛绝；另一方面，对那已消逝了的封建家族的昔日繁华，又颇留恋。这种矛盾心理，正是我国封建社会中知识分子所共有的人生体验，有人生理想而又找不到理想的人生，于是，苦闷悲愤。到了封建末世，随着现实矛盾愈益激化，这种心理也更为复杂而深刻。《红楼梦》正是表现了这种极为复杂而深刻的人生体验。对于人生的追求，随着人生有价值的东西的日益毁灭，在心里也逐渐幻灭，于是，只好逃离人世，到世外去寻找安慰，在回忆中去玩味那人生的理想。

这种人生体验，在作品中主要是通过贾宝玉的人生道路体现出来的。当然，《红楼梦》对现实人生的描绘，视野非常广阔，触及了封建社会的各个方面，并不只是在写贾宝玉的人生道路，因而确实可称之为封建社会的百科全书。《红楼梦》为我们展示了封建家族由盛到衰过程中的复杂情景。各种各样的人物在我们面前走过，人物的命运，特别是青年女子的悲剧命运，吸引着我们。最使我们关切的还是贾宝玉的命运。贾宝玉的爱情悲剧并非贯穿《红楼梦》全书的线索，他的人生道路，也不能囊括《红楼梦》的宏大主题。贾府内外所发生的一切事件，各种人物的命运，不一定都围绕贾宝玉而进行，却是透过贾宝玉的眼光呈现的。因此，贾宝玉在《红楼梦》的形象体系中就具有特殊的地位和作用。他既是悲剧主人公，又是其他悲剧的见证人。他亲身经受的人生悲剧，他所看到和听到的种种人生悲剧，都在作品中描绘出来。《红楼梦》既写了贾宝玉本人直接参与的许多事件，又写了更多贾宝玉身外发生的种种事件，都以贾宝玉的眼光把这些事件统一了起来，从贾宝玉的眼光表现了作者对生活的评价和态度。《红楼梦》善于叙事，更善于抒情，鲁迅把它称为“人情小说”，看到了它的特点。确实，《红楼梦》同《三国演义》《水浒传》《西游记》这类小说不同，它更善于通过故事、人物来表现思想感情，富有浓郁的诗意。《红楼梦》所叙述的故事，也不像许多以故事取胜的小说那样，具有贯穿全书、统一全局的作用，而是带有抒情散文的意味，把各种平行的或不同序列的情节，依照思想感情综合起来，以表现作者对生活的评价和态度。家族由盛趋衰的悲剧情节，宝黛爱情悲剧的情节，大观园中众多人物的悲剧命运，相互交错，融为一体。这一切使得《红楼梦》具有独特的诗意之美。

这绝不是说，《红楼梦》的艺术形象只是表现作者人生哲学的传声筒。作者的人生体验在作品中化成了艺术形象，作者对人生的评价和态度都在人物、情节、场面中流露出来，并不以抽象概念出现。《红楼梦》的形象体系宏大而复杂，它由众多的人物、情节、场面构成，诸如秦可卿出丧、元妃省亲、王熙凤协理宁国府、探春理家、宝玉挨打、黛玉葬花等，都是形象体系中不可分割的部分。如果抛开这些个别形象和情节，也就没有了《红楼梦》的艺术整体。因此，要掌握《红楼梦》的艺术整体，必须研究形象体系中的单个形象。《红楼梦》研究既要综观整体，又要细察局部，要在整体中来看局部，分析局部也要兼顾整体。局部是整体中的局部，每一单个形象的审美价值，不仅由它自身，而且是由它和其他形象的联系，以及在形象总体中的地位所决定的。因此，对于《红楼梦》单个形象的研究，既要注意形象与形象之间的关联，更要重视单个形象和整体形象之间的联系。

如果把那块“补天”不成的顽石孤立起来看，也许会觉得写顽石没有多大意义。然而，如果我们把这块被女娲丢弃不用的石头同全书的形象体系联系起来，也许会发现，《红楼梦》创造这个顽石形象，不只是为了叙述上的需要，而且是为了更好地表达作者对人生的评价和态度，具有独特的审美价值。一块无才“补天”的顽石，不甘寂寞，投向人间，经历的却是更烦恼痛苦的人生，历尽人间沧桑，体验到各种辛酸，最后还是回到那青埂峰下。作者用石头在人间的经历，对黑暗现实做了有力的鞭挞。

在把人物、情节、场景等单个形象结合而为形象整体时，《红楼梦》创造出来的是富有中国民族特色的独特的艺术天地，我们把它称为艺术意境。在中国古典艺术中，意境的创造并不限于诗、词、曲、赋，绘画、雕塑、音乐、舞蹈等都追求艺术意境。就是擅长叙事的小说，擅于塑造性格的戏剧，也着意于创造意境。王国维已经看到元杂剧的最佳之处，就在于创造意境。晚清许多小说评论家意识到了小说以创造意境为上，不过语焉不详，未能阐明个中道理。其实，在中国古典小说中，《红楼梦》是最成功地创造了艺术意境的一部。它继承和发展了古典文学艺术的民族传统，把叙事的、戏剧的、抒情的因素，予以综合，熔为一炉，创造出一种富有诗意的独特的艺术境界。

《红楼梦》里有数量众多的诗、词、曲、赋，无论是小说人物咏吟的诗，还是作者直接抒发感受的诗，都创造了意境，这些意境，成为全书形象体系的有机组成部分。我们说，《红楼梦》成功地创造了艺术意境，并不只是诗境，主要还是在叙事、绘人、写景时，创造了小说特有的意境。这种类型的意境，前人所注意到了。例如，第二十五回，描写贾宝玉出房寻觅小红，东张西望，骤一抬头，只见西南角游廊下栏杆上似有一个人倚在那里，隐约像是小红，“却恨面前有一株海棠花遮着，看不真切”。脂砚斋批语说道：“余所谓此书之妙皆从此等笔墨也。试问观者，此非隔花人远天涯近乎？”又如第五十八回，描写贾宝玉病后去看黛玉，看到山石后大杏树花落结杏，引起了一番“绿叶成荫子满枝”的感叹，构成意境。这是从苏轼、杜牧等人的诗境中“泛出”，发展而成。这种直接从诗境“泛出”的小说意境，在《红楼梦》里不乏其例。但是，全书中最感人的一些意境，却不是从前人诗境中“泛出”的，而是《红楼梦》独创的，例如“黛玉葬花”“中秋联句”。葬花那天，大观园里春色迷人，林黛玉看着春残花落，却暗自伤心。《红楼梦》以强烈的感情，描绘了黛玉的所见、所为、所思，有情有景，情景相生，抒情、写景、叙人、述事，都融合在一起，创造了全新的意境。脂砚斋评说道：“开生面，立新场，是书多多矣。唯此回更生更新”，并且赞叹“诗词文章，试问有如此行笔者乎？”。中秋联句的描写，也把人物性格、景物环境、动作事件和感情抒发等交融在一起，创造出感人至深的艺术意境。这是《红楼梦》的独特创造。

《红楼梦》里创造的意境，大小不一，为数众多。宝玉冒雪乞红梅，黛玉愁归潇湘馆，宝钗扑蝶，湘云醉卧，等等，许多情节、场面都自成意境。众多的意境结合起来，构成更广阔的意境。那个大观园，就是作者创造的人世间的理想世界。贾宝玉和一群少女在这里享受到了人生的乐趣。随着贾府的衰败，这个理想化的现实世界充满了悲凉之雾，这是现实中的理想化的意境。太虚幻境，青埂峰下，这是幻想中的神话意境。在《红楼梦》中，现实世界和幻想世界结合而为全书的意境，整个形象体系就是一个艺术意境。红学专家白先勇把《红楼梦》的总体结构归结为上下二元世界：形而上的神话世界和形而下的现实世界。我则以为，《红楼梦》的意象世界至少有三大境界：青埂峰上的天上境界，大观园里的理想境界，大观园外的世俗境界。曹雪芹的笔触伸向了大观园外，反映出了封建末世的世态人情。

为了创造艺术的意境，《红楼梦》在艺术手法上有不少创新。比如，作者在叙述故事、塑造人物、描绘场面时，经常变换角度，从不同的方面来描绘对象，自叙、代叙、旁叙等，相互交错。这就像中国画不太重视焦点透视，常用多重透视、散点透视来描绘对象一样，如此描写既有立体感，又能更好地表现作者的审美感受。

《红楼梦》具有不朽的艺术魅力，千言万语也难以把它说尽。不同时代不同的人，对它的理解和评价各不相同。王夫之《姜斋诗话》说："作者用一致之思，读者各以其情而自得。"《红楼梦》今天为什么还吸引着我们这个时代的读者？这既要研究这部作品本身，又要了解它对我们今天这个时代的意义。我们也可以从接受美学的角度做些探索。"红学"的领域是宽广的。马克思主义的方法是"红学"的根本方法。但是，根本方法并不排斥多样的具体方法。研究《红楼梦》的途径和方法，随着马克思主义本身的发展，将越来越多，越来越广。"红学"研究将会向广度和深度发展，达到更高的水平。

李永胜：我还想请教您一个具体问题，很多人认为，《红楼梦》描写的那块顽石的故事和它的现实主义的框架关系不大，因此和主题无关。对此，您怎么看？

胡经之：整部《红楼梦》是一个宏大的形象体系。众多的人物、事件和情景错综复杂，又相互联结，融为一体。组织在形象体系中的单个形象，只是整体中的个别，它的意义，只有在形象的整体联系中才能见出。《红楼梦》在最后成书前，也许借鉴过一些主题未必相同、情节也不一样的稿本，有的稿本写了顽石，有的稿本可能没有。既然是曹雪芹批阅十载、增删五次才定稿的，足以证明《红楼梦》是精心构思之作，我们就没有理由把顽石的故事看作可有可无之笔，或斥之为荒诞无稽之谈。《红楼梦》一开头写这块顽石无才补天，幻形入世，是全书的真正开端。今本全书开头的那一段议论（"此开卷第一回也……"），其实只是创作说明，也有人认为是脂砚斋的评说，并非小说的开始。《红楼梦》是从顽石的故事导入艺术境界的，不仅以顽石的幻形入世作为全书的开端，还以顽石的返本还原、归山出世作为全书的结束。脂砚斋评《石头记》的批语中透露出，全书的结尾可能是“青埂峰下重证前缘，警幻仙姑再揭情榜”，顽石回到了它入世前的地方。亲眼见过《红楼梦》初稿的曹雪芹好友明义，在《题红楼梦》诗中曾说道：“莫问金姻与玉缘，聚如春梦散如烟。石归山下无灵气，纵使能言亦枉然。”可见，《红楼梦》全书是以顽石归山作结的。顽石的故事，从入世到归山，前后连贯，首尾相应，情节完整。顽石的故事，不仅使全书有头有尾，而且把全书的主体和首、尾连接起来，融为一个整体。《红楼梦》通过顽石的经历，从幻想世界引出现实世界，再从现实世界走向幻想世界，使幻想与现实相结合，创造出一个独特的艺术境界，表现作者对人生的一种独特的感受和理解。

顽石故事如此重要，无怪《红楼梦》又曾题名为《石头记》。为《红楼梦》提供过写作材料并做过评点的脂砚斋就力主用《石头记》做书名。目前能见到的《红楼梦》早期版本，大都题名为《石头记》。脂砚斋评点过的版本系统中，十二种版本，有八种都以《石头记》命名。所谓《石头记》者，石头之所记也。甲戌本凡例云：“曰《石头记》，是自譬石头所记之事也。”石头的入世与归山，家族的兴衰荣辱，人物的悲欢离合，世态的炎凉变幻，所有的故事，全记载在一块大石上。所谓“道人亲眼见石上大书一篇故事，则系石头所记之往来，此则《石头记》之点睛处”，就是说，《石头记》即石头之所记。然而，《石头记》不只是石头之所记，而且所记的还是石头的经历。庚辰本有云，空空道人从那石上抄录下来的，正是顽石“坠落之乡，投胎之处，亲自经历的一段陈迹故事”。这就是说，此石不只是故事的记录者，而且所记的故事，正是这块石的经历。石头的经历，颇为曲折。它有个不平凡的来历：女娲炼石补天，在大荒山无稽崖炼了三万六千五百零一块石头。女娲用了三万六千五百块去补天，单单剩下了一块未用，弃在青埂峰下。这块弃而不用、未得补天的顽石，自经锻炼，已通灵性，有了思想，有了感情，能记事，能说话。顽石见众石俱得补天，独自己未被选用，所以自愧自叹，哀怨伤悲。后来遇见了一僧一道，顽石动了凡心，想入红尘，于是幻形入世，到了人间。顽石在人间的经历，它所见所遇所闻的人间故事，是《红楼梦》的主要部分。在这里，种种人间喜剧、人生悲剧相继发生，交错进行，构成《红楼梦》的主体故事。顽石在红尘中见到、听到、遇到层出不穷的人间喜剧、人生悲剧之后，最后出世归山，返本还原，回到青埂峰下。

《红楼梦》为什么要在这里虚构一个顽石故事？作者是否真相信存在一个彼岸世界与现实世界相对立，是否真相信顽石能通灵、幻化？至少目前还没有事实材料能予以证实。艺术形象有多义性。也许，《红楼梦》用女娲炼石补天的神话，能暗示天已残倾，乾坤待整。也许，《红楼梦》用乱世石言的寓言来隐喻时事，抨击现实政治。但是，如果把顽石故事和主体故事联系起来看，顽石的入世与出世，正是表现了《红楼梦》作者对于人生的一种理解和感受。顽石的幻形入世，是由于不甘于荒山寂寞，羡慕尘世的荣华富贵。顽石入世之后，享尽了人间的荣华富贵，似应感到满足。然而，它看到了在这荣华富贵的背后，掩盖着形形色色的人间喜剧，各种多样的人生悲剧，这人世间并不美妙。于是，顽石终于离开了这个尘世，回到寂寞凄凉的青埂峰下。《红楼梦》作者对人生有自己的感受和看法，这种感受和看法，既通过书中的主体故事表现出来，又通过顽石的故事表现出来。

李永胜：《红楼梦》的两个版本系统中，顽石的故事及其讲述方式不尽一致，有的版本是顽石转世成宝玉项上的通灵宝玉，有的版本则是顽石转化成贾宝玉。对此我们做何理解呢？或者说，我们怎么根据顽石故事来理解《红楼梦》的主题呢？

胡经之：为了弄清楚《红楼梦》的主题思想，不仅需要了解书中的主体故事，又要了解这个顽石的故事，更要了解顽石故事是如何和主体故事相连接的。正是在这些故事及其连接中表现了作者的人生感受和见解，展现了作品的主题思想。顽石故事与主体故事的连接方式如果有所不同，就会这样或那样影响到作品的思想内容。《红楼梦》两个不同版本系统对顽石故事的不同处理方式和叙述笔法对全书的形象整体发生影响，从而使作品的思想意义也有某种变化。

顽石故事在《红楼梦》里无疑不是主体故事，它不如主人公贾宝玉及其家族的经历那样重要。但是，并非只有主体故事才表现作者的思想，作者的思想也表现于顽石故事里。作品的主题思想，只有在形象整体中才能见出。把形象体系中的一些形象和其他形象割裂开来，就无从了解作品的主题思想。只从主体故事来说作品的主题，正如只从顽石故事来谈作品主题，都是片面的，不能完整地掌握作品的主题思想。只有从主体故事和顽石故事的连接、联结中统一起来分析作品的思想，才能科学地说明作品的主题思想。

在所有版本中，其主体故事的基本轮廓相似，主人公贾宝玉及其家族的命运都以悲剧告终。顽石故事的基本轮廓也大致相同，顽石幻形入世而又归山出世。这些基本相似的故事，形象地说明了青埂峰下虽然凄凉寂寞，但在那里，可以自由自在、无牵无挂，没有烦恼。人世间虽然也有许多赏心乐事，但瞬息万变，苦随乐生，不胜苦恼。现实并不美妙，顽石枉入红尘，不如还是归去。但是，这些基本相似的故事，在两个版本系统中，又有细微的差别。这影响到作品的思想也产生一些变化。

在甲戌本中，顽石所以要下凡入世，乃是因为补天不成，被抛峰下，在那里自怨自叹，听说红尘中荣华富贵，甚为动心，也想要到人间去享一享这荣华富贵。在未曾入世的顽石眼光中，青埂峰下并非美妙之处，理想境界。而那已经看破红尘的一僧一道反而劝顽石别去自寻烦恼。在僧、道看来，世间确有人生乐事。但是，一来，乐事虽有，不能长久，世事多变，乐极悲生，人非物换，无所依恃；二来，乐事之外，还有苦事，美中不足，好事多磨，紧相连属。应该说，僧、道的这些话，确实道出了人生中的一些事实，并非谬误。接着，僧、道对此做了唯心主义的解释，得出谬误的结论："究竟是，到头一梦，万境归空。"无疑，这是佛学中的"色即是空，空即是色"的虚无主义谬论。僧、道之论，并不一定就是作者所要表达的思想，但是，作者对这些思想也不是持否定态度。秦可卿托梦王熙凤，说了一番盛筵必散的道理，作者对这种思想似有所肯定。无疑，作者的思想同僧道之论有密切联系。人生如梦、万境归空的思想在《红楼梦》里有所表现。在顽石故事里，这种思想表现得比较明显。但是，《红楼梦》的主题却并不只是表现"到头一梦，万境归空"的思想。从整体形象，特别是从主体故事看，《红楼梦》的主要思想是对现实生活的不满，对尘世的荣华富贵的否定，幻想一个美妙的、自由的、和谐的社会。

在脂评本中，顽石幻化为通灵宝玉，跟着主人公贾宝玉享受着人间的荣华富贵，摆脱了青埂峰下那样的凄凉寂寞，照理，它应该心满意足。然而，通灵宝玉最后还是返本还原出世而归。为什么顽石当初向僧、道苦苦相求，争着入世，最后却离开尘世，甘心于凄凉寂寞？这就是因为，尘世虽能享受荣华富贵，却也引来无数烦恼。顽石亲眼看到贾宝玉及其周围许多人的悲剧命运，对尘世有了真切的了解。人间并不那么美妙，还不如青埂峰下好。脂评本虽然只有八十回，无从确切知道顽石的最后结局，但使人印象深刻的还是对现实生活持有的批判态度。只是由于脂评本中，顽石故事和主人公的故事虽相连接，而又自成线索，顽石的经历、思想和贾宝玉的经历、思想虽相接近，而又不同，所以，僧、道的那番“到头一梦，万境归空”的说教，在顽石故事中显得较为醒目。

在程刻本中，顽石入世直接化成了主人公贾宝玉，一百二十回的小说，主人公的命运有了结局，构成完整的故事。整个形象体系的客观意义，把僧、道那番“到头一梦，万境归空”的说教挤到极为狭窄的地方。不甘于荒山凄凉寂寞的顽石，想享受人间荣华富贵的愿望实现了。由顽石幻化成为贾宝玉，人间最好的物质享受都享受到了。贾宝玉尝到了人间的荣华富贵的生活的甜味，伴随而来的却是它的苦味，从而引来了无尽的烦恼。贾宝玉经历了爱情的悲剧，他的悲剧不只是爱情的悲剧。享受荣华富贵是人间乐事，但世事瞬息万变，不能久长。贾宝玉不仅觉察到了荣华富贵的不能久长，而且觉悟到了荣华富贵的不足留恋。伴随着荣华富贵、物质享受而来的，是精神上的受束缚、不自由。他像关在笼中的金丝鸟一样，不能同他喜爱的人物自由交往，却要按封建礼法去接待那些他所讨厌的人物。个人理应得到的合理的自由，他得不到，荣华富贵还有多大价值！不只是贾宝玉个人经受了悲剧，而且还亲眼看到了人生中无数悲剧。在他看来，人生中许多有价值的东西，都在被毁灭掉。

贾宝玉的最大悲剧，不只在他看到了世间许多人生悲剧，而且在于他对这些人生悲剧执着不放，摆脱不开。他对这些悲剧中受损害、被毁灭的真的、善的、美的东西寄予深情，无限哀伤，却又无能为力，束手无策，于是只有烦恼和苦闷。可是，人世间的悲剧实在太多，于是贾宝玉的苦恼越来越多，加在他心上的精神苦恼的负荷比别人更重，于是产生了他自己精神上的悲剧。这个精神上的悲剧如何解决？也许，贾宝玉可以在极度精神苦闷中自杀了之，以求解脱。这样的结局说不定更能突出体现“到头一梦，万境归空”的思想。然而，这样的结局将不符合贾宝玉性格的逻辑发展。贾宝玉眼看人生中那些有价值的东西被毁灭，虽然无可奈何，束手无策，但他的感情态度却是明确的，他为这些东西的毁灭而惋惜、愤慨，于是就走了出家这条道路，离开那毁灭了他和别人的幸福、自由的家族和那个世道，继续活着。这是对自己家族和那个世道的消极抗议，也是对那些被毁灭的不幸者的深切怀念。贾宝玉出家为僧，顽石返本还原，仍在青埂峰下过凄凉寂寞的生活。《红楼梦》主体故事的描写，重心并不在肯定顽石在青埂峰下寂寞凄凉而又自由自在的生活，而在否定那个给它荣华富贵而又毁灭自由、幸福的现实。

李永胜：您在改革开放之初，大力倡导从美学视域研究《红楼梦》，这和您在首届中华全国美学大会上倡导文艺美学有什么关系，在当时的学界有什么反应？

胡经之：我的倡导，在红学界有直接的反应。当时，中国社会科学院文学研究所负责科研策划的研究员汤学智在回忆此事时，曾这样说道：

> 1981年11月30日，《光明日报》刊载胡经之先生《“红学”与美学》一文（此文更为丰富的内容，1982年发表在《红楼梦研究集刊》；同年，还有《红楼梦里的石头故事》等文问世）。当打开报纸，见得这个题目，就如遇“梦中情人”，我的眼睛顿时一亮，立刻被紧紧地吸引住。当时学界关于《红楼梦》的研究，正处于热潮之中（据有关统计，1981年，仅在《红楼梦研究集刊》《红楼梦学刊》和有关报刊发表的文章，就多达三百篇），但文章的作者大多是古典文学研究者，探讨的思路也基本是传统的思想、艺术、主题、人物、历史、作者、版本、考证等方面。这些研究虽然有不少的深入和新见，于我这个搞文艺理论的却总觉得不过瘾。我感到内心有一种隐隐的期待，却一时说不清楚。或许，正是《“红学”与美学》这个新颖的题目触动了我的深层期待，令我“一见钟情”。那种如饥似渴的阅读感受，至今还记忆犹新。就像参观一个熟悉而又陌生的艺术展览，当在作者的导引下，从“《红楼梦》是艺术”，到“艺术需要美”，再到“美在

> 整体”，走进一个个“展厅”之后，你不仅对《红楼梦》，也对美学，产生一种新的认识，似有一股清风吹过心田。我意识到，他所探索的是一条文艺与美学结合的新路。在这里，文学批评向美学升华，闪烁着理性的光芒，美学研究向文艺深入，兼备了平易的品格。两相结合的结果，凝聚成新的能量，跃动着创造的生机，显示出诱人的魅力，令我欣喜不已。从此，胡先生的名字深深刻入我的脑海，开始了难忘的神交。我十分留意他的作品，一旦发现，便认真拜读，希望得到更多的智慧碰撞和知识滋养。

正是我在《光明日报》发表了那篇文章，倡导从美学视域研究《红楼梦》，文学研究所创办的《红楼梦研究集刊》专门派沈玉成到北大找我，聘我为编委。编委会一致认为，这为《红楼梦》研究开拓了一条新路，希望我继续推动这一研究的开展。

其实，我倡导的这条路是王国维、鲁迅开创的，我不过是接着王国维、鲁迅说，自己做了些发挥。自新文化运动以来，一直到新中国成立前，《红楼梦》研究主要有两大派：一是索隐派。以蔡元培 1917 年的《石头记索隐》为代表，一直到潘重规，都在探索曹雪芹所说的隐去的“真事”。一是自传派。以胡适 1921 年《红楼梦考证》为代表，到周汝昌集大成，都持《红楼梦》乃曹雪芹的自传之说，于是，红学又发展成了“曹学”。其实，《红楼梦》研究还有一派，那就是从哲学上来解读，以王国维为代表。1904 年，王国维发表《红楼梦评论》，以叔本华的哲学来解读《红楼梦》。依王国维之见，《红楼梦》的伟大，正在于揭示了人生悲剧的历史必然。

鲁迅看《红楼梦》，也是把它当作艺术作品来鉴赏的。他评《红楼梦》的思路，不同于蔡元培和胡适，而接近于王国维，更注重艺术价值。

我之所以倡导要从美学视域来看《红楼梦》，无非还是想接着王国维、鲁迅以及当时的王朝闻之所说，说说我对《红楼梦》的解读。为了弄清楚毛泽东所说《红楼梦》是中国古典小说中最好的这一论断，我在 1973—1975 年中，把北京大学图书馆所藏的清代线装本小说都浏览了一遍，确信《红楼梦》真的是中国古典小说中最好的。我从美学上来解读《红楼梦》，最后归结为三大要义。一是它写出了三重悲剧：爱情悲剧、人生悲剧、社会悲剧。二是它创造了三重意境：天上境界、大观园内的理想境界和大观园外的世俗境界。三是它凸显了作者的三大追求：真、善、美。《红楼梦》反映曹雪芹所处的那个时代的生活，其广度、深度和高度都超过了所有古典小说。

李永胜：您和周汝昌先生等都把《红楼梦》的精髓意蕴归结为对真善美的追求，对我们很有启发。您说，您的《红楼梦》研究是在沿着王国维等的思路接着说，但您的美学理念似乎和王国维有所不同，不同在哪里？

胡经之：王国维推崇叔本华哲学，把人生看作是一个大悲剧。人生在世，充满了欲望，欲望不能满足就痛苦；欲望满足之后，又感到厌倦。那么，人有没有办法从痛苦与倦厌中解脱出来呢？王国维说有，那就是逃到艺术之美中去。王国维的《红楼梦评论》就专门论述了这种观点：人的欲望是痛苦的根源，而摆脱欲望和痛苦的重要手段是艺术，艺术是天才的创造，能使人超越利害，使人的精神得到解脱。《红楼梦》作为天才的创造，其宣扬的解脱之道是出世，而不是自杀。贾宝玉最后出走，就是逃离生活之欲而离开家族纠纷，解脱为人生之最后归宿和最高境界。这是王国维的人生哲学。朱光潜曾亲口对我说过，他早年受王国维的影响甚多。1932 年他在《谈美》中就曾深深叹息："现世只是一个密密无缝的利害网，一般人不能跳脱这个圈套，所以转来转去，仍是被利害两个大字系住。"他劝当时的青年，要到艺术世界中去求得解脱，说美感的世界纯粹是意象世界，超乎利害关系而独立，在创造或是欣赏艺术时，人都是从有利害关系的实用世界搬到绝无利害关系的理想世界里去。

我觉得王国维把人生看作是欲望在满足与痛苦之间不断摇摆，这种人生哲学是错误的。诚然，人生确有欲望，但欲望并非人生的唯一，而且，欲望要受人的理性所控制与调适。法国作家雨果说："人有了物质才能生存；人有了理想才谈得上生活。你要了解生存与生活的不同吗？动物生存，而人则生活。"蔡元培的《理想论》就告诉我们，"理想者，人之希望"，"为吾人必欲实现之境，故吾人有生生不息之象。使人而无理想乎？夙兴夜寐，出作入息，如机械然，有何生趣？"。正是因为人生中尚有理想，有所追求，所以人生能生生不息，生趣无穷。王国维把人生只归结为欲望的摇摆，看不到现实中还有对真善美的追求，只好逃到艺术世界中去求解脱。可到头来，他也没有在艺术世界中得到解脱，只好跳昆明湖自尽，求得彻底解脱。他之死，不能说是喜剧，而是愚不可及导致自我毁灭的悲剧。

在20世纪七八十年代，我有7、8年一直关注着《红楼梦》。前3、4年是接着毛泽东的思路，评说它是封建社会由盛到衰的没落史，后3、4年是倡导从美学视界研究《红楼梦》。但我并非红学家，只是想把《红楼梦》作为一个实例，做美学分析，然后归结到探索文学艺术如何按美的规律来创造。在我国文学艺术的历史中，我挑了三位想做美学分析：曹雪芹、郑板桥和苏东坡。我在北大，从1952年开始，到1987年正式到深圳落户，30多年间关注的大多是“大”“洋”“古”。1984年我和汤一介、乐黛云应张维院士之邀，参与深圳大学中文系的创建，我从中心走向了边缘，关注的重心逐渐转移，留心起“新”“特”“尖”来。终于，我也就从红学界淡出，我的美学研究，也从文艺美学扩展为文化美学。

二〇二一年一月　采访
二〇二二年八月　定稿
深圳湾　望海书斋

第七章

文艺美学应时生

朱海坤：胡老，我们都知道，您20世纪50年代已在学术上初露头角，但在文艺学、美学界发生重大影响的还是改革开放之初您倡导并开拓了文艺美学学科。文艺美学是您在中华全国美学学会成立时首倡的，在20世纪八九十年代引起热烈的反响，成为一门显学，在中国当代文艺理论和美学史上留下浓墨重彩的一笔。请您谈谈您是如何走上文艺美学的探索与建构之路的？

胡经之：这就说来话长了。我先说一下我开设文艺美学这门新课的直接缘起。那要感谢时代所赐，正是改革开放之风涌起，激发了我的学术热情。在改革开放之初，北大得风气之先，最早也最快走上了改革之路。邓小平一掌政，就找了北大的周培源，要北大率先进行教育改革。时任北大教务长的王学珍，在马寅初、江隆基时代任社会科学处长，后来担任北大党委书记，继承北大蔡元培时代的创新精神，鼓励上一辈学者开设新课，把自己的研究新成果在课堂上讲出来，当时被喻为“炒名牌菜”。在20世纪50年代，老一辈著名学者杨晦、游国恩、林庚、吴组缃、王瑶等都开设了新课，朱光潜、宗白华、蔡仪等都开出美学，各显神通，精彩纷呈。我们年轻一辈的学子都亲身感受到了，深受其益。可到了80年代，老一辈学者都已年近八旬，虽还在发挥余热，但大多已只在家里培养研究生，不大上讲堂了。时代把我们这些年轻学者推上了历史舞台，成为讲堂上的主力。陈贻焮、金开诚、严家炎、袁行霈、乐黛云和我等新中国培养出来的第一代学人，成为改革开放后晋升的第一批副教授。大家意气风发，斗志昂扬，都想为教育改革多做贡献。那时，王学珍鼓励新晋升的副教授，除了开一门基础课外，还要新开一门选修课，把自己最新的研究成果在讲堂宣讲。我们积极响应，陈贻焮开了杜甫研究，乐黛云开比较文学，严家炎讲小说流派，袁行霈讲古典诗歌艺术，金开诚讲文艺心理学，我就讲文艺美学。

我是从 1979 年开始才尝试建构文艺美学的。1978 年，北大第一次开始招收硕士研究生。我的副博士研究生导师杨晦先生已届 80 高龄，招收了第一届文艺学硕士 4 人，董学文、曾镇南、杨星映、郭建模，都是我在 1963—1964 年教过的本科生。杨晦先生把我唤到他家里，郑重交代说，他年事已高，精力不济，就招这一届，下一届要由我来招了。他要我当他的助手，当时学校称之为副导师，为硕士生安排课程。为此，我还去中国社会科学院外国文学研究所拜访了冯至，请他推荐人来为研究生讲当代西方文学思潮。冯至推荐了他的助手陈焜和夫人王泰来讲美、英、法现代主义。我在看过台湾学者王梦鸥的《文艺美学》一书后，受此启发，就想开一门新课，把文学的美学研究，扩大到其他艺术，把文学和其他艺术放在一起，做美学探索，研究艺术美的创造规律。我在 1979 年开始备课，1980 年连写了 3 篇讲稿，第一篇是《论艺术形象——兼论艺术的审美本质》，正好上海文艺出版社《文艺论丛》来约稿，发表在 1981 年的《文艺论丛》上。此文受到中国社会科学院文学研究所的重视，1988 年收入《中国新文艺大系：理论卷》中，后来又被美国的布洛克和复旦大学朱立元收入他们主编的《中国当代美学》一书中，译介到英语世界。还有一篇《论掌握世界的艺术方式》，是想接着马克思所说，探索艺术掌握世界的特殊方式。这时，新成立的马列文论研究会邀我为《马列文论百题》写 2 个条目。我选了 2 题，一题是《马克思论具体—抽象—具体》，还有一题就是谈艺术掌握世界的特殊方式。初稿在 1980 年写成，1981 年改定交稿。此书 1982 年在陕西人民出版社出版。这是我建构文艺美学的开始。

朱海坤：这么说，您的文艺美学建构在昆明会议之前就已经开始着手了，在会议上发出倡议是经过深思熟虑的。您对这次美学大会一定印象深刻吧？

胡经之：正是因为我在 1979 年就开始了文艺美学课程讲稿的准备与撰写，所以我才敢在中华全国美学学会成立时，倡导在高校的文学学科和艺术院校开设文艺美学新课。1980 年 6 月上旬，在周扬的积极支持下，中华全国美学学会在昆明成立，朱光潜、杨辛和我三人受邀参会，选了朱光潜为首届会长，周扬任名誉会长，老一辈的蔡仪、王朝闻和年轻的李泽厚被推为副会长。李泽厚当时正和刘纲纪合作，撰写《中国美学史》。他知道我跟随杨晦先生读研究生时，研究的是中国文艺思想史，所以他要我在大会上宣读的是我写的《中国美学史方法论略谈》，后来发表于《北京大学学报》。那是中国历史上第一次全国美学会议，开了近 10 天。期间，我们来自高等学校的美学教师聚会，又在中华全国美学学会下新成立一个高校美学研究会，在会上集中讨论了高校如何进行美学教学。我就敞开心扉，大讲文学学科、艺术院校的美学不能只停留在哲学层次，争论美是客观还是主观，而应进入价值层次，结合文学艺术的实践，解决艺术创作和欣赏中的复杂问题，可以叫作文艺美学，以区别于哲学美学。

我这一倡议并非心血来潮，而是经过长期考虑，并且和朱光潜商量过。他的美学就是文艺心理学，当然赞同我倡导文艺美学。在北京，我也和王朝闻一起谈过，他的美学就是艺术美学。在昆明期间，我也和伍蠡甫、洪毅然一起交谈过，他们也都赞成我的想法。我在会上一说出来，许多艺术院校的美学教师都说应该如此，搞建筑美学的王世仁、戏剧美学的张赣生、电影美学的张瑶均等发表了赞成意见。最赞同我的北京舞蹈学院的学报主编朱立人，被选为中华美学学会副秘书长，他在会后还专门找我商量如何推行文艺美学的教学和研究。立人兄比我稍大一二岁，热情洋溢，活动能力很强。他是 20 世纪 50 年代留苏归来的，研究世界艺术史，对舞蹈美学情有独钟，在莫斯科、圣彼得堡均有不少艺友，对舞蹈界、音乐界尤其熟悉。他在北京舞蹈学院教艺术概论，又当学报主编。舞蹈学院就在中国人民大学隔壁，离北大很近。那时，我住在北大中关园一公寓，他常到我家里来聊天，成了我的好朋友、座上宾。中华全国美学学会成立后，活动颇多，立人兄就不时拉我作为北大的代表去参加。他说，李泽厚不大爱参加学会活动，把我拉去捧场，是对他个人的莫大支持。福建省美学学会成立时，他把我拉去了，在厦门住了几天；天津美学学会成立，也把我拉去。河北省美学学会在北戴河成立，他请我和李泽厚一起去。那次，李泽厚兴致勃勃，第一次去北戴河，还带上了他的夫人和孩子。朱立人是浙江人，为人直爽，讲义气，同属吴语区大同乡，我们说得投机，可以无所不谈。当时北大出版社刚成立，社长麻子英要我去当总编辑，我不想去，但答应助他一臂之力，出主意为他组编一套“北京大学文艺美学丛书”。我就把朱立人请来担任编委，他也很乐意参与此事。他的俄语水平高，不时为我推荐苏联新出的艺术美学书籍。我在1984年来深圳后，他也常到这里来走动。深圳市成立美学学会，我请时任中华美学学会长的王朝闻为名誉会长，朱立人代表王朝闻来深圳祝贺。我曾和他商量好，要在深圳开一届国际美学研讨会，把王朝闻、陆梅林、侯敏泽、汝信等都请到深圳来相聚。此后，王朝闻、汝信相继来深，陆梅林、侯敏泽却迟迟未能成行。深圳华侨城新建了华夏演艺厅，他出主意，应请苏联的芭蕾舞团、交响乐团来定期演出。我把他介绍给了华侨城掌门人马志民相识。那时，朱立人常出入于莫斯科、圣彼得堡，通过他，真的把苏联的芭蕾舞团、交响乐团、红旗歌舞团等先后请到了深圳，在华夏演艺厅演出。如今，李泽厚和朱立人都已不在了，想起往事，不由得在脑海中涌现出我们在北戴河开会度假的情景，感慨万千。

美学学会成立大会是朱光潜最后一次到昆明，心情舒畅。学会秘书长齐一为此做了最好的安排。齐一是中国社会科学院哲学研究所的常务副所长，兼美学研究室主任。他是解放区来的老革命，为人厚道、踏实，和周扬有直接联系，和昆明军区的领导熟悉，所以把朱先生、杨辛和我安排在军区宾馆最好的独门独院里。小小的花园里只有一栋小楼。一进楼就是一个客厅，朱先生就在这里会客。我和杨辛住在客厅后的第一间房，朱先生则住后一间房。齐一还向军区要了一辆专车，给朱先生出门用。只要朱先生一出门，他就让我陪他同行，专门照顾他。那年我47岁，杨辛比我大11岁。由我来照顾朱先生，理所当然。我们在燕东园27号上下楼住，邻居8年，生活习惯很了解。那年，我陪朱先生用那辆专车去了滇池、西山、石林、筇竹寺等多处名胜古迹，留下了不少珍贵的照片。朱先生从北京带来了一瓶白酒，每晚睡前喝一杯。他劝我不妨学学他，睡前喝一杯。会后，杨辛要回老家重庆，不直接回京，齐一本想安排我乘飞机陪送朱先生回京。但是，和我一起攻读文艺学副博士研究生的王世德，热忱邀请李泽厚、杨辛和我去他任教的四川大学做客。我正在为难时，齐一对我说：

“机会难得，你就放心去罢！朱先生回家，由我来陪送，保证安全送他到北大。”我就和李泽厚、杨辛跟着世德兄从昆明乘火车去了成都。

我和杨辛从成都去了青城山和乐山，又由世德兄陪同，和李泽厚、杨辛一起上了峨眉山。然后，我们又到重庆乘江轮，沿长江三峡直下。过了枝江大桥，正在向武汉行进之时，夕阳西下，我在江轮上深切体验到了一生难以忘怀的“高峰体验”。在写《文艺美学》时，我情不自禁，就从这次“高峰体验”着手，进入审美体验的理性分析，作为全书第一章“审美活动”的开端。

朱海坤：从发出倡议到成为一门独立的学科，文艺美学要发展，还有很多的事情要做。那段时间，您的工作一定非常充实。

胡经之：我在昆明会议上倡导文艺美学，得到了众多响应，回到北大后，就立即付诸行动，积极奔走，办了好几件事。

一是当年暑假一过，秋季开学，我就为高年级开讲文艺美学选修课。出乎我的意料，来听课的不仅有中文系的学生，还有不少西语、俄语、哲学系的学生，有些研究生也来听了。我是带着对美学的眷恋深情来开这门课的。遥想当初，1960年我研究生毕业留北大任教时，导师杨晦先生就跟我交代清楚，先开一门文学概论，同时准备开一门新课，多联系文学艺术的实际谈美学。可是，在那“以阶级斗争为纲”的年代，要讲美学，太不合时宜，只好开一门“文艺理论专题”，把美学课搁置了起来。这一搁置就是近20年，开讲文艺美学课，属国内首创，我已到中年，感慨良多，深情投入。当时的情景，听过我讲课的曾镇南2010年在美国寓居时写了一篇《初到北大中文系上学的日子》，这样回忆道：

> （胡老师）是有广泛的古今中外文学知识和丰富的艺术鉴赏经验的，这从他在讲述文学原理时的广征博引和充满感情的发挥可以见出。他讲文学，讲音乐，讲绘画，讲建筑，讲电影，讲戏曲，动不动就会说到“美学经验”“美学修养”“美的享受”“美感”等，听得“耳熟”了，我们对“美学”一词的蕴义与运用之妙，也就渐渐“能详”了。后来，胡经之老师在新时期开始时，还曾在北大开过文艺美学课。有一次讲到他在夜半长江三峡的船上听到柴可夫斯基的《如歌

的行板》，触动内心的审美感受时，不知为什么，他突然声音哽咽，眼含泪花，幽咽无语。讲理论课讲得如此动情，不能不给我留下极为震撼的印象。后来读到他出版的《文艺美学》一书，想起三十多年前听他讲《文学概论》后记住的“规律”和“美学”这两个词汇，不禁发出了会心的微笑。(《北大中文百年纪念》北京大学出版社 2010 年版)

二是在开设文艺美学课之后，连续应邀写了好几篇谈论文艺美学为何物的文章。1980 年冬，接受《工人日报》的采访后，我写了《文艺美学随谈》，随即发表。1981 年冬，应北大《大学生》杂志之约，答读者之问，发表了《文艺美学是什么》。接着，北京大学出版社为准备推出文艺美学丛书做预热，在 1982 年初先出版了《美学向导》，请朱光潜、宗白华、王朝闻、蔡仪、李泽厚五人谈美学是什么，要我专谈文艺美学，再配上赵宋光谈音乐美学，朱立人谈舞蹈美学，王世仁谈建筑美学，张赣生谈戏剧美学，重心就在突出文艺美学。我写了一篇长文《文艺美学及其他》，较为全面地谈论了文艺美学研究的对象、使命。此文影响甚广，《美学向导》初版就印了 12 万册，一销而光，在美学热潮中起了积极作用。21 世纪之初，钟敬文、启功主编了“二十世纪全球文学经典珍藏丛书”，童庆炳把这篇长文收入了《二十世纪中国文论经典卷》中，文艺美学作为一门在新中国发展起来的新兴学科，日益受人关注。此后，我为推进这一美学与文艺学相交叉的学科发展，先后发表了《文艺美学应何为》(1983)、《文艺美学对文学艺术的系统研究》(1984)、《反思文艺美学》(1999)、《文艺美学仍可为》(2000)、《发展文艺美学》(2001) 等文。

三是参与发起并组编了“北京大学文艺美学丛书”。1981 年，北京大学决定成立出版社，由当时的留学生办公室主任麻子英负责筹建。麻子英是从老解放区进入北大的老革命，认真负责，为人厚道。他几次找我，动员我去与他合作，出任出版社的总编辑。我只想在中文系教书，不想再参与行政事务。我坦率地告诉麻子英：“我还是个副教授，我想当教授呢！到你那里我就当不上教授了！”但我安抚他说，我不去出版社，我会支持他组编一套“北京大学文艺美学丛书”。我为他分析，为什么要叫“文艺美学”。那时美学热潮正风起云涌，美学书籍畅销。李泽厚在中国社会科学院哲学研究所，研究的重心在哲学美学，蔡仪在文学研究所，研究顾及了文学，但重心仍在哲学美学，关注美的本质这样一些较抽象问题。北大学者的研究重心在文学艺术的美学。朱光潜的文艺心理学，宗白华的意境美学，重心在文艺美学。咱们北大出版社出的美学书籍，要自成特色，避免和别家雷同。麻子英觉得我说的在理，立即行动，指派年轻编辑江溶为这套丛书的责任编辑。江溶是我教过的学生，和曾镇南、董学文、赵园同班，爱好文学艺术，对这套丛书的组编，认真负责。为集思广益，我们成立了“文艺美学编辑委员会”，聘请朱光潜、宗白华、杨晦三位先生为顾问。这套丛书为北京大学出版社赢得了“开门红”。

四是创刊《文艺美学论丛》。当时北大的学术气氛浓厚，教务长王学珍继承和发扬了蔡元培时代和马寅初时代的重视学术传统的精神，在改革开放的年代，倡导学术自由，办了不少学术社团。哲学系的美学研究生盛天启，酷爱艺术，尤擅长音乐，他积极奔走，和中文系、西语系、英文系、俄语系的文艺爱好者成立了“文艺美学研究会”，推我为会长。为了能使这些年轻学者的学术成果得以发表，研究会决定和内蒙古人民出版社合作，办一个年刊，定名为《文艺美学论丛》，推我为主编。我把王朝闻、宗白华聘为顾问，在 1985 年推出了第一辑，1986 年出了第二辑。年轻一辈学者盛天启、滕守尧、刘小枫、王一川、彭吉象、周宪、张法、张首映、祝东力、张志扬、王鲁湘、张旭东、陈伟、鲁萌等均有著译在这丛刊上发表。我在 1987 年下决心留在深圳大学，不回北大了，顾不上再张罗，丛刊也就在那年夭折了，有愧于内蒙古人民出版社。

五是开辟文艺美学专业方向，培养首届研究生。1978 年，北大首次设立硕士学位点，杨晦先生招收了首届文艺学硕士研究生，到 1981 年即将毕业，要我接续招收第二届文艺学硕士生。我向杨晦先生建议，我要在文艺理论这一专业方向之外，新辟一个专业方向，就叫“文艺美学”。经杨晦先生同意，报请已提升为副校长的王学珍批准。1981 年，北大招收研究生的章程上，文艺学这一专业下，就列出了两个方向：“文艺美学”，导师胡经之；“文艺理论”，导师吕德申。这个章程报呈到国务院学位委员会，竟也顺利通过。从此，“文艺美学”成了北大研究生教学中的一个新的专业方向。1981年，我招收了首届文艺美学研究生，1985年招收了第二届。1987年以后，我已转移到深圳大学，不再在北大招了，就由王岳川接续，在北大继续拓展文艺美学这一学科。

六是出版了《文艺美学》。1980年，我开讲文艺美学，陆续写出了讲稿，到1982年已初具雏形，江溶一再敦促我拿出来出版，但我觉得还太粗糙，不愿立即交稿。不料，我在1982年接受了主编《西方文艺理论名著教程》的任务，教育部教材办公室催得很紧，推动这一部新中国成立以来第一部西方文艺理论教材赶快出炉。从1983年到1986年这三年里，我把主要精力都投入到了钻研西方文艺理论名著上。为编写这部教材，我们先后在青岛、上海、深圳、三亚以及舟山岛、田横岛等地召开过修订会、研讨会、审稿会。这部教材分为二卷，加上教学参考书《西方文艺理论名著选编》三大卷，之所以能在北京大学出版社出版，还要感谢社长麻子英。1983年我把这套教材的编写计划先告诉了麻子英，希望他能支持出版。麻子英一口答应，并指定了文史部主任乔征胜担任责编。此书在1992年荣获全国高校优秀教材奖，至今已印行了近20次。为了配合文艺美学教学需要，我先后带领文艺美学研究生王一川、王岳川、张首映、丁涛等编选出版了好几种教学参考资料：《中国现代美学丛编》（北京大学出版社1987年版）、《中国古典美学丛编》（中华书局1988年版）、《西方二十世纪文论选编》（中国社会科学出版社1988年版）。但我的《文艺美学》一书却迟迟没有交稿。在北大接续我开设文艺美学课的王岳川，自参与了文艺美学丛书的组编后，就一再敦促我，赶快把文艺美学讲稿整理出版。在岳川的敦促和协助下，我的《文艺美学》一书终于在1989年出版了，了却了我的一个心愿。此书出版时，我国的美学热潮已经消退，“文艺美学丛书”组编也已近尾声。没有料到，此书出来后，不少院校在培养文艺学研究生时，把它列为教材或必读参考书。1998年，北大百年校庆，北京大学出版社推出了“北京大学文艺美学精选丛书”，把我这本书和宗白华的《艺境》、金开诚的《文艺心理学论稿》、佛雏的《王国维诗学研究》等10本书再版。为此，我对《文艺美学》做了修订，增写了近5万字。那时，我正在培养文艺美学博士生，修订后的《文艺美学》就成为我的教材。2009年春节前夕，我突然收到了江苏常州一位素不相识的工程师汪一之的特快专递，寄来了一本我著的《文艺美学》，要我在书上签上我的名字，再寄还给他作为纪念。书中附有一信，这样写道："拜读《文艺美学》，就如'从山阴道上行，山川自相映发，使人应接不暇'。沏一杯淡茶，书卷在手，时有问道解惑，豁然开朗的好心情。常见时下皇皇巨著，正襟危坐，高山仰止，总感有些惶惶然，不知所云。读您的著作，则顿觉心清神爽，获益匪浅。近日重品，遥想您举重若轻的风采，虽不能至，心向往之，不禁妄生冒昧之念，托付鸿雁，奉上尊著，恭请题词，以感谢您所赐那一片可贵的清心天地。"这位工程师虽素不相识，但一片冰心在玉壶，使我甚为感动。《文艺美学》能给人以审美享受，这对我是莫大的鼓舞。

朱海坤：太好了！这次您把倡导文艺美学的来龙去脉讲得清清楚楚，比哪次都详细，真的是"文艺美学应时生"，乃是改革开放时代的产物，具有中国特色。我想进一步追问的是：您为什么会对美学如此感兴趣？我发觉，您不仅对文学艺术，而且对整个人生都充溢着美学情思。

胡经之：你的感觉很敏锐。我的美学研究集中关注文学艺术，那是我要讲课，文艺学是我的专业。我对美学感兴趣，并非始于文学艺术，而是始于对大自然的审美，然后又对风土人情、人文习俗发生兴趣。对文学艺术的审美，我最感兴趣的是音乐，然后才是文学。文学中，我最喜读的还是纪实散文和古典诗词，小说和新诗还在其次。

德国哲学家文德尔班在《哲学导论》中，将艺术美和自然美做了明确的区分，指出艺术美是人的创造，而自然中的美并非人造。依他之见，美学沿着两条不同的道路发展。它要么从自然之美出发，然后去理解艺术之美；要么从对艺术之美的分析中获得定义，然后再转向自然之美。第一条道路处理的是对美的享受；第二条道路处理的是对美的生产和制作，因为享受艺术之美在原则上和享受自然之美并无不同。最后，这位最重视人生的哲学家说道："哲学家最好还是从艺术之美得到的享受开始。"我觉得有道理。我是从探索艺术之美进入美学研究，然后再回溯到人文之美，最后复归到自然之美。这是我的人生美学路径，力图将"自上而下"和"自下而上"的探索结合起来。如果对文学艺术没有自己的体验，也就不会去思索文学艺术的问题；可是若是只有对文学艺术的一些个人体验，对美学的理论没有兴趣，我也就不会走向文艺美学之路。

我最早接触美学是由读朱光潜的书开始。我能够读到朱光潜的书，要感谢三个人。第一个人就是我的父亲胡定一。小时候，他经常带我到苏州、无锡，在那里我接触了音乐，看到了苏州园林、民族风情，并对古典艺术发生了兴趣。父亲觉察到我的情况后，就给我买了几本书，其中就有朱光潜的《给青年的十二封信》，是开明书店出版的，薄薄的一本。我从此知道，对艺术的赏析也是一门学问。第二个是我的中学语文老师何阡陌。他从武汉大学毕业后就教我们语文课，他是帮助我进入艺术审美的引路人。他曾给我讲解过维纳斯雕像美在何处，看到我对艺术鉴赏感兴趣时，他就推荐我读朱光潜的《谈美》。这是朱光潜给青年的“第十三封信”，这本书比以前的十二封信写得都好，读起来更饶有趣味。第三个人就是我在无锡师范读书时的语文老师陈友梅。他是钱穆的好友，国学功底深，有民族气节。日军入侵无锡时，他敢在课堂上讲文天祥的诗《过零丁洋》。他鼓励我走文学之路，那时朱光潜的《诗论》正好由三联书店增订出版，书店给他寄来新书，他看过后就叫我读。《诗论》讲的理论更深奥，是朱光潜在北京大学中文系的讲稿，但他结合古诗的实际讲解，我还能够理解几分。使我受到鼓舞的是，文学研究竟有这么多的学问。这样，我从对文学艺术的爱好进而对美学发生了兴趣，对美学的兴趣又从读朱光潜的书开始。

朱海坤：可以说是朱光潜先生的著作引导您一步步深入文艺美学的堂奥。后来，您进入北京大学中文系学习，有机会结识朱光潜先生，并向他请教美学问题。请您回忆一下您与朱光潜先生的交往。

胡经之：20 世纪 50 年代，国内大学讲堂上已没有美学课程，只能自己找书看。经过院系调整，国内的几位主要美学家都在北大，朱光潜在西语系，宗白华在哲学系，蔡仪则在北大文学研究所。他们都没有开设课程，我与他们初遇，并非在课堂上。当时马寅初校长倡导学生要三好：读书好、身体好、工作好，要担任一定的社会服务工作。我在北大读书，课余当北大校刊记者，因此有机缘接触校内的学者、教授，写些特写、专访。

我选择登门拜望的第一位，就是朱光潜先生。1953 年初，我在校医院北侧佟府的一所旧房里见到了朱先生。他身材瘦小，文质彬彬，话不多，带着安徽口音。那年他55岁，正处在生活最低沉的日子里。在老北大，他是西语系主任，但他没有跟着胡适去台湾，而是留了下来。院系调整之后，他从中老胡同迁入了燕园。因为是思想改造的重点对象，学校只给他暂定了个七级教授，不再讲美学，只从事翻译。他的住所也较偏僻，年久失修，简陋破败，很少有人知道。我告诉他，我这个新生看过他的《谈美》《诗论》等书，很敬仰，特来看望他，祝新年好。对我这个陌生人的造访，他颇感意外。听说我是杨晦先生的学生，他的面庞就舒展开来。他们很熟悉。从此，我和朱先生相识。那次，他送我一册由他翻译的犹太学者哈拉普所著的《艺术的社会根源》，1951年由新文艺出版社出版。1957年，他的生活发生转折，参加了民主党派，被推为全国政协常委、全国文联委员，马寅初、江隆基为他恢复了一级教授，换了住房，搬到了燕东园27号原燕京大学校长陆志韦的住宅，焕然一新。他原来住的旧房也拆了，被改建成校医院的中医诊室。《文艺报》的吴泰昌是杨晦先生的研究生，是我的学弟，他写过不少回忆朱先生的文章。我俩常去看望朱先生。1966年，我也搬到燕东园，先是住37号杨晦先生楼下，1968年又搬到27号楼，朱先生住楼上，我住楼下。另一户是著名历史学家杨人楩。朱先生每天都在楼下草地上打拳。我们在那儿做了8年邻居。后来，我搬到了中关园一公寓，他也搬到了燕南园66号，我经常去看他。1983年我的导师杨晦先生去世，1984年，我就到深圳大学了。1986年朱先生、宗先生去世了，我已不在北京，都没见着。

朱海坤：您与朱光潜先生做了8年的邻居，这真是一段奇妙的经历！据说，您与宗白华先生的相遇也充满了诗意的色彩。

胡经之：宗白华本来是南京中央大学的。新中国成立前，我没看过他写的东西，但我知道这个人的名字。他的著作不太好理解，富有哲理性。刚到北大时，我只知道他是南京大学教授，但在1953年春天，竟在未名湖畔和他相遇了。1953年寒假，我没有回苏州老家，因患阑尾炎去北京人民医院动了手术。出院后，被学校照顾，住在未名湖畔的备斋。那是燕京大学留下的贵族学生宿舍，出门就是岛亭，在岛上可以环视未名湖、博雅塔。当时，鲁迅先生的儿子周海婴正在北大，是物理系三年级学生，比我大4岁，也因胃出血被安排在备斋疗养。我们同病相怜，一起在胃病食堂同桌吃了三年病号饭，我与他相识并成为要好的朋友。每天傍晚，我们都相约到未名湖边散步，经常遇见一位穿着灰色中式棉袄，脚着蚌壳棉鞋的50多岁的老人，就交谈起来。他一口南京官话，我则一副苏锡腔的普通话，相互一听就明白，都不是北京人。原来他就是宗白华！他刚从南京大学调到了北大哲学系，才来半年多，住在健斋，就在备斋旁边。这一来，我们就成了邻居，时常在未名湖畔边散步边聊起天来。他知道我是苏州人，在无锡出生，就告诉我说，他祖上世居常熟，宗泽是他祖先。我知道宗泽是和岳飞齐名的民族英雄。我们都知道“无锡锡山山无锡，常熟熟稻稻常熟”的俗谚，乡情一下把我们拉近起来。他到北大的最初几年，没有开设美学课程，受命研究中国近代思想史。他的教学任务不多，比较自由，在未名湖畔散步就成为经常的活动。他后来移居朗润园十公寓新居，我就去那里造访了。

他当时在北大定为三级教授，不怎么引人注意，是个普通的老人。他不怎么上课，没事的时候，喜欢散散步，冬天戴罗宋帽，帽檐耷拉着。三年困难时期，他自己在阳台上养鸡，引起了周围人的议论。他不修边幅，爱拿着馒头、咸菜，背着黄书包去西山，颇有名士风度。好多人都说他是个怪人。只是在听了他开设的中国美学史课程以后，大家才觉出他的学问大。特别是他的学生林同华把他的著作整理出来后，更觉得这是中国自己的美学。“文革”后期，我与他接触较多，深感他擅长把真实的感悟提升到哲理的高度。这是他的特点。新中国成立后，搞美学的人都还没有注意到这些。当时，人们受苏联影响，喜欢谈美的本质，还没能看到宗先生美学的价值。后来，搞美学的人才逐渐认识到，宗先生有自己的一套，有自己的见解。现在强调美学中国化，才觉得宗先生是中国化的。20世纪70年代，我常在十三公寓一带活动。他就住在旁边的十公寓，我从北招待所骑车出来，常能碰到他。见到我，他常说：“聊聊，到我家里聊聊。”他很寂寞，很少有人跟他说话，因为我们本来就认识，又是老乡，就接触多了起来。我常到他家里去聊天，他给我泡好茶喝。

朱海坤：聊些什么呢？

胡经之：也没什么事，常是海阔天空，随便聊。王光祈的故事，就是我说到音乐时，他就说出来了。宗先生的居所很简单，就住两间房，生活很简朴，一杯清茶随便讲。有一次，他讲到他老家的同辈大都死了，刚回过常熟老家一次，还把他藏的佛像拿出来让我看。20 世纪 80 年代初，我们接触就更多了。只要我提出来请他写什么，他都一口允应。我们编《美学向导》，要他写几句，他爽快地答应了。有一次，他拿出刚翻译的赫尔德的文章给我主编的《文艺美学丛刊》，我就立即发表了。很巧合的是，他与朱先生这两位美学大师同年生（1897），也是同年（1986）去世的，都享年 89 岁。真巧！我常常怀念这两位老师。

朱海坤：除了朱光潜、宗白华和您的导师杨晦先生外，您早年还与蔡仪、王朝闻联系密切，特别是在参编《文学概论》期间，与他们过往甚密。这些美学和文艺学界的前辈们对您创构文艺美学起到了什么样的作用？

胡经之：我对美学问题感兴趣，但在 20 世纪 50 年代，朱光潜、蔡仪等都不开设美学课程。我只能在朱光潜和杨晦先生的指引下，自己到图书馆去阅读美学著作。1953 年一整年，我集中精力阅读了中国现代美学，从蔡元培、梁启超、王国维开始，陆续读了朱光潜、宗白华、吕澂、范寿康、张竞生、陈望道、丰子恺、方东美等人的美学论著，做了不少摘记。后来，以批判朱光潜的美学思想为起点，展开了美学大讨论。我对此密切关注，及时了解各家各派的观点。到了 60 年代初，周扬主抓文科教材建设，王朝闻受命主编《美学概论》，与蔡仪的《文学概论》编写组在一起，我因此对他们的工作比较了解。王朝闻本人的艺术感受很强，很懂艺术的辩证法，但美学要上升到哲学高度，所以《美学概论》还是探讨美的本质等抽象问题，对艺术问题则仍停留在抽象层面，难以深入。文学艺术本身很复杂，并不能用美的本质一言以蔽之，艺术家把对人生、社会、自然的审美感受和体验表现于艺术中，对艺术说来，更重要的是对人生的感受、体验，而不是美学的一般认识问题。

在当时，美学不解决文艺问题，而文艺学也把美学抛在一边，片面强调阶级性、党性，而忽视审美特性。实际上，马克思、恩格斯都很重视文学艺术的审美维度。恩格斯就曾在写给拉萨尔的信中明确地说，衡量文学艺术作品，既要有历史的标准，也要有美学的标准。列宁更把美列为社会主义文学艺术的标准。马克思主义并不否定文学艺术的美学属性，反而是积极肯定，坚持两条腿走路。为了弄清问题所在，我特意研究了当时苏联文艺学、美学的状况。我发现，在斯大林去世后，苏联的文艺学中的审美学派迅速发展。不仅倡导价值论的斯托洛维奇将审美价值置于文艺的首位，而且坚持认识论的布罗夫也承认了文艺的审美本质论，就连力持意识形态说的波斯彼洛夫，也将审美属性列为文艺的第二特质，文艺增添审美特质，能使意识形态的功能更好凸显。发展到 20 世纪末期，苏联的文艺学已普遍接受了审美价值论。波斯彼洛夫的弟子中，不少人走向了从价值论视域审视文学的审美之路。他的接班人哈利泽夫在 20 世纪 80 年代参与了由他主编的《文学学引论》的编写。到了 1999 年，哈利泽夫独立出版了《文学学导论》，到 2000 年已出了修订的第四版。在这本畅销的教科书中，已把文学归属于艺术一类，而艺术的本质就在审美，艺术的目的就在创造审美价值。这位著名的莫斯科大学文学教授，最终还是从价值论视域来考察文学，把审美价值提升到文学的首位。

我觉得文学系科、艺术院校应该发展文艺美学，不要像哲学系那样讲太抽象的美学问题。“文化大革命”中，我集中精力钻研了《红楼梦》，有机缘读了一些台湾学者研究《红楼梦》的著作。我发现，有些学者从美学观点来评说《红楼梦》，就较能说服人。这些学者大都是从大陆过去的，受过朱光潜、宗白华的美学著作的影响。朱先生、宗先生做学问的方法、路子被跑到台湾去的那批学者继承了下来。接着，我又找了不少台湾的美学、文艺理论著作来读，发现台湾在 20 世纪 60 年代以来出现了很多美学、文艺理论方面的成果，其中就有文艺美学。但当时无所谓学科，只是你开你的课，我开我的课。我在 1976 年读到了王梦鸥在 1971 年写的一本小册子，书名就叫《文艺美学》，实际是本论文集，分上下编。上编主要介绍西方美学思潮，占了三分之二的篇幅，下编论述文学美、适性论、意境论、神游论。我发现这些学者在大陆原本是研究中国文学的，到了台湾后，西方的新批评、形式主义都来了。他们就用西方美学观点来解释中国的文艺现象，而且主要是中国古典文艺现象。这正是朱先生《诗论》的传统。这些人可能听过朱先生的课，或者受朱先生论著的影响。他们尽管不了解马克思主义，但要讲出道理来，不能像老一辈那样做些注解、评论，只好借助于西方的文学批评方法。我看他们比我们的老一辈学者更能讲出些道理，而这个传统是由朱先生、宗先生开拓出来的。他们可能没有直接听过他们的课，但看过他们的书。像叶嘉莹、叶维廉这些学者，即使去了美国、加拿大，仍然继承了这个传统。我觉得，我们缺这块东西。我们把苏联的东西搬过来了，但解决不了中国的实际问题。这些中国台湾学者在60年代安定下来后，开始了这种研究，他们走的就是这样的路子，中国大陆反而缺乏。我们即使接受西方的东西再多，也应该解决中国文学艺术的实际问题。王梦鸥比我年纪大些，比朱先生小些，他还写过《文学概论》《文艺技巧论》《古典文学论探索》等。这些台湾学者接着朱光潜、宗白华在讲。

听说《文艺美学》在台湾不只王梦鸥一个人提倡，在他之前就已有学者开过这门课。杜书瀛早些年去台湾访问，一路关注台湾的文艺美学的状况。有台湾学者告诉他，在60年代就有人开文艺美学课，比王梦鸥还要早。我心中就产生了一个疑问，这些从大陆去的台湾学者，究竟在大陆有没有受过老一辈学者的影响？我没和他们有过直接交谈，无从知悉。实际上，文艺美学的观念早在新中国成立之前就出现了。1945年，商务印书馆出版了文学史家李长之的《梦雨集》，他在40年代就提出，研究文学的科学应该归属在“文艺体系学”之中，而这门“文艺体系学”就应是“文艺美学”，文学原理就是“文艺美学”的组成部分。他主张把文学放在整个艺术系统中来研究的，突出艺术的文学，但此书还没有对文艺美学进一步展开论证。那些台湾学者是否受到过李长之的影响，不得而知，不敢妄加猜测。

朱海坤：看来，文艺美学的创构经历了长期的酝酿，有它独特的时代背景和学术渊源，是对当代中国美学建设状况加以反思的结果，也蕴含了主动接续由蔡元培、朱光潜等人开拓的中国现代美学传统的努力。在改革开放之初，您在中华全国美学学会成立大会上提出发展“文艺美学”的想法，可谓恰逢其时，开辟了文艺学、美学研究的新方向。当下一些人觉得“文艺美学”与“文艺理论”的界限模糊，可是从当时的状况看，二者之间的差异是很大的，这从您的《文艺美学》与当时文学概论教材的体例和内容的比较中可以明显看出来。文艺理论在这些年的发展反倒足以说明“文艺美学”的方向是正确的，像您说的，是应时而生。

胡经之：文艺研究和美学研究迫切地需要摆脱教条刻板的模式，这是20世纪80年代学术界的普遍呼声，把美学与文艺学融为一炉，实为时代的要求。

朱海坤：这一点也可以从文艺美学专业人才的学术潜力上看出来，当初的文艺美学研究生们如今已成为学术界的佼佼者。请您继续谈一谈文艺美学的人才培养情况。

胡经之：1981年，我招收了第一届文艺美学硕士研究生。当时，学校只给了2个招生名额，但报名应考的人数竟有近百人，其中不少考生的专业素养不错，我只能给研究生院打报告，申请增加招生名额。经过努力争取和再三斟酌，文艺美学方向最终录取了三名考生，就是王一川、陈伟、丁涛。到了1985年，我在北大招收了第二届文艺美学研究生，王岳川、张首映、王坤等六人入读。之后，我南下深圳，不再在北大招生。当时担任北大中文系主任的严家炎，是我的同窗好友，他劝我留在北大，并作为学科带头人向国务院学位委员会申报文艺学博士点。北大当时还没有文艺学的博士点。1980年国务院学位委员会首次审评博士点，只有蔡仪的那个点通过了。1983年第二次评审，当时的中文系主任季镇淮准备把杨晦先生推上来，但杨先生在5月就去世了，无法再申报。那年，只通过了黄药眠为导师，在北师大新设文艺学博士点，北大失之交臂。家炎兄接任中文系主任之后，期望我带头领衔申报文艺学博士点。他的好意，我很感激。但我经再三考量，还是决心南下。最终我说服了严家炎，并且在他的帮助下，在1987年离开了北大。当时深大刚创校不久，还没有申请硕士学位点的资格。直到1993年初，国务院学位委员会启动了新一轮学位授权单位申请工作，暨南大学的饶芃子教授找到我，希望我加入暨南大学文艺学团队，作为学科带头人之一，共同申报文艺学博士点。当时，整个华南地区的高校，包括中山大学在内，都还没有文艺学博士点。暨南大学如果能够拿到，对于华南地区乃至全国的文艺学学科建设和人才培养都是有利的。那个时候的文艺学博士点的数量还很少，而且分布不均，主要在北京和上海，其他地方只有山东大学有。于是，我就接受了暨南大学的邀请，参与暨南大学文艺学博士点的申报，并在当年底获得国务院学位办的批准。

从1994年起，到2003年，我在暨南大学招收了10年的文艺美学方向博士研究生，其中包括了王列生、邵宏、李健、黄汉华等人，他们的研究方向有所拓展，除了文艺美学的基本问题外，有的从事古典文艺美学研究，有的从事书法、绘画、音乐美学研究，有的从事公共文化政策研究。如今，他们都已在自己的岗位上有所成就。

朱海坤：您在培养方法上有哪些独到的经验或做法？

胡经之：我曾专门为第一届文艺美学硕士研究生拟定了一份培养计划，后来基本沿用下去了。我要求学生用两年的时间学习专业知识和技能，用一年的时间撰写学位论文。在专业知识和技能上，除了要掌握文艺美学的基本理论之外，还要通晓中西方的文艺理论史和美学史，并初步掌握文艺理论和文艺美学文章的撰写方法，能从事文艺美学和文艺理论的教学与研究，也能够做文艺评论工作。在课程设计上，一方面以文艺美学为主课，一共四个学期，由我讲授；另一方面鼓励他们广泛修习哲学系、中文系和外文系的其他相关课程，比如中国美学史、西方美学史、比较文学研究、中国文学专题等，博采众长。此外，我会在教学之外，设置一些自研课题，培养他们的研究能力和兴趣。文艺美学的学习与研究，不能仅仅停留在抽象理论层面，我鼓励研究生在读书期间积极从事文艺批评，理论与实践相结合。还有一点，在撰写学位论文之前，给他们安排两次访学和考察：一次是学术访问，向其他高校的师长们求教，转益多师；一次是审美之旅，到一些自然与人文景点去，体验审美愉悦。

朱海坤：我觉得，您的培养计划很符合文艺美学的理论旨趣和价值诉求，不仅具有学科综合的特征，还把审美体验、批评实践与理论创构紧密结合。它最终导向的，是审美主体的自我成长。您的《文艺美学》一书，是文艺美学学科的代表性著作，是您苦心孤诣开辟新学的重要成果。这本书经过了 8 年的酝酿、构思、写作和修改打磨的过程，直到 1988 年才面世，可谓字斟句酌，其中凝聚了您的创构文艺美学的筚路蓝缕之功。

胡经之：为了发展文艺美学，我在 1980 年着手撰写《文艺美学》，并把最新的思考作为文艺美学硕士研究生的课程内容。我率先写出了《论艺术形象——兼论艺术的审美本质》《艺术掌握世界的特殊方式》和《艺术的意境》等长篇论文，尝试从美学角度分析艺术形象和艺术意境问题，把美学方法运用到文艺学研究中来。在最初构思这本书的结构时，我曾想把艺术形象作为分析的出发点，由艺术形象的特性引出艺术的内容、形式、构成、形态等，再转入创作活动和欣赏活动。这是常见的教科书编写体例，着眼于作品、创作和鉴赏三个层面，由静态分析走向动态考察。这样的写法四平八稳，但我的很多想法就被困住了，发挥不出来。于是，我最终放弃了这条思路，顺着另一条脉络展开。我想，审美活动、艺术本体、审美体验等问题，别人说的少，而我有话要说，为何不由此入手？对于别人阐述得比较充分的问题，我又何必多费笔墨？因此，我先从分析审美活动开始，剖析艺术掌握世界的方式，转而探究审美体验的特点，寻找艺术的奥秘，然后才转入艺术形象、艺术意境的讨论。这是从人的审美活动走向艺术问题的考察，更符合我对文艺美学的定位与理解。

沿着这样的思路，大约用了两年的时间，我就把书稿写出来了。可当出版社催促我尽快定稿排印时，我又迟疑了，觉得不应该这样草草付印，想再认真打磨打磨，尤其是在全书的内在逻辑脉络上，需要进一步梳理和论证。宁可晚些出来，也要不留遗憾。可随后我的人生就发生了一次重要的转折，在 1984 年应张维校长邀请，来深圳大学创建中文系。接下来的几年，我频繁往返于深圳与北京之间，有很多烦琐的事务和工作要处理，难以集中时间去修订此书，这反倒给这本书提供了一个沉淀的机会，我也得以从容地思考文艺美学应该向何处去，并在与其他学者的交流中有了新的认识。最后，在王岳川的协助下，我加快了修改速度，补充了新的思想和材料，终于在 1988 年春完成了修改。

朱海坤：文艺美学的学科定位问题是一个受到广泛关注和讨论的话题，您是如何理解文艺美学与文艺学、美学之间的关系的？

胡经之：文艺美学，顾名思义，是关于文学艺术的美学。它的研究对象，自然是文学艺术。然而，文艺美学究竟要研究些什么，解决什么问题，它和文艺学、美学存在什么样的关系？搞清楚这个问题，是文艺美学作为一个学科得以成立的前提，也是我的思考的起点。

文艺美学和文艺学紧密相连，可说是文艺学的一个特殊门类。要弄清文艺美学和文艺学的联系和区别，要先了解文艺学的对象和内容。文艺学以文学艺术为研究对象，对它做全面的、综合的、系统的研究。文艺学有广狭之别。广义的文艺学，研究对象包括所有的文学艺术；狭义的文艺学，只研究文学，成为关于文学的科学，而与艺术学相区别。我所说的文艺学，是广义的，文艺是文学和其他艺术的总称。文学艺术简称文艺，这是中国的习惯说法，我沿用而已。如今艺术学已发展成独立的大学科，正在争论艺术学包括不包括文学。我心目中的文艺学，既包括文学，又包括其他艺术。

文艺学的主要部门有三个：文艺理论、文艺史和文艺批评。文艺批评是其中最活跃的部分，和文艺实践有着最密切的关系。文艺批评是一种评价活动，对文艺价值做评价。它紧贴作家艺术家和文学艺术作品，对其做出这样或那样的评价，从而以自己的评价去影响读者、听众和观众，又对作家艺术家发生作用，影响着他们的创作。因此，文艺批评是文学艺术作品的作者和接受者之间的桥梁，是创作者和欣赏者的中介。每个时代的文艺批评，都受那个时代的文艺史和文艺理论的制约，从一定的文艺思想、文艺史观出发去评价文学艺术；文艺批评反过来也影响着文艺理论和文艺史观。文艺批评，按别林斯基的说法，是“行动的美学”，直接或间接地表现了那个时代的美学观点、思想。文艺理论、美学思想在文艺批评中逐步发展，并且和文艺批评密切结合。作为一种文艺价值的评价活动，文艺批评和文艺理论及文艺史的区别明显，它既不属于历史形态，又不属于理论形态，而是文学艺术活动的特殊形态，越出于文艺学范围。如果说，文艺批评仍然还是一门科学，那也是应用科学，是行动的美学，它有自己的历史。

文艺史作为文艺学的一个部门，属于历史科学，研究文学艺术本身的历史发展过程。世界上的文学艺术，从中到外，古往今来，浩如烟海，不可胜数。因此，对于文学艺术历史的研究，不得不分门别类地进行。如果以艺类分，有文学史、音乐史、绘画史、戏剧史、电影史，等等。而对更具体的艺术体裁的历史研究，就出现了小说史、诗歌史、散文史等属于文学史的更为具体的部门。甚至，每一艺术体裁还可以细分，小说史中又有白话小说史、文言小说史、长篇小说史、短篇小说史等。这些是由上而下的历史研究。也可以自下而上对几个艺术种类做综合的历史研究，例如，把绘画史、雕塑史、工艺美术史等综合研究，就有了美术史。如果对所有艺术种类作综合的历史研究，就成了包容一切艺术的艺术史。综合的艺术史，产生在对各门艺术的分门别类的历史研究基础上，反过来，又促进各门艺术史向更深入发展。如果以国别分，就有个别国家、几个国家和整个世界的文学艺术史。研究中国的文学艺术，就有中国文学史、中国戏曲史、中国美术史、中国音乐史、中国书法史等；研究欧洲地区的文学艺术，就有欧洲文学史、欧洲美术史等；研究阿拉伯诸国的文学艺术，就有阿拉伯文学史、阿拉伯美术史等。对世界各国的文学艺术做综合的历史研究，就形成世界文学史、世界音乐史、世界电影史等。如果从时代分，就有文学艺术的断代史、通史。在中国，就有中国先秦文学史、魏晋南北朝文学史、唐代文学史、宋代文学史等。研究欧洲的文学艺术历史，也可以按不同时代来进行，有古希腊罗马时代、中世纪、文艺复兴时代、启蒙运动时代等。无论研究个别国家还是世界诸国的文学艺术，也可以采取通史的形式，例如俄国艺术通史、欧洲音乐通史、世界美术通史等。对文学艺术做历史研究，如黑格尔所说，它的任务在于对个别艺术作品作审美的评价，以及认识从外面对这些艺术作品发生作用的历史环境。文艺史作为历史科学，从历史现象出发，理出历史线索，展示历史过程。然而，文艺史还要进而探索文学艺术的历史发展规律，做出理论说明，历史和逻辑相结合。

文艺理论主要运用逻辑的方法研究文学艺术。由于文学艺术的样式、体裁、种类复杂多样，文艺理论可以分门别类地发展，如文学理论、戏剧理论、电影理论、音乐理论，等等。文艺理论也可以把所有文学艺术作为一个整体对象来研究，探索文学艺术共有的性质、功能、规律，这才是确切意义上的文艺理论。把文学艺术作为一个整体对象来研究，并不妨碍文艺理论本身的多样。由于研究对象的复杂和研究方法的多样，文艺理论多面发展，形成不同次级学科。文艺理论同其他学科有紧密联系，特别同哲学、社会学、心理学和美学的关系最为密切。文艺理论侧重于同哪一学科的联系，着重于用某一种方法来研究文学艺术的某个方面，便形成了文艺理论的不同次级学科，于是就出现了艺术哲学、文艺社会学、文艺心理学等。但是，对文学艺术的研究，不满足于一般哲学、社会学或普通心理学的水平，还要求跨上审美哲学、审美社会学和审美心理学的阶梯，走向文艺美学。文艺美学从美学上来研究文学艺术，深入到文学艺术的审美方面，揭示文学艺术的特殊的审美特征和审美创造规律。

简单来说，文艺理论不只是文艺美学，也不只是文艺心理学或文艺社会学等，它是对文学艺术做多层次、多方面研究的综合。文艺理论对文学艺术这种复杂现象做综合的研究，从哲学、社会学、心理学、美学等各方面揭示它的多方面特性、功能、结构。从这个意义上说，文艺美学不过是文艺理论的一个部类。这是我理解的文艺美学与文艺学的关系。

朱海坤：您把文艺学作为一个综合的大学科门类，包含各门艺术和文学的研究，与这个概念的通常用法有区别。我们一般把文艺学等同于文学理论，而在您看来，文学理论只是文艺理论的内含范畴，文艺理论也只是文艺学的一个分支。文艺美学与文艺社会学、文艺心理学等是平行关系，它们都是文艺理论的内涵之一。文艺美学按照审美逻辑和审美规律去研究文学艺术。那您所倡导的文艺美学，则是跨了美学和文艺学两大学科。

胡经之：是这样的。文艺美学又可归入美学范畴。关于美学的对象，历史上有过很多激烈的争论，时而被当成是美的哲学，时而被归结为艺术哲学，但似乎谁也不否认，美学研究对象必须包括文学艺术。美学要研究文学艺术，并不因此就是文艺理论。文艺美学是处在美学和文艺学之间的交叉学科。

美学曾是哲学的一个部门，发展到今天，已成了一门独立的科学，它有自己的发展史。在漫长的历史发展过程中，美学始终既同哲学又同文艺学紧密相连。在我国古代，《文心雕龙》是系统的文学理论巨著，不过刘勰所说的文学，外延广得不得了，实际上包括了所有的文章，乃是文章美学。总的说来，中国古典美学不大注重自上而下地建构理论体系，而是多从具体文学艺术现象出发，有感而发，在鉴赏品评中发表自己的美学见解。这同西方古典美学的发展道路不尽相同。然而，中国古典美学也在日益完善，形成体系。它逐渐从哲学、伦理学的附庸中解脱出来，形成《文心雕龙》那样的著作。之后又趋向于由具体审美感受、未成系统的美学见解，上升为理论概括。唐宋以来，苏轼的《传神记》、严羽的《沧浪诗话》、李渔的《闲情偶寄》、王夫之的《姜斋诗话》、叶燮的《原诗》、刘熙载的《艺概》等，都有自成体系之势，却都不是严格意义上的美学，而是美学和文艺理论、文艺批评相结合。到了近代，王国维、梁启超、蔡元培和陈望道、朱光潜、宗白华、蔡仪等，一方面继承了中国古典美学传统，一方面吸取了西方美学成果，才逐渐使美学成为一门独立的科学，在中国发展起来。

西方美学也长期在哲学和文艺学两个领域内发展，到了启蒙运动时代方成为一门独立的科学。美学是由18世纪德国哲学家鲍姆嘉通命名的。所以，他被称作“美学之父”。其实，鲍姆嘉通只是“美学教父”，他不过是给早已存在的学科确定名称。鲍姆嘉通虽倡名美学，但他的研究仍属于哲学。他把美学看作是感性认识的理论，为弥补哲学向来只有逻辑学和伦理学而无感性学之不足，从而使美学成为哲学内的一个独立部门。

鲍姆嘉通开创了一条美学的道路，使得美学尽管还在哲学的范围内，但已有了相对独立的发展。沿着这条道路，康德、费希特、谢林、黑格尔等都从哲学上来研究美和审美。整个德国古典美学，都带着浓重的哲学性质，具有严密的逻辑体系。今天，我们把德国古典美学这种以哲学思辨见长的美学，称之为哲学美学。即便是从哲学上来研究审美、极为抽象的哲学美学，也离不开对文学艺术的研究。黑格尔不满足于一般的哲学美学，而集中研究文学艺术的审美问题，所以他自称其美学为“美的艺术的哲学”，仍属于哲学美学领域。

德国古典美学的终结，开始了西方美学的新时代，美学不限于哲学美学，而在哲学之外独立地向多方面发展。美学同其他科学联系，产生美学的不同方法，形成美学的众多门类。文艺美学、符号学美学、心理学美学等纷至沓来，20世纪以来的美学，逐渐发展为三个基本部门：哲学美学、心理学美学和社会学美学。哲学美学，沿着鲍姆嘉通、康德、黑格尔的道路继续前进，对审美做哲学分析，探索审美活动的本质，比如现象学美学、分析美学。心理学美学又叫审美心理学，在近代西方得到了发展契机。德国的费希纳从心理实验着手，由审美经验出发来研究审美活动中的心理规律，开创了心理学美学，因而被誉为“近代科学美学的创始人”。自此以后，心理学美学构成了美学中的一个新的部门。社会学美学，也可以称之为审美社会学，主要是在英、法等国发展起来的，着重研究审美创造的性质、规律、作用和意义。文学艺术，作为人类重要的审美创造活动，当然也是社会学美学的研究对象。

哲学美学、心理学美学和社会学美学都要研究文学艺术，而文艺美学还是得到了独立发展，成为一个专门研究文学艺术的审美特性和创造规律的学科。这是在社会实践中历史地形成的。

人类的审美活动遍及社会生活的所有实践领域，并不只是文学艺术活动才是审美活动，审美教育也并不限于艺术教育。哲学美学、社会学美学、心理学美学以人类的整个审美活动作为自己的研究对象，并不只研究文学艺术。它们是要研究文学艺术和其他人类审美活动共有的普遍的审美规律。那么，文学艺术与其他审美创造活动相区别的特殊审美性质和规律，由什么科学来研究呢？答案是文艺美学。近代以来，西方美学和人类实践活动有了更为紧密的联系，美学向更为具体的实践纵深发展，更为具体的美学部门出现了：生产美学、科技美学、生活美学、生态美学等，都迅速发展，文艺美学也是如此。这些更为具体的部门美学，在哲学美学、心理学美学和社会学美学的基础上产生和发展，但不停留在审美创造活动共同本质和普遍规律的探索，而是深入到各种具体审美创造活动中去，找寻它们的特殊审美性质和规律。随着人类的文学艺术活动的日益复杂，美学日益向这个领域深入，文艺美学也作为美学的一个独立部门而发展起来。

朱海坤：文学艺术是人类审美实践活动的重要领域，探寻文学艺术活动的审美特征和审美规律，是美学研究的题中之义。关键在于，要把它“独立”出来，形成一门学科，如何把它与以往的艺术哲学或黑格尔式的美学进行有效的区分？换句话说，文艺美学的学科立足点在哪里？

胡经之：的确如你所说，黑格尔的美学已深入到文学艺术内部，孕育着文艺美学独立发展的趋向。但黑格尔之所以特别重视文学艺术的美学研究，是由他整个美学思想体系的唯心主义性质所决定的。在他看来，美是“理念”的感性显现，自然美是不完善、不充分的，只有在艺术中，美才得到完善而充分的显现，艺术美高于自然美，所以在黑格尔的美学体系中，艺术美处于中心地位。

近代以来，许多美学家重视对文学艺术的美学研究，考察文学艺术与其他审美现象的联系和区别。艺术和审美有什么关系？艺术的是否必定是审美的？毫无疑问，文学艺术同审美活动有着必然联系，文学艺术具有审美性质。问题在于：文学艺术和审美活动的必然联系何在？文学艺术的审美特性表现在哪里？文学艺术是一种审美创造活动，是审美创造活动的独特形式。如果我们把文学艺术作为相对独立的社会现象来考察它的整体，那么，我们就会发现，文学艺术至少有三个不同层次的审美规律：第一，文学艺术同一切审美活动共有的普遍规律。人类的审美活动渗透到人类活动的各个方面，极为广阔，遍及社会生活的各个领域。劳动生产、军事斗争、政治交往、道德活动、科学实验、艺术创造和日常生活中，都有审美的和非审美的因素交织着。人可以而且应该按照“美的规律”来创造，所有审美活动、一切审美现象具有共同性，必须遵循共同的审美和创造规律。文学艺术，不过是人类审美活动、审美现象中的一种形态，它与其他审美活动、审美现象具有共同性，遵循普遍的审美规律。文学艺术离不开整个审美活动的普遍规律。第二，文学艺术区别于其他审美活动而独具的特殊规律。文学艺术是审美活动和现象的独特形态，不同于其他审美活动和现象。文艺的本质、属性、形态、价值都具有自身的特殊性，因此，美学要深入，就不仅要弄清审美与非审美的区别，而且在审美领域内，还要探索文艺与审美的差别。第三，文学艺术的不同样式、种类、体裁之间相互区别的更为特殊的个别规律。文学艺术的各种样式、种类、体裁，又各具特点，规律有别。音乐、舞蹈、建筑、绘画、雕塑、戏剧、电影、文学等，特征各异，不可相互代替。每一样式之中又有不同的种类，例如文学，则有叙事作品、戏剧作品、抒情作品。每类之下，又可细分，例如叙事作品又有小说、史诗等体裁。这些样式、种类、体裁，都有独特的审美特性和审美规律。美学要掌握文学艺术的全部特性和规律，势必要层层剥笋、步步深入。

文学艺术，如同一切其他社会现象，都具有普遍、特殊、个别这三个层次的规律。文学艺术的审美规律，也有普遍、特殊、个别之别。这三个不同层次的审美规律，相互区别而又相互联结，美学的不同部门从不同的层次上去研究它们的相互联系和区别。如果说，审美哲学、审美心理学、审美社会学着重研究一切审美活动、审美现象共有的普遍审美规律，那么，它们也要触及下一层次的特殊审美规律，如劳动生产中的、社会斗争中的、科学活动和艺术创造中的特殊审美规律，研究普遍和特殊之间的联结。文艺美学在研究文学艺术自身特具的特殊审美规律时，无疑既不能脱离那所有审美活动共有的普遍审美规律，又要联系下一层次更为特殊的个别审美规律，但它必然要着重研究文学艺术共有的这一层审美规律。音乐美学、舞蹈美学、建筑美学、电影美学、戏剧美学等，则要着重研究各种艺术样式的个别审美规律，依次推进，层层深入。

任何科学都要在普遍、特殊、个别的联结中来研究自己的对象。文艺美学也在文学艺术的这三个层次的审美规律的联结中研究自己的对象。文艺美学既属于整个美学，是美学的一个部门，又有自身的相对独立性，区别于其他美学。

朱海坤：文艺美学的研究内容包括哪些方面？

胡经之：文学艺术作为一种审美创造活动，本身就是一个独特的系统。这个系统是由三个方面构成的：文学艺术创造、文学艺术作品和对文学艺术作品的欣赏与接受。创造、作品、接受，这是文学艺术活动过程的三个必要环节。文艺美学要对这个完整过程做系统的研究，弄清文学艺术这三个环节的美的规律，它包括了以下三个方面的美学。

第一是文艺作品的美学。文艺作品不同于其他物质产品，和一般的精神产品也有区别，是一种特殊的社会产品，有自己特殊的价值、功能和构造，是独特的形态。文艺作品的美学，必须揭示这种特殊产品的特殊价值、特殊功能和特殊结构，从而弄清文学艺术的独特本质。它还要研究文学艺术的不同审美特性，美与丑、悲与喜、崇高和滑稽在艺术中是如何表现的，它们同生活中的美丑、悲喜等的联系和区别何在。艺术美和生活美的关系，是文艺美学的必要课题之一。作品中形式和内容的联系和区别，以及二者如何结合而为艺术美，等等，都是必须探讨的问题。第二是文艺创造的美学。文学艺术的创造是一种特殊的审美创造活动，它既是审美创造，又是审美反映，结合着实践掌握和精神掌握。研究文艺创造的美学，要弄清这种特殊创美活动的过程，研究这个过程中的一些主要环节，作家、艺术家在创造过程中所使用的方法，探索在这过程中是怎样按“美的规律”创造的。第三，文艺接受的美学。文学艺术产品为人提供审美享受或消费。只有在消费中，才实现了生产的目的，使产品具有价值。如果产品不能供人使用，它就是无效劳动。文学艺术的社会作用，只有在读者、听众、观众的消费中才得以完成。文艺的消费是一种审美享受的特殊形式，也是一种独特的审美活动过程。文艺接受的美学，研究文学艺术如何被读者、听众、观众所接受。我们要弄清艺术魅力究竟是怎么回事，读者、听众、观众在面对文学艺术这个特殊的审美对象时，怎么引起审美体验，找出艺术享受中的审美规律。

探讨文学艺术的作品、创造和享受，亦即产品、生产和消费这三方面的美的规律，这就是文艺美学研究的对象和内容。

朱海坤：这就把文艺美学的学科定位讲得比较清楚了。它具有学科交叉的性质，既属于文艺学，也属于美学，是二者的有机融合。就美学层面来说，它迥别于追问美的本质的哲学美学或带有经验实证性质的心理学美学，专注于文学艺术这一人类独特的审美创造活动。就文艺学来说，文艺美学作为文艺理论的主要分支之一，是与文艺社会学、文艺心理学等并列的研究部门，而且文艺美学强调和研究文学艺术活动的审美本质和规律，这在当代中国文艺理论的发展历程中，具有返本的意义。

胡经之：回归文艺的审美本位，这是文艺美学的初心。但要承认，文学艺术的审美规律离不开社会生活中的其他社会规律，经济的、政治的、道德的等。因此，文艺美学不能把文学艺术的审美规律和其他社会规律割裂或对立起来。文艺美学，不是孤立于社会学、经济学、政治学、伦理学、哲学和其他科学的封闭体系，它必须吸收这些科学。文艺美学研究文学艺术审美的“自律”，不能离开整个社会发展的“他律”，不能轻视“他律”对“自律”的制约作用，正如研究地球的自转，不能抛开它围绕太阳的公转。但是，文艺美学要着重弄清的，乃是文学艺术这种特殊审美活动的“自律”，“他律”如何通过“自律”而发生作用，从而产生一种合力。文艺理论则对文学艺术的社会的、政治的、道德的、心理的、美学的种种因素做综合的、全面的研究。所以，文艺美学只是文艺理论的一个门类，它不能代替文艺理论。

文学艺术的审美活动，也不孤立于人类其他审美活动领域，只是其中的一种形态。因此，文艺美学也不把文学艺术和其他审美活动割裂或对立起来研究，文艺美学不是和其他美学部门绝缘的孤岛，它必须吸取其他美学部门的研究成果。它既需要采取“自上而下”，又需要运用“由下而上”

的方法，分析和综合、演绎和归纳相结合。文艺美学离不开哲学美学、心理学美学和社会学美学，需要用“一般”来指导“个别”，也需要从“个别”到“一般”，依靠音乐美学、舞蹈美学、戏剧美学、电影美学等具体部门美学，从而揭示出文学艺术的普遍、特殊和个别的审美规律。因此，文艺美学只是美学的一个门类，不能代替美学的其他部门。

朱海坤：您在《文艺美学》的绪论中说：“文艺美学将从本体论高度，将艺术看作人把握现实的方式、人的生存方式和灵魂栖息方式。”这句话给我留下了很深刻的印象。文艺美学对您来说，并不止于揭示文学艺术的内部美的规律，而是有更高层次的追求，您把它作为艺术这个人类精神家园的守护者。价值追求是文艺美学不容忽视的一个维度。

胡经之：艺术是创造，但艺术创造乃是整个人生中的一部分，是人掌握世界的一种独特方式。只有在人的生命全部投入的创造活动中，才能使真理变得敞亮，与存在对话。艺术从来不单是浅吟低唱，也绝非单纯的时代传声筒，更不是纯粹的感官娱乐，它与哲思有着紧密的联系。艺术与哲思不是对立的两极。实际上，正如海德格尔在《通向语言之途》中说的，“一切思着的思都是诗的活动，而一切作诗则都是一种思”。人类正是通过真正意义的创造，使自己的本真存在在语言中进入敞亮，获得生命的价值和意义。因此，艺术的根本目的是通过审美之途，通过赋诗运思，感悟人生生命意蕴所在，在唤醒他人之时也唤醒自己，走向“诗意的人生”。宗白华先生对此领悟很深。他在《中国艺术意境之诞生》里讲到，中国哲学是就生命本身体悟“道”的节奏，道虽具象于生活、礼乐制度，但尤其表象于“艺”，“艺”赋予“道”形象和生命，“道”给予“艺”以深度和灵魂。这就是说，艺术成为人的特殊生存世界，感性个体可以通过艺术在刹那间把握永恒，艺术使存在的本质在其生命的永恒中显现出来。因此，在我看来，艺术的要旨在于，揭示历史与生命何以能够达到一定程度的透明性，并在艺术体验中，开启自己的本质和处境的新维度。这样的艺术活动就不是人的一种外部操作活动，而是成为人的生命意义赋予活动，艺术成为人的一种特殊存在方式。

艺术活动就其本质而言，不是模仿，而是揭示；不是宣泄，而是去蔽；不是麻痹，而是唤醒；不是追逐功名利禄，而是寻觅精神价值；不是单纯的感官享受，而是人类生命意蕴的拓展。艺术家作为精神的寻求者，其境遇最集中地体现了人类的真实境遇。艺术家们所感受的焦虑、痛苦、欢乐和感悟的天命和必须担当的使命，使他们不断地用艺术形式的创新去呼唤新生活。艺术是人的创造活动中最自由的形式，也是人的超越性的表征。只有将文学艺术同追问人的生命意义、深拓人的生命底蕴联系起来，文艺美学的研究才有新的视界，才有新的维度。

朱海坤：《文艺美学》已成为当代中国文艺学中的一部原创性学术著作，影响了两代学人，至今仍是高校文艺学教学要参考的经典教材。如今文艺美学要发展，重读您的《文艺美学》，应掌握什么要点？

胡经之：我在 20 世纪 80 年代讲文艺美学时，受马克思、恩格斯的文艺思想影响很大，他们把文学艺术看作是掌握世界的一种特殊方式，一种意识形态，一种精神实践，从不同的视域看文学艺术，相互补足，我都吸收了，想接着他们说，把我的体验也融合起来。我的总体思路是，把艺术活动作为人类的独特创造活动，从艺术生产到艺术作品，然后供读者、听众、观众去享受，我沿着这个思路，从生产—作品—消费的活动进程做些探索，这是受马克思《资本论》的启发。正好，艾布拉姆斯的《镜与灯》一书译稿送来北大出版社准备出版，我作为审稿人得以先睹为快。他把文学的四要素列为研究的对象：作家、作品、读者之外，加上了一个宇宙。美国华裔学者叶维廉又加上了一个“文化历史”，成为五要素。刘若愚更进一层，把它扩展成为六要素。刘若愚来北大访问时，我和他就理论框架做过交流。我以为，构成艺术活动的要素多种多样，中介环节很多，但基本环节还是生产、作品、消费三要素。刘若愚虽持六要素说，但也同意基本的还是三要素。所以，我还是采用马克思的思路。如今，文学艺术的传播媒介越来越重要，你们要进一步研究，不必拘于我们当时的思路。

但有一点，你们要有更多的关注，那就是理论研究还是要坚持马克思所运用的方法，是要从具体出发，经由抽象，然后再要回到具体，不能从抽象到抽象，最后还是抽象。我在撰写《文艺美学》时，想尽力运用马克思的方法，从具体现象出发，抽象出问题，展开逻辑论证，然后再回归具体。中国社会科学院文学研究所汤学智研究员在《醉心艺术探秘》一文中回忆道，他在 1981 年读到我的《论艺术形象——兼论艺术的审美本质》，是一口气读完的，越读越兴奋，欲罢不能。这是因为，论文从具体现象出发，像剥茧一样，层层深入，步步推进，最后从审美意象提升到艺术意境，回到具体作品。这使他立即想到了，马克思的《资本论》从商品这个原生细胞起步，揭示资本主义发展规律的研究思路。他当时正在协助文学研究所编纂《中国新文艺大系·理论一集》，就把这篇长文收入其中。

马克思写《资本论》就是从商品这一具体现象出发，分析商品的两重性，抽象出使用价值和交换价值两种属性，从而深入分析交换价值，抽象出剩余价值，再到资本，层层递进，丝丝入扣，最后从分析资本运动回归到现实：资本主义社会。这是从具体到抽象，再回到具体，令人信服。黑格尔的辩证法却不是这样，而是从抽象到具体，又到抽象。马克思吸收了辩证法，但加以改造了。黑格尔颠倒了个别与一般的关系，把从“个别”中抽象出来的“一般”当作本质、实体，而把“个别”当作虚幻，把抽象的本质亦即理念作为本体，分发给现象，于是艺术、道德、宗教等都成了理念的显现。黑格尔的《美学》就是从理念出发，最后又回归理念。马克思曾对黑格尔的这种方法做过精彩的分析，对我有很大启发。马克思说，一个普通人说苹果和梨在的时候，并不认为自己说出了什么特殊的东西，如果哲学家用思辨的术语说出了这些东西，那就是说出了不平凡的东西。他完成了一个奇迹，从“一般果实”这个非现实的、理智的本质造出了现实的自然的实物——苹果、梨等，就是说，他从自己的抽象的理智中创造出这些果实。每当思辨哲学家宣布这些实物存在时，他就进行了一次创造。显而易见，这些思辨哲学家之所以能完成这种不断的创造，只是因为他把苹果、梨等东西中为大家所知道的、实际上是有目共睹的属性当作他自己的发现，因为他把现实事物的名称加在只有抽象的理智才能创造出来的东西上，即加在抽象的理智的公式上，最后，因为他把自己从苹果的观念推移到梨的观念这种他本人的活动，说成“一般果实”就是主体的自我活动。这种办法，用思辨的话来说，就是把实体理解为主体，理解为内部的过程，理解为绝对的人格。这种思维方式就是黑格尔方法的基本特征。马克思对黑格尔的思辨方法做了如此详细的分析，给我留下了深刻印象。这是从抽象概念推论出现实事物，把现实事物归结为抽象概念，马克思则反其道而用之，从现实事物出发，抽象出概念，然后又回归现实。

朱海坤：您不仅在思维方法上借鉴了马克思的《资本论》，从具体的文艺审美现象出发，抽象出一般审美规律，最后回到文艺问题上来，注重理论与实际问题的渊源关系，而且在价值论上也深受其影响，这一点更为重要。

胡经之：我的美学研究是自觉地融入了马克思的价值论学说。在《文艺美学》的自序中，我就做了这样的说明："关于美的本质，当时我最信服的是苏联美学家斯托洛维奇的见解。他最先提出美是社会的，又是客观的。后来，他又加以发展，把美看成是一种价值，写出了《审美价值的本质》，颇有见地。依我看来，美是价值说也许不是终极的美论，却是当前对美的较为合理的解释。马克思的哲学贯穿着价值论，在《资本论》，特别是第四卷《剩余价值理论》中，就是从价值分析出发来阐明资本的产生和发展。马克思科学地区别了使用价值和交换价值的不同，把审美价值归属于使用价值之中。实用价值也属于使用价值，但使用价值并不仅限于实用价值，精神价值亦在其内。我们的美学也可沿着这个思路，深入探索审美价值和其他使用价值的联系和区别。"

我在 1980 年开讲文艺美学课时，还在教文学概论课，用的当然是蔡仪主编的教材。我公开声明，这本教材是"以阶级斗争为纲"的 20 世纪 60 年代初编写的，已落后于时代。一是还在讲文艺要为政治服务，邓小平已在文代会上宣布，今后不再提文艺为政治服务了，改为文艺要为人民、为社会主义服务。二是那时的反映论，理解得太狭窄，把反映论等同于认识论，又把认识论归结为认知论，不谈感情、意志、想象等也是存在的反映。三是没有从反映论提升到价值论，只讲形象反映，不讲审美反映，其实卢卡奇在《审美特性》中早已用了。蔡仪当时就对我说，《文学概论》不谈美学，美学让《美学概论》说去！蔡仪的美学，不持价值论，晚年还多次批评价值论。在他看来，把美说成价值，乃康德的主观唯心主义。

我在 1953 年就信服蔡元培的价值论美学，所以在 60 年代，苏联审美学派传入我国，我就采纳了斯托洛维奇的美是价值说。不过，我知道，蔡元培的价值论美学来源于新康德主义者文德尔班。康德美学确实突出审美的主观性，判断美还是不美，不是把表象与认知（客体）的"知解力"联系起来，而是与主体的"想象力"及主体的快感或痛苦感联系起来。因而，鉴赏判断就不同于认知判断，而是审美判断。在康德看来，审美判断的决定性依据只能是主观的，而不是别的，客体中没有任何意义表示出来。朱光潜、吕澂等都受康德美学影响，否定现实对象的美，是主体把自己的感情移到对象后才美。但蔡元培有所不同，他能从中国传统文化中汲取营养，论证不仅艺术中有美，自然中也存在美。他批评黑格尔只重视艺术美而否定自然美，不符合人类的审美实际。他甚至认为“人造美随处可作”，但自然美却十分“难得”。中国传统艺术就特别重视自然美，美术作品的取材，依他的观察，乃是“大半取诸自然”：“若花鸟，若虫草，若山水，率以自然美为蓝本，而山水尤盛。”在蔡元培看来，求美和求真、求善有所不同，求真重在客观，求善偏向主观，而求美则既关联主观，又关联客观。所以，美学和科学、道德不同，“美学的主观和客观是不能偏废的。在客观方面，必须具有可以引起美感的条件；在主观方面，又必须具有感受美的对象的能力。与求真的偏于客观，求善的偏于主观，不能一样”。蔡元培的美学，已和康德偏重主观的美学有所不同。

我在 1953 年还不知道马克思也有价值论，要到苏联审美学派兴起之后，我才知道马克思有价值论。“文化大革命”中，朱光潜就转向读马克思原著，连杨晦先生也向冯至学习德文，要读马克思原著。受此启发，我在钻研《红楼梦》之外，就读起《资本论》来。我读《资本论》不是为了研究经济，而是想探明马克思的价值论，学习如何运用马克思的价值论来看待美。我在 70 年代接受了马克思的价值论，所以，到 80 年代我就尝试从价值论视界来研究美学。我在《文艺美学》自序中所说的那番话，正是我当时的真实心态。

朱海坤：您对马克思的价值论感兴趣，正是为了想解决美学、文艺学中的问题，您一向主张美学研究要坚持“马列指导，洋为中用，古为今用，面向现实”。那么，马克思价值论的关键点在哪里？

胡经之：其实，价值是指人和世界的关系的性质和状态。马克思在《评阿·瓦格纳的〈政治经济学教科书〉》一文中写道：“‘价值’这个普遍的概念是从人们对待满足他们需要的外界物的关系中产生的。”黄海澄以为，这句话是瓦格纳的话，不是马克思自己的话，不足为凭。黄海澄是我的师弟，在北大时比我晚一届，和袁行霈同窗，本是研究古典文学的。

他和金开诚一样，深感解读古典文学，要从美学、心理学入手。他的《艺术价值论》自成特色，甚有创见。但他对马克思那番话的解读，实属误读。依我之见，马克思所说的，价值是从人与对象的关系中产生的，这是从价值最初发生的起源来说的，传统的价值论就是这么看的，并没有错。马克思不是要否定这看法，只不过，这里所说的价值乃是使用价值，而不是交换价值。马克思的高明之处在于，在商品这个物中，不仅看到了使用价值，而且发现了交换价值。这是一种新的价值，不同于使用价值，不能混淆。他批评瓦格纳的，正是把使用价值和交换价值混淆了，仍然只用使用价值来解释商品的价值。马克思在《资本论》中严格区分了使用价值和交换价值，指明了使用价值显现的是人与物的关系，而交换价值显现的是人和人的关系，两者不能混淆。马克思一再肯定，价值确实“最初无非是表示物对于人的使用价值，表示物的对人有用或使人愉快等等的属性”，“实际上是表示物为人而存在”。这种“为人而存在”的关系，就是价值关系。马克思：“凡是有某种关系存在的地方，这种关系都是为我而存在的；动物不对什么东西发生关系，而且根本没有‘关系’；对于动物说来，它对它物的关系不是作为关系存在的。”初听起来，我觉得很奇怪：动物和其他物不是也有关系吗？马克思为什么说动物不对什么发生关系？细想之下，我才明白，马克思所说的乃是只有人类才具有的关系，是“为我而存在”的关系，亦即价值关系，不是动物的自然关系（本能关系）。价值关系的性质，既和主体相关联，又和客体相关联，主体的性质和客体的性质在人类的实践活动中相互作用，生成的关系状态，就具有了价值性质，是真善美还是假丑恶，就要由人来做价值判断。所以，要弄清人和世界的关系的性质，就既要研究对象的性质，又要研究主体的性质。马克思在《1844 年经济学哲学手稿》中说：“对象如何对他说来成为他的对象，这取决于对象的性质以及与其相适应的本质力量的性质；因为正是这种关系的规定性造成了一种特殊的、现实的肯定方式。”和康德不同，马克思不是只重主体，而是从实践活动中的主体和客体的互动中来揭示人的存在方式，真、善、美从这主客互动的关系中生成。马克思主义的存在学说，重在关系存在论。按日本哲学家广松涉的说法，乃是“关系第一性”。这“关系”是说的与人的关系，万事万物要从与人的关系中来考量，以人为本。所以，我把这称之为人本关系论。人与内外世界的关系，既是人与人的关系，又是人与心的关系，更是人与物的关系。马克思说人的本质“在其现实性上，它是一切社会关系的总和”。意识反映存在，马克思重视关系存在，必然就发展为关系意识。马克思、恩格斯都重视关系意识，把意识的本质看作是我对我与环境的关系的反映。中国的传统文化突显的也正是关系意识，西方有些汉学家把这称之为关联性思维。依我之见，审美意识就是一种关系意识，以人为本的价值意识。审美体验就不仅反映了主体的性质，还反映了客体的性质，更反映了主体和客体的关系状态。审美意识不只反映了客体的对象意识，还反映了主体的自我意识，更反映了主客互动的关系意识。因此，审美意识是一种关系意识，更确切地说，是一种“为我而存在”的关系意识，即价值意识。审美体验是对价值的体验。

朱海坤：您强调审美体验是对价值的体验，因此把自己的美学文选命名为《体验人生价值美》。您把价值论运用到美学研究中，把自然美看成是一种价值属性，自成一说，不同于朱光潜的意象说，也不同于蔡仪的典型说，和李泽厚的自然人化说也有所区别。我看刘悦笛、李修建的《中国当代美学研究》，重视了您的自然价值说。

胡经之：我看重自然美，但并不认为自然全是美的，要做价值区分。世界浩瀚，宇宙无限，宇宙究竟有多重，天体物理学要去研究，自然现象若还没有与人类发生关联，尚未进入人的世界，就无所谓美不美，只是一种自在。即使自然现象进入了人的世界，也并非都美。地震、海啸、火山、暴风、病毒等自然现象对人类均能造成灾害。自然现象只有对人有益或使人愉快才会生成美，美这一价值属性离不开物的自然属性。马克思说：“一物之所以是使用价值，因而对人来说成为财富的要素，正是由于它本身的属性，如果去掉葡萄成为葡萄的那些属性，那么它作为葡萄的使用价值就消失了。”自然美并非只是自然属性，自然现象进入了人的生活世界，和人发生了社会联系，对人具有了这样那样的意义，生成了价值属性，才有好、恶、美、丑之别。自然现象处在社会联系之中，成了社会需要的对象，进而成为审美的对象。我在1989年春写的《艺术的审美价值》一文中，把艺术美和自然美做了比较，尝试用自然价值论来说自然美，但未能做更进一层的分析。前几年，我读到了英国第三代生态社会主义学者佩珀所著《生态社会主义：从深生态学到社会正义》(2005)，里面也谈到了，马克思确实把自然的价值视为相对于人而言是工具性的，但对他来说，工具性价值不仅仅意味着经济或物质价值，还包括自然是审美、科学和道德价值的源泉。美国的马克思主义生态学家柏克特也认为，马克思所说的自然的使用价值包含了人类需要的所有范围，包括美在内，美也是自然的使用价值。可见，审美价值是否属马克思所说的使用价值，已为国际学术界所关注。

朱海坤：《艺术的审美价值》一文中还提到了马克思所说的“想象的价值”，乃是为了满足人类的“想象的需要”。文学艺术的创造，是不是因为满足了人类的想象需要，所以具有想象的价值？

胡经之：对，文学艺术的创造，不是对现实对象的直接审美，而是在头脑中建构意象美，从而物化在符号里。读者、听众、观众只能直接感受到这个文本符号，从而在头脑中通过想象对意象进行审美。文学艺术确实美在意象，这意象是通过作家、艺术家的想象活动创造出来的。艺术意象的创构所运用的想象具有两大类型，那就是马克思所说的“想象某种真实的东西”和“真实地想象某种东西”。前者是反映生活真实，也需想象，但这想象是为建构出符合生活真实的意象，这是现实主义所追求的。后者是通过想象，虚构出虚幻意象，生活中不可能出现的某种东西，这是浪漫主义所追求的。前几年，李敬泽倡导非虚构文学，就是要追求想象真实的东西。曾镇南给我打电话，问这想象和虚构如何区别？我就用马克思的话来回答。艺术创造要把想象和虚构的关系处理好，齐白石说他的画追求的是似与不似之间，我就倡导现实主义和浪漫主义相结合。

意象创构是文学艺术创造的重要环节，朱光潜的美学特别看重意象之美，乃意象美学。他的意象美学突出了移情说。1936 年出版的《文艺心理学》就从移情论出发，把作者的感情单向外射到外物，创构意象，“物的情趣随我的情趣而定”，其实，意象的创构并非只有移情这一路数。钱钟书在 1937 年看了《文艺心理学》之后，就写了一篇《中国固有的文学批评的一个特点》，指明主体单向的情感外射的移情，只是审美关系的一种，而且是较为低层次的物我关系。艺术创造中的审美关系还有两种。一种是审美主体不参与到意象中，而是使万物如其所是地显现自身。这是一种不表现作者自我感情而让万物本然状态自我显现。还有一种审美关系就是，让物我相互映发，心物各显其美，“物我之相未泯，而物我之情已契。相未泯，故物仍在我身外，可对而赏观；情已契，故物如同我衷怀，可与之融会”。这也不是移情所能创构的意象，但最为理想，“虽情景兼到，而内外仍判”。

我年少时最早接触的就是朱光潜美学，接受了意象说，用意象来解释艺术美。然而，意象和情趣就一定美吗？我在读了蔡元培、梁启超的著作之后，觉得对意象、情趣仍需进而用价值论来分析，做价值区分。蔡元培对立普斯的移情说做过研究，感到立普斯对移情已有所区分，有积极的移情，也有消极的移情，移情并非都美。梁启超更对情趣做了价值区分，有高尚、美好的情趣，也有低下、丑恶的情趣，那么，意象也就并非都是美的了。梁启超倡导在艺术中表现“美情”。我在《梁启超的美学贡献》一文中说，这正是他的最大贡献。所以，对于朱先生的意象说，我们还是要接着说，而不是照着说。我一向以为，意象说能用来解释艺术美，但不能解释现实美，包括自然美和人文美；而且，对意象本身亦需做价值分析，使意象说进一步提升。至于用意象美来否定现实中也有美，就更不可取了。我尽力引入价值论来分析意象，影显意象的价值性。我的文艺美学奠基于价值论。价值观念乃是文学艺术的灵魂。

二〇二一年三月　采访
二〇二二年九月　定稿
深圳湾　望海书斋

第八章

文化美学待深探

朱海坤：胡老，按照我们的访谈计划，今天要谈一谈文化美学。您在2000年出版的《文艺美学论》自序中说，除了文艺美学的建设和发展外，您同时也在关注和思考更广泛的文化和自然的美学问题，指出当代文艺学需要扩展文化视野，要关注更复杂的文化现象并对之做价值分析，提出发展文化美学的倡议。同年，您主编了一套《文化美学丛书》，并以《走向文化美学》为题撰写总序，正式提出“文化美学”的概念，请您谈一谈您倡导文化美学的来龙去脉。

胡经之：提倡文化美学，有内因，也有外因。先谈外因。1984年，我来到深圳，深圳毗邻香港，可以自由出入，而且有机会经由香港到海外进行文化交流。那时正值改革开放初期，中国经历了从封闭到开放的转换，深圳作为一个窗口，许多新的文化现象一下子就纷纷涌进来。通俗小说、流行音乐、商业电影、潮流服装等，纷至沓来，应接不暇，我感到惊异和新奇。金庸、琼瑶、亦舒、梁凤仪等人的作品迥异于中国内地的小说，带来新鲜的阅读感受。邓丽君、梅艳芳、蔡琴等人的歌曲，别开生面，给人以新奇的审美体验。那时的深圳电视，竟是香港频道和节目占主位，一打开就是香港节目。有两个香港台，每天晚上要连续播放两场奥斯卡金像奖获奖影片，还有两个台则常放映香港的搞笑表演和歌舞。这一洋一土，扩展了我的文化视野，也引发了我对审美现象的思考。港台风吹到内地，我们的大众文化随之风起云涌。这种种新出现的文化现象，提出了新的美学问题，超出了原来的研究视域。

我来深圳后的最初10年，频繁出入香港。一开始，常去香港大学、香港中文大学，和饶宗颐、袁鹤翔、李达三、杨勇、王建元等时有交往，感受到的还只是高等学府里的精英文化，不知道象牙塔之外的文化状况。后来，我兼任了深圳市作家协会主席，就和香港的文学艺术界频繁交流，曾敏之、刘以鬯、犁青、张诗剑、陈娟、王一桃、梅子等都成了常见面的文友。由此，我陆续读了香港作家亦舒、梁凤仪、陈娟等人的畅销小说，发现了另一个文学世界。香港的学友告诉我，大众文化在香港已成主流。彼时香港当局扶持精英，重视高等教育，在香港大学、香港中文大学之外，又创建香港科技大学，但对大众文化，很少过问，任由其自生自灭。大众文化直接面向社会，走向市场，获得成功的作家、艺人就成了大腕、明星。金庸的武侠小说畅销，成了大众文化的大腕，却和象牙塔里的精英文化，互不相干，各行其是。在高等学府的学术讲台上，金庸无立足之地，大众文化难登大雅之堂。金庸晚年孜孜以求，一心一意想得到一个博士学位，实是根源于香港的特殊文化土壤。在改革开放的最初十年，内地教师的地位，还比不上作家、艺术家。能当上作家、艺术家，那就光彩照人，受人尊敬。上海作家戴厚英，出了本小说《人啊，人!》，写她和诗人闻捷的那段恋情，轰动文坛，被香港的学生社团请去谈创作。她住在香港中文大学山脚下的学生宿舍区，教授、学者对此不闻不问，未予理睬。那时，我正好也在香港中文大学新亚书院做学术访问，住在山顶上的贵宾楼。新亚书院院长林聪标为欢迎来访的台北“故宫”博物院院长和我，还举办了欢迎酒会，香港中文大学副校长金耀基和资深教授饶宗颐都出席了。戴厚英看到校园海报，知道我在那里，特从山脚下到山顶上来访我，看到教授所享受的厚遇，不禁深有感叹地说：看来，在香港还是当教授、学者好啊！香港一向重视高等教育，如今已有十余所大学，令人敬佩。

香港的大众文化和精英文化的分立，引发我关注国际文化的走向和中国文化的发展趋势。那时，港台的大众文化刚起来，还未成大气候，深圳受到影响，发展为一种歌舞厅文化，到北京去表演，北京人还感到新鲜。内地的文化艺术，强调精神感化，意识形态的味道浓，正在兴起的大众文化，可以作为一种补充，使之健康发展，应属开明之举。但是，在我当时的意识中，内地的大众文化不应该也不可能像香港一样，成为我们的主流文化。我们还应该有精英文化，吸收西方先进文化，融合中华传统文化之精华，发展为高雅文化，数量不一定多，要少而精，同时也要有大众文化。我的愿望是在高雅文化和大众文化之外，还应发展一种雅俗共赏的文化，那就是吸取了高雅文化和大众文化之长的主旋律文化，高扬时代精神和民族精神。这种既融合了民族精神和时代精神的雅俗共赏的文化，才应成为我们的主流文化。此时，我的学术视野就渐渐从文学艺术扩展到大众文化。我已习惯于从美学视界看问题，在我看来，无论是大众文化，还是高雅文化以及主流文化，都应该追求美的价值。美学的视野不能只停留在文学艺术上，而应扩及更广的文化。

我的这个想法曾和一些人做过交流，竟逢上了一位知音，由此而成为莫逆之交。一次，在香港夜游维多利亚港的酒会上，我认识了香港中旅集团的掌门人马志民。这位原籍广东，已在香港从事国际旅行事业多年的中国旅行社的创业者，兴致勃勃，在船上对我高谈阔论他在深圳开发华侨城的宏伟设想。1985 年，马志民受叶飞之命，在深圳湾畔的 5 平方公里荒滩上，开发一座华侨城。他要像袁庚开发蛇口那样，准备在此开发一片国际文化旅游的新天地，以助深圳向国际化城市的方向发展。他年岁和我相仿，走过世界上好几十个国家，考察了欧美不同类型的文化。依他之见，西方国家贫富悬殊，两极分化，精英文化和大众文化对立分离，是普遍现象。随着中产阶级的日益发展，逐渐产生出一种新的需求，要有一种创新文化，能吸引更广泛的人群，雅俗共赏。国际文化旅游就属于这样的文化，大有发展前途。他向时任市长梁湘提出建议，深圳要发展创新文化，除兴办图书馆、博物馆、大剧院等传统文化设施之外，还应发展旅游文化，建设现代化的国际旅游城。

马志民先在后海湾的湿地上建造了锦绣中华。受荷兰小人国和比利时微缩景观的启发，将我国的名胜古迹中的精华，如长城、故宫、苏州园林、边疆风情等以微缩景观的形式移植园内，再配以民族歌舞，熔自然美、人文美和艺术美于一炉，吸引了我国港、澳、台人士以及海外华人到深圳，向国际传播中华文化。这一文化创举大获成功。锦绣中华开园一年，就吸引了四百万游客，很快就收回了数千万的投资成本。马志民再接再厉，又建成了民俗文化村。24 座不同民族的村寨里，56 个不同民族的人载歌载舞，向世人展现了中华民族多姿多彩的民族风情。美籍华人陈香梅、杨振宁，中国香港的董建华、李嘉诚、霍英东等均慕名而来。美国总统尼克松、日本首相海部俊树等都曾来访。美国的基辛格参观后，盛赞在这里真正感受到了中国的美丽与伟大。在20世纪90年代，他打造了世界之窗，将世界上的一些著名景观，微缩移植，吸引全国各地的人来深圳，逐步了解国际文化，促进中外文化交流。此番创举，又获成功。马志民亲口告诉我，他之所以要创建锦绣中华、民俗文化村和世界之窗三个景观，就是要为深圳创造一个国际文化交流的平台，“让世界了解中国，让中国了解世界”，使深圳成为中外交流的窗口。三大杰作的成功使华侨城集团一发而不可收，以后又陆续开发了欢乐海岸、湿地公园、东部华侨城、欢乐港湾等新景观。可惜，马志民在多年前就因病去世，我在深圳失去了一位可以推心置腹、开怀畅谈的挚友，我永远怀念着他。

受马志民的启发，我办国际文化系的目的也是要促进中外文化交流，把西方先进文化引进来，将中国优秀文化送出去，中介环节就是要发展大众传播文化和国际旅游文化。在他的指点和支持下，我这个在北京一向蛰居书房的书生，借助于深圳的地理优势，每年都从香港出发去海外考察教育和文化。我由近及远，先到新加坡、泰国、马来西亚、印度尼西亚、菲律宾，走遍东南亚，又陆续去美国、德国、比利时、荷兰、俄国、法国等西方国家，先后走了30多个国家和地区，重点考察那些地方的教育和社会文化。随着大众文化的蓬勃发展，文化研究也日渐兴盛。在21世纪到来之际，香港从美国引进了迪士尼乐园，香港中文大学的美学教授王建元，在台湾曾以研究“崇高”和“雄浑”著名，他那时对我说，他不再想研究太抽象的美学原理，而要转向具体的文化研究了。他的同行刘昌元却宣称要坚守阵地，毫不动摇，仍然专注于美学基本原理，从哲学上来回答美学的问题，决不从俗。我听后颇有感触，引起我的思索。文化研究兴起之后，美学究竟还有没有用？经过反思，我坚信美学仍然有用。不过，过去的美学太多“形而上学”，不解决现实中的问题；而文化研究重在实证，又成“形而下学”。我想走的还是“形而中学”之路，从美学视界来对文化现象做分析研究。美学要发展，当然得借助于哲学，高瞻远瞩，但还要面向现实，在文化研究的基础上提升，走向文化美学。

再谈内因。20世纪90年代兴起了“文化热”，文化吃香，引起资本追捧，赚什么钱都标榜文化。其中有真文化，也有伪文化，有积极文化，也有消极文化，有发挥正能量的，也有发送负能量的，并非都对人的发展和完善具有肯定价值。在片面追求利润的刺激下，文化垃圾迅速增长，因此，亟须对文化生产做价值评估。文化研究的兴起恰逢其时，是大众文化逐渐繁荣的产物。但是，文化研究是否与美学毫不沾边呢？换句话说，文化研究还需不需要美学的维度和方法？我觉得文化研究不能舍弃美学。我向来重视哲学美学，可我并不满足于仅仅对美学问题作形而上的思考，而是更加希望美学能够进入现实，解释和促进人类的审美生活和审美创造。我在20世纪80年代初提倡文艺美学，是从美学角度看待文学艺术，分辨美丑，进而探索艺术创造和艺术审美的独特性和规律，着眼于人的发展和完善。艺术创造和艺术审美只是人类审美形态之一，是人类文化现象中的一种，审美的领域还广得很。我们每个人都不可能脱离人类创造出来的文化世界。对于我们生活于其中的文化世界，我们可以从不同的角度去对待。我最感兴趣的是如何从美学的角度去审视文化现象。文化的繁荣提出了新的现实问题，我们的美学研究既不能局限于美学的基本理论，也不能局限于文学艺术的审美问题，而是要扩展，要向广阔的文化生活领域扩展，要从美学维度关注和研究人们的文化生活。文化研究的路数各种各样，我更希望走向文化美学。

朱海坤：从文艺美学到文化美学，您的学术思考始终贯穿着价值论维度，您认为应当如何界定文化的审美价值问题？文化美学研究应该如何开展？

胡经之：文化的美是人创造出来的，不同于自然的美。美并非都是人的创造，而人类劳动也并非必然能够创造出美。文化和其他的人类实践一样，可以创造美，也可能创造丑。如果按照美的规律来创造，人类就能创造出美。但是，如果人类劳动违反了美的规律，创造出来的就不一定是美。人的本质力量的对象化的结果，未必都是美的。在人类的自我异化的劳动中，滋生了很多假、恶、丑的东西。那么，人类的文化创造，怎么才能符合美的规律，这是文化美学必须回答的首要问题。更进一层，人的文化创造，并不只是为了满足审美需要，很可能首先是为了满足实用目的。马克思的《资本论》为我的美学研究提供了方法论指导。在《剩余价值理论》中，马克思科学地论证了使用价值、交换价值、剩余价值的联系与区别。使用价值不同于交换价值，后者体现的是人和人之间的关系，前者反映的是人和物的关系，是“对人的需要的关系的物的属性”。马克思把审美价值看作一种使用价值，它满足的是人的精神需要。文化美学应当遵循马克思的价值学说，进而去探讨人类的文化应当如何按照美的规律来创造，如何满足人的精神需要，如何提升人的精神境界。人类创造的文化产品，其使用价值、交换价值、审美价值具有什么样的结构关系，这是文化美学必须回答的问题。还有，文化审美，和自然审美、艺术审美是怎样的关系？它们之间有何具体联系和区别？这涉及更为复杂的审美标准、审美理想，我们的文化创造怎样才能走向真、善、美？这是文化美学不能回避的问题。

朱海坤：美学研究要以人为本。

胡经之：是的。人应成为文化美学关注的中心。人是万物的尺度，万事万物之所以有美丑的属性，是因为它们对人来说具有积极或消极的客观价值。人生活在世界上，不只是为了生存，还要求发展，更要完善。人类之所以要创造文化，是因为自然不能完全满足人。所以，人要按照美的规律来创造文化，在创造中自我完善，成为自由而全面发展的人。当然，人的自由本性的发展和理想人格的建立，以及人与环境的动态平衡，是不断发展的历史过程。每个时代都有自己的文化，文化美学应该面向自己时代的文化现象。

我们国家目前还处于社会主义初级阶段，刚刚实现全面脱贫，正在为实现社会主义现代化而努力奋斗，离自由个性的全面发展还有一定的距离。而且，中国地广人多，发展不均衡，有些西部地区还处于由前现代向现代转化的阶段，而沿海发达地区则呈现为现代与后现代相交汇的文化景观。这样，我国目前的文化状况，极为错综复杂。我们亟须对现代化过程中涌现出来的错综复杂的具体文化现象进行研究，也需要及早地对文化发展做宏观审视，从整体上关注和把握文化发展的美学方向。

朱海坤：您怎么看待方兴未艾的文化研究？文化研究与文化美学两者之间有什么关系？

胡经之：文化美学与文化研究相辅相成，相互联系而又有区别，二者都应受到重视，得到发展。美国学者乔纳森·卡勒在《文学理论入门》中对文化研究做过较为精辟的评述。文化研究在西方兴起于20世纪60年代，那时从事文学研究的人开始研究文学之外的著作，研究对象涉及广泛的文化领域，包括人类学、艺术史、电影研究、性别研究、语言学、哲学、政治理论、心理分析、科学研究、社会和思想史，以及社会学等各方面的著作。90年代，文化研究已然成为人文科学的一项主要活动，并扩展到广义的文化领域。从莎士比亚戏剧到网络肥皂剧，从弥尔顿到麦当娜，从《失乐园》到迪士尼，高雅文化和通俗文化，精英文化和大众文化，都在文化研究的视野之中。

文化研究是从文学研究发展而来的，那么文化研究的兴起是不是意味着文学研究的消亡呢？我认为，文化研究有利于文学研究的深入，而非取代文学研究。按卡勒的说法，文化研究因坚持考察文化的不同作用是如何影响并覆盖文学作品的，所以它能把文学研究作为一种复杂的、相互关联的现象加以强化。文化研究无法替代文学本身的研究，文学作为一种艺术形式，具有它自身的规定性，如果不去掌握文学的自身规律，只关注它作为一种文化现象的一般性特征，就会把文学作品作为一种文化表象来看待，而忽视文学内部的特征和关系。这是不可取的。

大众文化的兴起引发了文化研究，并不断开拓新领域，吸引了一大批学者的关注。这是令人高兴的事。中国在迅速走向现代化的过程中，各种文化现象纷繁复杂，令人眼花缭乱，文化研究面对当下现实，捕捉和剖析复杂的文化现象，适应现实需要，是时代的产物。文化研究打破了学科界限，成为一种跨学科研究，但文化研究需要美学的视野和方法。

文化美学无疑应当首先关注当代审美文化。所谓当代审美文化，不仅限于大众文化，也包括高雅文化。文化美学就是通过对高雅文化和通俗文化的研究，探索当代文化如何走向雅俗共赏的道路。我一向认为，从我国的国情出发，应大力发展吸取大众文化和高雅文化两者之长的第三种文化：高扬主旋律的主流文化。文化美学应促进我国当代文化从二元对立走向三维互动的新格局，形成主流文化和高雅文化、大众文化三维良性循环的发展之路。当代文化中蕴含着审美的因素，充塞着“依存美”。文化美学所要关注的正是这些文化现象中的“依存美”。在文学艺术之外，政治文化、道德规范、科学技术、教育事业、网络文化、视觉文化、听觉文化、旅游文化、生态建设等也应得到文化美学的关注，从美学角度加以审视、评析。文化美学的研究领域因现代文明的发展而日益扩张，这是文化美学与文化研究的相同之处。文化美学既重视具体文化现象的剖析，从中吸取养料，更重视归纳，从美学高度对众多的文化现象和文化类型进行思考，做出理论概括，走向文化美学。

文化美学的一个重要原则是，扎根于当代的文化现实，研究我们自己的文化实践中所面临的新问题，而不是追赶西方的文化潮流。我们决不能丢弃我们自己的价值取向，要有自己的价值评判原则。

朱海坤：文化美学的意义在哪里？

胡经之：所谓“文化”，就是“人文化成”，是与自然相对而言的，包含两个方面：一是“人化”，也就是把物或自然按照人的需要加以改造；二是“化人”，使人的品性得以提升。“人化”和“化人”相互促进，使文化不断从野蛮向文明提升，向先进文化发展。在奔向现代化的过程中，存在着大量的文化垃圾，违背了美的规律和人的价值需求。我们的美学应该有所应对，这就需要发展文化美学，研究如何按照美的规律进行文化创造。文化既然包含“人化”和“化人”两个方面，那么无论是物质文化还是精神文化，无论是政治文化还是商业文化，都应该符合美的规律，从而满足人类对真、善、美的价值追求。精神文化是符号化了的文化，把人的内心世界通过符号表征出来，但并非都具有审美价值，也并不只具有审美价值。商品文化的价值是多元的，实用价值、交换价值和审美价值交织在一起。文化美学要重点研究审美文化，必然要研究实用价值、审美价值和交换价值之间的关系，也要研究审美价值与其他价值，如科学价值、道德价值的关系。人类对真、善、美的追求是永恒的，在当代现实中究竟有什么新的内涵，需要文化美学做出新的阐释。

朱海坤：大众文化的崛起使得人的审美领域得到了极大扩容，传统的文学艺术门类的审美价值和影响力持续走弱，这是文化美学所面临的时代课题。

胡经之：我在 2001 年写了一篇文章，名为《焕发审美新精神》，发表在《马克思主义美学研究》第六辑。在这篇文章里，我从宏观上审视了新时期以来的文化格局，称大众文化发展起来以后，中国的审美文化呈现为大众文化、主导文化、高雅文化三足鼎立的格局。它们互补互动、相互影响，共同促进了当代审美文化的发展。在当时，大众文化正在蓬勃发展，方兴未艾，但还未成为国内的主流文化，高扬主流意识形态的文化占据着主导地位，而高雅文化还局限于“古雅”，新兴的雅文化比较少见。目前，这种格局似乎发生了变化，尽管雅文化仍未出现较大的改观，大众文化却呈爆炸式增长，商业电影、流行音乐、综艺节目、粉丝文化，特别是基于新兴网络媒介的短视频平台、直播文化、虚拟文化，在人们的文化生活中占据越来越重的分量。文化美学正可以从美学上来研究大众文化、高雅文化、主流文化的各自所长，又促进相互之间取长补短，相互提升，优化繁荣。不管大众文化、高雅文化还是主流文化，都亟须焕发新的审美精神，从时代感、人性化和超越性三个方面提升审美价值，按美的规律来创造。

随着社会现实和思想观念的急遽变化，崇高、优美、悲剧、喜剧、荒诞、丑恶等审美形态都产生了新的内容和形式，需要文化美学从现实生活中的实际现象出发，做出新的阐释，如色情、暴力、权谋等文化现象，如何从美学上给予评判。文化美学需要研究的问题有很多，要求我们与时俱进，进行深入探索。审美文化是为了满足人的审美需要，可什么是人的审美需要，它和人的其他需要是什么关系？文化美学不能回避这样的问题。审美愉悦究竟和生理快感、爽感有什么样的联系与区别？大众文化竭力倡导娱乐性，主导文化和高雅文化也在增加娱乐性，这固然能吸引更多的人，扩大文化消费，对娱乐性不妨做更深入的研究，区分一下审美的娱乐和其他娱乐，以利于大众文化向好发展。随着科学技术、传播媒介和文化商品的迅速发展，人们的视觉、听觉等感官感受日益丰富，特别是虚拟现实技术的出现，为人们提供了更超前的文化体验。文化美学的意义就在于，提醒人们不要过分沉湎于感官享受，不要陷入欲望的旋涡，而应关注审美文化如何提升精神层次，着力培养感官之上的精神之美。

朱海坤：几十年来，我们国家发生了翻天覆地的巨变，就审美文化而言，从“八个样板戏”到20世纪80年代的文学热潮，又到90年代之后市场经济环境下的大众文化的兴起，再到近些年来呈爆炸式增长的网络文化，国人的审美趣味和审美对象也随潮流而动。就您自己而言，有何体会？

胡经之：在走向现代化的进程中，审美现代性也悄然而生，改革开放之初的文化启蒙思潮本身就充盈着现代审美精神，推动着文学艺术与时俱进。大众文化、通俗艺术的兴起，推进了审美现代性的新变，成为我国审美文化的新维度，从而改变了审美文化的格局。

在改革开放之初，刚从十年动荡岁月中走出来的人们，迎来了精神的自由和解放，对未来充满了美好的憧憬和希望。于是，美学热应运而生，文化生活中洋溢着一股和呼唤现代化相应的现代美学精神。那个年代，大众生活还远没有摆脱贫困，百业待兴，一切都要从头开始，心里充盈着对美好生活的期盼。所以，这时的审美精神，主要是对未来的一种审美期待、审美向往，呼唤崇高，富有浪漫气息、理想色彩。这种启蒙型的审美精神，高扬人的主体性，呼唤精神的自由和解放，把美看作是人的本质力量的对象化，美也被主体化了，因而成了人的自由象征。这种富有浪漫气息、理想色彩的现代审美精神，起着呼唤奔向现代化的文化启蒙作用，唤起了我们的自我意识的觉醒。文学艺术中出现的，从舔吮“伤痕”到内心“反思”，一直到文化“寻根”，其实都渗透着这种启蒙型的审美精神。不过，随着经济繁荣和物质生活水平的逐步提高，社会生活出现了新的变动，“官本位”还没消退，又新出了“钱本位”。这两者相互争夺而又相互勾结，把文学艺术挤向了边缘。尽管少数精英还在艺术创作中坚守着精神启蒙，更多的人却转向大众文化、通俗艺术，甚至审美转而向日常生活扩散，促成了审美精神向生活靠近，向实际生活泛化，发展为生活型的审美精神。

也许我从中心走向边缘较早，所以较早就感受、体验到了这种审美精神的转变。我最早接触的大众文化、通俗艺术是从港台传入的。20 世纪 80 年代初，我第一次看到台湾歌星奚秀兰演唱《阿里山的姑娘》，引起了我的一种惊奇感。这位歌星在台湾并非一流，歌喉只能说圆浑，说不上优美，更称不上高雅，但唱法很新颖，表情很丰富，充满生命活力，富有青春动感，内容洋溢着生活气息，给人以鲜活之感。习惯了过去沉闷、迟缓、拖沓的节奏，突然听到了充满青春活力的歌曲，一下感到妙不可言，歌曲竟然还能这么唱！世上还有这样的歌！以后听到了邓丽君的歌唱，更加深了我的印象：这同传统的审美已有了很大不同。

受了古典趣味的熏陶，我对世界名曲一向充满崇敬，但没有想到，当代钢琴王子克莱德曼竟会那样演奏古典名曲。第一次听到他演奏改编后的古典名曲，我的直觉是，这些古典名曲和我们亲近了，流进了我们的现代生活。他对古典乐曲做了现代阐释，赋予了现代气息，加快了节奏，多了自由发挥，适应了现代人的审美需要。受这古典新曲的激发，我曾一度如痴如醉地沉迷于中外名曲的欣赏中，甚至高价的音碟机刚在香港面世，我就迫不及待、不辞劳苦地买回深圳，以便尽情一饱耳福。20 世纪 90 年代，我曾在华盛顿郊外的一个小镇上盘桓数天。有一次，正当我在餐馆用餐时，忽听得音箱中放出以牧场抒怀为主题的新乐曲，一下就吸引了我。我静静地听着，忘了动手进食。至今，我仍不记得那次吃了什么、什么味道，一想起那情景，就又不知不觉地沉醉于那缭绕的余音之中。那次，我又一次体验到了孔老夫子所慨叹的余音绕梁，三月不知肉味的意境。回来后，我到处打听能否买到这一乐曲的音碟，终未如愿，留下了深深的遗憾。

从古典审美走向现代审美，对我来说，是在不知不觉、潜移默化中悄然发生的，并未借助于什么理论。在不时来往于香港之际，不由得也看起港台小说来，先是看琼瑶的爱情小说，那缠绵典丽的爱情的理想境界，虽能给人以审美享受，但终究离现代尘世太远，渐感乏味。看亦舒的爱情小说，感受到爱情的现代境界，扑朔迷离，惊心动魄。作者深切地体察女性人物的内心波澜，生动刻画现代社会中情感生活的复杂性，这是在大陆作家中从未见到过的。后来看梁凤仪的小说，作品虽然仍以爱情为纽带展示出人与人的多重复杂关系，但更多地关注商海的兴衰浮沉，有很强的社会性，少了心灵的深掘，虽仍可读，却已逐渐少了阅读的兴趣。对于铺天盖地的武侠小说，我少不经世时曾为之着迷过，长大后，再也引不起我的兴趣，香港文友送我，也只是翻了几页，就昏昏欲睡，赶快转送了别人。心里总觉得那上天入地的武侠，离现代尘世太远。若要好奇，还不如看一看陈娟的《昙花梦》，那还离尘世近些，尽管也是艺术的虚构。

那时的主流文化、精英文化变化都不大，没有什么引我入胜、非看不可的东西。有段时间，我对电影产生了浓厚的兴趣。在深圳，每天都能看到香港电视台播放的欧美影片，连续好几年，真看了不少。这是一种现代审美，那新鲜的感受持续了数年。其中一些优秀之作，已渐成经典，确实耐人寻味。更多的则是走向类型化，暴力、色情、黑帮、西部片，均有不少重复的套路，没有多少丰富的意蕴，看多了也就感到乏味。大约从 90 年代中期开始，我已很少在电视上看好莱坞影片，实已提不起精神，引不起多少兴趣。引起我的兴趣的，已是对发生在我们自己身边的现实的审美反思。

改革开放激发了中国人的惊人创造力。港台和欧美的大众时尚之风吹来之后，当初受过审美精神感召的文化人中，开始有人把目光转向大众文化实践，出现了自由制作人、自由经纪人、自由写作人、自由艺人，从对港台、欧美大众文化的仿制，逐渐走向本土大众文化创造。于是，发展到 90 年代，大众文化、通俗艺术已蔚为一道独特的景观。

如今，越来越多的自由文化人走向了大众文化、通俗艺术的道路，就连以抒发心灵见长的诗歌也是如此。早在 1986 年，深圳青年报就推出了《中国诗坛：1986 年现代诗群大展》，张扬诗歌要表现日常经验、平常生活、普通形象，嘲讽崇高、典雅、神圣。不久，大众化、通俗化、日常化的思潮渗入小说，新写实小说兴起，一反过去的艺术典型化和宏大叙事的观念，着力描写日常生活的“原生态”，审美的触角向日常生活延伸，出现了《一地鸡毛》《烦恼人生》等颇有影响的作品，为小说开拓了新的领域。发展到新生代小说，则走向了只关注个体自我，不顾他人，厌恶社会，竭力把自我的绝对隐私有意暴露出来，自我展示，以此招揽读者，这就完全消解了文学艺术的审美判断，甚至颠倒了价值关系。

大众文化、通俗艺术日益成为审美文化新格局中最活跃的因素，冲击着主流文化和高雅文化。这样发展下去，大众文化、通俗艺术会不会像香港那样，扩展成为我国的主流文化？这就不仅决定于大众文化今后会怎么发展，而且还决定于在我国历史上已长期形成的主流文化会怎样发展。在新中国逐渐发展起来的主流文化，一直高奏主旋律，弘扬社会主义、爱国主义、集体主义。改革开放解放了精神生产力，主流文化也从“政治化”的唯一途径走向“启蒙”和“审美”的道路，特别是在大众文化、通俗艺术兴起之后，主流文化徘徊、反思之后，自我调整，吸取了大众文化、通俗艺术之长，也关注起文艺的娱乐性来，开始摆脱过去那种单调的政治说教，探索文艺如何寓教于乐，寻求雅俗共赏。正是这样，主流文化在自我反思、自我调整中走向更加宽广的道路，巩固了自己的主导地位。

在整个审美文化格局中，高雅文化始终是最为薄弱的环节。改革开放以来，不少文化精英转向大众文化、通俗艺术，也有不少人转向主流文化，坚守高雅文化的人却越来越少。高雅文艺虽仍在发展，成就大多在“古雅”领域，对古典艺术、民间艺术进行加工，很少出现“新雅”佳作。

朱海坤：正如您刚才所说的，中国当代文化格局十分复杂，主流文化、高雅文化和大众文化各有其面貌、功能和问题，如何从这些不同类型的文化中研判和把握审美价值，对于文化美学来说，是一个必须解决的难题。

胡经之：面对审美文化格局的新变，我们应把探索大众文化、主流文化、高雅文化各自的特点以及相互关系综合起来研究，在它们的互动互渗中把握发展趋向，真正研究发展中的问题。大众文化研究的成果渐多，国外的文化研究不断进入我们的视野，西方马克思主义的文化批判学说、社会交往理论、后现代主义文化理论、英国文化理论，甚至欧洲新兴起来的以批判文化相对主义为特征的文化理论，都得到了我们的重视。这为我们提供了文化研究的新视角。它们在不同文化土壤上产生，面对的是不同的文化现实，对大众文化的评价并不一样，所要解决的问题也不同。我们需要广阔的理论视野，需要解决我们自己的问题。

朱海坤：在21世纪之初，国内的文化研究学者接续英国费瑟斯通的“日常生活审美化”观念，指出当今中国的社会文化正在经历一场深刻的生活革命，日常生活审美化和审美活动的日常生活化消解了审美活动与日常生活之间的界限，审美与艺术活动进入寻常百姓家，这与您主张的“文化美学”有何区别？

胡经之：“日常生活审美化”和“审美活动日常生活化”的话题是由陶东风提出的，前些年引起了广泛的争论。我也有所关注。社会要以人为本，个体的生命价值越来越受重视，人的日常生活进入了哲学视野，成为文化哲学的研究对象。日常生活也面临着美学问题。一方面，审美逐渐进入普通人的日常生活，过去只有少数文化精英才能享受到的审美资源，如今也被寻常百姓家所共享。生活空间的拓展，自由时间的增多，容许人们把更多的精力、财富和时间投入到审美活动中去，在旅行中品味山川胜景，在阅读中体察人生况味，在书画展览中陶冶艺术心灵等。人们的日常生活越来越丰富、越来越完善，审美实践日益生活化。另一方面，人们的生活也在逐步审美化，我们的日常起居、衣食住行中随处可见审美元素，生活的品位在提升。无论是日常生活的审美化，还是审美的日常生活化，都是文化美学应当加以关注的。文化美学就是要把日常生活纳入美学视野，探索人们如何按照美的规律来安排生活，什么才是美好生活，生活的意义何在。

当今，人们的审美活动已经超出了文学艺术的范围而渗透到大众的日常生活中去了，电影电视、商业广告、音乐歌曲、服装穿戴、环境设计、都市景观规划、家居装修、公园广场、百货商场等的美化，必然引发人们相应的美学思考。因此，美学研究要进入生活领域，探讨生活的审美问题。

审美如何才能日常生活化，关键在于怎样把人类创造出来的人文之美以及自然之美引进普通人的日常生活。这要历史发展到较高水平才能做到。过去就很难，皇家宫苑、苏州园林只有极少数人才能享有，大山名川也只有漫游不为稻粱谋的徐霞客等文人雅士方能去体验。如今，现代媒介能把世界文化遗产和世界自然遗产一一呈现于影视屏幕。现在的问题反而是涌入我们日常生活的审美产品实在太多，使普通人手足无措，先进文化能进入日常生活当然好，落后文化、腐朽文化呢？难道都要进入寻常百姓家？我们已经在生活中遭受到了那么多的“审美疲劳”，难道还要忍受更多的“审美反感”？文化美学不能不回答这类问题。

日常生活的审美化，关键问题则是如何把日常生活经验提升为审美体验，而不是沉溺在日常生活的物质消费中。日常生活的审美化，是否就消解了艺术？为什么就不能促进艺术的进一步提升呢？何不把日常体验提升为审美体验之后，再提升为艺术形式呢？面对日常生活审美化，艺术究竟何为？依我看来，艺术和生活应是相互促进的关系。艺术并不必然比生活高明，平庸的、拙劣的艺术远比生活贫乏，这样的艺术消解了，并不奇怪，也不足惜。艺术可以而且应该有比生活高明之处，如果艺术真正发挥了自己的长处，在日常生活审美化的基础上有更高的提升，艺术怎么会被日常审美化所消解？所以，我们的艺术，真应该正视日常生活的审美化，把日常生活的审美体验提升为艺术体验，推进艺术创造更上层楼。

我觉得，大众文化应包括民俗文化和流行文化。民俗文化是传统的大众文化，在民间流传，也在发生变化，出现了新民俗文化。现代生活被流行文化所环绕，以致一说起大众文化，我们习惯性地想到流行文化。当前的大众文化究竟有什么特点？有很多说法，诸如商品性、市场性、产业性、技术性、标准性、平面性、复制性、游戏性等，还可以列出更多，这大多是从文化生产方式和流通方式着眼而作的抽象，并非大众文化所独有，主流文化、精英文化也在走向产业化、技术化、商品化，服从现代生产的一般规律，因此，还是要探讨大众文化自身所独具的价值、功能、结构。

若把大众文化和主流文化、高雅文化放在一起考察，大众文化给我印象最深的还是它的世俗性、娱乐性和流行性，或叫即时性，大众文化可以有许多价值、功能，最突出的目的和功能是给大众即时的快乐。正如西方学者所说，大众文化的花样很简单，就是尽一切办法让大伙儿高兴。流行文化就是要为大众逗乐、找乐，即时享受，引起大家高兴。当然，招人乐的背后，隐藏着利益，那就是我给你逗乐，你给我钱，通过交换，我得到的是实利，所以要招揽更多的顾客，越多越好。文化市场必然要面向大众，唯大众马首是瞻，畅销的东西就是最好的，流行文化就是以当时最流行的时尚来逗乐大众。

审美文化本从日常生活中来，由日常生活中的审美发展为审美文化的不同形态。大众文化是最贴近日常生活的审美文化形态。它从日常生活的审美中提炼出新形式，又回归日常生活，引发大众体验生活的乐趣，享受生命的欢乐。改革开放以来，大众生活发生了剧烈变化，紧张劳动之余，渴求享受生命的欢乐，体验生活的乐趣，大众文化应运而生。它适应了日常生活的需要，推动大众向日常生活回归，促进了生活的审美化和审美的生活化，使日常生活具有一种新的意义。大众文化、通俗艺术表现了生活剧变引起的运动感、变化感，创造出特有的艺术方式，富有青春动感和生命活力，因而受到大众的欢迎。

提倡“日常生活审美化”和“审美日常生活化”，是为了让审美与艺术活动进入大众生活，提升大众的生活品质和精神层次，走向美好生活，让人得到更好的自我实现。然而，实际的情况出现了偏差，似乎是要拿流行文化、消费文化和商业文化来取代审美文化。在所谓审美化的日常生活中，很难见到李白、杜甫、陶渊明、曹雪芹的踪影，也缺少《西厢记》《哈姆雷特》《巴黎圣母院》这样的经典，反而是卡拉 OK、时装表演、网络游戏、流行歌舞、喜剧综艺大行其道，甚至用色情和软色情、血腥暴力、权谋来吸引人们的眼球，把娱乐当成审美。尽管审美和娱乐相通，审美也要求娱乐，但并非一切娱乐都是审美。娱乐，有感官之乐，也有审美之乐。大众文化、通俗艺术不能只停留在满足感官享受，而应提升为精神的体验。生命的意义，当然也包含感官的享受，可正像马克思说的，“囿于粗陋的实际需要的感觉只具有限的意义”，审美才能使我们体验更高更深的人生意义。因此，大众文化、通俗艺术要向关注审美意蕴方向提升。最困难的是如何提升，已有许多尝试，一手伸向经典，一手伸向民俗，且已初见成效。像歌曲《涛声依旧》借用了古诗意象，《霸王别姬》引进了京剧曲牌，《中华民谣》则融入了民歌，《唐宫夜宴》借鉴了传统绘画，还有不少干脆就将民歌改编，运用了一些民歌旋律，改换了内容，变成了新腔，名为新民歌，其实已是面目全非。不管怎样，多少还有一些文化意蕴，有所提升。伸向经典，伸向民俗，都很必要，今后仍要继续，以求创新。依我看，大众文化、通俗艺术更应在提炼生活经验上下工夫，还是要面向当下现实，关注大众生活，更贴近大众日常生活实践，同时要通过自己对大众日常生活的体验、领悟和反思，有所超越。在对大众生活的新体验、新领悟、新反思中，焕发出新的审美精神。

朱海坤：主流文化担负着社会主义精神文明建设、公民教育的宏大使命，它与审美有什么关系？

胡经之：我觉得对主流文化应有更高的要求。主流文化受主流意识形态的主导，应反映社会的公共要求。我们所要实现的，是社会主义现代化，社会主义思想教育当然是精神文明建设的重要任务。主流文化担负着社会主义教育的伟大使命，并不只是审美文化。我们也并不只要接受审美教育，而要广阔得多。我需要认识和了解我生活于其中的这个世界，这世界究竟是怎样的，正在发生着什么变化，不同的人在这世界上怎么生活着。我需要体验和评价这个世界上发生的变化、人的各种不同的生活。我也需要学会以什么态度对待这个世界，对待生活中发生的一切。因此，只要有助于我体验、认识、评价以及如何对待这个世界的文化，不管体现为艺术，还是科学，我都乐于接受。在这个世界发生急速变化的时代，人的生活和命运也千变万化，我们的文学理当反映这种变化，不一定都要变成主要为满足审美需要的艺术的文学。因此，大文学、杂文学的发展势在必行。回想起来，能引起我阅读兴趣的，其实不都是审美的。我爱看纪实，如我见过的太湖、滇池、洞庭湖、洱海怎样被污染了，在咱们自己国土上各种各样的人是如何生活着，国人远离国土后又怎样生活。当然还有普通百姓都关心的问题，如那些贪官污吏怎样被挖出来了。能及时反映这些的，大都是调查报告、新闻报道或是纪实文学，没有多少审美意味，却反映了我们生活中已经发生的事件，这正是我所要急切知道的。没有审美意味，也照样读，它满足了我认识世界之真的需要。如果我们对主流文化有更高的要求，希望主流文化重视发展审美维度，教育我们如何从审美上去体验和评价这个世界，教会公众如何以审美态度对待这个世界，那就不仅要对日常生活做审美超越，更应超越大众文化、通俗艺术。

朱海坤：当前，文化在大繁荣、大发展的同时，似乎也出现了一些需要关切的问题，审美维度的缺失导致了文艺精品的匮乏。

胡经之：在商品经济的刺激下，在我国形成了规模空前宏大的创作潮。艺术生产都在向产业化、工业化、技术化、商品化、规模化发展，艺术产品激增并不奇怪。不仅自由作家、艺术家在走向大众文化，就是由国家供养的专业作家、艺术家也在向大众文化靠拢。但规模日益扩大的艺术生产究竟有多少是艺术精品？是不是获得形形色色各种奖项的作品就是精品？不见得。艺术精品，不仅有较高的认识价值、思想价值，更要有高度的审美价值，认识价值、思想价值就寓于审美价值之中。恩格斯一再说，他是从美学观点和历史观点来评价艺术作品的，而且这是衡量作品的“最高标准”。作为审美文化的最重要部分，主流文艺应有很高的审美价值。为此，主流文艺应该站在时代发展前列，具有超前意识，把握时代脉搏，抓住人民大众共同关切的人类命运问题，“入乎其内”，有真切的体验和深刻的领悟，又“出乎其外”，唤醒自我意识，进行自我反思。近年来，我们的文艺增强了审美批判性，以前不敢涉及的政治领域，渐渐成了热门话题，现代官场小说、肃腐反贪作品、扫黄打黑的影视纷纷涌现，触及人民大众关注的问题。《抉择》《大厂》《至高利益》《大雪无痕》《大法官》《人民的名义》等优秀之作，吸引了广大读者、观众。本来，作家、艺术家的审美视野应十分广阔，激烈的政治斗争，崇高的道德行动，都可以以审美的眼光做出审美评价。如今，主流文艺重拾宏大叙事，发扬敢于面向现实的审美精神。但是，应该清醒地认识到，真正称得上艺术精品的还不多，珍品更是罕见，平庸随处可见，艺术垃圾日益增多。当务之急不应再鼓励量的疯涨，而应重视质的提高，特别要关注审美评价中的价值取向，应有更高的审美追求。商潮涌动中，在人与人的关系、人与自然的关系、人和自我的关系中，异化现象在滋长，作家、艺术家如何对人与世界的关系做审美反思，焕发直面人生又超越现实的新审美精神，增强审美批判性应是提升主流艺术审美品位的必要途径。

在我心目中，高雅文化应既是对大众文化的吸收和超越，又吸收主流文化的精华做新的超越，创造出来的应是弥足珍贵的精美珍品、传世之作。在启蒙型审美精神退潮之后，少数文化精英受西方形式主义美学影响，致力于形式之美的建构，只在符号本身下工夫，不在体验生活上着力，忽视在现实生活中体验、领悟人生价值和意义，把艺术美仅仅归结为形式美。这种重在形式的审美精神，使得少数精英只关注形式，导致作品失去审美意蕴。幸而，一些文化精英在改编古典名著和改作民俗艺术这两个领域还是取得了一定成功。对中外古典名著的现代阐释，对民俗音乐的深度开掘，都给人留下了深刻印象，不少已登上国际舞台。对古典艺术和民俗艺术的再创造，前景广阔，尚有很大潜能可挖掘和发挥。若要在我们这个时代实现中华文化的伟大复兴，创造中华文化的新辉煌，我们的作家、艺术家就要有伟大的艺术抱负，吸纳中外文化的精华，熔铸和焕发新的审美精神，不仅有对大众文化的超越，更要对主流文化做新的超越。

朱海坤：您刚才多次提到了培养新审美精神的问题，请您详细谈一谈。

胡经之：不同时代的审美精神有着不同的特色。改革开放之初，我们曾经高扬过富有浪漫气息、理想色彩的现代审美精神，美学热潮消退，审美精神向更广泛的社会领域弥散。在大众文化、通俗艺术中发展了一种以感性享乐为特征的审美精神，在少数精英文化中则曾发生过一种以形式追求为特征的审美精神。在主流文化中，更多地在发扬着面向现实、关注人生的审美精神。在文化的相互碰撞、沟通、互动过程中，现代审美精神也在逐渐发展、提升。进入 21 世纪以来，国际文化交流迅速加快和扩大，我国的社会主义现代化进程也向纵深发展，人的现代化问题更加突出。中华文化的发展进入了一个新的历史时代，新的时代需要焕发新的审美精神，我们应在汲取、反思这些浪漫审美、感性审美、形式审美、现实审美的审美经验的基础上，又继承和发扬中华文化的古典审美精神，按照我们这个新时代的实践需要，着眼未来而又面向现实，实现新的超越。

这种与时俱进的新审美精神，富有时代气息，蕴含东方神韵，其内涵包括以下三个方面。

一是时代感。我们这个时代的审美精神，应面向现实，把握时代脉搏，富有时代感。我们正在经历着一个剧烈变动的时代。尽管我们在一个世纪前就尝试着走向现代化，但历经磨难，屡受波折。等到我们真正睁开眼睛看世界，痛切地感到我们已落后得太久，就匆忙奋起直追，赶快引进国外生产力，加足马力赶上去。现在迎来了知识经济时代，要赶上信息化，实现跨越式发展。而西方后现代思潮却悄然舶来，激发我们自我反思。西方现代化所造成的许多弊端发人深省，物欲高涨，人欲横流，人我疏离，生态破坏、人性扭曲等异化现象，在我们这里也都在发生。我们还需要西方那样的现代化？究竟我们应追求什么样的现代化？能不能探索一种新的现代化？我们需要什么样的跨越式发展？一些人沉醉于眼前享乐和狂欢，一些人在焦虑、急躁，而我们更该做的是对我们这个时代做审美反思，增强对社会各种异化现象的批判性，从时代高度持批判态度。在肯定我们时代中的真、善、美的同时，必须加大批判假、丑、恶的力度，深化审美的批判性，这应是我们这个时代的更高审美追求。这种审美追求乃是新感性和新理性的融合，蕴含了理性思考的科学精神，又富有当代人文精神。只有将科学精神和人文精神辩证结合起来，人类才能获得真正的自由。

二是人性化，新的审美精神应从人民大众的审美追求中提升出来，反映人民大众的审美需要，尽管个人审美体验极为个性化，但在主体间的交往中，可以引发相似的体验，关注人的命运，重视人文关怀，提升人类本性，应是新审美精神的重要内容。审美本就是人类本性的表现，只有人类才有。人经由劳动而从自然关系中提升出来，成为人类，人类和动物有着本质的差别。马克思在《1844 年经济学哲学手稿》中说到，动物虽也进行生产，但只能在直接的肉体需要的支配下，凭本能来生产，而人只有在摆脱了肉体时才自由进行生产，动物只是按照自己所属的那个物种的尺度来生产，人却懂得按照任何物种的尺度进行生产，并且，“随时随地都能用内在固有的尺度来衡量对象；所以，人也按照美的规律来创造”。人能不能用“内在固有的尺度来衡量对象”，这是能不能按美的规律来创造的前提。什么是“内在固有的尺度”呢？前人常用“主体的需要”来解释，但依我的理解，这“内在固有的尺度”乃是人内在固有的“类特性”。正是“类特性”，把人和动物的生命活动区别开来，“而自由自觉地活动恰恰就是人的类的特性”。人能用“自由自觉”的类特性做内在尺度来衡量对象，所以才有审美。类的特性，人类本性乃是衡量对象是否按美的规律创造的价值尺度、根本标准，审美活动、创美活动，则是更高的自由自觉活动，突出体现了类的特性、人类本性。历史发展的曲折，使得人应有的人类本性、类的特性发生了异化。马克思在考察社会关系中发现，人与人、人与物、人与我在历史发展中都在发生着异化，人的异化活动不是创造真、善、美，而是造成假、丑、恶。在异化的干扰下，人类本性、类的特性，只能在曲折中发展，自由自觉的活动不能顺利展开。当人类刚从自然界提升出来时，原始人还无大的分工，个人的活动“显得比较全面”，人的个性还具有“原始的丰富”。这是一种狭隘范围内的原始丰富性，“在这里，无论个人还是社会，都不能想象会有自由而充分的发展”。分工的发展，特别是精神劳动和物质劳动相分离，使得人有了更多的自由自觉，但在人的依赖关系中，受血缘、地缘、族缘的束缚，人的个性只能“在狭窄的范围内与孤立的地点上发展着”。当商品经济发展起来，人从“人的依赖关系”中解放出来，个性获得独立。这是一种“以物的依赖性为基础的独立性”，人的个性受物的支配，甚至沦为物的奴隶。只有建立在个人全面发展和他们共同的社会生产能力成为他们的社会财富这一基础上，自由个性才能获得全面而自由发展，自由自觉的活动才能充分展开。现在，我们还处在社会主义初级阶段，还在竭尽全力发展商品经济，还只能以物的依赖性为基础。我们要实现社会主义现代化，应及早防止物的片面发展，更多关注人的现代化，在促进社会发展的全面进步中，更加重视人的全面发展。马克思呼唤人性复归，在更高阶段上提升人类本性，发挥人的自由自觉的潜能，这正是新审美精神包含的应有之义。

三是超越性。审美是个体的一种自由自觉生命活动，是自由个性的一种存在方式。审美和艺术都根源于生活，又都是对日常生活的超越。马尔库塞说："艺术只是在它使自己与我们可能有的日常现实相区别和相分离的这个意义上来说是超越性的。"在审美活动中，个体是审美活动的主体，在与审美客体融为一体的过程中，体验到了自我实现的愉悦，感受到了自我的价值。审美的根本目的在自我人格的提升。怎样才能实现这一目的？那就必须超越自我，以人类本性、类的特性作为价值尺度来衡量自我，发展自我意识，对自我做审美反思。这就如马克思所说，就像"在意识中所发生的那样在精神上把自己划分为二"，不仅要区分对象意识和自我意识，而且在自我意识中区别出"客我"和"主我"。当自我在审美中沉醉在自我体验中时，心灵"入乎其内"，随对象喜怒哀乐，不能自拔，贪官的贪婪、商人的奸诈、市民的鄙俗，都要体验。体验种种丑恶心理，并不意味着心灵的自我要跟着沉沦下去。因此自我又要"出乎其外"，从自我体验中跳出，把那种体验作为客体来加以审视、观照，以"主我"的视界来评价那"客我"，做出价值评价。"主我"的价值观念不同，对"客我"的审美评价、审美态度就不一样，这正表现了自我（审美主体）的审美人格的品位。有的对丑恶引不起审美的反感，有的则对美好引不起审美的快感，这种审美态度就表现出了审美趣味的低劣、恶俗。这就要以人类本性、类的特性（类本质）作为衡量"客我"的尺度，使"主我"向人类本性、类的特性方向提升，提高审美品位，完善人格。

然而，超越自我不仅是对客我意识和主我意识的调整，还是自我意识和对象意识的融合，审美意识是一种自我意识，是对象意识的超越，它以对象意识为前提，对象意识是自我意识的基础。审美意识是自我意识和对象意识的交融，上升为关系意识。在审美体验中，主客统一、物我同一，已分不清对象和自我。在进入审美活动之初，在人和世界的审美关系中，仍然存在着审美主体和审美客体的区别。审美关系在实践关系中生发出来，而人和世界建立了审美关系，通过审美活动和世界建立了自由的精神关系，在精神上和世界达致动态平衡，为人类建立精神家园。人和世界是对象性的关系，主体和客体相依相动，在实践中相互对象化，主体于对象既受动又能动，主体客体化，客体主体化。审美活动则是一种意向性活动，包含了审美主体对审美客体的价值态度和评价。在审美关系中，审美主体和审美客体相依互动，审美主体必须具有审美的本质力量（素养和能力），也必须有相应的审美对象。“对象如何对他说来成为他的对象，这取决于对象的性质以及与其相适应的本质力量的性质；因为正是这种关系的规定性造成了一种特殊的、现实的肯定方式。”马克思所说，忧心忡忡的穷人对最美丽的景色无动于衷，那是因为主体缺乏审美的心情，进不了审美关系之中。只懂购买矿物的商人只重矿物的商业价值，而看不到矿物的美的特性，那是因为缺乏审美能力，看不到矿物的审美价值。在新时代，我们更需要美学，而不是要消解美学。不过，这是一种把握时代脉搏、密切关注人生、面向而又超越现实的新美学。

朱海坤：从 1980 年到 2000 年，从“文艺美学”到“文化美学”，这期间包含了您对中国当代文艺学建构的思考和努力，您是怎么看待文艺美学与文化美学之间的关系的？

胡经之：文学艺术对于人的生存和存在意义重大，文艺美学仍大有可为。文化美学不能只停留在对文学艺术的关注上，而要放眼当下现实中的多元文化现象，具有国际视野，解决中国问题。我们的生活世界无限广阔，艺术生活只是现实生活的一部分，随着新兴媒介和艺术形式的快速发展，传统艺术在人们生活中的分量变小了。我们生活在更复杂的文化环境之中，无论是物质生活还是精神生活、社会生活还是政治生活、现实生活还是虚拟生活，都有审美之维在生成和发生作用。随着人类实践活动的扩大和发展，附丽于实事的依存美也日益增长，在实践生活中不断生成的审美需求应时而进，美学不能对此视若无睹、置若罔闻。

日常生活的审美化既然已经在我们的生活中发生，就要研究文化美学。大众文化的勃兴是好事，不能简单否定，也不能因此否定文学艺术在社会生活中的重要作用。我在《文艺报》发表过一篇《生活审美化，艺术应何为》。在这篇文章里，我提出，生活审美化，使审美进入百姓的日常生活，文学艺术的使命不是减轻了，而是应在此基础上，提高文学艺术的审美水平，并反过来再次进入平常人的生活世界。艺术审美和生活审美的相互促进、逐步提升，才是良性循环。文化美学研究的就是艺术审美与生活审美的互动关系，促进这种良性循环。走向文化美学，绝非要消解文艺美学，而是让文艺美学超越古典，面向现实，深入发展。

朱海坤：您倡导文艺美学，又倡导文化美学，都突出了价值论，无论对艺术还是文化，都重视价值分析，这给我们留下了深刻印象，我们想进一步了解的是，对文化如何做价值分析？

胡经之：好，我尝试一下。马克思主义的精髓是实践唯物主义，要改造世界。这世界，既包括外部世界，又包括内部世界，改造世界是为了建立外部世界和内部世界的美好关系。人类为什么要改造世界？马克思说，是为了人，通过人，又复归人。列宁说世界不能满足人，所以要改造世界。可见，人类之所以要实践，就是为了满足人类的需要；如果人类自身没有需要，何必去从事生产劳动。改造世界，就是要使自然人化，把自然物改造成人工物，符合人类的需要。人类发展的规律是需要—活动—关系。人有了需要就要开展活动以满足需要，活动的结果，动态转为静态，形成相对稳定的关系。但人类会产生新的需要，于是又展开新的活动，形成新的关系。需要是活动的动力，活动的展开，积淀为关系。需要、活动、关系三者互动，贯穿在整个人生中。

马克思的实践论是有价值内涵的。人化并非为了使世界劣化，而是为了使世界优化，最后达到美化。人化、优化、美化，这是人类实践应具的价值内涵。人类的三大实践，物质生产、精神生产和人自身的生产都应从人化不断优化，再到美化。在现实生活中，人化常常变为劣化。只有按马克思所倡导的按美的规律来创造，才能创建美好生活、美好世界。马克思的实践论的最深刻之处，不仅对实践活动本身做了价值分析，更深入到人的需要这一更根本的层次，对需要本身做了价值分析，区别了合理需要和畸异需要。

马克思对劳动和需要是怎样做价值分析的呢？这里要稍做些说明。在资本原始积累时代，西方早期的资产阶级为了积累资本，生活还比较省俭，信奉清教，对无产者则很吝啬，想方设法榨取油水，抑制劳动者的合理需要。在《1844年经济学哲学手稿》及《资本论》等著作中，马克思对资本主义生产方式下的劳动异化做了深刻的分析，“劳动为富人生产了奇迹般的东西，但是为工人生产了赤贫。劳动生产了宫殿，但是给工人生产了棚舍。劳动生产了美，但是使工人变成畸形……劳动生产了智慧，但是给工人生产了愚钝和痴呆”。劳动者“在自己的劳动中不是肯定自己，而是否定自己，不是感到幸福，而是感到不幸，不是自由地发挥自己的体力和智力，而是使自己肉体受折磨、精神遭摧残。因此，工人只有在劳动之外才感到自在，而在劳动中则感到不自在。他在不劳动时觉得舒畅，而在劳动时就觉得不舒畅”。在异化劳动中，对劳动者来说，“劳动不是满足一种需要，而只是满足劳动以外的那些需要的一种手段。……只要肉体的强制或其他强制一停止，人们会像逃避瘟疫那样逃避劳动”。

既然异化劳动不能给劳动者什么愉悦，“结果，人（劳动者）只是在执行自己的动物机能时，亦即在饮食男女时，至多还在居家打扮等等时，才觉得自己是自由地活动的；而在执行自己的人类机能时，却觉得自己不过是动物。动物的东西成为人的东西，而人的东西成为动物的东西”。饮食男女、居家打扮，这是属于日常生活的活动，是人的整个生命活动中的一部分，所以，马克思给予肯定，说“饮食男女等也是真正人类的机能”。然而，“如果把这些机能同其他人类活动割裂开来，并使它们成为最后和唯一的终极目的，那么，在这样的抽象中，它们就具有动物的性质”。这就是说，人不能只停留于饮食男女、居家打扮的日常生活，而应把这些和人类的其他活动紧密联系起来，要争取一种“整体性”的生活。但在资本主义条件下，劳动者是无从获得整体性生活的，只能片面地生存。面对劳动者的不满和抗争，统治阶层中的一些聪明人为了延续资本主义的生命，逐步采取了一些改良措施，以丰厚的待遇配置了雄厚的科技力量，大力推进物质生产力的发展，又培植了大量管理人才，精密计算，培育了一个庞大的白领阶层，运用股份制吸引更多的人期望提升自己的地位。特别是努力打造一个消费社会，鼓励超前消费，以消费为号召，引领大众为此而奋斗，激发生产热情，做更大的贡献，为资产者获取更大的利润。随着物质的丰饶，资产者转而改变方略，不仅自己走向豪华奢侈的消费，而且千方百计地在别人身上唤起某种新的需要，以便迫使他做出新的牺牲，把他置于一种新的依赖地位，促使他进行新花样的享乐，从而使他于经济上破产，资产者极力鼓励大众消费的无度和过度。为了扩大消费，有的甚至走向投合消费者的卑鄙下流的意念，充当消费者和他的需要之间的皮条客，激起他的病态的欲望，窥视他的每一个弱点，以便然后为这种亲切的服务要求报酬。

劳动的异化，分配的异化，最后导致了消费的异化。一方面是消费的极度精致化，超出了人的合理的正常需要；一方面则是消费的极端野蛮化、鄙俗化。这两种倾向，又被结合在一起。消费的异化，反过来导致人的价值观念的异化，正如马克思所说，把人的本质力量的实现，仅仅看作自己放纵的欲望、古怪的癖好和离奇的念头的实现。

朱海坤：为了人，通过人，又复归人，这既是马克思实践哲学的价值旨归，也是您从文艺美学走向文化美学的内在逻辑线索。您在2000年倡导文化美学之后，晚年又对自然美学做了进一步探讨。您在《美学伴我悟人生》中说，您的美学研究，是从文艺美学、文化美学到自然美学，为什么您又关注起自然美学来？

胡经之：我自小生活在江南水乡，对自然美情有独钟。但这一次关注起自然美学和以前的审美体验有所不同，那是因为生态危机的凸显，令我忍不住呼喊：要保护天地自然之大美。我这是有感而发。深圳经历了第二次创业，经济迅猛发展，不时忽略了生态保护，到世纪之交，生态问题已渐凸显出来，大气污染、水污染、垃圾污染等逐渐显现。我老家太湖周边也出现了生态危机，电视剧《春风又绿江南岸》就真实反映江南那时的状态。我自2002年住进了后海湾畔的高层住宅，天天感受到自然环境的变化，自然审美成了我的日常生活，因而对自然的敏感也日益增长。我看到了光、空气和水都日渐污染了，因而忧心忡忡，开始思索，难道现代化就一定要以牺牲自然环境为代价吗？于是，我重读了马克思、恩格斯的一些著作，如《自然辩证法》《1844年经济学哲学手稿》《资本论》，以及西方已兴起的生态哲学。我发现，自然美学在西方已经发展为环境美学的一大维度。人生活在环境中，离不开自然环境和人文环境，自然环境不是孤立的，和人文环境交织在一起，自然环境的变化离不开整个社会的发展。我国已经意识到，社会主义建设，要物质文明、精神文明、社会文明、政治文明、生态文明一起抓，五个文明协调发展。经济要发展，那是一个社会的基础，生态也要保护，更要建设良好的生态。我把这归结为既要马儿少吃草，又要马儿跑得好。

那么，马儿怎样才能既吃得少而又能跑得好呢？从自然美学出发，我曾做过一些思考，从而进入了生态美学。面对人类生活于其中的生态环境的日益恶化，我们更需要重视人和自然的审美关系，积极倡导自然审美。艺术审美、人文审美、生活审美等，都是人类生活之必需，但自然审美有不同于其他审美的独特价值和特殊意义。“天地有大美而不言”，天地之美，鬼斧神工，天造地设，崇高雄伟，博大浩荡，非人工所致，非人力所能及。自然之美，不仅能提升人的精神境界，而且激发人类去探索自然的奥秘，创造更美好的世界。

社会的现代化，必然要对人周围的环境发生影响，正面还是负面，优化还是劣化，增益还是损害，这就要看人类自己能否调整，把人文发展规律和自然生态规律统一起来，良性互动，相互推进。

西方发达国家的现代化，走过了“先污染后治理”的道路，到后现代才意识到要发展循环经济、生态经济、绿色经济。中国能照搬西方发达国家的发展模式吗？不能。中国要走的是社会主义现代化之路，而不是走向资本主义现代化。中国人口众多，虽说地大物博，可资源并不雄厚，平均到人，就更显得稀少。我们的劳动生产率并不高，整体尚在初级工业化水平，产品在日益丰富，已能满足温饱，初步实现小康，正在向全面小康水平迈进，尚需勤俭治家，绝不能挥霍浪费。如果我国要像美国那样发展，在当今世界，已经没有可能，那需要好几个地球才行。经过改革开放以来的快速发展，中国谷物、钢铁、煤炭等物品的消耗已经超过了美国。比如，中国人均煤炭用量，若要达到美国目前人均 2 吨的水平，就要 28 亿吨，而目前世界年产量为 25 亿吨，这从哪里来？又如中国汽车正在迅猛发展，正在向美国人看齐，若要到目前美国人均水平（四个人有三辆车），那就需 11 亿辆，超过目前世界总量（约 8 亿辆）。且不说能源何来，光是行车道路和修车场地，都要把目前中国的稻田全部化为乌有。

既然中国不能也不可以美国的方式走向社会主义现代化，那么，我们就只能另辟新路，当然要借鉴西方发达国家的经验和教训。经过反思，我们终于意识到，中国要实现社会主义现代化，就只能走循环经济、生态经济的发展之路：低耗资源、绿色生产、合理消费、资源再生。提倡绿色生产，不仅是资源的低消费、低成本、高效益，而且是尽量不污染环境，并逐渐优化环境。要合理消费，即使我们的产品极大丰富，也不应铺张浪费、暴殄天物，尽可能防止过度消费、膨胀消费、炫耀消费，使消费服务于人的生存、发展和完善。消费要尽量充分发挥产品的用途，物尽其用，既节约资源，又减少废弃，即使万不得已，消费后的废弃，又能转化再生资源，变废为宝，用来做再生产的材料。

朱海坤：您的美学研究，从文艺美学开始，经文化美学，再到自然美学，脉络清楚。最后，您能不能把您的美学思想做一个概括的说明？

胡经之：我对美学感兴趣，源于在人生中遇到一些困惑，想自我解惑，并不想构筑什么宏大的体系。我看到有些哲学家研究美学，动辄声称要建构人类学美学，我很敬佩，但我自知没有这个本领。对全人类的审美现象做出理论概括，谈何容易！我只能从我自己的审美经验出发，对自己一生中所经历过的审美现象做些反思，吸纳了前人的审美经验，再经过我自己的审美体验来验证，我才相信。所以，我把我的美学称为人生美学。依我的审美经验来说，我是先感受到了江南水乡的自然美，然后感受到了风土人情的人文美，到了中学才喜欢上了艺术美，然而我的美学研究却是先研究艺术美，然后研究文化美，晚年才更关注自然美，那是因为顺应时代发展和教学需要。美学热兴起之时，李泽厚高举实践哲学的大旗，高屋建瓴，竭力阐发劳动创造了美，建构的是“大美学”。我在中文系讲授的是文学概论，由下而上，乘势而为，只是从文学艺术着手谈文艺美学，建构的是“小美学”，然后再逐步扩展，向文化美学、自然美学展开，走向人生美学，重心在探索马克思、恩格斯称为“现实的个人”或“社会的人”如何才能和现实世界建构美妙的关系。我的人生美学和生态美学相贯通，是研究人生的生态，而非物的生态。这样的美学，在我心目中就是“形而中学”，区别于“形而上学”。

因此，我对美学的思索，也有自己的理路。首先，美学究竟是一门什么样的学问？当初鲍姆嘉通起名“美学”，是研究感性认识之学，属于认识论，是一门认知科学。尼采、叔本华等把审美看成意志的张扬，美学又成为研究意志之学。康德则突出了审美和情感的关联，之后的不少美学家把美学看作情感之学。价值哲学兴起之后，现象学美学大多把美学看作是价值之学。20世纪三四十年代，吕澂、范寿康、金公亮等都称美学为价值之学。我在50年代，先是读了这些美学家的著作，后又读了斯托洛维奇等苏联美学家的著作，初步接受了价值学说。到我对马克思的价值论有过一番钻研之后，更确信美学乃价值之学，美学不仅要研究审美这一精神活动，而且要深入到劳动创造这一实践领域，研究人类如何按照美的规律来改造客观世界和主观世界，使人和世界的关系更美好，实现马克思所说的人类的幸福和我们自身的完美，这正是美学所要追求的人生的最佳价值状态。

那么，美学的研究对象究竟是什么呢？传统的美学研究聚焦在三大类：美、美感、艺术。哲学美学特别重视美和美感的研究，追问美的本质和美感的特征；分析美学则重在艺术的解析，有些美学更把美学等同于艺术哲学。我认为，美学当然首先得弄明白美和美感是怎么回事，分析哲学也要对此做出解释，但美和美感的探索，不能离开具体的审美活动独立进行，而应在具体的审美活动中研究审美对象和审美感受。从我的审美经验出发，美学应该从研究审美活动着手，从具体到抽象，又要从抽象复归具体，不能只从抽象上来谈美和美感。但是，美学也不能只停留在研究审美活动这一精神层次，还要探讨实践活动中的美和美感，劳动怎样才能创造美，审美活动要上升为创美活动。艺术创造属于精神生产，当然要按美的规律来生产。人类从事的更多的是物质生产，按马克思之见，物质生产也应按美的规律来进行。美学应该研究物质生产之美。所以，创美活动无比广阔，美学的研究领域必然要扩大。审美和创美，都是为了人，直接的目的是使人得到美的享受，兴感怡悦，更高的目的是在培育美好品性，向真、善、美的方向迈进，这就要开展育美活动。自席勒倡导美育以来，美育越来越受到重视。所以，美育应成为美学研究的对象。我心目中的美学，其研究对象应是人类的三大活动领域：审美、创美、育美。我有时说得更加通俗一些，美学要研究“三发”：美的发现（审美），美的发明

（创美），美的发育（育美）。若能再展开一些，还应探讨美的发生（起源）、美的发扬（传播），变成“五发”。但我的美学探索，重心在“三发”：美的发现（审美），美的发明（创美）和美的发育（育美），这也正是人生的三大领域。

这只是我心目中的美学所要研究的总的轮廓，这三大板块还要深入下去，具体化。

先说审美活动。审美活动三要素，审美对象、审美主体和审美境遇连接为一体，审美主体和审美对象在审美境遇中互动，审美的效果，也就是审美感，或是引起审美快感，或是引发审美反感。仅就美感来说，正如席勒所说，有振奋性的美，使人振奋；也有溶解性的美，使人松弛。审美的直接目的，就是要懂得审辨美丑，对丑恶的东西会非常反感，对优美的东西会非常赞赏，从而使自己的心灵成长得既美且善。我把人类的审美活动分为三大类，那就是：文艺审美，以人心营构之象为审美对象；自然审美，以天地自然之象为审美对象；人文审美，以人文创造之象为审美对象。我从文艺美学到文化美学，再到自然美学，就是按这思路演进的。这是人生审美的三大维度。但人生对美的追求并不仅限于审美，还要审美之上进而创美和育美。

再说创美活动。美的创造要以审美活动为基础，审美活动只存在于精神领域，不能改变现实。精神力量要转化为物质力量，只能通过实践才能实现。美好世界、美丽中国、美好生活等，都只有劳动实践才能取得。劳动实践要按真的规律、善的规律、美的规律来进行，使得劳动过程本身就有乐趣。而劳动的结果，产品既要实用，又能美观，符合人民的需要。人类最重要的实践有三大类：物质生产、精神生产和人自身的生产。物质生产主要处理人与物的关系，精神生产主要处理人与心的关系，人自身的生产最复杂，既要处理自身的身心关系，更要处理人与人的关系。这三大类生产，都要按美的规律来创造，美学就要深入探索这三大领域中的美的规律的异同。实践美学在新时代仍然发挥作用，但要向生态美学扩展和提升。我所理解的生态有广义和狭义之别。我心目中的生态，不只是物的生态，如植物生态、动物生态，而且是人的生态。人的存在状态有多个维度，物质的、精神的、社会的、政治的、自然的等。狭义的生态只指自然生态，广义的生态就扩及物质生态、精神生态、社会生态、政治生态，是立体的生态。人类的生态如此，个人的生态也如此。著名作家劳伦斯在1936年所写的《小说为什么重要》中这样说道：“我绝对坚决地否认我是一个灵魂，或一个肉体，或一种思想，或一种才智，或一个神经系统，或一簇腺体，或身体的任何其他部分。整体大于部分，因此，我作为一个活生生的人，大于我的灵魂或精神、或肉体、或意识、或任何仅为我身体的一个部分的其他一切。我是一个人，一个活生生的人。”作为一个活生生的此在，和世上的其他活生生的存在，有着千丝万缕的联系，人和世界的关系也是立体的，实践关系、认识关系、审美关系等构成一体，人生美学和生态美学相通。审美功利也和其他精神功利以至物质功利有着直接或间接的关联。社会生活中大量存在的还是依存美，人的物质实践、精神实践以及交往实践中都有美的规律在，文化美学就要深入这三大实践领域，探索美的规律。所以，我常说，文化美学待深探，将大有可为。恩格斯说：文化上的每一进步，就是向自由迈进一步。

再说一说育美活动。人创造环境，反过来，环境塑造人，这是实践辩证法。创美活动乃是人按美的规律去改造客体世界，属人的外在超越。育美活动却是按美的规律来改造主观世界，属人的内在超越。马克思、恩格斯在《德意志意识形态》中说：“历史的每一阶段都遇到有一定的物质结果、一定数量的生产力总和，人和自然以及人与人之间在历史上形成的关系，都遇到有前一代传给后一代的大量生产力、资金和环境，尽管一方面这些生产力、资金和环境为新一代所改变，但另一方面，它们也预先规定新的一代的生活条件，使它得到一定的发展和具有特殊的性质。由此可见，这种观点表明，人创造环境，同样环境也创造人。”无论是改变环境还是环境塑人，都要依靠人来实施。此在是一个什么样的人，就越来越显得重要。教育者首先得受教育，培育人成为全面而自由发展的自由个性。人的素质教育包括了德智体美劳的全面教育，其中当然有身体美学在内。然而，我还是以为，我们竭力彰显的还应是全身心投入的全面教育。美育和德育、智育的关联更为紧密，我最看重的还是要提高人的智商、情商、德商，塑造人的真、善、美的品格。

在我的美学观念中，审美、创美、育美这三大板块，应是美学研究的重心。在前端和结尾，应突出阐明人类为什么需要审美、创美和育美，那就是为了人、通过人、复归人，为了马克思所说的为了人类的幸福和我们自身的完美。这就要进而阐明人在天地人三位一体的作用和地位；人生要不断提高人生境界的必要，把天地人三位一体和人生境界说，亦即是要把中华美学精神和马克思主义的实践辩证法结合起来，建构中国特色的当代美学。这也正是我把我的美学称之为人生美学的初衷。人生美学的旨趣，最后要归结为人生境界的提升。人生就是要不断从小我向大我提升，逐步自我完善，充分发挥自己的潜能，为广大人民的幸福而奋斗。李大钊说得好："盖人生之有价值与无价值，有意义与无意义，皆在其人之应其本分而发挥其无能与否，努力与否，精进与否。应其相当之本分，而觅自用之途，俾得尽量以发挥其所长，而与福益于其群。"① 人生境界是外在超越和内在超越相结合的结果。人和环境，又分又合，由合而分，又由分而合，人的一生就是由不平衡不断走向平衡的过程。马克思在《资本论》中说："结合和分离是人的智慧在分析再生产的观念时一再发现的唯一要素；价值和财富的再生产，如土地、空气和水在田地上变成谷物，或者昆虫的分泌物经过人的手变成丝绸，或者一些金属片被装配成钟表，也是这样。"人生的境界也正是在天地人的分与合中从不平衡达到平衡。真善美就是人生所达到的最佳平衡状态。我的人生美学的核心，乃是以马克思主义实践辩证法为基础的天地人三位一体的人生境界说，想以此为基础，继承和发扬中华美学精神，走向马克思主义当代美学的建构。

我没有写过概括我的人生美学的文章。我的美学观念，散见于我的《胡经之文集》中。承你此次问询，我只能做这样简扼的概括。

朱海坤：最后，我还想请教您一个问题，这问题很重要，一直想找机会请您谈一下。您一向倡导，美学研究应该遵循"马列指导，古为今用，洋为中用，面向现实、解决问题"这一根本方针。这其中最难的还是怎样做到"马列指导"，请您谈一谈，您的美学研究是怎样以"马列指导"的？

胡经之：我也只是在摸索。我坚信学术研究要以马列为指导，但怎样

① 《李大钊文集》上卷，人民出版社 1984 年版，第 318 页。

才能做到，确实很难，只能摸着石头过河，在实践中一步一步向前走。

我虽在1950年参加苏南第一届人民代表会议时，由当时主管苏南文教的陶白推荐，买到了一本由苏南新华书店翻印的周扬编《马克思主义文艺》，但我还读不大懂。我在1953年集中精力自攻美学，也不知道马克思、恩格斯有什么美学见解。直到1954年听了苏联专家讲文艺学，马克思主义才进入我的美学视界。我才知道文学艺术属于观念的上层建筑，列宁还把美列为社会主义文学艺术的标准。我在文艺学研究班听课后写的结业论文，研究的就是文学的人民性，尝试运用列宁的“艺术为人民”的思想来研究文学。从此以后，每当报刊来约我写纪念毛泽东在延安文艺座谈会上的讲话的文章，我都是突出阐发“艺术为人民”这个主题，这已成为埋藏在我内心深处的深层意蕴。到了1958年，周扬带了张光年、何其芳、林默涵、邵荃麟等来北大开设系列讲座，号召大家“建设马克思主义的美学”，我有幸担任讲座助教，深受感染，从此就立志要投身马克思主义美学建设。

我在1960年完成的文艺学副博士毕业论文，就是想接着马克思之问，尝试以马克思主义为指导，研究中国古典文学为何至今仍然不朽，具有艺术魅力。马克思说的是古希腊史诗，我尝试运用于阐释中国古典名作，从而做出了自己的归纳：经典之所以不朽，至今还有艺术魅力，那是因为作品中蕴含着真、善、美这三大永恒价值。这是我第一次尝试把马克思主义和中国优秀文化传统相融通，想用马克思的见解来解释中国古典文学，而要解答的正是我当时心中的困惑：文学艺术是不同时代的观念上层建筑，随着经济基础的变更而变更，那么，旧时代的文学艺术怎么会在新时代还有艺术魅力？我那个时代，不只我一个人，好多人如金开诚、黄海澄、李泽厚等同辈学友，都有此困惑。因此，我试图解答的正是现实中的问题。我看到了中国古典名作中有美，但并非只有美，还有真和善，真、善、美是经典具有艺术魅力的三大要素，但不同的作品，重心可以有所不同，或重真，或重善，或重美，所以有真的文学、也有善的文学，还有美的文学。当然，最佳之作当是追求真、善、美融为一体。在当时，我的论说尚且粗略，未能深入阐发真、善、美三者如何融通，但这为我后来的美学研究打下了一个胚。改革开放之初，我开讲“文艺美学”，就是想在这基础上有所发展。在肯定优秀之作的意蕴真善美的前提下，《文艺美学》的重心只是在艺术美的探索而已。那时，尽管我也适应了改革开放的需要，吸收了一些西方美学资料，但更多引用的还是中国古典美学资料，重在阐发意象经营，创构意境，提升人生境界的传统美学思想。在我倡导文艺美学之初，学界曾有人误解，以为我要把文学艺术引向唯美主义歧途，后来见了我的一些文艺美学论文，知道我只是崇美，却不唯美，崇美之外，也重视真和善，推崇真善美合一。

1958 年我参加了文艺界关于革命的现实主义和革命的浪漫主义相结合的讨论，又给了我一个机会，尝试以马列为指导，运用中国传统文化资源，来论证“两结合”乃是历史发展的必然和应然，解答的还是当下的现实问题。马克思、恩格斯倡导，文学创作要塑造“典型环境中的典型性格”，看重现实主义，赞扬巴尔扎克，推崇莎士比亚，不赞成席勒化，正是那个时代亟须批判丑恶的现实，揭露旧社会的罪恶，为工人阶级登上历史舞台鸣锣开道。到了列宁时代，亟须推翻旧社会，建设新社会，就更要呼唤理想，向往未来，高尔基就希望现实主义和浪漫主义相结合，倡导审美意识形态的沃罗夫斯基也赞成审美反映要“两结合”。斯大林时代把社会主义现实主义定为一尊。斯大林逝世后，在大跃进时代，毛泽东就倡导革命现实主义与革命浪漫主义相结合，就是想对社会主义现实主义有所超越，更趋完善。在讨论中，我主张中国古典文学有现实主义和浪漫主义两大主潮，浪漫主义不是反现实主义，而是在发展中有着和现实主义相结合的趋向，但只有发展到社会主义时代，现实主义和浪漫主义才有可能结合起来，成为最好的创作方法。这符合我国传统文学艺术的历史发展规律，但并不意味着只许一花独放，现实主义和浪漫主义仍然可以各自发展。这虽属我的一孔之见，并非人人赞同，但对我来说，这是以马列为指导的又一次尝试，吸取中国传统文化中的营养，回答当下现实中的问题。是耶非耶，任由评说。

我的美学研究，虽从文艺美学开始，探索人心营构之美，进而跨入文化美学，探索人文创造之美，晚年醉心自然美学，探索天地自然之美，但我终生不懈追寻的还是人生美学。文艺美学、文化美学、自然美学只是人生美学的三大维度。

我虽然实现了“行万里路”的梦想，去了三十多个国家和地区，但我不可能全面了解全人类的生态，对“世界大全”的知晓不多，所以我研究不了生态美学。我只能从“现实的个人”入手来探索人生的整个生活状态，关注“人生大全”。作为“现实的个人”，生活于天地之间、社会之中，生活世界丰富多样，五彩缤纷。人生在世，“现实的个人”一生都在持续地社会化，参与社会生活。因此，个体融入社会，从而和广大人民具有共同的价值理想，那就是希冀生活更美好。美好生活，不仅是生活要好，而且要好上加好，生活还要从真、善提升到美。法国浪漫主义作家雨果说：“人有了物质才能生存，有了理想才说得上生活。你要了解生存与生活的不同吗？动物生存，而人则生活。”美好生活就是人民向往的理想的生活。人生在世，不仅要活得了，还要活得好，更要活得美；适者生存，善者优存，美者乐存。我之所以推崇人生美学，当然是由于现实的需要，要探究“现实的人”的人生怎样才美好。同时我发现，中外古今已有多种多样的思想资料可供参考。1953 年，我在北大图书馆第一次读到了一本介绍马克思生平的小册子，知晓了他在中学时代就已立下大志，要为“人类的幸福和我们自身的完美”而奋斗终生。这是马克思树立的精神传统。后来，1958 年，我在周扬的沙滩北街寓所听他说，我国有两个文化传统，一个是自古以来的古代文化传统，发展到“五四”前夕，受西方文化的影响，生成了第二个文化传统，那就是新文化传统。我从自己的切身感受出发，觉得两种文化传统的说法有道理。新文化传统已吸收了西方现代文化，中国逐渐走向现代化，但西方文化中的马克思主义，对我国特别有吸引力，因而特别重要。马克思主义的中国化，应单独分出来，形成我国的第三个文化传统。马克思主义的精神传统高瞻远瞩，中国文化的优秀传统博大精深，马克思主义和中国优秀文化传统结合，产生了中国特色的社会主义现代化，也正在促进当代的中华美学精神的生成。

在我的美学生涯中，先后和这三大文化传统相遇。先是受蔡元培、梁启超、朱光潜等的中国现代美学的影响，吸取了人生价值论做底色。后随杨晦先生研习中国古典文艺学，不久又响应了周扬“建设中国的马克思主义美学”的号召，对马克思主义做了一番钻研，重在马克思的美的规律论。改革开放的最初十多年，我又补了一些课，更多关注了西方美学。然后，自 1995 年后，我的美学关注重回中国古典文艺学，重在探索艺术意境论和人生境界论，最终走向人生美学，探索人生大全的真善美，“现实的个人”怎样才能走向融真、善、美于一身的自由个性和自由境界。

朱海坤：在您的美学生涯中，面对三类文化传统，您坚持以马列主义为指导的原则。如今，中华优秀传统文化与马克思主义相结合成为人文学界的热门话题和重要关切，您觉得，中华美学精神怎样才能和马克思主义基本原理相结合？

胡经之：一说起中华美学精神，我立即想起了宋代名家范仲淹的话——“先天下之忧而忧，后天下之乐而乐”，一股以天下为己任的浩然正气，扑面而来，使人为之振奋。个人的喜怒哀乐和普天下的人民大众一脉相通，个体的小我和普天下的大我融为一体，这正是中华美学精神的精髓所在。这是一种大美精神，我称之为和美。

我这也是逐步领悟到的。1991 年，以研究现代艺术哲学著名的美国美学家布洛克，应朱立元之邀去上海访问，共同商定要把我的《论艺术形象——兼论艺术的审美本质》一文收入他俩主编的《当代中国美学》一书中，介绍到美国及英语世界。布洛克听陈伟说我已从北大到了深圳，就要陈伟陪同他和夫人一起到深圳来访，然后取道香港回美国。我把他们三人安排在深圳大学校园内的粤海门客舍住了一周，得以和布洛克做了多次交谈。我发现，布洛克对中国古典美学产生了浓厚的兴趣。我送给他三本书，《中国古典美学丛编》《中国现代美学丛编》和《文艺美学》。他说他最感兴趣的是那 3 卷《中国古典美学丛编》，有助于他了解中国古典美学关注些什么问题。他就问我，中国古典美学最精彩的地方何在？我就以范仲淹的名言为例，说那是一种大美精神，但还未以和美名之。1995 年冬，中华美学学会在深圳大学举办了首次美学与美育国际研讨会，布洛克正在香港讲学，立即从香港来深圳参会。在交谈中，他又一次追问我，中华美学的精髓何在？这一次我就说了，和谐为美，人与天地和谐相处，是为大美。正是因为我也持和谐为美之说，中华美学学会在 2003 年于香山召开“美学与和谐社会”研讨会时，把我和周来祥都请去了。我的发言就是阐明：人生活在世界上，就是要尽力寻求和周围世界和谐相处，从不平衡、失衡力求达到平衡。美，就是人和周围世界达到动态平衡的最佳关系状态。席勒在《审美教育书简》中说，在美的直观中，心灵是处于规律与需要之间恰到好处的中点，正因为它介于这两者之间，才避免了规律和需要的强制。蔡元培也说，美学的主观和客观是不能偏废的，求美与求真的偏于客观、求善的偏于主观，不能一样。人生活在这个世界上，为了追求美，就不仅寻求内在世界的和谐平衡，还要和外部世界的关系也能达到和谐平衡，所以也就必然要求建设和谐社会。我的发言只写了个提纲，并未写成文章，所以说了也就过去了，没有展开论证。

但在2010年，我得机缘对“和美”做了一番论证。那年，我国新设立的太湖国际文化论坛，准备于2011年在苏州召开首届国际学术会议，主题定为“世界和谐的通途”，要请好几个国家的领袖人物到太湖之滨共同探讨走向和谐世界的途径。负责承办此会的严昭柱乃是师从蔡仪的美学博士，邀请我和倡导生态美学的曾繁仁参会。为此，我在2010年写了一篇《中华文明重和美》的论文，专论中华美学的和美精神，突出阐明了“和”的内涵，不等同于“同”，既包孕了“同”，又保存了“异”，超越了“同”和“异”，所以称为“和而不同”。在我心目中，“和美”乃是中华美学精神的核心。我试图从马克思主义的观点来解释这个“和”。马克思在《资本论》中说道，宇宙的一切现象不论是人创造的，还是由物理的一般规律引起的，都不是真正的新创造，而只是物质的形态变化。结合和分离是人的智慧在分析再生产的观念时一再发现的唯一要素。世上的万事万物都在不断变化，而变化的最普遍规律就是“分”与“合”的相互交错。人作为万物之一，也在进行着和万物相互的“分”与“合”。如今，我们把这称之为物质、能量和信息的交流。但是，人作为万物之灵，在经历了长期的实践活动的积累而具有了“灵明”，亦即今天所说的“智慧”，因而能自觉掌握和调控与外在世界的物质、能量及信息的交流。人生活在大全世界中，和这大全世界不可分离，但人具有了意识，就能在这世界大全中分出自我和对象。人不仅有对象意识，而且具有自我意识，更有连接对象意识和自我意识的关系意识，所以人在这大全世界中就能不断调节内在世界和外在世界的关系，时分时合，从不平衡、失衡走向和谐平衡，亦即是“和”。

依马克思之见，世上的一切现象，无论是自然现象还是社会现象，都是在遵循“结合”与“分离”的规律运行着，人类的智慧就在如何掌握“分”与“合”的规律。“分”与“合”不可分离，但在人类不同的文明系统中，着重点有会所不同，同中有异，异中有同。英国哲学家罗素在20世纪20年代到中国讲学时，就已说到了中西文化的不同：中国哲学强调和谐、调和，而西方哲学则着重斗争、竞争。中国哲学家张岱年就认为这有一定道理，中国传统文化较重视人与自然、人与人之间的和谐与统一的关系，西方文化从希腊一直到近代，比较重视人与自然、人与人之间的对立和斗争的关系。他只说到了近代，其实，西方到了现代也仍然如此。不说别的，就说美国，好斗成性，建国二百多年，为了帝国私利，不断挑起和参与的战争就有二百多次。

中华文明重和美，和美乃中华美学精神的精髓。这种以和为美的中华美学精神，历史悠久，源远流长。早在春秋战国时代，和美精神已经彰显。楚灵王大兴土木，为自己建造了奢华的章华台，自鸣得意，叫了大夫伍举一起登台观赏，炫耀其宏阔富丽之美。不料伍举却大泼冷水，直言这样穷奢极欲，劳民伤财，为恶也甚。那么，什么才是他心目中的美？伍举说：“夫美也者，上下、内外、大小、远近皆无害焉。”他说出了美的最低标准，也就是审美判断的底线：无害。这里的关键是对谁无害？人民。美不能“瘠民”，劳民伤财乃是恶，不是美。伍举的美学思想乃是以民为本，人民至上，人的所有内外关系（上下、大小、远近等）都不能有害于人民，方谈得上美不美。万物并育不相害，道并行而不相悖，美所追求的乃是人和各种各样内外关系的和谐。

这种以民为本的和美精神，成为中华文化的历史传统继承下来，发扬光大。自周代兴起的礼乐传统就更加发扬了中华美学的和美精神。蔡元培在《三十五年来中国之新文化》中就说，我国古代礼乐并重，按照《礼记·乐记》的说法，“乐者，天地之和也；礼者，天地之序也”。依蔡元培之见，乐教就是古代纯粹的美育，凸显的是天地人和，以和为美。正是因为中国古代的礼乐精神连绵不断，发扬光大，所以，“到处可以看出中国人是富有美感的民族”。孔子倡导的“诚”“仁”“乐”，孟子赞扬的“信”“善”“美”，徐干称颂的“德”“智”“艺”，无不体现了这种精神。

的确，中国人是富有美感的民族，中华美学精神长存不衰。以我的理解，宋代张载的“横渠四句”正是中华美学精神的高度发扬。他所说的正是中华文明的精要：“为天地立心，为生民立命。”天有天道，地有地道，各自在按照自然规律运行着，但天地无心，只有人才有“灵明”，在精神上掌握天地之道，这就为天地立了心。人在天地中，天地映心中，人掌握了天地之道，就能进而构建自己的人文世界，为生民立命，掌握自己的命运，是为人道。这是自古以来天地人三位一体的思想的体现。天地人互动，协调发展，最后要“为万世开太平”，也就是要为人民创建一个太平世界，而且要万世太平。这是中华文明中涌现出来的一种美好理想，希冀构建一个理想世界。怎样才能构建出美好世界？中华传统文明并未找到切实可行的实践道路，所以，还只是一种美好的愿望和向往，体现的是中华美学精神。

马克思主义的高明，正在于不仅使那美好理想更具体化，明晰可见，确定要为全人类的幸福和我们自身的完善这一终极目标去奋斗，而且还寻找到了走向终极目标的实践路径，要从人的依赖和物的依赖中解放出来，为每个人的自由个性的培育创造出必要的条件。为此，物质生产、精神生产和人我生产这三大实践相互促进、协调发展，既要按真的规律和善的规律，更要按美的规律来进行。马克思主义不仅要解释世界，还要改造世界，既要改造客观世界，又要改造主观世界，更要改造主观世界和客观世界的关系，达到以人为本、动态平衡，使人类自身和对象世界不断得到优化和提升。

中国的发展亟须马克思主义的指导。马克思主义和中国革命实践相结合，为中国的发展开辟了新道路，从而形成了中国特色社会主义的新形态：物质文明、精神文明、政治文明、社会文明和生态文明的协调发展。这五大文明的建设，不仅需要遵循真的规律、善的规律，更要按照美的规律来实践。时代呼唤美学应发挥更大的作用，美学需要促进马克思主义和中华美学精神的融通，建构具有中国特色的当代美学。中外美学，同中有异，异中有同，和而不同。

马克思主义和中华美学精神的融通，需要从大处着眼，又必须从小处着手，致广大而尽精微，从日常生活的审美到非常生活、超常生活的审美，一直到天地境界的营构；从修身养性、齐家治国到平天下过程中的美的规律，都要进行研究。这就需要有更多年轻人的参与，集思广益，促成融通。我希望，研究马克思主义美学的能更多吸收中华美学精神，研究中国美学和文艺学的能更多熟悉马克思主义，不时进行交流对话，共同促进马克思主义基本原理和中华美学精神的融通。

二〇二一年五月　采访
二〇二二年九月　定稿
深圳湾　望海书斋

第九章

中西比较为我用

朱海坤：胡老，您对文艺学的思考和研究是多方位的，除建构文艺美学外，还倡导比较文艺学，前者是将美学与文艺学融为一体，后者则呼吁跨国别和跨文艺类别的比较研究。请您谈一谈比较文艺学的初衷何在？

胡经之：比较文学研究，虽然在 18 世纪已由欧洲的启蒙学派开启了，但是，作为一门文艺学科而兴盛起来，却是 19 世纪末 20 世纪初的事。近数十年来，比较文学研究在许多国家得到蓬勃发展，出现了许多学派，最有名的是以倡导“平行研究”而著称的美国学派，和主张“影响研究”的法国学派。此外，还建立了一些国际学术组织，如国际比较文学协会。因此，比较文学研究成了国际性现象。中国也需要比较文艺学。这是历史发展的必然和现实需要。

作为社会现象，文学艺术广泛存在于世界各国，到处都有。文艺研究当然要从研究不同民族、不同文化的文学艺术开始，它是整个文艺学的基石。只有在对不同民族、不同文化的文学艺术的研究基础上，才可能做更高或更深一层的研究。因此，传统的文艺学注重各个文学艺术的研究，弄清各个国家、民族文学艺术的来龙去脉、历史发展，这十分必要。然而，随着文学艺术在不同国家、民族之间的交往，特别是在全世界范围内更广泛的交往，文艺学势必要对不同民族、不同文化的文学艺术做比较研究，以便弄清究竟什么是文学艺术共同具有的普遍性，什么是某些文化体系文学艺术所独具的特殊性，什么又是各个国家所特有的个别性。

从历史发展趋势看，比较文学研究随着国际文化交流的发展不断扩大和深入，开始主要是在欧洲文化体系内部进行，后来则跳出这个范围，歌德曾把中国文学和西方文学做了比较。后来比较文学研究由欧洲蔓延到美洲。美国学派扩大了法国学派的领域，进而扩展到西方与东方文化体系之间的比较，越来越重要。同时，比较研究的范围也越来越扩大，不限于文学，其他艺术如绘画、建筑、雕塑、戏剧以至实用艺术等，也都在研究比较之列。于是，比较文艺学成为世界性的学科。比较文艺学的方向日益转向东方，中国的文学艺术受到了特别的注意。北京大学杨周翰教授就旗帜鲜明地提出，比较文艺学，除了法国学派、美国学派之外，还应该有中国学派。

比较文艺学，对于我们来说，更有现实的需要，是繁荣社会主义文学艺术和建构马克思主义文艺学的基础工作。我们需要比较文艺学，社会主义文学艺术不能在废墟上发展，必须在继承和发扬中国优秀文艺传统的同时，汲取和借鉴国外的优秀文学艺术，这就需要对中外文艺进行比较研究，有比较才有鉴别，才能知己知彼，取长补短，洋为中用。

我们要建立和发展马克思主义文艺学，须以马克思主义做指导。马克思主义是指导一切科学研究的根本方法，但根本方法不能代替具体方法。马克思主义文艺学，只有在对许多具体文学艺术现象做比较研究的基础上，才能建立和发展起来。比较文学研究，是建立和发展马克思主义文艺学的重要途径，是通向马克思主义文艺学的桥梁。马克思与恩格斯本人一向很重视“比较”的方法。在评说文学艺术时，马克思就经常运用比较的方法，例如，把莎士比亚和席勒做比较，把拜伦和雪莱做比较，把歌德的《贝利欣根》和拉萨尔的《济金根》做比较，还曾把文艺复兴时代的三位著名艺术家做过精辟的比较。各国的文学艺术既有共性，也有个性，有相同的方面，也有相异的方面，只有比较才有鉴别，没有比较，怎么知道不同国家文学艺术的异同和优劣呢？

朱海坤：中国的比较文艺学应该进行一些什么样的研究？研究如何切合中国的实际？有何特色呢？

胡经之：比较文艺学的研究范围十分宽广，当前的比较文学研究，并不限于国别比较，可以做历史比较——把当代文学和古代文学作比较研究，也可以做艺类比较——把文学和其他艺术样式作比较研究，还可以有主题比较、形态比较、源比较等。我们的比较文艺学首先要把注意力放在国别比较方面，特别是中国和外国的比较。西方的比较文艺学，注重西方国家之间，西方与东方国家之间的比较研究，这是理所当然的。“西方中心”说、“欧洲中心”说，夸大了西方、欧洲文学艺术的作用和地位，不符合实际。我国的比较文艺学，要拿中国文艺同其他国家的比较。当然，我们不是要树立“东方中心”说乃至“中国中心”说，而是要运用马克思主义对具体对象做实事求是的比较研究，得出符合实际的结论。

中西文艺的影响研究，曾有许多著述。例如，德国利奇温《18 世纪中国与欧洲的文化》一书，详尽阐述了欧洲 18 世纪出现的“中国热”，研究了当时中国的戏剧、绘画、歌舞、建筑、实用艺术等如何影响了欧洲文化。叶维廉《中国古典文学的比较研究》研究了 20 世纪初美、英的意象派诗人如何从中国古典诗歌中汲取“意象经营”的艺术技巧。在国内，阿英、茅盾、赵景深的外国戏剧在中国等论著，探讨了话剧如何影响了中国的戏剧。王瑶的《论鲁迅作品与外国文学的关系》、乐黛云的《尼采与中国现代文学》等，都研究了西方文学对中国文学的影响。至于俄国、苏联文学对中国文学的影响研究，著述就更多了，如冯雪峰的《鲁迅与果戈理》。这种中西文艺的影响研究，无疑应该扩大和深入。中西文艺的平行研究更是大有可为，前景广阔。朱光潜《诗论》、钱钟书《谈艺录》、朱自清《新诗杂话》、李健吾的戏剧论文等，都曾对中西文艺做过一些对比研究。冯至的《杜甫与歌德》对这两位大诗人在诗与政治、诗与自然关系问题上的异同，做了平行的对比研究。张隆溪等的《汤显祖和莎士比亚》等文，也都是平行比较。另外，中国和其他东方国家的比较，应该受到我们比较文艺学的特别注意。中国和其他东方国家的文学艺术，相互影响更多更大，历史传统更为接近。例如，古印度的文学艺术特别注重“韵”“味”“情”，这同中国古典文艺很相近，甚至在文艺理论上也有体现。例如，印度画论中有“六支”说，中国画论中有“六法”论。英国人勃朗在《印度绘画》中说，中国“六法”论受印度“六支”说影响，金克木用历史事实否定了此说，同时阐明了二者的异同。这种研究很有价值。中日文学的比较也很有意思，例如，紫式部的《源氏物语》，就可以同《红楼梦》《金瓶梅》等作品比较研究。比较文艺研究，当然要从作家、作品等具体问题着手，这并不妨碍中西文艺的系统比较，后者可以反过来指导个别比较。国别文艺的比较研究，是要找出不同国家文艺共有的一般规律，又抓住每个国家文艺的特殊规律，因此，比较文艺研究必然要进行中外文学艺术理论的比较以及美学理论的比较。朱光潜的《西方美学史》、钱钟书的《管锥编》、伍蠡甫的《试论画中有诗》、宗白华的《美学散步》、李泽厚《美学论集》中谈意境、创作方法的论文等，都在这方面做过一些尝试。

朱海坤：比较诗学和比较美学是比较文艺学的深化，三者的关系是怎样的？

胡经之：科学部类的区分，不仅决定于研究对象的不同，而且也受制于研究方法的差异。马克思说："不仅探讨的结果应当是合乎真理的，而且引向结果的途径也应当是合乎真理的。"由于研究对象和研究方法不同，科学区分为不同的部类。比较文学把不同文化系统的文学进行比较研究，探索不同文化系统的文学的共同规律和各自的特殊规律，其基本方法是比较。比较诗学和比较美学的基本方法也是比较，不过，比较研究的对象却是不同文化系统的诗学和美学。

诗学有广义和狭义之分。狭义的诗学是研究诗歌的学问，相对于小说学、戏剧学等而言。广义的诗学，就是文艺学，整个艺术和文学都是研究对象。亚里士多德的《诗学》，研究了史诗，也研究了悲剧、喜剧，甚至涉及音乐，实质是文艺学。欧洲传统观念里的诗学和文艺学的区别并不是很清晰，诗学中包含着文艺学，甚至也蕴含着美学。直到 18 世纪，德国的鲍姆嘉通用"美学"这个名称来命名哲学中的一个学科，把美学和逻辑学分开，于是诗学和美学的界限才逐渐清晰。传统的诗学观念，到了 20 世纪仍保留着，并未完全消失。

比较诗学的研究对象不应局限于诗歌的范围。叶维廉的《比较诗学》（1982）重点虽在比较中西诗歌理论，但研究的范围远超于此，涉及中西的美学和哲学。诗人和自然的审美关系，是叶维廉《比较诗学》中极为重要的内容。中西诗论的比较研究也包含中西美学的比较研究。因此，广义的比较诗学，范围并不限于诗论，而涉及文艺理论以至美学。

比较美学理应对不同文化系统的美学作比较研究，建立较晚。20 世纪 20 年代中期，法国学者在伦敦出版《比较哲学》，尚无"比较美学"专章，在"比较逻辑"和"比较心理学"中，已经接触到比较美学。后来，许多著名学者，如韦勒克、奥斯本、费舍尔等都对东西方美学的比较发生兴趣，做过探讨。美国和印度的学者还合作创办了《比较文学和美学》杂志。印度美学家潘地，在 20 世纪五六十年代出版了《比较美学》3 大卷，对西方和印度的美学做了比较研究。中国、印度，西方三大文化体系的美学各具特色，能对印度和西方的美学作比较研究，本身就是一种令人鼓舞的尝试，对于我们建立比较美学极有启发。

美学的对象并不仅限于文学艺术，生活本身也蕴含着许多美学问题，美学应该研究人类所有审美活动的共同本质和普遍规律。因为文学艺术是人类审美活动的一种集中和凝练的形式，美学必然要研究文学艺术的审美本质和审美规律，文学艺术仍然在美学的视野之内。比较美学的研究范围较之比较诗学更宽广，和比较诗学的联系十分紧密，二者相互补充和相互渗透。

朱海坤：实际上，从比较文学走向比较诗学和比较美学，是学科发展和研究层次不断深入的必然结果。理论层面上的比较研究比文学经验与事实层面的比较研究更有价值。

胡经之：比较诗学和比较美学的出现，是比较文学深入发展和不断拓展的结果，有其必然性。较早的比较文学，只是致力于不同国家的文学作品本身的比较。法国起初使用比较文学这一术语，就是指文学作品的对照比较。法国学派重视文学的“影响比较”，探索不同国家、民族之间文学的相互影响、相互作用的事实，着眼于文学的事实联系。美国学派重视文学的“平行比较”，不同国家、民族之间的文学，即使未发生过相互影响和相互作用，并无事实上的联系，也可以作为比较文学的研究对象，探索不同文化系统中的文学异同。比较文学的发展，进而扩及文学和其他艺术门类的比较研究，甚至把文学和宗教、哲学等做比较研究。比较文学的范围越来越扩大了，比较文学不只是比较文学作品，也对不同文化系统的文学思潮、文学批评、文学理论做比较研究。

随着比较文学的深入发展，比较诗学和比较美学日益受到重视。1982 年，在美国纽约大学举行的第十届国际比较文学会议上，比较诗学被列为重要议题，特别对东西方诗学体系做了专题讨论。1983 年，在北京举行的中美两国比较文学讨论会上，时任国际比较文学学会会长的美国学者厄尔·迈纳撰写了《比较诗学：比较文学理论和方法论上的几个课题》一文，明确指出，关于比较文学的对象、方法的争论虽然陆续不断，但均未切中西方比较文学发展的主要趋势，其实，“近十五年间最引人注目的进展是把文学理论作为专题纳入比较文学的范畴”。比较文学的这种发展趋势，不仅在西方，而且在东方也引人注目。自 1982 年始，台湾学者陆续出版《比较文学丛书》一套 10 种，其中有关诗学和美学的竟占大半。除了叶维廉的《比较诗学》对中西诗论和美学进行比较研究外，还有专门就东西方的美学观念进行比较研究的论著，如王建元的《雄浑观念：东西美学立场的比较》。更多的是研究西方诗学、美学同中国文学和文学批评的关系，例如符号诗学、现象学美学、结构主义诗学、接受美学等对中国文学批评和创作的影响。

越来越多的比较文学家认识到，比较文学不能停留在事实的确定，要做出价值判断，最终要通过比较研究探索不同文化系统文学的本质特征和规律。要达到这个目的，不仅比较文学本身需要借助美学、诗学，作为研究方法论，其研究的结果，也应提高到美学、诗学的高度。比较文学要取得进步，就必须去研究文学的审美本质，得出美学上的结论。

朱海坤：比较的目的，归根结底在于掌握文学艺术或人类审美活动的普遍规律。

胡经之：文学这种人类独特的活动和产物，可以从不同层次上去研究。民族文学、比较文学、总体文学，就是文学研究的三个不同层次。民族文学是具有同一文化系统和历史传统的文学，它是民族文艺学所研究的对象，探讨的是民族文学的特点和规律。比较文学则研究不同民族、国别的文学，通过比较，探索异同，揭示不同民族、国别文学的特殊规律和共同规律。总体文学则把世界各国文学作为一个总体来研究、探讨世界文学的共同本质和普遍规律。法国的梵第根在《比较文学论》一书中对总体文学或一般文学所下的定义，就是对于许多国家所共有的那些事实的探讨，或者是关于文学本身在美学或心理上的研究。美国雷马克虽然不同意把文学研究分为民族文学、比较文学、总体文学这些层次，但还是同意总体文学的说法，说“它是指总的文学潮流、问题和理论，或者是美学”。

美国学派把文学和其他艺术的比较研究也归入比较文学的范围。法国学派不同意把文学和其他艺术的比较归入比较范围，认为应该归入总体文学之列。1968 年，热纳在《一般文学与比较文学——兼论方向探索》一书中阐发了比较文学和一般文学的关系，指出文学和其他艺术的比较应是总体文学的研究对象。尽管法国学派把比较文学限定在文学的相互影响、事实联系的范围内，但对总体文学却十分重视。法国百科全书关于“比较文学”和“总体文学”是这样写的：

> 比较文学是20世纪的一门新兴学科，它与世界文学和总体文学有密切的关系，但不是一回事。一般认为：各国文学的总和就是世界文学。总体文学的目标则是从世界文学史中提取永恒的、不变的因素，总结出文学创作的普遍规律，并制订文学类型的一般理论。世界文学的研究方法和国别文学一样，用的是分析法；而总体文学则必须将文学看作是一个不可分割的整体，用综合的方法对文学作全面的研究。然而，这种综合的研究只能建立在比较的基础上。如果不对各国文学进行比较研究，找出其中哪些是共同的因素，不了解各国文学如何互施影响，如何用不同的手法处理相同的题材，那么，“综合”从何谈起呢？

我认为有道理。比较文学通过对不同国家、民族的文学的比较研究、揭示出共同规律和特殊规律。文学研究的最终目的应该是寻找世界文学的普遍规律，必须从比较文学提升到总体文学的研究。我国许多著名学者都有这样的见解，比较文学不能为比较而比较，应该提高到掌握世界各国文学的普遍规律。例如，钱钟书说：“比较文学的最终目的在于帮助我们认识总体文学乃至人类文化的基本规律。”李赋宁说：“比较文学可以被看成是连接国别文学和总体文学的桥梁。总体文学研究是文学研究的最高目标，因为它研究的问题是文学作品的一些最普遍、最根本的问题。”杨周翰在谈及中国学派的设想时，指出中国学派应努力把比较文学和总体文学紧密联系、沟通。比较文学不管是影响比较还是平行比较，如果仅仅指出异同而不提到理论的高度，价值就不大，应该进而“探讨它在文学史上、美学上或理论上有什么意义”。

看来，比较文学要提高到总体文学，总体文学是文学研究的更高目标，许多人的看法比较一致。总体文学要揭示世界各国的共同特点、普遍规律，实际上就是诗学或美学。总体文学并不就是比较诗学或比较美学。但是，诗学或美学要成为真正的科学，就必须对世界各国已有的诗学或美学进行比较研究，探索不同诗学或美学的异同短长，从而取长补短。把文学比较和美学比较、诗学比较结合起来，这就使比较文艺学的研究水平得到了提高。

朱海坤：总体文学的构想似乎存在一些困难，特别是在研究范式趋向于去本质主义和崇尚差异化的后现代语境中。

胡经之：确实有些学者对此持质疑或否定态度，如原美国比较文学学会主席奥尔德里奇根本不相信有“共同诗学”的存在。曾有中国台湾学者提出“共同诗学”，实际上是“试图把西方的批评标准和中国的批评标准结合起来形成一种一致的美学观”，依他看来，这是不可能的。因为即便在西方内部也不存在共同的诗学，单是西方就不可能统一，怎么期待把东方西方统一起来呢？因此不可能建立统一的、共同的诗学和美学。但是，奥尔德里奇却肯定比较诗学或比较美学，因为比较诗学或比较美学是把不同的诗学或美学做比较研究，“这意味着并不要求统一”。比较诗学或比较美学的特点是“兼收并蓄，包罗万象”。所谓共同诗学或共同美学，就是世界各国文学艺术共同的原理，这是总体文学的另一种说法，否定共同诗学、共同美学，也就是否定总体文学。这种否定本身是否合理，尚可斟酌，但比较诗学或比较美学应该发展，得到了一致的肯定。这从另一侧面反映了比较文艺学发展的必然趋势。

朱海坤：是的。通过比较进行文明互鉴和文化交流，这一点对于我们自身的文学研究和美学研究同样十分重要。

胡经之：不同文化系统的文学艺术有不同的特色，不同民族国家的理论思维方式也各不相同，这就形成了不同文化系统的诗学、美学。不同文化系统的诗学、美学都自成体系，各有特色。比较诗学或比较美学，就需要对不同文化系统的诗学、美学做比较研究。中国的诗学、美学源远流长，历史悠久，自当成为比较诗学、比较美学的重要研究对象。美国哈佛大学比较文学系主任劳迪欧·纪廉说：“只有当世界把中国和欧美这两种伟大的文学结合起来理解和思考的时候，我们才能充分面对文学的重大的理论性问题。”如果我们的比较诗学或比较美学能对中国和西方的诗学、美学做一番比较研究，就不但能了解西方诗学和美学的特点，而且可以加深对中国诗学和美学的认识。在这个基础上，才能建立和发展马克思主义文艺学、美学。

朱海坤：了解和掌握国外的文学、诗学与美学状况，是进行中西比较研究的前提。在20世纪80年代，中国学界兴起了一股译介的热潮，您对西方文艺理论的引介是比较早的。当时为何会突然关注西方文艺理论，并投入大量精力与时间从事这方面的工作？

胡经之：1984年夏，我受张维校长邀请，从北大跑到深圳来，这是我人生的一次重大转折。来深圳的前几年，中国社会科学出版社、中华书局、北京大学出版社分别出版了我参与编著的多种学术书籍。有关西方文艺理论方面的，因问世较早，影响也就较为广泛。受国家教育委员会的委托，我在这期间主持编著了3部供高等学校使用的西方文艺理论教材和参考书。一部是我主编的《西方文艺理论名著教程》，由北京大学出版社出版，被国家教委授予全国高校优秀教材奖。一部是我和张首映合作的《西方二十世纪文论史》，由中国社会科学出版社出版，获国家新闻出版署颁发的全国首届优秀外国文学著作奖。还有一部是我和王岳川主编的《文艺学美学方法论》，由北京大学出版社出版，被列入我国人文社会科学博士点的首批科研项目。

其实，对我自己来说，这是我在学术上自我补课，为的是扩展学术视野和完善知识结构，开拓新的思路来研究文学艺术，为文艺美学的学科建设提供一个新的维度。20世纪80年代初，我在北大开了文艺美学课程。在讲授的过程中，我深切感到，由于闭关自守、闭目塞听，我们对国外新的学术资料掌握太少，这束缚了我们的学术发展。我感到必须补课，于是如饥似渴地搜罗和阅读国外的最新学术资料。我一方面关注着苏联文艺学、美学的发展，另一方面，更关注当时欠缺的当代西方的文艺学、美学的学术资料。从20世纪50年代到80年代初，我国大学讲堂上不讲当代西方文艺学。当时，我们这些在20世纪五六十年代登上大学讲堂的青年教师，很想知道西方20世纪文艺理论的发展状况，但缺乏资料。60年代，周扬主掌文科教材建设，委托朱光潜编写《西方美学史》，伍蠡甫负责编选西方文论。我在参加编写蔡仪主编的《文学概论》时，在苏联文艺理论之外，也想把西方文艺理论作为一个参照系，所以就尽力搜集资料，还特地去了一趟苏州和上海。当时，以群主编《文学基本原理》编写组集中在苏州工作。在上海，我先是在国际饭店向郭绍虞先生了解他所主持的《中国古代文论选》的情况，后到伍蠡甫家里拜访，想更多地了解西方 20 世纪文艺理论的资料。但伍老坦率告诉我，这些资料在内地很难看到，除非能到香港的大学去，也许会见到一些，但这不可能。所以，他主编的《西方文论选》只能止步于 19 世纪末。

朱海坤：您主编的《西方文艺理论名著教程》在学界产生了巨大影响，在北京大学出版社已出了第 3 版，共重印了近 20 次，至今仍是许多高校文艺学专业的必读书。请您回顾一下这部书的写作与出版过程。

胡经之：20 世纪 80 年代以来，我国一些高等学校陆续开始选讲西方文艺理论，并感到有必要编写教科书。1982 年 5 月，上海师范大学、杭州大学、杭州师范学院、山东师范大学、黑龙江大学、湖北大学、湘潭大学等较早开设西方文艺理论课程的学校的一些教师在长沙倡议，及早编写教科书和教学参考书，以应教学之需。当时李衍柱找我商量，我觉得很有必要，表示北京大学愿意参加。复旦大学、山东大学、厦门大学、广西师范大学等校也先后表示支持。经过磋商，我们于 1982 年下半年开始着手编写《西方文艺理论名著教程》和编选《西方文艺理论名著选编》的工作，由我担任主编。我想此事还得请前辈学者伍蠡甫主掌。为此，我再访伍先生。近 20 年不见，他已是八旬老人，精力大不如前。伍老告诉我，他刚完成了《西方现代文论选》，正在撰写《欧洲文论简史》，他所掌握的 20 世纪理论资料，也就这么多，已无精力主持《西方文艺理论名著教程》。他鼓励我，让我张罗此事，主持编写。他又感到义不容辞，答允和我一起主编《西方文艺理论名著选编》3 卷，并为此写一篇长序，系统地梳理了自己对西方文艺理论的认识与评价。这个工作得到了国家教委文科教材办公室的支持和鼓励。1983 年 8 月，《西方文艺理论名著选编》在青岛经过初审后，编写组立即就《西方文艺理论名著教程》的总体框架进行讨论，随后由各执笔人分章撰写。1984 年 8 月，全体编撰人又在舟山岛上聚会，逐章审阅和讨论，再做修改，并在当年10月将成稿交予李衍柱、邹贤敏、李寿福审阅和修改，最后由我定稿。其过程大致如此。在这过程中，伍蠡甫、宗白华教授曾给予很多指点。

朱海坤：通过您的讲述，我可以真切地感受到当时学者们对学术的渴望以及治学道路上的团结精神，是大家的共同努力造就了这部重要的“教科书”。这部著作的特色之一在于，它是一部“名著教程”，而不是通常的文论史的写作体例。这样做在当时是出于什么样的考虑？

胡经之：这就要说到《西方文艺理论名著教程》的编撰意图了。按照当初的设想，这部《西方文艺理论名著教程》的关注重点在名家名著，所以叫“名著教程”。通过对西方文艺理论的名家名著的分析导论，使高等学校的文科学生对西方文艺理论的主要发展历程有通盘的了解。经过近20年的教学实践，大家觉得这种尝试值得肯定。面对初次接触西方文艺理论的高校学生，教师没有必要做面面俱到而又浮光掠影的介绍，而应突出重点，分析导引，不仅传授一些西方文艺理论的知识，而且要教人理论分析和辨别能力。因此，这部教科书突出的是对文艺理论名著的讲解。

20世纪以来，西方国家已出现了不少文学批评史著作，较著名的如圣兹伯雷的《文学批评史》、维姆塞特和布鲁克斯合著的《文学批评简史》、韦勒克的《近代文学批评史》等。但是在80年代，这些著作尚未翻译过来，而且其内容过于浩繁，不宜作为教材。能不能自编一套既有历史全貌的简明概括，又有理论名著的重点解析的教科书，使文艺理论研究的从业者和青年学生能够全景式地了解西方文艺理论的状况？这正是大家为之努力的方向。此时，伍蠡甫教授刚完成了《欧洲文论简史》，对古希腊至19世纪末的西方文艺理论做了简要的叙述。于是，我们这本教科书的重心就放在了名著的讲解上，从西方文艺理论史上选择一些著名学说或篇章，详细剖析。至于西方文艺理论发展的历程，我只在导论中做极简略的说明。因此，这本教科书称为西方文艺理论“名著教程”。我们之所以要研究西方文艺理论，是为了洋为中用。但洋为中用之前，先要了解这个“洋”，而这本教材只是提供一种入门的捷径，起到沿波讨源的作用。要想深入堂奥，还得下大功夫细读原著、弄清学理基础。

朱海坤：我详细地比较了1986年初版《西方文艺理论名著教程》与

2003年版，发现在20世纪西方文艺理论方面初版只有杜威、萨特、弗洛伊德和伍尔夫4章内容，而2003年版增补了很多内容，更加全面，历史脉络也更加完整。后面这部分的增补是如何进行的？

胡经之：是的。由于那时20世纪的理论资料不足，初版《西方文艺理论名著教程》在20世纪阶段只编写了论杜威、萨特、弗洛伊德和伍尔夫的4章，其他未能做更多介绍，极为单薄。我只好在导论中对20世纪西方文艺理论予以较多的叙述，以弥补不足。对此，我一直耿耿于怀，想要尽快地多掌握些当代西方文艺理论的学术资料。蒋孔阳先生告诉我，要到香港大学去找，那里资料多。1986年春，在香港学者袁鹤翔的帮助下，我曾到香港中文大学做学术访问，在香港大学和香港中文大学搜集到不少崭新的当代西方资料。当时北京大学也有不少对西方文论、美学感兴趣的青年学子，分散在中文、哲学、俄语、西语、东语等系。我把这些爱好文艺美学的青年学子团结在一起，一方面研究文艺美学，一方面选译一些当代西方的学术资料。这样，我们对当代西方文艺学、美学的了解才逐渐多了起来。这部一卷本《西方文艺理论名著教程》于1985年完成，1986年由北京大学出版社出版，并一再重印。但在1988年第3次重印时，我深感必须对20世纪西方文艺理论做更多介绍，应及早扩充篇幅，增补内容。于是，请王岳川、刘小枫一起参与组织编写工作，约请李幼蒸、薛华、张旭东、方珊等一批中青年学者撰写论述狄尔泰、尼采、英伽登、杜夫海纳、海德格尔、伽达默尔、尧斯、卢卡奇、布洛赫、阿多诺、马尔库塞、本雅明等人的文艺理论16章，加上一卷本中原已论及杜威、弗洛伊德、伍尔夫、萨特的4章，共20章，由王岳川任副主编、纂成《西方文艺理论名著教程》下卷，于1989年由北京大学出版社出了第2版。

到了21世纪初，这部教材出版已经超过了10年，重印了近20次。在这些年中，我国对西方当代文艺理论的翻译、介绍、研究空前繁荣，五彩纷呈。我们仍需要不断关注西方文论的新动向，主要问题已经不是理论资料不足，而是如何从繁杂众多的理论资料中精选并加以阐释和评价。为此，王岳川、李衍柱和我磋商，在20世纪即将过去的时候，是否对这两卷本的教科书做一次全面修订。我们清楚地意识到，高等教育教材需要与时俱进，不断完善，才能适应新发展的需要。我们这部西方文艺理论的教材也需不时更新。于是，在2000年夏天，我和钱中文、李衍柱、曾繁仁、王岳川、邹贤敏、李寿福等在青岛附近的田横岛聚会，商讨《西方文艺理论名著教程》（2卷本）的修订事宜。大家都认为，这部教科书在20世纪八九十年代曾发挥过积极作用，扩展了我们的理论视野，适应了高等教学改革开放的需要。为表彰这部教科书，1992年，国家教委还授予了全国高校优秀教材二等奖。如今，需要进一步提高、完善，就更要注重精选，并多在阐释和评价上下功夫。为此，我们调整了编辑委员会，由我、王岳川、李衍柱、曾繁仁、邹贤敏、李寿福组成新的编委会，仍由我任主编，王岳川、李衍柱任副主编，特聘钱中文为顾问。钱中文不仅担任了此次修订版的顾问，还为此书撰写了新增的论巴赫金的一章。当时确定由王岳川负责下卷修订工作，李衍柱负责上卷修订工作，最后由我定稿。20世纪的西方文论错综复杂，变化多端，新说迭出，需要学术前沿的研究。这次修订，重点仍放在了下卷，增加了讨论英美新批评、巴赫金、梅洛·庞蒂、伊塞尔、雅克·拉康、罗兰·巴特、德里达、女权主义、新历史主义、后现代主义、后殖民主义、文化研究等章，削减了伍尔夫、杜威、英伽登等章。这是这本教材的第3版。此次修订中的增补篇章，特别多邀请了一些既懂外语又熟悉理论的中青年优秀学者参与编写。

朱海坤：二十年间，三易其稿，力臻完善，造就一部关于名著的名著，流惠学界，值得敬佩！

胡经之：谢谢！这是集体合作的成果，凝结了大家的共同努力和心血。

朱海坤：这项工作中蕴含了一种清晰的学术共同体意识，它的力量是强大的。除了《西方文艺理论名著教程》外，您还主编了《西方文艺理论名著选编》和《文艺学美学方法论》。

胡经之：《西方文艺理论名著选编》是与作为教材的《西方文艺理论名著教程》配套使用的。我们先完成《西方文艺理论名著选编》3卷。当时，我开始在北京大学招收文艺美学硕士研究生，开设了文艺美学课程，引起了西语、俄语、东语等系研究生的兴趣。这些年轻学子，积极参与西方20世纪文艺理论的翻译、介绍，所以选编很快完成。

20世纪80年代中期，西方文艺理论大量译介进来，引发了我国关于文艺学、美学的方法论的争论。如何科学地、全面地评价文艺学、美学的不同方法，我曾撰文做过探索。国家教育委员会邀我为全国高校人文社会科学博士点承担一个科研项目，于是我和王岳川做主编，邀请王一川、张首映、尹鸿、张法、方珊共同完成《文艺学美学方法论》一书。此书在北京大学出版社出版时，已是 90 年代，译介西方文艺学、美学的高潮已落。不过此书还是受到了 90 年代青年学子的关注。

朱海坤：*在您的学术生涯中，西方文艺理论是您长期深耕的领域，近些年来，一直有这样的声音，说西方文艺理论脱离中国的文学实践，请您谈一谈研究西方文艺理论对我们的意义何在？*

胡经之：毫无疑问，我们所要建设和发展的，是中国特色马克思主义美学和文艺学。我们的文艺理论，既要是马克思主义的，又要有中国特色，这当然不是靠移植西方文艺理论能做到的，也不是靠照搬中国古典文艺理论所能奏效的。我们遵循“洋为中用”和“古为今用”的原则，为的就是建设和发展中国特色的马克思主义美学、文艺学。我们不能闭目塞听，不去了解和研究西方的文艺理论。恰恰相反，了解和研究西方文艺理论，正是建设和发展中国特色马克思主义美学和文艺学的重要条件。了解和研究西方文艺理论发展的历史，不仅要弄清马克思主义文艺理论与过去文艺理论的联系和区别，还要加深对马克思主义文艺理论的理解。为了建设和发展中国特色马克思主义美学和文艺学，必须了解和研究西方古代的文艺理论，必须了解和研究西方现代的文艺理论。这不免使人产生疑虑：有这种必要吗？既然马克思主义已经有了，缺少的就只是中国特色，当务之急就是要整理和研究中国古典文艺理论，从中找出有价值的东西就行了，何必要去了解和研究西方文艺理论？

中国古典文艺理论的整理和研究十分重要，这是建设和发展中国特色马克思主义美学和文艺学的必要条件。中国古典文艺理论对我们说来，也只是一个思想资料，是建设和发展具有中国特色的马克思主义美学和文艺学的理论材料。整理和研究中国古典文艺理论，是建设和发展中国特色马克思主义美学和文艺学的必要而非充分的条件，还需要有另一些前提。了解和研究西方文艺理论就是必要条件之一。只有既了解中国的，又了解西方的文艺理论发展过程，并对中国的和西方的文艺理论加以改造，才能建设和发展中国特色的马克思主义美学和文艺学。

故步自封使人愚蠢，放眼世界启人聪明。早在20世纪50年代中期，毛泽东就鲜明地提出："要向外国学习科学的原理。学了这些原理，要用来研究中国的东西。"这里所说的"科学的原理"不只是指自然科学，也包括社会科学。也许文学艺术特殊，外国的创作和理论都不值得我们注意？事实不然。"中国的音乐、舞蹈、绘画是有道理的，问题是讲不大出来，因为没有多研究。应该学外国的近代的东西，学了出来以后来研究中国的东西。"这也就是我们常说的"他山之石，可以攻玉"，借用别人的工具来制作自己的东西。其实，马克思主义就是从西方来的，今天我们用它作为根本方法，解决中国的实践问题。

了解和研究西方文艺理论，并非照搬、移植。我们吸取西方文艺理论的长处，来整理中国的理论资料和经验材料，包括中国古典文艺理论的材料，更重要的是社会主义文艺实践的经验材料。吸取西方文艺理论，整理中国的东西，目的在于创造出中国独特的民族风格的东西，这既不是西方的，又不是中国古典的。中国特色马克思主义美学和文艺学，既不是西方文艺理论，又不是中国古典文艺理论，而是中国现代的。

世界各国的文学艺术既有共性，又有个性，是两者的统一。世界各国的文艺理论既揭示了文学艺术的普遍规律，又探索了各自的特殊规律。中国和西方的文艺理论既有共性，又各有个性，互有优劣，各有短长。困难在于我们怎样才能知道西方文艺理论的长短和优劣？这只有以马克思主义作为根本方法，把西方文艺理论和中国传统的文艺理论进行比较研究。有比较才能鉴别，不做比较，就无法知道彼此的长短、优劣。只停留在西方文艺理论本身的领域，正如只局限在中国传统文艺理论的范围内一样，都不可能真正掌握自己的特点，更无法了解彼此的异同。特征是在比较中见出的。把彼此中的任何一方孤立起来，都不能揭示出各自的特征。因此，运用马克思主义的方法对中西文艺理论做比较研究，这是建设和发展中国特色的马克思主义美学和文艺学的必由途径。然而，要做这样的比较研究，首先还需要创造更为基本的前提，那就是弄清事实，摸清情况。事实不清，情况不明，说不上进行比较研究，更何谈取长补短、扬优弃劣？

朱海坤：您在20世纪80年代中期从北京大学这座中国最高学府南下

深圳，参与创办深圳大学中文系，这既是您的个人选择，也是时代使命的召唤。到深圳后，在这个改革开放的前沿城市和窗口城市，您在中西文化交流与比较方面有哪些新的想法和做法？

胡经之：我来到深圳大学后，参与创办中文系，又扩展为国际文化系，想在这里倡导国际文化的交流。数年间，我曾参与举办一些国际文化交流的学术活动，如国际比较文学研讨会、世界华文文学国际研讨会、国际美学学术研讨会等，与国际一些著名学者、作家有了学术交往，如布洛克、刘若愚、叶维廉、陈若曦、陈映真、赵浩生等。我想尽量多了解西方，也曾去过欧美数十个城市，亲身体验西方的文化。我关注西方，只是把西方的文艺学、美学看作一种思想资料，取其新视界，借用新方法，目的还在解释我们自己的文化艺术现象，以促进我国自己的文艺学、美学的发展。我还把目光更多转向了深圳近十多年来的文学艺术，写过数十篇文艺和文化评论，以求理论联系实际，希望深圳的文学艺术日益优化，更上层楼。这些，都是在为有志于发展中国文艺学的有识之士，提供些许理论资料。希望后来者居上，能很快取得丰硕的成果。

朱海坤：您对海外华文文学的关注是从深圳开始的。

胡经之：是的。蛰居北京大学书斋30多年，我从未接触海外华文文学。来深圳后，视野开阔起来，在我面前，展现出了一个新的世界。得邻近香港之便，港台文友不断从香港带来一些港台文学资料，所以开始那几年，我接触了不少港台文学作品。后来，我更多地阅读港台以外的一些华人作家的作品。20世纪八九十年代，在美洲、欧洲、澳大利亚都出现了不少新的华人作家，出现了很多新的作品。90年代，我有机会到欧洲、美洲去，走了一些地方，认识了不少华人作家。我因此对于海外华文文学兴趣多起来了，海外华文文学在我面前展现了另一个文学世界，这个世界跟我们大陆的不完全一样，有一些新的感受。过去一说到中国文学，认为中国文学就是大陆文学，顶多加上台湾的文学，现在还加上香港和澳门的文学。后来发现不对了，海外的华人作家作品越来越多，因此也要把海外的华文文学纳入整个华文文学系统中来，这样就形成一个新的观念，即世界华文文学。世界华文文学涵盖了中国大陆的、中国港澳台的，还包括海外的华文文学，包括东南亚、美洲、欧洲、澳大利亚等的华文文学。

朱海坤：据说，“海外华文文学”的概念就是在深圳大学召开的一次学术会议上诞生的。

胡经之：在20世纪80年代初，广州、厦门曾经开过两次中国港台文学研讨会，当时还没有把海外华文文学纳进来。到了1986年，由我和徐葆煜在深圳大学负责筹备第三次会议时，本来的会议名称叫“第三次港台文学研讨会”，我和葆煜都觉得港台文学范围太狭窄，应扩大到港台以外，吸引更多海外华人作家来参加。当时的深圳市市长梁湘和副市长邹尔康很支持，答应来参加这个国际会议。我们和筹委会商量提出，应该把我们这个会叫作“海外华文文学研讨会”，把海外华文文学列入研讨议题。当时对海外华文文学的理解并不一致。于是，这次会议改成一个很长的名字：港澳台暨海外华文文学学术研讨会。这次正式提出“海外华文文学”概念，确是一个突破。而参加研讨会的中国港、澳、台，东南亚及美国华人作家、学者之多，堪称空前。当时中国香港的著名作家差不多都来了，包括当时的香港作联主席曾敏之，《香港文学》主编刘以鬯，作家施叔青、彦火、陈娟、陶然，诗人张诗剑等。东南亚也来了不少华人作家，有新加坡的骆明、杨松华、刘笔农，有泰国的李少儒、岭南人，有印尼的黄东平，有菲律宾的蔡仲达等。美国来的华人作家、比较有名的有陈若曦，还有杜国清、许达然、陈幼石等。市长梁湘和副市长邹尔康真的来了，坐在席下静听大家发表高见。

朱海坤：这是一次盛会，也是一片崭新的学术空间。伴随着改革开放的大潮，会有越来越多的人走出国门，在异域体验新的生活，在文化的交流与碰撞中积累丰富的人生经验，华文文学也会越来越繁荣，并且成为文学研究的必要课题。

胡经之：这是大势所趋。但在20世纪80年代末，我参加过几次研讨会，常听到海外朋友们的感叹，说海外华文文学再发展下去很可能后继无人，担心海外华文文学会自然消亡。因为按照移民的一般趋势，第一代是一辈子在奋斗、为了争取加入当地国籍。这一代人还是用华文来写作。但是到了第二代就入乡随俗了，慢慢地当地化了，汉语已经懂得不太多了，到第三代就更少使用汉语写作的了。这样下去岂不是华文文学就要消亡了？特别是在东南亚的这些华人作家已经看到这种趋势，他们很担心，有些国家还很排华，所以很多华人作家都很担心，华文作品是不是要消失了。

90年代以后，海外华文文学发展得非常快，这跟当时的出国潮有关系，越来越多的华人走向海外。新加坡作家协会主席骆明跟我说过，不算泰国、印尼、菲律宾等国家，仅仅新加坡、马来西亚两地，华人作家就各有约300人，都有各自的华文作家协会。起步较晚的澳大利亚，90年代以来，华人作家也很活跃。

朱海坤：如您所说，海外华文文学的作家作品数量都是非常庞大的，而且地域分布广泛，遍及世界各国，那么每个作家所面临的文化境遇和生存体验都会存在很大的差异。应该说，“海外华文文学”是一个极具内在张力的概念。据您了解，海外华文文学相比本土文学，有何特点？

胡经之：海外华文文学对于文化输出和弘扬中华民族精神起到了积极作用。我看了不少作品，深深感到海外华文文学中那些优秀作品，不仅生动地展示了华人闯荡世界的心路历程，而且还高扬中华民族的奋发图强、自强不息的精神，许多作家身在海外，心系中华，有很强的民族情结，对华文文学做出了很大的贡献。海外华文文学体现了坚韧不拔的拼搏精神。中国早期出国最多的是下南洋，到东南亚当苦力。反映老一代华人闯南洋的文学作品很多，如泰国的《风雨耀华力》，印尼的《七洲洋外》，马来西亚也有写闯南洋的“三部曲”。这些作品都是50年代出的，今天我们看这些作品，仍能感受到当时的苦，以及他们的精神。时代发展到今天，我们在走向现代化，这种自强不息的精神还在海外华文文学作品中发扬着。对大多数华人来说，如何在新土地生存下去乃是当务之急。有很多文学作品就反映了这个生存状态。在澳大利亚定居下来的文艺评论家张奥列写了两本书，一本是《澳洲风流》，还有一本叫《悉尼写真》。他在《悉尼写真》这本纪实文学集里写道：“为了生存，首都医院的外科医生在那儿做烤鸭，名牌大学的讲师，在马路上扫街，画家、音乐家在洗碗……但大家都在顽强地拼搏，表现出中华民族特有的‘韧性’，真是令人敬佩。”中国人要进入欧洲社会非常难，有很多作品反映了这种状况，比如有一部小说叫《走入欧洲》，作家叫阿航。阿航是浙江人，他写的故事很曲折、表现了华人的拼搏精神。还有一个作家叫章平，也是从浙江过去的，他写了很多小说。我问他在欧洲主要靠什么生活。他说他能够写东西，但这是他的业余爱好，只是副业。能够有时间和精力写东西必须有一个条件，就是生活上有保证，没有后顾之忧。他在比利时开了一个饭馆，他说要有别的发展很难。美国的环境应该说是比较宽松的，但是真正能在美国站住脚的也不多。黄运基 20 世纪 50 年代去美国，他创作了“异乡三部曲”，第一部从 50 年代写起，第二部写到 70 年代，第三部写到 90 年代，他写的是自己到那儿去的奋斗过程。90 年代以来反映华人奋斗的作品越来越多了。曹桂林的《北京人在纽约》，已经改编成电视剧了。陈燕妮写了一本《遭遇美国》，比较真实地反映了她在美国的遭遇。周琼的《纽约梦》写她在纽约的种种经历。莫名写了一本《梦美国，美国梦》。这些作品基本上都是描述年轻一代在美国是怎样奋斗、怎样站住脚跟的。

海外华文文学中萦绕着民族情结和乡愁叙事。不少华人出去以后，就有了一种怀念家乡、怀念祖国的中华情结。这在老一辈的作家里比较突出。老一辈作家离我们比较远了，所写的怀乡思国之情还在深深感动着我们。比如白先勇从中国大陆出去，到了中国台湾，在中国台湾没待多久，然后又跑到美国。他写了好几部书，都是怀念大陆、怀念台湾的书。有一部叫《纽约客》，实际上是写他自己的心态，虽然他在纽约定居，在那儿教书，但他有一种心态，老觉得自己不是纽约的主人，而是纽约的客人。他后来又写了一部《台北人》，写从中国台北到美国去的那种心态，今天我们看了以后还是很感动，那种怀念家乡、无论是对大陆或者台湾，都有一种思乡的感觉。第二代就不是这样了，这一代是“无根的一代”。比如有一个女作家叫於梨华，她稍微年轻一点，生在上海，在中国台湾受教育，很早到美国去留学，然后定居。她写的《又见棕榈，又见棕榈》，塑造了“无根的一代”的典型，写一个中国台湾青年到美国十年，得了博士学位，也找到了工作。然而，他在美国得不到一丝欢乐，郁郁寡欢，于是回到中国台湾，想在中国台湾住下来，却发现已没有他的家，他的父母、恋人都催促他再去美国，使他心里感到无限的迷惘和痛苦，究竟何处是家园？这种心态反映了於梨华这一代的心态。她说：“别人都是有家可归的，而我永远是浪迹天涯。回到台湾，亲戚、朋友以客相待，关切地问：这次回来能待多久？回到美国，美国人随意地问：你不会在此长居吧？”所以她就觉得好像没有根、就像水上的浮萍一样，到处飘零。这个时候她实际上是想去中华大地，但是也不能在中华大地待了，这么一个矛盾心理。到了第三代，应该说是有根了，但这个根已经不在大陆或台湾。这一代跟过去不一样，落地生根，四海为家，到哪儿就在哪儿扎根，理智地面对现实，然而，心里始终有着中华，感情还是倾向中华。典型的就是陈若曦。陈若曦生于中国台湾，20 世纪 60 年代去美国求学、攻读英美文学硕士，受到西方文化熏陶，但是她抱着“生为中国人、死为中国鬼”的爱国热忱，决心到中国大陆扎根。晚年在加拿大定居，但坚持用华文写作。改革开放以后，她不断来往于欧美和中国，写出了很多作品，如《纸婚》《二胡》，表达着她对祖国的怀念。这是年轻一代，我认为这是比较理智的一代。

海外华文文学追求美好人生。他们尽管在国外也经历了很多苦难，但始终追求美好，始终怀着一种人生的理想。这方面的海外文学作品很感人。马来西亚作家戴小华出生于中国大陆，在中国台湾长大。她的写作类型很丰富，戏剧作品《沙城》曾在马来西亚引起热烈反响，报告文学和小说都关注现实，深受瞩目。我最喜欢她的散文，不仅情景交融，文笔优美，才思敏捷，而且充溢着悟性灵气，透露着人生哲理和人文情怀。瑞士女作家赵淑侠是在松花江长大的，后来到了中国台湾，然后在瑞士定居。她始终用华文写作。她写了一部长篇小说《塞纳河畔》。她在这部长篇小说里写她的理想，各式各样的中国人，从中国大陆出来的，从中国台湾出来的，从中国香港出来的，各有自己的人生追求，在巴黎、欧洲其他地方拼搏，但是最后都汇聚在巴黎，相逢在塞纳河畔。大家都期盼祖国的统一，共祝中华的繁荣。聂华苓在中国大陆生活了 20 多年，去台湾十多载，然后定居美国。她的丰富人生和深切体验，使她的创作富有人生哲理，寄予她的人生理想。她的第一部长篇小说《失去的金铃子》中，纯真质朴的少女苓子，不由自主地从纯朴的大自然中走出来，从此就失去了大自然。作品充满了对山乡大自然的眷恋，大自然是美好的，失去大自然是一种遗憾。她的第二部长篇小说《桑青和桃红》中，纯真少女桑青走出大自然后，进了城市，去了台北，最后又到了美国，结果人性就变了，畸形的发展使她成为一个纵欲的少妇桃红，完全沉浸在物质享受里头了。聂华苓认为这是人性的畸形发展。第三部长篇小说《千山外，水长流》，热情歌颂人向自然和人性的复归，最后桑青又回归大自然。这种插写反映了她追求的人生理想，是向人生更高阶段的回归，就是人和人、人和自然都能和谐相处。聂华苓的作品中追求着一种理想的境界，从大自然中来，在大城市里变形了，最后又回归大自然。荷兰作家林湄是从中国内地出去的，先到中国香港，然后80年代末又到荷兰定居。她自己经历了人生的波折和辛酸，但创作热情始终不减，陆续写了好几部书，有《春之颂》《天涯路》《异乡人》《漂泊》《迷失》等作品，是一个多产作家。她不仅生动展示了漂泊海外的心路历程，而且深入探索人生的意义。她密切关注妇女、老人、移民的命运，直逼全人类共同遇到的人生价值问题。

朱海坤：海外华文文学的确是汉语写作的一道独特的景观，体现出了中华美学精神对真善美的追求。

胡经之：人，来到这世界上，第一是要生存，第二是要发展；但这是不够的，第三还要自我完善。我很高兴地看到，90年代出现的许多海外华文文学作品中，文学新一代在描写华人去海外奋斗的同时，越来越注意到把笔力倾注在人的自我完善追求上，探求人生理想的实现。比如有一个90年代出去的、在美国读博士的作家叫严聪，他写了一部小说，小说名叫《服气吧，老美》，他在里面写到了中国人、东方人在美国不甘处于老是被欺负的状态。他写道：“中国人除了能吃苦耐劳，更有聪明才智。”在他笔下的美国一所名牌大学，华人获得博士学位的竟占全校研究生的三分之一，而获得某些论文奖的，除了文科有几个白人以外，全部归华人所有。我觉得新一代里，越来越多的人在追求更加美好的人生，也可以看到海外华人正在逐渐融入国际社会，到处扎根发芽。

朱海坤：您是新中国成立后成长起来的第一代人文学者，我发觉您是那一代中最早迈出京城、走向特区、跨出国门的少数几个人之一，不仅积极吸取西方文化的精华，还关注起海外华人文学。这对您来说，具有什么意义？

胡经之：改革开放之初的十多年，我确实特别关注着吸收西方文化和中国港台文化，这对我的人生意义重大。可以这样来概括，那就是“睁眼看世界，助我创人生”。改革开放之初，邓小平总结了新中国成立十多年的经验教训，成就伟大，但也有欠缺，那就是对内以阶级斗争为纲，对外封闭。我们关门搞建设，不知外面的世界已发生了什么变化。邓小平倡导改革开放，就要睁开眼睛看世界，方能知道如何急起直追。新中国成立后，我们对西方所知甚少，西方的文艺理论变化很快，高校却一本教材也没有，国家教育委员会要我主编《西方文艺理论名著教程》和《西方二十世纪文艺理论》，我欣然接受，无非是想由此多了解点西方。我从 1984 年起和乐黛云一起来到深圳大学，参与创办中文系，最初 3 年，晚上天天看香港电视台播放的西方影视，超过了百部影片，使我懂得了西方的文化发生了什么变化。深圳早就被内地人称为“小香港”，受港台文化的影响深远。那几年，我持港深特别通行证自由出入于香港，买到了不少台湾出版的美学、文艺学书籍，叶嘉莹、叶维廉、刘若愚、徐复观、王梦鸥、姚一苇、李达三、王建元等学者的著作，就是在这几年陆续见到的。给我的一个突出印象就是，这些人的学术路向，还是在沿着 20 世纪三四十年代朱光潜、宗白华、钱钟书的路径在走，运用西方的美学、文艺学新概念，结合中国古典文学艺术的经验，试图做新的阐释。这些新的阐释，既不同于西方的理论，又不同于中国传统的艺谭文论。这就给了我新的启发，亦想做些新的尝试。我看过那些著作，就交给我当时的文艺美学研究生荣伟，做了一番研究。1986 年秋，我在深圳大学主持召开了中国港澳台及海外华文文学国际研讨会，我提交的论文，就是我和荣伟合写的《艺术美的追求》，集中评述这些著作的美学思想。

我之所以对海外华文文学感兴趣，倒不是因为写作技艺有多高超，而是因为这些作品反映了我不知道的另一种生活。我这一生，一直坚信文学艺术是对生活的反映。我读古典作品，曹雪芹的《红楼梦》，苏轼的诗文，郑板桥的诗画，都是因为他们的作品好。为了能更深入地领悟作品的意蕴，我就想更进一步了解他们的人生。我对苏轼、曹雪芹的人生都曾做过一番钻研，对郑板桥的了解更多，甚至还写过郑板桥评传，题名就叫《人生体验笔底流》。1961 年，我参加了《文学概论》编写，对马克思主义的实践反映论做了一番钻研，受益终生。马克思在《政治经济学批判》的导言中说：“不是人们的意识决定人们的存在，相反，是人们的社会存在决定人们的意识。”马克思还在多处对“人们的存在”做过更多阐发，说明

“意识在任何时候都只能是被意识到了的存在，而人们的存在就是他们的现实生活过程”，所以，“不是意识决定生活，而是生活决定意识”。人们的存在，就是人的现实生活过程，而现实生活过程又是什么呢？马克思和恩格斯在《德意志意识形态》中说得更清楚，现实生活过程“包括了一个广阔范围的多样性活动和对世界的实际关系，因此是过着一个多方面的生活，这样一个人的思维也像他的生活一样具有全面的性质”。人们的生活丰富多彩，生生不息。我在江南已生活了近 20 年，在北大又生活了 30 多年，对我们自己的生活还略有所知；对西方人的生活却只有通过作品来了解，所知甚少，所以要走出国门，睁眼看世界。到了深圳，当初内地不少人就是通过这个窗口，去了香港，又从香港走向了更远的地方。这些人走出去过着一种什么样的生活？引发了我的兴趣。这些人的生活，既不是西方人的，也不同于大陆人的生活。这些人的生活也已不同于琼瑶、亦舒、梁凤仪笔下所写的生活，扑朔迷离，荒诞时现。我从这些作品中约略窥测到了世界在发生着什么样的变化。

然而，无论是西方文化，还是中国港台文化和海外华文文学，对我来说，都只是间接经验，我更看重的是直接经验。外来的间接经验只有通过我的直接经验才能被理解，间接经验必须和我的直接经验相融合，为我所吸收，才能成为我精神世界的一部分。我是主体，只有为我用，才有意义和价值。我看到丹森所作的《情感论》中有一番话，和我的人生经验颇为吻合，甚得我心，就牢牢记住了：“如果主体无法把他人的经验并入自己的体验框架之内，那么他此刻就是在从他人的观点出发，而不是从自己的观点出发来理解这种体验。他人的体验必定在主体中唤起与他过去经历过的那些体验相类似的体验。只有在从自己的观点出发来理解他人体验的基础上，即把另一个人的体验放入自己的体验领域内，按照自己的经验去理解它，人们才能达到充分的情感理解、情感解释和情感互动。”东方文化也好，西方文化也好，古典也好，现代也好，只有经由我的体验才能领悟，然后吸纳入我的精神架构之中。徐复观要在“形而上学”和“形而下学”之外，创建“形而中学”，我深有同感。他以为“形而中者谓之心”，我则不以为然，而是说“形而中者谓之象”。这“象”不只限于“心象”“意象”，而且还笼括“本象”和“符象”。天地大美乃“本象”，而非

“意象”或“心象”。艺术之美，既在“意象”，又在“符象”，是两者的融合。海德格尔倡导“此在”和“彼在”的融为一体，追寻和“世界大全”的融合，我也很赞同。但他寻求的“世界大全”乃是“天、地、神、人”的合一。我则以为，“世界大全”中没有“神”的一维，中国传统文化中的天人合一，也没有“神”的位置，我崇信的是中国传统文化中的“天、地、人”三位一体。由德国哲学家胡塞尔开启的现象学美学，从具体的审美现象着手，分析审美活动的结构要素，再来追问美究竟为何物，这比常见的一开始就来大谈美的本质的思辨美学要更为高明。现象学美学大多肯定美是一种价值，美学乃一种价值学说，也和我的想法吻合。但是，其中有不少美学家把价值看作是主观的情感外射，持主观价值说，我则不以为然。我以为，价值乃客观的，对价值的评价才是主观的。所有现象学美学家中，我最信服的还是法国的杜夫海纳，他把美看作是既自在又自为的价值属性，人的审美关系乃是一种主客体的价值关系，审美对象不是主体，艺术作品才是准主体。他的美学属于客观价值论。

睁眼看世界是为了认识世界，体验和领悟世界的美好。睁眼看世界并不只停留在认识世界，还要进而创造更美好的世界，过美好的生活，创新人生，使人生更美好。

二〇二一年八月　采访

二〇二二年九月　定稿

深圳湾　望海书斋

第十章

中国古典文艺学

朱海坤：胡老，您的学术生涯与中国古典文艺学、美学结下了不解之缘。您早年差点儿就走上了专治中国古代文艺思想史的学术之路，请您回忆一下当时的情形。

胡经之：我本该在 1956 年夏毕业，但 1955 年底却发生了一点波折。北大人事处让我提前半年毕业，去中国人民大学马列主义研究班继续深造。这事来得太突然，我都没有来得及深思。人事处处长找我谈话，说经国务院周总理亲自批准，决定要从北大、复旦等高校抽调一些即将毕业的优秀学生、共产党员，提前毕业，去中国人民大学马列主义研究班当研究生，以加强高校的思想教育。北大决定选送我去，要我服从分配，安心学习。为鼓励我，处长还特地举了当时大名鼎鼎的青年典范李希凡的例子，说他就是从那个马列主义研究班出来的。让我离开文学专业，我心里并不乐意，但在那个时代，哪里需要就去哪里，已成为我辈自觉信守的规矩。既然学校已做出决定，报到时间又仓促，无须多费口舌，我就拿着介绍信去中国人民大学报到，连中文系的师长都来不及告别。到马列主义研究班后，我才知道，参加研究班的大多是从全国高校来的年轻教师，从应届毕业生抽调来的人只是少数。研究班上课不多，只有胡华、何干之等少数名家为大家上课，其他时间是自己阅读和研究。我虽然对哲学感兴趣，但脑海里更多的是文学艺术。我在中国人民大学的生活确实比北大好，每逢周日，学校就派车去各处参观，得以浏览首都风貌。我的助学金每月已有 26 元，比北大多了一倍，吃饭之外，可以买些书。但阅读文学艺术书籍成了业余的事，我心中不免若有所失。那时李希凡已提前毕业，去了《人民日报》，专门从事文艺评论了。我觉得，此处不是我久留之地。

朱海坤：那后来您是如何回到北大的呢？

胡经之：1956年春夏之交，政务院发布了公告，中国准备试行副博士学位制度，北大、复旦等重点高校先试，在当年秋季首次招收副博士研究生，学制四年。不久，北京大学公布了首届副博士学位的专业目录和导师名单，杨晦先生的名字，赫然在列。这一下子拨动了我的心弦，使我不能平静下来。研究文艺学，是我梦寐以求的。我迫不及待地一口气从人民大学跑到燕东园杨晦先生家里，把我的心愿告诉他，希望他给予我帮助和机会。我一见到他就说："我想考文艺学副博士研究生，不知行不行？"他说："怎么不行？你真想学，就行。你还可以不用考，招生条例中有一条，应届毕业生中的优秀者，可以由单位报送，直接攻读副博士研究生。你符合这个条件。"我告诉他，我现在是人民大学马列主义研究班的研究生。杨晦先生非常诧异，说："你什么时候去了人民大学，我怎么不知道？"于是，我把提前毕业的事告诉了他。我一直以为，他作为中文系主任，早就知道了，没想到，直到我这次见他，他才知道。他这系主任只管办系大政方针、学科建设，不管具体事务，学校人事处把我提前调走，就没有惊动他老人家。杨晦先生思索了一会儿，对我说："我不知道你已走了，我希望你回来。但有些麻烦，我尽力帮你争取，让北大中文系接收你回来，作为应届毕业生，重新分配工作，留下来读副博士研究生。人民大学要肯放你才行，不放就麻烦了，你要想办法让他们同意你走。"

这是我人生道路上的一次重大转折。我回到人民大学后，立即向马列主义研究班班主任张腾霄提出回北大的申请。张腾霄表示，人民大学不会阻拦，但此事必须由高教部同意才行。我去了高教部好几次，主管司长不同意放人。无奈之下，我只好到中南海陆定一家里，向陆定一夫人严慰冰求助。听完我的话，她说："国家要培养副博士研究生，怎么就不是国家需要？我给高教部打电话，你等消息。"当时主管教育的已不是马叙伦和钱俊瑞，新任高教部部长是杨秀峰。我不知道严慰冰是给谁打的电话。严慰冰是我的无锡老乡，也是我中学老师陈友梅的学生。她早年去了延安，1954年从马列主义研究班出来，正在北大当政治老师。在这紧要关头，她帮了我的大忙。到了6月，高教部下了通知，让我回到北大中文系，作为应届毕业生分配，留在文艺理论教研室当助教，等首届副博士研究生入学，再转为研究生。

朱海坤：这段曲折的经历，用时髦的话说，是您不忘初心，对文艺学充满了热爱和追求，令人难忘。再次回到北大，做了文艺学副博士研究生，您进行了怎样的研究规划？

胡经之：那时，副博士研究生向全国招考，应试者众多，北大录取超出了预计数额，来不及腾出住所，所以推迟到1957年春节后才能入学。回到北大后，我到杨晦先生家里报到并请教如何为入学做准备。杨晦先生教我文学概论，还主持过毕达可夫的文艺理论研究班。他对当时的苏联文艺学甚不满意，认为离中国实际太远。所以在送走毕达可夫之后，他就全心投入研究中国古代文艺思想，探索中国文艺发展的规律。他的研究关注的主要是文学思潮，旁及其他艺术，连《世本》《乐记》《考工记》等都在他的研究视野之内。他希望我能跟随他，沿着中国古代文艺思想发展的道路，一步一步向前走，心无旁骛。于是从1956年开始，我有近3年时光，两耳不闻窗外事，一心只读圣贤书，从老子、孔子、孟子、庄子之书一直读下来。一边读书，一边做笔记，最后做成卡片，积累了不少资料。

除此之外，我还读了北大图书馆能找到的几种中国文学批评史专著，有陈钟凡的《中国文学批评史》，郭绍虞的《中国文学批评史》，罗根泽的《中国文学批评史》，朱东润的《中国文学批评史大纲》等。在此期间，我还和罗根泽先生相识。当时，这位曾在清华大学讲授过中国文学批评史的著名教授，正在和郭绍虞合作主编规模宏大的巨型丛书“中国古典文学理论批评专著选辑”。他从南京大学来北京处理编务，到北大找到吴小如和我，要我们依据北大图书馆的藏本，为丛书做审校。

读了这些书籍，我感到中国古代论说艺文的思想资料真是浩如烟海，诗话、词话、文评、赋论、画论、曲话、剧说、乐记、书品、艺谭、笔记等散见于各类典籍之中，历代出现的诸如《艺文志》《艺文类聚》之类也不少。读了两三年的古籍，我脑海里逐渐盘旋着一个念头：对于专家来说，恐怕要穷毕生之力才能深入堂奥；但对于生活于当今时代的初学者来说，如何能以最少的时间及早了解中国古典文艺思想的精粹？今人又如何理解和评价古代的文艺思想？我产生了一种紧迫感。这种紧迫感一方面源于读书，另一方面源自课堂。杨晦先生在1959年为中文系高年级讲授中国文艺思想史，一个学期下来，只讲了一个问题：艺术的起源。只对“铸鼎象物”做了详尽的论证，却还意犹未尽，因时间不够，只好打住。宗白华先生从1959年开始准备“中国美学思想史”讲座，1963年正式为中文系、哲学系高年级学生开课，一个学期下来，主要讲了先秦时代的工艺美术、《易经》美学、《乐记》美学、《诗经》美学，先秦以后的只能简略带过，无法展开。因此我在读研究生的那几年，若想要较为完整地了解中国古典文艺思想，只能自己找更多的书来读。面对庞杂且海量的资料，对中国古代文艺思想的研究还不知如何着手。

后来，我又读了两本书，受了一些新的启发，懂得研究中国古典文艺思想不只有历史的方法。一是方孝岳的《中国文学批评》。这本书虽然仍沿着史的线索，却并不只是梳理史实，而是“以史的线索为经，以横推各家意蕴为纬”。作者立意在“从批评学方面，讨论各家的批评原理”，例如“兴观群怨”说、“文气”说、“妙悟”说等。全书注意到纵向的历史发展，更注重横向的逻辑比较，并自称是“比较文学批评学”。不过，方孝岳此书还是以传统的史传结合的方式勾勒中国古代文学批评发展的轮廓。二是傅庚生的《中国文学批评通论》。该书写于20世纪40年代，却另辟蹊径，另标体制，突破了传统的史传结合方式。全书只以1/10的篇幅，写“中国文学批评史略”，概述历史脉络，然后集中笔力，以逻辑的方式，横向提炼了中国古典文学批评的基本原理。傅庚生按照当时美国文艺理论所说的文学四要素，将中国古代文学批评的基本原则分成四大方面，即感性论、哲学论、思想论、形式论，用中国古典文论的材料展开论证。这是中国学者以西方文艺理论概括中国古典艺文思想资料的一种尝试。

朱海坤：您早年在中国古典文艺学方面的确下足了功夫，不仅读了很多书，而且还深入思考了治中国古典文艺学的方法问题。如果沿着这条道路一直走下去，您会成为古代文论的研究专家。后来是什么机缘让您中断了这条研究学术道路？

胡经之：沉湎于古书堆中两年多，到了1958年秋，时代把我拉回到现实中。那时，周扬带着张光年、邵荃麟、何其芳、林默涵、袁水拍等，主动提出要到北京大学开设马克思主义文艺理论讲座。当时负责北大文科学术委员会的学部委员魏建功和中文系主任杨晦先生亲自安排，让中文、哲学、西语、俄语、东语等系的高年级学生约800人去听课，让我担任这个讲座的助教，负责和周扬等人联系，并与各系沟通。这样，该有一年的时光，我全身心投入当下实务，并由此开始接触文艺界。我意识到，我喜欢的还是书斋生活，平和宁静，但又不能不关切外界生活。如何找到一条适合自己的学术道路，能将两者结合起来？我想，最好还是掌握中国传统文化，从当今文化的高度做出新的阐释，以适应新时代发展的需要。这样，我从1959年夏天就回到了书斋。这时，跟随杨晦先生研究中国文艺思想史的已有张少康、邵岳，而我的研究兴趣越来越向美学倾斜。杨晦先生也鼓励我向从美学研究文艺这个方向发展。于是，我就潜心研究起最感兴趣的美学问题：为何古典作品至今还有艺术魅力？并把它作为我的副博士论文选题，在1960年完成，后来在《北京大学学报》刊载。我毕业后留北大任教，先是随蔡仪编写《文学概论》，后来一直教授此课程，也教马列文论。在此过程中，当初对中国古典文艺思想的梳理和研习，一直对我产生潜在的影响，在某种程度上塑造了我对文艺美学的理解。

朱海坤：这一点从您建构文艺美学的过程中可以看出来。1980年，您在中华全国美学学会成立大会上首次提出创建“文艺美学”，而在为这次学术会议所做的发言稿中，您着重论述了中国古典美学的研究方法问题。在改革开放之初，美学研究正处于重启阶段，您已自觉地探索中国古典美学，并把它作为文艺美学的重要研究对象来看待。

胡经之：中国古代美学思想资料极为丰富，可谓是浩如烟海。但是，我们如何从这些思想资料中真正归纳、分析出古人的美学思想、审美观念，真正捕捉住古人在历史发展中形成的潜美学体系，难度却极大。这不仅在于资料的杂芜，更在于中国虽有潜美学，却并未像西方那样发展成以抽象思维见长的纯粹思辨美学。古人的美学思想、审美观念，是和哲学、道德、政治的观点混杂在一起，并不单独标明。我们要从那些扑朔迷离、相互混杂的思想资料中，找出自己的特殊对象，捕捉古人的美学思想、审美观念，理出历史线索，实非易事。你说的那篇文章，是我的一种初步尝试，在比较中西美学史的发展理路的前提下，希望探明中国古典美学的研究方向。

西方美学的历史发展过程呈现两大趋势：一是“自上而下”建立起来的美学，从思辨哲学出发，演绎自己的美学体系。自古希腊以来，哲学家在谈论哲学时，阐明了自己的美学思想，并从自然哲学、历史哲学中逐渐分离，单独发展为一门科学，鲍姆嘉通给予命名，转译到中国，成了美学，其实是审美学。康德、黑格尔把古典美学发展到思辨美学的高峰，在论证自己的哲学体系时，自上而下地推演出了自己的美学。这样的美学，当然要以美学家的审美经验为基础，概括了当时的艺术实践、审美活动的经验，其基本方法是从一般到个别，自上而下地从哲学引出美学。二是“由下而上”的美学，从实际的审美活动中概括出审美理论。18 世纪产生的法国启蒙学派美学、艺术美学以及更后的心理学美学、实证主义美学等，研究了许多具体的审美现象，对这些审美现象做了这样那样的解释。这样的美学，当然也要运用哲学的思维，从一定的哲学观点解释。但其基本方法是从个别到一般，由下而上地从审美现象概括出美学。当代美学的趋势，一方面是在向更高的抽象发展，哲学美学在更高的水平上做出哲学上的综合、概括；另一方面，是在向更具体的领域发展，深入到各个具体审美现象，进行细致的分析，出现了越来越多的具体美学部门。生活美学、实践美学、工艺美学、技术美学、运动美学、心理美学等都蓬勃发展起来。文艺美学也在向纵深发展，电影美学、音乐美学、绘画美学、戏剧美学、摄影美学等，都得到了独立的发展。毫不奇怪，随着人类实践的发展，人与现实的审美关系，人的审美活动越来越扩大和深入，美学自然也会愈加具体。同时美学的分工越细，分析越深，也需要有更高程度的综合研究，更高水平的哲学概括，哲学美学也要向更高的抽象发展。

中国古典美学独具特色。总的来说，注重实际，较少做抽象的逻辑分析，多是在即兴随感、杂谈品评中自然表露出美学见解、审美思想。从整个历史发展过程看，类似西方美学的两大趋势，在中国古典美学中也隐约可见，只是没有像西方那样发展为高度抽象的思辨美学，基本还在潜美学状态。先秦诸子的美学，是和哲学、政治学、伦理学等混杂在一起的，并未单独发展，在儒、道、墨诸家的整个思想体系中，自然而然地包含着各自的美学观点、审美思想。这样的美学既是哲学美学，又是人生美学、道德美学、政治美学，是自上而下建立起来的。比如《乐记》专门总结音乐这种具体审美现象，不只是从美学，还从哲学、政治、道德的观点看音乐，从整个思想体系中引出音乐思想。这个时代的文学，也并不区分艺术的文学和非艺术的文学，学术论著、道德文章、哲学议论、政治法令等都是“文学”。到了魏晋，艺术的文学越来越兴盛，和非艺术的文学逐渐分开，独立发展。于是，人们对文学的看法也逐渐改变，不只“文”和“笔”区别开来了，对艺术的文学和非艺术的文学也从理论上做了分辨，那种“流连哀思”“情灵摇荡”的艺术的文学，得到了特别的注意。魏晋南北朝以后，美学和文艺理论越来越向更加具体的方向发展，文论、诗论、乐论、词话……一直到小说评点，大都是面对具体的审美现象、艺术创作，有感而发，随兴点评，自下而上地发展。由下而上，也能逐渐发展成完整的体系，像李渔《闲情偶寄》、王夫之《姜斋诗话》、叶燮《原诗》、刘熙载《艺概》和王国维《人间词话》，都有由下而上、自成体系之势。

中国美学史应该对这两种趋势做综合的研究，不应只顾一面，只执一端。然而，这两类美学侧重的问题不大一样，上限与下限差别很大，内容并非都是美学问题。对这两种趋势做综合研究，首先要辨别清楚哪些问题是美学的，哪些问题则不是；然后在这两种趋势中，理出美学的历史发展这条中轴线。那就是历代对于审美活动、艺术活动这种社会特殊现象的认识历史。自上而下地从哲学、道德、政治的思想体系中，逐步分出美学思想、审美观念，由下而上地从具体审美现象认识审美活动本质，都是在向一个方向接近。那就是：从不同的方面去认识审美活动、艺术活动。

朱海坤：什么是美学的中轴线？请您具体地谈一谈这个问题。

胡经之：在研究那些“自上而下”的美学倾向时，我们应该“往下”靠拢，抓住审美这根中轴线。像刘勰的《文心雕龙》这部体系宏大、结构严密的古典文论巨著，美学史、文艺思想史著作都不可避免地要以很大篇幅来论述它。此书融合形而上之“道”和形而下之“器”，内容丰富、博大精深，形式优美，文笔高超，不仅具有学术价值，还有审美价值。然而，《文心雕龙》主要探讨的是什么？是作文之道。这个“文”，当然也包括我们今天所说的审美的文学，但更多的还是非艺术的文学。《文心雕龙》全书 50 篇，开头的原道、征圣、宗经、正纬、辨骚 5 篇，是“文之枢纽”，其实是文章的总论，就是论述文章与政治、道德、哲学等关系的，并不是专说审美的文学。《文心雕龙》上编，基本是对文章体裁做分门别类的分析，即文体论，其中当然也包括艺术的文学，但更多的并非艺术的文学。而下编主要是论述文章的创作、风格及修辞。因此，《文心雕龙》是一部文章理论著作，它的主要内容首先是揭示了文章共有的一般规律；其次，揭示了各种文体的特殊规律，当然也涉及艺术的文学的一些特有的规律。对于中国美学史、文艺思想史来说，当然有必要弄清《文心雕龙》整个体系，但着重要研究的不是文章的一般理论、作文的一般规律，而是要探索如何为文才是按照美的规律的创造，文章怎样才能美。在我看来，《文心雕龙》是一部文章美学著作。研究它，要真正抓住刘勰的美学思想、审美观念，其他只是枝节。

在研究那些“由下而上”的美学倾向时，我们应“向上”靠拢，目的也是找出美学思想史、艺术思想的中轴线。中国的传统文论、诗话等，面对具体审美对象、艺术作品，有感而发，即兴品评，画龙点睛，点到为止，很少推理论证，使审美境界能再现出来，让人获得艺术作品的“机心”，品评本身就是一种审美享受。陆机的《文赋》、司空图的《诗品》，对于艺术创作活动和艺术境界本身做了艺术的描绘和审美的品评，引导自己和别人也进入艺术境界。即使到了清代，文论、诗话等向学术化发展，注意逻辑分析了，仍然重在审美欣赏、艺术品评，从诗文中自然地引发出审美思想、艺术见解。叶燮在《原诗》里，具体分析了杜甫《冬日洛阳城北谒玄元皇帝庙》一诗，把人带入诗境，也使人体味到作为艺术的文学的诗心。在艺术品评中阐发了叶燮极为精辟的美学见解、审美思想。吴淇在《六朝选诗定论》中，具体分析了陶渊明《饮酒》诗，把人引入诗的意境，也阐发了评者的美学思想、审美观念。这样的文论、诗话，典型地体现了中国“由下而上”的美学、文艺理论的特色。然而，大量的文论、诗话、词话等，虽也具有这样的特色，但常常陷于零碎、烦琐，有的还沉溺于无益的考证，专致于声调、格律的分析，真正的美学思想、艺术见解反而被淹没、掩盖了。显然，对于这种趋势的研究，我们就应着重在找出淹没其中的美学思想、艺术见解，探索不同艺术形式、文学样式共有的审美规律，“向上”接近审美的中轴线。

其实，各门专业具体的历史，都有自己的中轴线。中国美学思想和文艺思想也有自己的中轴线。用杨晦先生的“公转”和“自转”的比喻来说，中国美学思想的中轴线当然是围绕着经济、政治的轴心旋转的，正如地球围绕着太阳旋转，月亮围绕着地球旋转一样。它们自身也有自转的轴线。在历史的长河中，美学史同经济、政治、道德、哲学的发展在总趋势上是一致的，但并不是平行的。美学史上的斗争，固然同社会的进步与落后，道德的善与恶，哲学的唯物与唯心有密切联系，但并不因此就把美学史归结为政治学、哲学、道德学领域中的斗争史。美学史是在“自律”和“他律”的相互作用的“合律”中发展的。

朱海坤：您实际上是在呼唤独立的美学研究，这在当时是很及时和必要的。这与您倡导文艺美学具有一致的时代背景。而且，您在建构文艺美学的理论体系和学科建制时，主动地把古典美学作为重要的思想资源，不仅在《文艺美学》中大量征引了中国古典美学思想资料，而且从艺术本体的角度专题讨论了艺术意境问题，还深入分析了书法艺术的审美特征。除此之外，您还主持选编了一部《中国古典美学丛编》，当初做这项工作的初衷是什么？

胡经之：当初编选《中国古典美学丛编》，纯粹是为了教学需要，想为北大刚入学的硕士研究生提供一些初步的资料，概略地展示一下中国古典美学的精粹，引导他们登堂入室，领略其中的奥妙。

在20世纪70年代末，我国开始实行研究生学位制。当时，杨晦先生招收了第一届文艺学硕士生。那时，他已届八十高龄，听力不太好，又有白内障，视力模糊。他让我做他的助手，协助安排硕士研究生的学位课程。我既受命，就开始考虑如何安排研究生教学。

时值改革开放之初，封闭已久的年轻学子迫切希望了解外面的世界，很有必要开设一些新的课程。我于是请杨晦先生的好友冯至先生帮忙，在中国社会科学院世界文学研究所寻找一位年轻学者，为研究生介绍西方当代文学。冯至先生欣然应允，推荐他的助手陈焜来讲西方现代派文学。后来，我又从北大西语系请来研究法国文学的王泰来为研究生讲授西方结构主义、符号学理论。半年下来，我逐渐感到，西方的文艺新思潮固然需要了解，但对我们终究是隔靴搔痒。我们要着眼于中国自己的国情，更多地了解自己的文化传统，学术发展需要寻找中国文化的根脉。当时，北京大学哲学系选编的《中国美学史资料选编》比较容易找到，很多人并不满足于此，特别是攻读文学和艺术的研究生，希望能多读些文学艺术中有关美学的古典文献。我亦有同感，于是开始考虑按新的结构编选一套关联文学艺术的美学资料。

朱海坤：《中国古典美学丛编》是一部师生合作的成果，王一川、陈伟、丁涛和王岳川都参与了编选。当时的编选工作是如何开展的？

胡经之：我在 1980 年倡导文艺美学，并着手进行学科建设。每个学科的建立和发展，都必须以丰富的历史资料为基础。我一个人做不了，必须有更多人的参与。我在 1981 年开始招收首届文艺美学研究生，那年，北大只给了我 2 个招生名额，全国竟有近百人报考，经过力争，增加了 1 个名额，王一川、陈伟、丁涛三人同时入学，成为国内第一届文艺美学专业方向的硕士研究生。当时，我除了接受教育部的指派，负责国内第一部西方文艺理论教科书《西方文艺理论名著教程》及配套参考资料外，主要精力放在文艺美学的学科建设上。一川、陈伟、丁涛入学之后，围绕着文艺美学，我和大家一起着手编选 3 套资料。一是《中国古典美学丛编》，3 位研究生全部投入，王岳川入学之后，也参与了增补、调整直至出版的工作。二是《中国现代美学丛编》，由一川、陈伟两人参与，经我编定，最后由北京大学出版社出版。三是《中国作家艺术家论创作》，由一川协助我选编，本来要由东北的一家出版社出版，但由于篇幅太大，又有别的出版社先出了类似的书籍，加上我在 1984 年已逐渐南移，匆忙往返于北京与深圳，无暇顾及，失去了出版时机，因而作罢。对此，我对一川深感歉意。

《中国古典美学丛编》最费精力，花心思最多。20 世纪 80 年代初，我在北大开设文艺美学课程，吸引了不少人来听。当时来听课的人，虽然大多在 20 世纪 60 年代上过大学，但对中国传统文化接触不多。我想通过这门课，让他们以最少的时间及早了解中国古典美学、文艺学的精粹。我和一川、陈伟、丁涛商议再三，决定这套资料的编选，还是要面向中国古典文学、古典艺术的爱好者，而不仅仅只是艺术院校、文学学科的研究生，以便引导更多的人关注中国古典美学。

朱海坤：这部《中国古典美学丛编》在材料取舍和编选体例上，别具特色。全书分为3卷，分别从作品、创作和鉴赏三个层面，围绕若干范畴，按照历史顺序，选编材料，而且材料的来源很广泛。这与北京大学哲学系美学教研室编选的《中国美学史资料选编》呈现出不同的特色和风格。

胡经之：确如你所说，我把近70万字的中国古典文艺美学思想资料归纳为三大类，分成3卷：一是作品，二是创作，三是鉴赏。之所以这样分类，是因为文学艺术作为人类的一种特殊活动，主要就包含了这三个环节。这让我想起了一段往事。20世纪80年代初期，刘若愚来访北大，把他的《中国文学理论》（台湾联经出版公司）送给我。我陪他在未名湖畔散步时，自然就谈到了文学理论的架构问题。美国文学理论家艾布拉姆斯提出文学艺术的四要素说，他以作品为中心，勾画出一个世界、艺术家、欣赏者围绕着作品而作用的图式。刘若愚在《中国文学理论》中肯定了四要素说，认为这四要素是相互作用的循环构架：世界与艺术家互动，艺术家与作品互动，作品与欣赏者互动，欣赏者又与世界互动。我的看法是，世界、艺术家、作品、欣赏者当然相互作用、相互影响，但世界并不是艺术活动的一个环节，艺术活动的基本环节还是艺术创造、艺术作品、艺术鉴赏。整个艺术活动都是在社会中进行的，不只是艺术家和世界相互作用，艺术品也是世界的一种存在或反映，和其他存在发生互动关系；欣赏者生活在世界上，在接受艺术作品之后，他和世界更有一种互动的关系。艺术活动的每一个环节，都与世界发生关系，世界不仅是艺术活动的一个环节，而且渗入每一个环节，涵盖了整个艺术活动。对此，刘若愚并不否定，认为可以作为一说，予以更深入的阐释。

朱海坤：如此说来，这部《中国古典美学丛编》的成书过程还隐藏了一份中西汇通的用心。您对文学四要素说的扬弃和阐述构成了这部书的基本架构，同时也使中国古代文艺学、美学范畴更具系统性。这部带有资料性质的书也为后来您与李健教授合著《中国古典文艺学》做了前期准备。

胡经之：是的。自20世纪50年代以来，我陆续接触了不少我国古人谈说艺文的资料，很想在整理这些资料的基础上，对这些资料做些阐释，谈谈我对中国古典文艺思想的看法。1999年，李健来到南方随我攻读博士学位。在他的参与下，我们在《中国古典美学丛编》的基础上，增补了50多万字的古典文艺思想资料，重新编成《中国古典文艺学丛编》，分为三编：第一编“创造”，第二编“作品”，第三编“接受”。同时着手写作《中国古典文艺学》，这本书的基本架构仍是围绕着作品—创造—接受这个系统展开一些基本范畴的研究。李健钻研中国古代文论已久，对我的研究思路较为了解，很想沿着我的思路继续下去，进一步做深入的研究。于是，我们一起着手《中国古典文艺学》的构思。

朱海坤：在20世纪，中国古典文论研究经历了从传统诗文评到文学批评史的转向，形成了一种特色鲜明的现代学科。从20世纪二三十年代到八九十年代，涌现了多部文学批评史类著作，陈钟凡、罗根泽、郭绍虞、朱东润、敏泽、张少康等都有相关著作。尤其是复旦大学王运熙和顾易生主编的7卷本《中国文学批评通史》，很有分量。相比之下，您的中国古典文艺学研究在思路上另辟蹊径，是一种由“史”到“论”的尝试。

胡经之：中国古代文艺思想是历史地发展着的，具有历时性。百年来出现的各种中国文学批评史、中国文艺思想史、中国文艺理论批评史等，都是从“史”的纵向发展做历时性的研究，取得了很大的成绩。如今，面对浩如烟海的中国古代论说艺文的思想资料，能否在历时研究的基础上多做些“论”的综合，探索这些艺文论说的横向联系？若能将这些在历史发展中不断涌现的思想、论点、范畴做深入探索，梳理内在的逻辑联系，对弄清中国古典文艺理论的民族特征，颇有帮助。

中国古典文艺学的研究，有纵向研究与横向研究两种路径。为了掌握中国古典文艺学的基本轮廓，可以按照历史顺序逐代考察，理出古典文艺学的历史脉络。此外，也可以从考察中国古典文艺学的基本范畴着手，进而弄清其思想体系。范畴乃是思想体系的许多纽结，从各个纽结着手，弄清纽结之间的联系，能掌握思想体系之网。研究中国古典文艺学，要追求和达到理论与历史的统一，不能仅仅停留在罗列现象、只摆事实上，而要在事实的基础上，探索基本范畴、思想体系的历史生成问题。若要对中国古典文艺学做理论研究，掌握基本范畴的内在逻辑，了解它的理论价值，也需要弄清历史发展的脉络。因此，考察文艺范畴，不能离开历史的视野。

此外，研究中国古典文艺学也离不开比较的方法。置中国古典文艺学于世界文艺学之林，把它和西方及东方其他各国的文艺学做比较研究，这是探索中国古典文艺学体系及其特点的重要途径。有比较才有鉴别，比较不是比枝节皮毛，而是找本质特征。比较要从实际出发，必须实事求是。比较当然不止于事实的比较，更应提高到价值比较的水平。而价值比较必须建立于事实比较的基础之上。需要掌握对象的基本事实，辨别异同，评判优劣，取长补短，为我所用，发展具有中国特色的当代文艺学。把中国古典文艺学范畴放到整个世界文艺学、美学的大背景中，中西互释，依我看，这是今天的中国古典文艺学、美学研究的较好途径。缺少这一途径，中国古典文艺学、美学的研究很难深入下去。中西互释，意图不在找出它们之间的优劣和异同，而在于运用它们的相似之处，体察中西文艺学、美学的相通之处。当今的文艺学、美学研究必须要有西方视野，从西方的文艺学、美学研究中或得到某种启迪，或获取某种方法，对推动我们的古典文艺学、美学研究会产生积极的作用。

朱海坤：您似乎并不把中国古典文艺学的界定局限于文学方面，而是延续了您的文艺美学观念，把多种艺术类型容纳进去。

胡经之：按照古人的说法，古代中国的诗话、词话、曲话、文论、画论、乐论、剧评、赋论、书品、小说评点等，应当统称为“艺文学”，与历代史书中的“艺文志”相照应。但是，为了便于和现代文艺学相照应，我们还是按照现代学术习惯，称之为古典文艺学。中国古典文艺学，并不单指文学的批评与理论，而是涵纳各类传统的艺术形式。中国古典文艺学在漫长的历史发展过程中，逐渐提炼中华民族的艺术经验，自成体系，有一套独特的范畴，具备鲜明的民族特色。如何探索中国古典文艺学，掌握完整体系，厘清基本范畴，这是文艺学界的重要课题。

朱海坤：范畴研究既保留了中国古典文艺学的民族特色，又能够把各门类艺术统摄起来。

胡经之：中国古典文艺学确应从体系、范畴、方法三个方面做全面深入的研究，而范畴研究尤为重要。中国古典文艺学是由众多范畴组成的，范畴之间并非壁垒森严，而是相互包容、相互交叉的，每一个范畴都涉及一个潜在的文艺学、美学的系统。范畴又是中国古典文艺学的基本理论内核。厘清中国古典文艺学的基本范畴，掌握它的完整体系，已成为文艺学、美学密切关注的重要研究课题。

范畴是艺术思想的凝结。艺术思想产生于人类的艺术和审美活动。作为人类活动之一，审美活动一开始并不独立存在，而是渗透在人类最基本的生产生活之中。庄子描绘过一些生产实践活动，如庖丁解牛、轮扁斫轮、佝偻承蜩、梓庆削鐻等，其中都已带上了审美活动的性质，只是这样的审美活动还未从实践活动中分离出来。庖丁在解牛时，游刃有余，获得了实践自由，得到了审美愉悦，但还不是艺术活动。审美活动远比艺术活动的领域广阔，美学范畴并不只限于文学艺术。中国古典美学的一些基本范畴，如美丑、虚实、形神、动静、气韵等，开始并未用于文学艺术，而是泛及审美活动的许多现象。

人在生产、交往和生活的实际活动中，既感受到假、丑、恶，也体验到真、善、美，既产生审美的快感，又产生审丑的反感。有了审美体验，有感而发，把它表现出来，需要一定的方式。所以，文学艺术的产生并不仅是在天地万物中发现美，还要创造美，用它来表达人的时间中对人生的审美体验。

艺术活动是审美活动独立发展的结果。审美活动从人类的其他实践活动中分离而独立，产生了艺术活动，成为审美活动集中而凝练的形式。人类在实践活动中获得自由而体验到审美享受。这种审美体验被整理、组织、加工，运用特定的物质符号加以固定和物化，就成了文学艺术。例如音乐的产生，古人说得好，“凡音之起，由人心生也。人心之动，物使之然也。感于物而动，故形于声”，音乐乃是人感物而动心，心动而形于外的结果。这里的“物”，包含了人类的实践活动。文学艺术就是为了把人类的审美体验用美的形式体现出来而产生、发展的，因而不仅是一种审美活动，还是一种创美活动，要创造出一种新的审美形式。

文学艺术的发展使文艺学范畴丰富和复杂起来，许多范畴相继用于文学艺术。而且，随着文学艺术的发展，更多新的文艺范畴出现了，用于解释文学艺术现象，如意象、意境、真幻、情景、神思、妙悟、神韵、风骨等。中国古典文艺学的范畴，不是孤立存在，而是密切联系艺术实践的脉动，突出了相反相成、对立统一的艺术辩证法，如虚实相生、形神兼备、刚柔相济等。

朱海坤：中国古代的文艺范畴非常丰富，而且许多范畴的意义较为含混，常常出现理解的歧义性，这是中国古典文艺学研究的难题。您如何看待这个问题？

胡经之：中国古典文艺学的范畴远比西方文艺学丰富多彩。大量的文艺学范畴直接在艺术审美中涌生。艺术评论家在欣赏、品味诗、文、书、画等艺术的过程中，直接体悟到艺术的意味和意蕴，有感而发，乘兴评说。“品评”是中国古典文艺评论的主要方式。这种品评从审美中自然流出，和感性具体密切联系，其中已蕴含了理性，瞬间提升到理性，但并非脱离了感性具体而另做知性的抽象，孤立地由概念、判断走向推理，抽象演绎。最具体的是最丰富的，这造成了中国古典文艺学范畴的丰富多彩，也导致了范畴的多义性与含混性，因此只能从不同的具体语境中捕捉不同的含义。

更重要的是要从理论上去把握科学对象的有机整体。为此，科学思维的基本路数应从感性具体出发，上升为知性抽象，然后返回到具体。但这已是理性具体经过抽象分析，综合了对象的多样性，呈现出整体。中国古典文艺学也能隐约辨出这种思维路数。像《文心雕龙》，对“文”做了系统的理论概括，体大思精。叶燮的《原诗》，对“诗”做了全面的思索，自成系统。刘熙载的《艺概》甚至将诗、词、曲、赋、文、书法等多种艺术放在一起研究，力求做系统阐释，近乎中国古典文艺学的总结，实际上成了终结。但是，中国古典文艺学的整体趋向，想不离感性具体，又要超越感性具体，把握艺术的奥秘。司空图所说的“随象运思”成为中国古典文艺学的思维特点，因而发展了形象思维的多种方式，假象见义、比拟喻示、整体感悟、象征意会等，不大乐意去做抽象思辨。结果，艺术经验丰富、审美体验深切、思辨能力超高的论家就能实现从感性具体到理性具体的跨越式飞跃。但更多理论家却只能停留于感性具体，偶尔也爆出一些智慧的火花。相比之下，西方文艺学更善于在知性抽象这个层面大显身手、施展才能。面对对象，西方文艺学特别擅长从具体感性中抽象出某个特性、某个维度，运用概念，做出判断，进行推理，演绎出成套理论。抽象思辨，汪洋恣肆，充分展开，淋漓尽致，但越来越离开活生生的具体对象，不能在更高阶段上回到理性具体。于是，文学艺术这个具体对象被分解为形式、符号、话语、结构、象征、再现、表现、直觉、想象、移情、拟人等某个维度，将此维度无限伸展，成为片面的深刻。甚至像德国古典美学深谙“具体—抽象—具体”之道，但抽象思维大师黑格尔还是抓住了“绝对理念”，片面发展，天马行空，回不到艺术实践这个活生生的具体了。在抽象思辨逐步展开的历史发展过程中，西方文艺学自有一套抽象程度很高的范畴，如本质—现象、感性—理性、主观—客观、个性—共性、内容—形式、经验—超验等，已逐渐被我们理解和接受。

朱海坤：从感性具体到理性具体的飞跃，是中西互释的追求。

胡经之：中国古典文艺学和西方文艺学各有其长、亦有所短，两者应是互补关系，中国要发展当代文艺学，需要研究这些思想资料，哪些要吸收，哪些已无必要，最终决定于现实的需要。中国古典文艺学的范畴，能够进行现代转换，既决定于它能否阐释当代的艺术实践，又决定于我们能否对它做现代阐释。

朱海坤：您最感兴趣的古典美学范畴是什么？

胡经之：应该是意境。我对艺术意境论的关注，始于 1983 年，伍蠡甫的书稿《中国画论研究》引发了我的兴趣。那年，复旦大学的伍蠡甫先生把这部书稿给了他的老友朱光潜，希望能收入北京大学文艺美学丛书。朱光潜先生把这部书稿交给我和编辑江溶，并要我写一篇评论，向社会推广。此书在 1983 年 7 月由北京大学出版社出版，一下就印了 4 万册。我认真拜读了这部书稿，然后遵朱先生所嘱，写了一篇《学贯中西艺论精》的评论，在《光明日报》1984 年 8 月 2 日发表。书出后不久，我和钱中文等去扬州开会。在扬州师院任教的佛雏特地携带《王国维诗学研究》书稿来访，希望也像《中国画论研究》一样，收入丛书。我当即在扬州通读了书稿，觉得对王国维的意境论有较深入的探索，便立即带回北大，很快就出版了。

受伍蠡甫先生等人的启发，我对中国古典文学中的意境做了些探索。我的《文艺美学》中有一章专论意境，视意境为艺术本体。2006 年，我和李健合著的《中国古典文艺学》对意境做了进一步的阐发。前年，王一川的学生周子牛请我为他的《中国画意境论》作序，引发我对艺术意境进行了更多的思考。写了一篇长文《意象经营意境生》，总结和拓展了我对意境问题的思考。

朱海坤：我拜读了这篇文章。对您阐述的意境与境界关系，有很深的感触，我觉得是抓住了中国古典美学的核心特征。

胡经之：意境和境界有别，不能混为一谈。人生境界是中国古典哲学所探索的重心，而艺术意境的探索，却是中国古典美学研究的应有课题。人生在世，每个人的实际生活状态有所不同，人生境界有别。冯友兰、唐君毅、梁漱溟等哲学家都是先从人生境界说起，然后才进入艺术意境的探索。宗白华、张世英等美学家主要是对艺术意境做了深入探讨。艺术意境是在人生境界的基础上实现精神的提升，作家、艺术家对自己的人生状态有所体验和感悟，经由意象创构出了胸中意境，然后又经意匠经营，用笔墨把这胸中意境体现出来。艺术意境是对人生境界的一种超越，反过来，又对生活产生影响，提升人生境界。

朱海坤：人生境界是艺术意境的基础，如何从人生境界转化为艺术意境？

胡经之：人生境界与人的生活世界息息相关，艺术意境是在人的生活世界中生成的。所以，历代许多山水画家都爱游山玩水，这是作画之前，进入“意象经营”和“意匠经营”以前，要做生活酝酿。生活酝酿尚未进入“意象经营”“意匠经营”，但对作画很重要，生活的积累，构成画家的生活境界，生活境界的高低，制约着艺术意境。所以，优秀的山水画家都倡导要“行万里路，读万卷书”，直接经验和间接经验相互融合，在内心世界生成人格境界，然后才能通过意象经营，和他所见的山水意象，融合为艺术意境。

生活酝酿乃是艺术创作的前提，画家不能不重视。清人沈宗骞说：“有毕生之酝酿者，有一时之酝酿者。”所谓“酝酿”，并不只是对自然山水，耳闻目见，还要经过心灵体验，从“澄怀味象”到“观物取象”，都需用心去体验。我把这称之为审美体验。只有对天地自然、名山大川有了深切体验，然后才能在创作时，胸有丘壑，构成意境。明代山水画家董其昌，虽然推崇“师古”，但更加重视“以天地为师”。他观摩了前人的万卷画，又踏遍了万里路，远游北京三次，继之黄山。他从老家华亭，亲历过湖南，面对大好江山，深切体验，在胸中留下深刻印象。真山水和画山水各有所长，不能相互替代。精美的艺术，应意象经营和意匠经营并重，丘壑与笔墨俱佳。

对天地自然、名山大川的审美体验，其审美对象均为画家的身外之物，这种审美，应该称之为外审美。欣赏外在对象的本象美，应区别于朱光潜所说的意象美。《世说新语》中曾记载，东晋画家顾恺之就曾畅游江陵、会稽，回到老家无锡之后，盛赞“人间山川之美”，说“千岩竞秀，万壑争流，草木蒙笼其上，若云兴霞蔚”。这是顾恺之对山川之美的审美体验，属外审美。宋代画家郭熙在《林泉高致》中倡导画家应“身即山川而取之，则山水之意度见矣”，要直接去体验真山水之美。这些都是对外界对象的审美，属外审美。但外审美在画家那里要内化，把从对外审美得来的映象，内化为心象，在心中不时回忆、玩味，经由董其昌所谓的“丘壑内营”，画家把外在对象予以内审美为审美意象。鲁迅所说的以“思理”去美化“天物”，就是通过内审美来经营意象从而创构出意境。意境之美是审美的结果，但内审美乃外审美的向内延伸，意境之美的根源还在外审美，亦即“外师造化，中得心源”。朱光潜美学只认定意象才美，否定外在对象即本象的山川之美，从而否定了生活之美，这并非中国传统的美学见解。“山川之美，古今共谈”，这是中国的美学传统，绝不能断绝。当下正在兴起的生态美学，正是这一中国美学传统的延伸和发展，审美对象越趋广阔，天地之美、山水之美一直到万物之美，都应纳入审美视野，并发扬光大。

外审美，历千山万水，美不胜收。真山真水，可行，可望，可居，可游。山水画不同于真山水，必须把千山万水内化为意象，作内审美，意象经营，使得小小画幅“咫尺间山水寥廓”，意与象合，象与象合，意与境合，创构出意境。

朱海坤：从外审美到内审美，从审美体验到意境创构，并非摹拟的过程，而是意匠经营的结果，艺术家的人生境界和艺术品味发挥着关键的作用。

胡经之：意象经营自有一套规律，不同于外审美。意象经营，首先重视的是品位要高，立意高远。正如清代学者王昱《东庄论画》所说：“学画者先贵立品，立品之人，笔墨外自有一种正大光明之概，否则画虽可观，却有一种不正之气，隐跃毫端。”作画和写诗涉及人品、山水和天地三者的关系。古人所说的品位要高，立意高远，也就是我们今天所说的价值取向。鲁迅说美术要以“思理”去美化天物，这“思理”就包含了价值理念，对真善美的追求。

朱海坤： 您始终坚持审美应有积极的价值取向，强调真善美的统一。请您具体谈谈中国古代意境论的价值论维度如何体现？

胡经之： 中国画的意境乃是意中之境，是艺术家在艺术心灵中意象经营的产物，不是外在世界的自然天地本身，其中有自然天地的形神。所以，即便艺术家不能再去大自然亲身体验山川之美，也可以领悟画中的意境，再体验天地自然之美。东晋的著名画家宗炳，一生都好山水，爱远游，沉醉于天地自然的大美中，常常流连忘返。庐山、衡山、荆山、巫山都留下了他的足迹。他甚至还在衡山盖了房，在此常住。到了晚年，不能再登山远游了，他只好退回到老家江陵，在江陵古宅，深情地回忆了他所亲眼目睹的名山大川，把他曾经游历过的山川胜景都画了下来，布满在四周墙上，他则躺在床上，静心观赏，称之为“卧游”，直至去世。正是因为宗炳热爱山水，亲身体验到了“山水质有而趣灵”，才写出了世界历史上第一篇山水画论《画山水序》，成为一派宗师。

宗炳的“卧游”，审美欣赏的对象是山水画，而非实际的山水景观，是艺术美而非自然美。艺术美并不就是自然美，二者各有其美，不可替代。中国画可以重现山水之美，又在脑海中用“思理”来美化山水，创构出艺术意境。所以，正如鲁迅所说，美术家固然须有精熟的技工，但尤须有进步的思想与高尚的人格，从而才能达到“美善吾人之性情，崇大吾人之思理”的作用。美术中所含的“思理”，应该涵盖了知、情、意，最关键的还是价值观念——真、善、美。而真、善、美三大价值观念，还是在天地人三位一体的互动关系中生成。

我只会弹钢琴而不会作画，对自然山水也情有独钟。年少时，我父亲常带我到苏州市中心的玄妙观去看中国画，我就喜欢上了山水画，特别是倪云林、钱松岩的太湖山水，令我陶醉。家里客厅上挂的也是从玄妙观买来的山水画。后来，我离开家乡到北京读书，每次回老家，都要想方设法亲近自然山水，不是去太湖、阳澄湖，就是去清凉山、玄武湖。我去过 5 次黄山，最早一次是 1983 年初春，我带了我的第一届文艺美学研究生王一川、陈伟、丁涛三人，要对自然美和艺术美做些比较研究，首先到黄山考察，从北麓步行到南口。那次，我学谢灵运，穿木屐游富春山，竟也穿了一双夹趾的塑料拖鞋上山，轻松自如，行走舒畅。第一次黄山审美之旅，给我留下了深刻印象。那时我们还没有相机，未能留影，但至今仍不时浮现出当时体验的审美意象。我在1999年初春最后一次去黄山，却给我留下了一片恐怖的印象。那次，我和钱中文、陆贵山、程正民、黎湘萍在南京参加学术研讨会后，一起去了黄山，从南麓入口，乘了缆车直奔山顶，此时已细雨濛濛，但阳光时露，别有风味。而当我们到达最高峰时，却风云突变，暴风骤雨，倾盆而下，更伴随着雷电交加，犹如天崩地裂。此时，已寸步难行，摇摇欲坠，底下就是万丈深穴。最难的是那百步云梯一线天，又陡又窄，已不能直着腰走，只能靠双手扒着阶梯，在地上爬着。那天我穿的是一双胶底布鞋，经水泡摩擦，脚趾已开始红肿，需立即就医。我这次本要从黄山去北京，遇此情景，我当机立断回深圳就医，医生立即把我的趾甲拔掉，不然，整个脚板将要溃烂。这次黄山之行，在我脑海中留下的是一片恐怖景象，从此再也没有去过黄山。我还是时常回忆起前4次去黄山留下的美好印象，只好在家里欣赏石涛、黄宾虹、张大千等画黄山的作品，重唤起关于黄山的美好意象。

朱海坤：这真是一次终生难忘的旅行，引发了您对自然美与艺术美的深入思考，也很好地证明了艺术美的价值追求，能够实现真、善、美的结合，而自然则有可能是美的，也有可能是丑的或恶的。人与自然之间的关系，可以是审美的，也可能是不和谐的。

胡经之：中国的意境论深深植根于中华民族的历史传统中，以天、地、人“三才”说作为哲学基础，自有民族特色。天、地、人三位一体，相互作用，而生成世界万物，构成世界大全。人就生成于这世界大全中，上顶天，下立地，居于中，和天地互动，循道而行。人和天地的关系，乃是属于世界大全的整体关系。正是这天、地、人三位一体的价值观念，一直主导着中国传统文化的发展思路，表现在中国画中，就是要创构艺术意境，以达到主客合一、虚实相生和天地同源的天地境界。在这种重天、地、人之整体的价值观念主导下，中国传统文化对于具体的物，就不如对整体那么重视。宋代理学家邵雍很重视“以物观物”，以区别于“以我观物”，老庄哲学则倡导“以道观物”，从天地自然的整体上来对待物，应物而不累于物。中国古代像苏轼这样的文学家，大多寓意于物而勿留意于物，看重的是超然物外，优游于天地自然之间。所以，中国虽然也发展了人物画、花鸟画，却没有像山水画那样受到广泛地推崇，山水之美，雅俗共赏，古今共谈。

其实，在西方的文化传统中，也存在一条类似的文脉，只不过在天、地、人之上，加了一个“神”，由“神”来主导天、地、人。早在古希腊时代，苏格拉底就把世界大全概括为“天、地、神、人”四大元素连成一体的有机宇宙。到了中世纪，把“神”奉为最高主宰，集真、善、美于一身。到了雅斯贝尔斯，已把“神”和天、地、人一起平列。海德格尔把人的地位提升了，却仍然给“神”留下了一个位置，这和中国的文化传统有所不同。我们看重的是天、地、人三位一体，并无“神”的立足之地。西方文化传统中的“天、地、神、人”四位一体的文脉也时常被忽视或遗忘，就紧盯着这个大系统中的“物”这个实体，对物性做了深入的研究，发展了自然科学，使得物质生产蓬勃发展，得以较早实现了物质的极大丰富。西方常常忽视或遗忘了那个大系统，正如英国诗人比尼恩（Binyon）所说：“我们把生命肢解成许多分离的部分，每一部分都由冠冕堂皇的科学所主管，其结果把生命的整体弄得模模糊糊，弄得我们似乎完全失去了生活的艺术。”

朱海坤：像您所说的，“敬重天地人”是中国古典美学的价值根基。那么，对当今时代而言，它是否仍然有意义？

胡经之：我们这个文明古国，数千年来一向重视天、地、人三位一体，文脉不断，却不大留意于物质这个小系统，重视以“道”观物，不重视以“物”观物，对物性少做深入探索，所以物质生产发展缓慢。历经百年多的现代化，特别是改革开放四十多年来，我们的物质生产突飞猛进，后来居上，精神生产和人自身的生产亦在逐步提升。在物质生产高歌猛进的过程中，我们也时常只关注了物质世界这个小系统，却忽视了天、地、人三位一体这个大系统，不留意于物质生产对人的整体生态产生了什么样的效应，有时有些地方还是走了西方的老路，先污染后治理，于是产生了我们今天所说的生态危机。

幸而，我们终于意识到了，要养活 14 亿人口，物质生产固然重要，但决不能以牺牲环境为代价，必须以生态为优先。我们这个文明古国，一向推崇天地人和，而不是倡导天地人斗。天、地、人三才的互动，古人称之为“参赞化育”，天的作用在“化”，地的作用在“育”，而人的作用在“赞”，三极的相互作用，是为“参”。天、地、人相参，其终极结果是要达致天地人和，万物一体。天地万物，从唐代《艺文类聚》开始，就按“天、地、人、事、物”的次序分类，人在天地间的位置也按“天、地、君、亲、师”的次序排列，清末推翻帝制后，也还是“天、地、国、亲、师”的次序。如今，“心”的作用越来越大，在我看来，这次序就应改成“天、地、人、心、符（符号）”。但不管社会如何发展，“天地人和”还应列为优先。

这世界大全，乃由天地人相参，万物增生而成。天地是人类得以生成、发展、完善的母体。天地本身并无“灵明”，既无自我意识，又无对象意识，更无关系意识，只有人才有一点“灵明”，能为天地立心。按王阳明的看法，正是因为人有一点“灵明”，所以人就是天地的“主宰”，《传习录》里说：“天没有我的灵明，谁去仰他高？地没有我的灵明，谁去俯他深？”随着科学的发展，如今人类的灵明已意识到天的广大无限，天外有天，天外还有更多的天，究竟有多少重宇宙，尚待继续探究。天与地之间，万物生成，我们的灵明能达到的，还只是些“明物质”，比“明物质”还要多的“暗物质”，至今还未探明。马克思和恩格斯则早就意识到，人类不仅要认识世界，而且还要改造世界，这最要紧的就是要通过人类自身的“实践”，和天地自然相互作用，进行物质和能量的交换，实现人类自身的新陈代谢。正是通过人类的实践，不断使自然人化，从而在天地自然中生成了一个“人的世界”。明代画家祝枝山说：“身与事接而境生”，然后“境与身接而情生”，人生境界转化为艺术境界。从自然人化中生成的人类社会，成为每个人得以生存、发展的人生大舞台。人，既是历史的剧作人，又是历史的剧中人，还可能是历史的观剧人。历史发展的大方向就是要让每个人都能得到自由而全面的发展，塑造自由个性，人应成为自然、社会和自己的主人。马克思晚年的目光更多注视于人类学，而恩格斯着重钻研了自然辩证法，推进人类的实践活动向自然界的更深处探索，使自然界这一“人的无机的身体”，成为人的有机体的不可分割的部分。人类的历史，就是人的实践活动不断发展、自然不断人化的过程。

然而，人类的实践活动受价值导向的指引，因而具有不同的效应。早在20世纪60年代，南斯拉夫的实践哲学派马尔科维奇、彼得洛维奇等已关注到了实践的价值维度。实践有好坏，既有建设的、正面的、积极的实践，也有破坏的、否定的、消极的实践。实践创造了真、善、美，也制作出了假、丑、恶。自然的人化，能使自然优化，也能使自然劣化。马克思推崇的是"革命的实践"，只有"革命的实践"才能拯救世界，而异化的、反向的、负面的"实践"却能毁灭这个世界。马克思说道："环境的改变和人的活动或自我改变的一致，只能被看作是并合理地理解为革命的实践。"① 马克思在这里所说的"革命的实践"，不只是政治实践，也涵盖了生产实践、精神实践等整个社会实践。早在1844年，马克思在谈到物质生产时就已指出，生产应按物的尺度（亦即真的规律）和人的尺度（亦即善的规律）来进行，更应按美的规律来创造。而在生产之前，人就要在头脑中做意象模型，然后才付诸实践。我受此启发，在1987年就写了一篇《论审美活动》，后扩写成《文艺美学》的第一章，意在阐明艺术生产经由意象经营而创造出一个意象境界，其最终目的乃在推进人和世界的关系达致动态平衡，实现天地人三极的和合之道。当然，精神的力量不能代替物质的力量，审美活动或使人的精神放松，或振奋人心，都只具精神功能。但是，通过革命的实践，精神力量可转化为物质力量，实现人类美好的理想。

朱海坤：在您看来，意境论的价值维度在根本上是与马克思主义学说相通的。

胡经之：马克思主义的精髓在于突出实践唯物主义，但决不能违背大自然的优先地位。我们已进入新时代，那就是生态文明时代。生态文明时代，对生态的重视日益显现。就在2019年1月，习近平总书记在考察雄安新区时说，蓝天、碧水、绿树，蓝绿交织，将来生活的最高标准就是生态好。接着，在6月，他在俄罗斯出席圣彼得堡国际经济论坛时，更进一步指出："我们要坚持绿色发展，致力构建人与自然和谐共处的美丽家园。

① 《马克思恩格斯选集》第1卷，人民出版社1972年版，第17页。

俄罗斯著名作家陀思妥耶夫斯基有句名言：‘美能拯救世界。’”美能拯救世界？美怎么拯救世界？那就要回到马克思主义的初心。马克思的实践哲学，倡导我们不仅要在理论上解释世界，而且要在实践中去改造世界，既要改造客观世界，又要改造主观世界，更要改造客观世界和主观世界的关系，关键在于怎么改造？要按美的规律改造，改造不是目的，改造世界的终极目的是要创造一个美好的世界，让人们都能过上美好的生活。但美好生活不仅仅只是物质生活的优化，还有精神生活、文化生活、政治生活等整体生态的提升，所以，生态文明要和物质文明、政治文明、精神文明、社会文明五位一体，协调发展。正是这个中华民族伟大复兴的时代要求，呼唤中华美学精神的回归，天、地、人三位一体的价值理念应当继承，踵事增华，发扬光大。

朱海坤：听您这番话，我知道，您对中国古典美学和文艺学感兴趣，是基于“古为今用”的立场，为的是使古今融通，更好地解决现实问题。那么，我们今天从事中国古典文论研究，您觉得怎样才能做到古今融通、古为今用呢？

胡经之：这是一个很大的课题。我不是专门从事古典美学和古典文论的行家，只是一个票友，爱好而已，并无系统的深入研究，所以说不出多少道理。梳理古典美学是为了构建当代美学。恩格斯说：“在每一科学领域中都有一定的材料，这些材料是从以前的各代人的思维中独立形成的，并且在这些世代相继的人们的头脑中，经过了自己的独立的发展道路。”[①]科学如此，哲学也一样，“每一个时代的哲学作为分工的特定的领域，都具有它的先驱传给它，而它便由此出发的特定的思想材料作为前提”。[②] 十多年来，我国的古典美学和文论研究成果丰硕，对古典美学的范畴研究逐步深入，出了多部中国美学史，有的还在历史梳理之后，进而探索中国古典美学的体系。张法把中国古典美学放在世界美学的构架中，和西方美学和印度美学做了比较研究，在比较中彰显中国古典美学的特色。陈望衡对中国古典美学做了历史的考察，最后构建了“境界美学”。祁志祥不仅考

① 《马克思恩格斯选集》第4卷，人民出版社1995年版，第727页。

② 《马克思恩格斯》第10卷，人民出版社2009年版，第599页。

察了中国古典美学，而且还延伸到了中国现代美学，提出乐感美学。郭勇健在梳理了中外美学的历史发展之后，预测中国美学将从身体美学出发，向文艺美学和文化美学扩展。刘悦笛梳理了东方人的生活美学，趋向构建生活世界的完整的美学。程相占研究了西方生态美学的发展历史，力图吸取中国传统的生态智慧，构建中国特色的生态美学，等等。中华美学再出发，新时代的中国美学将更具创新精神，大有可为。

如今，中国古典美学研究的瓶颈已不在思想材料太少，整理出来的思想材料已极为丰富。当然，思想材料仍要继续挖掘，当务之急是应更多予以阐发和吸收，将有价值的思想材料用来构建中国特色的当代美学。这就需要对中国古典美学中的重要范畴和命题做专题研究，深入阐释重要范畴、命题的内涵、意义和价值。当前，深圳大学美学与文艺批评研究院的高建平和李健正在分别主持美学关键词和诗歌语言艺术原理研究，从中外古今的美学和文艺学中挑选出数百个关键词，做重点阐释，总结和提炼中国诗歌的语言艺术基本规律，这正是为构建中国特色的当代马克思主义美学准备思想材料，意义重大。期待研究成果早日问世，以促进中国当代美学的建构。

二〇二一年十月　采访

二〇二二年九月　定稿

深圳湾　望海书斋

尾　声

自由境界真善美

我自1984年5月4日第一次踏上深圳这块热土起，已经在这里生活了将近40年。这是我最后的精神家园，将在这里终老，回归大自然。正是在深圳的这段岁月，我体验到了从“精神自由”提升到“实践自由”的，最后又复归“精神自由”螺旋式发展的人生。

一

深圳的改革开放真的是日新月异，新潮迭起，创新不断。胡耀邦在1984年到深圳考察，旗帜鲜明地鼓励深圳要不断创新：特区特办，新事新办，立场不变，方法全新。

我到深圳大学来本身就是一件新鲜事。清华大学副校长张维院士受深圳市市长梁湘之邀，担任深圳大学创校校长，他请北京大学派人来兴办文科。1984年元旦，张维院士请钱逊（钱穆之子）邀我和汤一介去他的清华园寓所会见。他开门见山告诉我俩，北大常务副校长张学书答允支持深圳大学，由他来挑选北大人去办中文系和外语系。他已邀请英语系李赋宁办外语系，想请我和尚在美国的乐黛云来办中文系，发展新学科，请汤一介办国学研究所。当时，汤一介和我都已在培养研究生，开设新课，忙得不可开交，如何去得了深圳？张维院士见多识广，思路开阔。他当时就为我们出了新招：“你们三人不用调离北大，可以采取半年在北大，半年去深大轮换的新办法，照顾两边。在深大可以物色一个年青教师当副主任，处理日常事务。你们的责任是审定学科方向，设置教学课程，挑选合格教师。”张维院士的这一新招，已经属于新事新办了，我们从来没有想过。

张维院士还劝我和汤一介去深圳看一看，实地考察一下。1984 年五一前，我到厦门参加一个国际研讨会，应正在负责创建汕头大学的罗列教授之邀，去汕头看看，就决定乘此机会，也到深圳走一趟。张维院士写了一封亲笔信，让我带着去见已在深圳负责建校的常务副校长罗征启。“五四”那天，我到深圳。深圳大学尚无校舍，校园正在蛇口半岛的粤海门开建。罗征启主持的深大办事处设在宝安县政府的旧地。他一见我，就劝我和汤一介夫妇赶快来，催促乐黛云快回国。当时，他说了许多深圳的优势，有一句话深深打动了我——“深圳是个没有开发的处女地，就像一张白纸，可以画出最新最美的图画。你们可以充分发挥你们的聪明才智！”说来也巧，在刚搭建起来的铁皮房里用餐，竟碰上了李泽厚、蒋孔阳、刘纲纪三位也在此吃快餐。我们在厦门一起参加了国际研讨会，他们应广东省社会科学院院长张磊之邀，也来深圳考察。他们三位都鼓动我来深圳，在此建立一个国际文化交流的平台。他们的想法和北大副校长季羡林的想法高度一致，都想以深圳为基地，促进国际文化交流。

我回北京和汤一介一说，他当机立断，决定去深圳，也敦促乐黛云赶快从美国回来。1984 年 9 月，张维院士亲自带了我们 8 个人乘飞机到广州，深圳大学派了一辆中巴接到深圳。这 8 个人是清华大学的童诗白（任电子系主任）、汪坦（任建筑系主任）、唐统一（任图书馆长），中国人民大学的高铭暄（任法律系主任），北京大学的李赋宁（任外语系主任）、汤一介（任国学研究所长）、乐黛云和我。如今，这 8 个人中，只有 3 人尚在。一个是高铭暄，现已 94 岁高龄，前年荣获国家授予的“人民教育家”称号。一个是乐黛云，现已 92 岁高龄，在北大朗润园安度晚年。我最小，也即将进入 90 后行列。深圳将是我一生的最后归宿，将在这里回归大自然。

我和汤一介夫妇没有辜负季羡林的嘱咐。在 1984—1986 的三年间，以深圳大学为依托，很快初建了一个国际文化交流的平台，先后召开了中国比较文学学会成立大会、国际文化交流座谈会、海外华文文学暨港澳台文学国际研讨会。按照北大当初的约定，汤一介、乐黛云在 1987 年都回到了北大，我却迟迟不归。1987 年春节，在清华园张维院士寓所拜年，他又和我做了一次长谈，劝我留在深圳大学，继续为发展人文学科做贡献。我接受了他的建议，从此落户深圳。我读副博士研究生时的同窗好友严家炎帮了我的大忙，给予我最大的谅解，看我决心要留深圳，助我让北大放行，我深为感激。

我在北大35年，实现了“读万卷书”的美梦，却未能履践“行万里路”的另一个美梦。在美丽的燕园，我只是闭门读书，很少外出，从未出过国门。改革开放之初，李泽厚邀朱光潜、杨辛和我去昆明参加中华全国美学学会成立大会，我才得以第一次乘飞机出京。后来参加了数次学术活动，都是应好友之约，方才出行。1980年秋，河北省开美学学会成立大会，朱立人把我和李泽厚夫妇一起请去祝贺，第一次去了北戴河。1982年，吉林大学校长公木（张松如）派了栾昌大到北大找我，邀我去长春主持杨春时的硕士论文答辩。杨春时的论文《论艺术的审美本质》当时颇受争议，我主持答辩，认为是一篇优秀论文。这是我第一次去东北。1986年，应钱中文、汤学智之约，第一次去扬州，参加文艺学方法论的全国研讨会。那次孙绍振向钱中文求助，请他主持陈晓明的硕士论文答辩。此文在福建师大也受争议。钱中文看过论文，答允支持，并请我和杜书瀛等组成答辩委员会，在当年秋天苏州大学的一次学术会议期间，通过了答辩。在北大期间，我一心只读“大、洋、古”（大书、洋书、古书），难得出门，更少出远门。

我的“行万里路”的美梦在深圳才得以实现。

特区成立之初，目标就是要把边陲小镇建设成外向型的国际化城市。什么是国际化，如何国际化？大家都不明白。因此，深圳一开始就鼓励我们抓住机会，走出国门，到国外考察。

我在1986年5月第一次从深圳出发，跨过深圳河、罗湖桥，到香港中文大学做客，在新亚书院会友楼住了一个多月，和香港学者进行学术交流。当时香港尚未回归，能去中文大学进行学术交流的学者尚为稀少，先是朱光潜应邀与钱穆会面，然后王瑶、杜琇夫妇去了一个多月。我先去香港把他俩接回深圳，我就接续王瑶去访学，成为新亚书院从北大接去的第三位学人。我在中文大学做了“中国美学的新变”的学术报告，和饶宗颐、李达三、袁鹤翔、黄维持、王建元、刘昌元等相识，从而开始了和香港学界的长期交往。

自1987年落户深圳，我就频繁出入于香港。深圳主管文化教育的副市长邹尔康特批，给我办了一个港深特别通行证，凭此证可以随时去香港，不需再办护照，省去了一些烦琐手续。在香港回归之前的那些岁月里，香港中文大学有什么我感兴趣的重要的学术活动，袁鹤翔等打一个电话过来，我就可以跨过罗湖桥，乘上香港的轻轨火车，直奔沙田，就像我从北大乘32路汽车到王府井的文联大楼一样方便。我若出国，也无须再从北京转机，只需就近从香港启德机场出发，非常方便。从1987年冬开始，我每年都要从中国香港出发，到国外考察一到三次。先是东南亚各国，新加坡、菲律宾、马来西亚、泰国、文莱、沙巴、印尼、马尔代夫等地，有些地方，像新加坡、曼谷等还去过2、3次。然后又去欧洲考察，德国、法国、荷兰、比利时、意大利、希腊等都去过。最后是重点考察美国的文化和教育。20世纪90年代初，我和深圳大学国际文化系主任郁龙余带了翻译小周，从中国香港起飞经日本，到美国西海岸，一路到东海岸，然后又返回西海岸西雅图、旧金山，一个多月，访问了10多个城市。那时，纽约的世贸大厦尚在，我们登上了大厦楼顶，俯视全城和海滨自由女神像，我还花了一百美元买了一尊世贸大厦铜像作为纪念。后来，发生了“9·11”事件，世贸大厦被飞机撞塌，那尊铜像尚在我的书橱里保存着，成为永久的纪念。10年间，我去过30多个国家和地区，终于实现了“行万里路”的美梦，知道了这世界究竟发展成什么样了。

我到了深圳，才真正开始了“睁眼看世界”。在“睁眼看世界”之后，我更想在祖国大地上“行走”，了解祖国和世界的差距究竟在哪里。20世纪80年代来到深圳的专家、学者还不多，因此，市领导层极为重视，决心要在深圳建立三支过硬的梯队：一是管理梯队，培养一批局级干部；二是经贸梯队，培养一批集团经理；三是专家梯队，以国务院认定的国家突出贡献专家为核心，为市政府献计献策，起咨询作用。90年代初期，深圳的由国务院认定的国家突出贡献专家也就五六十人，其中院士只有1位，那就是从上海来的激光专家邓锡铭。邓锡铭是东莞人，要回家乡做贡献。为了把这些专家学者组织起来发挥作用，市政府特批为我们成立了“深圳市杰出专家联谊会”，由邓锡铭任会长，我任副会长。市政府每年都要我们去内地各省份做实地考察，以利用各地资源来为深圳发展做贡献。近十年间，我差不多遍访了全国各省份，只差西藏没有去。有一年，我已到了青海，上了日月山，因承受不住高原反应而昏厥，医生不让我再前行去西藏。

我们出去考察，回来后不仅要写一个考察报告，还常和市领导决策层当面对话，交流看法。每年元旦或春节，市委书记或市长就会带领市政府、人大、政协的领导在市政府聚会，邀请我们参加，同时要求我们对深圳今后的发展各抒己见，以提供参考。当时的领导层都很尊重我们这些人的意见。跨入21世纪后第二年，深圳文艺界纪念毛泽东《在延安文艺座谈会上的讲话》，我当时兼任深圳市作家协会主席，特请市委书记黄丽满参加。她不仅来了，讲了话，还和我们共进晚餐。我和她坐在一起，旁边还有主管人事的白天。那晚，我滔滔不绝地向她说起深圳大学今后的发展。当时，校领导正要换届，我向她建议，此次换届也要创新，不要再由广东省教育厅派校长来，而从深大内部选拔。我详尽为她分析了利弊，目的是要促进深大的跨越式发展。没有想到，她真的听进去了，当即要白天去深大做调查研究，向她报告后做最后决定。之后，白天广泛听取了师生意见，最后由黄丽满做决断，从深大副校长中选拔了一位当校长，这是深圳的一次创新，实为难得。

深圳大学究竟应该怎么办？也是摸着石头过河，确有不少创新之举。

我和乐黛云来深圳的最初三年，每人每年只在此主持半年的工作，包括教学，未曾深思如何改进教学。那三年，乐黛云开设比较文学，我开文学概论，引进了一些青年教师开基础课，如古典文学、现代汉语、古代汉语等。好些课程都是请北大的教师来讲，谁讲的好，就请谁来。我们请黄修己来讲了一年的中国现代文学，请张钟讲了一年中国当代文学。外国文学没人教，我们就请了北大西语系的孙凤城来讲了一年。当时，我和乐黛云在北京和深圳之间飞来飞去，王瑶开玩笑说我们是空中飞人，深大人说我们是“飞鸽牌”。1987年，汤一介、乐黛云都回北大了，我决定留在深大，成“永久牌”。

我留深大之后不久，市里主管文化教育的副市长邹尔康跟随梁湘去做海南省副省长了，接任他的副市长林祖基是爱好文学的文友。我们常交谈，很投机。林祖基很诚恳地和我做了一次长谈。他说，在深大办中文系，不能照搬北大模式，北大是中央抓的重点学校，为国家培养高层次人才，深圳亟须的是中西兼通的实用人才，不可能都去研究比较文学、国学、美学，所以专业不能分得太细；但知识要广博，中西兼通，贵在应用，要能说能写，适应外向型国际化的需要。我觉得林祖基说得很在理，认真地考虑中文系的发展前途。就在当年6月，我脑海里涌现出了“国际文化交流”几个字。夏天，我回北京，特地去中关园拜访了北大国际政治系的创始人赵宝煦，向他请教把中文系扩建为国际文化系，前途如何？赵宝煦一听，连声叫好。他告诉我，北大国际政治系毕业的学生，很少能进入政治和外交领域，很多人只能从事国际文化交流，把中国的文化介绍出去，把外国的文化介绍进来。随着改革开放的不断扩大，需要更多人来参与国际文化交流，若深大办国际文化系，实乃国内首创，是大好事。

1987年深秋，我在深大海涛楼住所草拟出了一个将中文系扩建为国际文化系的方案。我把这个系的教学方针定为“贯通中西，应用为主”，为深圳培养中西兼通的应用人才，以适应外向型国际化城市建设的需要。全系分为四个专业：中英文秘书、对外汉语、大众传播和旅游文化。当年底，我把这个扩建方案送交已接任张维的第二任校长罗征启，等他审批。我想，好事多磨，可能需要反反复复来来回回打磨好几次。是否能办成，也不知道。没有想到，1988年新年刚过没几天，罗征启带了那方案跑到我办公室来对我说道：“你这改革方案很大胆，把中文系扩建成国际文化系，思路很好。胡耀邦总书记提倡新事新办，特区特办，深圳讲创新，允许试验。你是系主任，我校长尊重你的意见，就照此办理。咱们不用再报教育部。今年招生，就用国际文化系的名义招。你再写一个招生简章。”我一听，真个是心花怒放，想不到深圳办事，效率如此之高。随后，我很快起草了一个国际文化系1988年的招生简章，当年就按我分的那几个专业来招生了。《深圳特区报》的副总编许兆焕看了国际文化系的招生简章，特地写了一篇新闻报道，在《光明日报》第一版上发表了，称赞这一创新之举乃是国内首创。北大只有国际政治系，到深大才有国际文化系。

那时候，系主任和校长的责权分明，系主任的责权甚大。张维校长早就和我说清了：系主任有权决定办系方针、专业设置、课程安排，甚至教师的聘任也由系主任定。系主任决定聘请什么人来任课，只需把名单告诉人事处，就由人事处到市里去办手续。我和乐黛云共同主持中文系时，就从北大调来了好几位青年教师，如章必功、刘小枫、郁龙余、景海峰、荣伟等。扩建为国际文化系后，我又从北师大、社科院、复旦大学等调进了一些研究生，如吴俊忠等。这些年轻人后来都成了深圳大学的栋梁之才，如章必功当了校长，郁龙余成为首任文学院院长，吴予敏成了传播学院院长，景海峰做了人文学院院长，吴俊忠当了社会科学处长，等等。

国际文化系所设置的那几个专业方向，都是我经过调查研究才定下的，而且咨询过林祖基、马志民等。这些专业都是当时深圳亟须的，后来成为深圳大学人文学科发展的新增长点。国际文化系建成后数年，我不再担任系主任了。90年代初期，蔡德麟当了校长，特别重视深大的学科建设，自任学术委员会主任，请我当学术委员会副主任、人文社会科学委员会主任。我就主要关注起深大人文学科的发展了。后来，深大加快学院建设，成立了很多学院，国际文化系的好几个专业方向都成了新的增长点，以大众文化传播专业为基础发展成为传播学院，由蔡仪的美学博士吴予敏任院长；以对外汉语专业发展成留学生教学部，后改为国际交流学院，由郁龙余任主任，后为院长。可是，我用力最多、希望最大的旅游文化专业，却没能发展成为旅游文化学院。那是为什么呢？如今回忆起来，颇可玩味。

深圳大学要大力发展旅游文化专业，把文化和旅游融为一体，促进国际文化交流，使深圳向国际化方向发展。这是华侨城掌门人马志民为我出的主意，我觉得是高明之举。我和马志民相识，是在1986年春夏之交客居香港中文大学新亚书院时。一次，香港作家联会主席曾敏之邀我参加香港作家的交流活动，在维多利亚海港做泛舟夜游。在游轮上，我遇见了马志民。他高高的修长个儿，年纪和我差不多，刚过50岁，精神奕奕，一口流利的普通话，略带广东口音。他是道地的深圳宝安人，被派驻香港多年，经营香港的中国旅行社，经常组织香港人游广东或广东人游香港。他听说我在深圳大学，就很有兴致地和我交谈起来。从交谈中，我发现马志民是改革开放之初少有的具有远见卓识、高瞻远瞩的人。依他之见，邓小平总结新中国成立之后的经验教训，认为最大的缺失就是对内以阶级斗争为纲，对外闭关自守、自我闭塞，如今要改革开放，睁眼看世界，着力搞建设，既要走出去，又要请进来。他以为，促进国际交流，最方便快捷的方式就是发展国际旅游。深圳靠近香港，就要利用香港这个国际化城市的优势来大力发展国际旅游。他主持的华侨城开发就是为了开拓国际旅游。他说他已向当时的市委书记、市长梁湘提供了一个发展方略，希望把深圳发展为一座吸引人的国际旅游海滨城市，和香港相互呼应。为此，深圳亟须培养大量既懂中国文化，又通西方文化的国际旅游人才。他希望将来能和深圳大学合作。我一听，觉得他说得很有道理。我也希望深圳能发展成为一座国际旅游海滨城市，把深圳的美充分展现出来。

马志民的一番话给我留下了深刻印象。我同他一起磋商过把中文系扩建为国际文化系的想法。他极为赞赏，并建议我把旅游文化列为一个专业方向。他愿参与教学，介绍他多年从事国际旅游的经验，一同探索如何在深圳开拓国际旅游事业。深圳那时能提供旅游的地方还不多，东部可去的只有沙头角中英街，市内新辟了银湖旅游中心，莲花山公园正在兴建，华侨城正在开发民俗文化村、锦绣中华，蛇口有了由明华轮改建的海上世界。马志民向我说了他的一个近期开发计划，想把华侨城和蛇口的海上世界连接起来，开辟一条旅游小火车道，中经深圳大学、南油大厦，再到海上世界。那时的华侨城、深圳大学、南油大厦、海上世界都紧靠后海湾，前边是大片湿地，沿岸有很多红树林，大规模填海是后来的事。马志民想把后海湾这一大片地方都开发为旅游胜地。深圳大学是所开放的大学，不建围墙，正好可以成为一个旅游景点，重点发展文化设施。他愿出钱，帮深圳大学创建一个艺术走廊，重点建设雕塑园，从华侨城开小火车过来，只要几分钟。我听了他的设想，觉得事关重大，牵涉到深大今后发展的方向，必须要由他亲自与深大校长沟通。于是，当年秋天，我把马志民请来，直接和罗征启见面商谈。罗征启听了马志民的计划，兴致勃发，这正和他想把深大建成没有围墙的开放大学的想法不谋而合。他当时就对马志民说："您把这设想具体化一下，提出具体措施，我们再找机会做进一步策划。我请胡教授和您保持联系。"

自从罗征启对马志民做了这个许诺之后，我对旅游文化这个专业特别重视，希望为深大的发展添加一个新的生长点。我请郁龙余担任这个专业的主任，他立即开设旅游文化概论的课程。国际文化系副主任章必功自告奋勇，开设了一门过去从没有人开的新课，叫中国旅游史，第一次对我国的旅游历史做了全面梳理。我还支持郁龙余成立了旅游文化研究所，把北京大学著名的文化地理学家侯仁之的弟子陈传康教授请来，讲授文化地理。陈传康是我在北大时的病友，他患胃溃疡，常住校医院。我患胃炎，二人常住同一室，有过多次深谈。他是粤东人，熟悉深圳一带的山山水水。在马志民的支持下，由他主持对深圳的海岸和山峰做了一次全面考察。马志民想向市政府提出一个开发东部海岸的计划，请陈传康带着一批专家考察。我和龙余沾他们的光，有时跟着一起去大鹏湾，领略了更多美景，滋长了更多山水情，体验到深圳真是个难得的好地方。

1989年元旦，马志民和我谈了他创建旅游学院的设想。他规划在华侨城内留出一块地给旅游学院，由他出资兴建，希望我们以旅游文化专业为基础，帮他发展成为深圳大学内一个独立学院，专为深圳培养中西兼通的国际旅游人才。我把这设想告诉了罗征启，他听了就说：这是好事啊！对华侨城、对我们深圳大学都好，何乐而不为！

然而，天有不测风云。那年春天，北京刮起了政治风暴，风云突变，也影响到深圳。深大校园也起了波澜，于是，马志民所说请深大来创办旅游学院的计划，由此夭折。中央侨办指令下属暨南大学到深圳找马志民，决定由暨南大学从广州派人来筹建旅游学院。深圳大学也就失去了这一大好时机。但我和马志民所建立的友谊却常在，一直保持着联系，直到他去世。我至今仍时常怀念着这位特区初期的著名改革者。

二

和马志民交往的这段历史一直印刻在我脑海中，这不仅是因为，在我相识的深圳创业者中，他是一位佼佼者。在和他的交往中，我深切地体会到了精神自由易，实践自由难。读万卷书，在书海里遨游，求得精神自由，这容易做得到；但是“行万里路”，特别是要在创业中求得实践自由，却要难得多。这不仅需要天时地利人和，而且要有高度的实践智慧。马志民创业华侨城之所以成功，为中国旅游事业创建了一个样板，正在于他借助于天时地利人和，又充分发挥了自己的实践智慧。他把中外文化和旅游相结合，建构了中国特色的旅游文化，为深圳的国际旅游事业做出了突出贡献，功不可没。

没有想到，“六·四”风暴的冲击波会如此巨大。1990年春节，我和郁龙余从深圳大学搭乘一辆中巴，到深南大道和红岭路交叉口的大剧院广场前，就被甩在路中间。我和龙余下车后四顾茫然，在这市中心的热闹场所，竟不见有人。我俩从大剧院沿红岭路一路步行，到园岭村去向章必功等祝贺春节，走了半个小时，竟碰不上一个人。整个深圳成了一座空城！那三年，深圳陷入了低谷，特区还能办多久？大家都没有底。

幸而1992年元旦后，88岁高龄的邓小平第二次南巡，来到深圳，再次肯定了深圳办特区是正确的方针，要继续办下去，只能办好，不能办坏。这就激励了深圳人再次振奋精神，开启了第二次创业。深圳大学在经历了三年的清理整顿后，决心重整旗鼓，积极投入二次创业，急起直追。新晋校长蔡德麟是位哲学教授，担任过安徽大学常务副校长，教育经验丰富。他懂得，要想提升深大的水平，必须从抓学科建设着手。他迅速从内地调来13位中年骨干教授，包括苏东斌、余其铨、魏达志等，作为学科带头人，从事学科建设；并新建了全校的学术委员会，他自己兼任主任，副校长应启瑞任副主任，抓自然科学建设。他找我谈了几次，要我继续担任副主任、人文社会科学委员会主任，要大力发展人文学科。他告诉我，他去清华园拜访过张维院士，这位创校校长就对他说过，要我在深大人文学科发展中多发挥作用。新老校长的美意，我甚感激，也颇为迟疑，因为那时我即将跨入六十之年，要退休了。

我已做好了退休的准备。深圳是个年轻的城市，是年轻人施展聪明才智的好地方。为了使城市年轻化，深圳人事部门已定下法规，公教人员到60岁就一律退休。1993年5月，我就要到60，到时就退。我在深大校园里住了8年多，我住的海涛楼在后海湾北侧海滨，门前湿地上有大片红树林，后边是杜鹃山，东边是游泳池。我每天都能游泳、赏海景。但按照建设规划，这片湿地即将被填埋，变平地，再建高楼大厦，红树林将消失。马志民沿海滩建小火车旅游通道的设想将化为乌有。1992年冬，我恋恋不舍地搬离了海涛楼，移居到福田岗厦村和皇岗大道之间的一块三角地——深大新村。这个住宅小区是市房管局专为深圳大学教职工建的，分给80年代来参与深圳第一次创业的人员居住，共11栋。我们这些快退休的教授和校长、书记等一起迁入了高职楼（第11栋），都已心满意足，皆大欢喜了。不久，我的大女儿、女婿从德国回到了清华大学，在清华园也有了较好的寓所。女儿劝我退休后可以两栖，往返于深大新村和清华园。

正当我做好了退休准备时，1993年春天，国务院学位委员会给我和深圳大学发来了一个文件，通知我已通过我的文艺学博士生导师资格，和暨南大学副校长饶芃子教授合作，从当年起，可以招收博士研究生了。蔡德麟校长与我同住一栋楼，见我就说这是大好事，咱们深圳大学有了建校以来自行产生的第一位博士生导师了。他要立即打报告给人事局，不能让我退休。人事局遵照胡耀邦所说的“特区特办，新事新办”的方针，要深圳大学每年都要打一次报告，声明为培养博士生，每年都延聘。这一来，我本该在1993年退休，却从此一再延迟，直到2004年我71岁时方得退休。

深圳大学建校晚，硕士学位授予权尚未获通过，要到1995年，蔡德麟向时任国务院副总理李岚清力争，通过评审，方取得硕士研究生的学位授予权；到21世纪初，才有了博士学位授予权。那时，整个华南地区只有暨南大学取得了文艺学博士点，我在暨南大学招收博士生，力争在深圳大学设立博士生的分教处。这样，我无须去暨南大学而只在深大培养博士生。我的第一个博士生王列生就常住深大，偶尔去暨大。蔡德麟为我设立了一个“胡经之教授工作室”，为我专用。我在暨南大学先后招收了10届文艺学博士生。2003年中山大学新设文艺学博士点，特聘我担任博士生导师，又招收了第一届博士生，培养了黄玉蓉、祁艳，第二年我就退休了，不再带研究生。

我自1993年起，仍然每天乘学校班车去深大，除带研究生、研究文艺美学和文化美学之外，还承担学术委员会副主任、人文社会科学委员会主任的职务，参与深大的人文学科建设。蔡德麟是研究马克思主义哲学的教授，重视人文社会科学，对于深大的人文学科发展，我们常有交流。我一直主张，深圳大学文学院不要照搬内地大学的模式，局限在文史哲的框架，应该另辟蹊径，以适应深圳向国际化城市发展的需要。我还是沿着国际文化系的发展思路，力主把中文系和外文系、传播系相结合，培养国际文化交流人才，把中国文化向外传播，也把国外文化介绍进来。中文系和外文系是两端，通过传播这一中介，相互融合，互相促进。我还向他说明，这是受老一辈学者的启发。1945年抗战胜利后，西南联大的教授们回归清华、北大，闻一多、冯至、朱光潜、盛澄华等曾有过一次讨论，主张重组中文系、外文系，把中国文学和外国文学两大专业合在一个系，叫文学系，把中国语言和外国语言合在一起，成立语言学系。这个改革，难度太大，未能付诸实践。深圳大学是新校，不妨一试，把中文系和外语系合在一个学院，中外沟通。蔡德麟觉得我说的有道理，后来深圳大学成立文学院，真的把中文系、外文系、传播系合在一起，由研究印度文化的郁龙余任院长，熟悉苏俄文化的吴俊忠任院党委书记。之后，吴予敏接着当院长，又发展出传播学院当院长；郁龙余又去新建的留学生教学部（国际交流学院前身）当主任。

我和蔡德麟同住深大新村11栋，他兼任学术委员会主任，我当副主任，合作很愉快。1996年，他卸任校长后，又被深圳的清华大学研究院请去做研究，后来他搬到鹿丹村，我迁入益田村，仍常有联系，多次去做客。蔡德麟之后，谢维信任校长，兼任学术委员会主任，我仍任副主任。牛憨笨院士来深后，任学术委员会副主任、自然科学委员会主任，我们也合作得很好。我常和牛院士笑谈，“学好数理化，走遍天下都不怕”，科学技术是第一生产力，当然重要。但我要补充两条：一是“熟悉政经法，治理社会贡献大”，二是“通晓文史哲，腹有诗书气自华”。牛院士极为赞赏。他和我都积极参加了深圳市的读书月活动，在读书指导委员会中任职，每年都为读书月推荐好书，直到他2016年去世。一年多后，蔡德麟也因病而逝。我深深怀念着这两位学者。

自1993年到2013年，我在深大担任了三届学术委员会副主任、人文社会科学委员会主任，共20年。谢维信卸任校长后，新任校长章必功仍然请他当学术委员会主任，我和牛憨笨院士仍任副主任。直到2014年，新校长李清泉接任，我和谢维信都退任了，由牛院士承担了学术委员会主任之职。遥想当年，我和牛憨笨、倪嘉缵两位院士年岁最大，一起参加了接待爱尔兰总统等的来访，留下了不少校园照片，被称为“深大三老”。如今只剩下我和倪嘉缵院士，也已难得一见。老熟人马志民、王子武、蔡德麟、杨广慧、叶华明等已陆续逝世，邹尔康、林祖基也已难得见到了，真是自然规律不可抗拒。

令我稍感欣慰的是，我先后培养的11届文艺美学博士生，都学有所成，卓有成就。我的第一位博士生王列生取得学位后，先是去了中央党校任教，后被文化部聘为首席专家，协助文化部领导制定国家文化发展战略。我的最后一位博士生祁艳，进了中国艺术研究院从事博士后研究，探索艺术和科技相结合的创新之路。留在广州的，分别在暨南大学、华南师大、广州美院等校任教，不时在开拓新学科，从文艺美学、中国古典美学，分别向音乐美学、绘画美学、设计美学、文化美学等领域推进。留在深大的李健，专心钻研中国古典美学和文艺学，如今担任深圳大学美学与文艺批评研究院副院长，与院长高建平搭档，在学科建设、学术研究与交流方面做了不少事。最后一届的黄玉蓉也留校，如今是人文学院教授，探索国际文化交流的创新之路。

三

我这一生，居住的场所不断在变换。先是在江南转换。费孝通对江南人做过精辟分析，把江南人分成三类：城里人、街上人、乡下人。我从小生活在梅村镇上，是“街上人”。4岁时随外祖父去了鱼池村，成了“乡下人”。7岁时，我随父亲进了苏州城，成了“城里人”。在苏州城里10多年，住所也有三迁，先是住靠近北寺塔的蒋庙前，后迁入靠近狮子林、拙政园的花桥巷。最后，父亲在抗战胜利时，在市中心观前街买了一栋独门独院的二层楼住宅，叫小太平巷，在那里太太平平住了7年。1952年，我从苏州考入了北京大学。在北大35年间，居所经历了五六次变换，从燕园迁入中央高级党校住了近3年，1963年回北大，在清华园寓所住了3年，在燕东园住了七八年，又在中关园住了10年，最后迁入了靠近颐和园的畅春园。那是康熙常去的郊外住所，改革开放后为北大教授盖起了公寓。我从这里又迈向了改革开放的前沿阵地——深圳。

人生难得几回搏。我在深圳奋斗了将近20年，从追求“精神自由”

迈向“实践自由”，体验到了在实践中获得自由的愉悦，人生境界不断提升，终于在 2002 年从深大新村的 4 层楼上迁到了深圳河通向深圳湾的交汇口的 20 多层高楼里，迈向了我一生经历的最高处。

这是改革开放所赐。改革开放以来深圳人倍加振奋，建设突飞猛进。21 世纪初，深圳高瞻远瞩，已着手为二次创业者建造高层住宅。我和晚近来的牛憨笨院士一起，适逢其时。住宅建成后，分房时让我俩优先挑选，他挑选了彩田村，我挑选了益田村，升任校长的章必功则挑选了梅林村，各得其所。这是深圳第一次为公教人员建高层住宅，试验取得成功，节省了地皮，方便了大家。我所以选择益田村而不去彩田村和梅林村，是因为这里视域开阔，正处在深圳市中心的最南端，隔着深圳的母亲河和香港的红树林保护区对望，深圳湾的后海横贯西南，远眺香港的流浮山和珠江口的伶仃洋，一览无余，令人心旷神怡。我的书斋面向海湾，所以我把它命名为“望海书斋”，这是我最后的精神家园。每当我读书、写作感到疲乏时，就透过落地窗或到阳台上眺望后海湾，更加深切地体验到了天、地、人三位一体的兴感怡悦，内心不禁涌出喟叹：世界多美好！

迁入新居一年多后，2004 年 6 月，我正式退休，不再在中山大学招收博士生了。但实际上，我退而未休，只是不再投身教学，而是更加关注起深圳的文化艺术发展来。2003 年，深圳确立了“文化立市”的方针，正式设立了文化发展基金，支持重大文化项目，聘请专家来评审。在全市召开的文化发展规划会议上，主管全市意识形态的白天，把我请了去，向大家郑重宣布：今天，深圳正式成立评审委员会，聘请胡经之教授来承担这个评审委员会主任，主持每年一度的评审。以后，凡是重大的文化事业项目需要申请基金支持的，都要通过评审委员会的评审，不再由行政直接审批。这一来，我深感责任重大，不仅要关注我已较为熟悉的文学艺术状况，视野还要扩及我过去不太关切的社会文化、广场文化、社区文化等。

我最关注的当然还是深圳的文学艺术如何发展。我在 20 世纪 80 年代已被大家推选为深圳作家协会主席，写了一些文艺评论。在深圳文艺发展 10 年、20 年、30 年之际，我都主持编选过《文艺评论选：1980—1992 年》《深圳文艺二十年》等书，还写了一篇长文《深圳艺术之路》，在

《文艺报》第一版整版发表。1995 年，深圳在国内率先成立了文艺评论家协会，倡导创作与评论双翼齐飞，两轮共转。我被推为文艺评论家协会主席，2002 年继续担任第二届主席。在退休后，就有更多精力花在文艺评论上。特区成立 30 周年之际，我和当时的文联主席董小明、副主席杨宏海等合作，编选出了一套“深圳文艺理论批评丛书”，收入了深圳 30 年来从事文艺评论的李小甘、周思明、倪鹤琴等十位中青年专家的评论专辑，在海天出版社出版，竟有两百多万言，整体反映了深圳文艺评论的全貌。我为这套丛书写了总序《文艺评论应创新》，对深圳 30 年的文艺评论做了一个小结，倡导文艺评论要接地气，从实际出发，紧密结合文艺实践，不要空谈抽象理论，更不能照搬西方，贩运各种“主义”。当了 12 年文艺评论家协会主席，这套丛书的出版了却了我的心愿。从 2008 年第三届开始，我只担任名誉主席，逐渐淡出文坛。

我住在深大校园里的 8 年多，不接触外界，不知外部环境发生了什么变化。外部环境有两大层次，一是人文环境，二是自然环境。搬到深大新村后，衣食住行都要自理，旁边就是一个小村镇，叫作岗厦，文天祥的后代在这里居住。深大新村紧靠着农贸市场，人来人往，熙熙攘攘。我迁入深大新村后，首先接触的就是这个人文环境。岗厦虽然住的大多是文天祥的后代，但在改革开放之初，大批打工者从内地涌来深圳，这里的本地人靠出租房屋来收取租金，赚了钱后，就加盖楼层，再赚钱，又再加盖到 5、6 层，甚至近 10 层。本地人先富起来了，文化素质却普遍不高，有的子女不求上进，物欲膨胀，大肆挥霍，甚至走上了黄赌毒的堕落之路。现实中真实发生的触目惊心的事实，引发了我的人文思索：深圳已有人先富起来了，富起来的人又该怎么办？这正是我的学术视野从文艺美学转向文化美学的内在深层缘由。

我对自然环境的关注也日益多了起来，那是由现实问题引发的。深大新村紧靠着岗厦，东侧是皇岗大道，直通皇岗口岸，过关就是香港。我刚来新村时，香港尚未回归，皇岗大道上的货车还不算多。在香港回归之后，重型货车日益多了起来，昼夜不息，一到夜深人静时，轰鸣的车声更为刺耳。噪声污染加上空气污染，通通来袭，这就令我感到新的困惑：现代化就一定要以牺牲自然生态为代价吗？于是，我的学术视野又逐渐转向自然美学和生态美学。

等到我迁入益田村后，顿觉焕然一新。这里的人文环境甚佳，住了3万多人，都是公教人员，书屋、画室、俱乐部、文化广场、游泳池一应俱全。那时深圳的汽车工业尚未发展，院内除了有些公务车之外，尚未出现私家车，绿树红花，充溢着宁静的氛围。20世纪80—90年代，我曾两次去过泰国，从曼谷乘车去芭提雅，交通尚且顺畅。在21世纪之初第三次去，旅游车却被堵在大街上。那几年，私家车发展迅猛，出行受阻成灾，我在车里挨堵一个多小时，心里在嘀咕现代化就是这样吗？从此，我再也不去曼谷。我希望深圳不要像曼谷那样，成为到处受堵的城市，并庆幸益田村还能保持着宁静。不料，数年之后，深圳的私家车也迅猛发展起来，益田村的所有道路都停满了汽车，车声隆隆，废气充溢，再也没有以前的那种宁静了。为此，我曾在一次学术研讨会上，明确呼吁深圳限制发展私家车，要大力建设公共交通。我们的交通事业不能走美国的道路。美国之所以大力发展了私家车，有其历史和文化的原因。美国有强大的军事工业，第二次世界大战结束后，军工要找出路，转向汽车工业，鼓励私人买车。美国地大人稀，不少白领住在人烟稀少的远郊区，需用私家车来通勤。中国和美国不同，人口密集，土地稀少，不能像美国那样倡导购买私家车。2010年，我同蔡德麟校长、牛憨笨院士等去日本考察，在大阪市郊的一大片广场上，看到竟有数百辆的废弃车积压在那里。我顿觉心惊肉跳，照这样发展下去，人类的空间都将被废旧车辆所侵占，人类自己如何生存？

生产越是发展迅猛，环境污染就越严重。大气污染、噪音污染、垃圾污染之外，水污染就更严重。深圳的所有河道都被污染了，最严重的是深圳通往东莞的茅洲河，成了两岸工厂的排污沟。深圳的母亲河深圳河和我住所西侧的新洲河也由清变浊，入夏以后，微风刮来的竟是阵阵臭气，令人作呕。随着环境污染的日益严重，我的心情越来越沉重，忧心忡忡。我在各种会议上呼吁不要以牺牲环境为代价来发展经济。在每年的深圳学术年会上，作为深圳社会科学院的顾问，我甚至直率地指出，砍山太多、填海过度会破坏生态平衡，在深圳河畔建保税区、仓库，这是在走上海20世纪30年代破坏苏州河的老路。如今，上海已在重建苏州河，把仓库改造成艺术展览的高雅场所。深圳市文联还请我们的文艺界去做过考察。我竭力主张，城市建设，生态优先，文化先行，尽可能不破坏生态环境，依山傍水，顺其自然。海天出版社出一套“人与自然”丛书，邀我任主编，我欣然应允，写了一篇总序《珍重天地自然美》。2004 年，深圳全市举办“深圳八景”的评选，邀我和李灏（深圳市委原书记、市长）、秦文俊（市委原副书记、新华社香港分社副社长）、李伟彦（市委原宣传部长、文联主席）等成立了终审委员会，我欣然参与，并做实景考察。会后，我更加投入了自然美学和生态美学的研讨，多次呼吁要高度警惕霾、水、土三大污染。我多次和林祖基交谈，他在主管文化教育多年后，已被任命为市委副书记、政协主席。他对我多次发表的生态观颇为重视，在政协不时敦促人大要立法保护生态。福田中心公园那一大片绿地，就是通过立法才得以存在，大鹏半岛的生态也得到了保护。

令人感到极大欣慰的是，中国自 2012 年开始，进入了生态文明新时代，中央旗帜鲜明地指出了“生态兴则文明兴，生态衰则文明衰”。生态文明不同于以往一切时代，要物质文明、精神文明、社会文明、政治文明、生态文明五个文明协调发展。中国要建设美丽中国，生态文明更要优先。作为新时代创新的先行示范区，深圳率先进行了深化改革，大力整治自然环境。先治理大气污染，复归蓝天白云；加快建设地铁，发展清洁能源；着力治理河道，重现水清岸绿。不到 10 年工夫，深圳这座现代化、国际性、创新型城市，不仅经济发展位居前列，而且自然生态环境指数也名列前茅。我把这种发展模式称之为“既要马儿少吃草，又要马儿跑得好”。我深深爱上了这块乐土，尽管我的大女儿、女婿多次劝我到清华园养老，我不忍离开深圳，乐在这里终老。我的晚年，真是得其所哉！

人生易老天难老，我在快到 80 岁的那几年，尚能远行。2010 年，我应太湖国际文化论坛之邀，参加了首届国际学术研讨会，重返故乡苏州和无锡，瞻仰了钱穆故居。和同窗好友严家炎夫妇及著名歌唱家李光羲夫妇一起去了俄罗斯，参加中国汉语文化年的国际交流活动，来回于莫斯科、圣彼得堡之间，泛舟伏尔加河和波罗的海，实现了年轻时的美梦。我还应第 18 届世界美学大会之邀，去北京参加了一千人的国际研讨会。会务组本要我主持“文艺美学”论坛，但我主动要求主持“自然美学”论坛。此后的两三年里，我还曾分别去了香港和澳门参加音乐节或艺术节，还去了上海，参加上海艺术节。到80岁以后，我已渐感精力不济，难再远行。承蒙深圳市委宣传部长王京生以及后任李小甘的支持，海天出版社在2015年为我出版了《胡经之文集》5卷，近300万言。复旦大学出版社为我出了选集《文艺美学及文化美学》，收入朱立元、曾繁仁主编的“中国当代文艺学文库”。广东省授予我“广东优秀社会科学家”的称号，中山大学出版社为我出版了《胡经之自选集》，收入慎海雄主编的“广东省优秀社会科学家丛书”。山东文艺出版社为我出版了《胡经之美学文选》，列入“中国现代美学大家文库”（收入蔡元培、王国维、朱光潜、宗白华、蔡仪、蒋孔阳、李泽厚、汝信等15人的美学文选）。

我最后一次远行是在2015年秋冬之交。感恩北大35年的栽培，《胡经之文集》出版后，我去北大向母校赠书，主持北大艺术学院的王一川和主持中文系的金永兵在北大国际交流中心为我举办了“《胡经之文集》研讨会”，张炯、钱中文、杜书瀛、吴泰昌、陈熙中、刘煊等都来了，但缺了同窗好友严家炎。我在80岁之前，每次回北京，家炎兄一定约好了程毅中（中华书局副总编、浦江清弟子）、刘学锴（唐诗专家、林庚弟子）、陈振寰（语言学家、王力弟子）等几位同窗，找一家优雅的酒店，共进午餐，相聚忆旧。可从俄罗斯回来不久，他就去了加拿大温哥华，难得再见，我不禁黯然神伤。自此，我就无力再去北京了。别了，我居住了35年的北京！

我真的成了“深圳居士”。特区成立40周年之际，《中国艺术报》为深圳文艺40年出了一个特刊，记者乔燕冰对我做了专访，标题就叫《从“岭南游子”到“深圳居士”》，发了整整一版。2019年，深圳大学授予我“荣誉资深教授”的称号，深圳市文化艺术界把我和祝希娟、王子武、但昭义等遴选为德艺双馨的“文艺名家”。当2020年元旦即将来临之际，深圳电视台为我们几个人举办了一场规模宏大的“今夜星空灿烂”的文艺晚会，市委书记、市长等都来到现场祝贺。我们这几个人都走上了舞台，参与了现场演出，向深圳的公众道别，感恩深圳！我意识到，这可能是我向公众道别，在这社会公共的大舞台上，我将谢幕了。

谢幕之后，我的生活宁静而充实。国际著名的荷兰教育家、心理学家利维古德对人生的发展规律做过深入研究。依他之见，人的一生是不断从生理向心理、再向精神持续提升的过程。他说："生命—心理奋斗紧紧尾随着生理发展曲线，而精神—意识机能则加速偏离生理发展，它可以在生理发展已急剧衰落时达到自己的顶峰。"人到老年，生理衰落，精神还能振奋？我开始时将信将疑，半信半疑，随着我自己的人生实践的实现，相信了这有可能，却非必然，需要多种因素聚集。我在北大燕园35年，读了万卷书，体验到了"精神自由"，那时，我的精神还只是在"大、洋、古"的精神世界中盘旋。到了深圳，我体验到了"实践自由"。实践中获得的自由，和只在精神中获得的自由有所不同，实践自由来之更不易，十分难得。人到了晚年，精气神不足了，常常感到心有余而力不足。我想再回故乡苏州、无锡，再见乡亲，去体验小桥流水，但已走不动了，只能坐在书房里忆江南，有精神自由，已无实践自由。不过，我在晚年享受到的精神自由，已不同于青年时代的精神自由。我的精神世界，已从"大、洋、古"进入到"新、高、精"的境界，脑海里不时思索着什么是我们追求的美好生活？怎样才能建构人类命运共同体和美的生命共同体？古人所追求的"尽精微而致广大"的人生境界，在晚年的精神世界里是可以达到的。

80岁以后，我的日常生活也在日趋审美化。超常生活偶尔有，美学界和文艺理论界如果在深圳召开学术会议，我也会出席，和新老朋友做一次学术交流。我只能在日常生活中追寻真善美。那么，我的日常生活是如何审美化的呢？我将基本固定的一天的生活稍做叙述。

年迈后已不贪睡，清晨5时多就醒了，但我并不起床，而是躺在床上静思，直到7时多才起来。这近2个小时，是我思维最活跃的时辰，头脑最清醒，平日所思索的问题，都在此刻涌现。美好生活、人类命运共同体、美好世界、美丽中国等问题之外，苏联解体的悲剧如何酿成，乌克兰危机将对世界产生什么影响，宇宙究竟有几重，暗物质和明物质有什么不同，甚至量子的粒波二象在美学上有何意义，等等，这些问题都不时在我脑海中呈现，无非想自我解困而已。很多论文的设想，亦在此时间内形成。

起床以后，迅速盥洗清洁，简单用过早餐，8时一过，就坐下读书或写作。我的文章主要就在上午的3小时内完成，我的文集亦在此时间内编成。

中午12时午餐之后，有1个小时的午休时间，不一定都睡得着，仰卧亦是一种精神的调整。午休后乃是我读报纸杂志的时间。报纸杂志大多是赠送的，我自己只订阅了少数几种，如中国人民大学复印报刊资料《哲学原理》《美学》《文艺理论》《艺术学理论》以及《中华读书报》等。寄赠给我的却有10多种，深圳本地的五种报纸，北京的《人民日报》《光明日报》《中国社会科学报》《文艺报》《中国艺术报》以及《中国文艺评论》，还有江苏的《艺术百家》，天天都有不少要看的资料。《参考消息》更是每天必读。所以，我时刻关注着天下大事，对中国文学艺术的发展趋势，亦胸中有数。

下午3时半或4时，我要出门游泳，这是每日常例。游泳1个小时，5时回家。岭南溽热，每年5月到10月初，游一次不能尽兴，常在清晨起床后再去楼下泳池游一次，方觉舒畅。

我每天晚饭前后看一次电视，先看中央电视台播放的《远方的家》，再看深圳台的深视新闻，接着看全国新闻联播，意若未足，就继续看看香港台的香港新闻和国际台的亚洲新闻和台湾新闻。看完这些国内外的新闻后，我有时会把所有电视台扫一遍，看一看有什么值得一看的电视剧。扫完之后，常深感失望，很少有值得看的节目，一旦发现有可观之剧，我会连续看完。《觉醒年代》《大决战》《外交风云》《邓小平在转折时代》《海棠依旧》《人世间》《春风又绿江南岸》《运河边的人们》等，我都从头到尾看完了，有的还看了二遍，甚至三遍。看过这些优秀作品，获得审美快感；但一看到那些渲染暴力、权谋、色情的顽劣作品，审美反感顿生，立即关了电视。此时，我就转向钢琴，弹奏起我喜爱的乐曲。晚间，既看不到好节目，又不能欣赏窗外的自然美景，那就只有自弹自奏，自得其乐了。

我在每晚10时上床睡觉。若要写文章，睡眠就不那么安稳，常因思索而失眠；不写文章的时候，就较容易入睡。进入梦乡后，时常做梦，并非都是美梦，时有噩梦。有些梦境会时常出现。我常梦见我在昆明湖和滇池上空飞越。昆明湖是我在北京时常去的地方，滇池只去过3次，但留下深刻印象，所以常梦见。也常梦见自己在平地上骑自行车直奔山坡，突然发现前面是万丈深崖，戛然而止，人也惊醒了。再就是常梦见我在外地参加了学术会议之后，忙着订机票，却没有着落，急得满身大汗，一下又惊醒了。在梦乡中是否也存在审美现象？若是，那这梦中审美和在实践中的审美就有巨大差别，远远超出实践美学的范围了。

在5时左右，我就突然觉醒，再也睡不着了。于是，一天又重新开始。我的日常生活审美化的进程，大致就是如此。在这里，值得我一再体验的是三大乐：读书之乐，游泳之乐，弹琴之乐。

先说读书之乐。我爱读书，也爱藏书。这是在北大30多年养成的习惯。20世纪80年代初期，我从中关园迁入畅春园新居，和金开诚为邻，三房一厅，有了一间书房，买了更多的书，有上万册。1992年，我住进了深大新村，又多了一间房，我就把北大的那一万册书全托运到了深圳，装了一个集装箱。2002年，我入住益田村，又多了一间，我把那最宽敞的一间辟为书房，可以放更多的书。我在北大的藏书，大多是五六十年代出版的，到深圳后买的书，大多是80年代出的了。深圳图书馆是改革开放之初兴建的，缺少的是古书、旧书，对我的藏书甚感兴趣。2018年，深圳图书馆为我举办了研究成果展览，还为我拍摄了一个读书生涯的视频。我把那五六十年代出版的旧书数千册，全赠送给了深圳图书馆，存放在“深圳学派”文献室。如今我读的大多是近10年来所出的新书。我专门订阅了一份《中华读书报》，知道出版了什么新书，略知了书的内容，就选择想读的书，由我女儿在网上邮购，很快就能读到。我读的大多为理论书籍，哲学理论、美学理论、文艺理论这三类是我首选。我爱读散文和古诗，冰心、朱自清、郁达夫等的散文我读得最多，当代散文就读得少了。古诗的精华，我读了不少，兴之所至，有感而发，偶尔情不自禁，也写些赏析。我对金开诚、袁行霈、刘学锴等专家坦率地说：我只是票友，你们才是行家，请不要见笑。近几年，为了写回忆杨晦先生的文章，我看了不少文化名人的传记，对此产生了浓厚兴趣。我喜欢那些想象真实的书，不爱读那些想象虚幻的书，虚无缥缈，不着边际，难有收获。欣逢中国共产党成立100周年，学术界对百年学术做了反思，产生了不少优秀的学术成果。美学领域也有好几本值得一读的对中国美学现状的总结之作，特别对近10年的美学趋向做了较为符合实际的阐发。我欣喜地看到，高建平、张法、刘悦笛、谭好哲、祁志祥、程相占、郭勇健、李修建、宋伟、孙媛等还对中国美学今后发展的趋向做了展望，高屋建瓴，发人深思。哲学理论也在向现实方向推进，探讨人生哲学，如何创建美好人生、美丽中国和美好世界。每当我读到这些想象真实存在或可能存在的书籍，我就感到心旷神怡，其乐陶陶。读到精彩的理论书籍，除了激起理智感，亦能引发审美感。

再说游泳之乐。我从小在梅村就喜爱游水，3 岁时，父亲带我在家门前的伯渎江里抓鱼摸虾，戏水作乐。7 岁时，我在美国教会学校学习了游泳的各种姿势。到了北大，燕园虽美丽，却无泳池，只能去颐和园和六郎庄游。直到 1958 年，北大才在燕园北侧建起了“红湖”泳池。我此时学到了美国温德教授躺在水面上静养的工夫，对游泳更是情有独钟、乐此不疲。1984 年秋，我和李泽厚、朱立人等第一次去北戴河，天天下海游泳，甚至在暴风雨来临之时，也曾乘着海浪的起伏畅游，体验到了大雨落幽燕的乐趣。1987 年，深大在海滩建起了第一个游泳池，我和校长罗征启二人率先跳进泳池试游。从此，我天天去游，风雨无阻。1992 年迁入深大新村后，周围没有泳池，数年后，得时任市外事办主任白天之助，我就常乘车去接待外宾的五洲宾馆畅游，那里有两个泳池，随时可去。2002 年，我再迁益田村，楼下就是一个标准游泳池。偌大的泳池，白天没几个人游，只有我们几个退休老人，从容不迫，悠哉游哉。我也得以常浮在水面上，静躺不动，或闭目养神，或眺望蓝天，白云悠悠，浮想联翩，视通万里，思接千载，天上人间，融为一体。泳友见我这工夫，连连称好，称之为“水上气功”。我游泳过的地方，遍及南北，从最北的松花江、镜泊湖，经北戴河、青岛、田横岛、舟山岛、黄山脚下、鼓浪屿，一直到三亚的南天一柱。去美国考察时，所住酒店都有泳池，30 多天，天天都游。在我 80 岁时，泳友为我做了一次统计，数十年间，游了近万次。如今又过去了 10 年了。人生如流水，水流方不腐。若我游不动了，人生亦将就此了结。深圳的夏天，变化莫测，常东边日出西边雨，太阳高照，暴雨骤至，即使在暴风雨来临之时，只要不伴随雷电，我仍迎着风雨，继续畅游，别有一番乐趣。雨过天晴，风平浪静，我翻身仰卧，遥看天空云彩，变幻无穷，更觉其乐无穷。

最后说一说弹琴之乐。我少时最早接触的是江南丝竹乐和民歌，进了美国教会学校才知道西洋音乐。我进无锡师范，音乐是必修的主课，我在弹风琴和钢琴上花的时间和精力最多。师范毕业后，我教了半年小学和半年中学，教授的是三门课：语文、历史和音乐。我着力最多的还是音乐，一边弹风琴，一边教唱《志愿军进行曲》，“雄赳赳，气昂昂，跨过鸭绿江”，振奋人心。1952 年，我进北大读书，北大仍继承着蔡元培倡导的美育传统，课外活动丰富多彩。我学过琵琶、月琴、二胡、笛箫。我的师兄石安石（高名凯高足）是国乐社长，想拉我进社去拉二胡，但我还是去了音乐鉴赏室，想多听听世界各国的名乐名曲，然后钻研一下音乐美学。1971 年冬，我从江西鲤鱼洲回北大，中南海警卫部队派来的中文系军代表要我对文艺理论教学做些改革，少讲抽象理论，多联系实际。我在 1972 年春开出了一门新课，叫文艺讲座，突出毛泽东《在延安文艺座谈会上的讲话》的精神，文艺要为人民，就要从普及着手，再逐步提高。在讲清基本观点之后，我去中央音乐学院找院长喻宜萱寻求合作，请音乐专家来讲。她当时也在尝试做音乐教学的改革，很乐意和北大合作，立即派了一个音乐教学小分队来为文艺讲座开讲音乐。喻宜萱是著名的女高音歌唱家，讲她的切身体验。我的苏州老乡汪毓和，是研究中国音乐史的名家，就讲中国现代音乐的发展历程。著名指挥家黎信昌带了一个小乐队来北大，边演奏，边分析乐曲的结构。当时北大招进的都是工农兵学员，听了讲座，眼前一亮，大开眼界。实际上，这就是讲文艺的美学，只是当时还未想到要用文艺美学之名。讲完音乐，我原计划请中央戏剧学院的谭霈生来讲戏剧理论，再请研究中国电影史的陈山来讲电影理论，“批林批孔”运动兴起，毛泽东多次倡导要读《红楼梦》，北大党委要我集中精力，专谈《红楼梦》。这个文艺讲座就没有再办下去，听音乐的时间也越来越少了。改革开放之后，1986 年，我去香港中文大学做客，用所得的港元报酬，以高价在香港琴行买了店里最好的一套音箱，运回深圳，从此得以天天听世界名乐名曲。我养成了读书著文时伴以音乐的习惯，在温和的乐曲声中愉快地读书写作，但这只是欣赏，并非操作。我 70 岁时，小女儿为我送来了一架钢琴，放在敞亮的客厅里，从此我增添了一位亲密的伴侣。这架钢琴已经伴随我 20 年，在白天，每当我读书著文疲乏时，随时就可坐下来弹奏几曲，在夜晚，更能打破沉寂，带来无数欢乐。

我弹钢琴，从不看乐谱，完全是自由弹。自由弹不是乱弹，而是想起了什么乐曲就弹什么乐曲。弹了这首乐曲，又想起了另一首乐曲，就接着弹。兴之所至，能连续弹奏数十首。日积月累，弹着弹着，我竟记忆起上百首乐曲。少量记不全的乐曲，就请我的音乐美学博士生黄汉华教授为我找乐谱。他在华南师范大学当音乐学院院长，也在培养音乐学博士。我自己也感到奇怪，我在年老时怎么还能回忆起那么多乐曲？后来，我接触到了新兴的神经美学，方懂得了，我们的大脑拥有 140 亿神经元，每个神经元可储有数千个信息，能容纳的外来信息可高达 5 亿本书的数量。但我们对大脑智慧的开发，尚少得可怜，人脑的发展潜能还大得很。我能回忆起百首乐曲，无非是那些优美的乐曲，当时给我留下了深刻印象，潜存在脑海中，成为潜意识，一旦弹起，就会唤醒，引发连锁反应。这些潜意识中的乐曲，不断地被我弹奏，成为一组组套曲，不用我精心策划，即兴演奏，就会自然涌现，所以，这可以叫作“自由套曲”。每次弹奏，可以自由弹奏 1 套，或 2 套，或 3 套，乘兴而为，兴尽而止。我此刻想到的约有 10 套：

（一）

《真善美》《长城谣》《四季歌》《渔光曲》《渔家女》《天涯歌女》《月儿弯弯照九州》《夕阳红》《金色的沙滩上》《我的祖国》

（二）

《苏州河》《夜上海》《秋水伊人》《五月的风》《花样年华》《小城故事》《思乡曲》《春天的故事》《思念》《难忘今宵》

（三）

《毕业歌》《松花江上》《太行山上》《九九艳阳天》《高山上流云》《沂蒙山小调》《人说山西好风光》《康定情歌》《祝酒歌》《千言万语》

（四）

《南泥湾》《走西口》《绣金匾》《交城山》《解放区的天》《汾河

流水》《翻身道情》《唱支山歌给党听》《谁不说俺家乡好》《潇洒走一回》

（五）

《春江花月夜》《太湖美》《无锡景》《采茶扑蝶》《紫竹调》《金蛇狂舞》《梁祝协奏曲》《姑苏好风光》《天上人间》《凤阳花鼓》

（六）

《二泉映月》《阳关三叠》《梅花三弄》《彩云追月》《泉水叮咚响》《绿岛小夜曲》《知音》《乡恋》《珊瑚颂》《太阳岛上》

（七）

《真的好想你》《明月千里寄相思》《十五的月亮》《为了谁》《爱的奉献》《血染的风采》《永远是朋友》《长城长》《大海啊，故乡》《洪湖水，浪打浪》

（八）

《红梅赞》《茉莉花》《夜来香》《何日君再来》《蔷薇处处开》《玫瑰玫瑰我爱你》《边疆的泉水清又纯》《桂花开放幸福来》《拔根芦柴花》《牡丹之歌》

（九）

《宁静的湖水》（英）、《可爱的家》（英）、《故乡的亲人》（美）、《故乡》（苏）、《念故乡》（德）、《圣母颂》（法）、《梦幻曲》（舒曼）、《樱花》（日）、《梭罗河》（印尼）、《桔梗谣》（朝）

（十）

《欢乐颂》（德）、《红河谷》（加）、《友谊天长地久》（英）、《夏日泛舟海上》（意）、《多瑙河之波》（罗马尼亚）、《莫斯科郊外的晚上》（俄）、《田野静悄悄》（俄）、《夏天最后一朵玫瑰》（爱尔兰）、《鸽子》（西班牙）、《夜莺》（俄）

感恩深圳。我在这里的晚年，得以享受到了改革开放的成果，每天都能感受到“三乐”。在人生的最后，更体验到了天、地、人三位一体的真、善、美的人生境界。人的一生，一要生存，二要发展，三要完善，正如马克思所说，人的终极追求就是“人类的幸福和我们自身的完美”。人的一生就是要不断提升自己的境界，正如恩格斯所说，人的第一次提升是人在物种关系中的提升，第二次提升是人在社会关系中的提升。我接着说，人还会有第三次提升，那就是人在文化关系中的提升，成为五个文明协调发展的“文明人”。费孝通早先说过，人不断从生物人提升到社会人，进而提升为文化人。我认为，这个“文化人”还是改称为“文明人”更佳。“文明人”更接近于马克思所说的“自由个性”。

令我再三深思求解的关键问题是，人的一生怎样才能提升到五个文明协调发展的“自由个性”？想来想去，我觉得关键还在把控好“自我”，成为“自我”的主人，既要能不断“外在超越”，又要能不时“内在超越”，将“外在超越”和“内在超越”结合起来，达到人和世界的动态平衡。人不仅有对象意识，而且有自我意识，更有结合了对象意识和自我意识的关系意识，从而在实践中推动人与外在世界和内在世界的动态平衡，使人的内在世界和外在世界都能协调发展，相互促进，共同优化。因此，我的人生美学主要是在说：人生在世，以人为本，内外协调，动态平衡，相互优化。再简单些，关键在于以人为本，动态平衡。

说到这里，尾声已太长，不能再展开说了。最后，我想起了英国著名作家劳伦斯的几句话，忍不住还是写出来，作为最后的结尾。劳伦斯在1925年所写的《道德和小说》中说：“我们的人生是因实现我们自身与周围充满生机的宇宙之间的纯洁关系而存在的。这就是我怎样拯救自己的灵魂的，即通过实现这一纯洁关系，我与另一个人，我与其他人，我与一个民族，我与一个种族的人，我与动物，我与树木或花草，我与地球，我与天空、太阳和繁星，我与月亮之间的这种无限纯洁的关系，就像天空中的繁星，或大或小。这种关系为我们每个人创造了永恒。”最后，他做了这样的归结：“这一切就是我们的人生和永恒：我与整个宇宙之间的微妙而完美的关系。”这正是我如今所说的，人和世界要建构成和谐美好的关系，以人为本，动态平衡，融真、善、美为一体的自由境界，正就是人生达到最佳平衡状态的最高境界。

早在春秋时代，孔老夫子就在探求人生正道。他一生奔波操劳，不能安宁，到70岁时，方才进到“从心所欲不逾矩”的自由境界，不到3年就离开了那个世界。那是他生不逢时。我觉得，我自60岁起，就已渐入佳境。这当然是因为自我感觉良好，更重要的是，我生逢好时光，跨入新时代，拜时代所赐，超前体验到了改革开放的硕果，提升到自由境界。所以，我这最后要说的一句话，就是：感恩时代！

二〇二二年七月　初稿

深圳湾前海医院

二〇二二年十月　定稿

深圳湾　望海书斋

下　编

余　　韵

我已把我的日常生活中的读书乐、游泳乐、弹琴乐说过了，不仅日常生活审美化了，而且审美也日常生活化了。实际上，我生活中还有一乐，那就是写作乐。

不过，这写作乐在过去曾是我日常生活中常有的一乐，如今，却已成为日常生活之外的剩余，而非必需，只是超常生活中的一乐，已非日常生活中的审美了。所以，要留在最后来说，放在尾声之后，算是尾声之后的余韵。

我的写作习惯是在北大养成的。我在1952年上北大时，吴组缃开了一门现代文学作品选读，川岛（章廷谦）开了一门写作实习，都和写作有关。吴组缃的课是教我们怎样欣赏和分析文学作品，如《一件小事》《荷花淀》《洼地上的战役》等，然后要我们每个人都要对每篇作品写出读书报告，说自己的心得。他看了我们二三十人的读书报告，最后他才开讲，先讲他对这篇作品的看法，接着就针对我们的看法发表评论，指出我们的不足。吴组缃的课，让我懂得如何写文艺评论，得益甚多。川岛的课，是教我们如何写散文和短篇小说。他先出一个题目，或写人，或写事，或写景，让我们先围绕主题写。他看了我们的作业后，归纳出几个问题，然后针对这些问题在课上宣讲。我喜爱写散文、随笔，就受益于川岛的引导。

但我更感兴趣的是学术写作，想要把自己的学术思考写下来。写作和读书不同，读书只是接受信息，也要动脑，但不要动手；写作则不只是接受信息，还要整理和阐释信息，不仅动脑，还要动手，动用笔墨，构建符号。我走向学术写作，分三步走：第一步是记录信息，动用符号，从书中摘录要点，做成卡片，储存信息；第二步是写读书心得，读了《论语》等谈孔子的文艺思想，读了《庄子》等谈庄子的文艺思想；第三步是学写论文，如《形象与思维》《论文学的人民性》等。我从1953年初开始自学美学，就是这样逐步走向学术写作的。

人人都要受教育，教育就是要培育人、接受人类文明，使代代传承下去。但教育必须循序渐进，层层提升，初等、中等、高等的教育层次有所不同。从事高等教育的教师，就不仅要教书育人，而且还要从事科学研究，把研究成果转化到教书育人的环节中去，才能提高教育水平。我在北大三十多年，发觉最受欢迎和尊敬的教师有两类。一是讲课和科研俱佳者，如林庚、吴组缃、冯至、王朝闻等，不仅文章写得好，而且讲课生动活泼，头头是道。周扬虽不是专职教授，但他领头开讲座，讲得好，如专当大学教授，应属名师之列。二是讲课平平，但研究成果好，即使照本宣科，照样受人敬重。朱光潜、宗白华、蔡仪、游国恩、王瑶等名师课堂，大多是念讲稿，但学有专长、学问精深，讲课以内容取胜。受这氛围的熏陶，我逐渐领悟到了，在北大当教师，教书育人，就一定要进行学术研究，把自己的学术心得写成讲稿或文章，才能提高教育水平。高等教育中的学科分化，分得越来越细，研究型教师要带领和指导研究生从事学术研究，就不仅要让研究生懂得本学科内的基本学理，还要让研究生知晓在本学科内的研究已达到什么样的水平，从而在已达到的最高水平上，如何继续推进和提升，学科才能有所创新。

为了教书育人，我就要不断地从事学术研究。就这样，讲课、写讲稿、写文章就成了我的日常生活。但在八十岁以后发生了变化。我编完《胡经之文集》于2015年出版后，就想从此歇息，不再从事学术写作了。读书、游泳仍是我的日常生活，弹琴也进入日常生活，而学术写作就退出日常生活之列，成为偶尔为之。

这里收进的文章，大多是我近几年写的，都还没有收进《胡经之文集》。这些文章不都是学术写作，但都涉及了学术，有些还谈及我的学术经验和教训。也许，这已是我的学术写作的终结，以后不再写了。

我常说，人生易老天难老。但我又说，自然并不全美。天地自然是人类的母体，但天地人所生成之物，并非都是美好的，须做价值估量。我年少时在江南就经历过血吸虫之灾，小小的血吸虫就时常折磨着江南人民，正如毛泽东在1958年所作的《送瘟神二首》中所说，“绿水青山枉自多，华佗无奈小虫何。千村薜荔人遗矢，万户萧疏鬼唱歌”。这血吸虫就是瘟疫，是病毒，乃人类的你死我活的仇敌。经过七八年的苦斗，江南人才把血吸虫消灭了。毛泽东为之欢呼道：“春风杨柳万千条，六亿神州尽舜尧。红雨随心翻作浪，青山着意化为桥。”如今，新的病毒又在侵蚀着人类，世界上已有六亿多人受害，美国已有近1亿人，占了16%，每六个人中就有一个美国人染疫，死亡人数已超一百万。美国人的平均寿命已从2019年的78岁多，在2021年降到76岁。而中国人却从数年前的76岁，延长到2021年的78.2岁。香港之外，上海人最高，已过84岁，深圳居次，也已达83.73岁。

深圳人再接再厉，下一步就想达到84.53岁，精神可嘉。改革开放之后，蛇口树起了标语：“时间就是金钱，效率就是生命。”新近已进入“世界最美机场”行列中的宝安机场，树起了新的标语：“人人做好自己，深圳一定可以。”我心里顿觉一亮，深圳人正在走向新征程，跨入新境界，中华美学精神将发扬光大，大放异彩。中国人民面对新的自然之敌，齐心协力，我坚信我们必将战胜病毒，复归清平。但我已老矣，虽无大病，但时有不适，已在前海医院住了一个多月。亲朋好友劝我进养老院，安度晚年。我再三考虑，觉得有理，已和友人吴俊忠相约，决定泰康之家于深圳新建的鹏园开放之时，就去大鹏半岛的海边养老了。那将是另一种新的生活，是否还能写作，不得而知。在深圳大学成立四十周年即将到来之时，我仅以此书为礼，向大家祝福并和大家告别！

二〇二二年七月　初稿
深圳湾前海医院
二〇二二年十月　定稿
深圳湾　望海书斋

中华美学再出发

今天有幸能和这么多美学同行相聚，共商美学发展大计。我因年迈，已有多年未曾参加美学年会，这次能在深圳开这样的盛会，不容易。我也得以和新老朋友见面，谈一谈近年来我对美学的一些思考。

我最想说的一句话就是：中华美学再出发。

我们赶上了历史转折的伟大时代。中国的现代化经历了一百年，实现了全面小康，从站起来、富起来到强起来，正在向第二个百年目标迈进，要从全面小康向共同富裕提升，要让人民都过上美好生活，更要建设美丽中国，进而创建美好世界，要构建人类命运共同体、全球生命共同体、人与自然生命共同体。马克思主义哲学的精髓是不仅要解释世界，而且要改造世界。那我们的美学呢？就要接着马克思，探索怎么改造世界，什么是美好生活，如何建设美丽中国，怎样构建美好世界。改造世界是要使世界变得更好，不断优化，这就必须按照真的规律、善的规律、美的规律来改造主观世界和客观世界。如今，中国已进入了生态文明时代，生态优先。生态文明要贯穿到物质文明、政治文明、社会文明和精神文明之中，对美的规律的探索就更为重要。在这生态文明新时代，美学应更有作为。生态修复、乡村振兴、城市改造、环境治理、生活改善，怎么能没有真、善、美的尺度？时代需求呼唤中华美学再出发。

为什么是中华美学而不是世界美学？我绝无排外之意，我说的中华美学乃是吸收了国外优秀成果和继承了中国古典美学传统的当代中国美学。中华美学正在构建中，需要从理论上对审美创造实践予以阐释。适逢新时代，亟须再出发，这是我从自己的切身体验有感而发。

我最早接触的是朱光潜美学，年少时读了他的《给青年的十二封信》《谈美》和《诗论》，对美学产生了兴趣。1952 年我考进北大，朱光潜、宗白华、蔡仪、马采等都在北大，却都不开美学课程。于是，我在 1953 年自学美学，读了蔡元培、梁启超、王国维、范寿康、吕澂等人所著的 30 部左右中国现代美学著作，毕业论文就准备写《美学初起半世纪》，却在 1954 年转向了苏联文艺学和美学。我和蒋孔阳、霍松林、王文生等一起听了苏联专家毕达可夫的文艺学引论课程。1958 年，我担任周扬等人“建设马克思主义美学”系列讲座的助教。后来，我参编了蔡仪主编的《文学概论》，负责第一章“文学是反映社会生活的特殊的意识形态”。这都是在向马克思主义的方向走。改革开放后，中国掀起了第二次美学热潮，我致力于文艺美学的倡导和学科建构，要吸取西方美学、文艺学的成果，因此主编了一套《西方文艺理论名著教程》，更多地关注了西方，忽视了中国传统。

1995 年，我开始转向中国自己的美学传统。那年 11 月，在深圳大学，由中华美学学会会长汝信和秘书长滕守尧主持召开了国内第一次美学国际学术研讨会。会上，给我留下深刻印象的，是两位德国人的发言。一位是德国明斯特大学的曼纽什，他把振兴美学的希望寄托于中国，说：“我期望随着中国思想对西方美学影响的增长，会产生这样的结果：目前流行一时的一些方法论诸说，即读者反应批评、结构主义、后结构主义、解构主义、新历史主义等，最终都变得无意义。因为所有这些被人们大量讨论的主义，早就失去了其应有的目标。”另一位是特里尔大学的卜松山，他说得更明确而具体：“中国人——就美学而言——是不是更应该追踪自己悠久而卓越的艺术传统，即具有诗的暗示性的艺术话语，而不是劳累地步西方方法的后尘呢？……西方人仍然在等待一种具有强烈的中国文化特色的现代中国美学。这种美学不是顺从西方理论，而是能对其提出挑战。”我把这些话都记在笔记本上了。那时，美国美学家布洛克正在香港讲学，也闻讯来到深大。我们是老朋友，他坦率地告诉我，对此深有同感。二十多年过去了，前不久，卜松山在“学术中国”高峰论坛上又发表了高见，说中国美学和西方美学有天壤之别，因为其背后的哲学框架根本不同。他特别提到了 20 世纪初的中外交流，王国维等人开始把外国的思想文化同本国的传统理念相融合，创造了一种基本的美学概念。“意境”或“境界”指的就是艺术理念与具体场景的完美交融。这也是中国传统美学最重要的思想之一，即审美境界才是生命中最崇高、最高尚的追求（参见《中国社会科学报》2021 年 10 月 15 日）。

外国美学家对中国美学的理解不一定都对，但允许自由争鸣，可以对着讲，也可以接着讲，还可以拓展讲，就会涌现出新的观点。蔡元培说，中华民族是富有美感的民族，审美经验丰富充沛，但有美而无学。欧洲创立了美学，但美学越来越抽象，发展到后来，泛化成文化研究，不但不谈美了，甚至走向反美学和赏丑学。中华美学应如何发展，大家也在摸着石头过河，各抒己见。朱光潜留学英国期间，正是审美心理学兴盛之时，他就走向文艺心理学，重在美感分析。朱先生的意象美学，认定美在意象，认为大自然无所谓美，只有艺术才有美。用意象来解释艺术美，我很信服，但不承认自然美，我大惑不解。朱先生和吕澂等都用克罗齐的移情说来解释自然，自然被鉴赏者的感情移入，成为意象才美。这就把美窄化了，忽视了天地自然之大美。宗白华留学德国，受康德影响，承认自然美。回国后，深入探讨了中国古典哲学，吸取了人生境界论，又用于分析艺术创造过程，探索了艺术意境的奥秘。作为人生境界的一个向度，大自然存在美，而且天地境界乃大美。宗先生的美学，把艺术意境和人生境界连接在一起，实属境界美学。我的美学探索，由意象美学入门，进而逐渐走向境界美学。天地自然之美、人文创造之美、人心营构之美均在其中，这是人生美学的三大向度。古人论人生，求提升境界，正心、诚意、格物、致知、修身、齐家、治国、平天下，一气相通，贯穿人生。

世界正在走向全球化、一体化，美学也要探索共同美，但不能摒弃民族特色。费孝通提出，要从各美其美，走向美人之美、美美与共、世界大同。这是美学发展的必然趋势。我觉得意犹未尽。2010 年，太湖国际文化论坛首届国际研讨会在苏州举办，我发言补了四句：天地大美，同中有异，异中有同，和而不同。中华美学要自成特色。

为了推进中华美学的建构，应该就一些重大美学问题展开深入讨论。改革开放 40 多年，美学研究分工越来越细，却各说各话，不大沟通，缺乏争鸣。中国古典美学、西方美学、现代美学等，各有一套话语，中、西、马各行其是。怎样才能沟通？不妨抓几个重大主题，如美好生活究竟是什么，如何提升人的精神境界，怎样建设美丽中国等，吸引研究马列主义美学、当代美学、古典美学、西方美学的学者都来发表意见。我从 1953 年投入中国现代美学的研究开始，经历了近七十年的美学风云，最终觉得，我们的美学研究还是要“马列指导，古为今用，洋为中用，面向现实”。

最后，祝美学大会成功召开，加快中华美学的当代建设。

在中华美学学会第九届全国美学大会开幕式上的发言
二〇二一年十一月十三日
深圳湾海上世界

美好生活涵精神

习近平总书记在中国文联十一大、中国作协十大开幕式上的重要讲话指出："新时代新征程是当代中国文艺的历史方位。"适逢新时代新征程，中华美学亟须再出发，紧跟时代步伐，面向当下现实，把握人们新的审美需求，探索和回答在建设美丽中国、创造美好生活的伟大实践中出现的新课题。这是中华美学面临的新形势，也是发展中华美学的必然选择。

把握新的审美需求，引导积极审美趣味

美学的再出发首先要在现有的理论基础上深入研究人的审美活动，把握社会大众新的审美需求。审美是人的精神需要，它能丰富人的精神生活，使人获得精神满足。这其中隐含着审美的多层次作用：培养人的审美创造能力，提升人的审美判断能力，使人在审美中受到教育，促进人自身的发展完善。无论是美的创造，还是美的接受、美的培育，在当今社会都面临着新变化、新要求。美学应不断适应这些变化与要求，积极拓展新领域、研究新课题。

随着物质生活和精神文化生活的日益丰富，审美活动远远超出了文学艺术的范畴，渗透到人的日常生活之中。日常生活审美日益凸显，并逐渐成为常态。在我国，日常生活审美化问题在上世纪末开始讨论，今天仍有必要深入研究，因为这一问题和人们生活密切相关，对美学的深化非常关键。

一方面是审美的日常生活化。审美活动进入寻常百姓家，充实着人们的精神世界。另一方面是日常生活本身也在逐步审美化。人的衣食住行、

日常起居都伴随着审美，普通人越来越自觉地追求生活的质量和品位，享受生活的舒适与惬意。这就要求美学不能只停留在文学艺术领域，而要去探讨日常生活的审美问题。要研究怎样把人类创造的人文之美以及天造地设的自然之美引进人的生活，研究如何把日常体验提升为审美体验，引导大众的积极审美趣味，相应地，也应警惕过度追求享受带来的一系列生态和心态问题。

审美变得日常，并不意味着文学艺术的审美作用减弱或降低。实际上，伴随着日常生活审美化，人们对文艺作品质量、品位、风格的要求也更高了，需要文学艺术进一步提高艺术和审美水平。生活审美和艺术审美相互推动、相互促进，这才是良性循环。美学就是要通过研究艺术审美和生活审美的互动关系，促进这种良性循环，进而推动美学自身的发展。

进行价值引领，是中华美学的责任担当

在文化市场蓬勃发展的背景下，美学还应关注广义的文化，逐渐走向文化美学。当今，文化产品供给日益丰富，文化生活选择更加多元，审美文化格局也随之发生改变。主流文化、高雅文化、大众文化、网络文化等各具特色又互有重合，共同丰富着人们的文化生活，满足人们的精神需求。置身这一文化生态，美学需要进一步深入钻研不同文化的不同特征，发掘它们之间的相互关联。可以研究近年来主流文化如何汲取大众文化、通俗艺术之长，探索寓教于乐、雅俗共赏的新表达新方式，从而更具感染力和凝聚力；也可以思考，高雅文化的发展如何不满足于在“古雅”领域取得成就，而是通过对古典艺术、民间艺术的加工转化，创造出更多“新雅”来。这些都是审美文化新格局给美学提出的重要课题。

值得注意的是，无论美学研究的是艺术审美还是生活审美，是传统文化还是网络文化，都不能离开价值判断。固然，审美活动和审美体验以感性见长，但我们不能因此忽略审美活动中的审美判断，忽略审美体验中的价值体验。要知道，艺术创作本就是一种创造价值的实践活动。所以，美学不能没有价值视角，更不能缺少价值目的。美学研究当下的审美活动，归根结底是为了引导人们积极向上的审美趣味，培育美的高尚的情操，以此带动社会文化健康发展。通过审美进行价值引领，是中华美学的责任担当。

聚焦现实中的重要美学问题，按美的规律创造美好生活

我最早接触美学是在20世纪40年代，那时我正在上中学，朱光潜的《给青年的十二封信》和《谈美》引发我对文艺做出美学上的思考。50年代我在北京大学读书时开始接触蔡元培、王国维、宗白华等人的美学思想，才逐渐懂得，美学不仅要研究人的美感经验，还要研究现实生活中美的问题，探究美之于人的意义。读了马克思的著作之后，我进一步理解了认识世界、改造世界的重要性以及艺术生产和物质生产的差别，知道其中存在着美的规律，应该按照美的规律去创造。70多年来，我在美学领域钻研耕耘，见证了中华美学的发展。这些经历让我坚信，美学不只是提升自我修养、培育美好人格的为己之学，更是应人民之所需，按美的规律来创造美好生活的为人之学。

美学要发展，离不开对现实的关怀；美学要创新，必须以问题为导向。现实的发展推动着中华美学的建构，美学界理应抓住当今现实中的重大问题展开深入讨论，做出新的理论概括。乡村振兴、建设美丽中国、创造美好生活，当代中国正朝着共同愿景齐心协力地奋斗。如何建设美丽中国？如何用美的观念振兴乡村？如何提升当代人的精神境界？这些问题都可以吸引马克思主义美学、当代美学、中国古典美学、西方美学的研究者共同关注，在相互交流对话中促进思考与研究，进而构建具有中国特色的美学话语体系。

以这些年方兴未艾的生态美学研究为例。生态文明建设正是一个美学大有作为的领域。人不能只在想象中追求"诗意地栖居"，而要真正地付诸实践，将之变为现实，就离不开马克思所说的"按美的规律创造"。生态修复，需要美学观念参照；乡村振兴，需要美学观念介入；城市改造，需要美学观念协助；环境治理，更需要美学的参与。生态美学既有自然维度，又有社会维度，还有精神维度，应切实将之作为一个有机体综合起来研究。相信在这一研究过程中，美学的问题视域将得到极大拓广，研究方法与理论资源也将得到极大丰富。

过去一个世纪里，在把马克思主义基本原理同中国的具体实际相结合、同中华优秀传统文化相结合的过程中，中华美学精神焕发光彩。特别

是改革开放以来，许多传统的美学经典获得新解，美学由“我注经典，经典注我”进入“经典解今，创新经典”的新阶段。面向现实，解释当今社会实践中出现的新现象，解决美学中出现的新问题。只有这样，才能对经典做出创新性的阐释，进而创造出新的经典，推进美学的创新性发展。

美学只有应人民之所需，才能与时俱进。随着中国全面小康的实现，人民生活水平会日益提高，精神文化需求会得到进一步满足。美好生活必将推动美学发展，而美学发展一定会助力人们创造更加美好的生活。

原载《人民日报》2022 年 1 月 7 日
题为《中华美学助力创造美好生活》

美学助我创人生

我的学术兴趣较为广泛，好做理论思辨。从苏联解体的缘由，到宇宙究竟有几重，一直到暗物质和明物质如何相依互生，都是我关注的问题。我的学术研究涉及中国现代美学、古典文艺学，也涉猎过西方文艺学、美学，进而叩问过比较文艺学。但多变中有不变，那就是我最喜以美学的视界来看人和世界的关系，所以我学术志趣的焦点还在美学。

我从1953年开始关注美学，在北大得以直接向朱光潜、宗白华、蔡仪、马采等人登门求教，后又陆续受教于王朝闻、伍蠡甫、蒋孔阳等人，转益多师，博采众长，渐渐对美学研究有了些许自己的体会。正是美学引导我体验人生价值，热爱人生，进而开创新的人生。美学何为？如何治美学？这里我略说三点，谈论一下研习美学的三个融通。

体验和深思相融通

我研习美学是从文艺美学开始的，那时我在北大。到了深圳以后，我从文艺美学走向文化美学，最后钟情于自然美学。从治学路径来说，我走的是德国哲学家文德尔班（1848—1915）所说的第二条道路。这位以研究人生价值著称的哲学家在《哲学导论》（1914年）中说：

> 我们将自然中的美和艺术中的美区分开来，后者是人所创造的。因此，美学沿着两条不同的道路发展。它要么从自然之美出发，然后去理解艺术之美；要么从对艺术之美的分析中获得定义，然后再转向自然之美。第一条道路处理的是对美的享受；第二条道路处理的则是

对美的生产和制作。①

在中华文明史上，第一次把“美育”列入国家教育方针（1912年）的蔡元培率先在北京大学开设了美学课程，对文德尔班的人生价值论大为赞赏，并从中国的审美实践出发，突出了自然美在美育中的作用。

我的学术探索虽然走的是从文艺美学到文化美学再到自然美学之路，但在此之前，我对人生已有了一些体验；而且，我的审美体验是从对自然之美的欣赏开始，逐渐对风俗人情之类有所体验，然后对艺术之美发生兴趣。这种人生体验并非我个人独有，无锡老乡杨绛在回忆人生时也说，她少年时最爱自然之美，后来才进入文学之境。我正是由对自然之美的亲身体验出发，要对其做出美学分析，才对美学产生了兴趣。我年少时读朱光潜的《谈美》和《文艺心理学》，他说艺术之美的重心在意象，我很信服。但他说自然无所谓美不美，自然要经心灵情趣化，成为审美意象才美，这不符合我的审美经验，使我大惑不解。我就想求解于美学。所以，我的美学探索融入了我自己的审美体验，美学成了我人生中的亲密伴侣，伴我更深入地感悟人生。2009年，我写了《美学伴我悟人生》一文，我阐明了我的美学是人生美学，审美体验是对人生价值的体验。

我的同辈老乡钱中文较早看到了这一点。2003年，他写的《汇入了生命体验的美学探索》（收入《胡经之文集》第5卷）一文中说：“他从小就受到水乡风物，园林雅致的熏陶：那里湖光山色，风帆点点，稻香鱼肥，渔舟唱晚……以后在名师的指点下，将生命的审美体验汇入了他学问的追求之中。”②

中文兄是我的老朋友，我们从小深受江南水乡风光的感染和吴文化的滋润，说我俩人生的审美体验与童年时代的生活环境有关联，肯定有道理。我80岁的时候，友人吴俊忠为我出了一本影集《经之掠影》，我在扉页有一题诗：“人过八十暮年迟，沧桑三度渐远逝。留得些许影像在，犹可追忆往昔时。”我祖籍苏州，出生在人称江南第一古镇的无锡梅村。我

① ［德］文德尔班：《文德尔班哲学导论》，北京联合出版公司2016年版，第235页。

② 钱中文：《汇入了生命体验的美学探索》，载《美的追寻——胡经之学术生涯》，北京大学出版社2003年版，第5—6页。

从小跟着父亲在太湖流域辗转求学，上过私塾，跟着塾师读《三字经》、《百家姓》、千字文、唐诗宋词，也学唱“三月三，清明到，去游山”的吴语乡音。在苏州城里上过几年美国的教会学校，参加过唱诗班、做礼拜，赞美诗给我留下优美的印象。在无锡城里，我亲见过盲人阿炳拉着二胡，沿街蹒跚，那凄美的乐曲深深打动了我。后来，当我听到柴可夫斯基的那首被托尔斯泰称为接触到俄罗斯苦难灵魂深处的弦乐曲《如歌的行板》时，我马上联想到阿炳的《二泉映月》，这是中华民族的苦难心声。我为太湖风光和苏州园林所陶醉，也特别喜爱钱松岩的山水画、范成大写石湖的抒情诗篇。我觉得，锡剧、越剧和评弹，还有江南丝竹乐和民歌的音乐特别优美，直到今天，一听到那些优美的曲牌音乐，我仍然为之销魂。我年少时曾受过美育的熏陶，这加深了我对家乡的亲身体验。蔡元培在北大十年，美育在校园里扎了根。随后十年，他南下江南，在苏、杭、沪试点，把美育推向中小学和社会，我的父辈和师辈深受其惠。我在学校和家里受到了老师和父亲的美育熏陶，逐渐培育了我的审美情趣。江南水乡和吴文化给了我个人审美体验的底色。作为一个从事美学研究的学者，不能仅仅陶醉在纯粹的审美体验之中，而应向科学理性提升。我童年、少年时代的审美体验积淀于斯，激发我从理论上来探索美学问题的兴趣。审美体验并不就是美学，美学研究应以审美体验为基础，对审美体验做反思，从分析审美体验着手，由具体上升为抽象，再从抽象回归具体。不以审美体验为基础，美学就会异化为从抽象到抽象的概念游戏，尽做空泛之论，既不接触也不解决美学中精微而复杂的问题。美学助我去体验和领悟人生的价值和意义，从而推动我去创建更加美好的人生。存在并非都是美的，无论是自然的存在、社会的存在，还是精神的存在，都有可能美，也可能丑。人生也是这样，有美好的人生，也有丑陋的人生，更多的是平庸的人生。美学就应该探讨什么样的人生是美的。我的美学，首先是人生美学，其次是价值美学，然后是体验美学。所谓审美活动，既区别于认识活动，又不同于意向活动，而是一种体验活动，确切地说，是对人生价值的体验。美学要对审美活动进行反思，做出价值判断。

人生、价值、体验这三个关键词，乃是我的美学思索最重要的维度。无疑，审美活动作为人的生活方式之一，当首先进入美学的视野，审美心理学对审美活动的研究成果，值得重视。朱光潜的美学研究重心就在艺术创作的心理分析，所以称之为“文艺心理学”。我的《文艺美学》也由此入手，第一章专谈审美活动。美学不能只研究审美活动，还应进而研究创美活动和育美活动。精神力量通过实践可以转化为物质力量，脑海中的“意象经营”，经由生产实践可以创造出新物品，经由教育实践可以培育人的新品质。但是，劳动实践既可以创造美，也可以制造丑，这取决于能不能按美的规律来建构。我们的美学争论，长期停留在抽象哲学层面，追问美在自然还是在社会、精神，美在生命还是在艺术、实践，美在意象还是在本象、符象等。我常常反思，自然、社会、精神、生命、艺术、实践、意象、本象、符象等都美吗？这种种现象既可能是美的，也可能是丑的。美学应该进入价值层次，探索怎么会有美丑之别？当今美学应该更关切对“美的规律”的探索，不论是物质生产、精神生产，还是人自身的生产，都应该而且能够按美的规律来创造。如今，我们已跨入追求美好生活的新时代，美学大有可为。其实，人的一生，生活丰富多彩，存在于三重世界中：物的世界、人的世界、心的世界。人生在世，既要和自然打交道，又要和社会打交道，还要和精神打交道。作为社会的人，自我和世界的关系错综复杂。自然界有自然规律，社会有社会规律。马克思在1868年给库格曼的信中就说，他的《资本论》是探究社会规律的，但绝不能替代自然规律：“自然规律是根本不能取消的，在不同的历史条件下能够发生的，只是这些规律借以实现的形式。”① 在自然规律和社会规律之外，还存在一大类规律，那就是人文规律。恩格斯在《反杜林论》一书中就区分了两类规律：一是“外部自然界的规律”；二是“人身的肉体存在和精神存在的规律”。这第二类规律，可称之为人文规律。美的规律应属人文规律，是连结自然规律和社会规律的中介，使自然规律和社会规律为人类创造美好生活而服务。

马克思把艺术看作掌握世界的一种方式，很有道理。人生活在这个世界上，必须既在实践上又在精神上去掌握这个世界，艺术是在精神上去掌握世界的方式。人要和周围世界融为一体，方能生存、发展和完善，艺术

---

① 《马克思恩格斯选集》第4卷，人民出版社1972年版，第368页。

就是在精神上把人和周围世界融为一体，促进人类从实践上去改造世界，建立和谐世界。什么是本体？我心目中的本体，就是人的整个生活世界，是人和周围世界结为一体的共同存在，亦即是人生。人生有美好的，也有丑陋的，更多的是平庸的，所以人生也有区别。什么是美好人生，什么是丑陋人生，什么是平庸人生，这就要做价值区分，因而美学要从人生论进入价值论。人生的价值要由人来体验，方能领悟得到，所以美学还要从人生论、价值论进入体验论。中国古人早就体会到，对人生要有自己的切身体验，"以身体之，以心验之"，但对"体验"本身还未做深入剖析。我在参编蔡仪主编的《文学概论》时，集中精力读了西方学者如狄尔泰等论体验的著作，了解到体验是不同于认识活动和意向活动的一种独特的精神活动。鲁宾斯坦的《心理学的原则和发展道路》中有专论"体验"的一节，深得我心："人的意识不只包含知识，而且也包含由于人的需要、利益等的关系而对世界上对他有意义的东西的体验。由此在心理中就产生了动力的倾向和力量；……意识就不单是消极的反映，而且也是关系，不只是认识，而且也是评价、肯定或否定、企求或排斥。"① 从此，我一直关注着体验论。在我看来，审美体验应属于马克思所说的"精神感觉"，不同于"实践感觉"，也不同于"感官感觉"。审美体验是"实践感觉"和"感官感觉"的提高和升华。

体验是人类从精神上掌握世界的一种独特方式，区别于认知活动和意向活动，总是带着感情来看世界，以情观物，从而在体验中获得审美愉悦。体验并不只停留在自身，根本目的在掌握世界。世界浩荡，有自然世界、人文世界、精神世界，等等。美学最难说清楚的是这世上什么现象是美的。这需要从哲学的高度来深思。

当代美国著名心灵哲学家塞尔在他的《心灵的再发现》一书中就这样写道："哲学上最难——也是最重要的任务之一，是明确世界的两类特征，即那些独立于任何观察者而存在的内在特征和那些相对于观察者或使用者而存在的特征。"随后，塞尔在《意识的奥秘》中论述了这两类特征，并且指明"自然科学专门来处理自然界那些固有的或独立于观察者的特征"；

① ［苏］鲁宾斯坦：《心理学的原则和发展道路》（俄文本），1959 年，第 150 页。

而“社会科学经常处理那些依赖于观察者的特征”。[①] 这第二类特征，他举出了金钱、财产、婚姻等为例。这类特征是人为的，是人赋予了意义，以区别于自然固有的特征，具有社会性。受此启发，我曾思考过，美是否也属于这第二类特征？我觉得不是，可又不属第一类，应另辟一类为第三类。像金银之美，不能归结为自然特征，也不是人为所赋，而是自然之物进入了人类生活之中，对人生具有肯定的、正面的、积极的价值，向人而生的新质，应是第三性质：价值属性。我在《艺术的审美价值》一文中曾试做探索，由于我当时的关注重心在文学艺术，未能进一步做哲学思索。又如，红、黄、橙、绿、青、蓝、紫这些颜色，确是自在之物的自然特征，如若进入人类生活，对人生具有了价值，在自然特征之上累加了新质，也就可能成为美的、五彩缤纷的彩虹。这第三类特征正应由人文科学来研究。我把天然物之美，看作是物的使用价值的一种特殊类型，不是实用价值（物质价值），而是虚用价值（精神价值）。天地自然生成的天物，有丑也有美，但人类并不满足于此，还要通过人工来创造美，如鲁迅所说，“用思理以美化天物”（《拟播布美术意见书》）。鲁迅在《美术略论》中论述了美术如何用思理来美化天物，令人深思。依鲁迅之见，美术的目的在“发扬真美，以娱人情”“起国人之美感”。这是美术的精神价值。美术还有间接的功用，那就是“表见文化”“辅翼道德”和“救援经济”。

审美和创新相融通

从自己的审美经验出发，我的美学研究是从探索审美活动这一精神现象着手的。然而，美学只是“审美学”吗？

美学研究些什么问题？朱光潜在《文艺心理学》中开宗明义地说：“近代美学所侧重的问题是：‘在美感经验中我们的心理活动是什么样？’至于一般人所喜欢问的‘什么样的事物才能算是美’的问题还在其次。这第二个问题也并非不重要，不过要解决它，必先解决第一个问题；因为事物能引起美感经验才能算是美，我们必先知道怎样的经验是美感的，然后

① ［美］塞尔：《意识的奥秘》，刘叶涛译，南京大学出版社 2009 年版，第 9—10 页。

才能决定怎样的事物所引起的经验是美感的。"① 他把审美的心理活动放在美学研究的首位，作为美学探讨的第一问题。他的《文艺心理学》以美感为中心，对美感的心理因素如通感、联想、移情等做了探索。受当时西方盛行的审美心理学影响，朱光潜把审美心理过程视为美学最根本的问题。审美心理和常态心理不同，是一种变态心理，所以要在心理学中分出，单独研究。朱光潜的美学成了心理学美学，"移情说"成为20世纪30年代最流行的审美学说。对此，国内早就出现了不同的声音。

蔡元培在1934年为他的同学金公亮的《美学原论》作序，说了这样一番话："通常研究美学的，其对象不外乎'艺术''美感'与'美'三种。以艺术为研究对象的，大多着重在'何者为美'的问题；以美感为研究对象的，大多致力于'何以感美'的问题；以美为研究对象的，却就'美是什么'这问题来加以探讨。我以为'何者为美''何以感美'这种问题虽然重要，但不是根本问题；根本问题还在'美是什么'。单就艺术或美感方面来讨论，自亦很好；但根本问题的解决，我以为尤其重要。"② 蔡元培的美学关注重心在美的存在，即"美是什么"。美学若要探索美的存在，就不能只停留在心理学的场域了。

美学作为一门学科，最初在西方兴起，然后才传入中国。20世纪初期的中国现代美学，虽然大多还是在转述西方美学思想，但已开始引入中国的实例作为举证，又逐渐关注中国自己的精神传统，走向中西融合之路。蔡元培、梁启超、王国维、朱光潜、宗白华等都是中西兼通，为西方美学的中国化、中国美学的现代化分别做出了贡献。我们要建设马克思主义美学，这个现代传统不能丢。当然，还有中华美学传统。我们既要继承古典传统，又要继承现代传统。1958年，周扬到北大呼吁"建设中国马克思主义美学"时，就已提出中国存在两个传统，不能只继承一个传统。我在那时已意识到这两个传统的重要。所以，当我在20世纪80年代初期开始招收文艺美学研究生时，就立即带了王一川、陈伟、丁涛编选出版了《中国

① 《朱光潜美学文集》第1卷，上海文艺出版社1982年版，第9页。

② 蔡元培：《美学原论·序》，载蔡元培等《美学的盛宴》，新世界出版社2018年版，第9—10页。

古典美学丛编》，又编选了《中国现代美学丛编》，就是想鼓励后人要接续和发扬中华美学的古典传统和现代传统。

20 世纪上半叶的中国现代美学给我留下了深刻印象，最重要的有三：一是美学为人生，我把这称为人生美学；二是美是一种价值，我把这称为价值美学；三是自然因移情而美，移情美学在那个时代影响甚广。那个时代的美学，都重视文学艺术的美学研究，追求艺术美，时常把文学艺术总称为美术，连鲁迅也不例外。那时的美学已开始关注整个人生，尝试探求人生的价值。1907 年，在清末当了四年翰林院编修的蔡元培，眼看清王朝已经病入膏肓，不可救药，在他 40 岁之时，毅然去了德国，钻研哲学、美学、艺术学。辛亥革命成功后，孙中山立即任命蔡元培为教育总长。正是他在中国历史上第一次把美育列入国家教育方略之中。也正是他，在就任北京大学校长之后，在中国历史上第一次把美学推上大学讲堂，亲自开设了美学课程。蔡元培研究了康德、黑格尔的美学，他的哲学、美学受到他同时代的德国哲学家文德尔班的人生哲学、价值哲学的影响最大。他在 1915 年出版的《哲学大纲》中就专设了价值论，旗帜鲜明地道出：“价值论者，举世间一切价值而评其最后之总关系者也。”① 他把真善美列入了价值论中，展开了论述，后又写过专文《真善美》，阐明人生在世，最终还是要“以真善美为目的”。中国现代美学中最吸引我的，是蔡元培的美学。蔡元培的美学不像梁启超的美学那样，慷慨激昂、催人奋起，激励人们立即投身社会变革；也不像王国维美学那样研究精深，引导人们潜入古典诗词的艺术意境，而是综合吸收了两家之长，平和全面又自成特色。他把自己的美学建立在人生论和价值论基石之上，他的美学既是人生美学，又是价值美学，这两点特别吸引我，让我深受影响。还有第三点，蔡元培对“移情说”的评价，也令我信服。当时西方美学中的“移情说”对中国影响很大，朱光潜、吕澂、范寿康的美学均持“移情说”。蔡元培清醒地觉察到：“感情移入的理论，在美的享受上，有一部分可以应用，但不能说明全部。”② 依他之见，

① 蔡元培：《价值论》，载金雅主编《中国现代美学名家文丛 · 蔡元培卷》，浙江大学出版社 2009 年版，第 6 页。

② 蔡元培：《美学的趋向》，载金雅主编《中国现代美学名家文丛 · 蔡元培卷》，浙江大学出版社 2009 年版，第 146—147 页。

大自然有自己独特的美，不能由其他的美来替代。蔡元培区分了自然美和人工美，艺术美只是人工美的一种。他批评黑格尔轻视自然美，认为自然美“有一种超过艺术的美”，而艺术亦有一种不同于自然之美。他甚至认为，“人造美随处可作”，而自然美却很“难得”。中国的传统艺术特别重视自然美，美术作品的取材，“大半取诸自然”“若花鸟，若虫草，若山水，率以自然美为蓝本，而山水尤盛”。① 他的见解合乎我的审美体验，我觉得很有道理。我进入美学堂奥，开始是为了自我解惑，要对我自己的审美体验做出阐释。美学对我而言，是为己之学。后来接触了蔡元培、梁启超等的美学，方知美学还是为人之学，人人需要，美学研究更有意义。

我在研习中国现代美学之后接触到苏联美学，然后再研习西方美学，可以说是沿波讨源。美学是西方文化所开创，鲍姆嘉通倡建美学原本是探索“感性认识”之完善，并未关注“感性活动”。康德美学探索“审美判断”，融合了感性和理性，仍然局限在精神领域。黑格尔美学的重心转向艺术创造活动，关注艺术创造中的精神活动，是一种精神生产。到了马克思，则不仅关注精神生产，而且关注物质生产和人自身的生产这三大人类实践活动，倡导探索按“美的规律”来创造。物的生产、心的生产、人我生产，这三大实践，以人我生产为根本，所以要以人为本。美学不仅要研究人类如何从精神上去掌握世界，而且应探索如何按“美的规律”来改造世界，所以美学不只是为己之学，而且还应是为人之学。

美学要创新发展，就要面向当下现实，把握时代脉搏，回答实践中涌现出来的问题。当今现实，错综复杂，美学理当密切关注现实生活中的审美现象。德国美学家德索在《美学与艺术理论》中提醒世人：“审美需要强烈得几乎遍及一切人类活动。”美学应跟踪追寻，加以考察。

人来到这世上，就和这世界产生了千丝万缕的联系，进行着物质、能量和信息的交换，人的需要和对象密不可分。为了满足人的需要，就需要面向对象展开活动，通过活动又和世界建立了多种多样的关系，实践的关系、认识的关系、审美的关系，等等。马克思说人“积极地活动，通过活

① 蔡元培：《自然美讴歌集·序》，载金雅主编《中国现代美学名家文丛·蔡元培卷》，浙江大学出版社 2009 年版，第 171 页。

动来取得一定的外界物，从而满足自己的需要。（因而，他们是从生产开始的。）由于这一过程的重复，这些物能使人们‘满足需要’这一属性，就铭记在他们的头脑中了”。人通过活动满足了自己的需要，也由此认识和体验到了这个世界，进而“也就学会‘从理论上’把能满足他们需要的外界物同一切其他的外界物区别开来”。[①] 美学正是依据外界对象物能否满足人类的审美需要而区别美、丑，这是一种价值属性。

人类为了追求美而展开了多种多样的活动，可称之为求美活动，以区别于求真活动和求善活动。求美活动首先包括了审美活动。面对大千世界、错综复杂的现象，人不仅要学会分辨真假、善恶，也要学会审辨美丑，美能引发人的审美快感，丑则使人产生审美反感。审美活动是一种精神活动，对人的心灵发生精神作用；具有精神力量，使人获得审美享受。审美活动要提升为教育实践，培育人的品性，改变人的精神结构，使人具有美的人格。审美教育要以审美活动为基础，教育是人对人相互作用的交往实践，审美教育内含审美这一精神活动，但已经上升为精神实践，按照“美的规律”来提升人的品位，可称为育美活动。人类为了求美，不仅需要进行审美活动和育美活动，还需要开展创美活动。育美活动是改造主观世界的精神实践活动，创美活动则是改造客观世界的精神实践活动。随着人类实践的拓展，审美领域在不断扩展，精神审美、人文审美、自然审美都在发展，人类不满足于现实的审美，要进一步按美的规律去改造客观世界，创造新美，更要按“美的规律”去改造主观世界和客观世界的关系，走向和谐世界。

在我看来，美学包含了审美学，却不只有审美学，还有育美学和创美学。因此，美学应是研究人类求美活动的规律之学。人类的求美活动，包括审美、创美和育美。美学的中心议题，应是探索美的规律。初起时的美学，还只停留在精神学、心理学层次，称之为审美学未尝不可。美学的发展日益超越了精神层面。马克思在 1844 年谈到物质生产时已经提出，物质生产应该按“美的规律”来创造，这就把美学推进到物质生产领域。艺术生产是精神实践活动，物质生产是物质实践活动，物质生产也要按“美的

① 《马克思恩格斯全集》第 19 卷，人民出版社 1963 年版，第 405 页。

规律”来创造。物质生产是人和物的互动，精神生产重在人和心的互动，而作为人的生产的教育实践，更多重在人与人的互动，都需遵循“美的规律”。美学不能只研究艺术，也应研究如何按“美的规律”来改造主观世界和客观世界，更应探索在主观世界和客观世界之间建立和谐关系之路。因此，美学研究不仅要有对象意识，还要有自我意识，更要有关系意识，探索主体和客体之间的审美关系。这就应运用间性思维，关注处于一定境遇下的主体和客体间的关系状态。

于我而言，美学首先是为己之学，是我的人生创意设计之学。美学使我体悟人生，在我一生中，美学助我体验人生，领悟人生的价值和意义。由切身的审美体验出发，我的美学研究重在对人生价值体验的探索。因此，我追求的是人生美学、价值美学、体验美学的三位一体。美学伴我悟人生，进一步，美学引我爱人生，更进一步，美学领我创人生，使人生不时更新，创造更美好的人生。蔡元培倡导以美育代宗教，我衷心为之叫好。我不信上帝不信佛，一心向往真善美。对我来说，美学就是我的宗教。汤一介以为，中国古典哲学史，就是追求真善美的思想史，要写中国哲学史，就应围绕真善美这三大范畴来展开。我深以为然。我虽崇美，却不唯美，和合真善美才是我人生的最高理想。

人生之美是美学探索中应有之题。人的整个生命活动具有宽广的、丰富的、多层次的内容。马克思说：“物质生活的生产方式，制约着整个社会生活、政治生活和精神生活的过程。”[①] 这里已提出了物质生活、社会生活、精神生活的多个层面，甚至生产活动本身，也构成生产生活。马克思把“劳动这种生命活动”称作“生产生活”。他所说的生活，是一个包括了生产在内的宽广的概念。在文德尔班的价值哲学里，生活不仅包括了社会生活、政治生活，还包括道德生活、宗教生活、科学生活和艺术生活。这广义的生活，也正是我所理解的整个人生。审美，渗透在整个人生的不同层面的生活中。美学不能只注重艺术美，还应关注人文创造之美和天地自然之美，进入天地境界。对于一个善于审美的人来说，从日常生活审美到非常生活、超常生活的审美，都能获得审美的乐趣。广义的生活美学，

① 《马克思恩格斯文集》第 2 卷，人民出版社 2009 年版，第 591 页。

也就是人生美学，是以人为本的人本生态美学，并非以物为本的自然科学。

按照马克思的看法，人类作为世间一个特殊的族类，其类特性应是自觉与自由。“有意识的生命活动把人同动物的生命活动直接区分开来。正是由于这一点，人才是类存在物。或者说，正因为人是类存在物，他才是有意识的存在物，也就是说，他自己的生活对他是对象。仅仅由于这一点，他的活动才是自由的活动。”① 人正是有了意识，或如王阳明所说的一点“灵明”，才能从精神上去掌握世界，在意识形态中，“为天地立心，为生民立命，为往圣继绝学，为万世开太平”。但意识形态不能只停留在脑海中，精神力量需依靠实践来转化为物质力量，才能去改造世界。那么，意识的功能何在？

当代美国心灵哲学家塞尔在《心灵的再发现》中说：“意识的功能是组织有机体与它的环境、它自身状态之间的一系列关系”“组织的形式可以称为表象。例如通过感觉形态，有机体获得关于世界状态的意识信息。它听到附近的声音；它看到视阈中的对象和事态；它闻到不同环境的特殊气味；等等”。这些都只是意识的感知功能，却不是意识的主要功能，塞尔随后指出：“这些意识形式主要不是为了获取世界的信息，而是意识使得有机体作用于世界，在世上产生效果。”最后的结论是：“在意识感知中，有机体获得世上事态的表象；在意向行动中，有机体通过意识表象导致世界上的事态。”

人比其他动物的高明之处在于对实践结果的预见性。马克思以物质生产为例，阐明了“劳动过程结束时得到的结果，在这个过程开始时就已经在劳动者的表象中存在着，即已经观念地存在着”②。但这个在脑海中观念地存在着的表象仍需物化，方能生产出人所需要的物质产品。如今，这一环节已在逐渐从生产过程中独立出来，成为创意设计美学，专门探索在创意设计这一环节中如何遵循美的规律。物质生产所创造的只是依存美，只是使物品增值，累加而增生审美价值。人生的美学当然也要关注“物”，

---

① 《马克思恩格斯文集》第 1 卷，人民出版社 2009 年版，第 162 页。

② 《马克思恩格斯文集》第 5 卷，人民出版社 2009 年版，第 208 页。

要应物而不累于物，更应关注“人”，为人生做创意设计，如何按照美的规律来安排人生。

审美意识有其独特性，须和实践性意识相区别。审美的直接作用是使人得到精神享受，激起对丑恶的审美反感，对美善的审美快感。审美，如席勒所说，可以使人振奋，也可以使人松弛，从而在内心获得精神平衡。审美的直接作用是精神效应，审美的间接作用却不限于精神，通过实践，可以改变世上的事态。审美通过教育实践，可以提升人的审辨美丑的能力，塑造美的人格，改造人的内在世界。美育通过社会实践，可以改造周围环境，使世界更美好。美术常被人看作无用，鲁迅说有“不用之用”，王国维说它有“无用之用”，郭沫若则称它“无用之中有大用”。我的想法是，审美的直接作用是小用，间接作用是大用，必须通过实践才能起大作用。

人因有意识的自觉，在人生舞台上既是剧中人，又是剧作者，也可成观剧人，入乎其内又出乎其外。作为社会的人，面对现实对象，“知之者不如好之者，好之者不如乐之者”。钱穆说：“孔子所说的‘知’属真理，‘好’成道德，‘乐’则艺术。”所见甚是，最后可归结为对真善美的追求。我常说，人生在世，一要生存，二要发展，三要完善。人不仅要活得了，还要活得好，进而活得美。适者生存，善者优存，美者乐存，活得美滋滋乐陶陶。人生的终极目标如马克思所说，是为了“人类的幸福和我们自身的完美”。英国著名文艺理论家伊格尔顿在《人生的意义》一书中认为，理想的人生就像在爵士乐队中演奏，每个演奏人都可以在演奏中自由发挥，把自己的特长表现出来，而且可以相互激发灵感，做即兴表演；但又没有脱离整体的和谐，相得益彰，踵事增华。按我们的说法，这就是从心所欲而不逾矩。我也喜欢爵士乐的演奏特色，生动活泼，灵动机动。这只是优美音乐的一种类型，自成风格；此外，交响乐、协奏曲等也有自己的独特风格，仍然能体现出个体与群体的和谐之美。

推而广之，世界是个大舞台。人类共同生活在一个地球上，在一片天底下同呼吸共命运，自身应结成人类命运共同体，人与自然也要结成生命共同体。我们应创建一个和谐世界，共享天地之大美。当然，这需要循序渐进，如费孝通所说，从“各美其美”，通过国际交流，进入“美人之美”，两全其美，然后才能迈向“美美与共”的境界。我觉得意犹未尽，又补了四句：世界之美，同中有异，异中有同，和而不同。“和”包含了“同”和“异”，统一了世界性和民族性，具有更大的包容性。进入新时代，我们的美学大有作为，应为建设五个文明、人类命运共同体和生命共同体做出应有的贡献。

习近平总书记说：“人类经历了原始文明、农业文明、工业文明，生态文明是工业文明发展到一定阶段的产物，是实现人与自然和谐发展的新需求。”2019 年初，他在雄安新区考察时说：“蓝天、碧水、绿树，蓝绿交织，将来生活的最高标准就是生态好。”不到半年，他出席圣彼得堡的国际论坛时提倡：“我们要坚持绿色发展，致力构建人与自然和谐共处的美丽家园。”最后，他特别提到俄罗斯著名作家陀思妥耶夫斯基有句名言：“美能拯救世界。”我们的美学不正应探索美如何方能拯救世界吗？

“形上”与“形下”相融通

美是什么？众说纷纭，莫衷一是。有的哲学家干脆声称美属子虚乌有，所谓山川之美、古今共谈，是痴人说梦，庸人自扰。我认为，美是人类生活中所显现出来的一种人生存在状态，作为社会的人，自我和周围世界达到动态平衡的最佳临界点，美是存在的显现。席勒说：

> 美对我们来说固然是对象，因为有反思作条件我们才对美有一种感觉；但同时美又是我们主体的一种状态，因为有感情作条件，我们对美才有一种意象。因此，美固然是形式，因为我们观赏它；但它同时又是生活，因为我们感觉它。总之，一句话，美既是我们的状态又是我们的行为。①

美生成于社会的人和对象世界的互动关系之中，在自我和对象的相互作用中显现出美，美就在行动之中。美既可在对象呈现为美态或美象，又可在人心中呈现为意象，引发美感，还可显现为行为状态，美的行为。不

① ［德］席勒：《审美教育书简》，冯至、范大灿译，上海人民出版社 2003 年版，第 133 页。

管美在关系，还是美在对象或心灵，美都需具象化。对象态、心灵态、关系态、行为态等，均需在“象”中显现，方能为我们体验、感悟到。就像电影《小城故事》里的插曲所唱：“小城故事多，充满喜和乐”“看似一幅画，听像一首歌，人生境界真善美，这里已包括”。真善美要通过“象”才能具体显现出来。

美确具形上性质，哲学、美学就着力于探究美的形上性质，如康德美学。康德的美学是一种抽象的形而上学，谈论依存美还较易理解，而涉及自由美或纯粹美就显得抽象。后来，美学不满足于这种抽象的形而上学，逐渐走向具体的形而上学。如今，中国的哲学家如杨国荣也在倡导构建具体形而上学。从抽象形而上学走向具体形而上学，更能适应时代发展的需要。当今的美学不仅应从抽象形而上学走向具体形而上学，更需要把美学建构成不同于形而上学的形而中学，才能更适应人民大众审美的需要。这形而中学不妨称之为“显象学”或“呈象学”。

我在 12 岁时，生平第一次听说真、善、美三字，却茫然不知真、善、美为何物。那是 1945 年，抗战刚胜利不久，一曲由周璇演唱的《真善美》流行江南，我亦为之深深吸引。那是当时的新电影《鸾凤和鸣》中的一首插曲，由周璇扮演的女主角是一位歌女，历尽艰辛，却不为世人所理解，深深感叹：“真善美，真善美，他们的欣赏究有谁？爱好的有谁？需要的又有谁？”我为剧中的歌女命运和这歌声所感动，可并不理解“真善美”是什么。到了 1953 年，我集中精力研习中国现代美学时，才对“真善美”有所追问和思索，逐渐体会到美在“象”中，应在“象”中探索美的规律，而“象”既非形而上，又非形而下，应为形而中。

《易·系辞》云：“形而上者谓之道，形而下者谓之器。”徐复观认为在形而上和形而下之间，应有形而中。依他之见，“形而中者谓之心”。我觉得把形而中只归于“心”，太狭窄了，应该扩展为“形而中者谓之象”。这“象”当然包括“心象”或“意象”，但不限于此，还应包括“本象”和“符象”。这是三个不同层次的“象”，本象是第一层次，天象、气象、物象、体象、景象、事象、境象等均是；心象、意象、情象等属第二层次；而“符象”乃是为表达心象、意象、情象等而生成，应为第三层次。而这三个层次的“象”，一气贯通，但又不能混同。

美学研究不能只停留在“形而下”，要通过“形而下”去探究“形而上”。“道”是存在于“器”之中的，“道”不离“器”。不过，在“道”和“器”之间，还存在着中介“象”。这中介，我称之为“形而中”。我以为，美学不能只一味追求“形而上”，也不能只停留在“形而下”，应更加重视“形而中”。正是“形而中”连接着“形而上”和“形而下”，更为丰富和具体。经历了半个多世纪的周折，我深切感受到，若要建构新的文艺学、美学，不仅需要对过去的理论资料做全面概括，而且必须掌握实践材料，对实践中出现的错综复杂的艺术现象，分析归纳，从而予以新的综合。马克思为研究资本的运动规律，当然研究了前人无数理论资料，但他牢牢抓住资本在社会中的实际运动，从具体到抽象，又返回具体，从而揭示出整体。马克思曾说过，即使是抽象的理论思维，脑海中贮存的表象也要时常涌现。对此，我极为折服。抛开了生动活泼的实际，从抽象到抽象再到抽象，只能使文艺学、美学如天马行空，不着边际，虚无缥缈，不知所云，也就失却了生命力。目前，我们的文艺学、美学的最大缺憾，不是缺乏理论资料，而是不面对实际，忽视实践材料，不从具体中抽出问题，只是概念的空转，最后又不回到具体。所以，我常对王一川、王岳川、李健等人说，你们讲美学、文艺学，每当谈论一种理论，一定要能举出实例来说明，要不就是空论。常有人问我，我们怎样才能把握住文学艺术的奥秘？按我的经验，首先要直接接触文学艺术的实践，读文学艺术作品本身，有真切的体验，方可进行研究。文学艺术的研究，既有内部研究，又有外部研究，把探索的自律和他律结合起来，才能弄明白文学艺术的生产是如何按照美的规律来进行的。艺术生产和科学研究不同，各有所长。科学研究是要透过现象找本质，重心在找本质及规律（本质的联系）。而艺术生产是揭示现象中的意义，此现象对人生究竟具有什么价值；而这意义、价值就在“象”中，我们只有通过“象”才能感悟到人生的意义、价值。

艺术创造是一种生产活动，其中就包含了符号的生产，语言符号和非语言的符号都在内，都是符号实践。无论是语言符号还是非语言符号，都是一种物质，是一种特殊的物质，是人类创造出来用以表征精神世界的。所以，符号生产不能归入物质生产之列，而是另成一类。符号生产要按照美的规律来创造，按美的规律创造出来的符号如格律、音韵、图像等构成了艺术的符象，即形式美，亦即鲁迅所说的形美、声美等。艺术之美不能只归结为形式美，更重要的是内容美，即鲁迅所说的意美。艺术生产不仅是生产符号，更重要的是要生产“意义”，所以称之为精神生产。艺术生产作为精神生产，就是要作家、艺术家把自己脑海中的各种印象、思想、感情、幻想、愿望等心理要素“编织”起来，建构成一个相对独立的精神世界。如何“编织”？可以而且应该遵循美的规律。美的规律不仅体现在艺术生产中，也体现在其他实践活动和精神生产中。按马克思之见，物质生产也应按美的规律来进行。在我们的生活世界中，生活实践中体现出来的美的规律，就更加屡见不鲜了。

美的规律属于“道”，又寓于“器”中，我们通过“器”和“道”的中介“象”而领悟到了美的规律。我和徐复观有所不同，他称“形而中者谓之心”，我则说“形而中者谓之象”。“象”和“心”虽只有一字之差，内涵差别却甚大。我说的“象”，既包括“意象”，又包括“符象”，更包括“本象”，并不限于人心营构之象，天地自然之象亦在内。“道”不可见，“象”中则可见到“道”。中国文化传统中，特别看重“象思维”，言—象—意相互贯通。苏轼在《易传》中说：“圣人知‘道’之难言也，故借阴阳以言之。”然而，阴阳之说还是太抽象，“阴阳果何物哉？虽有娄旷之聪明，未有得见其仿佛者也。阴阳交然后生物，物生然后有象，象立而阴阳隐矣。凡可见者，皆物也，非阴阳也”。正是因为物有“象”，人才能感受到物。清代文史家章学诚在《文史通义》中说得好：“万事万物，当其自静而动，形迹未彰而象见矣。故道不可见，人求道而恍若有见者，皆其象也。”[①] 他还把“象”区分为两大类，一是天地自然之象，二是人心营构之象。我在这两大类“象”之外，还加上了一类，那就是人文创造之象，以区别于天地自然之象。天地自然之象并非人造，而是自然天成，属实在。人文创造之象是人的文化创造，也是实在。所以，我把这两类象都称作实象或本象（谢林称之为“初象”）。人心营构之象就不是实象或本象，而是在脑海中营构出来的意象，我把这称作虚象，是派生出来的象

① 章学诚：《文史通义》，上海古籍出版社 2015 年版，第 6 页。

（谢林称之为“映象”）。艺术生产作为精神生产的一种，在艺术构思时，就要在内心开展意象运动，我把这称为意象经营，不同于理论思维所展开的概念运动。意象运动的结果是产生新的意象和意境，这都不是实象而是虚象，即人心营构之象。这人心营构之象经由符号实践（语言的和非语言的都在内）而加以符号化，就建构成了艺象。我把这人心营构之象的符号实践称之为意匠经营，以区别于意象经营。意匠更加突出了技艺，需有把符号建构成美的形式的功夫。人心营构之象来源于天地自然之象和人文创造之象，意象源于本象，艺术源于生活，艺术创造“外师造化，中得心源”，意象经营和意匠经营的交织、融合，创造出艺象。我在 1979 年写了一篇《论艺术形象》做了专门的论证。1984 年，我又写了一篇《人生体验笔底流》，专门论述郑板桥如何将人生体验转化为艺术形象。

意象并非都美，意象也可以是丑的，需做价值区分。本象，可能是美的，也可能是丑的，自然并不全美，人文创造之象并不因为是人的实践的产物而必美，人类也创造了假、丑、恶。所以，美不仅在意象，也可以在本象，亦可以在符象。朱光潜所说的只有意象才美，把美窄化了，忽视了现实之美。他后期发展了，承认劳动创造美。但是，劳动创造出来的也不必定美，依马克思之见，只有按美的规律创造出来的才美。人的劳动生产，必须符合三个尺度，即真的尺度、善的尺度、美的尺度。艺术生产就更是如此了。美是在人类生活中形成的，人类生活中生成的种种现象并非都美，只有对人具有肯定的、积极的正面价值的现象才可能美。万事万物，踵事增华，完形呈象，向人生成，融洽适度，恰到好处，方显出美。人的内在世界和外在世界要处在动态平衡状态才生成美，美是存在的动态平衡最佳状态的显现。

人来到这世界上，和世上的万事万物发生着千丝万缕的联系，结成一体。人和世上的万事万物处在和谐关系中，还是失衡关系中，这本就是人的存在状态，亦即是生活本身的状况。自我和世界的关系性存在乃是第一性的本源性的存在，审美乃是对这种存在、生活的精神反映，其中既包括了对象的状态，又包括了自我的状态，更主要的是反映了自我和对象的关系状态。马克思、恩格斯在《德意志意识形态》中说：“人们的观念和思想是关于自己和人们的各种关系观念和思想，……人们是什么，人们的关系是什么，这种情况反映在意识中就是关于人自身、关于人的生存方式或关于人的最切近的逻辑规定的观念。”① 人类原初的意识是把自我和外界的关系作为一体来反映的，是人的生存方式的反映，正如马克思、恩格斯所说：“不是意识决定生活，而是生活决定意识。”② 这里所说的生活，正是自我和对象互动所构成的关系存在，不是自我或对象的单象。生活既有日常生活，又有超常生活，共同构成人的生活世界。美学应深入生活世界，深切体验生活之美，在现实生活中追寻真善美。

在我的审美生活中，我对天地自然之象情有独钟。自然之美乃大自然的本象美，自然向人而生的价值特性，客观存在于人和自然的价值关系之中，只有通过我自己的审美体验才能捕捉得到。由审美体验而在脑海中形成的审美意象，是艺术创作的基因，审美意象来自作家、艺术家对人生价值的审美体验。人对现实生活的深切体验，是创作的源泉。自然审美是人生中的一个重要维度。冯友兰所说的“天地境界”，正是我心目中的最高境界，在艺术创造中就营构出意境。

艺术美是意象美和符象美的统一，意象美源于本象美。在审美活动中获得的审美体验是对象意识和自我意识的交融，熔主客体为一炉，它是艺术创造的灵魂。作家、艺术家如果没有对审美对象的真切体验，只有清晰的认识或正确的评价，写出来的文章只是科学文章或道德文章，自有其科学价值或道德价值，却不是艺术作品，缺乏审美价值。只有对生活有了真切的体验，作家、艺术家才有可能进行艺术创造。因此，作家、艺术家如何由生活体验提升为审美体验，进而提炼艺术体验，将审美意象、艺术意境符号化，创造出艺术形象和艺术意境，这是文艺美学要研究的重要课题。

本象美、意象美、符象美各有其美，不能相互替代，一气贯通，体现了美的多样性。郑板桥早已说过，“胸中之竹，并非眼中之竹”“手中之竹又不是胸中之竹”，各有其妙。2001 年，我去扬州参加了一次学术研讨会，在高建平、姚文放的特别安排下，我和钱中文、童庆炳等去兴化拜访了郑

① 《马克思恩格斯全集》第 3 卷，人民出版社 1960 年版，第 199 页。

② 《马克思恩格斯文集》第 1 卷，人民出版社 2009 年版，第 525 页。

板桥、刘熙载的故居，还去淮阴造访了周恩来的祖居。在郑板桥故居的小小庭院里，我徘徊良久，亲身体验了园中之竹的美。这园中之竹，是郑板桥画竹的灵感来源。“眼中之竹”是他直面园竹，直觉到园竹之美；“胸中之竹”则是经过他心灵而转化成的意象之美；“手中之竹”则是把这心中的意象美用笔来固定在纸上，予以物化，变成符象。艺术之美在哪里？艺术之美既在意象之美，又在符象之美，更在符象和意象的融洽关系之中，即艺象美。园中之竹美不美？依我的体验，不仅园中之竹可能美，就是未经人工培植的山野之竹也可能美，郑板桥的诗画中不仅常出现园中之竹，而且山崖上的野生之竹也常现于笔端。山崖野竹是未经人化之物，园中之竹已是经人手植之物，都是生活世界中的存在，不是意象之美，也不是符象之美。不同层次的美，具有不同的魅力，这是美的多样性。其实，古人早已觉察到美的多样性，张潮在《幽梦影》中说：“有地上之山水，有画上之山水，有梦中之山水，有胸中之山水。地上者，妙在丘壑深邃；画上者，妙在笔墨淋漓；梦中者，妙在景象变幻；胸中者，妙在位置自如。”地上之山水为真山真水之美，是本象美，胸中山水乃意象美，梦中山水为幻象美，画中山水则是艺象美。各有其美，不可替代。

最后，我还想归纳一下，美学在我人生中所起的作用。对我来说，美学已成为我人生中的有机组成部分，必不可少，文艺美学是其中的一个环节。我的美学是人生美学，不仅把人生作为美学研究的对象，而且将美的规律付诸人生实践，力求自己的人生实践也能按照美的规律来发展和完善。美学伴我悟人生，美学领我爱人生，美学助我创人生，创建更加美好的人生。美学之用，功莫大焉！美哉，美学！

此文应《广东省优秀社会科学家传略丛书》编委会特约而作

丛书由中山大学出版社 2021 年 12 月出版，中有《胡经之传略》一章

二〇二二年五月十五日

深圳湾　望海书斋

比兴研究拓新篇

中国古典文艺学、美学博大精深，很早就引起了我的兴趣。20 世纪 50 年代，我在北大读书的时候，曾在杨晦、宗白华、罗根泽等先生的指点下较为系统地学习过中国古典文艺学、美学。特别是在跟随杨晦先生做副博士研究生时，我从庄子、孔子的著作开始，一路读下去，有三年的时光，对此倾注过全力。我曾沉浸在古人对情景交融、形神兼备、虚实相生、动静结合、刚柔相济、意象融洽、气韵生动、文质彬彬、意境深远的美妙阐释上，积累了许多文艺学、美学的资料，对后来进行文艺美学研究很有帮助。后来，我的主要精力转到文艺美学的研究上，致力于这一门学科的建设。虽然未能专治此道，但却久久不能忘情，还时时将我的点滴感想写成文章，聊以慰藉我内心的渴望。我在治文艺美学的同时，也关注着中国古典文艺学、美学研究的发展，希望它能够为文艺美学的建设发挥出最大的作用。我也要求我的学生们能够更多地学习、研究中国古典文艺学、美学，拓宽自己的学术视野，为文艺美学研究的深化做出自己的贡献。

中国古典文艺学、美学是自成体系的，运用了一套独特的范畴，具有鲜明的民族特色。目前，对中国古典文艺学、美学史的研究已经达到了一定的水平，出版了很多高质量的专著。先是有郭绍虞的《中国文学批评史》，后有罗根泽的《中国文学批评史》和朱东润的《中国文学批评史大纲》以及诸多的文学理论史和美学史等著作，特别是王运熙、顾易生先生主编的 7 卷本《中国文学批评通史》的出版，标志着文学批评史的完善。而对中国古典文艺学、美学范畴的研究相对来说较为薄弱。虽然早在 20 世纪 40 年代朱自清先生就已经写出了《诗言志辨》，开始了中国古典文艺学、美学的范畴研究，但是，这种研究并没有持续下去。改革开放以来，我的师辈学者徐中玉先生对此下了功夫，王运熙、黄霖、汪涌豪等先生也曾花过心力。我也以为中国古典文艺学、美学确应从体系、范畴、方法三个方面做全面深入的研究，而范畴研究尤为重要，对“现代转换”关系最大。所以，在20世纪80年代初，我曾带着我的首届文艺美学研究生王一川、陈伟、丁涛（后又有王岳川加入）等编过3卷《中国古典美学丛编》，在中华书局出版，基本上按范畴来分类。我招收文艺美学博士生后，一直想有人专治中国古典文艺美学，能把古典范畴的研究深入下去。中国古典文艺学、美学是由众多范畴组成的，可以说是范畴文艺学、美学，各范畴之间并非壁垒森严，而是相互包容、相互交叉的，因此，每一个范畴都涉及一个潜在的文艺学、美学的系统。范畴又是中国古典文艺学、美学的基本理论内核。厘清中国古典文艺学、美学的基本范畴，掌握它的完整体系，这已经成为文艺学、美学界密切关注的重要研究课题。当然，这也是一个艰难的课题。这一课题的深化有待于广大同仁集思广益，共同努力。

我欣喜地看到了我的博士生能从事中国古典文艺学、美学范畴的深入研究，写出了高质量的博士论文。李健的博士学位论文《比兴思维研究——对中国古代一种艺术思维方式的美学考察》是一篇典型的范畴研究论文，在这篇20多万字的论文中，显示了他作为一位年轻学者的锐气。比兴在古代是两个概念，和风、赋、雅、颂并称为“六诗”或“六义”。关于它的研究成果很多。古今的研究者们视角多种多样，或把它们视为文学的两种表现方法，或将它们视为文学的两种修辞手段，或将它们视为两种教诗的方法，或将它们视为两种形象思维的方式，可是，诸种解说都难以真正服人。“比”和“兴”到底是什么，现在已很难把它们的意义讲清楚。讲不清它们的意义，正说明它们具有无比丰富的内涵，是一个真正的、有价值的问题。李健准确地看到了这一点。他意识到，“比”和“兴”在古今的解释之所以如此纷杂，是因为它们具有复杂的意义结构，二者之间的意义相近。今天，应从整体来认识比兴，摆脱传统的狭隘的观念。因此，他提出了比兴思维这一概念并给它一个具有实际意义的定义，认为比兴思维“是一种受某一（类）事物的启发或借助于某一（类）事物，综合运用联想、想象、象征、隐喻等手法，表现另一（类）事物的美的形象、展示其美的内涵的艺术思维方式”。他的理由很简单：在古代，人们已经将“比”和“兴”连在一起称为“比兴”，用来分析文学创作或评价文学作品，从刘勰已经开始这样做了；而且在具体运用的过程中，往往不辨“比”与“兴”的差异，或者从根本上着意模糊“比”与“兴”的差异。这说明，“比兴”已是一种具有民族特色的艺术思维方式，“比”与“兴”之间是难以分开的。如果再追问“比”和“兴”各自的意义到底是什么，难以得出新颖的结论。选择这个问题做博士学位论文具有一定的冒险性，也具有一定的挑战性。但是，李健最终还是把它作为自己的博士学位论文，从中可以看出他的学术胆识。从他所研究的成果来看，他取得了成功。他将比兴作为一种整体的艺术思维方式来加以对待并深入探讨，同时，又不忽视“比”与“兴”各自的意义，写出了新意。正像答辩委员会的学位评议书所说：“作者在吸收前人研究成果的基础上，将比兴作为艺术思维研究，具有新意，并有新的突破，将比兴研究提高到了一个新水平，有助于中国古代文艺思想的开拓和发展。”

李健具有扎实的古典功底，熟悉中国古典文学和古代文化，对古代的文艺学、美学材料能够驾轻就熟，特别是在材料的辨析上显示了他的精和准的能力。同时，李健又较为熟悉西方文艺学、美学，在学三年，花了不少工夫，研读了西方大量的文艺学、美学著作，并且注意合理的吸纳。这就扩大了他的学术视野。在我看来，他的博士论文有以下几个方面的特点：第一，论文虽然是一个古典文艺学、美学的论题，但并没有局限于古典，更没有局限于中国，而是将比兴放置到整个世界的文艺学、美学的大背景中，进行中西互释。这个难度是很大的，做不好可能又会掉进传统阐释的圈套之中。李健较好地处理了这一环节，在讨论比兴思维的思维特征时，他就运用西方的文艺学、美学观念（诸如想象、象征、隐喻、灵感等）来阐释比兴思维，认为它们和比兴思维有某种对应关系。这是他的范畴研究和传统的范畴研究的区别之所在。依我看，这应是今天的中国古典文艺学、美学研究的一种较好的途径。缺少这一途径，中国古典文艺学、美学的研究很难深入下去。中西互释，意图不在比较，找出它们之间的优劣和异同，而在于运用它们的相似之处，体察中西文艺学、美学相通的文心。当今的文艺学、美学研究必须要有西方视野，从西方的文艺学、美学研究中或得到某种启迪，或获取某种方法，这对推动我们的古典文艺学、美学研究会产生积极的作用。第二，论文始终坚持文艺学、美学话语中国化的立场，不生搬硬套西方的文艺学、美学话语，特别是西方现代的哲学美学话语，给人以真切朴实的印象。李健虽然注意吸收西方的文艺学、美学观念，但是并不以运用西方的概念为时髦，而将西方的一些艰深的理论表述转化为自己的明白和朴实的语言，这种作风是值得赞赏的。正如答辩委员会的学术评语所说："论文没有'西方理论中国化'的痕迹，始终坚持以中国文艺学的传统话语'比兴'为核心，以中国文学实践为基本材料，在适度时空中建构关于'比兴'思维的理论，体现出中国学术特色。"正是这一态度，才决定了他能够提出一些新颖的学术观点，在比兴的范畴研究上做出了贡献。第三，论文将研究的视觉从古典延伸到现代，考察了比兴思维的现代意义以及它在建设有中国特色的文艺学、美学体系中的重要性，具有很强的时代感。中国古典文艺学、美学的现代运用是当今文艺学、美学研究者极为关注的问题，如何对待传统的遗产，使之具有现代性，学人们正在进行着艰难的探索，提出了许多具有价值的理论观点。多数学者主张应该充分发掘古典的文艺学、美学理论，将之进行"现代转换"，以期为建设我们的具有中国特色的文艺学美学体系服务。在这一方面，李健的研究无疑具有启发意义。在这篇论文中，他对这一问题的探索可能简单了一点，给人意犹未尽的感觉，这是论题限制了他，使他不可能花去大量的篇幅来深入讨论这一问题。但是，他毕竟具有了这方面的强烈的意识。我相信，在他今后的学术研究中，他会将他的这种意识强化下去。当然，任何研究都不可能是完美的，李健的博士论文可能还存在着不少缺点，欢迎善意的批评和讨论。

李健勤奋好学，敏于思考，对学术认真负责。他的博士论文将要付梓，我感到非常高兴。这只是他漫漫学术研究征途的一个足迹，但愿这能鼓励他更上一层楼，为文艺美学的研究多出精品成果。

2003 年春月于深圳大学

心物感应美显呈

李健的《中国古代感物美学》即将由人民出版社出版，值得庆贺！这些年来，李健心无旁骛，脚踏实地，在中国古代美学、文艺理论领域深拓，取得了不俗的成绩，很不容易。初读李健的这本著作，深受启发，引发我对如何提升中国文艺美学建设的一些新的思考，即如何进一步弘扬和发展中华美学精神，融汇古典与现代，为建设当代的文艺美学提供思想资料。李健对中国古代美学、文艺理论的研究，正是走在弘扬和发展中华美学精神的道路上，所以值得一说。在此略陈己见。

一

这本专著，是李健的第二本对中国古代感物美学的研究，第一本是《魏晋南北朝的感物美学》，是他在北京师范大学从事博士后研究的出站报告（当时的名称是：《魏晋南北朝：中国古典感物美学的定型》）。李健博士后出站的时间是 2004 年 5 月，当时，我去北京参加由中国人民大学承办的中国中外文艺理论学会年会。会后，便应王一川（李健的博士后合作导师）邀请参加他的博士后出站报告评议。我与童庆炳、张法、王一川、李春青组成专家评议组，评议李健博士后出站报告的学术水平与学术价值。大家一致认为，李健抓住中国古代美学的重要范畴感物进行了深拓，聚焦于魏晋南北朝，细致论析了感物美学在魏晋南北朝的定型状况，新见迭出，具有开拓性，是一篇优秀的博士后研究报告。李健在随我攻读博士学位的时候研究的是比兴，博士论文成书《比兴思维研究——对中国古代一种艺术思维方式的美学考察》，赢得好评。接着，2002 年他又去北师大研究感物，算起来，他对这一范畴的研究差不多20年了，期间，发表了数十篇有关感物美学的论文。究竟感物是一个怎样的范畴？值得他花近20年的时光集中研究？这个问题只能由李健自己来回答。从他的成果中可以看出，感物这一范畴在中国古代美学中的地位确实重要，其内涵的丰富性与比兴、文道、气韵、意境等相比，一点也不逊色，其中所包含的许多问题是今天的文学艺术创作、审美仍无法回避的。选择这个范畴深入研究具有现实意义。

李健研究感物美学是受他对比兴思维研究的启发，或者说是在研究比兴思维的过程中发现的问题。比兴和感物的关系非常密切。这从他的《比兴思维研究——对中国古代一种艺术思维方式的美学考察》一书中可以看得很清楚，书中，他讨论了“兴”与感物兴情、“比”与托物寓情的关系，感物兴情和托物寓情最终被他认定为感物美学的两大类型。当然，作为感物美学的两大类型，感物兴情与托物寓情不可能仅仅归属于比兴，而关联着更为广泛的理论内容。在《中国古代感物美学》中，李健花了很大的精力进行了论述。由此可见，李健非常注意在自己的学术研究中发现新问题，注重学术研究的连续性。他在自己的研究领域绝不会随意而发，东一榔头西一棒子，而是对自己选定的研究对象有一种锲而不舍的毅力，抓住一个问题一定要把它挖深吃透。这是李健的学术个性。

这些年来，中国古代美学、文艺理论的研究已日益受到重视，但深入钻研依然不够，很多美学范畴和论题的理论价值还没有被深入探讨。当下的美学、文艺学研究，西方仍是热点。西方最新的东西不断地被引进来，应该说是好事，可是，这些新的东西对我们究竟有什么意义，尚待实践检验。很多引进目的是为了制造热点，炒作话题，自说自话的情况比较多，很多问题不要说与中国问题搭不上，就是在西方也不是一个意义重大的话题。这样的引进价值不大。鲁迅主张拿来主义，要拿对我们有用的东西。我倒非常希望看到能够将中国古代理论与西方理论联系起来的研究。比如，西方哲学、美学与艺术中关于“物”“物性”等问题的思考，能不能与中国古代感物美学联系上？在我看来，20世纪80年代曾经热炒过西方艺术心理学，传统美学中的自然美问题，文学艺术中的情景表现问题，以及当下热门的生态美学、环境美学等，都是可以与感物美学联系在一起的。倘若在这个基础之上进行理论建构，定有很大的收获。然而，这些问题都没有得到深究。很多人没有往上面思考，因此，真正介入感物这一问题领域的并不多。由此可见，感物美学既传统又新潮，是一个涉及中西古今的大问题。我赞赏李健的是，他能够从古代众多的理论范畴中发掘出这么一种理论范畴，花费近20年光阴去深究，单单这一行为本身就证明他眼光独到。

感物美学思想深深植根于中国美学的传统之中。这一范畴是《礼记·乐记》明确提出的，先秦诸多典籍都涉及这一问题，两汉开始广泛应用，魏晋南北朝已经定型，刘勰、钟嵘都将之作为重要的问题进行重点阐发，此后，这一理论便大规模进入文学艺术创造和审美体验领域，理论内涵不断充实。宋明理学家和心学家强调格物、观物，试图从哲学层面深拓这一问题，清代的情景关系理论、王国维"以我观物"和"以物观物"的思想又将之拉回现实之中，用来解释具体的文学创作现象。如此重要的理论却被现代人漠视乃至忽略，使得当下的中国古代美学、文艺理论研究既不能准确揭示其发展的历史，也不能准确评价其理论价值，更不利于当下的吸纳与利用。可见，中国古代文艺理论、美学研究的空间还很大，尤其是范畴和论题的研究仍大有可为。

我一直主张，对中国古代美学、文艺理论范畴和论题的研究首先是还原，然后再阐释。在这里，我说的还原包含两个层面的意义：一是从具体材料入手，花工夫整理古代的理论材料，辨析真伪；二是在思想上尽可能还古人以本真面目。虽然从根本上说不可能真正做到还原古人，但是，尽量接近还是有可能的。在这个基础上再进行阐释。阐释应该突出视域融合，至少应有三个视域：一是古代的视域，二是现代的视域，三是比较或互释的视域。古代的视域包括，古人如何认识这一问题？其真实意图何在？必须弄清楚、弄透彻，必须运用知人论世的观点与方法去分析。现代的视域是，古人的这一问题与现代能否衔接？若能，应该怎样衔接？只有能与现代衔接上的理论才是有价值的，才是真正值得用力研究的理论。比较的视域强调的是，一定要有西方视野，研究中国古代的问题不一定去刻意比较，但是，在观念和方法之中必须隐含着互释。这就要求研究者自身的修养很高，不仅要熟知古典，而且要懂得西方。毕竟我们现代所使用的美学、文艺理论话语大部分是西方的，思维方式也已经基本西化。也就是说，我们不可能再回到古代，用诗话、词话等语录的形式和直觉思维去讨论问题。我们必须正视这种现实！

我对中国古代美学范畴和论题的关注是在 20 世纪 80 年代初。那时，为了满足教学的需要，我带着王一川、陈伟、丁涛、王岳川等人边学习中国古代美学，边编选《中国古典美学丛编》（3 卷），编选的体例和方法就是按范畴和论题分类，试图通过材料来展示范畴和论题的发展历史。1987 年，这套书交给中华书局出版，其中，就把感物列为重要范畴。后来，由于我把主要精力用在文艺美学学科的建设上，没能对中国古代美学范畴开展系统、深入研究。李健考取我的博士研究生之后，就把这个工作承接下来。他先是协助我重新整理了《中国古典美学丛编》，进行大规模的资料扩容，篇幅增加一倍，达 120 万字，取名《中国古典文艺学丛编》，2000 年交给北京大学出版社出版，然后，合写一部 50 余万字的《中国古典文艺学》。这是一本用范畴和论题组织、概括中国古代文艺理论体系的著作，是第一本尝试这种写法的著作。书出版以后，产生了较大的学术反响。李健一直把他的研究重心落在范畴研究上。我也一直支持他、鼓励他，希望他做得更扎实、更出色。他的范畴研究独具特色，坚持的就是我上面所说的立场，一是注重材料辨析，对材料的把握力求做到精准；二是立足于当下，注重发掘范畴的当代价值；三是参照西方的理论与观念，力求做到中西互释。这在《中国古代感物美学》中的表现是非常明显的。

李健的学术研究不追新潮，不迎合俗流，既不张扬也不自卑，风格朴实。《中国古代感物美学》的出版，是他对感物美学整体理论思考的完成，但这并不代表他对这一问题研究的结束。我相信，他还会继续思考这一问题，将来一定还会有感物美学研究的成果奉献学界。

二

依我看来，感物乃是中国传统文化中的审美发生论。感物正是审美活动的起点和基始。“人心之动，物使之然也”，人类之所以会有审美活动，最初就是因物而起，“感于物而动”，然后引发对外物的内心体验，物我之间生成心灵感应，从而在内心生发出自己的精神世界。心物关系应是美学、文艺学关注的基础性问题。从这一立场出发，关注、研究感物，理所当然。

多年前，曾在北大师从杨晦先生攻研中国文艺思想史的郁沅，给我寄来他的专著《感应美学》。我拜读后的突出印象就是他把心物感应作为美学的出发点来展开，试图构建中国自己的美学。感应论，其实就是中国传统的反映论，既不同于西方的模仿论，也不同于西方的表现论，而是融再现与表现为一体的心物互动相生论。李健的思路与郁沅相近，突出了心物双向互动，心与物相互激发，“神与物游”，促进了审美世界的生成。无论是“感物兴情”，物在情先，还是“托物寓情”，情在物先，心物总要和合，心离不开物。艺术创造从情景交融一直到意与境浑，虚实相生，意境的生成，都要以感物为基础。

李健的感物美学比起郁沅的感应美学还是有所不同，那就是对“物”的阐发具有更广阔的视野。感物美学的“物”从本源上说，应是自然之物，但发展到先秦时代，“物”就不仅指自然之物了，而扩及人、事，自然物象、社会现实、人生实践都包含在“物”的范围之中。这样一来，心物关系就被提升到了人与世界的关系，这是根本问题。中国传统文化中的感应论，亦即反映论，就具有了极其深广的、坚实的物质基础。人在世界中，世界映心中。如果要进一步深挖，那是由于人类的实践活动作为中介，人通过实践去改变物，物通过实践而映入心中。王夫之在《姜斋诗话》中说得好：“身之所历，目之所见，是铁门限。”①

物我一体，这是中国传统文化一直坚守的精辟之见。物我属于天地人三位一体的共同体，但物我并非绝对同一。物我既能和合，又会分立，这就要看是在什么历史境遇下。物我和而不同，不同就有差异，差异发展就有矛盾，矛盾再发展就起冲突。物我之间，始终不懈地进行着物质、能量和信息的交流。据科学研究，每个人身内都具有60种左右的物质元素，需从身外的物质中吸取方能进行新陈代谢，能否如愿，要视历史境遇。物我的交流，常处于不平衡的状态，人生在世，就是要在不平衡中不时求得动

---

① （清）王夫之：《姜斋诗话》，载《清诗话》上册，上海古籍出版社1978年版，第9页。

态平衡方能生存、发展和完善。

人从大自然中来，在大自然中生成，天地生万物，由万物生成了人。人之初，完全依赖于天地自然，靠自然之物生存，后来，自然不能完全满足人，人就要利用自然之物作为生产工具，生产出新的自然之物和人化之物、人也从自然中脱颖而出，生成新的类族，形成人类。天地人三位一体，互动共进，人的主动性越来越得到发展，生产力日益增长，人造物质越来越多。随着物质生产的迅猛发展，人类所制造出来的人工之物越来越升值，而人自身则越来越贬值，受制于自己制造的人工之物，听由物来支配。在资本增值规律的驱使下，如今世上的生产规模已经达到空前繁盛的地步。1900 年，人类生产出来的人造物质，只占总生物量的 3%，天然物质占绝对优势。但自那年开始，人造物质急剧增长，每 20 年就翻了一番。建筑、道路、水泥、砖块、塑料、玩具等的增长尤为突出。发展到 2020 年，世上的人造物质总量已经超过自然物质，世界真的跨入了“人类世”。欧美科学家的研究表明，就在这一年，人造物质已经超过 1.1 万亿吨，而自然的生物急剧减少，已从 2 万亿吨降低到 1 万亿吨。别的且不说，仅就塑料这一项来计算，其数量已超过了海陆两域的所有动物的 2 倍。只纽约一地，街道、建筑、桥梁等的人造物质总量，已经超过全球鱼类数量。按照目前这样的增速预测，再过 20 年，人造物质的总量将增加 2 倍，2040 年会达到 3 万亿吨。自然物质会越来越少，但自然物质才是人类赖以生存的最终源泉。

人造物质越来越多，自然物质越来越少，面对这样的现实境遇，人类该如何对待？中国仍是一个发展中的国家，2020 年才全面脱贫，实现了小康，下一步就要向中等发达国家水平迈进，并且不可阻挡地即将成为世界第一大经济体。要实现中华民族的伟大复兴，就必然要全面振兴广大农村和边缘地带，修复和保护自然环境，促使农业高质高效，农村宜居宜业，农民富裕丰足。新农村的建设，不仅必须控制人造物质的增长，更需要竭力培育自然物质的生长，使自然和人造达到一定的适度，实现动态平衡。这将是中国特色新农村的伟大创新，值得期待。应把新农村建设成为“城里人”向往的乐土，为建设美丽中国做出伟大的贡献。没有美丽的农村，何来美丽的中国！

那么，在改革开放中率先实现了现代化而富起来的人，是否要像美国富人那样，在消费上抢占第一，学他们争先消费，超前消费，奢侈消费，炫耀消费，畸异消费？万万不能。我们已经看到，中国人奢侈品消费，已经达到全球三分之一的份额，预计再过几年，到 2025 年，全球奢侈品消费将大幅增长，中国人将占其总量的 65%。这值得中国人骄傲吗？我心中却不由地生出一些悲哀。

我们究竟应该怎么办？我们这样一个人口众多的泱泱大国，若要人人都能过上美好生活，只有走向低物耗、高品位的人生之路。人必须满足最基本需要方能活得了。人不仅要活得了，还要活得好，更要活得美，怎样才能做到？那就要在基本需要得到满足之后，做自己的主人，控制自己的物欲，把物质消费控制在最低消耗的程度，在低物耗的基础上，追求高品位的生活。这就需要高度的人生智慧，在提升自身的精神境界上下功夫。高品位的生活，首先要求从物质的享受穿越上去，上升为精神的享受，从而提升自己的精神境界；更要积极参与人与人即主体间的精神交往，从“各美其美”进到“美人之美”，最后达至“美美与共”“世界大同”，共同建构人类命运共同体。但这“世界大同”还是同中有异、异中有同，实乃“和而不同”。每个人的精神境界各有异同，但大方向一致。

马克思主义创始人高度重视人自身的提升，实践唯物主义强调以人为本。并非一切实践都好，实践有价值区分，对人民有益的实践才好。实践的价值目的是人自身的提升。恩格斯在《自然辩证法》中说到了人自身的发展，先是从“物种关系”中提升出来成为“人类”，后来又有了第二次提升，那就是从“社会关系”中提升出来，成为“文明”人。其实，人类还有第三次提升，那就是要在“文明关系”中继续提升。马克思在《政治经济学批判（1857—1858 年手稿）》中，就把人类的存在状态做了这样的区分：人类最初的社会形态是“人的依存关系”，那时，物质生产低下，人只能依赖人方能生存。人类的第二次社会形态是“以物的依赖性”为基础的人的独立存在，人从“人的依赖关系”中提升出来，人必须依赖于物。但是，人类还是要向第三社会形态发展，那就是要从物的依赖关系中超越出来再提升，培育自由个性，使个人都能获得自由而全面的发展。

如今，我们正走向人类自身第三次提升的漫长道路上，因而，人类如何提升自己，提高自身再生产的水平和质量，显得日益重要。对此，马克思曾做过这样的论述：

> 培养社会的人的一切属性，并且把它作为具有尽可能丰富的属性和联系的人，因而具有尽可能广泛需要的人生产出来——把他作为尽可能完整和全面的社会产品生产出来（因为要多方面享受，他就必须有享受的能力，因此他必须是高度文明的）。①

为了培养自由个性，使个人能得到自由而全面的发展，就要成为具有“高度文明”的“文明人”，从“文明关系”中不断提升。当下，我们已经跨入了建设生态文明的新时代，这是超越了原始文明、农业文明、工业文明不同发展阶段的崭新文明，为的是实现人和世界全方位的和谐发展。生态优先，生态文明要渗透到物质文明、精神文明、社会文明、政治文明的各个方面，人和世界要全面达到动态平衡。作为社会的人，个体亦应成为全面发展的高度文明人。

借古鉴今，在中国传统文化中，如何处理心物关系，有很多人生智慧值得我们借鉴。宋代理学家邵雍一再提示，要区分“以我观物”和“以物观物”：“以物观物，性也；以我观物，情也。性公而明；情偏而暗。”②（《皇极经世全书解·观物外篇十》）文人雅士喜爱“以我观物”，审美意识甚浓，不太重视“以物观物”，所以中国传统文化中，自然科学不发达。邵雍力主“以物观物”，精神可嘉。道家精神却力主“以道观物”，天有天道，地有地道，人有人道，它们之间一气相通。物也有物性物道，人对于物，“应物而勿累于物”，不要受物的牵累，而要自由对待物。苏轼的应物之道可归结为：“君子可以寓意于物，而不可以留意于物。”③（《宝绘堂记》）君子不能沉溺于物之内，而应超然于物之外。可以寄情于物，但不能沉溺于物。

---

① 《马克思恩格斯全集》第46卷，人民出版社1979年版，第392页。

② 北京大学哲学系美学教研室编：《中国美学史资料选编》下，中华书局1981年版，第18页。

③ 俞剑华编著：《中国古代画论类编》上，人民美术出版社2000年版，第48页。

古人的这些人生智慧，沉淀在中国古典美学中。这其实就是李健在感物美学中所揭示的内容，诸如澄怀味象、目击道存、感物兴情、托物言志、观物取象、神与物游、立象尽意、境生象外等审美活动中的多种现象，都是对物象的超越。这些都可供我们借古鉴今，有助于对审美活动作更加深入地研究。这也正是中国古代感物美学的当代意义。

说到这里，我不由自主地想起了马克思对“感觉”在人生中的作用的估量，忍不住想接着马克思再说些许。

马克思在《1844年经济学哲学手稿》中，曾对人的“感觉”做过较多的论述。依他之见，人类对“产品的感性的占有，不应当仅仅被理解为直接的、片面的享受，不应当仅仅被理解为占有、拥有。人以一种全面的方式，就是说，作为一个完整的人，占有自己的全面的本质”。“人对世界的任何一种人的关系，——视觉、听觉、嗅觉、味觉、触角、思维、直观、情感、愿望、活动、爱，——总之，他的个体的一切器官，正像在形式上直接是社会的器官的那些器官一样来感受世界的。”① 所以，马克思说：“人不仅通过思维，而且以全部感觉在对象世界中肯定自己。”② 在他看来，感觉在人生智慧中有重要作用：

> 因为任何一个对象对我的意义（它只是对那个与它相适应的感觉来说才有意义）恰好都以我的感觉所及的程度为限。……因为，不仅是五官感觉，而且所谓精神感觉、实践感觉（意志、爱等等），一句话，人的感觉、感觉的人性都是由于它的对象的存在，由于人化的自然界，才产生出来的。③

在这里，马克思论及了“一切肉体和精神的感觉”，感觉不仅有“五官感觉”（蔡元培称之为“官能感觉”），而且还有“精神感觉”和“实践感觉”（意志、爱等）。我们的当代美学，对于“官能感觉”中的审美多有推进，论证了除视、听之外，从其他官能感觉中亦能生出美感，但

① ［德］马克思：《1844年经济学哲学手稿》，人民出版社2018年版，第81页。
② ［德］马克思：《1844年经济学哲学手稿》，人民出版社2018年版，第83页。
③ ［德］马克思：《1844年经济学哲学手稿》，人民出版社2018年版，第84页。

是，对于“精神感觉”和“实践感觉”如何生出美感，却探索不多。我总觉得，从“官能感觉”中生成的“官能美感”还是和“精神美感”“实践美感”有所不同。究竟有何异同？感物美学如要深入，就必然要向“精神美感”和“实践美感”的方向做更多的探索，推动当代美学不断提升。

三

李健论感物美学，常引古人之语来释古人之思，以古释古，以古证古，这是理所当然。这样才能回归历史语境，探究当时原意。但他没有止于以古释古，以古证古，而是进而以今释古，并在向古为今用的方向迈进。这种探索难能可贵，符合当今时代发展的趋势，值得倡导。

李健原是专攻中国古典文论的，在大学课堂已经开讲多年。20 世纪 90 年代末，他南来随我攻读文艺美学博士学位，我就鼓励他要开阔思路，扩大视野，读一些西方美学和文艺学的经典著作。20 世纪 50 年代，我和严家炎等师从杨晦先生攻读文艺学副博士时，杨先生就一再叮嘱我们，研究学问，要“博通而后精约，厚积而后薄发”。杨晦先生告诉我们，做学问要深入，但阐发要浅出。他很欣赏陶行知之见：“浅入深出最可恶。”我把杨晦先生的名言以及我自己的从学经历告诉李健，他深以为然。攻博期间，读了不少西方经典，为他从事中国古典美学的研究提供了一个新的参照系。21 世纪初期，我们就合作撰写了《中国古典文艺学》，2006 年由光明日报出版社出版。那时，“国际视野，中国问题”已成为我们研究中国古典美学、文艺学的共识。这部著作是我们共同思考、探索的结晶。

美学作为一门科学并不是最先在中国产生的，而是由西方引进的舶来品，但这并不意味着中国古代审美意识薄弱。中国传统文明中充盈着浓厚的审美精神，产生了丰富多彩的美学思想，并不断尝试着从理论上加以概括，只是还没有成为一门独立的科学而已，可说是有美而无学。自 20 世纪初，陆续从西方和日本传来了美学，使我们的耳目为之一新。美学在中国兴起之初，蔡元培、王国维、梁启超功不可没。王国维是第一个建议京师大学堂开设美学的先知先觉者，但他无法在那个时代付诸实践，只是自己做研究出著作而已。在中国数千年的历史上，蔡元培是第一个把美学引向大学学堂的先行者。1920 年，他先在湖南第一师范做了七次演讲，畅谈美学和美育，接着就在北京大学开设了美学课。我的导师杨晦先生和朱自清等人一道在北大攻读哲学，毕业前夕听到了蔡元培的课，受益匪浅，以至于出身哲学门的他后来投身戏剧创作和文艺评论。蔡元培的更大贡献是，在1911年被孙中山任命为教育总长时，制定了国家教育方略，把美育列入其中。这在中国实乃破天荒的创举。当时，周树人被蔡元培任命为推行社会教育的主管，在北京积极向社会推进美育，在美育讲座上做过4次美术（当时文学艺术的总称）演讲。

我生也晚，1933年才在苏州、无锡之交的古镇梅村来到这世上，没能赶得上“五四”时代，但我的父、师辈直接接受了蔡元培倡导的美育的熏陶，我也就从父、师辈那里受到了感染。1927年，蔡元培离开北大南下，在江南推行教育改革，试行大学院体制，大力推进美育。上海、杭州、苏州一带受益最多。我父亲胡定一读无锡师范，主攻的虽然是历史，但琴棋书画都学，写得一手好字，还会作画、拉二胡。在美育的推动下，美学著作也多了起来。我读到的第一本美学书就是朱光潜写的《给青年的十二封信》，那是1945年我十二岁刚上中华中学时父亲为我买的。不久，我的语文老师何阡陌又送了我一本朱光潜的《谈美》，也就是给青年的第十三封信。1948年，我进无锡师范高师班时，班主任陈友梅又送我朱光潜的《诗论》。读了这些书，我方知道世上还有“美学”这样一门学问，心向往之。1952年，我在从事了三年学生运动后，考入北京大学，就带着《诗论》、周扬主编的《马克思主义与文艺》以及杨晦先生著的《文艺与社会》进了北京，一心想攻读美学和文艺学。可当时，著名美学家朱光潜、宗白华、蔡仪、邓以蛰、马采等虽云集北大，但都不开美学课。我迫不及待，在1953年集中精力自修美学，从北大图书馆找出了30本左右的美学论著来读，记笔记，摘卡片，想在毕业之前写一篇《美学初起半世纪》或者《现代美学半世纪》作为毕业论文。只是，1954年北大请来了苏联专家毕达可夫来开办文艺理论研究班，我就转向攻读马克思主义文艺学，现代美学研究暂时搁置起来。

从我的切身经历看，我最早接受的是中国20世纪初以来发展起来的现代美学，既不是西方的哲学美学，也不是中国的古典美学。到1956年我跟随杨晦先生攻读中国文艺思想史研究生时，花了三年时光，才集中精力攻读中国古代经典。自蔡元培、王国维、梁启超等开始的中国现代美学传统，在我的心目中留下了深刻的印象。正如周扬所说，自“五四”运动以来，中国文化开启了一个新的传统，一种不同于古典传统的传统。1958年，我在沙滩北街的周扬寓所就亲耳听他说，中国文化已有两个传统，古典传统和现代传统。我相信此说，美学就是典型的实例。中国古典传统中，虽然有美而无学，但审美意识和审美经验却非常丰富。美学从外国传来，现代美学就逐渐和古代的审美经验相结合，慢慢发展为现代形态。那时的美学家，博通中西，受过中华美学精神的熏陶，熟悉中国传统文化，所以能在现代美学中融入中国古典元素，多有创新。蔡元培把中华美育传统溯源到周代的礼乐精神，王国维则着力阐发了传统艺术的意境论，梁启超更致力于倡导境界的提升，创造新意境。继起的朱光潜吸收西方当代盛行的审美心理学成果，在《文艺心理学》中就用审美心理学来解释中国古典文艺，更在《诗论》中着力归纳中国古典诗词的创作经验，新见迭出，将美学日益中国化。宗白华的艺境论，对中国传统中的艺术意境说做了深入探索，进一步揭示了中国古典文学艺术的特征，使得中国美学的研究向更高水平提升。这些前辈美学家所开创的融中西美学于一炉的现代美学传统，虽因后来的救亡、内战而被国内忽视，但在海外一些学者中仍在延续。叶嘉莹、徐复观、方东美、刘文潭、王梦鸥、叶维廉、刘若愚、姚一苇、袁鹤翔等都在吸取西方美学，致力于阐发中国传统的美学思想。

从我的切身经验来说，我受前辈所开创的现代美学传统的影响，获益最大的是懂得了美学属于哲学中的一个分支：人生哲学。蔡元培在1924年写了一本《简易哲学纲要》，是当时全国师范学校的教科书，影响甚广。他就在书中说，哲学既研究世界观，又研究人生观。研究人生观的就是人生哲学，而美学就归属于人生哲学。人生观的核心就是价值观，人生的最高价值就是追求真、善、美。蔡元培在书的一开头就说明，他这本书是依据德国哲学家文德尔班在1914年所写的《哲学入门》而作的。文德尔班把道德、美学、宗教都归入价值论。蔡元培高度重视真、善、美，1927年，他还写了《真善美》，做了专门阐发。我们的前辈美学家借助于西方美学对美做了一些分析研究，继承了中华美学传统，不把美孤立起来，在真、善、美的相互关联中来谈美。文学艺术的最高理想也就是追求真、善、美，从孔子开始，就将优秀的艺术赞之为“尽善尽美”。中国第一个把《共产党宣言》完整翻译成中文的陈望道，出版了《美学纲要》（1924年），书中鲜明声称：“爱真好善嗜美，都是人类本性”，“世间有最高价值者三：真、善、美”。①

在蔡元培“以美育代宗教”的倡导下，20世纪二三十年代的文化教育界有不少有识之士在热衷谈论真善美。上海早在20年代创办了大型丛刊《真善美》。1926年，留学美国的冰心回燕京大学任教不久，《真善美》的张若谷就邀约她为“女作家号”特刊写稿。1929年，还在上海南洋女子中学读书的沈祖棻在《真善美》杂志上发表了她的处女作《夏的黄昏》。我的前辈、苏州老乡叶圣陶，要把自己的子女培养成具有真善美品性的人，于是，给两个儿子起名叶至善、叶至诚，女儿叫叶至美。1945年，抗日战争取得胜利，全民欢腾，对未来充满憧憬，希望从此天下太平。正是此时，周璇演唱的一曲《真善美》风靡江南。这是由上海中华电影公司新摄制的影片《鸾凤和鸣》中的一首插曲，周璇在其中扮演的主角歌女，历经艰辛。歌曲中深深慨叹：“真善美，真善美，他们的欣赏究有谁？爱好的有谁？需要的又有谁？”真善美三字，从此就深深地铭刻在我的心上。那年，我12岁，从此终生难忘。1958年，周扬带着张光年、何其芳、林默涵、邵荃麟等来北大开办讲座，高举“建立中国的马克思主义美学”的旗帜，我被任命为讲座助教，积极响应，讲座1959年结束后，我即全力投入副博士论文的撰写。1960年，写成了《为何古典作品至今还有艺术魅力》一文，接续马克思之问，主题却在大谈中国古典文学的真善美。

其实，我们那辈人文学者对真善美情有独钟的不乏其人。我的同窗好友刘学锴继承和发扬导师林庚的学术精神，好从美学视域论唐诗。他对全唐五万多首诗做了全面考察，挑选了两千七百多首进行深入研究，精选了六百多首最优秀的，不仅做了“注”和“评”，而且进入了“鉴”和“赏”的境界。我看他对唐诗的鉴赏，还是以真善美为标准。唐诗的优秀之作，或以“真”见长，或以“善”见长，或以“美”见长，最高的境界正是真善美的融洽。这和另两位学长的见解一致。20世纪70年代，我

① 《陈望道文集》第1卷，上海人民出版社1979年版，第455页。

和汤一介、张世英二位学长都住中关村，有几年几乎天天见面，话题中常谈到真善美。汤一介早就想写一部中国哲学史，要以真善美三者的联系与区别为主线，历时展开。以汤一介之见，真在天人合一，善在知行合一，美在情景合一。中国哲学史就是围绕着这三个主题展开的。1984 年，我和汤一介、乐黛云一起来到深圳大学，我和乐黛云创办中文系，汤一介主持创办国学研究所，他又和我说起，想完成这一愿望。可惜，他回北京后忙于中国文化书院的事务，这个想以真善美为主线的中国哲学史没能如愿写出，深以为憾。张世英是著名的西方哲学专家，他的黑格尔研究全面而深入。在改革开放之后，他转向美学研究，视美学为第一哲学，对真、善、美的联系与区别做了新的阐发。最后，他接着冯友兰的人生境界说，提出了自己的境界说，倡导人生境界应从“欲求的境界”不断向上提升：求实的境界—道德的境界—审美的境界。他的人生境界说，不只是倡导而已，在他百年人生中，不断地付诸实践，毕生都在追求真善美。我想接着他说，应该把人生境界进一步上升为：求生境界—求真境界—求善境界—求美境界—自由境界。自由境界是真善美统一的理想境界。

我们的当代美学研究，不仅要继承和发扬“五四”以来的现代美学传统，也要继承和发扬中国古典美学传统，这是中华民族的美学精神。基于此，在改革开放之初，我带着王一川、陈伟编出了《中国现代美学丛编》(北京大学出版社 1987 年版)，后又主编了《中国古典美学丛编》(3 卷，中华书局 1988 年版）和《中国古典文艺学丛编》(3 卷，北京大学出版社 2001 年版)。

如今的当代美学是否只要接着前辈学者说就可以？这倒也未必。我们还需要继续关注国外美学的发展，作为我们建设当代中国美学的参考系，从中吸取有价值的营养。列宁早就告诉我们，要建设社会主义文化，就要敢于和善于吸取世界文明的一切有益的东西。

我在 1953 年集中精力阅读中国现代美学著作时，并不知道国外美学发展到什么样子。1954 年开始，有一年半的时光，我听苏联专家毕达可夫讲《文艺学引论》，方知文学艺术在整个社会结构中的地位和作用。在整个社会的经济基础—上层建筑—意识形态的框架中，文学艺术具有独特的地位和作用。自 1956 年开始，我津津有味地读了苏联斯大林时代之后兴起的审美学派、文化学派等的著作，进而知道马克思把艺术看作人类从精神上掌握世界的特殊方式，既不同于理论、也不同于宗教的掌握方式，艺术生产也不同于物质生产。1961年春天，我应蔡仪之邀，参编由他主编的《文学概论》，负责写第一章“文学是反映社会生活的特殊的意识形态”。为此，在中央高级党校住了近三年，得以大量阅读欧美的文艺理论和美学著作。那时，中国科学院文学研究所的钱钟书、陈燊、钱中文、柳鸣九等学者已开始编译《文艺理论译丛》，古典的、现代的均有，我每辑必读。柳鸣九还参加了《文学概论》的编写，我得以不时向这位学弟（他毕业于北大西语系，比我晚一届）讨教。正是有了这样的学术积累，我才在1980年开设“文艺美学”课，接着开设“西方文论”新课。当时能开“西方文论”课的高校不多，因为没有教材。1982年，由我任主编，伍蠡甫任顾问，组织正在开设此课的李衍柱、曾繁仁、邹贤敏等人，合作为国家教育委员会编写了高校第一部教科书《西方文艺理论名著教程》，1986年由北京大学出版社出版。这部教材获得了国家教育委员会授予的第二届全国高校优秀教材二等奖。2000年以后，对这部教材进行了2次修订，年轻一代学者王岳川、刘小枫、金元浦、朱志荣、时胜勋等陆续参加进来，仍由我担任主编，王岳川、李衍柱任副主编，特请钱中文为顾问。2卷本的《西方文艺理论名著教程》加上3卷本的《西方文艺理论名著选编》历经近40年，先后印了近20次，至今仍在全国高校使用。后来，国家教育委员会又要我编《西方二十世纪文论史》，我和张首映共同完成此书，加上配套的4卷本《西方二十世纪文论选》，1989年由中国社会科学出版社整体推出，当年就被国家新闻出版总署评为优秀外国文学著作奖。当时，全国高校外国文学学会会长、南京师范大学的许汝祉教授请我参加南京和青岛的学术会议，要我谈谈编写体会。我坦率地对他说，并不是我们这些人有多大能耐，我们掌握的西方文学知识远远比不上你们这些外国文学专家，只是我们熟悉文艺理论，知道需要从外国文论中吸取什么营养，这是从我们的国情需要出发，所以不求面面俱到，只求重点突出，重在阐释，如此而已。

西方美学、文艺学不是我的主业，只是作为我研究文艺美学的思想资料，从中吸取营养。我从中获益良多，不仅拓展了我的学术视野，而且弄清了西方美学的来龙去脉，从而有助于对中国美学的建设做进一步思考。

作为哲学的一个分支，美学的命名者德国哲学家鲍姆嘉通原来把它定名为“感性学”，是他《形而上学》的一个部分，置于第 3 卷“心理学”里。鲍姆嘉通的老师沃尔夫就是研究形而上学的哲学家，他从理性主义出发，把人的认识区分为“低级”和“高级”两类，把低级认识能力排除在逻辑学的研究范围之外，认为不值一提。鲍姆嘉通和他的老师相比，向前跨了一步，他认为哲学不能忽视“低级认识能力”和“可感知之物”，应该把这些也作为哲学的研究对象。于是，他在 1750 年出版了一本《感性学》，成为他《形而上学》的一部分。这样，在哲学的范围内就出现了一个分支，专门研究“低级认识能力”和“可感知之物”。这在过去的哲学中是从来没有的。《感性学》和美有什么关系呢？鲍姆嘉通是这样说的：《感性学》的目的是感性认识本身的完善，而这完善也就是美。据此，感性认识的不完善就是丑，这是应当避免的。在他看来，《感性学》的目的就在研究感性认识，是感性认识之学，使得感性认识得以完善，这就是美。所以，后来研究美学的人，就把《感性学》看成美学。其实，所谓的“感性认识的完善”说的还只是审美能力的问题。鲍姆嘉通的《感性学》并未深入到审美活动的深处，更不涉及文学艺术创造的复杂过程，只停留在抽象思辨的层次，哲学家大多对此不看好，只有康德做了积极评价，并沿着哲学思辨的路数，加以发展完善。黑格尔则沿着抽象思辨的道路跨入艺术领域，把《感性学》发展为艺术哲学，但他只是以艺术活动来阐发他的哲学原理。这都是从抽象思辨自上而下推演出来的美学。

德国的以抽象思辨为特色的美学，只是当时西方美学的一种类型。在西方美学传统中，还有从法国的艺术批评中生长起来的艺术美学，以及英国从审美经验中概括出来的体验美学，这都是从实践经验自下而上归纳出来的美学，具有不同的特色。18 世纪的英、法、意等国家的艺术，已陆续从“低俗艺术”“机械艺术”发展到“自由艺术”，又愈发精致到“美的艺术”。面对这种现象，法兰西院士佩罗早在 17 世纪末就将艺术与科学做了明确区分，又对“美的艺术”和“自由艺术”做了区分。1714 年，瑞士哲学家克鲁萨出了《论美》一书，以艺术为例，分析了美和善的差异，使美学向前推进了一步。1746 年，法国美学家巴托发表了《简化成一个单一原则的美的艺术》，正是在“美的艺术”的基础上建立了艺术美学。百科全书派的领袖狄德罗提出了“美在关系”说，更把美学向前推进了一大步。所以，西方的美学传统并非仅是德国的抽象思辨一脉，英、法的艺术美学、体验美学也值得我们借鉴。美国杜威的《艺术即经验》，就是继承发扬了英、法的美学传统。我们应当博采众长，把“自上而下”和“自下而上”的研究结合起来。更重要的是，对国外人文科学的借鉴，要洋为中用，适应我们自己的需要予以创新。

哲学美学之所以能成为一个独立的哲学分支，鲍姆嘉通创建《感性学》确实功不可没。他把“可感知的事物”和“可理解的事物”做了严格区分，但未能辩证地理解两者的关系，因而，对艺术创造未能做出科学的论断。他在1735年出版的博士论文《诗的哲学的默想录》的结尾这样写道：

> “可理解的事物”是通过高级认知能力作为逻辑学的对象去把握的；“可感知的事物”（是通过低级的认识能力）作为知觉的科学感“感性学”（美学）的对象来感知的。①

那么，文学艺术的创造是否就是低级的感性认识？显然，我们的哲学家就比鲍姆嘉通高明得多。冯友兰在《新理学》中把艺术区分为两类：“止于技的艺术”和“进于道的艺术”；又在《新知言》中把诗分成两类：“止于技的诗”和“进于道的诗”。冯友兰以画为例，说明“止于技”的画只能画出某一事物的个体，只停留在此事物的外表，不能通向道，道是摸不到、看不见的，只可思议；但高超的艺术，就能超越“技”而进入“道”，那就不是低级的感性认识了。冯友兰这样说道：

> 有只可感觉，不可思议者。有不可感觉，只可思议者。有不可感觉，亦不可思议者。只可感觉不可思议者，是具体底事物；不可感觉，只可思议者，是抽象的理。不可感觉亦不可思议者，是道或大全。一诗，若只能以可感觉者表示可感觉者，则其诗是止于技底诗。一诗，若能以可感觉者表显不可感觉只可思议者，以及不可感觉亦不

① ［德］鲍姆嘉滕：《美学》，简明、王旭晓译，文化艺术出版社1987年版，第169页。

可思议者，则其诗是进于道底诗。①

“进于道的艺术”怎么才能以“可感觉者”表显出“不可感觉只可思议者”，甚至能表显出“不可感觉亦不可思议者”呢？我想起了冯友兰亲口对我说的一句话，虽只一句，却十分精彩。那是20世纪70年代中期，我正当中年，在集中精力研究《红楼梦》和《资本论》。有一次，我去燕南园探望我的同窗好友叶蜚声，他和冯友兰是邻居，住同一个院子。正好冯友兰出院门口，我们就交谈了几句。他听我说正在研究《红楼梦》，就对我说了一句话：“好！《红楼梦》营构了一个意象世界，意境深远。”这一句，我牢牢记住了。正是因为经由意象上升到意境，营构出了一个意象世界，《红楼梦》就成为“进于道的艺术”。《红楼梦》里营构了三重维度的意象世界：大观园里一重，大观园外的世俗一重，再加上那块石头所在的青埂峰自然天地一重。《红楼梦》把这三重世界营构为一个宏大、深远的意境，意味深长，所以引人入胜。王国维已经看到了在这意境中透露出来的悲剧意味，冯友兰也体味到了。受冯友兰的启发，我在80年代连续写了好几篇以美学视界来看《红楼梦》的文章，从在青埂峰的那块石头想到人间体味一下人间的悲欢，到大观园衰落，又重返青埂峰，创构了一个从天上到地上、人间的艺术意境。在这意境中，表达了曹雪芹的人生哀思。正如鲁迅所说：“悲凉之雾，遍被华林。”② “都云作者痴，谁解其中味？”正是《红楼梦》创构这样一个艺术意境，才使人感到意味无穷。

20世纪80年代初，当我正在准备开设“文艺美学”课时，我对中国传统文化中的意象说、境界论发生了浓厚兴趣。正是意象说、境界论构成了艺术论的重要内容。西方的哲学美学把美学归入形而上学，我则以为，中国古典美学不属于形而上学，应称为形而中学。“形而上者谓之道，形而下者谓之器”。在“道”和“器”之间还有个中介“象”，上通形而上之“道”，下接形而下之“器”。我心目中的“道”，就是真善美。“道”通过“象”显呈出来，“器”则依“象”而作。中国的艺术创造重在

① 冯友兰：《贞元六书》下，中华书局2014年版，第1041页。

② 鲁迅：《中国小说史略》（插图本），上海人民出版社2014年版，第209页。

"象"，中国古典美学也是围绕着"象"展开论述。我认为，形而中者谓之象，所以，中国古典美学应归入形而中学，和西方把美学归为形而上学不一样。"道"是看不见、摸不着的，而"象"则可为人感知。王夫之说："天下无象外之道。"① "道"不在象外。徐复观也倡导形而中学，但他认为，"形而中者谓之心"。我和他不一样。我心目中的"象"，至少有三个层次：本象、意象、符象。"象"不只是心象、意象，还包括本象、符象。本象为数众多，物象、人象、事象、景象、境象等都是本象。本象也不仅只是形象，声象、动象、脉象等均是。心象、意象只是本象在心中的映象，都只在心中，要外化为符象方能为人感知。中国传统艺术中的创造，从感物开始，澄怀味象，观物取象，立象尽意，从天地自然之象到人文创造之象，再到人心营构之象，一直到物化符象，都是围绕"象"展开，进行意象经营，最后营构出艺术意境。那是艺术创造所追求的理想，"艺"也由"技"而进于"道"。所以，我在《文艺美学》一书中把"艺术意境"专列一章，视为艺术的理想本体。我和李健合著的《中国古典文艺学》虽然着重在范畴研究，但总的思路还是上述思路，围绕这一思路展开。李健的感物美学研究则更进一层，加以深化，正走在尽精微而致广大的道路上。

在改革开放的最初十年，我对国外的美学、文艺学关注较多，花过很大的精力。当90年代西方各种理论纷至沓来之时，我却渐生困惑，这样下去，我们的文艺学、美学是否就要全盘西化了？1995年，我的学术志趣重心又转向了中华美学传统。那年我62岁，尚未退休，还在担任深圳大学学术委员会副主任、人文社会科学委员会主任。就在这一年，由中国社会科学院汝信、滕守尧主持，在深圳大学召开了我国历史上的第一次美学与美育的国际学术会议，国外来了不少美学家。会议采取中外对话的方式，别开生面。德国明斯特大学美学与艺术哲学家赫伯特·曼纽什教授在会上做了一个发言，题目是《中国哲学对西方美学的重要性》。他语出惊人，令我耳目一新。他这样说："我期望随着中国思想对西方美学影响的增长，会产生这样一个结果——目前流行的一时的一些方法论论述，诸如读者反

① 谷继明：《王船山〈周易外传〉笺疏》，上海人民出版社2016年版，第239页。

映批评主义、结构主义、后结构主义、解构主义、新历史主义等，最终都将变得毫无意义。因为所有这些被人们大量讨论的主义，早就失去了其应有的目标——视觉艺术和文学。相反，艺术对人之存在的意义问题，将再次变成人们注意的重点。”① 这些话给我留下了深刻的印象。在他看来，中国传统哲学和美学，才真正关切人之生存的意义。当代西方美学已经离开了这个方向。

正是受此启发，我重返中国传统美学和文艺学，做些探索。在20世纪50年代，我随杨晦先生研习中国文艺思想史，曾注意到，对中国古代文艺理论的研究，不仅有历史的方法，还有论理的方法。我对方孝岳的《中国文学批评》和傅庚生的《中国文学批评通论》的研究思路较感兴趣。李健的学术思考和我的学术路径接近，所以才一起完成了《中国古典文艺学》，那只是对中国古典文艺学探索路径的一种尝试。中国古典美学、文艺学的研究道路十分宽广，可以有不同的路径，比如，将范畴研究向论题研究继续推进，使范畴研究和论题研究结合起来，做出很多专题研究。外师造化，中得心源，天人相应，文以载道，文质彬彬，尽善尽美，随物赋形，虚实相生，以形写神，神用象通，气韵生动，等等，都可以把范畴研究和论题研究结合起来，探索美的规律、艺术的规律，推动中国古典美学、文艺学的研究更进一步，为建设中国特色的美学、文艺学做出贡献。老一辈学者宗白华、邓以蛰、伍蠡甫、钱钟书等都对中国美学做过探索，我们要接着说下去，并求有所创新。

当然，对国外美学发展动态的关注仍在我的视野之中。我特别关注生态美学的发展。在我心目中，生态美学有广义和狭义之分。广义的生态美学应涉及社会生态、人文生态、政治生态、精神生态、自然生态等，应成为中国当代的哲学美学。狭义的生态美学其实是自然美学的延伸和扩大，从只关注自然物之美，进而关注物与物之间的关系如何能适应物与人的关系。人生在世，要构建理想的人生境界，就包括自然这一维度，并且要上升到天地境界。人生境界中包含了此在和彼在的关系，而彼在又包括了

① 曼纽什教授的讲话稿没有公开发表，见中国社会科学院哲学所美学研究室存留翻译稿。

你、我、它，这个“它”就是人之外的物。所以，自然美学仍需要研究物性，物性中是什么因素能引起此在的美感。我以为，洛克把物性区分为第一性质和第二性质对我们很有启发。我倾向于把物之美归属于第三性质，可称之为价值特性。价值特性是在物和人的关系中生成的间性，是物对人所具有的关系质。价值特性不同于第一性质、第二性质，但却是在此基础上生成的，是累加生成的潜质。物之价值特性不止一种，马克思就把商品物的价值区分为使用价值和交换价值。我以为物之美属于使用价值，使用价值也有多种，美不属于实用价值而是虚用价值。究竟如何进一步探究物之美，仍需我们共同努力。马克思说得好：

> 对象如何对他说来成为他的对象，这取决于对象的性质以及与之相适应的本质力量的性质；因为正是这种关系的规定性形成一种特殊的、现实的肯定方式。①

我这一生，亲历了三种美学传统，中国古典和现代、西方（包括马克思主义），我深切体会到，要建设和发展中国特色的当代美学，还是要走这样的路径：马列指导，洋为中用，古为今用，面向中国。回答中国的现实问题：如何方能出精品？

由李健的感物美学研究，引发了我对美学研究的思考，希冀此书的出版，能引起更多人来关注中国美学的建设。以此为序。

为李健《中国古代感物美学》所作序

2021 年春节前的寒冷时光

深圳湾　望海书斋

---

① ［德］马克思：《1844 年经济学哲学手稿》，人民出版社 2018 年版，第 83 页。

意象经营意境生

我对艺术意境论的关注，乃始于 1983 年读了伍蠡甫的书稿《中国画论研究》后引发了我的兴趣。那年，复旦大学的伍蠡甫先生把这部书稿寄给了他的老友朱光潜，希望能收入《北京大学文艺美学丛书》。朱先生把这部书稿交给我和编辑江溶，并要我为此书写一篇评论，向社会推广。此书在 1983 年 7 月由北京大学出版社出版，一下就印了四万册。我认认真真拜读了这部书稿，然后遵朱先生所嘱，写了一篇《学贯中西艺论精》的评论，在《光明日报》（1984 年 8 月 2 日）发表了。伍蠡甫的这部书稿，中心议题就是研究中国画中的意境创造，力持意境领先，笔墨随后之说。依伍老之见，意境的创造乃是中国画的主题，应该发扬光大，持续推进。伍老此书，影响甚广。出书后不久，我和钱中文等去扬州开会，在扬州师院任教的佛雏先生特携《王国维诗学研究》书稿来访，希望也像《中国画论研究》一样收入北大的丛书。我在扬州当即通读了书稿，觉得对王国维的意境论有较深入的探索，便立即带回北大，很快就出版了。

受伍老等的启发，我对中国古典文学中的意境做了些探索。1989 年，在我的《文艺美学》一书中，有一章专论意境，视意境为艺术本体。2006 年，我和李健合著的《中国古典文艺学》对意境做了进一步的阐发。此次读了周子牛的《中国画意境论》书稿，深得启示，促使我对艺术的意境有了更多的思考：一是艺术意境的特征究竟何在？二是艺术意境如何方能创构？三是艺术意境论在当代还有什么价值？我以诗画为例，略做阐释。

一　意境的特征

意境和境界有别，不能混为一谈。周子牛的《中国画意境论》一书开始就把意境和境界做了区分，意境是心中的内在，属意识形态，而境界乃是人生在世的实在状态，不属于意识形态。这区分很重要，避免把意识和存在、虚在和实在相混淆。人生在世，每个人的实际生活状态本身就有所不同，人生境界有别。冯友兰、唐君毅、梁漱溟等哲学家都是先从人生境界说起，然后才进入艺术意境的探索。宗白华、张世英等美学家对艺术意境做了深入探讨。艺术意境是在人生境界的基础上实现的精神上的提升，由心内之意和心内之境相融合而成。作家艺术家对自己的人生状态有所体验和感悟，经由意象经营，创构出了胸中意境，然后又经意匠经营，用笔墨把这胸中意境体现出来。艺术意境是对人生境界的一种超越，反过来，又对生活产生影响，提升人生境界。依鲁迅之见，所谓美术（文学和艺术的总体），就是用“思理”来美化天物，生活中所见的天地自然进入文学艺术，都已经“思理”加工，进行了美化，所以齐白石才说：“作画妙在似与不似之间，太似为媚俗，不似为欺世”。

人生境界是中国古典哲学所探索的重心，而艺术意境的探索，却是中国古典美学研究的应有课题。那么，艺术的意境究竟有什么特征？

首先，意境的特征表现在：情景交融，意与境浑。中国古典诗歌理论中，意境论在唐代已经成熟。唐诗的成就十分辉煌，“诗至唐人七言绝句，尽善尽美”［（清）宋荦《漫堂说诗》］。伴随着唐诗的辉煌，诗论也甚为精彩。诗人王昌龄的《诗格》中这样说道：“诗有三境：一曰物境。欲为山水诗，则张泉石云峰之境，极丽绝秀者，神之于心，处身于境。视境于心，莹然掌中，然后用思，了然境象，故得形似。二曰情境。娱乐愁怨，皆张于意而处于身，然后驰思，深得其情。三曰意境。亦张之于意而思之于心，则得其真矣。”

这里说的意境，其实就是情意和境界的融洽结合。情意和境界的结合方式不同，就生成了三境，即物境、情境和意境：我和周振甫的解读一样，情境着重的是抒情，偏重于“娱乐愁怨”的感情，而意境着重的是言志，偏重于表达“意向”或“志向”。而物境着重的是状物，在这里是说的山水。山水诗就是把情意和山水之境结合，创构出山水境象。这三境，后人都概括简化为意境，这广义的“意”，涵盖了知、情、意，这是广义的意境。而物境、情境、意境（狭义）乃是广义意境的进一步细分。[①]

这里所说的物境，在唐代还只是专指创构的山水意境，但后来进而拓展为事境、人境，山水之外，草木虫鱼等物、鸟兽林花等物象，均入意境。我的深圳老友王子武擅长人物画，他画的曹雪芹、齐白石、鲁迅惟妙惟肖，栩栩如生，早已蜚声中外。1997 年，他知道我的生肖属鸡，灵机一动，在我生日时特为我画了一幅《雄鸡一唱天下白》，就创构了一种绝妙的意境。一只雄鸡站在山巅的石岩上，驻足欲啼，背后是一片广阔的天空，展示的是深远的意境，寄寓了他一片深厚的友情，令人难忘。他在 20 世纪 70 年代所绘的《关中道上》，创构了另一种意境：秋高气爽，远空鸟飞，三匹骏马，一辆粮车，两个老农，高坐粮堆，欢笑疾驰，一派丰收时节关中老农喜送公粮的事境呈现在我们眼前。我俩曾在长江轮船上共度三天好时光，这是他第一次去长江三峡写生。人生难得，我们得以在江轮上畅谈中国画的“尽精微，致广大”，就涉及了意境。

情境交融、意与境浑，这是艺术意境最明显的特征，我们较易感受得到，容易理解。但对艺术意境的理解不能满足于此，仍需做进一步理解，那就是：艺术意境还具有虚实相生、气韵生动的特征。

所谓虚实相生，在中国画中，就是画出来的实象（有形之象）和没有画出来的虚象（无形之象）相互生发而创构出来的艺术意境，从而拓展了审美的空间，这就是古人所云的“虚实相生，无画处皆成妙境”［（清）笪重光《画荃》］。元代画家黄公望所作的《富春山居图》中所画的是富春山，这一实象乃有形之象，但画中的空白乃是一片无形之象，是并未在画中呈现的虚象。这引发了明代画家董其昌的高度赞扬：“吾师乎，吾师乎！一丘五岳都具是矣！”他从画中领悟到了虚实相生的妙境，仿佛从富春山这一丘，看到了中华五岳，祖国河山尽显其中。我看到此画时，直觉感受到的不仅是那连绵不断的富春山，而且还有滔滔不绝的富春江，山水相连，情思通融，引发了我过去的审美体验。2009 年，在刘彦顺的精心安

---

① 参见《文史知识》编辑部《名家讲古诗词鉴赏》，中华书局 2018 年版，第 72 页。

排下，我和王元骧、张法、李健，还有上海的吴中杰、陈伯海等畅游富春江，留下了深刻印象。在欣赏那幅《富春山居图》时，我在富春江亲历的境象也就被唤起，融入其中。

中国画之所以要创构虚实相生的境象，并非要去追寻那虚象，“不以虚为虚，而以实为虚，化景物为情思”［（宋）范晞文《对床夜语》］，而是为了追求更深远的意义，即所谓“象外之旨”“象外之韵”“象外之意”。古人说得好，“象外象中，随意皆得”［（明）王夫之《明诗评选》］，“妙在象外”（王士祯语）。苏轼十分赞赏文同的画：“时时出木石，荒怪轶象外。”（《题文与可墨竹》）画中虽然只有有形之象“木石”，但在象外之象中，却能呈现出“荒怪”的景象。元代画家倪云林，出身无锡的豪门望族，家道中落，沉闷不乐，时常“浮游湖山间”。他的画，“浪沙溪石，随转随注，出乎自然，而一段空灵清润之气，冷冷逼人”（《大涤子题画诗跋》），后人称之为“使人意远”。倪云林自称：“余之竹聊以写胸中之逸气耳。”（《答张藻仲书》）

我很看重艺术意境的虚实相生、象外之意这一特征。我的《文艺美学》（北京大学出版社）一书中，第八章就专论艺术意境，我一直把意境看作中国古典艺术所追求的理想的本体，而意象只是创构意境的基本元素。从“观物取象”，经“立象尽意”，再到“境生象外”，艺术创造的根本目的就是要营造意境。在论意境此章，其中有一节就是《虚实相生的取境美》。2001 年，人民教育出版社新编面向新世纪的语文教材，就把这一节收到《高中语文读本》第五册中，传介到了中学。我的意向是要阐明，我们平常无法用语言表达出来的事理即象外之意，只有通过虚实相生的意境才能呈现。我特别推重清人叶燮所言：“可言之理，人人能言之，又安在诗人之言之？可征之事，人人能述之，又安在诗人之述之？必有不可言之理，不可述之事，遇之于默会意象之表，而理与事无不灿然于前者也。”（《原诗》）叶燮举出杜甫的诗篇做了分析，“晨钟云外湿”“碧瓦初寒外”，晨钟和碧瓦都是眼前所见的实象，有象有形，而外湿和寒外，都是无形的虚象，虚象和实象一结合，虚实相生，就生发出艺术的意境，表达了不可言说的事理。这种艺术的意境，“恍如天造地设，呈于象，感于目，会于心。意中之言，而口不能言，口能言之，而意又不可解。划然示我以默会相象之表，竟若有内有‘外’，有寒有‘初寒’，特借‘碧瓦’一实相发之”（《原诗》）。我亦很敬佩司马光对杜甫《春望》一诗的解读：“国破山河在”，这是“明无余物矣”；“城春草木深”，这是“明无人矣”。“山河在”“草木深”都是眼前所见的实象，但却显现了不在眼前的虚象（无人无物），一片荒凉，从而表达出了杜甫的象外之意：“花鸟，平时可娱之物，见之而泣，闻之而悲，则时可知矣。”［（宋）司马光《续诗话》］诗人的不尽之意，正是通过这虚实相生的意境呈现出来。

虚实相生的意境，由艺术家的情意一气贯通，气韵生动，韵味无穷。什么是韵味？钱钟书说得好：“画之写景物，不尚工细，诗之道情事，不贵详尽，皆须留有余地，耐人玩味，俾由其所写之景物而冥观未写之景物，据其所道之情事而默识未道之情事。取之象外，得于言表，‘韵’之谓也。”（《管锥编》）我试举一例以明之，齐白石的《十里蛙声出山泉》，小蝌蚪在游，乃实象，象外之象，而蛙声有象无形，乃虚象，虚实相生，构成意境，气韵生动，韵味无穷。

中国画的最高追求，乃是能跨入天地境界：“天地有大美而不言。”而中国人的最高追求，乃是“原天地之美而达万物之理”（庄周）。人类之所以要创造文学艺术，就是要创构一个意境，进入这天地境界。方东美说得好：“创造浩荡诗境，迈往真、善、美，纯与不朽的远景”，从而，“将自己生命悠然契合大化生命”。（《中国艺术的理想》）中国画里，山水画最能创构出这种天地境界。当我们面对黄公望的《富春山居图》，倪云林的《渔庄秋霁》图，石涛的《山水》图等山水画时，正如朱自清所说：“山水，文人欣赏的山水，却是一种境界……如元朝倪瓒的山水画，就常不画人，据说如此更高远，更虚静，更自然。这种境界是画，也是诗，画出来写出来是的，不画出来不写出来也是的。”① 天地自然，大象无形，但若和山水之象，融会贯通，虚实相生，进入化境，就生成大地境界。明代初的画家恽南田说得好：“天外之天，水外之水，笔外之笔，墨外之墨，非高人逸品，不能得之，不能和之。”（《南田画跋》）这天地境界，“境与性

① 朱自清：《论逼真与如画》，载《朱自清讲文学》，百花洲文艺出版社 2016 年版，第 109 页。

会”[（唐）张彦远语]，画家的人格精神也已融入这境界中了。“以追光蹑景之笔，写通天尽人之怀。”[（明）王夫之《古诗评选》] 这样的天地境界，用朱良志的话说，乃是“呈现生命真实的世界”，“它是人在当下妙悟中所创造的一个价值世界，其中包含艺术家独特的生命感觉和人生智慧。所以，它是一个‘显现生命真实的价值世界’”。[①]

二　意境的创构

中国画的创构，突出了“意在笔先，画尽意在”（张彦远）。先要在画家的脑海中创构出意境，然后才化为笔墨，画在纸上，成为画品。这整个过程，杜甫称之为“意匠惨淡经营中”（《丹青引》）。

意匠经营，这“匠”之技法，是离不开“意”的，要服从于“意”，所以也要用“心”经营。清代学者颜元在谈到习琴时，就突出了要意匠经营，要达到“心与手忘，手与弦忘，私欲不作于心，太和常在于室，感应阴阳，化物达天”（《颜元集》）。作画也是如此，精心意匠经营方能造就“笔墨之妙”。但是，这笔墨之妙，却是为了表达“意中之妙”。清人画论家方薰在《山静居画论》中说得好：“笔墨之妙，画者意中之妙也。”为了阐明“意在笔先”的重要性，他以杜甫所说的“十日一石，五日一水者”为例，说明这是画前在进行构思，“非用笔十日五日而成一石一水也”。这作画的构思，他称之为“意象经营”：“在画时意象经营，先具胸中丘壑，落笔自然神速。”（《山静居画论》）这“胸中丘壑”是“意象经营”的结果，也就是苏轼所说的“胸有成竹”：“画竹必先得成竹于胸中，执笔熟视，乃见其所欲画者，急起从之，振笔直遂，以追其所见，如兔起鹘落，少纵则逝矣。”（《文与可画筼筜谷偃竹记》）

苏轼说文与可作画“胸有成竹”，这要有一定的时日来酝酿构思，做“意象经营”。那么，即兴之作是否也要做“意象经营”呢？郑板桥在 70 岁时所作的竹画题跋中云：“文与可画竹，胸有成竹；郑板桥画竹，胸无成竹。浓淡疏密，短长肥瘦，随手写去，自尔成局，其神理具足也。”郑板桥的即兴之作甚多，确是“胸无成竹”，但在下笔之时，还是“胸中有

① 朱良志：《南画十六观》，北京大学出版社 2013 年版。

竹”，不过是即时酝酿，意象经营急速，下笔如有神。所以，郑板桥最后还是做了这样的归结：“然成竹无成竹，其实只是一个道理。”他在 64 岁时就说：“四十年来画竹枝，日间挥写夜间思。冗繁削尽留清瘦，画到生时是熟时。”他又说：“后园竹十万个，皆吾师也。”他这一生，50 年都在画竹，竹子的意象已烂熟于心，随时都可以呼之欲出。所以郑板桥的即兴之作，“胸无成竹”，乃是以数十年的意象积累为基础的，因而是“胸有成竹”的提升和超越。而在下笔时，郑板桥的心思更多就放在“意匠如何造得新”上，在“意匠经营”上花更多功夫。“意象经营”重在内形式的营构，而“意匠经营”则重在外形式的创新。

为了论述的方便，我在《文艺美学》一书中，把艺术构思和符号表达稍做区别，把“意象经营”和“意匠经营”分开来阐释，实乃不得已而为之。艺术实践中实乃连续动作，融为一体，先有画家内心世界的意境，然后方付诸笔墨，连续而成。其实，把“意匠经营”和“意象经营”向前推延，回归人的生活世界，那么就可以体验到，画中的艺术境界，来源于画家在生活实践中所生成的人生境界。郑板桥在 66 岁时，画了一幅《竹园》，在竹林后特地加画了青山江帆，并写了这样的题跋：“昨游江上，见修竹数千株，其中有茅屋，有棋声，有茶烟飘扬而出，心窃乐之。次日过访其家，见琴书几席，净好无尘，作一片豆绿色，盖竹光相射故也。静坐许久，从竹缝中向外而窥，见青山大江，风帆渔艇，又有苇洲，有耕犁……由外望内，是一种境地；由中望外，又是一种境地。学者诚能八面玲珑，千古文章之道，不出于是，岂独画乎？”

中国画，作为美术中的一种，是在人的生活世界中生成的。鲁迅早在 1911 年已追随蔡元培在教育部推行美育。蔡元培在任教育总长时，就把美育列入国家教育方针，鲁迅积极响应，在教育部负责社会教育任内，在北京倡设“暑期讲习会”，推广美育。他自己就在讲习会开讲“美术略论”，至少讲过四次，对美术做了简明的阐释：“美术云者，即用思理以美化天物之谓。”美术具有三大要素，一曰天物，二曰思理，三曰美化。鲁迅把“天物”放在第一位，画家在生活实践中，先要能接触到“天物”，正如他所说：“所见天物，非必圆满，华或槁谢，林或荒秽，再现之际，当加改造，俾其得宜，是曰美化。”① 艺术创造是要通过思理来美化天物，首先得接触天物。所以，历代许多山水画家都爱游山玩水，这是作画之前，进入“意象经营”和“意匠经营”以前，要做生活酝酿。生活酝酿尚未进入“意象经营”“意匠经营”，但对作画很重要，生活的积累，构成画家的生活境界，生活境界的高低，制约着艺术意境。所以，优秀的山水画家都倡导要“行万里路，读万卷书”，直接经验和间接经验相互融合，在内心世界生成人格境界，然后才能通过意象经营，和他所见的山水意象，融合为艺术意境。所以，明代画家董其昌在《画眼》和莫是龙所撰的《画说》中都这样说道：“不行万里路，不读万卷书，欲作画祖，其可得乎？”

生活酝酿乃是艺术创作的前提，画家不能不重视。清人沈宗骞说得好：“有毕生之酝酿者，有一时之酝酿者。”（《芥舟学画编》）所谓“酝酿”，并不只仅仅是对自然山水，耳闻目见，而且还要经过心灵体验，从“澄怀味象”到“观物取象”，都需用心去体验。我把这称之为审美体验。宋代画论家董逌曾以那时的山水画家李成为例，这样说：“其于山林泉石，岩栖而谷隐，层峦叠嶂，嵌欹崒嵂，盖其生而好也，积好在心，久则化之，凝念不释，殆与物忘，则磊落奇特，蟠于胸中，不得遁而藏也。它日忽见群山横于前者，累累相负而出矣，岚光霁烟，与一一而下上，慢然放乎外而不可收也。”（《广川画跋·论山水画》）亲历了自然天地，名山大川，以身体之，以心验之，“默识于心，闭目如在目前，放笔如在笔底”［（元）王绎《写像秘诀》］。或如鲁迅所云：“静观默察，烂熟于心，然后凝神结想，一挥而就。”（《且介亭杂文末编·“出关”的“关”》）只有对天地自然、名山大川有了深切体验，然后才能在创作时，胸有丘壑，构成意境，到了“境界已熟，心手已应，方能纵横中度，左右逢源”［（宋）郭熙《林泉高致》］。明代山水画家董其昌，虽然推崇“师古”，但更加重视“以天地为师”，在自己画幅上题曰：“画家以天地为师，其次以山川为师，其次以古人为师，故有‘不读万卷书，不行万里路，不可为画’之语；又云‘天闲万马，吾师也’。”他观摩了前人的万卷画，又践行

① 鲁迅：《拟播布美术意见书》，载《鲁迅文集全编》，国际文化出版公司1995年版，第1739页。

了万里路，远游北京三次，继之黄山。他从老家华亭（松江），亲历过湖南：“余之游长沙也，往返五千里，虽江山映发，荡涤尘土，而落日空林，长风骇浪，感行路之艰”，但面对大好江山，深切体验，在胸中留下深刻印象。对家乡的山木体验更深，能够说出：“吴中山有两支：一支自大阳山起祖，尽于天平、金山，皆为兽形，其山石带土；一自空窿起祖，尽于上方，皆为鱼形，其山土带石。”（参见伍蠡甫《董其昌论》）正是对自然天地、名山大川有深切体验，所以能说出：“以境之奇怪论，则画不如山水；以笔墨之精妙论，则山水绝不如画。”（《画禅室论画》）真山水和画山水各有所长，不能相互替代。后人更进一步论证：“画有以丘壑胜者，有以笔墨胜者。”［（清）盛大士《溪山卧游录》］精美的艺术，应意象经营和意匠经营并重，丘壑与笔墨俱佳。

对天地自然、名山大川的审美体验，其审美对象均为画家的身外之物，这种审美，应该称之为外审美。欣赏外在对象的本象美，应区别于朱光潜所说的意象美。《世说新语》中曾记载，东晋画家顾恺之就曾畅游江陵、会稽，回到老家无锡之后，盛赞“人间山川之美”。顾云：“千岩竞秀，万壑争流，草木蒙笼其上，若云兴霞蔚。”这是顾恺之对山川之美的审美体验，属外审美。宋人郭熙在《林泉高致》中倡导画家应“身即山川而取之，则山水之意度见矣”，要直接去体验真山水之美：“真山水之云气，四时不同：春融洽，夏蓊郁，秋疏薄，冬黯淡。”他对真山水的审美体验是：“春山淡冶而如笑，夏山苍翠而欲滴，秋山明净而如妆，冬山惨淡而如睡。”这些都是对画家所面对的外界对象的审美，属外审美。但外审美在画家那里要内化，把从对外审美得来的映象，内化为内象，在心中不时回忆、玩味，经由“丘壑内营”（董其昌语），画家把外在对象予以内审美为审美意象。鲁迅所说的以“思理”去美化“天物”，就是通过内审美来做意象经营从而创构出意境。意境之美乃审美的结果，但内审美乃外审美的向内延伸，意境之美的根源还在外审美，亦即“外师造化，中得心源”是也。朱光潜美学只认定意象才美，否定外在对象即本象的山川之美，从而否定了生活之美，这并非中国传统的美学见解。“山川之美，古今共谈”，这是中国的美学传统，绝不能断绝。当下正在兴起的生态美学，正是这一中国美学传统的延伸和发展，审美对象越趋广阔，天地之美、山水之美一直到万物之美，都应纳入审美视野，并发扬光大。

外审美，历千山万水，美不胜收。真山真水，可行，可望，可居，可游："此人情所常愿而不得见也。"（郭熙《山水篇》）"千里之山，不能尽奇；万里之水，岂能尽秀？"山水画不同于真山水，必须把千山万水内化为意象，做内审美，意象经营，使得小小画幅"咫尺间山水寥廓"，意与象合，象与象合，意与境合，创构出意境："山以水为血脉，以草木为毛发，以烟云为神彩。故山得水而活，得草木而华，得烟云而秀媚。"（郭熙《林泉高致》）北宋画家米芾家住京口（今镇江），他从所住的别墅海岳庵远望京口天险：焦山屹立江中，与岸上的焦山与北固山相对峙，画意勃发，顿时提笔绘画，却并不在意突出金、焦、北固三山，而是突出了江上云海出没，山峰隐映，林木惨淡，长江千里之势却宛然目中。米芾开创了山水画的写意派。清代石涛称颂的好画，应是："天地浑溶一气，再分风雨四时，明暗高低远近，不似之似似之。"（题《青莲草阁图》）

意象经营自有一套规律，不同于外审美。意象经营，首先重视的是品位要高，立意高远。正如清人王昱所说："学画者先贵立品，立品之人，笔墨外自有一种正大光明之概，否则画虽可观，却有一种不正之气，隐跃毫端。"（《东庄论画》）明人李日华也说："姜白石论书曰：'一须人品高。'文徵老自题其《米山》曰：'人品不高，用墨无法。'乃知点墨落纸，大非细事，必须胸中廓然无一物，然后烟云秀色，与天地生生之气，自然凑泊，笔下幻出奇诡。"（《竹嬾论画》）作画和写诗涉及人品、山水和天地三者的关系，对此，清人朱庭珍有一番精彩的论述："作山水诗，以人所心得，与山水所得于天者互证，而潜会默悟，凝神于无朕之宇，研虑于非想之天，以心体天地之心，以变穷造化之变。"艺术创作，就是"以人之性情通山水之性情，以人之精神合山水之精神，并与天地之性情、精神相合矣"（《筱园诗话》）。若用现代话来说，这就是方东美所说的"创造浩荡诗境，迈往真、善、美，纯与不朽的远景"。古人所说的品位要高，立意高远，也就是我们今天所说的价值取向。鲁迅说美术要以"思理"去美化天物，这"思理"就包含了价值理念，对真善美的追求。

意象经营要创构高远的艺术意境，就要求画家具有动态的立体思维，而不能只用静态的平面思维。

中国画不像西洋画那样，采取焦点透视，而是采用散点透视，灵活机动，既有纵的透视，又有横的透视，既可从高处着眼，又可从低处入眼。苏轼望庐山，“横看成岭侧成峰，远近高低各不同，不识庐山真面目，只缘身在此山中”。清人魏源则更进一层，体会到“不见庐山真面目，只缘身不造山顶”。这还不够，进而“欲识庐山真面目，看山端合扛山中”。还嫌不足，尚需走出山中，“奥曲全在两山间，登高一览何由足”（《魏源集》）。古人早已体会到，只有从不同视角去透视，“视域融合”，方能全面领悟到山水之美。宋代理学家邵雍已经看到，诗人画家有“以我观物”和“以物观物”之分，但更多的诗人画家采取的是“以道观物”，不采取固定视角，而是“提其神于太虚而俯之”。中国画的散点透视法就很难为西方画家所理解。意大利画家郎世宁在清皇室里作画，也画山水，但画出来的山却是近大远小，一幅画全被最近的山占满了，给人压迫感，因为他采用的仍是焦点透视，视角固定，当然是眼前的山最大，而远方的山就小，创造不出中国画的深远意境。

正是因为中国画采取了“以道观物”的融合视角，“提其神于太虚而俯之”，所以能全方位、多维度、立体地呈现山水自然和天地境界，既远又近，既正又偏，既显又隐，天地自然之美，动态之势，尽显眼前。这正如郭熙所云：“山近看乃此，远数里看又如此，远十数里看又如此，每看每异，所谓‘山形面面看’也。如此，是一山而兼数十百山之形状，可得不悉乎？山，朝看如此，暮看又如此，阴晴看又如此，所谓‘朝暮之变态不同’也。如此，是一山而兼数十百山之意态，可得不究乎？”（《林泉高致》）郭熙对山水的体验甚深，提出了山有三远：高远、深远、平远。画作若能画出这三远，方能意境深远。对此，我也曾有过深切体会。十多年前，我从富春江乘车回杭州，一路上山峦重叠，层层峰立。我细心观察，就在车上远眺，却发现最深处，山竟现七层，这是我过去从未见到过的，此次浙东之行方能见到，令人难忘。近日，在我常去游泳的五洲宾馆大堂正厅里，新添了一幅百米巨画，名叫《万象更新》，由邢东所作，乃目前世界上最大的巨幅油画。初见此巨幅画像，我眼前突然一亮，在我面前呈现的竟也是七层山峦，云烟缭绕，云蒸霞蔚，连绵不断，最远处是红日高照，光芒万丈，万象更新，气势磅礴。这巨幅油画，吸收了西洋画的技法，但呈现出来的是中国画的高远意境，尽精微而致广大，令人赞叹。

三 意境的价值

中国画的意境乃是意中之境，是艺术家的内在世界中意象经营的产物，不是外在世界的自然天地本身，但其中有自然天地的形神。所以，即便艺术家不能再去大自然亲身体验山川之美，也可以领悟画中的意境，再体验天地自然之美。

东晋的著名画家宗炳，一生都“好山水，爱远游”，沉醉于天地自然的大美中，“每游山水，往辄忘归”。庐山、衡山、荆山、巫山都留下了他的足迹，甚至还在衡山盖了房，在此常住，流连忘返，一心想遨游名山大川，“欲怀尚平之志”。但到了晚年，不能再登山远游了，他只好退回到老家江陵，无奈地感叹：“老疾俱至，名山恐难遍睹，唯当澄怀观道，卧以游之。”宗炳在江陵古宅，深情地回忆了他所亲眼目睹的名山大川，“凡所游履，皆图之于室”，布满在四周墙上，他则躺在床上，静心观赏，称之为“卧游”，直至去世。正是因为宗炳热爱山水，亲身体验到了山水的“质有而趣灵”，所以才写出了世界历史上第一篇山水画论《画山水序》，成为一派宗师。

我只会弹钢琴而不会作画，但对自然山水也情有独钟。年少时，我父亲常带我到苏州市中心的玄妙观去看中国画，我就喜欢上了山水画，特别是倪云林、钱松喦的太湖山水，令我陶醉。家里客厅上挂的也都是从玄妙观买来的山水画。后来，我离开家乡到北京读书，每次回老家，都要想方设法亲近自然山水，不是去太湖、阳澄湖，就是去清凉山、玄武湖。我这一生，去过五次黄山，最早一次是1983年初春，我带了我的第一届文艺美学研究生王一川、陈伟、丁涛三人，要对自然美和艺术美做些比较研究，首先到黄山考察，从北麓步行到南口。那次，我学谢灵运穿木屐游富春山，竟也穿了一双夹趾的塑料拖鞋上山，轻松自如，行走舒畅。第一次黄山审美之旅，给我留下了深刻印象。那时我们还没有相机，未能留影，但至今仍不时浮现出当时体验的审美意象。但我在1999年初春最后一次去黄山，却给我留下了一片恐怖的印象。那次，我和钱中文、陆贵山、程正民、黎湘萍在南京参加学术研讨会后，一起去了黄山，从南麓入口，乘了缆车直奔山顶，此时已细雨濛濛，但阳光时露，别有风味。而当我们到达最高峰时，却风云突变，暴风骤雨，倾盆而下，更伴随着雷电交加，犹如天崩地裂。此时，已寸步难行，摇摇欲坠，底下就是万丈深穴。最难的是那百步云梯一线天，又陡又窄，已不能直着腰走，只能靠双手扒着阶梯，在地上爬着。那天我穿的是一双胶底布鞋，经水泡摩擦，脚趾已开始红肿，需立即就医。我这次本要从黄山去北京，遇此情景，我当机立断回深圳就医，医生立即把我的趾甲拔掉，不然，整个脚板将要溃烂。这次黄山之行，在我脑海中留下的是一片恐怖景象，从此，再也没有去过黄山。但我还是时常回忆起前四次去黄山留下的美好印象，于是，只好在家里欣赏石涛、黄宾虹、张大千等画黄山的作品，重唤起关于黄山的美好意象。

艺术美并不就是自然美，我曾探索过自然美和艺术美的关联，觉得各有其美，不可替代。对此鲁迅已谈得很清楚，“美术云者，即用思理以美化天物之谓”。中国画可以在画中重现山水之美，但又在脑海中用“思理”来使山水更美化，创构出艺术的意境。所以，“美术家固然须有精熟的技工，但尤须有进步的思想与高尚的人格”，从而才能起到这样的作用：“美善吾人之性情，崇大吾人之思理。”（鲁迅语）美术中所含的“思理”，应该涵盖了知、情、意，最关键的还是价值观念——真、善、美。而真、善、美三大价值观念，还是在天地人三位一体的互动关系中生成。

中国的艺术意境论，深深植根于中华民族的历史传统中，以天、地、人三才说作为哲学基础，自呈民族特色。“天地人，万物之本也。”天大、地大、人亦大，各有其道，而有天道、地道、人道。天、地、人三位一体，相互作用，而生成世界万物，构成世界大全。人就生成于这世界大全中，上顶天，下站地，居于中，和天地互动，按照世界大道在运行。人和天地的关系，乃是属于世界大全的整体关系，不是这整体关系下的物与物的具体的局部关系，正是在天、地、人的互动之道中才生成了万物：“道之为物，惟恍惟惚。惚兮恍兮，其中有象，恍兮惚兮，其中有物。窈兮冥兮，其中有精。”（《老子》）正是这天地人三位一体的价值观念，一直主导着中国传统文化的发展思理，表现在中国画中，就是要创构艺术意境，以达到主客合一、虚实相生和天地同源的天地境界。在这种重天地人整体价值观念主导下，中国传统文化对于具体的物，就不如对整体那么重视。

宋代理学家邵雍很重视“以物观物”，以区别于“以我观物”。但老庄哲学则倡导“以道观物”，从天地自然的整体上来对待物，应于物而勿累于物。就像苏轼这样很看重物的文学家，也说可以寓意于物而勿留意于物，看重的是超然物外，优游于天地自然之间。所以，中国虽然也发展了人物画、花鸟画，但却没有像山水画那样受到广泛的喜爱，山水之美，雅俗共赏，古今共谈。

其实，在西方的文化传统中，也存在一条类似的文脉，把天、地、神、人视为一体，不过，在天、地、人之上，加了一个“神”，由“神”来主导天、地、人。早在古希腊时代，苏格拉底就把世界大全概括为“天、地、神、人”四大元素连成一体的有机宇宙。到了中世纪，把“神”奉为最高主宰，集真善美于一身。但到了雅斯贝尔斯，已把“神”和天、地、人一起平列。海德格尔把人的地位提升了，但也仍然给“神”留下了一个位置，这和中国的文化传统有所不同，我们看重的是天、地、人三位一体，并无“神”的立足之地。但是，西方文化传统中的“天、地、神、人”四位一体的文脉也时常被忽视或遗忘，而是把目光紧盯着在这个大系统中生成的“物”这个实体，对这个物系统的物性做了深入的研究，发展了自然科学，使得物质生产蓬勃发展，得以较早实现了物质的极大丰富。但是，西方常常忽视或遗忘了那个大系统，正如英国诗人比尼恩（Binyon）所说：“我们虽然已能操纵和利用自然界的资源，但尽管我们多么努力，仍然有些重要的东西为我们所忽略。我们把生命肢解成许多分离的部分，每一部分都由冠冕堂皇的科学所主管，其结果把生命的整体弄得模模糊糊，弄得我们似乎完全失去了生活的艺术。”①

我们这个文明古国，数千年来一向重视天、地、人三位一体之说，文脉不断，但却不大留意于物质这个小系统，重视以“道”观物，不重视以“物”观物，对物性少做深入探索，所以物质生产发展缓慢。历经百年多的现代化，特别是改革开放四十多年来，我们的物质生产突飞猛进，后来居上，眼看已将成为世上规模第一的最大经济体，精神生产和人自身的生产亦在逐步提升。但是在物质生产高歌猛进的过程中，我们也时常只关注

① 转引自《方东美文集》，武汉大学出版社 2013 年版，第 571 页。

了物质世界这个小系统，却忽视了天、地、人三位一体这个大系统，不留意于物质生产对人的整体生态产生了什么样的效应，有时有些地方还是走了西方的老路，先污染后治理，于是产生了我们今天所说的生态危机。

幸而，我们终于意识到了，要养活14亿人口，物质生产固然重要，但决不能以牺牲环境为代价，必须以生态为优先。我们这个文明古国，一向推崇天地人和，而不是倡导天地人斗。天、地、人互动，正如荀子所说，“天行有常”，天地运行，自有规律，而人的行动却是个变数，既爱动，又主动。天、地、人三极的互动，古人称之为“参赞化育”，天的作用在“化”，地的作用在“育”，而人的作用在“赞”，三极的相互作用，是为“参”。天地人相参，其终极结果是要达至天地人和，万物一体。天地万物，从唐《艺文类聚》开始，就按“天、地、人、事、物”的次序分类，人在天地间的位置也按“天、地、君、亲、师”的次序排列，清末推翻帝制后，也还是“天、地、国、亲、师”的次序。如今，眼看“心”的作用越来越大，我心目中，这次序就应改成“天、地、人、心、符（符号）”。但不管社会如何发展，“天地人和”还应列为优先。

这世界大全，乃由天地人相参，万物增生而成。天地是人类得以生成、发展、完善的母体。但天地本身并无“灵明”，既无自我意识，又无对象意识，更无关系意识，只有人才有一点“灵明”，所以能为天地立心。按王阳明的看法，正是因为人有一点“灵明”，所以人就是天地的“主宰”，“天没有我的灵明，谁去仰他高？地没有我的灵明，谁去俯他深？”。（《传习录》）随着科学的发展，如今人类的灵明已意识到天的广大无限，天外有天，天外还有更多的天，世外究竟有多少重宇宙，尚待继续探究。就是在天与地之间，万物生成，我们的灵明能达到的，还只是些“明物质”，但比“明物质”还要多的“暗物质”，至今还未探明。而马克思和恩格斯则早就意识到，人类不仅要认识世界，而且还要改造世界，这最要紧的就是要通过人类自身的“实践”，和天地自然相互作用，进行物质和能量的交换，实现人类自身的新陈代谢。正是通过人类的实践，不断使自然人化，从而在天地自然中生成了一个“人的世界”。明代画家祝枝山说得好：“身与事接而境生”，然后，“境与身接而情生”，人生境界转化为艺术境界。从自然人化中生成的人类社会，成为每个人得以生存、发展的人生大舞台。人，既是历史的剧作人，又是历史的剧中人，还可能是历史的观剧人。历史发展的大方向就是要让每个人都能得到自由而全面的发展，塑造自由个性，人应成为自然、社会和自己的主人。马克思晚年的目光更多注视于人类学，而恩格斯着重钻研了自然辩证法，推进人类的实践活动向自然界的更深处探索，使自然界这一“人的无机的身体”（马克思语），成为人的有机体的不可分割的部分。人类的历史，就是人的实践活动不断发展、自然不断人化的过程。

然而，人类的实践活动受价值导向的指引，因而具有不同的效应。早在20世纪60年代，南斯拉夫的实践哲学派马尔科维奇、彼得洛维奇等已关注到了实践的价值维度。实践有好坏，既有建设的、正面的、积极的实践，也有破坏的、否定的、消极的实践。实践创造了真善美，也制作出了假丑恶。自然的人化，能使自然优化，却也能使自然劣化。马克思推崇的是“革命的实践”，只有“革命的实践”才能拯救世界，而异化的、反向的、负面的“实践”却能毁灭这个世界。马克思说道：“环境的改变和人的活动或自我改变的一致，只能被看作是并合理地理解为革命的实践。”①马克思在这里所说的“革命的实践”，不只是政治实践，也涵盖了生产实践、精神实践等整个社会实践。早在1844年马克思在谈到物质生产时就已指出，生产应按物的尺度（亦即真的规律）和人的尺度（亦即善的规律）来进行，更应按美的规律来创造。而在生产之前，人就要在头脑中做意象模型，然后才付诸实践。我受此启发，在1987年就写了一篇《论审美活动》，后又扩写成为《文艺美学》的第一章，意在阐明，艺术生产经由意象经营（人心营构之象）而创造出一个意象境界，其最终目的乃在推进人和世界的关系达致动态平衡，实现天地人三极的和合之道。当然，精神的力量不能代替物质的力量，审美活动或使人的精神放松，或振奋人心，都只具精神功能。但是，通过革命的实践，精神力量可转化为物质力量，实现人类美好的理想。

马克思主义的精髓在于突出实践唯物主义，但决不能违背大自然的优先地位。我们已进入新时代，那就是生态文明时代。习近平总书记说得

---

① 《马克思恩格斯选集》第1卷，人民出版社2012年版，第134页。

好："人类经历了原始文明、农业文明、工业文明，生态文明是工业文明发展到一定阶段的产物，是实现人与自然和谐发展的新要求。"① 生态文明时代，对生态的重视日益显现。就在2019年1月，习近平总书记在考察雄安新区时说道，蓝天、碧水、绿树，蓝绿交织，将来生活的最高标准就是生态好。接着，在6月，他在俄罗斯出席圣彼得堡国际经济论坛时，更进一步指出："我们要坚持绿色发展，致力构建人与自然和谐共处的美丽家园。俄罗斯著名作家陀思妥耶夫斯基有句名言：'美能拯救世界。'"② 美能拯救世界？美怎么拯救世界？那就要回到马克思主义的初心。马克思的实践哲学，倡导我们不仅要在理论上解释世界，而且要在实践中去改造世界，既要改造客观世界，又要改造主观世界，更要改造客观世界和主观世界的关系，关键在于怎么改造？要按美的规律改造，改造不是目的，改造世界的终极目的是要创造一个美好的世界，让人们都能过上美好的生活。

2020年，我们实现了全面小康，国家也从站起来，到富起来，再到强起来。人民的生活实现了全面小康之后，还要向中等富裕的方向迈进，物质生产仍然要发展，当然应日益优化，以提高人民的生活质量。但美好生活不仅仅只是物质生活的优化，还有精神生活、文化生活、政治生活等整体生态的提升，所以，生态文明要和物质文明、政治文明、精神文明、社会文明五位一体，协调发展。正是这个中华民族伟大复兴的时代要求，呼唤中华美学精神的回归，天、地、人三位一体的价值理念应当继承，踵事增华，发扬光大。

中华传统艺术，秉承了天地人三位一体的价值理念，用思理美化自然天地，创构了艺术意境，这是一种精神的创造。在中国的山水画中，不仅再现了自然天地之美，而且表现出了画家的心灵之美，反映了画家和自然的和谐关系，凸显了人与自然的和美。这样的艺术意境，激发了后人对祖国大好河山的热爱，对人和大自然之间和美的向往，这将促进我们在行动中付诸实践，激励我们建设更加美好的自然生态，"人与天调，然后天地之美生"。

---

① 习近平：《在第十八届中央政治局第六次集体学习时的讲话》，转引自李贞整理《习近平谈生态文明10大金句》，《人民日报海外版》2018年5月23日第5版。

② 《习近平在第二十三届圣彼得堡国际经济论坛全会上的致辞（全文）》，2019年6月8日，参见新华网（http：//www. xinhuanet. com/politics/leaders/2019-06/08/c_ 1124596100. htm）。

附记：本文为周子牛《中国画意境论》而作。周子牛多才多艺，不仅擅长书法、篆刻，而且精于绘画、散文，杰作频现。他的山水画，气象万千，颇有气势，自成特色。他在自己的艺术实践的基础上，对中国画的意境论做了一番探索，对前人所作的意境论做了全面清理，自己又有了新的阐发，写成了近 50 万言的《中国画意境论》一书。承王一川和李健的推荐，我得以先睹为快，通读书稿，有感而发，写下了我的一些读后感言，以赠子牛。跨入新时代以来，中国画的研究已日益深入，众多绘画史，山水画史、人物画史、花鸟画史等陆续问世。子牛却能独辟蹊径，对中国画的意境论做了深入钻研。感谢子牛对中国画的意境论的历史发展做了全面梳理，对意境论的深刻内涵和历史意义做了深入探索，有了新的阐发，这将推进中国画在追寻意境的创造上有新的开拓，发扬光大，而且还将启发我们对生态文明的建设做进一步的思考。

原载《中国文艺评论》2020 年第 12 期

二〇二〇年十月一日

深圳湾　望海书斋

难忘深圳创业情

我这一生，从江南稚子至北大学子，最后归复为深圳赤子，在世已八十七载。平生经历繁多，自民国时期开始，亲历抗日战争、国内战争，切身体验到了旧中国的多灾多难。直到迎来了解放战争，1948 年我十五岁时参加了新民主主义青年团，迎接解放大军渡江南下，成了无锡县学生运动的领袖。新中国的成立，是我一生中获得自由解放的开端，七十年间，我亲历了祖国从站起来到富起来走向强起来的全过程，切身体验到了新中国的伟大崇高。

新中国成就了我这个人，培育我成为新中国第一代人文学人。我个人的命运和新中国的历史变革紧密相应，深深打上了时代烙印。此生有幸，江南沧桑，北大风云，深圳波澜，时代把我引向了历史深处，使我得以深切感受到了伟大的时代精神。听从时代的召唤，我的美学研究也从文艺美学扩展为文化美学，进而在生态文明新时代转向自然美学，这是我对新时代的积极回应。

我的人生轨迹和学术道路虽多有变化，但对人生的追求却是初心不变，真、善、美成为我永恒的、最高的、终极的追求，乐此不疲。

我出生于江南水乡苏州、无锡之交的梅村，史称“江南第一古镇”。我的家庭并非豪门望族，亦非贫贱之家，拜自由职业之赐，正在从小康之家向中产阶层迈进。我祖父胡锦堂在苏州城里的著名绸织厂当技师，我叔父胡定千继承父业，靠一技之长，已能养活全家。我父亲胡定一自小爱舞文弄墨，就另辟蹊径，上了师范，一直在太湖周边的中小学任教。那个时代，蔡元培在江南竭力倡导“教育兴国”，教师地位甚高。离梅村不远的鸿声里就出了个钱穆，中学还未毕业，靠自学成才，就被燕京、北大、清华等名校请去当教授，这成了我家乡读书人的共同向往。我父亲就盼望我子承父业，长大后也当教师，营造出书香门第，承续文化传统。父亲靠自己的辛勤劳动，到抗战胜利之时，已经在苏州城里靠近观前街不远的小河旁，买下了一幢独门独院、有十居室的二层小楼，足可以安居乐业。因此，我从小就不用为柴米油盐酱醋茶去发愁操劳，可以专心致志来读书，留意于琴棋诗书歌舞画，较为自由地发展。读书不为稻粱谋，为觅真知求自由。

我从小受的是老式教育，但稍长就接受了新式教育。梅村古称梅里，是吴文化的发源地，由吴泰伯开启的吴风温良恭俭让，自小就熏陶了我。中华文明重和美，我三岁时，正是胡家的全盛时光，1936 年，我们祖孙三代在镇上一家新开的照相馆摄了一张全家福，和和美美一家亲，虽然过的还只是小康生活，却也其乐融融。然而，日寇入侵打破了我这小康之家，颠沛流离，不时逃难，1937 年沦入家破人亡，一年中我连失了三个亲人，我的妈妈，小妹，最后，最爱我的亲人祖父也弃我而亡；三个姑姑也先后出嫁，离我而去。家国之痛，刻骨铭心。这时，梅村老家的长辈只剩下了年迈的祖母，如何带得了我和弟弟纬之这两个尚不懂事的幼童？无可奈何，我的外祖父当机立断，就把我这个五岁的老大带到了鱼池村，由他亲自来抚养和照顾。这样，我这个生在梅村的“镇上人”，就转而成为“乡下人”，并且就在那里进了乡村私塾，接受传统的“天地君亲师”的训导。幸而，此时的塾师已较开明，君制已推翻，科举已取消，“君”已不再突出，推崇的已是天、地、国、亲、师。过了一年多的自给自足的乡村生活，使我从小就热爱大自然，敬重天地人。

为了让我接受当时最好的教育，我父亲煞费苦心，周密考量，最后精心安排我插班进入了苏州城里一所最好的美国教会学校读初小。1940 年春节之前，我父亲到鱼池村把我和我外祖父接到苏州城里过年，然后把我留在了城里的新家，春节后就进了那所美国教会学校。于是，我从“乡下人”一下子又成了“城里人”。那所美国教会学校叫作晟成中学，附设小学，将来好直升中学。父亲为了我能进附小，特地在附近小巷里租了“进士及第”旧宅中的二房一厅，由我的继母专门照顾我，接送我上学。那时，苏州城里已在推行日本军国主义的奴化教育。只有美国教会学校仍然我行我素，不加理会，日伪政府也无可奈何，因为美国还未对日宣战，日本也还不敢轻举妄动。直到两年后日军偷袭珍珠港，发动了太平洋战争，美国教会学校也就被日伪侵占。因此，在1940年春到1943年夏初这三年多时光里，我躲过了日本军国主义的奴化教育，接受了欧美式的自由教育，最大的收获是接受了西方的音乐教育，使我爱上了欧洲古典音乐。还有，便是我在游泳课上，学到了多种游泳方法，蛙式，蝶泳，仰泳，比我以前只会自由泳要进步多了。

随后，我对中国的古典文学发生了兴趣。那是在1943年我十岁之时，日伪在晟成附小也开始推行奴化教育了，强制我们学日语，唱日本歌曲，还要受军训。我父亲一看形势不妙，当年5月就把我转到了他任教的紧靠钱穆老家鸿声里的荡口镇小学，完成了初小学业。时任荡口小学校长的他，正在开课讲国文，讲解了不少吟咏江南的古典诗词，其中展现了我熟悉的苏杭风光，一下就吸引了我。最吸引我的就是张继那首《枫桥夜泊》，使我沉醉着迷。为了更深切地领悟其中的诗意，我父亲还特地带我去枫桥旁的寒山寺探访，不料使我大失所望。那时，寒山寺和枫桥正遭受日军铁蹄的蹂躏，满目疮痍，寺门紧闭。日军在这里办了一片养马坊，引进运河的水建了一处化粪池，制作一种粗糙的“马粪纸”，乌烟瘴气，臭气熏天。美的毁灭，一下就激起了我的亡国之痛，永生难忘。

在抗战胜利前的两年间，我对中国古典文学的兴趣日益增长。这要归功于梅村小学的国文老师、高小部的主任陈友梅的熏陶。陈友梅是我父亲的同乡好友，梅村小学刚开办时，钱穆就在此任教，陈友梅就师从钱穆攻国学，古典文学的底基深厚。他给我们讲解古典诗词，声情并茂，讲到岳飞的《满江红》，文天祥的“人生自古谁无死，留取丹心照汗青”，陆游临死前所作的“死后原知万事空，但悲不见九州同”，禁不住热泪盈眶；而在讲到顾炎武的“天下兴亡，匹夫有责”和范仲淹的“先天下之忧而忧，后天下之乐而乐”时，则慷慨激昂，我们都深受感染。中国古典文学的艺术魅力深深吸引了我，使我终身受益。

但我当时还从未接触美学，不知什么叫作真善美。我受美学的启蒙要到抗战胜利之后。这一年，乃是我少年时代最重要的时光。抗战胜利，我正好要从高小升入初中，对未来充满了憧憬。我父亲在苏州市中心观前街附近以低廉的价格买下了一幢二层小楼，得以安居乐业。不久，他又把我送进了梅村镇上以弘扬中华文明为宗旨的中华中学，而且是寄宿，从此结束了我的走读生活，可以读书的时间更多了。就在这一年，由周璇演唱的一首《真善美》流行江南。这是由上海中华电影公司新摄制的影片《鸾凤和鸣》中的插曲，由周璇演女主角歌女，历尽艰辛，深深感叹："真善美，真善美，他们的欣赏究有谁？爱好的还有谁？需要的又有谁？"那年我十二岁，第一次听到颂扬真善美之声，我就问父亲，真善美究竟是什么意思。我父亲见我对文学艺术感兴趣，就为我买了一本朱光潜的《给青年的十二封信》。我进中华中学读初中，语文老师何阡陌听说我已读过那十二封信，就又从无锡城里买了一本朱光潜的《谈美》送我，告诉我，那是第十三封信。他还告诉我，30 年代，他在武汉大学读中文系，"真善美"三字在文化艺术界已很流行，文化艺术的最高品味就是要"真善美"；不仅文化艺术要追求"真善美"，就是做人，人生也要讲"真善美"。他告诉我，我的一位苏州前辈，在文化教育界赫赫有名的叶圣陶，就把两个儿子取名为叶至诚和叶至善，女儿就叫叶至美。"诚"就是"真"，为人要真诚。他要把自己的子女造就为具有"真善美"品行之人。于是，"真善美"三字逐渐铭刻于我心上。

也就是在中华中学读书的三年（1945—1948），我接受了较多的审美教育。抗战一胜利、国内不少进步文化人士来这里任教，国统区、沦陷区、解放区，都有人来。我们的校长潘叔华就是从沂蒙山解放区来的，校长办公室里堂而皇之高挂着蒋介石的肖像，但却全力支持我们学生自治会开展进步学生运动。他亲自为我们开设"公民课"，讲的却是蔡元培在当时倡导的德、智、体、劳、美的全面发展，陶行知倡导的知行合一。我们的教导主任李文松来自太湖游击队，给我们讲"中国地理"，热情洋溢，遍列名山大川，赞扬大好山河，激发起我们的崇高感，更增家国情怀。1948 年初，他就奉命转移，去当浙西游击队的指挥了。还有，受过鲁迅木刻教育的美术教师开始教我们木刻，而音乐教师不仅教我们许多民歌，甚至还唱起歌颂解放区的"山那边啊好地方"来。给我印象最深刻的还是语文老师何阡陌，他不仅在语文课外指导我读冰心、郁达夫、朱自清等人的美文，而且还开始教我如何欣赏音乐、美术等的艺术美。他在无锡惠山买回来一尊石膏像，白色的维纳斯，平日就放在书桌上。一次，他特地用手电照着雕像，教我从不同的视角来欣赏艺术之美。我受他感染，请他也从惠山买回一尊维纳斯石膏像，他不让我给钱，送给了我。我把这尊雕像放在我苏州家里的书桌上，等我在北大攻读副博士研究生时，有了自己的书桌，我又带到了北大。1987 年，我决心落户深圳，做了一次大清理，除近万册书籍以外，就带了三件物品，一是我父亲胡定一留给我的一件艺术笔筒（他小时候用过的），二是北大副校长魏建功教授赠我的一张小圆书桌，还有便是这尊白色石膏像，虽有些破损，但仍完整。作为我受美学启蒙的纪念品，我把她放在那张小圆书桌上，仍然能不时给我美的享受，激发起我对往事的回忆。往事并不如烟，犹历历在目。

中华中学三年寄宿生活，培养了我的独立生活能力，我的学习志趣也初步形成，对文学和音乐发生了浓厚兴趣，日益向人文学科迈进。梁启超说他一生都是在寻求个人“兴味”和社会“责任”的完美结合。受此启示，我也开始思考今后的人生道路如何方能把个人“兴味”和社会“责任”结合起来。1948 年夏我初中毕业，我的高小老师陈友梅此时已入无锡县师范学校当高师部主任，他劝我毕业后进他主持的高师班，好好学上三年，然后出去当老师，他受蔡元培的“教育救国”思想甚深，一贯倡导“读书不忘救国，救国不忘读书”。我一想，读师范，当教师，正可把我的个人志趣和社会需要结合起来，何况有陈友梅这样的好老师引导，何乐而不为！于是，我在 1948 年暑假后考进了无锡县师范学校高师班，在泰伯庙后的道院里居住了三年。那时，我父亲已从鸿声里调入苏州高级职业学校当教务主任，问我愿不愿进他那所学校学织锦，好继承我祖父的技艺。但他看我对人文学科感兴趣，将来要当教师，他也乐意求成，就由我自己做主了。

我一进无锡师范，主要精力和时间都放在音乐和文学这两门课程上。这师范教育和中学不一样，对音乐、美术一类课程特别重视，将来当教师，要能教音乐、美术。学校专门配制了琴室，备有两架钢琴和近十架风琴，供学生练习。我不仅学会了奏风琴，而且还习得了弹钢琴，配上黎锦熙兄弟创建的简易的“黎式和声法”，倒也自得其乐，所以能在小学任教时，竟也能担当起音乐课来。我所受的文学教育，在初中时以读现代散文为主，到了师范，陈友梅则引导我主攻古典诗词，并且开始推荐我读如何鉴赏古典诗词的书籍。就在那一年，朱光潜的《诗论》再版（初版于1943年），陈友梅就买了一本送我，我就认真读了起来。初中时我读过朱光潜《给青年的十二封信》，教青年如何面对人生，谈美的还不多。后又读了第十三封信《谈美》，这是朱光潜在英国留学时所著的《文艺心理学》的缩写通俗本，集中在谈美学了。而这本《诗论》则是在谈诗词的美学。所以，我最早接触的是朱光潜美学，从而知道，世界上还有专门研究美的学问，心向往之。

但是，我还没有来得及弄明白这美学究为何物时，我的人生道路发生了急遽变化。1948 年秋冬之交，解放战争进入历史关头，解放大军即将兵临长江。我在初中时的“老大哥”韩克（朱浩奎）即将去苏北解放区参加解放大军，行前特地找我，要我做好准备，团结校内同学，保护学校，迎接解放。他叫当时秘密的新民主主义青年团立即发展我为团员，由我在校内展开活动，防止三民主义青年团的破坏。1949 年 4 月，无锡师范迎来了解放，立即成立了学生会，我被大家推为主席。以后就再也坐不下来了，参与发动和组织了各种社会活动，陆续又当了无锡县学联主席，无锡县一、二、三、四届人民代表，苏南首届人民代表，活动范围更广。整整三年，我成了学生中的社会活动家，顾不上再来钻研人文学科。

幸而，我对文学、音乐的兴趣以及文艺学、美学的情结未曾泯灭，就像沃土中的幼芽，遇到春暖花开，就会破土生长。1952 年，当新中国正要进行大规模建设急需大量专业人才之时，我的“老大哥”韩克正在主管无锡市的人才培养和调配，就鼓励我这“小弟弟”去上大学。他说他赶上了解放战争，参与了“打天下”，如今他正在岗，使命是“保天下”；但往后更需“兴天下”，这就需要有大量的专业人才，才能兴起来。就在那一年，全国进行了高等学校大调整，并实行全国统一招生。我在苏州参加了全国统考，从此跨进了北京大学之门，在燕园蛰居了三十五年。

我考北大的目的很明确，就是想主攻文艺学和美学。我从苏州带了三本书进京：朱光潜的《诗论》，杨晦的《文艺与社会》，周扬编的《马克思主义与文艺》。我进北大的第一年就主攻文艺学，听杨晦先生讲《文学概论》，在北大图书馆借文艺学的书看。到了第二年，我就急着要攻美学了，但堂堂北大，当时却不开美学课。当时国内的著名美学家，大多集中在北大，朱光潜、宗白华、蔡仪、马采、邓以蛰等都先后调整到了燕园，但谁都不开美学，要到1956年陆定一代表党中央宣告了“百花齐放，百家争鸣”的方针之后，各家的美学方纷纷登场。我好奇心切，就在请教了杨晦和朱光潜之后，1953年花了整整一年时光，在北大图书馆找出了近三十本“五四”以来出版的美学书籍，边读边记卡片，积累资料，准备写一篇《现代美学半世纪》，作为大学四年的毕业论文。

读了1949年以前的这些美学著作，我心里就在不断琢磨，美学究竟是一门什么样的学问。美学，作为一门独立的学科是在欧洲兴起，但在中国的传播过程中，也在吸收中华文明的养料，逐渐中国化。所有美学著作，不约而同，都要谈文学艺术，但美学并非艺术哲学，也不能局限于文艺心理学。美学牵连着整个人生，实乃人生哲学中的一种。在中华文明史上第一个把美育列入国家教育方针并第一个把美学引入大学讲堂的蔡元培，就声称他的美学属于人生哲学。他倡导以美育代宗教，在《简易哲学纲要》（1924年）一书中，他就坦率说，此书所依据的就是德国文德尔班的人生哲学，把真、善、美列为人生的三大价值，人生的最高追求。王国维在《论教育之宗旨》中也说“完全之人物不可不备真善美之三德”，人之德性包括了真、善、美。中国第一个把《共产党宣言》完整翻译成中文的陈望道，先后出版了《美学纲要》（1924年）和《美学概论》（1926年），鲜明地声称：“爱真好善嗜美，都是人类本性”；“世间有最高价值者三：真、善、美”。

文学艺术的创造和鉴赏，乃是人生中的一种活动，当然成为美学研究的对象。法国启蒙主义美学家狄德罗把文学艺术看成“真、善、美三位一体的自然王国”。鲁迅在《摩罗诗力说》中把文学艺术的功能归结为：“美善吾人之性情，崇大吾人之思理”，也就是发扬真、善、美。对文学艺术的评价有没有标准？有，最高标准就是真、善、美的统一。试问：我们的文艺批评，哪里能跳出真的圈子，善的圈子，美的圈子？我在北大多年都在读古典文学，但在那突出阶级斗争学说的年代，不谈真善美，就很难解释，为何古典文学至今还具有艺术魅力。马克思曾经探讨过，“困难并不在于了解希腊艺术和史诗是与社会发展的某些形态相关联的。困难在于了解它们还能继续供给我们以艺术的享受，而且在某些方面还作为一种标准和不可企及的规范”。(《政治经济学批判》导言）受此启示，我在1960年所做的文艺学副博士论文就叫《为何古典作品至今还有艺术魅力》，从主客观两方面分析原因，而关键之处，还是因为古典文学自身具有真善美的品性，所以至今还能吸引人。我之所以特别看重古典文学中的真善美品性，这是既受了传统古典美学的影响，更多接受了中国现代美学中的精华。中国古代从孔子开始就以“尽善尽美”来衡量文学艺术，西方从柏拉图开始，就倡导真善美三位一体，发展到中国现代美学，更把真善美尊崇为人间的最高价值。

我这论文答辩通过后，当年底就留校任教，论文则由导师杨晦交给《北京大学学报》发表了。此时，三年困难时期已开始，中央书记处由邓小平主持提出了一个重要举措，积极休养生息，让人文学科和社会科学的学者安心治学，统编教材，以提升高校文科的学术水平，由周扬统一负责。我有幸参与了这一盛举，由杨晦先生推荐给蔡仪，受命编写《文学概论》的第一章“文学是反映社会生活的特殊的意识形态”。我当时的思路是想着力阐释文学这一意识形态的“特殊”之处，应下功夫论证真善美三位一体如何体现于艺术形象之中。蔡仪是美学家，他当时正集中精力改写他的新美学，本应是《美学概论》一书的主编人选。但周扬为了贯彻“百家争鸣”方针，不让在美学大辩论中的一方当美学教材的主编，原想请张光年来，张光年知难而退，坚辞不当，于是周扬就请了王朝闻当《美学概论》主编，而请蔡仪当《文学概论》的主编。为了和《美学概论》相区别，蔡仪再三向我嘱咐，《文学概论》不谈美学，而要凸显反映论。广义的“反映”，本应涉及意向活动、感情活动和认识活动，但蔡仪的反映论却重在认识论，突出文学要通过塑造典型来反映生活，忽视价值论，发展到晚年，甚至还竭力批判价值论。倒是周扬很重视价值论，不过他重视的是政治价值论，突出文艺要为政治服务。这本《文学概论》采取了蔡仪的认识论，重在“真”，又吸收了周扬的政治价值论，彰显“善”，却弱化了“美”。我个人觉得，这本发行了近百万册的教科书最大的缺陷是没有吸收当代已在蓬勃兴起的美学成果。

然而，我个人在美学上的收获却颇大。在中央高级党校编书的近三年（1961 年初春到 1963 年秋），是我一生中最平静的岁月，王朝闻对这段时光甚为留恋，我亦感同身受。正是在这些岁月里，我得以广泛阅读了国外不少美学和文艺学的论著。斯大林时代过去之后，苏联的人文科学兴旺起来，学派林立，审美学派、文化学派、符号学派都很活跃，国内的《哲学译丛》《学习译丛》等都不时转译过来。我略通俄文，有时也请在莫斯科留学的老同学买俄版书回来，一睹为快。参编《美学概论》的刘宁以及参编《文学概论》的杨汉池、涂途都是留苏回来的，我就直接向他们请教。那时，苏联的美学很兴盛，美学正在向各个艺术部类发展，电影美学、绘画美学、音乐美学、摄影美学纷至沓来，对普希金、托尔斯泰、果戈里、列宾、苏里科夫、施斯金、柴可夫斯基、格林卡等文学艺术家都有深入的美学研究，我深受启示。进而，我又读些西方的现实主义美学和浪漫主义美学的论著，并向熟悉西方的柳鸣九请教，收获亦颇多。

编书期的收获多多，但最大的收益还是把我的美学思考聚集到了马克思所说的“美的规律”上来。马克思在《1844 年经济学哲学手稿》中这样说道：“动物只是按照它所属的那个物种的尺度和需要来进行塑造，而人则懂得按照任何物种的尺度来进行生产，并且随时随地都能用内在固有的尺度来衡量对象；所以，人也按照美的规律来塑造物体。”（“塑造”二字，朱光潜将此改译为“创造”二字）这本著作，中国要到 1979 年才翻译过来由人民出版社出版，但在苏联的斯大林时代之后，已引起了热烈讨论，不时被引用。马克思在这里谈的是物质生产，但苏联的审美学派、文化学派以此为据，进而论证，既然物质生产也要按“美的规律”来进行，那么，精神生产，特别是艺术生产，就更需要按“美的规律”来创造了。艺术之所以美，正是因为作家、艺术家是按照“美的规律”创造出来的，违背了“美的规律”，艺术何来美？于是，我的美学关注就聚集到“美的规律”问题上来。我的理解，人类的生产，能按照“任何物种的尺度”来进行，这就要探索“善”的规律；更要在“真”和“善”的基础上，踵事增华，完形呈象，探究“美”的规律。“真”的尺度，“善”的尺度，“美”的尺度应该而且能够统一起来。

还在 20 世纪 50 年代，周扬就带领了张光年、何其芳、邵荃麟、林默涵等来开设文艺理论讲座，倡导“建设马克思主义美学”。我，作为这个讲座的助教，开始思索马克思主义的美学和传统的美学究竟有何不同之处，久思而不得其要领。直到此次编书，我从马克思的“美的规律”之说领悟到了，传统美学重在探究审美活动本身的心理过程，寻求“感性认识的完善”，而马克思的美学志趣却在探索人类的生产如何按照“美的规律”来创造美。这思路是和马克思的整个哲学相一致的，传统的哲学只求解释世界，而新的哲学志在改造世界。因此，马克思主义美学不仅应研究审美活动的规律，更应探究如何按美的规律来改造世界。改造世界，既包括改造客观世界，又包括改造主观世界，更包括改造客观世界和主观世界的相互关系，都应按照“美的规律”来进行。由此，我的美学志趣就逐渐聚集到探索“美的规律”上来。1964 年我为董学文、赵园、郭建模的那个班讲授《文学概论》，却大讲起“美的规律”来，从作家、艺术家如何掌握自然规律、社会规律、人文规律，一直到文学艺术的创作规律，给学生留下深刻印象的就是“美学”和“规律”两词。课代表曾镇南直率地告诉我，因为我老讲“规律”，班里同学戏谑地称：“胡经之，字规律。”我知道，这是学生在调笑我太书生气，在那以政治标准为第一的年代，何必大讲“美的规律”！但我对“美的规律”仍念念不忘，就是在我面临最大困难的年代，差点倒在鄱阳湖畔的鲤鱼洲荒地上，我内心深处对真善美的精神追求仍未泯灭。多年后，我回忆起当时的心境，写下了：

> 人生苦短波折多，不如意事常八九。
> 尚幸留得平常心，犹持真善美追求。

改革开放的号角吹响，已过了知天命之年的我，却从燕园来到了深圳这改革开放的前沿阵地。1984 年元旦，当时受命创建深圳大学的清华大学副校长张维院士，请钱逊（钱穆之子）邀我和汤一介到他清华园寓所，当面邀请我和还在美国的乐黛云来创建中文系，内设国学研究所，请汤一介任所长。当年 9 月，张维院士就带了从清华、北大、人大请来创建系、所的八个人直飞广州，再到深圳赴任：清华三人，唐统一、童诗白、汪坦；北大四人，李赋宁、汤一介、乐黛云和我；人大是高铭暄，当时是法律系主任，2019年由国家授予“人民教育家”称号。在校舍初成的开学典礼上，张维校长把我们这些人介绍给梁湘市长、邹尔康副市长相识，并欢迎饶宗颐（香港中文大学）、罗慷烈（香港大学）、程祥徽（东亚大学，澳门大学的前身）三位专程从香港来访。从此，我和深圳结下了不解之缘，至今已有36年。

从中国最古老的高等学府来到当时这所最年轻的新办大学，给我最突出的印象，这里还是穷乡僻壤中的荒山野坡，周围都是坑坑洼洼的高低丘壑。紧靠深圳湾后海湿地的杜鹃山上，蛇虫百足，随地横行；文山湖边，杂草丛生，蚊蝇成群。当年中秋节，我和郁龙余、张卫东等到汤一介、乐黛云的寓所一起过节，然后沿着文山湖去散步赏月。当我们走近湖边的芦苇丛时，忽听乐黛云发出一声慨叹：“我怎么又像回到了鲤鱼洲！”这一声慨叹把我拉回到了60年代末去鄱阳湖边开荒种地的情景，一丝悲凉之意顿生。我和汤一介、乐黛云都曾亲历过鲤鱼洲的艰难岁月，改革开放后，乐黛云去了美国三年多，已习惯在繁华的大城市行走，刚回国没多久，就来到了这穷乡僻壤、荒山野坡，反差太大，有感而发，不由得发出了这一声感叹。

但我在这里也感受到了另一种巨大的反差，那就是在这荒山野坡上只花了一年不到的时间，就迅速建造起了现代化的教学大楼和办公大楼，和周边的未开垦的荒地形成鲜明的对比，深圳速度，令人振奋。那年元旦之后邓小平首次南巡，市长梁湘送他到蛇口，在半岛拐弯处告诉他，这里正在建深圳大学。那时虽已动工，尚未成形，但到当年9月，就已建成那两幢现代化大楼，迎来开学典礼。那两幢大楼的现代化水平，就已超越了清华、北大，全已电器化。正在建的第三幢大楼——图书馆，乃按照香港中文大学的标准设计建造，更为先进。在这另一种巨大的反差中，我深切体验到，慷慨激昂今胜昔，改革开放势不可当，深圳已不可能再回到鲤鱼洲上那个荒诞的年代。这里是一片正待开发的难得的处女地，就像一张白纸，可以画出最新最美的图画，正待有心人在这里发挥聪明才智。于是，我在北京和深圳之间“飞来飞去”。三年之后，尽管北大主管校务的常务副校长张学书敦促我，像汤一介、乐黛云夫妇一样，赶快回归燕园，不要再在深圳停留；但我还是听从了张维院士的劝告，说服了我的同窗好友、时任北大中文系主任的家炎兄，把我放飞了，自1987年起，落户深圳。我曾写下了我当时的真实感受：

> 漂泊京都数十年，半生尽染书卷气。
> 到此放眼看世界，方知尚有新天地。

这是我人生道路上的又一次重大转折，由北大学子经岭南游子而走向深圳赤子，以一颗赤子之心，俯首甘为孺子牛，为这边陲小镇奉献自己的心力，和大家一道构筑起共同的精神家园。我这一生，在北大的35年，实现了我的读书梦，从大学本科读到副博士研究生，留校任教，由助教、讲师、副教授而教授，读了过万卷书。但我的人生圈子其实还狭窄，过的仅是书斋生活，读书、教书、编书、评书、写书，围着书在转圈，尽管我课外担任了三年北大校刊的记者，但接触的仍是教授、学者，谈的仍是书。我读的书大多为“大、洋、古”，科学研究的课题，仍然是在“大、洋、古”里找问题。我对学生大讲“美的规律”，其实还是书本到书本，在纸上谈兵，所以受到应有的调笑。邓小平否定了“对内以阶级斗争为纲、对外封闭”的方针，在深圳首先推行改革开放，“以经济建设为中心”，开启了历史新时代。深圳站在改革开放的前列，早就提出要向国际化、创新型城市方向发展，鼓励大家走出国门，睁眼看世界，学习先进，回来创新。正是在深圳，我不时走出国门，实现了“行万里路”的梦想。多年担任北大副校长的季羡林当时也正在北京积极推进国际学术文化交流，他嘱咐我在深大要及早建立起国际学术文化交流的平台，南北呼应。当时深圳已在建设文化八大设施，但还顾不上“软件”建设。深大先行了一步，三年间就举办了国际性的比较文学会议、海外华文文学会议等大型学术会议，为深圳历史上的创举，甚至还吸引了市长梁湘、副市长邹尔康来听会。我从“读万卷书”中获得了丰富的间接经验，而从“行万里路”中更收获了众多的直接经验，走出书房，面向现实，促使我的学术志趣渐生变化，具有了“国际视野，深圳情怀”，而探究的则是要解答“现实问题”。我发现，在深圳这块热土上，还是能做学问，不过，最适合做的，还是要解答现实中出现的“新、高、尖”的问题。我的学术志趣也应时而进，从文艺美学走向文化美学，然后又关注自然美学，走向生态美学。

感恩深圳，给予我得以参加第一次和第二次的创业的机缘，如今又在亲眼目睹这里的第三次文化设施建设高潮的兴起。深圳的创新精神深深感染着我，激励我积极投身于创业活动，使我好似又回到了少年时代，以一颗赤子之心献身深圳，这大概就是林庚先生一向崇尚的“少年精神”。不过，这不是少年时代的简单重复，而是融合了在北大学得的科学分析的学术精神，在这方热土上开展的是学术活动、教育活动和文化活动，不再是当初的学生运动。

为适应深圳向国际化方向发展，我在 1988 年就把中文系扩建为国际文化系，加强了对外汉语专业，扩大了新闻传播专业，新设了旅游文化专业，这在全国高校中实乃创举，《光明日报》为此做了专门报道。当时，北大已有国际政治系，却无国际文化系，我和国际政治系创始人赵宝煦做过长谈，受到鼓舞。我又和华侨城的掌门人马志民多次协商，准备共同推进国际文化交流，拟将旅游文化专业扩建为旅游学院。国际文化系为深圳大学的人文学科发展，培育了新的生长点。自蔡德麟任校长以后，为推进学科发展，他自任学术委员会主任，由我担任学术委员会副主任、人文社会科学委员会主任，延续了三届，到 2011 年方离任，将近二十年。谢维信校长当主任时，牛憨笨院士为副主任、自然科学委员会主任，我常和他半开玩笑地说：“学好数理化，走遍天下都不怕”，我很赞赏这话，“经济建设为中心”，科学技术是第一生产力，当然要学好数理化。但我要补充两句话：“熟识政经法，服务社会贡献大；通晓文史哲，腹有诗书气自华。”对此，牛院士亦很赞同，我们都积极参与了深圳的读书月活动，为读书指导委员会呈计献策，直到 2016 年他去世。

我本应在 1993 年夏 60 岁时退休。深圳这座年轻的城市开始就倡导年轻化，人到 60 都得退休，我也已做好了退休的准备，在 1992 年冬就从住了八年的深大校园迁出，定居在岗厦村和皇岗路之间的一块三角地：深大新村。但就在 1993 年春，国务院学位委员会经全国评审，通过了我为文艺学博士生导师的资格，学位办主管文科的副主任奚广庆还特地到深大来找我，劝我和暨南大学副校长饶芃子教授合作，共同申报，争取在华南设立第一个文艺学博士点。这得到了深大校长蔡德麟的积极支持，立即向市政府打报告，作为“特事特办”，将我延聘，不让退休。那时，深大因创办不久，连培养硕士的资格都尚未获得，要到1995年蔡德麟去国家教育委员会力争，才取得硕士授予权，进入21世纪后，深大才获得博士授予权。所以，那时文艺学博士点只能放在暨南大学，我力争，方在深大设立了一个教学点，我也就在深大开始培养博士生，先后培养了十届。2003年，中山大学也获得了文艺学博士授予权，邀请我参与培养了第一届博士。但在2004年深大再次向市政府申报延聘时，人事局发出话来，说深圳已没有人在70岁还在延聘的了。我一听，就立即向人事处提出：退休。这年我71岁。

不过，其实我虽退而未休。我从深大、暨大、中大的教学岗位上退下来了，却有了更多的自由时间跳出书斋，走向社会。早先，1987年我刚落户深圳，市里就曾动员我调离深大，专任文联主席。我有自知之明，担当不了，婉辞未去。但我愿为深圳文艺界做些贡献，写点文艺评论，敲敲边鼓，和祝希娟、王子武一起，兼了文联副主席之职，又把我选为作家协会主席。1995年，深圳进入第二次创业时期，为加强文艺评论，时任文联主席的张俊彪和我共同发起，创建了文艺评论家协会，2002年我继续被推为主席。我退休了，正好可以做更多的事。在此之前，我虽然参编了《深圳文艺二十年》（花城出版社2000年版）、《圈点与追问》（花城出版社1999年版）、《文艺评论选：1980年—1992年》（海天出版社1992年版）等书，但尚属零敲散打，未能整体呈现。在我退休之后，我就开始和时任文联主席的董小明和副主席杨宏海商定，要在深圳立市三十年之际，编出一套《深圳文艺理论批评丛书》，反映深圳文艺评论的全貌。天道酬勤，这套丛书在2007年就由海天出版社推出，竟有二百多万言，收录了深圳十位文艺评论家的文艺评论专集。当时我和许兆焕、王向彤、周乐群、斯英琦等属同辈，已渐淡出文坛，我竭力推崇中青年一代，希冀深圳的文艺评论后继有人，生机勃发。这入选的十位文艺评论家都属中青年，活跃在当时文坛。像李小甘，改革开放之初就来到深圳参与文化建设，长期从事深圳的文艺发展策划，熟悉深圳整个文艺发展历程，不时发表评论。他的《三文集》，不仅反映了深圳这方热土上的文学、电影、电视、舞蹈、美术等文学艺术的发展轨迹，而且对文学艺术发展中的重大问题，提出了自己的真知灼见，难能可贵。倪鹤琴博士对深圳的文化艺术甚为熟悉，她的文艺评论有的放矢，有感而发，启人深思。长期在报社写作的周思明、侯军都对深圳的文学艺术做了深入的剖析，给人启发。奋斗在文艺评论前沿阵地的李华，在《不甘悬置》集中，对深圳的文学艺术做出了富有特色的探索，洋溢着浓郁的“深圳情结”。我为丛书写了一篇总序《文艺评论应创新》，倡导文艺评论要接地气，从实际出发，紧密结合文艺实践，不要空谈抽象理论。这套丛书的出版，了却了我当了十二年文艺评论家协会主席的心愿，从 2008 年第三届开始，我只担任名誉主席，淡出文坛了。

心灵安处是吾家。我既安下心来要和大家一道建设我们的共同家园，就要密切关注我周围的环境，首先是人文环境。深圳情怀，最早进入我的视野的还是文学艺术，然后是风土人情。我陆续写了些散文、随笔和评论，后由作家出版社为我出了一本《胡经之文丛》，约有三十多万言。在 20 世纪八九十年代，我当了多年作家协会主席，在文艺界结识了许多朋友。这和在北京时不同，那时关在书斋里做学问，只结识了许广平、浩然、喻宜萱等少数几个人；到深圳就和不少作家、艺术家相识，写了不少评论。王子武、周凯、陈士修的画作，林祖基、田升的杂文，钟永华、客人、祁念曾的诗，张俊彪、彭名燕、吴启泰、张黎明、黎珍宇的小说，祝希娟、张凯丽参演的影视等，我都曾做过评论。文艺学界有些学者好奇，常问我，到深圳后怎么会关注起文艺评论来呢？其实，我早在 1958 年就曾写过文艺评论，对王愿坚的小说和当时涌现的新民歌都有所涉及，甚至还为李英儒的《野火春风斗古城》写过评论小册，一下就印十万册。《文艺报》还把我和李希凡、李泽厚、严家炎等聘为特约评论员。但我只走出了半步，就止步不前，戛然而止。那是因为，我怕评论出错，贻笑大方。但我到深圳之后，这块改革开放前沿阵地上的火热生活吸引了我，很想知悉我们的文学艺术如何反映了这火热的生活。不过，我关注文艺评论的重心，已转向“美的规律”的探求，不时写些《深圳艺术之路》《美的规律象中求》这样的评论。我已感到，我们的文艺理论，一手伸向了古典，一手伸向了国外，但还缺一手，那就是伸向当代文艺实践经验的一手。深圳的艺术发展之路值得关注。

随着改革开放的逐渐深入，一些深层次的矛盾也日渐显现。我除了关注人文生态之外，更多地关注了自然生态。早在我当国际文化系主任、特区文化研究所长时，为发展旅游文化，我和负责此事的郁龙余特地从北大请来侯仁之的高足陈传康教授，在华侨城马志民的安排下，对深圳的东部海岸做了一番调查研究。我也跟着走了好多地方，对深圳的自然生态有了概括的了解。深圳得天独厚，滨临南海。在这 2000 平方公里的狭长地带上，北边全是连绵不断的山，南部却有一半是大海，具有一口三湾。这一口就是珠江口，通向伶仃洋。这三湾就是大鹏湾、大亚湾、深圳湾（前海湾和后海湾）。三大海湾的海域就有 1145 平方公里，是陆地面积的一半还略多，大小岛屿有 51 个；海岸线长达 260 公里，大梅沙、小梅沙、盐田港等散落沿线。我们一致看好这片海域，特别是大鹏半岛完全能开拓成为旅游胜地，比夏威夷、芭提雅、亚龙湾等毫不逊色。马志民说他准备向旅游局写一个深圳旅游发展方略，建设国际旅游城市。我也一有机会就在各种会议上鼓吹旅游文化。深圳在 20 世纪 90 年代第二次创业期间，直接由市里掌管的专家约四五十人，成立了专家联谊会，由最早来深的邓锡铭院士当会长，我和赛格集团的总工程师韩继鸿任副会长，每年都要举行一两次全体会议，和市委书记或市长直接对话、交流，呈计献策。我就不时发声，呼吁要保护好东部海滨，不要乱开发。深圳早在 2003 年就提出要“文化立市”，成立了全市的文化建设基金，我还受命担任专家评审委员会主任，对重大文化事业项目做评审，但我还是不时在深圳学术年会、新春座谈会等公众场合，呼吁关注自然生态，批评深圳河畔建保税区乃重走上海苏州河的老路。我在 2004 年春参加了“深圳八景”的评审之后，就一连写了几篇文章，呼吁要高度警惕霾、水、土三大污染的蔓延。

感激深圳，在跨入新时代后，坚定不移地走向“五个文明”协调发展之路，不仅发展高科技，提升整个城市教育、文化水平，而且以前所未有的力度整治自然生态环境，先是驱散了雾霾，后又整治河流，攻克老大难，土壤污染的治理亦已开始。我亦已从喧闹的深大新村迁入了后海湾深圳河畔的高层建筑，深切感受到了天地自然的大美，感激之情，油然而生：

冬泳归来仍从容，遥看香江多青峰。

落日余晖染港湾，最美海上夕阳红。

如今，建设粤港澳大湾区的号角已吹响了，深圳迎来了“生态文明”新时代。生态文明是对工业文明的超越和提升，是人类更高的文明时代。俄罗斯著名作家陀思妥耶夫斯基有句名言：“美能拯救世界。”

美能拯救世界？如果依照马克思的实践哲学来解读，就能得到肯定的解答。实践哲学不仅要解释世界，而且要改造世界；不仅改造客观世界，还要改造主观世界，更要改造主观世界和客观世界的关系。问题在于：怎么改造？依马克思实践哲学之见，应按真的尺度、善的尺度、美的尺度来改造。如今发展到建设生态文明的新时代，拥有14亿人口的中国正在彻底消除贫困，实现全面小康，往后就要向更高水平提升。怎么提升？还是要用真、善、美的尺度来衡量。脱贫后的广大农村应向真善美的小城镇发展，就像电影《小城故事》里所说：“小城故事多，充满喜和乐”“看似一幅画，听像一首歌，人生境界真善美，这里已包括”。要从底层的提升入手，与其大而粗，不如小而精，世界才能更美好。

真善美是人生的最高境界，人生要达到这个境地，非一朝一夕所能，天长地久，需持之以恒。人类为什么要下功夫改造世界，马克思的初心就是为了人，以人为本。马克思还在十七岁读中学时就已立下志向：

> 我们应该遵循的主要指针是，人类的幸福和我们自身的完善。不应该认为，这两种利益是敌对的，互相冲突的，一种利益必须消灭另一种的；人类的天性本来就是这样，人们只有为同时代人的完善、为他们的幸福而工作，才能使自己也达到完美。

为广大人民的幸福和完善而努力奋斗，同时也使自己达到完美境地，这才是真善美的人生境界。著名的科学家爱因斯坦一生都奉献给了科学事业，但他深深懂得人与自然是生命共同体，回顾一生，最后归结道：“照亮我的道路，并且不断地给我新的勇气去愉快地正视生活的理想，是善、美和真。”美国著名哲学家艾德勒写了一本研究《六大观念》的书，发现真、善、美这三大观念比起自由、平等、正义这三大观念更为根本，更被人看重。我在实现了“读万卷书，行万里路”的梦想之后，特别是在深圳经历了三十多年的峥嵘岁月，从生活实践中领悟到了，真、善、美应是人生的永恒追求，所以，当深圳图书馆为我举办成果展、深圳大学建立校史馆要我题词，我写下了如下数语：

江南岸边草，苍茫一书生。
乐读万卷书，好作万里行。
心向真善美，敬重天地人。
复归大自然，犹怀世间情。

我年少时受谢冰心的《寄小读者》影响甚深，为那优美的散文深深吸引。但在我将临古稀之年，经历过大半人生之后，我更敬佩她后半世的淡泊人生。冰心老人在 1999 年去世，活到九十九岁。她在九十一岁时深情回忆了她的人生，从小就接受了她祖父的十字诫训：“知足知不足，有为有弗为。”她祖父叫谢子修，是严复的好友，一辈子都在当教师。他在厅堂挂了一副对联，就是这十个字。他从小就教育冰心，在物质享受上要“知足”，但在品行、学识上却要“知不足”；对人民有益的事要“有为”，不利人民的事就要“弗为”。冰心说她一辈子都记着，尽力而为。我在 1992 年看到了冰心的回忆，就牢牢记住了这十字诫训，以冰心为榜样，过简朴的生活，求精神的充实。

感恩深圳，经四十年的奋斗，在这块处女地上矗立起了一座现代化、国际性、创新型的大都市，创建了美好的人文环境和自然环境，我也得以在这块热土上构筑起我的最后的也是最好的精神家园。我这一生，写了近三百万字的著述，主编了八百万字的文科教材，虽在北大已开题，但大多在深圳方完成。国务院为我颁发“为高等教育作出突出贡献”的证书（1992 年），中外文艺理论学会为我授予“中国文艺理论突出贡献奖”（2004 年），广东省评我为深圳第一位“优秀社会科学家”（2015 年），这都是我到深圳后所得的荣誉。深圳对我厚爱有加，在立市四十周年之际，把我和祝希娟、王子武等列为文艺名家，拍摄专题片，举办“今夜星空灿烂致敬文艺名家”盛大晚会，集中播放，向全国输送。深圳图书馆为我举办“胡经之学术成果展”，深圳大学和市文联为我举办“胡经之文艺理论研讨会”。最近，深圳大学还给予我“荣誉资深教授”这一最高荣誉称号。海天出版社在2015年就已为我出版了《胡经之文集》，5卷，近三百万字。此后，复旦大学出版社为我出版了《文艺美学及文化美学》，中山大学出版社为我出版了《胡经之自选集》，山东文艺出版社为我出版了《胡经之美学文选》。我在2013年新写了二十万字左右的《美的追寻》，收入《胡经之文集》的第5卷。承蒙深圳读书界的关爱，在庆祝深圳立市四十年之际，把《美的追寻》这一卷评入“深圳四十年四十本书”，在读书月向全国推选。我不仅“知足”，而且感激，但我立即自我感觉到了“知不足”，深以为歉。因为，我那卷《美的追寻》，因时间仓促，只写了“江南岁月”和“北大风云”，还没有来得及写“深圳天地”，写到了“深圳开辟新天地”一章就戛然而止。

感谢李强博士为我撰编《胡经之画传》，以列入《深圳文艺名家画传丛书》。他精心构思，增加了不少我到深圳后的事例，弥补了我那《美的追寻》中的欠缺。他的写作，也激发我对深圳往事有了更多的回忆，梳理了一下我对人生感悟的思路，写下了这篇《感恩深圳》。若有时日，今后我将续写《美的追寻》，写出深圳波澜壮阔、海阔天空中的点滴也好，以弥补过去的不足，报答读书界的关爱。感恩深圳，敬贺特区成立四十年！

为《胡经之画传》（凤凰出版社2020年）所作序

二〇二〇年春节

深圳湾　望海书斋

感恩深圳赤子心

我自己也没有想到，在 1984 年过“知天命”之时，竟会从国内最古老的最高学府北京大学，来到当时最年轻的初创大学深圳大学，所为何来？

那是因为受到了深圳的盛情相邀，为新时代的召唤而鼓舞，来到这方正待开发的处女地作我一生中的最后一搏。

一介书生，手无缚鸡之力，我参加不了硬实力建设的行列，只能为经济特区的初创在软实力建设方面出一些绵薄之力：一是较早开展了国际文化交流，二是开始了人文学科建设，三是参加了特区文化研究，推进了文艺评论。

应时代精神召唤

正当我在北大全神倾注于学科建设之时，1984 年元旦，清华大学副校长张维院士约了我和汤一介在清华园寓所见面。张维院士是国内外著名的科学家，常出入于国际名校，对世界高等教育的发展趋向了如指掌。时任深圳市市长梁湘下决心要创办一所新型大学，就请了他来担任首任校长，从头开始设计深圳大学的发展蓝图。

张维院士一见我俩，就开门见山，直言相告：深大志在发展新兴学科，但一定要办中文系，而且一定要办好，不然，怎么成得了综合大学。他已向国家求援，和北大打了招呼，要北大支援深大的人文学科建设。他告诉我俩，他已请了北大副教务长、英语系主任李赋宁到深大任外语系主任；现在想请汤一介来当国学研究所所长，乐黛云和我当中文系主任，半年在深大，半年在北大，依托北大的实力，迅速为深大开拓人文学科。

当时，我和汤一介都对深圳所知甚少，心中没数，不敢贸然答应，愿回去考虑，再做回复。

就在此月下旬，邓小平亲到深圳考察，对经济特区的建立做了充分肯定，我亦心有所动。百闻不如一见，汤一介要我亲身去那里体验一下。我在那年“五四”真的去深圳考察了一番，深切感受到这里意气风发的时代精神，为改革开放的前沿所吸引。从清华大学来担任深大党委书记、第一副校长的罗征启，办公室主任、江苏老乡王克来，北京文友、特区报副总编许兆焕，以及几位早就应聘来此的北大学子张卫东、刘丽川、钱学烈等，都劝我早些来，共同投入深圳的文化教育建设。甚至，几位来深圳做考察的美学同行蒋孔阳、李泽厚、刘纲纪等，也都看好这里国际文化交流的前景，齐声称好。

尽管我只是在这里转了一圈，但就如我在 20 世纪 50 年代初期到北大时见到的海淀镇一样，说不上有多少好感。我在这里亲身体验到了正在发生伟大变革的时代气氛，受到了强烈感染。我一回北京，立即把我的观感告诉了汤一介。我俩一致决定，立即向张维校长回复：跟他去深圳。同时，汤一介又迅速敦促远渡重洋、在美国访学的乐黛云，及早回国，一起去深圳。

1984 年 9 月，由张维校长亲自率领，带了北大的李赋宁、汤一介、乐黛云和我 4 人，清华的图书馆馆长唐统一、建筑系主任汪坦、电子系主任童诗白 3 人，以及人大法律系主任高铭暄，乘飞机到广州，再奔深圳就任。在新校落成和开学典礼上，张维校长把我们这些人介绍给当时的市长梁湘和副市长邹尔康相识，并迎来了香港著名学者饶宗颐、罗忼烈，澳门学者程祥徽，开启了对外文化交流。从此，我和深圳结下了不解之缘。

启国际文化交流

回想当初，深圳最先吸引我的，是这里得天独厚、便于构筑国际文化交流的理想平台。

改革开放之初，邓小平决心正本清源，拨乱反正，向世界开放。多年担任北大副校长的季羡林积极响应，早在 1980 年就和杨周翰、李赋宁发起在北大迅速建立开展国际文化交流的有效机制，并于1981年1月在北大正式成立了国内第一个比较文学研究会。但在当时的北京，国际文化若要进一步推进交流，还是困难重重，手续繁多，中国学者要出国，更是难上加难。所以，当我把深大邀请我们去的消息告诉季羡林和杨周翰时，他俩都大加赞赏，热忱鼓励我们去深圳建立一个新的国际文化交流平台，一南一北，遥相呼应，通力合作，推进国际文化学术的进一步交流。

北大的这一期待，不仅符合了我们的学科发展需要，也切合了经济特区的发展方向。经济特区创办的目的，是要向国际化城市的方向迈进，开拓国际文化交流，正是题中应有之义。

我们一到深大，在创立国学研究所的同时，立即成立了比较文学研究所，这属国内首创。1985年，在邓小平手书“海上世界”的明华轮上，举办了中国比较文学学会成立大会暨首届国际年会，近百位国内外著名学者云集深圳，这是深圳历史上从未出现过的创举。国际比较文学学会主席佛克马以及美、法、日等国的比较文学学会主席，都第一次踏上中国国土，季羡林和杨周翰也亲来出席此次盛会，分别被推举为名誉主席和主席。

国学研究所也积极开展学术交流活动。1985年，汤一介在此主持了“东西方文化比较研究”的交流，海外学者杜维明、魏斐德，上海学者王元化、朱维铮，北京学者庞朴，武汉学者冯天瑜，广州学者张磊、袁伟时等都来到深圳，引起了文化学界的关注。

规模更大、影响更广的一次盛会，乃是在1986年召开的“台港及海外华文文学”国际研讨会。国内外竟来了100多位学者和作家，盛况空前，且首次迎来了不少东南亚的华文作家，更远的美国、澳大利亚也都来了人。这次盛会，甚至吸引了市政府的关注，当时即将调任海南省当省长的梁湘和副市长邹尔康，都兴致勃勃地赶来深大粤海门，坐在听众席上恭听海外友人讲说中华文化在海外的发展现状。

之所以能在经济特区草创之初就如此顺利地开展国际文化交流，倒不是因为我们有多少能耐，而是因为较早地来到改革开放的前沿，得风气之先，适度超前，先行先试。当时，北京的国际文化交流渠道尚不畅通，深圳却得天独厚。海外人士只要持有到香港的护照，就可直接从香港入深圳“旅游”，不必再到北京办签证。当初市政府忙于八大文化设施的硬件建设，尚未来得及抓软件建设。而我们从学科建设的需要出发，在深大先走了半步。从此一发不可收，不时举办国际美学研讨会、西方文艺理论研讨会等国际学术交流会议。因为恰逢其时，因而显得一枝独秀，引人瞩目。

推人文学科建设

来到深圳的第 3 年，我又面临着一次人生选择。1984 年我到深圳时，北大副校长王学珍正提升为北大党委书记，张学书不仅是副书记，而且又兼任了第一副校长。张学书虽同意我到深大支援发展新兴学科，但一再叮嘱我只去 3 年，重心还要在北大，然后回来。到 1987 年，他一看见我，就敦促我快回北大，别再去深圳了。

那年元旦，我到清华园向张维院士拜年，从而有了一次长谈。他知道我一直不适应北京的气候，而到深圳之后，很快适应，精神振奋。这位慈祥长者衷心劝我，留在深大罢，继续为发展人文学科多做贡献。

也就在这一年，北大中文系主任严家炎从美国讲学回来，很快就代表学校找我做了一次正式谈话，要我尽快回到北大，并为北大争取设立文艺学博士点。因为家炎乃我攻读副博士研究生的同窗好友，可以推心置腹，我就向他说了肺腑之言：我已喜欢上深圳，不回北大了，请他向王学珍、张学书致意感谢。家炎看我去意已决，也就不再阻拦，答应把即将毕业的研究生王岳川留下，继续在北大发展文艺美学这一专业方向。

从此，我就定居于深圳，不再飞来飞去了，从而可以安下心来，专心于人文学科建设。此时我开始设身处地为学生想：这样的学科设置适合经济特区发展的实际需要吗？

我和当时主管文化教育的副市长林祖基在银湖等地开会时多次畅谈深大的人文教育。林祖基对我坦诚说道：在深大要发扬北大的人文学术精神，这是大好事。但如何能发扬好，还是要多动点脑筋，考虑好如何和深圳的实际需要相结合。深圳要向外向型的国际化城市发展，急需中西兼通的通才，专业不要分得太细、太专。

我觉得他说得在理。经过反思，我和副手章必功、景海峰、张卫东等商定，把学科方向扩大，把文学比较扩展为文化比较，中文系扩建为国际文化系，办学方针为：沟通中西，应用为主。这在当时乃是深大首创。我又在国际文化系开辟了不少新的专业方向，如大众传播、对外汉语、旅游文化等。后来，吴予敏把大众传播专业发展为传播学院，郁龙余把对外汉语专业发展为国际交流学院，景海峰主持的文学院在中文系之外，又建立了历史系和哲学系，令人鼓舞。

过了“耳顺”之年，我本可以退休了，但 1993 年，国务院学位委员会通过了我为深大建校以来自行产生的第一位博士生导师，不能就此退休，就由此而延长了 11 年，培养了 10 届文艺美学博士生，到 71 岁时才告退。我稍感欣慰的是，在我即将退休之前，还与暨南大学原副校长饶芃子合作申报，为华南争取设立第一个文艺学博士点。到了 21 世纪，中山大学也被增设为文艺学博士点，我有幸被邀，又在中山大学招收了文艺美学博士生，再次出了点绵薄之力。只是我有点愧对北大，有负家炎师兄当初的一番好意。

倡特区文艺评论

在深圳落户定居之后，市委宣传部主管文艺的副部长宣惠良就来动员我去市里接替祝希娟担任文联主席。我更愿意在校园里教书做学问，并没有去任专职，但还是和祝希娟、王子武一道被推选为兼职的文联副主席，又当了 10 年的作家协会主席和名誉主席、评论家协会主席。

对我不愿去市里当文联主席，林祖基倒颇谅解，尊重我的个人意愿。但他劝导我，在深大做学问，也应关注经济特区文化的发展，要及早对特区文化进行研究，为特区培养文化建设的人才。我敬佩他有这样的超前意识，就在建立国际文化系的同时，成立了特区文化研究所，很快开办了特区文化研究班。这研究班先后开办了两届，约 30 人，当时的宣传部副部长、文化局副局长、文联秘书长等都来了。校长罗征启亲自向大家宣布，若经专家评审，成绩优秀者，均可发给研究生文凭，甚至授予深圳大学的硕士学位。林祖基对此也首肯，鼓励大胆改革。但后来受到大环境的影响，就难以推进了。

那时的深圳文艺界，创作和评论双翼齐飞，紧密配合，良性互动，相互促进，深圳特区报还设立了“文艺评论”专刊，在国内传播。我还尝试把文化研究和文艺评论结合，对特区文艺的发展道路做些理论探索。在文艺评论家协会成立 10 周年之际，我和时任文联主席董小明共同主持了《深圳文艺理论批评丛书》多卷，我为丛书写了序文《文艺评论求创新》，突出了文艺评论和文艺创作的相互作用，共同要为实现真、善、美的终极目标而全力奋斗。

做文化美学研究

我蛰居北大校园 30 多年，一直水土不服，对北京的气候未能适应，时常过敏，不得安宁。初到深大的后海湾校园，第一感觉就是这里空气清新，周身舒畅。以后我走出国门，做了比较，惊异地发现，深圳的山海胜景，毫不比芭堤雅、夏威夷、新加坡等地逊色，只是藏在深闺人未识而已。于是，我的“深圳情怀”油然而生。

更使我感到亲切的是这里的人文关怀，平等待人，洋溢着人间温馨。逢上深圳进行工资改革，时任市委书记、市长梁湘发话，他不要拿最高工资，教授、专家的工资可以高于市长。落实下来，我和毕业于牛津大学的李天庆副校长都拿到了高于市长的最高工资，在深大校园成为美谈佳话。全市统一安排住房，也不是仅凭行政级别为准，而是把贡献、成就等一并考量在内，依综合得分的高低来分配，这样，我和晚来的牛憨笨院士却能在全市最先挑选住房，得以安居乐业，潜心做学问。

我不仅有了“深圳情怀”，还从“读万卷书”走向了“行万里路”，不断出国考察，多了些“国际视野”。我逐渐发现，在深圳做学问，最适合做的还是要向“新、精、尖”方向发展。

深圳为学者培育了可以做“新、精、尖”学问的土壤，较早就成立了杰出专家联谊会。那几年，每当召开专家联谊会，市委书记、市长就专程前来和大家座谈，亲自听取专家对深圳今后发展有何高见，上下交流，直接沟通，相互间以朋友相待。

黄丽满任市委书记后，在春节召开文艺座谈会，晚宴上一直耐心听我对深大发展发表的意见，并很快付诸实践。这不仅使我感到欣慰，而且受到鼓舞，使我更多地关注深圳的现实，思考如何在此构筑共同的精神家园，在文化学术界倡导“从文艺美学走向文化美学”，开拓更宽广的人文学术之路。

我从北大到深圳，远离了中国人文学术的中心，走向了边缘，但人文学术界没有疏远我，中国文艺理论学会选我当了副会长，中外文艺理论学会也推我为副会长，我至今还担任着《文艺理论研究》《文学理论前沿》《中国美学》等学术刊物的学术顾问。20 世纪 90 年代，国务院为我颁发了“为高等教育作出了突出贡献”证书，2015 年，我还被广东省评为“广东省优秀社会科学家”，成为深圳市首位获此荣誉的人文学者。但我清醒地意识到，这并不是因为我个人有多大的学术成就，给我个人荣誉的背后，承载着对经济特区的热切期待，希望在这改革开放前沿的热土上，应该而且能够产生出更好的人文和社会科学的学术精品。

感恩深圳之后，引发了点滴余想。深圳已经走过了三十而立之年，正在向现代化、创新型、国际化城市方向高歌猛进，在高度重视高新科技发展的同时，理应更加重视社会科学和人文学科的智库建设。这就不能只靠个人单打、孤军奋斗，而要组织有力的团队，社会科学乃“为人之学”，需要密切关注社会公共问题，必须集思广益，通力协作，共同攻关，才能奏效。“深圳学派”要发展，恐要在分工协作上还要多下些工夫，以求形成整体合力。

原载戴北方主编的《深圳口述史 1992—2002》

二〇一五年十二月九日

于市政协贵宾室

建好文明大湾区

建设粤港澳大湾区的号角吹响了，中央电视台新设的大湾区中心亦已开启，准备开播《大湾区之声》。这是新时代的又一伟大创举，振奋人心，催人奋进。

这个大湾区要建成什么样？这当然有待于我们怎么来建构，设想在前。

当前的第一要务，当然是充分发挥已有的高科技优势的作用，着力提升高科技经济的水平，更要借助高科技手段，对大湾区的建构做整体规划，推进高端设计，提升治理能力和水平。广东的经济，三十年来一直稳居全国前列，信息技术、人工智能、精密制造、生物医药、高端视频、数字经济等高科技产业发达；但基础研究薄弱，核心技术（如芯片）尚存短板。当务之急是补足短板，急起直追。深圳已在采取有力措施，就在2019年11月，深圳决心从十分紧缺的土地上，挤划出30平方公里，向世界招标，发展高新产业、核心技术和基础研究。和上海的国际进口博览会相呼应，深圳机场旁的新会展中心首期建成，开始启用布展，即将发展为世界最大的会展场所。展望未来，大湾区的建设，随着香港、澳门的加入，一国两制，优势互补，经济必将蓬勃发展，潜力无限，前景美好。

尽管在同一国而有两制，但大湾区并不仅仅只是要建成高科技经济发达的自由贸易区，而且还应是当代世界的先进文明区。大湾区的建设还是要“以人为本”，硬实力与软实力并举，工具理性和价值理想协调，融科学精神和人文精神为一炉，既要建设物质文明，经济发达，又要推进社会文明、政治文明、精神文明和生态文明的建设，从而使大湾区的生产、生态、生活得到全面协调的发展，按“美的规律”创造一个美的大湾区。

深圳是大湾区里最年轻的城市，1979 年才从宝安县提升为一个地级市，1980 年开辟特区。然而深圳立足创新，敢为天下先，高歌猛进，后来居上。国际上，未来学家预测，十年以后，天上的无人机会多得像鸟群，无人驾驶将会普及，将来世上最大的产业，会是从事教育的互联网公司。深圳正在积极探索，向更美好的未来挺进。我这个人，已将跨入八七高龄，容易怀旧，从回顾历史中探求得失。如今深圳已从先行先试上升为先行示范，更上层楼。但我觉得，先行示范还是要以先行先试为前提，深圳要在这里建立鹏城实验室，也是要先行先试，然后才向全国推广。试验成功，效果好，方可推广，不成功，效果差，那就不能推广。铁打的营盘流水的兵，打铁还需自身硬，深圳自身还需要能过硬。

回顾深圳的发展历程，要真正实现物质文明、精神文明、政治文明、社会文明和生态文明的协调发展，十分不易。从不平衡到平衡、再平衡，必须花大力气，有大手笔。我是在特区第一次创业时期来到深圳大学的。1984 年 9 月，深大创校校长、清华大学副校长张维院士带了我们八个人首次来到粤海门才建起的校园。这八个人是中国人民大学的高铭暄，来当法律系主任，北大的李赋宁任外语系主任，汤一介任国学研究所长，乐黛云和我来创建中文系。清华大学三位，唐统一当图书馆长，童诗白和汪坦分别任电子系和建筑系主任。那时深圳还未建机场，我们从北京乘飞机到广州白云机场，深大的一辆中巴把我们接到新建的校园。此时已近傍晚，夕阳西下，金黄色的阳光照耀在后海湾和红树林上，我们的眼前一亮，我不由得惊叹了一句：“太美了!”引起大家的同感共鸣。但当我们在凌霄斋(准备为研究生所建之楼）住定之后，我环视校园四周，立即对周围环境的印象产生了强烈的反差。这是一片尚未开发的处女地，荒山野坡，沟溼满处，使我一下就像回到了十多年前被送去开荒的鄱阳湖边的鲤鱼洲。然而，就在这荒山野坡上，孤零零地树起了数幢现代化的建筑。这几幢楼虽然不高，只有三四层，但是现代化的程度却颇高，不仅办公大楼装了电梯，而且连教学大楼的教室里都安了空调，达到了香港大学、中文大学的水平，这在当时的最高学府北大、清华都是达不到的。

从深大的起步，可以看到深圳初创时期的实况。那时虽然已开始向外向型经济发展，但水平尚处在低端，为港台商加工。深圳只是利用地缘优势，低价出租土地，引来了内地廉价劳动力，劳动密集初加工，出口的利润，绝大多数（80%左右）为外商领走，深圳本土所得只是蝇头小利（10%—20%）。1982 年的财政收入，一年也就一亿多元，但是，当时的市委书记、市长梁湘却发出誓言：勒紧裤腰带，再困难也要把教育和新闻、文化建设搞上去。1983 年，市政府做出决定，要优先建设深大、博物馆、图书馆、体育馆、科技馆、大剧院等八大设施。就在当年，深大的校舍还没有建起来，就在原宝安县政府的旧院子里（现地王大厦的北侧）办公，当年就开学招生了。深圳的决策层具有前瞻意识，文化超前。尽管也有人冷言冷语，说梁湘好大喜功，但历史的发展证明，深圳初创时的文化超前，确是远见卓识。深大创校时，70 岁的张维曾数次赴深圳做过调查研究，1983 年深圳约有八千名公职人员，却只有三千人左右具有大专文化水平，远远赶不上建设的需要。深大要加快建校，请清华、北大、人大等来支援，高起点为深圳培养外向型人才，和国际高校沟通，发展高新科学。当时的广东省委书记梁灵光赞叹张维“不愧为全国著名教授，教育的大行家”。作为当时深圳的唯一高校，深大为特区解燃眉之急，培养出了许多急需的人才，那时深圳人才稀缺，正是深大人填补了此时的空缺。1992 年小平第二次南巡，深圳方缓过气来，从而有了第二次创业。深大的人才为深圳发展高科技有汗马之功，马化腾、孟晚舟、陈一丹、史玉柱、周海江、邓学勤、肖阳等都出自深大创建初期。

特区建立之后，深圳要发展经济，当然要以物质生产为基础，但物质生产离不开精神生产，更要重视人自身的“人的生产”。教育就是培养人才，提升人自身的生产。深圳创业初期，在发展物质生产的同时，及早关注了精神生产和人自身的生产，应予肯定。随着深圳第二次创业，经济迅猛发展，人口也从数十万（深圳土著只有三万人）猛增至数百万人，深圳的政治、文化中心也从罗湖区转移到了福田区，掀起了第二次文化设施建设高潮。图书新馆、中心书城、音乐厅、现代艺术馆等新的八大设施拔地而起。但是，深圳的文化和教育还是跟不上经济的发展，如今，深圳的人口已经超过两千万，文化和教育如何紧跟而上，成为难题。近年，深圳已在掀起第三次文化设施建设高潮，加快建设“新十大文化设施”：深圳歌剧院、创意设计馆、改革开放展览馆、国家博物馆深圳分馆、海洋博物馆、自然博物馆、深圳美术馆、深圳科技馆，其中还将新建两所大学，深圳音乐学院和创新创意设计学院。如今，深圳已经意识到了，这里最缺的还是高精尖人才，高校紧缺是最大的短板，所以在加紧引进名校在此落地生根，争取2025年能有20所高校，成为高教强市。

我在深圳35年，一直密切关注着这里的文化和教育，但我最为赞赏的还是近几年的生态文明建设，生态优先，后来居上。

1984年5月4日，我初闯深圳墟，所见到的既不是当时传闻的“小香港”，也不是个“小渔村”，而是个道地的“边陲小镇”。我的第一印象，这里就像我在50年代初期刚进北大时的海淀一样，现代化水平不高，颇感失望。但这里是一片有待开发的处女地，就像一张白纸，可以在上自由驰骋，画出最好最美的图画。特别是东部海岸一带，得天独厚，山水相连，海天一色，使人流连忘返。虽然深圳开发初期，引进外资，来料加工，低端粗放，已有污染，但发展规模不大，尚未引发生态危机，当时也还未把生态文明建设提上日程。但是，随着特区经济的迅猛发展，劳动密集型的粗放式规模也日益扩大，二次创业发展到高潮，深圳已成为名扬国际的“世界工厂”，却发觉，这代价也实在是大，自然环境迅速恶化，生态危机频发。我在前年编我自己的文集时，发现我在世纪末前几年写过好几篇文章，谈论深圳当时的自然生态和人文生态，呼吁关注生态危机。当时最突出的是三大污染，一是空气污染，二是水流污染，三是垃圾污染。我刚来深圳那几年，空气清新，阳光和煦，蓝天白云，穿的白衬衫，几天都不用换，未遭污染。但到后来，只要一出门回来，衣领就发黑，空气污染了，霾雾来袭了。深圳不但多山，而且多水，约有310条大小河流，总长一千多里，深圳河、大沙河、新洲河、福田河、茅洲河是几条最大的。所有河流都遭受到了污染，严重的黑臭水流竟有近160条，将近1500条都有臭味，在全国36个重点城市中，深圳雄居前列。我在2002年迁入深圳河与新洲河交汇的一栋高层住宅，那两条河的臭味不时袭来，令人作呕。深圳的垃圾也特别多，为建高楼大厦，砍平了数百个山头，填海之外，留下不少垃圾。建了高楼大厦，各家各户自行装修，又把内墙打掉，垃圾成堆。加上饭馆酒楼纷起，食客一掷千金，为显示身份，万元一桌请客，饭后剩菜都成了垃圾。有一段时光，垃圾遍地，堆积成山，导致山体倒坍，泄流成祸。

幸而，这段时光已经过去。进入新时代以后，社会主义的建设要协调发展，成了国人共识，五位一体，生态优先。深圳先是解决了空气污染的生态危机，接着就花大力气来解决水流污染而打攻坚战，以过去10倍的财力投入来治水，花一千多亿元建成了六千多公里的污水管网，不让污水流入河道，全市近160条污水都得到整治，目前正在向一千多条小河进军整治，83%已完成。下一步是要继续提高水质，并在河岸打造五百公里的碧道。再过五年，到2025年，河道的水质，争取能达到可在河中游泳的水平。我从这里深切体会到，自然生态，破坏容易修复难，若不早做预计，代价甚大。大湾区的建设决不能再走“先污染后治理”的老路。试看，深圳连通东莞的茅洲河，这治理难度有多大！

我敬佩习近平的远见卓识，他一再说，新时代已经迈入了生态文明时代，这个时代不同于以往的所有文明时代。就在2019年1月，他在考察雄安新区时说道：“蓝天，碧水，绿树，蓝绿交织，将来生活的最高标准就是生态好。”不到半年，6月7日，他在俄罗斯圣彼得堡出席国际经济论坛上致辞，语出惊人：“我们要坚持绿色发展，致力构建人与自然和谐相处的美丽家园。俄罗斯著名作家陀思妥耶夫斯基有句名言：美能拯救世界。”美能拯救世界？美怎么才能拯救世界？那就要回到马克思主义的初心，马克思的实践哲学，倡导我们不仅要解释世界，而且要改造世界，按照“美的规律”来创造。创新不是最后目的，创新的最高目的是要创造一个美好的世界，让人民都能过上美好的生活。

那么，新时代来到了生态文明时代，我们这些人文学者还能有什么作为？我的回答是：生态文明时代，人文学者仍将大有作为，只是我们要调整思路，以适应新时代。新时代的人文学者，应时俱进，也要掌握自然规律和社会规律，必须学习自然科学与社会科学的最新成果；但更需深入探索人文规律，使自然规律、社会规律和人文规律连接起来，助力人性社会化、社会人性化，从而促进物质生产、精神生产最终为人类自身的再生产服务，自然生态和人文生态和谐发展。人民不仅要成为自然的主人和社会的主人，而且要成为自身的主人，掌握人文规律，掌握自己的命运。

今天，我们有这么多人文学者济济一堂探讨人文发展规律，十分难得。我盼望以饶宗颐大师命名的研究院，能吸收更多大湾区的人文学者来共同探讨大湾区的文明建设。遥想1984年，深大中文系及国学研究所成立时，香港大学的罗忼烈、中文大学的饶先生、东亚大学（澳门大学的前身）的程祥徽专程从香港、澳门来祝贺，大湾区的学术交流从那时就开始了。如今更应发扬这种相互学习的精神，把研究院建设成为大湾区文明建设的人文学者智库。将来，智库的作用会越来越大。90年代初期，深圳第二次创业之初，曾在全市组建了一个“杰出专家联谊会”，会长是当时深圳唯一的院士，激光专家邓锡铭，我这个人文学人当副会长。那时，每年终或年初，就要聚会，由市委书记或市长亲自带三套班子的代表（市政府、人大、政协）来听会，实际起着智库的作用，发展规划就吸取了专家的意见。当时主管文教的副书记、副市长林祖基，后来又当了政协主席，他就对我说，把生态保护提上日程，就是吸取了大家意见，通过立法，把上海宾馆以西到福田中心这一狭长地带法定为绿化带中心公园，谁也不准开发；东部海岸海域先保护起来，留给后人慢慢开发。一直等到今天，有了较为周密的规划，才进入大开发时期。智库还是能发挥很大作用的，饶宗颐研究院应发展成大湾区的人文学者智库。

为文化创新国际研讨会而作，在开幕式上宣读
二〇一九年十一月二十日
深圳湾　望海书斋

成如容易却艰辛

欣逢深圳经济特区成立40周年，曾任深圳市市长的老领导李子彬出版了他的新书《我在深圳当市长》。承蒙他以样书相赠，我得以先睹为快。这是一部饱含着子彬同志爱心和深情的心血之作，是一份献给不惑深圳的厚重礼物。

我饶有兴趣地读完全书，不禁心潮起伏。它一下就把我带回了21世纪到来之前5年间的历史境况之中。20世纪90年代中期，深圳在经历了十几年快速发展之后，“三来一补”“贴牌生产”“加工贸易”等低技术含量的生产方式已到了“强弩之末”，难以支撑经济持续增长。而伴随着国门开放迅速涌入深圳的“黄、赌、毒”却日渐泛滥。社会风气被污染，刑事案件高发。有人往家乡发电报招兵买马：“钱多人傻速来。”电文被披露之后广泛流传，渐渐成为全国人民调侃深圳人的常用语……

我于1984年应张维院士邀请，从北京大学调来深圳大学参与创建深大中文系，是一个“老深圳”。我亲身经历了深圳发展的各个阶段，对上述时期的历史记忆犹新。彼时深圳在全国已经有了名气，旅游者们看到的是世界之窗的奇观和灯火辉煌；是民俗文化村的歌舞与祥和气氛……只有我们深圳人自己能感受到暗流涌动，危机在不远处蛰伏。形势逼人，时代的大潮推动着深圳必须进行第二次创业。正是在这重要的历史关头，中央把李子彬同志派来深圳。他于1994年11月到任，2000年5月离任，五年半的时间不算很长，但却是深圳发展的关键时期，值得大书特写。

深圳于1979年建市，至今已41年，经历了12位市长。子彬同志是第7位，也是唯一一位从直接接触经济工作和工业生产的国家副部长级岗位调来深圳的市长。看来，那时中央领导对深圳的情况非常了解，否则不会派出这样一位重量级的战将。

子彬同志真的不负中央重托。一到深圳，他就先从调查研究入手，用两个月时间深入基层，了解民情，弄清市情，厘清思路。当全局了然于胸之后，他提出深圳产业升级、经济转型和重新编制深圳的城市总体规划，要清晰地描绘出今后发展的蓝图。

编制总体规划，是对领导者素质的一次大考。规划是纲，纲举目张。面对千头万绪纷乱如麻亟待处理的工作，能够毅然决定把城市规划先排上日程，这必然是一位高屋建瓴头脑冷静思路清晰的智者。深圳在 1979 至 1989 年，十年里曾编制过 5 次城市规划。那一次次的规划都跟不上深圳人口的快速增长和经济高速发展。

在《我在深圳当市长》一书里，“重新规划，建设现代化国际性城市”独立成章。1995 至 1996 年，在子彬市长的主持下，市政府面向未来，面向国际，重新编制城市总体规划，将规划面积从第五次规划的 150 平方千米覆盖到全市 2020 平方千米的每一个村落，描绘出现代化国际性城市的蓝图。①

那是一份高瞻远瞩深谋远虑有胆有识的城市总体规划，把深圳定位为“现代化、国际性”，对 1996—2010 年的市政建设做了精心策划。子彬市长亲自挂帅，他提出的指导思想是：“城市规划要具有 50 年甚至 100 年的前瞻性。”市政府还特地聘请了国内外顶尖设计专家长岛孝一、力利·海克、吴良镛、周干峙、钟华楠五人为顾问。规划获批之后，1998 年就开始动工，重点建设福田中心区：市民中心、新图书馆、中心书城、音乐厅、少年宫、电视大厦等宏伟建筑纷纷拔地而起，陆续在 21 世纪初期建成。

在我心目中，这可谓是深圳的第二次文化建设高潮，比起 20 世纪 80 年代初期的第一次文化建设高潮更加宏伟壮阔。子彬市长认为，经济发达是“形”，精神文明是“神”。现代化国际性城市应该形神兼备。市长的这个城市建设理念后来在宣传部领导的讲话中传达出来，带给文化界的是震

① 2020 平方千米是当时测量的数据，数年后官方发布的深圳面积为 1997.47 平方千米，一直沿用至今。

惊和鼓舞。此次在书中又读到老市长当年对建设现代化国际性城市的阐述，深深体会到市政府主政者所站的高度、眼界和胸怀，对于一座城市来说是多么重要！

创新是改革的灵魂。《我在深圳当市长》一书，“创新”的精神浸透着每一张纸页。例如大力发展高新技术产业，加速推动产业结构升级，彻底扭转过去以“三来一补”“加工贸易”为主的经济结构。这一系列的组合拳，每一拳都是创新。

子彬市长旗帜鲜明地提出，深圳要发扬“科学兴国”精神，大力发展高新科技产业。具体落实下来，信息技术产业、生物技术产业、新材料产业成为大力扶持的重点。华为、联想等一批高科技产业得以突飞猛进，蓬勃而起。就在这数年间，高新科技产值以年均增长 42.6% 的速度飞跃发展，到 1998 年，深圳制造业生产总值已达 1848 亿元，名列全国大中城市第五位，而其中有一半的产值来自高新技术产业。自此以后，高新科技产业逐渐发展成为深圳的支柱产业，财政收入也高歌猛进，上升至全国第三位，仅次于上海、北京。经过持续不懈地努力，最终实现了深圳经济的成功转型，奠定了深圳现代产业的基础。

大力发展高新技术产业，急需科技人才、科研成果的支撑，而这恰恰是深圳的“短板”。子彬市长求助于母校清华大学，在 1996 年就成立了中国第一家创新型研究机构深圳清华大学研究院。此后，北京大学、香港科技大学、哈尔滨工业大学等名校也纷至沓来，为推动科学研究和培养高级人才发挥了巨大作用，迅速增强了深圳的软实力。

与此同时，子彬市长还亲自主持组建了占地十多平方公里的“深圳市高新技术产业园”，发展成为深圳湾畔的“硅谷”。此后又在此生长出了“深圳虚拟大学园”，吸引了国内数十所高校进驻，建立科学实验室、博士后工作站，为深圳培育创新软实力，中兴、腾讯、创维、海王、迈瑞等众多创新企业都在这里陆续崛起。

正是在硬实力和软实力协调发展的基础上，1998 年 4 月，李子彬和时任市委书记张高丽做出了重大决定：停办已在深圳举办了 10 年的荔枝节，转而积极筹备一年一度的“科技节”。1999 年 10 月，深圳市政府与国家对外贸易经济合作部、科技部、信息产业部和中国科学院联合举办了首届

"中国国际高新技术成果交易会"。朱镕基总理亲临会场宣布开幕并致辞，成为当时轰动全国的盛事。之后许多城市争相效仿，如今这"高交会"已名扬四海。

一桩桩一件件深圳乃至全国在之前闻所未闻的新生事物，就这样在李子彬主政深圳市政府期间诞生了，创造了若干个全国第一。敢走前人未走之路，敢做前人未做之事，李子彬大刀阔斧开拓前进的行事风格，基于他高瞻远瞩的国际视野、有胆有识的担当精神，以及广博的知识、科学的头脑等各种因素。各种因素支撑起一个"敢"字。"敢为天下先"就是李子彬市长在一次会议上向深圳人民提出的号召，它早已被列入"深圳十大观念"，被传承下来，已经成为深圳人民乃至全国人民的精神财富。

《我在深圳当市长》一书里，还有"两个文明建设协调发展""建设廉洁高效政府""深化国企改革""金融业发展改革"等篇章，读来都既觉亲切熟悉，又深感振聋发聩。那是子彬市长与深圳市民共同的经历，但是作为普通市民只是感觉到深圳在发生着日新月异的变化，当时却不可能洞悉那幕后的奥秘。老市长的新书为我们讲述了当年的故事，我看得饶有兴味，心潮澎湃。

这本书是子彬同志在深圳工作五年半的经验总结。我认为，它更是一笔宝贵的精神财富，是可参照、可学习、可复制、可推广的教科书式的资料。广大的经济欠发达地区，如果能认真研究和借鉴深圳经验，从而促进本地经济发展，将是这本书出版的最深远的意义所在。

光阴似箭，子彬同志卸任市长已经20年，但是我们深圳市民至今仍在享受着20年前的许多成果——譬如地铁。在国务院已经明确规定全国除北、上、广以外不再审批地铁项目之后，李子彬明知不可为而为之，三番五次向国务院提出申请，甚至找到当时分管工业和交通工作的国务院领导，以及国务院主要领导，直至党中央领导同志。由于深圳人口急速增长，解决地面交通高度拥堵的办法唯有修建地铁。而为了自己的城市修建地铁如此百折不挠，只有真正践行"以人民为中心"的公仆才能做到。终于，深圳地铁破例获得批准立项。如果不是当年子彬市长的死命坚持，深圳市民们肯定要推迟很多年才能享受到地铁交通的便利。

再譬如东江水源工程。深圳是全国第七大严重缺水城市。李子彬到任不久就着手解决缺水问题。他力主从东江引水，亲力亲为带队沿东江寻找最合适的取水口。当东江水源工程开工在即，一切准备就绪的时候，层层上报的审批手续还没有批下来。时任水务局局长的梁明心急如焚，请示市长怎么办？李子彬说："你们干吧，上边要是追究责任我担着！"由于这项工程及时开工，保证了它于2001年末按时竣工成功通水。大自然好像要检验这项工程的作用和意义，紧接着在2002、2003、2004年连续制造了三年大旱。源源而来的东江水保证深圳灾年无灾情，支持我们顺利度过了三年大旱。2021年就是东江水源工程竣工20周年了，我们深圳人仍然喝着东江水。

读完新书，掩卷沉思，不禁思绪万千，敬佩之情，油然而生。李子彬市长为我们留下了深圳第二次创业最初五年半时光的回忆，弥足珍贵。为官一任，造福一方，饮水思源，温故知新。这将激励后人，继承和发扬深圳的拓荒牛精神，为争取更美好的未来而不断开拓创新，奋勇前进。

在李子彬《我在深圳当市长》新书发布会上的发言
原载《文艺报》2020年10月30日

杨晦的北大岁月

从温哥华回到北京大学不久的家炎兄，春节后在蓝旗营寓所给我打了电话，说到2019年是我们导师杨晦先生120周年诞辰，北大要出版纪念他的文集，嘱我回忆北大往事，抒写所历实情，为后人提供些历史资料。

人生难返往昔时，不忘当初恩师情。回想起我在北大跟随晦师读书从教的31年时光，不禁思绪起伏，感慨万千，往日的不少历史情景，重又在我的脑海中断续浮现，久久不能平静。近日，缅怀转为沉思，提起笔来，写下了我的情思。

一

杨晦，这位“五四”老人，乃是我一生中遇到的第一位教授，对我的学术道路、为人之道、人生之路都起着引导作用。一日为师，终身为父，这一古老传统在“五四”以后仍在延续着。从浦江清、王瑶两位和导师朱自清的师徒关系中，我感受到了这一传统。有幸在与晦师的交往中，我又一次亲身体验到了老师对学生的慈父般的关爱，体验到了传统师生情谊的珍贵。

我是在1952年秋第一次见到晦师的，在此之前，只闻其名，未见其人。那年，我在江苏师范学院（原东吴大学，现苏州大学）参加了全国统考，由北大派到江浙来招生的章廷谦（川岛）最后拍板，被北京大学中文系录取。当年秋天，我带了三本书来到燕园：朱光潜的《诗论》、杨晦的《文艺与社会》和周扬编的《马克思主义与文艺》。我的中学语文老师陈友梅和何阡陌告诉我：朱光潜和杨晦都是北大教授，这些书用得着。果然，我到北大后上的第一课，就是晦师开讲的“文学概论”。在此之前，我从未见到过大学教授，以为大学教授或是西装革履，或是长袍马褂，威赫森严，高不可攀。可是我见到的晦师，穿着一身灰青布衣中山服，面庞却像鲁迅一样。我的第一印象，这是一位亲切慈祥、平易近人的忠厚长者。当时，我是这门课程的课代表，负责师生沟通，从此就常出入于他的燕东园寓所（37 号），直到 1983 年。其间还有两年，我就住在他的客厅里，停电时常能秉烛夜谈。往事并不如烟，今犹历历在目。

我不仅逢上了好时光，而且还遇上了好老师。从我进入北京大学读本科（1952 年）开始，到攻读副博士研究生毕业（1960 年）的八年间，正是北大历史上辉煌的黄金时代。执掌中文系的晦师，全身心投入教学中，充分发挥了自己的教育积极性，度过了心情最为舒畅的一段岁月。当时的中文系，真的是名师云集。院系调整后，来自本校的魏建功、游国恩，来自清华的吴组缃、浦江清、王瑶，原在燕京大学的林庚、高名凯、吴小如等都齐聚到了燕园。北大历史上从未有过如此盛况。清华大学著名的“四剑客”中的三人——季羡林、林庚、吴组缃都来到了北大，只有李长之一人去了北师大；连中山大学的王力、岑麒祥也都调进了北大中文系。在晦师的积极带动下，大家的教学积极性发挥了出来，把各自的聪明才智贡献于教书育人，使我们这一辈青年学子受益无穷。那时，北大不开美学课，但美学家朱光潜、宗白华、蔡仪、邓以蛰、马采等都在这里，我也得以分别登门拜访，虚心讨教，转益多师，博取众长。

我进北大时，正是马寅初继承蔡元培的传统，倡导尊师重教、学术自由，鼓励各家争鸣之时。晦师在中文系，发扬了这一传统。中文系开设什么课程，事先他都和教师们商量，让大家充分发挥自己的学术特长，各显神通，炒“名牌菜”，开出自成特色的课程。吴组缃是著名作家，分析作品头头是道，深入堂奥，晦师就请他开了一门“现代文学作品选读”。章廷谦是鲁迅的好友，擅长写作散文，晦师就请他开了一门“写作实习”课程。王瑶在清华时，朱自清已让他从研究中古文学转向教现代文学，在北大就开出了“中国新文学史”一课。讲授中国古代文学史的游国恩、林庚、浦江清、季镇淮等也各有所长。晦师鼓励大家把自己的心得说出来，发挥各自的学术能量。晦师这个让大家各显神通、炒“名牌菜”的方针，不仅让教师皆大欢喜，而且广受学生欢迎。20 世纪 50 年代，北大的一级教授并不多，但中文系就有四位：杨晦、魏建功、王力、游国恩。

晦师所开设的“文学概论”一课，也是别开生面，自成特色。那时的“文学概论”课，没有统一的教材，连教学大纲也没有，要到 1954 年，教育部才请晦师主持，开始制订教学方案。晦师讲课，没有讲稿，不像王瑶已写出了《新文学史稿》，可以照本宣读。每次讲课，晦师都把讲授要点写在一张小纸片上，然后在讲堂上当场发挥，沿着他的思路一路讲下来，既没有一、二、三、四，又没有甲、乙、丙、丁。这就苦了许多同学，不知怎么记笔记。我因为是课代表，听课特别专心，尽力把晦师所讲，全部记下来，好让同学在课后对笔记。那时，已在北大文学研究所的何其芳夫人牟决鸣、蔡仪夫人乔象钟也常来听课，每次都来找我要笔记看。徐悲鸿夫人廖静文正在为写《徐悲鸿传》做准备，本也想来听晦师讲课，后来她通过牟决鸣来找我看了此课的笔记，觉得不好学，就知难而退了。

确实，“文学概论”这门课不好学，也不好讲，当时敢上这门课的教授寥寥无几，需要有点勇气。这门课是“五四”新文化运动以后才新设的，研究的是“五四”以来的新文学，需要懂得新文学，又要有深厚的理论功底。蔡元培在 1917 年任北大校长时，对京师大学堂的课程做了大刀阔斧的改革，增加了许多新课程，特别重视美学和文艺学这两门基础理论课程。他要哲学门及早开出美学课，无人敢接，他就亲自上阵，在 1920 年开讲美学，后来才请到国外回来不久的张竞生来接着讲。蔡元培要国学门开出“文学概论”，也无人敢接。鲁迅在教育部推进美育时，是蔡元培的得力助手，应是开“文学概论”的最佳人选，但其当时还在教育部任职，只能在北大兼职当讲师，不能当专职教授，正好他在研究中国小说史，所以就在北大开了门“中国小说史略”。为了支援北大开设“文学概论”，鲁迅把自己的胞弟周作人推荐给了北大。蔡元培本想让他讲“文学概论”，不料，周作人知难而退，不愿开这门新课，而是另辟了两门新课：“欧洲文学史”和“外国文学选读”。到 1920 年，蔡元培才请到了从国外归来的张凤举（定璜），北大方首次开设了“文学概论”。晦师刚开始有所接触，又很快就毕业了。这以后，“文学概论”这门课在北大时断时续，因人而设，既无固定教师，又无固定教材。鲁迅在 1926 年南下之前，在教育部开始翻译日本厨川白村的《苦闷的象征》一书，1925年由北新书店出版。鲁迅就用此书作为教材，在北大举办了几次讲座，以此替代“文学概论”课。晦师深悉北大的这段历史，正好他的《文艺与社会》已在1949年出版，有了底气，所以敢像鲁迅那样，以自己的著作为底本，开讲“文学概论”。

不过，晦师当时还碰到了一个新的难题，就是讲“文学概论”如何处理毛泽东文艺思想？著名美学家吕荧在新中国成立之初任山东大学中文系主任，自告奋勇开设了“文学概论”一课，还是按照他此前的讲稿宣讲，自成体系。但在1951年，就受到了个别听课学生的批评，发表在当时由冯雪峰主持的《文艺报》上，引人注目。学生批评吕荧的讲课闭门造车、脱离实际、自说自话、教条主义，违背毛泽东文艺思想。吕荧一气之下，立即罢教，离开山大，再也不上大学讲堂，专事翻译去了。吕荧和晦师乃同辈，两人间还有过学术争论。前车之鉴，晦师何为？经过再三考虑，晦师毅然知难而进，连续开出了两门课程，在“文学概论”这门基础课之外，另开一门面向全校的课“文艺政策”，专讲毛泽东《在延安文艺座谈会上的讲话》。晦师不仅在北大讲，还被请去清华、辅仁等校和丁玲主持的中央文学讲习所讲。这是毛泽东文艺思想第一次进入北大讲堂，晦师功不可没，受到马寅初校长的高度赞赏。这一思路，后来被蔡仪所接受。1961年我去中央高级党校参加编写由蔡仪主编的《文学概论》时，如何处理毛泽东文艺思想成为难题，晦师出主意，另编一本教材《毛泽东文艺思想》。蔡仪觉得好，就叫张炯、王燎荧等编写出初稿，只是周扬不赞成而作罢（他力主合二为一）。

晦师在“文学概论”课上讲了些什么呢？我清理北大读书时留下的一些笔记时，得以重温旧梦。那时，苏联的文艺学还未进入大学课堂，晦师所讲，还是在发挥他在《文艺与社会》（上海中兴出版社1949年版）中所持的文艺见解。他常以地球的自转和围绕太阳的公转为喻，阐释文艺运动的自律和社会运动的他律，相互作用，共同促成了文学艺术的发展。他在20世纪40年代的文艺评论中，更多关注了他律，较多阐发文艺的社会作用；但他在“文学概论”一课中，对文学的自律做了更多的阐发，要大家进而去弄清文艺和文章的区别。在古代，文学涵盖了所有文章，所有用语言文字表达出来的文章，都是文学；但在发展过程中，逐渐把文章做出区分，分化出“缘情”“言志”之作，和“议论”“说理”之作有所不同，突出以“形象”来表现，发展成今天所谓的“艺术的文学”。如今，这“艺术的文学”已和其他艺术归入同一系列，成为文学艺术，简称文艺，和其他类型的文章有所区别了。如今的文艺学、美学已和古代的《文心雕龙》有所不同。刘勰的研究对象是广义的文学，其中当然包括了“艺术的文学”，但远远不限于此，而是包括了所有文章，所以，那是文章学。依晦师之见，今天的“文学论”应属文艺学，要阐明“作为艺术”的文学和其他类型文学的不同。“作为艺术的文学”要创构艺术形象，以形象来反映生活。从“文学概论”一课开始，晦师就以夏商之际的“铸鼎象物”这一案例来说明文学艺术的特性。古人“铸鼎象物”，是要“象其物宜”，但目的还在于“使民知神奸”，求真是为了求善。那时，美善不分。但到了孔夫子，“美”与“善”已有所区分：“《韶》，尽美矣，亦尽善矣；《武》，尽美矣，未尽善矣。”真、善、美成为文学艺术的最高要求。

自 1954 年春苏联专家毕达可夫来北大开设“文艺学引论”以后，晦师就另辟蹊径，转向中国文艺思想史的研究。但晦师对苏联专家所讲的文艺理论颇为失望，认为不切合中国文艺创作的实际。后来他几次和我说起，他想写一本《文学论》，把自己对“艺术的文学”的见解清理一下，做个自我了结。可惜晦师晚年体衰，未能写成，深为遗憾。

晦师讲文学理论，不尚空谈，紧密联系实际，不仅面向文艺创作实际，而且针对学生的思想实际。每次我去他那里，他总要关切地询问学生听课的反应，提出了什么问题，好在下次讲课时为学生释疑解惑。受晦师谈艺术美的启发，我想多读些美学著作，不知应从何着手。晦师谆谆善诱，善解人意，他要我从读蔡元培的著述着手，再读梁启超的著作，然后读蔡仪的美学。他对蔡元培特别敬重，多次给我讲了蔡元培在北大任校长时的许多事迹。他将毕业时，还赶上了听蔡元培的美学演讲，留下了深刻印象。后来，我去拜访朱光潜老人，朱老却劝我先读王国维，再读吕荧、宗白华。我发觉，晦师和朱老的思路有所不同，我便从自己的实际出发，先读蔡元培，再读梁启超、王国维、蔡仪、宗白华、吕荧等人的美学著述。在 1953 年，我集中精力，先后读了 30 本左右中国现代美学著作，使自己大开了眼界。在此以前，我只读过朱光潜的《谈美》《诗论》等，只知道蔡元培在江南推进美育，却没有读过他的著作。经晦师的点拨，蔡元培的美学才进入了我的视野。这才发现，蔡元培虽未写出美学专著，但在他的整个哲学体系中，美学具有重要地位；而且他的美学见解，自成一格，不同于朱光潜的美学，要谈中国现代美学的发展，绝不能轻忽蔡元培所做出的贡献。改革开放之初，我参与“北京大学文艺美学丛书”的组编，特邀朱光潜、宗白华、晦师三位做顾问。听取晦师的意见，我们优先推出了《蔡元培美学论文选》，广受读者欢迎，生发了广泛而深远的影响。

每当和我说起蔡元培时，晦师总是倾注着无限崇敬之情。正是蔡元培把京师大学堂这一培养半封建式官僚的旧式衙门引向现代大学的建设之路。他告诉我，早在 1912 年 1 月，蔡元培被孙中山任命为民国政府的第一任教育总长时，5 月就下令把京师大学堂改名为北京大学。1917 年初，蔡元培正式接任北京大学校长后，就厉行改革，扩大招生，向平民倾斜。正是这一举措，使得出身于东北一个贫苦之家的晦师，才能有机缘在当年考入了北大哲学门，和朱自清等同窗三载多，接受现代高等教育。1918 年，北大从老旧的王府迁入了新建的红楼，蔡元培把陈独秀、李大钊、胡适等请到了北大。陈独秀把《新青年》也从上海移到北大。北大成了新文化运动的中心。

晦师告诉我，正是在北大受到了新文化的启蒙与熏陶，他增生了忧患意识，激发了爱国热情，“国家兴亡，匹夫有责”，所以才积极投身于五四运动，和许德珩等最早闯进赵家楼。说到北大精神，他最信奉的是李大钊所推崇的“铁肩担道义，妙手著文章”这十字方针。这种精神激励着他的一生。

蔡元培一再声称，北大所以和一般的专科性学校不同，就在于：“大学者，研究高深学问者也。”那时，晦师入的是哲学门，听胡适讲西方哲学，又讲中国哲学，但受影响最大的，却是胡适在 1917 年发表在《新青年》上的《文学改良刍议》，掀起了文学革命。蔡元培在那时没有开哲学课，却在 1920 年为北大开设了美学课，晦师正好在毕业前的最后一学期赶上。蔡元培开美学，这在中国教育史上是美学第一次进入大学殿堂。尽管梁启超、王国维早于蔡元培倡导要在京师大学堂开美学，但从未得以实施，只有到蔡元培亲自上阵，才开了风气之先。晦师深有体会地说：“蔡元培倡导美学研究的最大贡献是促进美育的实践，使美学理论和美育实践密切联系在一起，不只是务虚，而且还务实，虚实结合，推进了教育事业的发展。”晦师读了蔡元培 1917 年发表在《新青年》上的《以美育代宗教说》，又读了 1919 年发表的《文化运动不要忘了美育》等文，从而深受启发，开始关注文学艺术，思考文学艺术在社会中究竟能起到什么作用。那时，鲁迅也被蔡元培聘为兼职讲师，在北大开讲“中国小说史”，晦师也开始注意鲁迅为配合蔡元培在全国推行美育而写的一些文章，思考起如何通过教育来改造国民性的宏大课题来。

为此，晦师就把蔡元培所撰的《哲学大纲》（商务印书馆 1915 年版）找来做了一番研究，结果发现，在蔡元培的哲学体系中，美学占有重要地位，仅次于伦理学。在书中，蔡元培专设了一编《价值论》，对道德、宗教、美学做了分析，对美学情有独钟。在那众声喧哗的年代，不时有人鼓吹宗教信仰，甚至要把儒学提格为儒教，蔡元培却力排众议，倡导要以美育代宗教。对此，晦师极为敬佩和信服。晦师入的虽是哲学门，但毕业后却转向了文艺教育，正是受了蔡元培、鲁迅的影响，想在重塑国民性上起一点作用。

经晦师的启示，我不仅把他所推荐的《哲学大纲》借来读了，而且还在北大图书馆找到了一本蔡元培所撰的《简易哲学纲要》来细读。这本书出版于 1924 年（商务印书馆），当时被列为“现代师范教科书”，影响甚广。在此书中，蔡元培比《哲学大纲》更为详细地展开论说他的价值论，探索“论理、伦理、美学三方面的关系”，深入知、情、意，统论真、善、美。在那个年代，蔡元培就已明确指出：“此物是白的”，属事实判断；而“此物是好的”，则属价值判断。两者是不同的，不能混为一谈。称赞一物为美，就属于价值判断，亦即如今所说的审美判断，是一种价值评价。显然，蔡元培的美学，受康德美学影响，但受文德尔班的影响更大。蔡元培在此书的一开头就明说，他最赞赏的哲学，乃是德国文德尔班（当时他译作“文得而班”）的人生哲学。他这本书就是承继了文德尔班《哲学入门》的思路来写的，美学应属于价值学。真、善、美是人生追求的终极目标、最高价值。

正是受到了晦师的点拨与引导，我在 1953 年开始接触蔡元培的美学，由此进而又读了梁启超、王国维、蔡仪、宗白华等人的著作，而且还萌生了一个想法，想在毕业时写一篇毕业论文，题目就叫《美学初起半世纪》。为此，我在那年就开始写卡片、积资料，还未来得及写成论文，多年后才在王一川、陈伟的参与下，编成《中国现代美学丛编》，由北京大学出版社出版。我对蔡元培的美学也未能做进一步研究。80 年代初在北大推出《蔡元培美学论文选》后，直到 2012 年纪念蔡元培倡导美育一百周年，我回忆起晦师的当年教导，写了一篇长文《蔡元培的美育精神》，以了心愿。但正是在 50 年代初，晦师把我引进了文艺学之门，进而又从文艺学引向美学之门，从而开启了我今后的学术道路，逐渐走向融文艺学与美学为一炉之路。

二

杨晦，1899 年出生在东北的一个贫苦农民家庭，自小就历经苦难。1920 年秋北大毕业后走向社会，有了更深切的感受。他的后半生，从 1949 年到 1983 年，84 岁时逝世，这 34 年都是在北大度过的。从 1949 年到 1959 年，晦师从 50 岁到 60 岁，正是他革命意志高昂、全心全意投身于新中国教育事业的十年。在这 10 年间，晦师意气风发，教书育人，为北大做出了不可磨灭的贡献。

晦师在 50 岁之前也一直在从事教育事业，先后在 15 所学校教过书。但在旧社会，教书要为稻粱谋，无法安居乐业，晦师颠沛流离，四处漂泊，东北、西北、华北、华东、华南、西南，都留下了他的足迹。抗战胜利前夕，1944 年，晦师由吴组缃推荐到中央大学国文系任教授。在重庆听马寅初演讲，直接受到启发，晦师不时在课内课外发表进步言论，成为学生尊敬的进步教授。抗战胜利，中央大学回迁南京之际，立即把晦师解聘。1946 年，教育家陈鹤琴请他到了上海，在上海幼稚师范专科学校任教，但受到国民党当局的暗中监视，无从潜心教育。

直到 1949 年迎来了新时代，晦师才能全心全意投身新中国的教育事业。1948 年冬，在地下党的安排下，晦师全家从上海转移到香港，1949 年春，又由香港乘船北上，来到北京，从此开始了新的生活。当年夏天，晦师受邀参加了中国文学艺术工作者代表大会，作为主席团成员参与了大会文件的起草。主持文联实际工作的周扬，通过何其芳向晦师表达了想邀请晦师留在文艺界的意向，请他和光未然（张光年）等一道参与作家协会的建设，从事文艺评论。但是晦师的好友冯至却劝他还是回到母校北大任教，可以安心做学问。晦师经过郑重考虑，最后决定，听从挚友的劝告，回到了阔别三十年的母校，从此再也没有离开过北大。北大是晦师的最后归宿，他的后半生都奉献给了母校。

北大的新生，始于1949年初。原北大校长胡适于1948年12月15日被南京当局的飞机接走后，教授自己管理自己，成立了校务委员会，由汤用彤任主任。新中国成立初期，钱俊瑞受命接管北大，很快又去接管教育部，改由周扬继续接管；但不久，周扬又受命去接管文化系统。所以，实际执掌北大的还是校务委员会。那时，晦师虽还没有加入共产党，但有一定的社会影响，汤用彤很欢迎这样的公众知识分子来北大并赋予重任。晦师入北大的第二年春，就由好友蔡仪推荐介绍，加入了共产党。时任中文系系主任魏建功，因叶圣陶邀他去专任辞书社社长，就立即推荐晦师接任了中文系系主任。1950年冬，主管北大的教育部部长马叙伦教授又给晦师加码，亲自任命他为北大的副教务长，主管全校的文科教学。晦师不负重托，带头开设新课，不仅在北大，还不时去清华、辅仁等校开讲新中国的文艺方针，甚至还应丁玲之邀，去中央文学讲习所宣讲，同时还和何其芳一起开始筹建北大文学研究所，忙得不可开交。

自从进入了马寅初时代，北大出现了前所未有的新气象。1951年春，周恩来总理任命马寅初为新北大的第一任校长，汤用彤任副校长，晦师更成了新校长推进新教育方针的得力助手。当时，周总理亲自主持和领导了新中国第一场知识分子思想改造运动，马老一上任，就在北大设立了“暑期学习会”，组织教师自觉学习新思想，进行自我革新。马老在给周总理写的信中说道：“北大教授中有新思想者，如汤用彤副校长、张景钺教务长、杨晦副教务长、张龙翔秘书长等12位教授，响应周总理改造思想的号召，发起了北大教员政治学习运动。”马老还邀请周总理来北大，为京津教师代表做了著名的《关于知识分子的改造问题》的报告，晦师作为北大的副教务长，积极参与了组织、安排。在马老的直接领导下，他还为1952年的高等学校院系大调整做了相应的筹备工作。就在这次院系调整中，晦师主动向马老提出，他支持清华的周培源、北大的张龙翔来主持新北大的教务，他自己不再担任副教务长，好全力以赴办好中文系，并和何其芳一起筹建北大文学研究所。俞平伯、余冠英等就是在此时调配进文研所的，随后，好友蔡仪、陈翔鹤也进了文研所。

晦师对马老十分崇敬。早在1919年春，马老就被蔡元培任命为北大的第一任教务长，那时正在就读的晦师，就对马老一不当官二不发财，却到北大来献身教学的崇高精神十分敬佩。在重庆时，晦师重受马老教诲，走上了近似的道路，成了民主斗士、进步学者，面向社会，伸张正义。如今，他们都回到了母校，要为建设一个新北大而共同奋斗，这是何等快事！经过院系调整之后，北大的规模大大扩展，马老主动向周总理请求，要教育部为他配一个得力助手，自己好腾出时间来做学问。1952年，北大迎来了党内教育家江隆基，当党委书记兼副校长，协助马老管理北大，北大历史上也有了第一位党委书记。当时北大的领导机制，马寅初是第一把手，全校总管。他德高望重，众望所归。在马老和江隆基执掌北大期间，马老不仅自己带头做学问，从事人口问题的研究，而且在全校倡导：北大要教学、科研两手抓，二者相互促进，以提高北大的学术水平。从1954年开始，北大把每年都要举办的五四运动庆典，改成了一年一度的“五四科学讨论会”，这是北大历史上的重大创举。马老和江隆基相互配合，马老亲自主持开幕，江隆基则在闭幕式上做总结，成为最佳拍档。

晦师对这一重大举措衷心欢呼，拍手叫好：这是对五四运动的最好纪念，北大精神的继承发扬。作为系主任，晦师在中文系积极响应，每年组织系内的科学研讨会，鼓励教师在教学之余，积极从事科学研究。他自己带头，从1954年起，积极投入了中国文艺思想史的研究。晦师的为学之路，约可分三程：1939年之前主要从事戏剧的写作及翻译工作，1939年至1952年主要从事文艺评论，而自1952年院系调整之后，则转向学术研究。在那个倡导“百花齐放，百家争鸣”的年代，晦师潜心学术，目不旁骛。直到1958年至1960年的“大跃进”年代，科研积极性达到高潮，他一连写出了好几篇学术论文，发表在《北京大学学报》《文学研究》等刊物上。

但是，一旦真要脚踏实地从事教学和科研，就要解决许多实际问题。面对日益频繁起来的政治运动，如何才能保证教学、科研的顺利进行？老教授遇到了新问题。教学、科研都各有自律，而参加政治运动费时费力，怎样才能协调起来，实是难题。晦师要破解此题，颇费苦心。他执掌中文系，还是把主要精力放在推进教学、科研上，而政治运动则压缩到底线，力求少冲击教学、科研。他让党总支书记抓政治运动，又设一专职副主任管教务，自己则着力于学科建设、学术研究。那时，政治运动逐渐增多，但他尽量控制时间和规模，防止扩大化。批胡适、胡风、俞平伯，都是只让少数几个教师和同学临时结成一个小组，先弄清情况，做些研究，然后再向大家做个通报，轻掠而过，绝不兴师动众，大张旗鼓。在批评俞平伯的会上，晦师甚至还为俞平伯做了些辩解。1954 年，他还写了一篇《中国古典小说浅说》(《文艺学习》1954 年第 3 期)，其中对《红楼梦》一书做了正面评价和阐发，既不同于俞平伯之说，也不同于李希凡之说，不去批判别人，却正面阐发了自己的见解。在他看来，《红楼梦》是一部伟大的现实主义作品，既具真实性，又富人民性，“它把封建时代的世态人情，复杂的阶级关系和无情的阶级斗争表现得淋漓尽致”。他还说，《红楼梦》的人民性，不仅表现在对底层奴仆的不幸遭遇表达了无限同情，更主要的还表现在“暴露了封建社会的黑暗，揭穿了封建礼教的虚伪性，宣告了这个社会的不合理、残暴野蛮，把鲁迅在《狂人日记》中提到的吃人的筵席摆在了人们的面前。这应该说是符合人民的意愿的”。他的评价，我甚有同感，对我影响很大，在 1955 年我写的《论文学的人民性》一文中，就吸取了晦师的观点。这是我生平第一次尝试写学术论文，引路人就是晦师。他在 1954 年就规定我在苏联专家讲完“文艺学引论”后，必须写一篇结业论文，送交文艺理论教研室。

那一年，教育部为推动北大向苏联学习，请来三位苏联专家讲学，一位在哲学系讲马克思主义哲学，一位在俄语系讲俄罗斯苏联文学，还有一位在中文系讲“文艺学引论”。为迎接苏联专家的到来，中文系成立了文艺理论教研室，晦师亲自兼任教研室主任，还把精通西方文艺理论的钱学熙教授（著名雕塑家钱绍武之父）从西语系调来。这是学的苏联的体制，倡导教学要和科研相结合，教授乃学科带头人。中国在此前学的是欧美，并没有这样的教学与科研相结合的教研室。晦师很重视教研室，想以此为基地，吸收年轻人在教授的带领下早些投入学科建设。那时，我攻读中国现代美学著作刚告一段落，很想攻读苏联的文艺学，所以就去找晦师，希望他能批准我去听苏联专家的课。我本不够条件，只有研究生才能修这门课，而我当时还是二年级学生；但晦师看我对文艺学、美学感兴趣，真心实意想学，就放我一马，特批我修此课。只是，他当时就规定：我修完课后，必须写一篇结业论文，交教研室留存。晦师和钱学熙同为指导教授。于是，我在 1955 年就投入结业论文的撰写。

晦师对这次苏联专家的讲学十分重视，那两年为此费了不少心力。一下来了三位苏联专家，这在北大的历史上从来就没有过，这是马寅初时代的一大盛事，由此大规模开始向苏联学习。更重要的是，当时的教育部直接下达命令，马叙伦、钱俊瑞委托晦师，要在北大办两个班：一个文艺理论进修班，一个文艺理论研究班，要为教育部直接管辖的重点高校培养文艺理论教师。这两个班都由晦师当班主任。晦师深感责任重大，负有培养新中国的第一代文艺理论教师的历史使命，不能忽视。那时，文艺理论研究班的研究生近二十人，都是从北大的中文、西语、俄语三系即将毕业的高年级学生中挑选出来的。比我高两届的师兄师姐们有幸，即将升入四年级时就提前毕业，其中有谭令仰、赖应棠、王家骏、石汝祥、乔福山、吴佩珠、陈贤英、弓惠英、曹国宇等都当了苏联专家的研究生。当时我好羡慕这些幸运儿，要在北大研究三年文艺理论，下功夫写出研究生毕业论文，然后再到部属各校去教文艺理论，何等舒心啊！那个文艺理论进修班也有近二十人，都不是北大人，而是从复旦大学、南京大学、中山大学、厦门大学、武汉大学、云南大学等教育部直属的重点高校选派来的青年教师，三十岁上下，有的正在教文艺理论，甚至还有的已当了中文系系主任。我和大家一起听课，就认识了好几位进修教师，如蒋孔阳、霍松林、王文生、张文勋、蔡厚示、李树谦、康伣、吕惠娟等。进修教师和研究生不一样，来去自由，一两年就可以回本校，而且不需要写毕业论文。但是，有些教师在这里，一边听课，一边就编写自己的教材，吸收了苏联专家的观点，加上了中国文学的例证，就赶快回去开设“文学概论”课程。蒋孔阳在当时就开始酝酿《文学的基本知识》，霍松林就在准备《文艺学概论》，李树谦、李景隆的《文学概论》也是在此时开始构思的。1957 年国内出版了一批文学概论的教材，大多受过苏联的影响。

也就是在1954年，教育部同时委托晦师，要为全国高校的“文学概论”课程拟出一个教学大纲，以应教学的急需。晦师就以苏联专家的教学大纲为参照，又虚心听取了蒋孔明、霍松林、张文勋、蔡厚示等进修教师的意见，拟出了“文学概论”的教学大纲，这是新中国成立以后的第一次。由晦师主持拟写的这个教学大纲一直推行到1958年，此后，毛泽东文艺思想占领了大学讲堂。所以，苏联专家的讲稿《文艺学引论》在1958年由高等教育出版社出版时，苏式文艺理论已近尾声。

晦师对苏联专家的讲学曾寄予较高的期望，1954年春节过后，苏联专家毕达可夫就来到了北大，在文史楼大教室上第一堂课时，晦师亲自陪同他到大教室把他介绍给听众。大教室里坐得满满的，约有60个听众，除了有进修教师、研究生，还有中、西、俄语系的一些年轻教师来旁听。晦师常来听课，朱光潜、蔡仪也来听过，但不久都不来了。晦师颇为失望，因为听来听去，觉得和苏联文艺理论家季摩菲耶夫的《文学原理》一书所论的差不多。而《文学原理》此书，已在毕达可夫到来之前的一年（1953），就由查良铮翻译过来，平明出版社已公开出版，大家都见到了。毕达可夫不懂中文，也没有学过中国文学，讲课只能说俄语，举的实例也都是俄苏欧美文学，北大专门配了两个翻译做他的助手，一个是俄语系的教师，上课时当场口译；一个是中文系的女教师，做笔译，先在内部印刷出版。因此，此课的教学进程甚为缓慢，教学效果不佳，大家有些泄气。

教学效果虽不甚佳，但晦师对苏联专家还是很尊重。毕达可夫那时才四十多岁，身材魁伟，但只有一条手臂，卫国战争中受伤，失去了一臂，战争胜利后上了莫斯科大学，上学期间听过季摩菲耶夫讲的《文学原理》。来北大之前在基辅大学当副教授，北大讲学回国后，他才升了教授。所以难怪他讲的课程就和他老师的《文学原理》差不多，但是晦师还是苦口婆心地劝说研究生要把课听完，全面掌握苏联文艺理论，以便将来我们好好总结中国自己的经验，建设中国自己的文艺理论。受晦师启示，我就沉下心来，把毕达可夫的课程和季摩菲耶夫的《文学原理》做了些对比，想捕捉一下毕达可夫讲稿中是否有些新意，将来写结业论文时可做发挥。我发现两人所论，基本架构差不多，但大同而有小异。季摩菲耶夫的《文学原理》分成三册出版：《文学概论》《怎样分析文学作品》《文学发展过程》。

毕达可夫的讲课也分成三大部分："文学的一般常识""文学作品的构成""文学的发展过程"。但在第一部分论述文学的一般特征上，就有些差别。季摩菲耶夫较重视文学的真实性，而毕达可夫的讲课却更重在论述文学的阶级性、人民性和党性，突出文学的意识形态性质。这也可说是斯大林时代文艺理论的特点，把文学艺术放在整个社会架构中来论说，从经济基础说到上层建筑，再进而论意识形态。文学艺术就属于漂浮于上层建筑之上的意识形态。当时，我听苏联专家讲课时，思考最多的就是文学的阶级性、人民性、真实性这三性，想围绕着来写结业论文。

我把这想法告诉了晦师，晦师想了一想，就说，那就写篇《论文学的人民性》罢！一锤定音。毕达可夫的课业定于 1954 年当年就结束，但拖拖拉拉，直到 1955 年初夏才了结，他就匆忙回国了。我在 1955 年初就开始写结业论文，8 月完成，先送钱学熙，后又交晦师，完成了选修"文艺学引论"的作业。

在写这篇结业论文的过程中，我既吸取了苏联专家《文艺学引论》中的一些说法，又吸取了晦师《文学概论》中的一些论述，苏联专家的论学方法是从宏观到微观，把文学艺术放在整个社会架构中来考察，从经济基础到上层建筑，再到意识形态，自上而下，层层演绎，然后才推进论说到文学的阶级性、人民性和党性。晦师的论学方法与此不同，是从微观到宏观，先从具体的文学现象考察起，把艺术的文学从一般的文章中分出来，自下而上，从文学的自律，再上升到更广的社会层面，考察社会的他律和文学的自律之间的相互转换。我更喜爱晦师的这种论学方法，爱从具体的文学现象说起，再上升到理论，我就在论文中大量引用了现实主义和浪漫主义的文学作品，特别是中国自己的古典名著，在巴尔扎克、托尔斯泰、普希金之外，我还对陶渊明、苏轼等作品有所分析，受晦师对曹雪芹《红楼梦》所论的启发，对这部古典名著的人民性做了更多的论述。我这篇结业论文写得很顺畅，竟有三万多字，主题是《论文学的人民性》，我特地加了个副标题：《兼论现实主义和浪漫主义》。我这篇论文没有拿出去发表过，而是被北京大学统一用的论文封皮包装起来存在教研室。但是后来起了作用。三年后，文坛掀起了倡导"革命现实主义与革命浪漫主义相结合"的高潮，《文艺报》举办讨论会，邀请晦师参加。晦师想起我对现实主义和浪漫主义有过探讨，就把我推荐给主编张光年，我就和晦师一起去了。后来晦师又要我参加“现实主义和反现实主义”专题的研讨会，写论文，《文学评论》邀我写《理想与现实在文学中的辩证结合》，我的基本观点都来自那篇《兼论现实主义和浪漫主义》，只是“兼论”变成了“主题”，根据当时的需要加以发挥了。

当时，我听苏联专家讲课后的最大收获乃是开拓了我的学术视野，我开始接触马克思主义的意识形态学说，初步领会了文学艺术在整个社会结构中的地位和作用。但我受晦师《文学概论》的影响更深，惯于从具体作品出发，归纳出文学的特征，然后再上升到意识形态之说。后来我思索文艺学，常爱举郑板桥画竹的实例，从园中之竹到眼中之竹，再到胸中之竹、手中之竹，最后成为纸上之竹。简明扼要地阐明文学艺术乃一种特殊的意识形态，就是受晦师分析“铸鼎象物”的方法。晦师论“铸鼎象物”，所谓“象物”就是“象其物宜”，这里确有对物的模仿，要像；但又不仅仅只是模仿，在“象”中还是贯穿着思想意识、价值评价，目的在“使民知神奸”，所以有意识形态的性质。但文学艺术又不同于道德、宗教、政治等意识形态，而有自身的特殊性。文艺学既要研究这种普遍性，又要探索其特殊性以及两者如何结合在一起，文艺运动和社会运动如何相互促进，这正是晦师的治学之道对我的启示，使我终身受益。

在送走苏联专家之后，晦师就再也没有请外国专家来，而是向研究生倡导总结中国自己的文学实践经验，在出版苏联专家的《文艺学引论》(1958）时，他特地在“出版后记”中说明切勿教条主义地引用。他自己就转向了中国文艺思想史的研究，引导研究生也向这方向前进。他为研究生开出了一批毕业论文选题，分成三大类：一类如“文艺与道德”“文艺与宗教”“文艺与政治”，一类如“毛泽东文艺思想”“鲁迅文艺思想”“瞿秋白文艺思想”，一类如“先秦时代文艺思想”“魏晋时代文艺思想”等，重点都放在总结中国文艺实践经验方面，真是用心良苦。

三

杨晦师在苏联专家回国后，就把主要精力放在对研究生的培养上。

苏联专家 1955 年夏离开北大，进修教师也就陆续各自回到本校，但本校的研究生们却更忙碌起来了。不过，此时已不是忙听课，而是开始忙写论文，这是更加细致的任务，必须专心致志地下功夫钻研。作为文艺理论研究班的班主任，晦师深知责任重大，精心规划，不仅为二十多个研究生开出了一批论文选题，而且还深入辅导，分别指点，引导大家进入研究之门。当时的研究生班课代表赖应棠就亲口对我说过，晦师对他们这些研究生真的是诲人不倦，因材施教。从 1955 年夏到 1957 年夏，整整两年，晦师都在忙于指导研究生的毕业论文，关爱学生，锲而不舍。

晦师对学生的关爱，早已闻名。1944 年在重庆中央大学受教于晦师的乔象钟曾说晦师关爱学生可用八个字来形容，就是“关爱备至，无微不至”。晦师在几所大学教书时，不仅帮助不少进步学生躲过学校当局的迫害，而且还在生活上给予学生支援，在思想上给予学生启发。对此，晦师最好的朋友——患难之交冯至最为了解。在 1983 年夏所写的纪念晦师的文章中，他这样写道：“杨晦早年是个剧作家，本可以在戏剧创作的道路上继续行走，但是他没有走下去，而是走上了潜心教育之路，那是因为他感到，当代中国，教育更重要。杨晦不像有些作家那样，把创作看成是自己的第二生命。他认为有比写几个剧本更重要的工作。他在课堂上讲课，像是永远不枯竭的泉源，引导许多青年人去懂得人生的意义和革命的道理；他帮助朋友，关怀朋友的生活、思想，有时比被帮助、被关怀的人想得还多……如此等等，都是他更重要的工作。”

这段话说得十分精确。这是冯至和晦师亲密交往六十年的亲身体验。冯至和蔡仪都不是晦师的学生，而是晚了数届的北大师弟，晦师生于 1899 年，冯至生于 1905 年，蔡仪生于 1906 年。晦师早在 1920 年就毕业了，冯至在 1923 年才上北大，蔡仪更晚，1925 年才进北大。但这三个人都先后在他们的共同老师、教“文学概论”课的张凤举（定璜）家里相识，而且成了好朋友，被称为“北大三友”。晦师对他俩，比对亲弟弟还亲，从思想意识到衣食住行都加以关切。蔡仪的夫人乔象钟，就是晦师的学生，由晦师介绍和蔡仪相识。冯至的夫人姚可昆，则既是晦师的学生，又是部下，在晦师为《华北日报》主编副刊期间，任其编辑助理。晦师不仅介绍冯至和她相识，还不时为他俩安排约会，最终促成了这段美好的婚姻。冯至和晦师，可以“推心置腹，无话不谈”。他深深感叹：“这世上最亲的，茫茫人海，除了我的父亲，便是慧修（杨晦字慧修）了。”冯至晚年，回顾一生，深情自述，称对他“影响最大”的便是慧修，“我个人一生中有所向上，有所进步，许多地方都是跟他对我的劝诫和鼓励分不开的。他对待学习和事物的认真态度也使我深受感动”。

冯至最了解这位兄长的人格精神，所以在新中国成立之初全国文代会上重逢之后，他就劝晦师回北大任教，不要去文艺界专事文艺评论。正是这种献身教育、关爱众生的人格精神，促使晦师毅然回到了阔别近三十年的母校北大。

经历了全国院系调整之后的北大中文系，专业分得更细了，就更需因材施教，教师也就更需要有关怀学生、献身教育的精神。此时的中文系共有三大专业：文学、语言和新闻。每年的迎新会上，作为系主任，晦师都要劝说新生要安下心来，学习专业知识，成为专业人才。当时很多人进中文系是想将来当作家，晦师就耐心劝说，这三个专业都不是为当作家而设的，是为国家培养将来的专家、学者、教授。但在1954年，新生中来了一位18岁的年轻作家刘绍棠，晦师怎么应对？那就只能因材施教，做差别化处理。那年，全国高校扩大招生，要收11万人，而中学毕业生只有6万，所以国家下令，全部中学应届毕业生均要进大学。刘绍棠在中学就写小说，已出了《青枝绿叶》《山楂村的歌声》两部短篇小说集，一心想当专业作家。他进北大，乃是慕北大之名，却并不想当专家、学者，一听晦师说中文系不培养作家，就不安心了。晦师便专门找刘绍棠个别谈话，劝他既来之，则安之，在北大的学术气氛里感染一下，多读些世界名著。他对刘绍棠苦口婆心地说：“你已有两部小说集，很好，但那还只能称个小作家，不值得骄傲，你要努力当大作家，就必须有广博的知识积累、历史视野，还是要安心在北大好好学习。”晦师劝他要像鲁迅、吴组缃那样，既有学问，又能写作。刘绍棠听了晦师的谆谆教导，利用北大的清静环境，修改完了中篇小说集《运河的桨声》，但在1955年夏，还是选择离开了北大，去当专业作家。当时，当作家的吸引力太大，刘绍棠出了《运河的桨声》后一下就成了万元户，只花了两千元，就在中南海旁买了一套拥有八间房和五棵枣树的小小庭院，过起了自由自在的写作生活。

但是，世事难料，正当刘绍棠在“为三万元钱而奋斗”之时，1957年他被打成“右派”，成为新中国成立后青年中的第一个“反面典型”。晦师听到这个消息，沉默良久，内心深感痛惜，但又无可奈何。假如刘绍棠听他的话，安心留在北大读书会怎样呢？……

关爱学生，因材施教，这可说是晦师的治学风格。我个人，乃是这个治学风格的受益者。初进北大时，我就听晦师宣称：中文系不培养作家，但培养专家、学者。这正合我心意。我虽爱好文学，但从未想过要当作家，而想研究美学、文艺学，当个专家，讲讲学、写写文章，多么舒畅！我的同窗刘学锴，爱好古典文学，读过东北师大，不满意，重新考入北大，就一门心思钻研唐诗，后来成为林庚的高足。我的另一同窗郭超人，一进中文系就投身钻研新闻学，受当时新华社社长穆青的赏识，后来成为接班人，当了新华社社长。

正是在马寅初、江隆基执掌北大的那几年，北大的学术风气特别浓厚。1954 年，北大开始举办“五四”科学讨论会，倡导学术研究。1955 年，中国科学院实行学部委员制，江隆基竟一下推出了文科十一位教授，马寅初、汤用彤、冯友兰、翦伯赞、魏建功、王力、冯至、季羡林、何其芳、向达、金岳霖都被选为学部委员。江隆基还曾努力，想把朱光潜推为学部委员，因阻力太大而未果，但把他的工资从七级一下提升到一级，并将其从破旧的老宅中迁出，搬入燕东园 27 号原燕京大学校长陆志韦的小楼里。这些著名学者当时都成为我们这些青年学子向往的榜样。

晦师治系的那几年，乃是我学习最自由而勤奋的时光。在听苏联专家讲课之外，我如饥似渴地博览群书。当时读得最多的是国内外的文艺学、美学书籍，特别是关于音乐、美术、文学、电影的理论著作，同时，又大量阅读了欧、美、俄的文学名著，作家、艺术家传记。那时，北大的学习气氛特别浓厚，一早起来，胡乱吃过早点，就要快跑去图书馆抢座位。除了吃饭，整天就埋身书堆。晚上快熄灯了，才不得不回宿舍就寝。那时，校园里政治运动不多，教师在集中精力教书、写书，学生则全心全意学习，心无旁骛。中间有一个“反胡风运动”，班里开过一次会要学习。我看过胡风的书，知道他竭力倡导“主观战斗精神”，我并不赞赏他的文艺理论，而是信服蔡元培的见解：“美学的主观和客观是不能偏废的”，“求真的偏于客观，求善的偏于主观，不能一样”。但在开会时，我说：“这是文艺思想有问题，算不上政治问题。”说了也就完了，不当什么大事。但后来我才知道，系里有人说我这个人右倾，要进行教育。当时晦师对我比较了解，他就说，这个学生勤奋好学，愿意向学术上发展，政治上就不一定苛求了。大学期间，我得以自由自在地读书，甚至还穿着西服在学校里独来独往。谢冕后来对我说，他们班好多人都知道我这个穿西服的人，很快就给他留下了印象。那时自由阅读风气的形成，当然与时代有关，也与晦师在50年代前期那种关爱学生、注重学术的作风有关。

在写完《论文学的人民性》结业论文之后，我受晦师的启发，开始读刘勰的《文心雕龙》。但不久，我的人生之路有了一点变化。

我本该在1956年夏毕业，但在1955年底却生了一点波折，北大人事处让我提前半年毕业去中国人民大学读研究生。这事来得太突然，都没有来得及让我深思。人事处处长找我谈话，说经国务院周总理亲自批准，决定要从北大、复旦等校抽调一些即将毕业的优秀学生、共产党员，提前半年毕业，去中国人民大学马列主义研究班当研究生，以加强全国高校的思想教育。北大决定选送我去，要我服从分配，安心学习。为鼓励我，处长还特地举了当时鼎鼎大名的青年典范李希凡的例子，说他就是从那个马列主义研究班出来的。要我离开文学这个专业，我心里并不乐意，但在那个时代，哪里需要就去哪里，已经成为我辈自觉信守的规矩。既然学校已做决定，报到时间又仓促，无须多费口舌，我就拿着介绍信去中国人民大学报到，连师长那里都来不及去告别。

到马列主义研究班后，我才知道，参加研究班的大多是从全国高校来的年轻教师，从应届毕业生抽调来的人只是少数。听课也不多，只是胡华、何干之等少数名家为大家上课，其他时间是自己研究。我虽然对哲学感兴趣，但我脑海里更多的还是文学艺术。我在中国人民大学的生活确比在北大好了，每逢周日学校就派车去各处参观，得以浏览首都风貌。我的助学金每月已有26元，比北大多了一倍，吃饭之外，可以买些书了。但阅读文学艺术书籍成了业余，并非专业，心中不免若有所失。那时李希凡已不在这里，早在1955年就去了《人民日报》，专事文艺评论去了。我更觉得，此处不是我久留之地。

我永远不会忘怀，又是晦师给了我重返文学艺术专业的机缘。

那是在1956年春夏之交，国务院发布了公告：中国准备试行副博士学位制度，北大、复旦等重点高校在秋季首次招收副博士研究生，学制4年。不久，北京大学公布了首届副博士学位的专业目录，晦师的名字，赫然立于文艺学导师之列。

这一下子就拨动了我的心弦，使我不能平静下来。研究文艺学，这不是我梦寐以求的专业理想吗？我当机立断，迫不及待地一口气从人民大学跑到燕东园晦师家里，把我的心愿告诉他，希望他给予我帮助。我一见到他就说："我想考文艺学副博士研究生，不知行不行？"他说："怎么不行？你真想学，就行。你还可以不用考。招生条例中有一条，应届毕业生中的优秀者，可以由单位报送，直接攻读副博士研究生。你符合这个条件。"我说："我现在算人民大学的研究生，还行吗？"晦师说："你什么时候去了人民大学，我怎么不知道？"于是，我把提前毕业的事告诉了他。我一直以为，他作为中文系系主任，大概会清楚这情况，想不到，直到我这次见他，他才知道，相隔已有四五个月了。晦师思索良久，最后对我说："我不知道你已走了，我希望你回来。但有些麻烦，我会尽力帮你，让北大中文系接收你回来，作为应届毕业生，重新分配工作，留下来当副博士研究生。但人民大学要肯放，不放就麻烦了，你要想办法让他们放。"

这是我人生道路上的一次重大转折。我永远记得晦师在这关键时刻给予我的帮助，并且暗下决心，一定要在文艺学这一学科做出成绩，以报答晦师的知遇之恩。

回到人民大学，我立即向马列主义研究班班主任张腾霄提出回北大的申请。张腾霄表示，人民大学不会阻拦，但此事必须由高教部同意才行。我去了高教部好几次，主管司长却不同意，理由是国家急需政治教师。实在无奈，我只好到中南海陆定一家里，向陆定一夫人、我的学长严慰冰求助。她听完我的话，就说："国家要培养副博士研究生，怎么就不是国家需要？我要给高教部打电话，你等消息。"当时主管教育的已不是马叙伦和钱俊瑞，新任高教部部长是杨秀峰。我不知严慰冰是给谁打的电话。严慰冰是我无锡同乡，也是我中学老师陈友梅的学生，早年去了延安，1954年从马列主义研究班出来，就在北大当政治教师，她在这紧要关头帮了我的大忙。到了6月，高教部通知下来，让我回北大中文系，作为应届毕业生分配，留在文艺理论教研室当助教，等首届副博士研究生入学，再转为研究生。

回到北大，我首先就到晦师家报到并请教如何做入学准备。那时，副博士研究生向全国招考，要推迟到1957年春节后才能入学。晦师要我先进入学习，从中国古典文艺思想史着手，一本一本地读原著，《论语》《庄子》等顺着历史读下来，做笔记，写读书札记。等其他研究生入学后，再做全面安排。他讲了一番意味深长的话，后来研究生入学时又再三说过：学问要踏踏实实地做，要专心致志，心无旁骛。目标要远大，做学问就像登泰山，要奔高处，才能一览众山小。在奔向山顶的路上，会有许多花花草草，不要被这些花草迷住了，反而忘了要奔向高处。这几年要埋头读书，不要急着写文章发表。学问深了，再写文章，厚积而薄发，才能得心应手。

我牢记着晦师的这番话，足足有两年多时光，都沉浸于古书堆中，研究中国古典文艺思想，做了不少卡片、笔记，写了读书札记《孔子的文艺思想》《庄子的文艺思想》《魏晋的文艺思潮》等给晦师看过，但从不敢拿出去发表。我在1956年6月回到北大，在晦师的安排下，住进研究生宿舍，和赖应棠共处一室，那一年的日子过得十分清静，只是看书、写读书笔记，然后去晦师家里，亲聆教诲。然而，到了次年1957年的5月，北大校园就不再清静了。“反右”斗争的号角吹响，当年10月就派了铁道部的陆平来当北大的第一书记。陆平自10月进北大，雷厉风行，发扬了他在铁道兵集团的斗争作风，对“反右”做了“补课”，这次“补课”，中文系受伤最重，一下子有8位青年教师被补划为“右派”。

这次“补课”，不仅冲击了中文系的教学，而且重创了晦师的心灵。每当谈起此事，晦师总是不胜感慨痛惜，没能保护好这些年轻教师。“反右”初期，晦师和江隆基一样，只以为划个把“右派”，为今后起点警示作用，教育一下就行了。没有料到，这“反右”的声势越来越大，开始冲击到两位教授了，一位是吴组缃，一位是王瑶。有人提出，要把这两位划为“右派”，晦师竭力反对。他为吴组缃辩护，说吴组缃为爱国将领冯玉祥当幕府，那是爱国的表现，吴组缃还是进步作家，新中国成立后一直在不断进步，还在“向科学进军”的号召下，参加了中国共产党。王瑶在清华大学读书时是爱国进步青年，早已参加共产党，只是抗战初期，自动脱党，钻研古典去了，但他也一直在跟党走，朱自清要他从古典转向现代的研究，他立即响应，写出了《新文学史稿》，功不可没。当时主管中文系政治的总支书记是延安来的一位老大姐，比较尊重晦师，还是听了晦师的忠告。晦师常以北大化学系的著名教授傅鹰为例，他发表了不少批评共产党的惊人之语，北大对他发动了猛烈抨击。但毛泽东却称赞傅鹰，说他的批评是诚恳的、正确的。毛泽东的话救了傅鹰，没有划成“右派”。晦师就紧紧抓住傅鹰这个标杆，为吴组缃、王瑶据理力争，最后，只把王瑶定性为“中右”，和傅鹰一样。吴组缃则应归为“中左”，但不符合共产党的条件，正在候补党员期间，就不让再转正。所以，吴组缃没有成为正式党员。晦师竭力保护住了这两位教授，意义重大。在当时，晦师、吴组缃、王瑶是北大在文坛上最活跃的教授，晦师是《文学研究》《文学评论》的编委，吴组缃是《人民文学》编委，王瑶是《文艺报》编委，在文艺界颇有影响，若损失吴、王两人，对北大中文系的影响就太大了。

我庆幸，正是在这多事之秋，我已有幸投入了晦师门下，攻读副博士研究生，两年里，得以两耳不闻窗外事，一心只读圣贤书。那时，我虽算文艺理论教研室助教，但晦师早说过，半年后要转为研究生，所以不参加教师活动，也不参加学生活动，只是一心读书。那时在中文系当助教，还延续着清华大学国学门的传统，助教既是导师的工作助理，又是导师的私淑弟子。我在当时只听从导师的安排，和导师关系密切，系里也不管我，所以，得以拉开距离，不必卷入旋涡中心，减少了不少麻烦。回想起来，那几年之所以能不卷入政治运动，安心读书，这多亏了晦师。

此时，由朱光潜、蔡仪、李泽厚等引起的美学争论甚为热烈。虽有报刊也曾约我写稿参与，但我恪守晦师教诲，未曾接受。我关注着这场争论，却觉得此时的美学太抽象，只在客观、主观上争来争去，未入文学艺术的奥妙。而当时的文艺学又太政治化，尽在说文艺如何为政治服务。我想，应把文艺学和美学打通，从美学上来研究文艺。我曾将这想法和晦师谈过，他很支持，要我多去请教朱光潜、宗白华。我除了去听朱光潜的“西方美学史”、宗白华的“中国美学史”，还常去登门请教。逐渐在我脑海里形成了一个研究课题：古典艺术为何至今还有艺术魅力？

四

正是在晦师这棵大树的荫庇下，在 1956 年到 1958 年这两年间，我得以专心致志研习中国古典文论，听从晦师的教诲，安于书斋生涯。

北大在 1956 年开始试行副博士学位制，这是中国教育史上的头一回，过去从未有过。新中国成立前的大学，学的是欧美模式，个别高校已经开始培养研究生，周汝昌就是在燕京大学当研究生时，开始研究《红楼梦》，但当时还没有实行学位制，既不授硕士学位更不授博士学位。新中国成立后，为加速培养专业人才，北大、人大等都办了不少研究班，但都不授予学位。我的师兄师姐们上的那个文艺理论研究班，研究生要上三年，还要写毕业论文，但也不给学位。直到"向科学进军"的号角吹响，执掌教育部的马叙伦、钱俊瑞意识到要提升教育水平，需大力培养既能教书又能研究的学科建设人才时，才要北大、复旦等少数高校学习苏联的学位制，先试设副博士学位，学四年，将来再进而设博士学位。北大马寅初、江隆基率先响应，在 1956 年就面向全国招生，那时，国内有志于做学术研究的青年学者，闻讯而动，应者云集，北大一下就招进了近 200 个副博士研究生，一时之间后勤跟不上，忙着要调整住房，需专门腾出第 25 斋一栋做研究生楼，等一切准备好后只能拖延到 1957 年春节后才让入学。

我比大家早来了半年多，这正是由于晦师的关爱，做了特殊处理，方能落户。为此，晦师也费了一番周折。我一回北大，晦师就先把我归入应届毕业生行列，由北大人事处统一分配。然后，由中文系提出分配方案，把我列入留中文系文艺理论教研室的行列，当晦师助教。不料，负责毕业分配的人事处副处长找到晦师，说要把我分配到高教部去当杨秀峰的秘书。晦师说，那要听听我本人的意愿，就告诉我此事，我一听，急了，表示坚决留下来当研究生，钻研文艺学，绝不动摇。我告诉晦师，我在 1948 年到 1951 年参加过一些学生组织的活动，当过无锡县学联主席，有自知之明，深知我不适合去行政机关。我既不想当政治家，又不想当社会活动家，回北大来，就是想清清静静做学问，安安心心在书斋。读了副博士，将来还想读博士。晦师听完，就说好，他知道我的心思了，就好处理了。原来，高教部之所以要我去，是因为要能为部长起草文件、写报告，而且必须是共产党员。那时我们这个班只有五个党员，一个女同学孙美玲早被教育部挑中，送去莫斯科大学攻读苏联文学。班长沙作洪，被团中央挑中，去当胡耀邦秘书。还有一个党员，被中国人民大学选中，也进了马列主义研究班，专攻中共党史。还有两位留校任教，剩下两位，我不愿去高教部，就推荐另一个党员同学邹士明去，我才得以留下来。邹士明在高教部做得很出色，后来杨秀峰不当部长了，她又被中宣部选中，当了林默涵的助手。

那时，马寅初、江隆基对这批副博士研究生特别重视。学校指定的导师，大多为当时的名师，各有擅长。为保证学习，两个人住一间房，每人的助学金开始定的是56元，但遭到留校当助教的人反对，上书高教部，责问为什么当助教辛辛苦苦，待遇反而不如研究生？最后降为52元。我已经很满意了，在马列主义研究班当研究生，每月只有26元，北大文艺理论研究班的研究生每月也只有46元。再不好好学习，钻研学问，那就愧对国家了。这届研究生大多是从全国招来的，待遇就更高了，严家炎在铜陵矿区当办公室主任，已是十七级，相当于县长的待遇。但他到北大后，坚决要求降低，和大家一样。我的另一师兄王世德来自苏州文化局，已发表过不少文艺评论，带了夫人一起来，住进家属宿舍，夫人在北大附小教舞蹈，我们把世德兄戏称为北大的家属。中文系研究生中年龄最大的是叶蜚声，已经三十开外，新中国成立之初就已毕业于上海圣约翰大学，懂得英、俄、德、法数国语言，在中国银行总部研究国际金融。因为他酷爱语言学的比较研究，所以抛开银行的美差（十八级待遇）投到高名凯、岑麒祥门下当研究生，他的夫人也被安排在生物系。当时马寅初、江隆基的指导思想，就是要为大家创造一个美好环境，让大家安心钻研做学问，好为学科建设做贡献。

但是好景不长。不久，“反右”斗争扩大，进而批判资产阶级学术权威。青年学生冲锋前进，集中批判了游国恩、林庚、吴组缃、王瑶四人，连续刊出了《文学研究与批判专刊》，并且在1959年迅速推出了由学生集体编写的“红色文学史”。

在“大跃进”的时代气氛中，作为中文系系主任的晦师也坐不住了。晦师支持学生编写“红色文学史”，因为他和马寅初一样，不赞成“批而不立”。但他对学生的那些“批判”就颇不以为然。晦师力主学术研究应以正面立论为重。为重振学术风气，他在1958年一连写了三篇研究关汉卿戏剧的论文，接着又带领研究生写出了论述现实主义和浪漫主义的论文，都是从正面立论，阐释自己的学术观点。

那几年，在教学、科研和政治运动之间寻求动态平衡，晦师为此费了不少心力，有时也会感到力不从心。他全力以赴地投入到科研、教学中，参加了革命现实主义与革命浪漫主义的讨论，真心诚意地欢迎周扬带领他的团队到北大来开设“建设马克思主义文艺理论”的讲座，并做了精心安排。但当周扬提出要中文系开展对苏联修正主义批判时，他就难以应对，只好“移花接木”“偷梁换柱”，虽答允“批修”，针对的却是教条主义，使得周扬微觉不快。近年来，有些刊物对周扬到北大讲课一事，颇为关注，我想把此事的来龙去脉稍做梳理，所以在此多说几句，回溯一下晦师当时的处境。

1958年秋，周扬主动来到北大要为中、西、东、俄各系的学生开设“建设马克思主义文艺理论”的讲座，就是想召唤北大的学生，让更多人来参与中国的马克思主义美学和文艺理论的建设。当时，北大负责人文学科建设的魏建功和晦师一起，与俄语系系主任曹靖华、西语系系主任冯至、东语系系主任季羡林商定，每系都从高年级选送百多人集中在办公楼听课。我被任命为助教，负责和周扬沟通。这个讲座从1958年秋开始，一直到1959年秋才结束，周扬自己一个人就讲了两次，从序论“建设马克思主义美学”讲起，再讲“文艺与政治”。他除了自己开讲以外，还带来了邵荃麟、何其芳、林默涵、张光年，计划依次接着讲。这些都是当时文艺界的头面人物，周扬是主管全国文艺的领导核心。当时，中文系学生中有不少对美学和文艺理论感兴趣的，如刘烜、吴泰昌等积极性很高，想对周扬在延安时所编的《马克思主义与文艺》做进一步的增补，周扬就给予了首肯。进而，周扬又提出，要建立马克思主义美学和文艺理论，不能只知道马克思主义，还需要懂得中国自己的美学传统和西方的文艺理论，希望学生还能编出中国的和外国的两套文艺理论资料，作为建设美学和文艺理论的基本资料。在其沙滩北街的寓所，周扬还畅谈了建设马克思主义美学如何继承传统。我当时感到很新颖，以后就一直记住了。依他之见，中国要建设马克思主义美学，要面对两个传统：一个是新文化传统，一个是古文化传统。新文化传统是吸收了西方文化来批判中国旧文化而形成的新文化，经半个多世纪的发展，已经形成了一种不同于旧文化的传统。只是，新文化传统对古文化传统否定过多，吸收不够。所以，建设马克思主义美学，必须重新对这两个传统进行研究。

周扬所开的这个讲座，影响很大。多年来，美学常被一些人称为资产阶级的伪科学。百家争鸣开始后，北大虽已陆续有蔡仪、朱光潜开了美学课程，但美学究竟是一门什么学问，一时也难以说得清楚。如今周扬响亮地提出，要建设中国的马克思主义美学，北京、上海一些著名的报刊，闻风而来，要来听个究竟。周扬嘱咐我，可以来听，也可以报道，但绝不能给报刊讲义。他的演讲记录要我保存，再交给他本人。我遵嘱，只给《北京大学学报》写了学术报道，不给其他报刊。周扬讲第一讲时，即将上任北大副书记的哲学家冯定，亲自来主持。晦师是这个讲座的积极支持者和响应者，常提前到小礼堂巡察一番，然后坐在第一排。西语系系主任冯至、俄语系系主任曹靖华、东语系系主任季羡林等都来听了。美学家朱光潜、宗白华、蔡仪等也在席下静听。中央高级党校负责文史教学的何家槐也特地从西苑赶来听课。自这次周扬倡导建设中国的马克思主义美学后，北大积极行动，杨辛受命组建美学教研室，把朱光潜从西语系借入哲学系，和宗白华、马采等聚集在一起，1960年完成组建，从此中国有了第一个美学教研室，此乃北大首创。接着中国人民大学也建立了美学教研室。何家槐在中央高级党校也迅速行动，成立了美学小组，开始向培养高层干部的后备力量讲说美学。朱光潜、王朝闻、蔡仪等都先后被请去讲学。自此，美学不再被贬为资产阶级伪科学了。

周扬第二讲后，我先后去请了邵荃麟和何其芳，都很顺利。邵荃麟第三讲“文艺与现实”，说的是文艺与现实的关系，突出反映现实的最好方法是革命现实主义与革命浪漫主义相结合。何其芳第四讲“文艺与传统”，说的是当今文艺要继承传统文艺之长，又要予以创新。可是，我去请林默涵来讲“文艺与人民”这一讲时，两次都未成功，总是时间安排不过来。我就去找张光年，请他来讲“文艺与批评”。因为我和严家炎都是《文艺报》特约评论员，交往较多，相互熟悉，张光年就坦率告诉我，他也不讲了，已经顾不上北大这一头。原来，他们已有新的使命：批判苏联修正主义。周扬带着林默涵、何其芳、张光年等已经转移阵地。中国社会科学院文学研究所所长何其芳和中国人民大学语文系系主任何洛奉周扬之命，办起了马列主义文艺理论研究班，从全国各地抽调年轻文艺干部和本科毕业生来学习，专事培养文艺理论的人才，投入批判修正主义的新的战斗，集体笔名“马文兵”（马克思文艺理论尖兵）。他们已顾不上北大的这个“建设中国马克思主义文艺理论”讲座了。我一听，就全明白了，这个讲座也就戛然而止。在1959年国庆前，周扬在位于沙滩北街的办公室向我正式交代：讲座就算结束了，林默涵、张光年不去讲了。《马克思主义与文艺》一书的增补，他也顾不上了，要我代转达一下，感谢同学们的热忱。学生送去的《毛泽东文艺思想概论》初稿也退了回来。

我每次从周扬那里回校，都要主动向晦师做汇报，请他指点下一步该如何安排。1958年秋，第一次见周扬，他就提出，这讲座不能只听他讲，要让学生参与进来，最好找一部苏联的文艺理论著作，让大家讨论，然后批判其中的修正主义观点。周扬还提到过季摩菲耶夫的《文学原理》。此书在苏联和中国都有影响，查良铮在1953年就翻译过来了。苏联专家毕达可夫的《文艺学引论》，也以此书作为基本构架。1954年，高教部请毕达可夫来北大讲学，晦师曾对苏联专家寄予过希望，他亲自来听课，连朱光潜、蔡仪也来听过。但晦师听过基本原理的讲说后，有些失望，觉得不太适合中国的实际。他的印象，教条主义气息很重。所以，晦师一听说周扬要批修正主义，一下就觉得突兀，不知说什么好。幸好，他见多识广，略加思索，就给我出了个主意：“那就这样，你告诉周扬，中文系学生准备展开一场现实主义与反现实主义的讨论，一来，借此批判苏联的修正主义；二来，也可推动红色文学史的修改。”我觉得这是个好主意。在斯大林时代，苏联的文艺理论界把哲学上的唯物主义和唯心主义斗争，套到文学艺术的历史研究中，把文学艺术的历史，归结为现实主义和反现实主义的斗争史，也把文学史归结为现实主义和形式主义的斗争史，例如毕达可夫的《文艺学引论》。后来，苏联有位文艺理论家艾尔斯伯克，写了一篇《现实主义和所谓反现实主义》，引发了苏联文艺理论界的争论，在中国也有了反响，刘大杰、姚雪垠都发表了文章。茅盾一连发表了好几篇文章，以《夜读偶记》为名发表，他就坚持中国的文学史，就是一部现实主义对反现实主义的斗争的历史。北大中文系学生编写的红色文学史，即以此为纲展开论述。晦师、何其芳都不同意此说。晦师和负责撰写“绪论”和“结束语”的张炯谈了三个小时，劝说学生要赶快改写红色文学史，不要以现实主义和反现实主义为纲，因为这不符合中国文学发展的实际。中国的文学发展丰富多彩，创作方法多样，而现实主义和浪漫主义是主潮，浪漫主义并非反现实主义，甚至唯美主义、象征主义也不能说是反现实主义。不能把丰富多彩的文学史，简单归结为现实主义和反现实主义的斗争史。

按照晦师的安排，北大“五四”科学讨论会，1959 年中文系的年会就以讨论“现实主义和反现实主义”问题为中心，吸收学生也参加讨论。文艺理论教研室对这一问题进行了讨论，邵岳、张钟、周强等年轻教师都参与了。最后，晦师授意我和师兄王世德撰写了长文《关于现实主义与反现实主义问题论纲》，在“五四”科学讨论会上宣读，并在《北京大学学报》1959 年第 2 期上发表。全文分三大部分：一是现实主义与反现实主义，二是现实主义问题，三是现实主义和浪漫主义，全面阐发了晦师关于创作方法的观点。后来蔡仪主编《文学概论》就吸收了晦师关于现实主义和浪漫主义的见解。

周扬对晦师专注于“现实主义与反现实主义”问题并未提出不同意见，何其芳也向他反映过，文研所的学者在对“红色文学史”提意见时，也不同意以“现实主义与反现实主义的斗争”为纲。只是，我隐隐感到，他对晦师不积极参与批判修正主义，微觉不快，但还是尊重了这位“五四”老人，未再说什么。后来周扬还是把批判修正主义的期望寄予从延安来的何其芳、何洛等身上，不再想在北大做什么了。我个人也松了一口气，可以静下心来做我的副博士论文了。

确实，晦师对批判修正主义并不积极，因为，他对周扬所说的修正主义究竟是些什么理论，还没有弄清楚。情况不明，批判什么？务必实事求是，不求哗众取宠，这是晦师为学做人的一贯原则。晦师在新中国成立前是受学生爱戴的进步教授，在那风雨如晦的年代，他敢于批判社会的阴暗，仗义无畏。新中国成立之初他就加入了共产党，并在北大任职，但在历次运动中从不伤人。我惊异地发现，当了北京大学中文系近20年系主任的他，一级资深教授，写了不少文章，却没有一篇是批判别人的文章。晦师从不写批判文章，为什么？他曾对我做过这样的解释：过去是摧毁旧世界，当然要批判，如今是要建设新社会，应重正面立论。西语系系主任冯至就很敬佩他，尽力学习他这位师兄的学风。我觉得，不妨把这称之为“杨晦冯至现象”，值得对这种现象做进一步的解析。

就在周扬在北大讲学期间，文艺界由郭沫若、周扬撰文开始，展开了对毛泽东倡导的“革命现实主义与革命浪漫主义相结合”的讨论。《文艺报》主编张光年邀请晦师参加，晦师知道我对现实主义、浪漫主义有过探讨，就把我也推荐给了他。正是由于晦师的引荐，我在那年开始涉足文坛，从而在我的学术道路上新增了一个维度。

在那变化急遽、热情洋溢的年代，一个没有人生经验的年轻学生，如何冷静地面对现实，善于把握自我，这多么需要有经验的师长多加提醒和点拨！晦师常在一些关键时刻，不时给我敲敲警钟，话虽不多但很及时，这是对我最大的关切。

1958年秋，全国文联、作家协会、《文艺报》连续召开创作方法讨论会，一些著名作家、艺术家如田汉、阳翰笙、曹禺、老舍、欧阳予倩等都参加了。晦师通知我，和他一起去参加，并且要发言，学校派车接送。我第一次参加这样的讨论会，认真写了一个发言稿，将近八千字畅谈革命现实主义和革命浪漫主义走向结合之路，乃是历史的必然。我和晦师的发言都在《文艺报》上发表了。我发言后引起了一些老辈作家、艺术家的注意。有人就在底下打听：这是哪一个大学的教授？我当时才25岁，听了感到啼笑皆非，但心里也有点沾沾自喜。就在回校的车上，晦师恳切地对我说：“有人称赞是好事，但不能自我陶醉。要把这个作为鞭策，督促自己更深入探索真理。”这种提醒非常及时，引起了我的警觉。当时，我被《文艺报》聘为特约评论员（同时被聘的还有李希凡、李泽厚，同窗的严家炎、王世德等），各处来约稿的甚多。我决心闭门谢客，半年之内，集中精力，只完成两件事：一是应王信之约，为《文学评论》写了一篇两万字的理论文章《理想与现实在文学中的辩证结合》；二是应周天之约，为上海文艺出版社写了本评论小书《谈谈〈野火春风斗古城〉》。

晦师把我引进文坛，但我向文坛只迈出了半步，周扬开设的讲座一结束，从 1959 年下半年开始，我又回到了书斋，潜心作我的副博士毕业论文。在我一年多的毕业论文写作过程中，晦师给了我更多的专业指导，使我受益匪浅。

那时，和我同时作论文的还有世德兄，他的选题早已确定，要写《劳动创造美》。在导师讨论时，晦师一下就点出了要关注的难点：劳动创造了美，但也制造了丑，论文必须回答，劳动怎样才能创造美，那就必须深入探索美的规律。我的选题，当时曾有两个，一时举棋不定，不知写哪个好，还是晦师最后帮我敲定，还是写《为何古典作品至今还有艺术魅力》。另一个选题是：《革命现实主义与革命浪漫主义相结合》，正是那个时代的理论热点。对我来说，若写此题，省时省力，因为我已在《文艺报》和《文学评论》上发表过近 3 万字的论文，还被当时的一些高校选作辅导教材，我只需再加加工，就可以完成了。但晦师更倾向于我接续马克思之问，把马克思对古希腊史诗的见解和中国古典文学的实际结合起来，费心费力，钻研一下，做些新的探索。

晦师曾对古希腊戏剧做过深入研究，对马克思所说的古希腊的艺术和史诗至今还有艺术魅力，有深切的体会。关键是要回答为什么至今还有艺术魅力，晦师为我开启了思路。晦师启发我，要从两个方面来讨论：一是要从古典文学艺术本身来考察有什么吸引人之处；二是要看今日社会之需要。列宁的两种文化学说，毛主席说的要取其精华，去其糟粕，说明并非古代文化都能全盘照收，而要区别优劣，取其精华。那么，古典文学的精华在哪里？这是必须探讨的重点，也是难点。

我在开始时，还只是按惯性思维把目光放在文学的人民性上。我从古籍中特地选举出了几个实例，来说明不同的阶级有不同的审美趣味，以突出古典文学中的人民性。《明诗归》中就有张时彻写的《闾阎曲》，中云："谷熟不到釜，丝成不上身；莫道江南乐，江南愁杀人。"在《枣林杂俎》中载有一首《富春谣》，中云："富阳江之鱼，富阳江之茶。鱼肥卖我子，茶香破我家。采茶妇，捕鱼夫，官府拷掠无完肤。昊天何不仁！此地亦何辜！鱼胡不生别县？茶胡不生别都？富阳山，何日摧？富阳江，何日枯！山摧茶亦死，江枯鱼始无。于戏！山难摧，江难枯，我民不可苏！"我把这两首诗抄下来给晦师看了，两首诗确实喊出了劳动人民的心声。但晦师提醒我：白居易、苏轼等大诗人都写过诗，赞美江南好。谢灵运写富春江之美，也令后人赞不绝口，这是不是都能用人民性来阐释？古典文学之所以有无穷的艺术魅力，是否还有更深层次的缘由？

正是在晦师的启示下，我开始从更广阔的视野来审视古典文学。鲁迅曾说过，对文艺批评，跳不出真的圈子、美的圈子、进步的圈子，这不正是说，文艺要追求真、善、美吗？他在《摩罗诗力说》中把文学艺术的功能归结为："美善吾人之性情，崇大吾人之思理。"晦师的提醒使我开了窍，想起了蔡元培倡导的美学，就是把真、善、美作为一个整体来研究，归于价值论，得到了当时不少美学家的呼应。陈望道就在《美学纲要》(1924 年)、《美学概论》(1926 年) 中鲜明提出："爱真好善嗜美，都是人类本性""世间有最高价值者三：真、善、美"。1945 年，我年少时，就听到了周璇所唱的一曲《真善美》，风靡江南，令人难忘，她所扮演的歌女这样唱道："真善美，真善美，他们的欣赏究有谁？"古典文学之所以具有不朽的艺术魅力，不正是因为其中意蕴着真善美吗？真善美，这就是古典文学的精神。沿着这个思路，我就较为顺畅地写出了我的毕业论文《古典作品为何至今还有艺术魅力》，这是我第一次开始把文学艺术的魅力和真善美联系了起来。其实，我们的先辈孔老夫子，早就在追求乐舞的"尽善尽美"了。历来的诗词曲赋都在讲求"真情实意"和"尽善尽美"。

论文在 1960 年冬写成，晦师要我送给校外两个人审阅，一是蔡仪，一是张光年（光未然），两人评审后，才在校内组成了由他、林庚、吴组缃、游国恩和钱学熙（已回西语系）的五人答辩委员会，正式通过。我从 1956 年 6 月开始的长达 4 年半的研究生生涯到此结束。1961 年，晦师把这篇论文推荐给了《北京大学学报》并在此年发表。我之所以能走上学术之路，乃由晦师的培育和引进，此恩永生难忘。

五

晦师的学术之路并不平坦，1959 年走到高峰。当"大跃进"年代过去后，历史进入了三年困难的调整时期。由此，晦师逐渐淡出文坛，走向"沉寂"，潜心于中国文艺思想史的研究，带研究生。

中国社会科学院院长胡乔木，在改革开放之初曾数次谈到冯至和晦师。胡乔木说晦师是“半生寂寞”，这“半生”乃是后半生。晦师的前半生可不寂寞，他不仅参加了轰轰烈烈的五四运动，而且还发表了不少戏剧作品，积极参加了文艺评论，既有参与社会运动的经历，又有参加文艺运动的体验，所以能说出文艺“自转”和社会“公转”之间的辩证关系。晦师出身穷苦，从小就艰苦奋斗，自食其力，在邮局当过差，体验过底层疾苦，1917 年考入北大哲学门，和谭平山、陈公博、朱自清、潘菽等是同班同学。受进步爱国思想驱使，他和当时的学生领袖许德珩是最先爬墙进入赵家楼的几个人之一。北大毕业后，他就走向社会，天南海北，居无定所。他本名杨兴栋，号慧修，但在走向社会后，深切感受到了那个时代，真是风雨如晦，一片昏暗，于是改名杨晦，以警示自己，要不时警醒。晦师一生，始终未失劳动人民本色，教育子女不忘劳动，为三个儿子起名为：杨锄、杨镰、杨铸。1923 年，晦师在当时北京大学教“文学概论”的教授张凤举家里，认识了还在北大读书的冯至和陈炜漠，成为莫逆之交；后来又认识了陈翔鹤。这四个人志同道合，志趣相投。1925 年夏秋之交，他们在北海公园湖畔，共度美好时光，一起商定要办一份文学刊物。当时夕阳西下，晚钟敲响，他们受到启示，为刊物命名为《沉钟》，和德国著名戏剧家的名剧《沉钟》寓意相通。这份由北大人创办的文学刊物从 1925 年创刊到 1934 年停刊，断断续续坚持了 8 年多。鲁迅当时也在北大任教，冯至每期刊物都送鲁迅，还常到鲁迅家里请求指点。鲁迅对《沉钟》给予了高度评价：“看现在文艺方面用力的，仍只有创造、未名、沉钟三社，别的没有，这三社若沉默，中国全国真成了沙漠。”1935 年，鲁迅在上海还说：“沉钟社确是中国最坚韧、最诚实、挣扎得最久的团体。”晦师、冯至和鲁迅多有交往，《鲁迅日记》中有所记载。

这四个人中，冯至年纪最小，生于 1905 年，晦师要比他大 6 岁，生于 1899 年。他俩初次见面，就一见如故，相见恨晚，后来成为推心置腹、无所不谈的知己挚友。晦师像老大哥一样，对冯至给予无微不至的关怀，大至事业方向，小至衣食住行，他都为之出主意、想办法。晦师是沉钟社的主心骨，不仅在《沉钟》上发表戏剧作品，还组稿审稿，起着主编的作用；而冯至则是得力干将，发表了不少诗作，每期必送两人听取改进意见，鲁迅之外，就是张凤举。张凤举教冯至“文学概论”，是创造社成员，对冯至多有帮助。晦师和张凤举也多有交往。1935 年，冯至在德国留学获得了哲学博士学位后，偕夫人回国，先到上海看望晦师。冯至出国 5 年，回国想一展身手，做一番事业。不料，晦师就毫不客气地警示他：“不要做梦了，要睁开眼睛看现实，有多少人在战斗，在流血，在死亡。”此时日寇魔爪已伸到华北，上海亦已岌岌可危。晦师的警示，一下使冯至清醒了不少。晦师和冯至夫妇一起去看望了鲁迅，鲁迅鼓励他们要做韧性的战斗，投入民主斗争行列。想不到，这是晦师、冯至最后一次见到鲁迅。一年之后，鲁迅病故，出殡那天，晦师和冯至夫妇捧着花圈，走在送殡行列中，从殡仪馆一直送到万国公墓。哀歌声中，晦师和冯至永远记住了心中发出的誓言：一生到老志不屈。

鲁迅逝世后，日寇入侵上海，晦师和冯至也离开了上海。冯至随西南联大去了昆明，背井离乡，与晦师天各一方。晦师则辗转在西南和西北，颠沛流离，先后在西北大学、中央大学等任教。抗日战争胜利后，经好友臧克家的推荐，晦师应教育家陈鹤琴之邀，到上海幼师专科当教授。抗战期间，晦师积极参与了社会运动和文艺运动，不时在社会上发表抨击时政的演讲，而且活跃于文坛，写出了《文艺与民主》《论文艺运动与社会运动》《中国新文艺发展的道路》等著名文章。晦师继承和发扬了鲁迅的传统，走了类似于马寅初的道路，不时受到国民党的恐吓和警告。晦师曾戏拟了一副对联，横眉冷对国民党：“忽接党部来函，谓我言论时有轶出范围之处；暂留学府待罪，看他结果谁是国家民族罪人。”终于，在新中国成立前夕，1948 年秋冬之交，晦师全家由共产党安排秘密转移到了香港，然后在 1949 年春北上，参加了北京的全国第一次文学艺术工作者代表大会。从此，晦师留在了北京，开始了他的后半生。

晦师回到北京是在 1949 年的春天，那年他正好 50 岁。一回北京，他就和冯至重逢畅叙。冯至自西南联大回京，就一直在北大任教，已经成为德国文学的研究专家，名副其实的专业知识分子。冯至作为北京代表团的副团长和晦师一起参加了全国第一次文代会。冯至劝说晦师，开完文代会后不要去文艺界，而要到北大任教，并向北大校务委员会主席汤用彤做了推荐。当时的老北大，正缺少像晦师这样的公众知识分子，晦师立即被邀请到北大任教，当了北大副教务长、中文系系主任。冯至也在1951年接替朱光潜，担任了西语系系主任，并于1956年加入了中国共产党。1952年院系调整之后，晦师和冯至都迁入了燕东园，晦师、冯至、蔡仪、何其芳都在此毗邻而居。20世纪50年代，这些人都在这里安居乐业，真可谓得其所哉！

胡乔木在中国社会科学院说晦师“半生寂寞”，缘由何在？乃因晦师“不合时宜”。其实，晦师在新中国成立之初那几年，也还并不寂寞，而且也颇合时宜，投身教育革命，钻研马列主义，只是慢慢发生变化，退出文坛。晦师积极参加了周恩来主持的第一次知识分子思想改造运动，在马寅初的领导下，晦师和冯至都参与发起成立新民主主义理论学习会，主持北大的时事学习。北大急需增设的新课，诸如“文艺学”“文教政策法令”等，作为主管文科的副教务长和中文系系主任，晦师都勇于担当，敢于开创。

晦师在前半生，颠沛流离数十年，教书首为稻粱谋，不能坐在书斋里安心做学问。后来，新中国成立，正在进行全面建设，吹响了“向科学进军”的号角，晦师像马寅初一样，觉得有共产党的英明领导，政治上可以放心了，可以安下心来做学问了。晦师当中文系系主任，实施无为而治，学术自由，他的心思就放到科研和教学上。就这样，晦师就逐渐由面向社会的公众知识分子，转为面向学院的专业知识分子。特别是在1956年“双百”方针提出之后，他对专业的钻研深入一步，研究的兴趣日益高涨。在新中国成立之初，晦师还有积极性去中央文学讲习所为年轻作家讲如何学习延安文艺座谈会讲话，为文艺青年做辅导报告，分析《钢铁是怎样炼成的》，讲解《红楼梦》《三国演义》《西游记》等在今天还有什么意义。而在“反右”斗争之后，在“大跃进”声中，晦师连续奋斗，热情高涨，写出了《论关汉卿》《再论关汉卿》等长篇论文。他还参加了革命现实主义与革命浪漫主义相结合的讨论，写出了关于现实主义问题的论文。也就在1959年，晦师开出了一门新课“中国文艺思想史”。那年，晦师整60岁。所以，我说，晦师后半生的最初10年，也还并不寂寞，只是，已经日益“不合时宜”了——他从不去提起棍棒批判别人。

那个时代的学术风气，是以批判资产阶级为荣。当时流行的是“破”

字当头，立在其中，破了，也就是立了。晦师反其道而行之，力倡“立”字当头，破在其中，这就不合时宜了。晦师以为，马寅初说的是对的。马老面对批判热潮，勇敢说出：“徒破而不立，不能成大事。”自己的道理都立不起来，怎么能批得对呢！晦师说，批判容易，立起来难。立，就要自己花功夫深入研究。再说，学术界也要与人为善，人家花了心力做了研究，就不要轻易否定人家。所以，他尽管不同意文学艺术史是现实主义与反现实主义的斗争史之说，但决不采取批判态度，而是通过学术讨论，正面论证现实主义之外，还有浪漫主义，还有其他主义，是相互补足、相互丰富，并不一定是斗争。

自 1957 年春节以后，我和严家炎、王世德经常出入于晦师家。他担任文艺学副博士研究生的导师，时常提醒我们要遵守为学之道，千万别学有些人，动不动就去批判别人。马克思劝导青年人要攀登科学的高峰，就要不畏险阻。毛泽东也说，无限风光在险峰。晦师则常规劝我们，若要登临科学的高峰，就要全心全意认准目标，勇往直前，中途不要为路上的野花小草所吸引而停了下来。国家培养副博士研究生，就是培养未来的科学研究人才，目标要远大，不要东一棒、西一槌，追逐时风，忘了根本。晦师不止一次地这样跟我们说，当然是有的放矢、有感而发。《文艺报》主编张光年和副主编侯金镜，先是聘请了李希凡、姚文元、李泽厚为特约评论员，后来我、家炎、世德兄也受邀了。我们虽然没有见过姚文元，他在上海从不参加《文艺报》的活动，但当时“南姚北李”，名声甚响。对李希凡，我较为了解，他在中国人民大学马列主义研究班，高我两届，早就去了《人民日报》文艺部，和我都是《文艺报》的特约评论员。我从北大去《文艺报》参加活动时，常先到王府井大街的南口，去文艺部见一见李希凡、姜德明等，聊一聊文艺界的新闻，然后再走到北口，去文联大楼参加活动。李希凡为人豪爽，心直口快，不隐瞒自己的观点。文如其人，他写的文艺评论，也是自己怎么想，就怎么写。只是，他自恃真理在手，以马克思主义者自居，有点盛气凌人，缺乏可以商榷的口吻。

对姚文元，我却知之甚少，看他的文章也不多。正好我中学时的同学姚汉荣在复旦大学中文系读书，知道姚文元的情况较多，我在信中问起时，他在来信中就做了一些介绍。这我才知道，姚文元是《作家书屋》出版人姚蓬子的儿子，生于1931年，本默默无闻，没有上过大学，在上海卢湾区当理论教育科长，因为批判胡风而出了名。胡风本是姚蓬子家中的座上客，姚文元尊之为“胡伯伯”。姚文元从小就是胡风的信徒，在卢湾区从事理论教育之时，还对胡风毕恭毕敬，认认真真撰写了一篇《论胡风文艺思想》，只是还未来得及出版。1954年冬，姚文元看到了周扬在《人民日报》发表的《我们必须战斗》，知道要批判胡风了，就立即闻风而动，见风使舵，抢先放出了第一枪。姚文元以《文艺报》通讯员的身份，在《文艺报》1955年第1、2期合刊上发表了《分清是非，划清界限》一文，不仅狠批了胡风，而且还批评了《文艺报》忽视“新生力量”。姚文元的反戈一击，一鸣惊人。这位“新生力量”乘势追击，再接再厉，1955年上半年，他竟在《解放日报》等报刊上发表了13篇批判胡风的文章，声名大震，成为上海的名人——“青年文艺理论家”。在反右斗争中，姚文元更是广泛出击，横扫一切。我看了他1958年出版的《论文学上的修正主义思潮》一书，王若望、施蛰存、许杰、徐中玉、徐懋庸、陆文夫、流沙河、冯雪峰、艾青等，全在他的批判行列之中。因批判有功，姚文元被柯庆施点名调入1958年创刊的上海市委刊物《解放》的文教组，任组长，成为上海的“名笔”。

我耐着心读了姚文元的一些批判文章，最突出的感觉是，这里没有多少文艺理论，不是什么学术交锋，而是借批判文艺思想之名，行政治斗争之实。在这里，文艺理论不过是政治斗争的工具。姚文元善于把文艺思想问题上纲上线，上升为政治批判。他的批判手法，首先是把自己封为“马克思主义者”，“站在无产阶级立场”，居高临下，摆出大批判的架势，必欲把被批判者置之死地而后快。怪不得晦师、何其芳、吴组缃等前辈学者，对此都很反感。晦师不想我们这些副博士研究生变成像姚文元这样靠批判为生的“金棍子”，而想我们成为专家学者、专业知识分子。

1959年，周扬的“建设马克思主义美学”讲座一结束，我立即回到书斋，专心致志地做起我的文艺学副博士论文来。在我脑海里，两种不同的路径慢慢清晰起来：一种是李希凡等人的路径，高举批判大旗，走向文坛或政坛，受人瞩目，成为面向社会的公众知识分子；另一种是李泽厚、蒋孔阳的路径，力求安身书斋，自立新说，献身学科建设，成为面向学院的专业知识分子。

我对李泽厚、蒋孔阳的治学路径较为清楚。这两位都是我的学长，蒋孔阳比我大十岁，应是我的师辈，但他在北大的文艺理论研究班时，研究生们都称他为大师兄，我也随大家一样称呼他。他来进修时就已经是复旦大学的副教授，一边听苏联专家讲课，一边就开始编写自己的讲稿，写成《文学的基本知识》一书，在1957年就由中国青年出版社出版了，在当时是影响最广的一本文学概论教材。在苏联专家回国后的次年，他就在复旦大学学报上发表了一篇长文《形象思维与逻辑思维》，探讨艺术思维的特点，具有学术开创性，引起了大家的关注。我就很敬佩他的治学精神，以后的交往就多了起来。后来，在他那里进修过的张首映，就考入北大成了我的硕士生；我的学生王坤，取得北大硕士学位后，考入复旦，成为他的博士生。李泽厚比我大三岁，和汤一介同窗，北大哲学系毕业后即去中国科学院社会科学学部从事中国近代思想史的研究，参加了50年代那次美学大辩论，自成一家。他既批评朱光潜，又批评蔡仪，但都是着眼于学术论争，阐明学理，因为有自己的研究和思考，持之有故，言之成理，所以我也很敬佩他。我们同是《文艺报》的特约评论员，李泽厚文质彬彬，温文儒雅，不发什么高论，但写起美学文章来，却才气洋溢，头头是道。陆定一就说过，美学大辩论就比批判《红楼梦》要搞得好。

我受晦师的熏陶，没有走向文艺评论之路，只向文坛迈出了半步，就又回到书斋做学问了。那时，晦师也潜心于中国文艺思想史，把应届毕业的张少康留校当助教，跟他专治此学。他看我对美学感兴趣，也就鼓励我多向朱光潜、宗白华求教。周扬在北大开讲“建设中国马克思主义美学”后，哲学系趁热打铁，成立了美学教研室，晦师立即支持，把应届毕业的于民、阎国忠安排去专治美学，我和美学教研室杨辛的交往也就多了起来。

六

在我人生道路上的又一转折关口，晦师再次给予我指点和帮助，1960年底把我留在了北京大学。

研究生毕业时，我本来想回家乡，罗根泽早就劝说我去南京大学研究中国古典文论。那个时候我虽已到北京8年，但一直不大适应北方的气候。我父母先在苏州，后又到南京任教，希望我能回到南方工作，阖家团聚。我也很想念父母，读唐诗“忽见陌头杨柳色，悔教夫婿觅封侯”，竟常发生联想，勾起相思之情。我的未婚妻张景贤，曾跟随王瑶先生进修过两年，后回到辽宁大学，一直动员我去辽大。我的师兄赖应棠是毕达可夫的研究生，在辽宁大学当文艺理论教研室主任，也一再劝说我去，一片深情，我亦感到为难。

就在交完毕业论文不久，晦师找我做了一次长谈，我也因此做出了决断。当初，录取文艺学的副博士研究生一共有4名。一位是从华中师范学院来的陈安湖，乃陈贻焮的同学。当时华中师范学院正在培养他当中文系副主任，竭力挽留。安湖兄来北京见过晦师，长谈后不久就回到华中师范学院，继续教现代文学。另一位是家炎兄，他专心致志读了一年多，却被系里说服，转为讲师，立即开课讲授现代文学去了。只有我和世德兄二人坚持到了最后。但在1959年反修正主义热潮中，副博士学位被说成是修正主义的产物，读完4年，临到毕业，却没有授予任何学位。世德兄被高教部分配去支援四川大学。晦师对这种朝令夕改、说变就变的做法虽然不满，却又无可奈何。他劝我不要去辽宁大学，也不要去南京大学，还是留在北京大学，安心做些学问。当时，专攻中国文艺思想史的年轻教师已有邵岳、张少康二人，但文艺学应发展新的学科，需要有更多的年轻人来开拓。当时吴泰昌、毛庆耆等一批新招的研究生刚刚入学，郁沅也还没有来，正是青黄不接的时候，晦师真诚地希望我留下，师生情谊，溢于言表。晦师一番语重心长的话，使我永生难忘。他说：“做学问希望有一个安定的环境，机缘可遇不可求。我前半生大多在为生活而奔波，不能专心做学问。你现在的条件好多了，应该珍视，你不是想研究美学吗？朱光潜、宗白华几位先生都在这里，可以常请教，还是留下来吧！你爱人的调动我一定要学校优先解决。”晦师的爱护之心，使我感动万分。最终，我说服家人，下决心留在了北京。

我被安排住在教师单身宿舍，和裘锡圭同一室，从此开始了我的教学生涯。1961年春，刚开学不久，晦师叫我到他家里，微笑着说：“你现在安定下来了，又是单身，你不是喜欢做研究工作吗？给你找了一个深造的机会。周扬在抓文科教材，由蔡仪主持编写《文学概论》作为全国统编教材，要我为他推荐人才。我把你推荐给他，要住到中央党校去，可能要好几年，正可以进行研究。北大还有吕德申去，但他还要照顾教研室的工作。你则可以专心致志，不需再管学校的教学。”我听了当然高兴。他想得很周到，问我准备什么时候结婚，为我出主意，要我和爱人商量争取在“五一”就结婚。因为过了“五一”就要去中央党校，一去就是好几年；如果不结婚，北大就会把家属调动的事情搁置下来。晦师对学生的关爱，就像冯至所说，比受关爱者自己还要想得周到，真的是无微不至。

就这样，我在“五一”结了婚。晦师不仅给我们送了礼品，还亲自参加婚礼并当主婚人。王瑶先生夫妇和师兄严家炎夫妇也到场祝贺。过了“五一”，妻子回到东北，我就从北大迁入中央党校居住。这一去就是两年多，直到1963年秋才回到北大。在晦师的帮助下，我妻子也顺利从沈阳调来，从此得以安居乐业。我们搬进了清华园公寓居住，离燕东园不远，就有机会不时去晦师家看望。回到北大后不久，我就逐渐发觉，晦师的精神不如以前好，话也少了起来。1964年春节，我去看他，感到他情绪低落，不愿说话。我以为，随着年岁的增长，精力减退，大概是自然现象。但是，在多次交谈中，我慢慢懂得，在经历过三年困难时期之后，他正在对中国高等教育的未来发展进行沉思，心有郁结，化解不开。高等学校是要培养又红又专的人才，晦师也是一直提倡的。但是，想要培养出对国家真正有用的人才，还是要把远大理想、爱国热忱贯彻到踏实学习中去，使教学走上常规，真正按教育规律办学。学校不能动不动就因运动而停课，说要去修路筑水库，收麦抢耕，一下子又把师生拉到乡下，教学怎么能进行得下去？晦师为北大的未来忧心忡忡。

那时，我的心情也甚为不好。我的父亲一辈子当教师，操劳过度，积劳成疾，才50多岁，竟得了癌症。我从南京把他接到北京来寻医求治，竟无一所医院肯接收治疗。父母和我们只能挤在清华园的一间房里，一家5口人共睡两张床。白天出门到处求医，晚上回来筋疲力尽。父亲看我求助无门、束手无策，不愿再连累我弄得鸡犬不宁，坚决要回南京，不到半年就过世了。我赴南京奔丧，回到北京后，一股深深的悲哀长久笼罩在心头：“百无一用是书生。”我自困惑，读书到底有什么用？读书人连自己的父亲都救不了，想在后半生侍奉他的机会都没有，还谈什么读书报国！晦师一生献身教育，懂得教育规律，可又有何用，还不照受批判！我有些懊悔来北京了。

这个时候，反倒是晦师来给我开导和劝慰，使我度过了一场精神危机。他娓娓劝道："人生总会有挫折，但不要在挫折中倒下。能在挫折中站起来，就会学得更坚强。读书人的作用是有限的，不可能一言兴邦，也不可能一言丧国，但还是要去追求真理，不要丧失人生方向，要有韧性。书还是要读，课还是要上，文还是要写，学问是不一定马上有用，但若是真理，就会在将来有用。"我听晦师谈了几次，心里也就渐渐平静下来，继续安心在北大教书。

"大跃进"之后，国家在 1960 年提出了"调整、巩固、充实、提高"的八字方针，深得民心。晦师从此全心全意地投入到对中国文艺思想史的研究和教学，精心培养研究生，加紧步伐培育专业接班人。晦师把我列入重点培养对象，鼓励我加入文艺学学科建设者行列。当时，北大中文系老一辈教授学者大多已在 60 岁以上，渐现青黄不接之势。经晦师等师辈商定，还是要适当采取师傅带徒弟的办法，重点培养一批年轻的学者，如陈贻焮、刘学锴、袁行霈、赵齐平、严家炎等，都由指定的导师林庚、吴组缃、王瑶先生等加以重点指导，我的导师仍是晦师。晦师想竭力恢复马寅初、江隆基时代的北大学风，重建"三严"（严密的教学计划、严格的基础训练、严谨的科学作风）和"三基"（基础理论、基本知识、基本技能）的教学秩序。

我在中央高级党校编了两年多书，1963 年 9 月初回到北大。我去燕东园见晦师，听他为我安排教学任务。他一见我就说："你回来得及时！"马上就要我为祁念曾那个班开讲"文学概论"一课。他告诉我，魏建功副校长在抓文科教学，要提升基础课的教学水平，他和社会科学处处长王学珍已商定，要把"文学概论"这门课作为重点教学试点，他和王学珍可能会去听课。晦师一再叮嘱，要我先把这门"文学概论"基础课开好，过一两年再开一门新课，为中文系开讲结合文艺实际的"美学"课程。

讲"文学概论"这门课，我不需花太多精力，因为编了两年多的书心中有数。虽然教材还没有公开出版，但已经有内部打印稿，讲课时压缩一下，重点再发挥一下。1964 年，我接着为西、东、俄三系的文学专业学生又讲了一遍。那时我的心思主要放在准备开设的“美学”课程上，考虑这门“美学”课如何能更好地和文学艺术的实际相结合。那时，哲学系杨辛、甘霖等已在全校开了“美学”课，供全校文科学生选修，中文系的学生反映，对文学艺术的剖析不大深入，泛泛而论不解渴，希望能开出适应中文系需要的“美学”课，这就颇费我的脑筋。所以，从 1964 年开始我就大量阅读美学书籍。正好曾镇南、董学文、赵园那一届入学，我讲“文学概论”时，就加进了不少讲“美的规律”的内容，讲文艺创作的规律，如何将自然规律、社会规律转化为美的规律。曾镇南是“文学概论”课的课代表，他告诉我，因为我常讲规律，那班学生就在背后给我起了个绰号：“胡经之，字规律。”我一听，警觉到这是对我的一种讽刺，在那以“阶级斗争为纲”的年代，我还在大讲“美的规律”，脱离实际，书生气十足。

我把直觉告诉晦师。晦师一听，就立即为我出了个好主意：立即在“文学概论”之外，再开一门选修课“文艺理论专题”。这两门课分开，“文学概论”还是要讲基本理论，蔡仪主编的《文学概论》是花了两年多编出来的教科书，还是要让学生知道这些文艺理论的基本知识，不能放弃。而“文艺理论专题”就专门讲当前正在争论的文艺理论问题，关注当下现实。他这么一说，我就明白了。1964 年正是文艺界接连发生大事的岁月，热闹得很。《早春二月》《林家铺子》《舞台姐妹》《北国江南》等广受欢迎的影片都挨了批，人道主义人性论、中间人物论、现实主义深化论、时代精神汇合论等，也都受到了批判。这究竟是怎么回事？受晦师启发，我在 1964 年就新开了“文艺理论专题”课，原计划开的“美学”课也就暂时搁置。两年后，“文革”袭来，这一搁就是十多年。

早在“文革”风浪起的前两年，晦师这位安于寂寞，难合时宜的“五四”老人已经作为党内的“资产阶级代表人物”受到了批判。1964 年夏，北京大学党委在十三陵新建的昌平分校召开党内工作会议，提出要以“阶级斗争为纲”，全面清算北大工作中的右倾思想，在北大进行社会主义思想教育运动的试点。参加会议的有 80 余人，作为党内专家，晦师和冯至都去参加了。因为是党内会议，出于对党的爱护，晦师坦率地说出了自己思考多年的真实想法。他语出惊人：当前的问题，哪里是什么右倾？反右斗争以后，动不动就停课“闹革命”，一会儿去抢麦收，一会儿去修水库，哪还有教学秩序？他还拿出了实行“调整、巩固、充实、提高”的方针和依据周总理在广州会议、新侨饭店会议所做指示精神而制定的《高教六十条》（《教育部直属高等学校暂行工作条例（草案）》）逐条加以对照，一一指出了不符合条例的种种举动。最后，他呼吁校方，当务之急乃是落实《高教六十条》，而不是什么反右倾。晦师这些不合时宜的言论一出，全场哗然。冯至说：“一时议论纷纭，与会者感到惊奇。”有人说，杨晦平日沉默寡言，如今忍不住气了，语出惊人。有人说，这都是右派言论，早几年说出来，准是右派无疑，是个漏网右派。还有人说，眼前正要抓党内的资产阶级代表人物，如今杨晦自己跳出来了，正好！

面对责难和批判，晦师沉着应对，不慌不忙，摆事实，讲道理。他说，北大是高等学府，是人才生产部门，既不是物质生产部门，也不是阶级斗争部门，不能和工厂、农场、部队一样，不能动不动就要开展阶级斗争。把旧中国留下来的知识分子都归为资产阶级知识分子，也不符合实际。像中文系吴小如先生，新中国成立时还是青年，如今已算中年，十多年来一直勤勤恳恳，教书做学问，前几年应急开了一门新课“工具书使用法”，立了大功，很具开创性，受到学生欢迎，听课的有两三百人。可是，系里就有人批评晦师重用了资产阶级文人（吴小如在新中国成立前当过报纸副刊主编）。晦师说，像吴小如先生，如今还把他归入资产阶级知识分子就不公平，他应该算是周总理、陈毅所说的“劳动人民知识分子”。

那时，我正在为东、西、俄三系开设“文学概论”，为中文系讲“文艺理论专题”，希望北大内部安定团结，为教师创造良好的教学环境。但1966年初，北大党委已选定北大批判资产阶级代表人物的重点对象，历史系是副校长翦伯赞，哲学系是校党委副书记冯定，中文系就是前副教务长、现中文系系主任杨晦，都是党内的“资产阶级学术权威”。

我记得，那是在1966年春节的前一个月，花了将近三周的时间，中文系的教师党员集中在燕南园63号原马寅初的住地，由北大党委直接领导，进行了党内整风，批判矛头直指晦师。北大党委派了副书记和团委书记亲自压阵督战，还分别找我谈过话，要我勇于参加这场严肃的阶级斗争，帮助我的老师转变立场，站到无产阶级立场上来。这两位领导对我比较熟悉。1963 年秋，我从中央党校回北大，首先按新编的《文学概论》（蔡仪主编）来给学生上课，当时主管全校教学的副校长魏建功把此课定为全校重点课程，副教务长王学珍以及副书记、团委书记都曾来听过课，在学生中做调查研究。他俩都知道我和严家炎都是晦师的研究生，所以要动员我站出来批判晦师，想帮助我站稳立场，参加战斗。但说来惭愧，我当时和严家炎站在一起，不仅没有批判晦师，反而为晦师做了诸多辩护，从而引起了他俩对我的失望和不满。幸而，经历了那场“文化大革命”后，大家都懂得那是个历史的误会，都相互谅解了。

严冬凌厉，寒气逼人。北大中文系里最年长的学者、年已 67 岁的晦师每天都要从燕东园横穿燕园，走到燕南园 63 号，接受批判。我和严家炎对此颇感不平，时常站出来为晦师做些解释，说明晦师在特定境遇下所说的原意，并非如有些人所说，乃站在资产阶级一边说话。教育自有规律。晦师一生都贡献于教育，懂得教育规律，他提出一些改进意见，乃是为了更好地贯彻无产阶级教育路线，等等。当时，上海纺织女工出身的中文系总支副书记华秀珠，也站出来为晦师做辩护。负责教师党支部的邵岳，跟随过晦师研修中国文艺思想史，视晦师为忠厚长者，也不时站出来介绍晦师的为人。中年学者冯钟芸（任继愈夫人）、彭兰（张世英夫人、闻一多门生）和晦师接触较多，也都纷纷出来说话，肯定晦师热爱社会主义热爱党，一生贡献于教育事业，希望通过此次党内整风，提高政治觉悟。

这次批判资产阶级代表人物的运动，对晦师来说乃是他一生中所遇最大悲剧，使晦师遭受了前所未有的精神压力，心力交瘁，寝食难安。那一阵，晦师甚至闪过轻生的念头。家炎去看他，他对家炎说，他常站在阳台上徘徊，不敢朝下看一看，怕自己会纵身一跳。我也只能安慰他，风物长宜放眼量。后来晦师转移注意力，开始集中精力读起《马克思恩格斯全集》来。为了能读原著，他在这 67 岁之年，还向好友冯至求教，专心学起德文。“不合时宜”的他，从此甘于寂寞，虽然还挂着系主任的名号，却再也不参与行政事务了。

七

1966年的那个春节，我们都没有好好过。我去看望晦师，他沉默寡言、闷闷不乐，我也只能劝他心胸放宽、静观待变。其实，我也是心神不宁，不知道下一步会有什么变化。

在“文化大革命”中，晦师靠边站了，却也未受更大的冲击，因为大家都知道他在燕东园整风中已经受难，反而受到大家的体谅和同情。晦师把全部的精力放在研读马克思、恩格斯的经典原著上。那时，马恩全集翻译过来的还不多，晦师为了读原著，从那时开始自学德文。他用放大镜一边查德汉辞典，一边读马列原著。他读马列原著，是想弄清楚，马恩他们所倡建的社会主义究竟应是什么样的，以解当下心中的困惑。这使我想起，朱光潜在十年前受批判时，竟也是学起德文来，学会德文好读马恩原著，以便弄清楚马恩的意思究竟是什么，是不是都如那些批判者所说的那样。老一辈学者喜欢追根问底、实事求是，这种执着较真的学术精神给我留下了深刻印象。

幸运的是，晦师受到了中文系文化革命委员会的保护。中文系的师生在当时也成立了这个组织，选出女工出身的华秀珠和贫农出身的邵岳等来主持这个委员会。经过燕南园的党内整风，华秀珠和邵岳都对晦师有了全面了解，知道他是老一辈知识分子的先进代表，不能打倒，对受冲击较大的王瑶先生也采取了尽力保护的方针。

那时，我住在清华园公寓，和数学系副主任林建祥共处一套间，相处很融洽。只是，到了此时，我已把5岁的女儿苏薇（江苏蔷薇花季节所生）从南京接来，在北大幼儿园全托，我母亲不放心，准备也来北京和我们一起住，好照顾孙女。清华园公寓已经住不下了，我正准备搬到燕东园27号朱光潜的楼下，和杨人楩、张蓉初夫妇一起住，那里有两间住房空置着。张蓉初是苏州老乡，她竭力劝我母亲到她那里当邻居。晦师住的37号客厅只有一间房，但晦师很盼望我去他那里住。最希望我们去的是师母姚冬，她特别喜欢苏薇。我带着苏薇去看望他俩，姚冬总是拉着苏薇去楼前的园子里观赏她种的花草，力劝我搬到她那里。她诚恳地对我说：“我只有男孩，没有女孩，可我特别喜欢女孩。你们搬来，若忙不过来，我会帮你们照顾苏薇。”在那个动荡的年代，我感受到师生情谊更显珍贵。于是，我劝说我母亲暂时勿来北京，当即决定搬到晦师楼下那间我常来的小客厅。此后，杨锄、杨镰陆续去西北下乡插队，只剩杨铸在家，师母姚冬就常为我们去幼儿园接送苏薇，帮了我们很多忙。

从1966年夏到1968年夏，我们在晦师的小客厅住了两年，因此，也就有了和晦师朝夕相处、促膝谈心的机缘。这是“十年动乱”中，我们过得最为安宁的两年。课早已不上了，刚搬去时，我受命在周培源副校长和留学生办公室主任麻子英麾下接待外宾。那时，涌入北大校园来“取经”看大字报的人士，一个月就有上百万，还有不少的外国使馆人员来观摩，我忙得不可开交。但从9月初起，我又被周培源的得力助手郭罗基纳入他组建的一个特别教学小组，去友谊宾馆授课，当了西哈努克王子的“太子太傅”，这成了我的世外桃源。此时，晦师已与世隔绝、不再外出，所以很盼望我去他书房里随便聊天，从我这里多知道一些外界的情况。那时，夜晚常停电，书也没法看，晦师就邀我到楼上书房，点上蜡烛，秉烛夜谈，自由聊天，聊了些什么？时过境迁，大多已经淡忘，记不起来了，但有些我感兴趣的话题，当时就给我留下了深刻的印象，至今仍觉记忆犹新。

那时，北京扫“四旧”，我在看《日知录》，顾炎武在此书中竭力称颂“风俗之美”。我问晦师：“风俗有美丑吗？”晦师当即说道：“当然有。20世纪20年代，蔡元培在江南推行美育，颂扬真善美，很有号召力，上海有一杂志，就叫《真善美》，在赞扬自然美、艺术美之外，还不时称颂江南的风俗美。耕读传家、尊师重道，这都是风俗之美，应该珍惜。”

我最感兴趣的是晦师那个时代，会有什么样的人际交往？以前，我只知道他和冯至等创办的沉钟社，晦师实际上起了精神领袖的作用，相互关系甚为融洽。而在这多次聊天中，我发现晦师除了和冯至、蔡仪交往密切外，还和臧克家、何其芳、章廷谦（川岛）交往甚多，堪称深交。晦师在北大读书时，交往最多的就是章廷谦。晦师在1917年进了北大哲学门，章廷谦要比晦师晚两年，是先后同学。章廷谦虽学哲学，但像晦师一样，爱好的是文学，而且一入学就已表现出了他的文才，“依马长才，下笔千言”，受到蔡元培校长的赏识，还在读书时，就已请他参加新创办的《北京大学日刊》的编撰。当时校长办公室发送的不少重要文稿，就出自于章廷谦之手。晦师对《北京大学日刊》密切关注，每期必读，并由此而和章廷谦相识。当时北大学生住处分散，信息不灵，北大发生的重大事件，晦师都是从章廷谦那里获悉的。再以后，晦师知道章廷谦是周树人的同乡好友，就更敬佩这位师弟了。晦师在1920年毕业后，辗转南北，但只要一回北京，有几位熟人是一定要见面的，张凤举、冯至、蔡仪之外，章廷谦亦在其列。章廷谦在1922年毕业后，就留在哲学系当助教，又兼任校长室秘书，继续编撰《北京大学日刊》。李大钊在辞去图书馆馆长之后，就当上了校长室主任，章廷谦就在他的领导下工作。李大钊遇难后，章廷谦到处奔走，在香山南侧的万安公墓找到一块墓地，准备安葬。共产党人为李大钊刻了一块墓碑，但当时不能公开，也是章廷谦当机立断，把此墓碑连同灵柩一起埋在地下，得以保存下来，直到即将解放，才从墓地挖出，矗立于墓前。我和章廷谦虽然熟识，但这段历史，我从未听说，周海婴也从未说起过。晦师的深情回忆，使我对章廷谦肃然起敬，备加敬重。

著名诗人臧克家时常称晦师为老师，那确有来由。臧克家在1923年考进山东省第一师范读书，就认识了还在文学专修科任教的晦师，参加了晦师领导的文学社团。正是在晦师的引导下，臧克家走上了文学创作之路，他的同班同学李广田走上了文学评论之路。1943年，晦师和臧克家都到了山城重庆，久别重逢备感亲切，相互照顾亲如一家。那时，晦师在国立西北大学受国民党迫害，到重庆来投奔左翼文化界自谋出路。臧克家尽力相助，请好友吴组缃竭力推荐，把晦师请进了中央大学执教。正是在重庆的两年多里，晦师得以集中精力写出了十多篇重要的文艺评论，有的还在《新华日报》发表，产生了广泛影响。长达三万多字的《曹禺论》就是1944年在重庆写成并发表的，引起了文艺评论界的关注，美学家吕荧还曾撰文参与争论。臧克家在《新华日报》发表讽刺国民党的诗篇《侧起耳朵，瞪着眼睛》，晦师拍手称好，立即致信："努力吧，克家兄!"鼓舞臧克家勇往直前。国民党当局早已对晦师有所警惕，抗战一胜利，中央大学立即解聘晦师。幸而，中央大学的进步学生陈秀霞、陈秀云说服了父亲陈鹤琴，把晦师请到了上海幼师专科任教。在新中国成立前的两年间，晦师和臧克家在上海相互支持，共同战斗，在臧克家主编的《文讯》上，陆续发表了《中国新文艺发展的道路》《追悼朱自清学长》等重要文章，一起度过了白色恐怖的苦难岁月。1949年初，晦师、臧克家两家人又由地下党护送到了香港，在九龙度过了一段时光，然后才到北京共同参加了第一次文代会。晦师、臧克家虽属师生，但亲如兄弟。“文化大革命”中，北大红卫兵曾有人去找臧克家，想搜集晦师的资料，臧克家二话不说，斩钉截铁地只说了一句：“杨晦？红色教授！”

晦师和何其芳在新中国成立后交往频繁，关系密切。早在第一次文代会后，何其芳就秉承周扬意志，动员晦师去作家协会专事文艺评论。丁玲那时也在张罗筹建中央文学研究所（后来的中央文学讲习所），请晦师参与筹建当委员，寻求合作。但晦师听从冯至劝告，还是留在北大，边教书边研究，没有卷进文艺界激烈斗争的旋涡之中。何其芳早在1951年就和晦师合作，策划筹建北京大学文学研究所，趁院系大调整的时机，把适合作学术研究的专家学者列入研究所行列，不再从事教学。那时，何其芳的夫人牟决鸣就在参与筹建。1953年北大文学研究所正式成立，何其芳不让夫人在同一单位，就把她调到了文联。俞平伯、余冠英、钱钟书夫妇正是在那时进了北大文学研究所。年轻一代学者——曹道衡、樊骏、刘世德、沈玉成、王信、卢兴基、徐子余等人，都是晦师经过挑选，然后和何其芳一起商定，陆续调了过去。何其芳对晦师十分尊敬，他住燕东园35号，和晦师的住所只有百步之遥，穿过草坪就能相访交谈。《文学研究》（后改为《文学评论》）在1957年创刊，何其芳立即请晦师当编委，文学研究所订学术规划，必请晦师参与相商。因我和牟决鸣相识，所以常出入她家，也识得了何其芳。那时，何其芳刚到四十，热情洋溢、平易近人，给我留下了美好的印象。后来，何其芳和蔡仪都从燕东园搬出，迁入东单的西裱褙胡同去了，但我每当去文联参加活动，还是会跟着牟决鸣去她家看望一下何其芳和蔡仪。

在和晦师自由聊天中，我进而知悉了晦师和何其芳的密切关系乃有历史渊源，而且和臧克家有关。1944年，臧克家在重庆时已享有盛名，是著名的左翼诗人。那年，毛泽东、周恩来派了何其芳和刘白羽去重庆向国统区文艺界传介毛泽东文艺思想和解放区的文艺政策，臧克家和何其芳一见如故，然后，臧克家又将好友晦师介绍给何其芳相识。晦师说，他当时在重庆接受了毛泽东文艺思想，就是受益于何其芳。何其芳在那里现身说法，以亲身经历来阐释毛泽东文艺思想，令晦师深为感动。何其芳也是北大哲学系毕业的学生，比晦师小 13 岁，1931 年才进北大，他也像晦师一样爱好文学，热爱写诗文。在北大读书期间（1931—1935），何其芳已出了名，和李广田、卞之琳一道，被称为“汉园三诗人”。毕业不到一年，1936 年何其芳就出版了散文诗集《画梦录》，享誉文坛，被朱光潜、沈从文、林徽因等请进“京派”沙龙。然而，何其芳在 1938 年就去了延安，成为周扬办鲁迅艺术学院的得力助手，从此献身于解放区的文艺事业。晦师没有去过延安，但受到何其芳现身说法的感染，很快接受了毛泽东文艺思想，激发起革命热情，就在那两年，在国统区积极开展文艺评论。1945 年，何其芳受周恩来所托，担任了《新华日报》副社长，晦师好几篇文章就是在《新华日报》发表的。晦师和何其芳的友谊早已在那时开启。

和晦师的自由聊天中也不知不觉地解开了我心中的一个疑窦。中国人民大学的中国新闻史专家方汉奇教授曾和我说起过，他在延安时，亲耳听过毛泽东在一次讲话中提到了“五四”时的北大新闻研究会，列出了几个人的名字，其中就有杨兴栋（即晦师）。方汉奇去查阅历史资料，发觉真有其事，就问我：“杨晦当时和毛泽东有交往吗？”在自由聊天中，晦师告诉我，他和毛泽东一起听过《京报》主编邵飘萍的新闻学课，相互知道姓名，但并无交往。1918 年，在蔡元培的倡导下，北大成立了新闻研究会，有 50 多位会员。毛泽东当时在北大图书馆参加了这个研究会，常来听邵飘萍的课。晦师当年还叫杨兴栋，只是个 19 岁的青年，接触的人不多，所以并未和毛泽东相识。晦师估摸，毛主席在延安时提及自己，可能还是因为何其芳的缘故。1945 年初，毛泽东和周恩来把何其芳从重庆召回，让他说一说当时重庆文化界的情况。何其芳把在重庆的所见所闻，如实说了。依他之见，像臧克家、沙汀、晦师这样的作家、诗人、评论家，真心信服毛泽东文艺思想，正是在重庆期间，臧克家、晦师成了何其芳的莫逆之交。

这是我一生中能和晦师促膝谈心、无所不聊的最难得的机缘，以后再也没有了。

难得还有一事不能忘怀，值得一说，那就是在 1968 年的“五四”，晦师要我约了周海婴和章廷谦在中关村的科学院福利楼共进午膳，同忆往昔。

我在1967年抓紧时机，为西哈努克王子安排了两次访问。一次是在当年9月，趁浩然陪同巴基斯坦作家参观回来之际，我陪西哈努克王子拜访了浩然，得赠《艳阳天》。一次是在当年5月，去景山东前街七号拜访了许广平和周海婴，西哈努克王子接受了许广平送的一套厚礼：紫檀木匣装的《鲁迅全集》(1938年版)，高兴得不得了。这也是我最后一次见到许广平，1968年3月3日，她就在医院病逝，之前周总理曾亲自到北京医院探视过。周海婴在母亲逝世后，搬出了景山东前街入住三里河三区。那年4月，我到阜成门广播大楼去看他，海婴情绪低落、旧病复发，我颇为他担心。回到燕东园住所，我当晚在和晦师聊谈中说起了此事，晦师一听，感到心情沉重，沉默深思，然后对我说：他和刚从德国回来的冯至、姚可昆夫妇在1935年9月最后一次见到鲁迅，是在内山书店附近的咖啡店里，没有见到许广平和海婴。一年后，鲁迅去世，他和冯至参加了送殡行列，直到万国公墓。他们向许广平和海婴致哀，但未能交谈。如今，许广平也过世了，他希望我能找个机会见一见海婴，当面安慰。他知道我和海婴熟识多年，所以要我安排，由他做东请客，了却他的一个心愿。

为了实现晦师的这个心愿，我特地去中关园找章廷谦商量。章廷谦出了个好主意，趁“五四”北大校庆，由他约好海婴，中午到中关村福利楼午餐，由我陪晦师来，一起聚会。章廷谦是中关村福利楼的常客，听从他的安排，一切顺利。“五四”那天，我陪晦师从燕东园走到中关村福利楼，晦师特地带了一罐他喜欢的茶叶碧螺春和一盒长白山人参，作为礼物送给海婴。海婴也带来了一瓶绍兴黄酒，就在当餐喝了。晦师一见海婴，就对他说：“时间真快，在万国公墓见到时，你还是小孩，想不到如今是这么高的大高个儿!”那天，海婴没怎么说话，就听章廷谦回忆往事了。章廷谦讲到，1926年是他劝鲁迅离开北京这是非之地，他跟着鲁迅一同去了厦门大学。又说起，许广平、海婴从香港到北京后，他帮许广平物色了大石作胡同买了下来，那是靠近景山的好地方等。饭后，我陪晦师回燕东园，他在路上几次说，人生难测，世事难料，颇为伤感。但他又说，人生七十古来稀，许广平去世，还是到了古稀之年。那年，晦师69岁。我告诉晦师，海婴育有三男一女，鲁迅后裔，人丁兴旺，听后晦师稍感欣慰。

正是在这两年，我对晦师的内心世界有了较深入的了解。那几年，每逢“五四”北大校庆，总有各种传媒，如中央人民广播电台、《人民日报》、《光明日报》等来采访，要晦师回忆当年他参加“五四”运动的情景。晦师患白内障，视力已差，就由他口述，我整理加工，再写成文章。为此，我又把他过去写过的不少文章找来看，对他的过去又有了深一层的理解。

晦师出身贫寒，历经沧桑。这就和出身于书香门第的朱光潜很不一样。晦师从小就经历过许多苦难，在那民不聊生、水深火热的年代，他经受住种种挫折，因而性格中具有坚强的韧性。他经历了太多社会悲剧，因而转向古典悲剧的研究，并且也动手创作悲剧。在平时，他沉默寡言，但遇到不平，则悲愤填膺。他青年时代的悲剧精神，在老年时代仍有表露，我认识他 31 年，也仍能时常感受到。晦师的形象和鲁迅很相似，他那坚毅不拔的精神更像鲁迅。他在北京和上海，都和鲁迅有诸多交往，在已出版的《鲁迅日记》中就有七处谈及晦师，鲁迅对晦师、冯至等积极坚持的沉钟社评价甚高。

我搬到晦师楼下与他为邻，原来是为了防止他在“文革”中受到更大的冲击。但两年后，我自己也受到了冲击，被抄了家，晦师家也不能幸免。这时，我的第二个女儿燕菘（北京大白菜成熟的季节时所生）亦将出生，这小客厅也挤不下了。于是，我在 1968 年夏从晦师这里迁出，搬进燕东园 27 号朱光潜的楼下，和杨人楩住一层。这样，我又有数年时光与朱光潜为邻，但不时去看望晦师。再以后，我被送去鄱阳湖鲤鱼洲劳动耕耘，继而又不断被调来遣去，身不由己，虽然还不时去看望晦师，但已难有深夜长谈的机缘。

八

1977 年 5 月底，邓小平接见了即将调任北大党委书记的周林和北大革命委员会副主任周培源，要他俩立即在北大恢复高考制度。此后，周培源被任命为“文革”后的第一任校长，撤销了革命委员会。从中央警卫团调来当革委会主任的王连龙等撤回中南海，军宣队退出了北大。“拨乱反正”“正本清源”，北大又回归了教育本位，恢复了正常的教育秩序。晦师欢欣鼓舞，虽已年近八旬，但还是积极投身教育。1978 年，教育部开始实行学位制，分别设立了学士—硕士—博士不同层次的学位。接任晦师当中文系系主任的季镇淮教授坚请晦师担任研究生导师，晦师积极响应，从 1978 年开始招收文艺学硕士研究生。

1978 年冬，我当时正在为新生开讲“文学概论”课，并开始准备选修课“文艺美学”。晦师把我叫到他家里，苦笑着对我说道：“你读了四年副博士研究生，可一‘反修’，把学位也取消了。如今要走上正轨了，我要招硕士生了，可我已年迈体衰，精力不济，感到心有余而力不足。但我还是要招这第一届，开个头，你帮我做些具体安排。我就招这一届，以后，让你招了。”十年动荡，积压了大量优秀人才未能继续培养，这批文艺学首届硕士生，就来了不少我本科教过的学生，如董学文、曾镇南、郭建模等，晦师亲自培养了这一批硕士生，我则协助他，还曾求助于冯至，请来陈焜等开讲当代西方文论。于是，这些大学时代我的学生，成了我的师弟。晦师露出了笑容，幽默地说：“这终究不是历史悲剧，最后还是个喜剧。”我感受到了他内心的喜悦。

最后几年，晦师都把心思放在扶持后进上。当时负责中文系全面工作的吕梁，曾要我专门去找晦师，询问是不是要为他配一个学术助手。晦师也曾想把他多年的思考写成《文学论》，但是出于对后学的爱护，他还是没有要。他托我向吕梁道谢：“感谢组织关怀，但我不能再要助手。中青年一辈，历经磨难，时光耽误，要让他们抢回失去的时光，抓紧做自己的学问。”在晦师的鼓励与支持下，我在 1981 年开始独立招收文艺学硕士生。那时，我在开设“文学概论”课之外，已在 1980 年新开了一门“文艺美学”课，受到了高年级学生的欢迎。受此鼓舞，我就大胆向晦师建议，想在“文艺学”下另设一个专业方向，就叫“文艺美学”，以区别于“文艺理论”。晦师在 1963 年就准备要我开选修课“美学”，但时势不对，一直未能开出，如今不如就叫“文艺美学”。我把我的设想告诉了晦师，我想沿着鲁迅 1912 年在教育部所作的《美术略论》的内容来展开研究。蔡元培在当教育总长时倡导美育，鲁迅积极响应，1912 年在教育部主办的“夏期美术讲习会”上连续演讲了四次《美术略论》，1913 年以《拟播布美术意见书》（署名周树人）一文载于《教育部编纂处月刊》，向全国推广。鲁迅的基本观点可表述为："美术云者，即用思理以美化天物之谓。"他所说的美术，包括了文学在内的所有艺术。在他看来，文学艺术的直接功用，乃是"发扬真美，以娱人情""美善吾人之性情，崇大吾人之思理"。但文学艺术还有间接功能："表见文化""辅翼道德"和"救援经济"。我觉得，鲁迅的《美术略论》，正是我心目中的艺术概论的雏形，文艺美学正可以接续鲁迅的见解做更深入的研究。晦师看过鲁迅的论述，觉得入情入理，听了我的解释，他就积极支持我另辟文艺美学专业方向，报请北大研究生部核准。也就在此同时，我受命北大出版社，发起组编一套"北京大学文艺美学丛书"，聘请朱光潜、宗白华、晦师三位为学术顾问。没有想到，晦师没有见到这套丛书的出版，竟先朱、宗二位作古了，给我们留下了深深的遗憾。

我年轻时到北京求学，在京30余载，有幸受到许多老一辈学者的教导。王朝闻、朱光潜、宗白华、蔡仪等在美学上给我引导；何其芳、林庚、吴组缃、章廷谦、王瑶等在文学方面给我启示；冯至、季羡林、杨周翰、闻家驷、李赋宁等在外国文学方面给予我教诲；周汝昌、吴世昌、吴恩裕等也在"红学"方面予以点拨。这些前辈学者的教诲，使我受益匪浅，终生难忘。

在诸多前辈学者中，对我人生道路和学术发展，影响最大、帮助最多、指导最久，使我感触最深的，还是我的导师——"五四"老人杨晦。

晦师在1983年5月逝世。在八宝山向他遗体告别时，我含泪徘徊，默哀良久，不忍离去。回到北大，心情久久不能平静，写了一篇悼文在北大校刊发表，寄托哀思。师兄赵齐平也发表了一首悼诗，叹晦师一生："早逐狂飙骋绣鞍，耄心犹自赤如丹。沉钟声远回荒野，九鼎论新肃讲坛。"我甚有同感。

1984年，我应深圳大学校长张维院士之邀，和汤一介、乐黛云一起来参与创办中文系，开始三年还往来于北大、深大之间，到1987年落户深圳，离开了北大。我在北大整整35年，感恩北大。所以当我的《胡经之文集》出版，我首先要送北大的师友，可惜，晦师已经不在，难再登门讨教了，不禁叹息！

1998年，我回北大参加百年校庆，特地去林庚先生家看望这位87岁的老人。他一下就认出了我，向在座的一群学生说："他是杨晦的学生。"一下子就把我带进了对晦师的回忆之中，回来后我写下了一篇《诲人不倦启后人》，后送交了杨铸。

受教30余载，我敬佩晦师的为人，特别是他那诲人不倦、一丝不苟的人格精神。晦师一生，遵循李大钊所说的："铁肩担道义，妙手著文章。"又深得鲁迅的精神："横眉冷对千夫指，俯首甘为孺子牛。"晦师虽逝，精神永在。

承蒙北京大学杨铸教授、深圳大学黄玉蓉教授的帮助，才得以完成此文，特此致谢。

原载《传记文学》2020年第4—6期

二〇一九年三月初稿

二〇二〇年春节定稿

深圳湾　望海书斋

高风亮节钱中文

中文兄九十岁了，出版了新的文集。我甚为老友高兴，衷心为他祝贺。

我比他小一岁，而和严家炎同年。这两位，乃是我一生中学术交往最深的同辈学长，我直呼为老兄，可以推心置腹、倾情相谈。

我和中文兄相识较晚。虽已久闻他的大名，但他未曾参加蔡仪《文学概论》的编写，所以未能和他见面相识。要到1985年4月，在扬州师院召开的“文艺学方法论”学术研讨会上，我和他才当面相逢。我当时的直觉，可说是一见如故，相见恨晚。汤学智告诉我，中文兄当时正在忙于组稿现代外国文学理论译丛，有三本马上就要出书了，那就是：美国韦勒克和沃伦合著的《文学理论》，苏联波斯彼洛夫的《文学原理》，荷兰佛克马和易布思合著的《20世纪文学理论》。我一听，不禁脱口而出：这太好了！咱们自我封闭了多年，急需睁眼看世界。译介这些书，正符合大家的需要。我敬佩中文兄的好眼光，敬佩之情，油然而生。只是，那时正忙于主持会务的他，忙得不可开交，我不便打扰，未能作深入交谈。

一回生，二回熟，此后，我们的交往就多了起来。1985年方法论热之后，1986年是文学观念热起之时，苏州大学举办了文学观念的学术研讨会，中文兄和我都去了。这次见面就有了深谈的机缘。我们不仅一起参观了苏州园林，而且还去太湖，观赏了木渎的雕花楼、紫金庵，得以从容自在、边游边谈，甚至促膝夜谈。这次我弄清了他去苏联留学的来龙去脉，有了更多的共同语言。他老家在我熟悉的无锡北塘，1951年考入了中国人民大学俄语系，1955年毕业，即被派往莫斯科大学攻读俄罗斯文学副博士研究生，以便将来从事中苏文化交流。1959 年，他的学位论文都已完成了，但中苏交恶，国内掀起了批判苏联修正主义思潮，把军衔制和学位制贬为资产阶级法权，一笔勾销。在莫斯科大学还未进行论文答辩，中文兄就被调回国内，进了文学研究所，副博士学位没有给。我也经历了类似的遭遇。我是 1952 年进的北大，提前半年毕业去了中国人民大学马列主义研究班当研究生，1956 年回北大攻读文艺学副博士学位，长达四年。但 1959 年一反修，我和王世德虽都通过了毕业论文答辩，却取消了副博士学位。谈起此事，我和他虽略感遗憾，但从未对此有所计较，该做学问还是照做。改革开放以来，中文兄有了更多的使命感，积极投身于文艺学的建设事业，做出了杰出贡献，起着引领作用。这次苏州相聚，我受益良多，深感欣慰。我们不仅是同乡，而且是同行，情性相近，志趣相投。按他的说法，乃是志同道合，走在同一条道路上。我们近四十年的友谊由此开启。

初识中文兄的那几年，我已和汤一介、乐黛云一起去了深圳大学创建中文系，发展人文学科，但我和乐黛云是轮流坐庄，一年中乃有半年还在北大开课、带研究生。和中文兄相识时，我的住所已从中关园迁到了畅春园新居，离中文兄的寓所不远。为了向他讨教和闲聊，我就常骑了自行车，沿着海淀的苏州街，穿越中国人民大学和友谊宾馆，直奔北京外国语学院，他的寓所就在校内西院北楼。寓所宽敞宁静，窗前庭院长着高大的梧桐树，空气清新，在此开怀畅谈，真是美的享受。

1987 年，我说动了时任中文系主任的家炎兄，终于让我放飞深圳。我在这边陲小镇落了户，远离了学术中心。但就在这一年，因中文兄的积极引荐，文学所聘了我为特约研究员，为我发来了聘书。我深切感受到了中文兄的盛情好意。正是由于他的关切，使我虽处边缘，还能和学术中心保持着经常联系，常能参加他主持的不少学术活动。我之所以能和文艺学界保持着长期联系，主要得益于中文兄的大力相助，使我得以追随他之后，尚能与时俱进。

在和中文兄的长期交往中，我深切感受到了他的高风亮节、浩然正气。在他身上，汇合了三股精神，使我十分敬佩。

一是与人为善、助人为乐的奉献精神。

改革开放以来，中文兄积极投身于建设文艺学，不仅潜心于自己做学问，还积极扶持后进，培养文艺学人才。八十年代，向他求教的祁志祥，并非他的学生，但在五六年间，中文兄竟为祁志祥写了 29 封信，指点为学之道。这在文艺学界广为人知，传为美谈。

我也曾亲自经历、感受到了他那助人为乐的奉献精神。就在 1986 年的苏州会议上，中文兄就对我说，要拉个差，找一个晚上，为一个名叫陈晓明的研究生作硕士论文答辩，让我先审读一下。这陈晓明并非他的研究生，他的导师是福建师大的孙绍振。那年，陈晓明完成了学位论文，涉及当代西方文艺理论的一些热点，引发了校内专家的不同意见，答辩难以进行。孙绍振就把论文寄到了中国社会科学院，向文学所的专家求助。中文兄审阅之后，觉得此文虽对西方文论的缺失剖析不够，但从整体看还颇有新意，应可答辩。我看过论文后，也觉得给他指出论文不足之后，可以通过。就在会议结束后的一个晚上，中文兄邀请我和杜书瀛参与，由他主持组成了一个答辩委员会，经过答辩，终于通过了学位论文。陈晓明不仅获得了文艺学硕士学位，而且在次年（1987）就考进了文研所，当了中文兄的首届博士生。

我在北大的硕士研究生张首映，也正是由于中文兄的赏识和提携，才在 1987 年提前毕业，考入文研所，和陈晓明一道，成了中文兄的第一届博士生。自 1981 年始，我接续杨晦之后培养硕士研究生，招了两届已近十人。硕士研究生毕业后怎么办？当时研究生还属稀有，去高校任教的居多，去中央文化部门的也不少，但尚有些人还想继续深造，攻读博士学位。王一川主攻文艺美学，协助我开设文艺美学课程，毕业后还想深造，我就推荐给北师大童庆炳，成为黄药眠的第一位博士生。稍后的王坤，主攻文学概论，协助我开设文学概论课程，毕业后在高校任教，两年后考取了蒋孔阳的博士生，去了上海。张首映早已在复旦大学进修过文艺学，考进北大当研究生，主攻西方文艺理论，协助我在北大首次开设西方文论一课。首映的研修，成绩突出，我们一起完成了《20 世纪西方文论史》，又提前完成了硕士学位论文。我就请了中文兄来北大主持学位论文答辩，受到了他的赞扬。当年首映就考入了文研所，成为中文兄的首届博士生。首映的人生，迈向了新的路程。

中文兄在文研所当了八年《文学评论》的主编，扶持和培养了文艺学界不少新人，功不可没。中国社会科学院副院长、著名美学家汝信，好几次动员他出任文学研究所的所长，但他一再谦让，力推张炯来担此重任。他自己仍潜心于学术研究，谦虚谨慎，虚怀若谷，高风亮节，令人敬佩。

二是与时俱进、守正创新的开拓精神。

改革开放之初，我们都是从研习马克思列宁主义的文艺理论开始的，然后才进入文艺学的探索之路。中文兄在八十年代初期就投入了马列文论经典的编选工作，完成了当时亟需的《马克思恩格斯论文学与艺术》《列宁论文学与艺术》两大基础工程。我们这些在学校忙于教书育人的学人，受益匪浅。那时，我最初的学术关注也在马列文本的阐释。当时，全国高校马列文论研究会一成立，就推出了一本《马列文论百题》，邀我撰文，我就写了《艺术掌握世界的方式》和《马克思论具体—抽象—具体》二题。我和中文兄都崇信马列主义，从未动摇过。

在探索文艺学如何发展的过程中，我们都觉得对马列经典原著的解释当然很重要，那是基本功，一定要打好基础。但是文艺学要发展，却又不能停留在经典文本的解读上，而要结合当下文艺实践，接着说，甚至拓展说，才能有所创新。所以，中文兄在组编“现代外国文艺理论译丛”之后，很快就投入一项新工程，那就是后来发生重大影响的新编的《文学原理》。这套《文学原理》共有三本，分别为《创作论》（杜书瀛）、《作品论》（王春元）和《发展论》，这《文学原理—发展论》就是由中文兄执笔所撰。这套《文学原理》，我以为是新中国成立后出现的第三代高校教科书。新中国的第一代文学理论教材是学苏联的苏式文艺学引论，第二代是蔡仪主编的《文学概论》和以群主编的《文学基本原理》，中文兄参与编撰的这套《文学原理》，乃是改革开放的产物，以马列主义为指导，吸取了更多的西方文论资料，视野较开阔，形成新格局，具有开拓创新的意义，应属第三代。

还是沿着《发展论》的思路，中文兄力图运用马克思主义的历史唯物主义观点探索文学的动态发展规律，最后，他的学术眼光落实在对当下文学生态的考察。关注当下现实，成了中文兄文艺学研究的最大特色。正当大众文化铺天盖地汹涌而来，文艺场内乱象纷起，人文精神的讨论应时而发，中文兄奋勇而起，竭力呼唤，倡导新理性精神，恰正符合当下现实的急需。中文兄又很早倡导文艺学应更凸显文学的审美意识特性，高度重视内含的价值意蕴，因而引发了文学艺术是否是意识形态和是什么样的意识形态的争论。我对意识形态的理解较为广宽，文学表现意识形态的路径也甚多样，政治意识形态、道德意识形态、哲学意识形态等等都能渗入文学创作。文学艺术不只追求美，而是应将真、善、美结合起来，创构出真善美的艺术世界。但是，各种意识形态渗入文学艺术，都应按照美的规律组建起来，审美意识形态应是文学艺术最基本的特性。早在1910年，马克思主义理论家沃罗夫斯基在评论高尔基时就已呼吁，要建构审美意识形态，并继承和发扬了恩格斯的对生活应作出“诗意的裁判”的光辉思想。列宁在建国之初就提出，应把美作为社会主义艺术的标准。匈牙利马克思主义理论家卢卡契，在《审美特性论》中，对沃罗夫斯基所说的对生活的“诗意的反映”作了进一步阐发，倡导“审美反映”论。斯大林时代过去之后，苏联兴起的审美学派、文化学派，更是把审美意识形态和政治意识形态、道德意识形态、哲学意识形态等并列在一起，阐明这些都是意识形态的具体表现方式。中文兄在改革开放初期就已把文学看作审美意识形态，这并非是要否定文学的意识形态性质，而是要面向当下现实，实事求是，突出文学的审美特性，要文学发挥其独特作用。这正是走在马克思主义的正道上，探索中国特色的文艺学之路。

三是促进中外对话、融古于今的时代精神。

中文兄一向重视中外文化交流，不仅积极倡导，而且付诸实践。早在改革开放之初，1983年春，他就和钱钟书一起参与了中美比较文学的对话，是我国从事中外文化交流的先行者。

受中文兄的启发，更直接得到了他的激励，我也开始重视起中外交流来。我在投身于文艺美学之时，深感对国外美学、文艺学的状况所知甚少。1982年，我正在准备开设西方文论新课，受同行重托和国家教委的鼓励，由我负责主编《西方文艺理论名著教程》一书，并和伍蠡甫一起主编一套《西方文艺理论名著选编》。经三年奋斗，这本国内第一次编写的西方文艺理论教材有了初稿，但究竟是否合格，我们自己也没有把握。我们在 1986 年暑假在深圳大学召开定稿会，我当机立断，请了中文兄来到深圳，参与全书的最后审定。中文兄冒着酷暑，辛苦了好几天，提出了修改意见，我们修改后才交北京大学出版社正式出版。这本《西方文艺理论名著教程》出版后，获得了国家教委授予的高校优秀教材奖，一再重印已近二十次。此书初版时，我请了伍蠡甫、宗白华二老为顾问，二版时，二老已过世，我立即请了中文兄继任顾问。2000 年暑假，经副主编李衍柱的精心安排，我们在青岛附件的田横岛上调整了编委会，对此书作了全面修订。中文兄不仅对全书发表了修改意见，而且答允亲自执笔，撰写第八章《巴赫金的交往、对话主义文学理论》，使得这本教材应时而进，提升了学术水平。此次相聚，中文兄兴致勃勃，兴高采烈。副主编王岳川告诉我，他回京后就挥笔抒写了一篇《田横岛度假村记游》，发表在 9 月 1 日的《人民日报》上。

不能忘怀的是，就在 1986 年中文兄来深圳的那次，我们有过一次推心置腹的深夜长谈。那次，我请他在粤海门客舍住了好几天，天天埋头审稿，好辛苦。一天，我请他和编委一起去小梅沙游泳，晚饭后，他就到我住所来聊天。那时，我住深圳湾后海边上的海涛楼，楼前一片绿色的红树林，深夜还能听到风吹松林的飒飒声。那天晚上，我们聊得十分投机，从无锡故乡事，北京情，深圳新闻，一直到天下大事，无所不谈，有时开怀大笑，体验到一种难得如此轻松的自由感。说着说着，竟已过了半夜，中文兄懒得再回客舍，干脆就在我的客房里住了一夜。

那晚我们谈的最多的还是关于我们这一辈知识分子的命运。我们这一代都深切感受到了改革开放这一创举的伟大意义，敬佩邓小平能带领我党进行了自我反思、自我革命，纠正了对内以阶级斗争为纲、对外封闭自守的错误方针，走上了改革开放之路，知识分子应有所作为。我就说到，深圳得风气之先，改革开放正在快速进行。说着说着，我就不由自主地向中文兄吐露了我当时的心声：马克思说过，人生在社会，既是剧中人，又是剧作人。我在北大三十多年，和严家炎一起曾走到了北大历史的深处，卷入了北大的纷争。但我在北大却未曾有剧作人的感觉，而只是一个剧中人。可是我到深圳才二年多，却已逐渐有了些剧作人的感觉，在这尚待开垦的处女地上，也许可以画出自己想要的图景，大有可为。当时，我已萌生了想在这块热土上长安久居的念头，但尚在犹豫，从未向人透露过，和中文兄说得投机，不觉就吐露了出来。他一听，先是感到突然，但想了一下，竟对我说道：有道理！你这可能是到了从心所欲而不逾矩的境界，你不贪恋北大这块宝地，要到这边陲小镇来开辟新天地，说不定是一条新路，也许将来会有更多人走你这条路，你是敢吃螃蟹的先行者！但我劝你，你在这里安居乐业，可别忘了学界老朋友，还是要和大家保持经常联系。

这次深夜长谈，我俩都留下了深刻印象。2003 年我七十岁时，深大文学院长吴予敏主编了一本《美的追寻——胡经之学术生涯》，在北京大学出版社出版。中文兄寄来了一篇《汇入了生命体验的美学探索》，其中特别回忆了我俩夜谈的情景。往事并不如烟，今犹历历在目。

中文兄说得好，我听从了他的劝告。1987 年春，我说动了严家炎，让我落户深圳，但我从未和他俩断了联系。每次回京，我一定会和家炎、刘学锴、程毅中等同窗好友相聚，也必去中文兄寓所拜访讨教。他支持举办的学术会议，和我一打招呼，我就欣然前往，既向大家讨教，又能重叙友情。学界在九十年代初沉寂了三年之后，1992 年，中文兄联合了十多所高校，在河南大学举办了一次全国学术会议：中外文学理论学术研讨会。我应邀赴会，老友重逢，欣喜倍加。中文兄在大会致了开幕词，题为《文学理论：回顾与展望》，对新中国成立后三十年的文学理论研究作了全面总结。在大会结束时，他要我对此次学术会议作出总结。我虽没有准备，却盛情难却，只好从命，开了个夜车，完成了这个使命。

就在这次会上，不少高校提出，希望由文研所牵头，赶快成立全国性的中外文艺理论学会，以推进文艺理论的发展。中文兄听取了大家的意见，要我和大家一起参与发起，以便向中央有关部门提出申请。这个学会的宗旨，就是要以马列主义为指导，推进中外交流，打破长期存在的封闭格局：研究中国文论的，不接触外国文论；研究外国文论的，也不过问中国文论；研究古典文论的，不涉当代文论；研究当代文论的，也不问古典文论。隔行如隔山，各行其道，互不相干。这个学会，就想打破旧格局，建立新格局，倡导中外对话，融古入今，但突出要以马列为指导。

此后，中文兄代表了文学所，联合了外文所长吴元迈，多次奔走，终于获准成立这个学会。1995 年暑假，汝信、蒋孔阳、袁可嘉等全国一百多位活跃于文艺学界的学者以及科恩等多位国际著名学者，聚集在济南的山东师范大学，举办了“走向 21 世纪：中外文化、文艺理论国际学术研讨会暨中国中外文艺理论学会成立大会”。

在这个中外文艺理论学会的成立大会上，大家一致推举钱中文和吴元迈两位为会长。承蒙大家不弃，我这个已定居于边陲小镇上的学术边缘人，也和童庆炳、陆贵山等一起，忝列为副会长。我的理解，这是大家对我的鼓励。

中文兄对这个学会用力最大，投入最多，感情最深，灌注了他晚年二十载的心血。读一读他在 2017 年所写的一篇《我与“中国中外文艺理论学会”20 年》，不能不令人肃然起敬。学会成立后，在他的引领下，我曾随去过许多地方参加学术活动。学会在北京、南京、上海、青岛、西安、杭州、扬州、成都、三亚等地都有过活动，我也得以多方讨教，重叙友情。我俩友谊，愈老弥坚。2013 年，我去北大参加第十八届世界美学大会，他已乔迁颐和园南侧的一座幽雅庭院里，我在张首映的陪同下，在新居拜访了他，得以再作畅谈。我们最后的一次相聚，乃在 2015 年。北大的王一川、金永兵为我的《胡经之文集》在勺园北大国际会议中心举办了座谈会，中文兄和张炯、杜书瀛、高建平等多位学友都来相聚了，使我感激不尽，难忘此情此景。

我这一生，主要参加了两个学会的学术活动，一个是先后由朱光潜、王朝闻、汝信任会长的中华美学学会，一个就是由钱中文、吴元迈任会长的中外文艺理论学会。自 2014 年起，中文兄把这个重担交给了高建平。建平不负众望，不仅担任了这个学会的会长，还担任了中华美学学会的会长，继承和发扬了汝信、中文的奋发精神，正在尽心尽力推进我国的美学和文艺学事业，为中华民族的伟大复兴而继续奋进。我们这些老学人都深感欣慰。借此机会，我遥祝汝信、中文两位身心安康，浩气长存！

二〇二二年十一月廿五日
深圳湾　望海书斋

附录一

胡经之：乐读万卷书　心向真善美

李永杰

学人小传

胡经之，祖籍苏州，1933 年生于无锡。著名美学家、教育家，深圳大学“荣誉资深教授”。1952 年考入北京大学中文系，师从著名文艺理论家杨晦先生，毕业后留校任教。1984 年，应深圳大学首任校长张维院士之邀，与汤一介、乐黛云同赴深圳大学创办中文系，后将中文系改为国际文化系，任系主任并担任特区文化研究所所长、深圳大学学术委员会副主任、人文社会科学委员会主任。著有《文艺美学》、《文艺美学论》、《中国古典文艺学》（与李健合著）、《胡经之文丛》等，主编《西方文艺理论名著教程》《文艺学美学方法论》等。先后被推选为中国文艺理论学会副会长、中国中外文艺理论学会副会长、广东省美学学会会长、深圳市作家协会主席、深圳市文艺评论家协会主席等，是深圳首位广东省优秀社会科学家。

江南岸边草，苍茫一书生。乐读万卷书，好作万里行。
心向真善美，敬重天地人。复归大自然，犹怀世间情。

这首自评诗，是文艺美学家胡经之美学人生的真实写照。寥寥 40 字，展现了高洁的学术追求和自然品性，不由让人心生敬意。历经江南稚子、北大学子、岭南游子，最后在深圳落地生根，成为深圳赤子，胡经之虽然人生轨迹和学术道路多有变化，但是对真、善、美的不懈追求始终初心未改。如今，胡经之先生 88 岁高龄，乃“米寿”翁（“米”字拆开是八十八），德高年劭，犹言谈敏锐，思维敏捷，学而不倦，实为后辈感佩。

少时启蒙开启审美人生

1933 年，胡经之出生在苏州、无锡之交的梅村，古称梅里。这里是吴文化的发源地，被誉为“江南第一古镇”。他生长于小康之家，其父胡定一一直在太湖周边的中小学任教。当时蔡元培在江南倡导“教育兴国”，因此教师的地位很高，待遇也不错。父亲辛勤劳作，为胡经之提供了较为殷实的家庭生活，可以“读书不为稻粱谋，觅得真知求自由”。

“我之所以会走上研究美学、文艺美学这条道路，既受那个时代教育的熏陶，又为自己的兴趣所驱使。”胡经之少时接受教育的时代，正是五四新文化传统发扬光大之时。1912 年，蔡元培任南京临时政府教育总长时，主张“以美育代宗教”，将美育正式纳入国家教育方针，到 20 世纪 30 年代，苏、浙、沪成了审美教育最发达的地区。“美育影响了我的父辈与师辈，父辈与师辈又影响了我们这一辈。受美育的熏陶，我对审美发生了兴趣，先是自然审美，然后是艺术审美。”胡经之说。

胡经之从小受到江南水乡吴文化的熏陶，崇信温、良、恭、俭、让。江南的自然风光深深吸引着他，竹林、池塘、山丘、小溪，太湖、阳澄湖、邓尉山、苏州园林、寒山寺等，都令他着迷，常常流连其中。胡经之回忆道，“此时，我不知不觉地接受了自然审美”。对此，同辈老乡钱中文评价说，“他从小就受到水乡风物，园林雅致的熏陶：那里湖光山色，风帆点点，稻香鱼肥，渔舟唱晚……以后在名师的指点下，将生命的审美体验汇入了他学问的追求之中”。

胡经之初小读的是苏州城里的一所美国教会学校，在校期间还参加了童声唱诗班，于是从此爱上音乐。等到上高小和中学，他先后遇到了语文老师陈友梅和何阡陌，两位老师开启了胡经之的文学审美体验。“陈老师教语文，用的是开明书店叶圣陶编的教本，配上丰子恺的画，充满诗情画意。”胡经之记忆中的那些课文，至今难忘。如“菜花黄，菜花香，蝴蝶飞过墙”“星期天，天气晴，大家去踏青，过了一村又一村，到处是美景”。陈友梅擅长中国古典诗词，讲授诗词声情并茂，每到最动人处，禁不住呜咽泪下。这样的讲课场景，自然深深刻在胡经之的心灵深处。何阡陌老师讲解新文学作品，娓娓动听，胡经之仍记忆犹新，“最使我倾心的是其讲朱自清的《背影》，饱含深情，我从来没有体验到文学艺术的魅力可以达到如此神奇的境地，刻骨铭心”。

先有审美体验，后有理论思考。胡经之最早接触的是朱光潜的美学理论。中学时期，他先后读了朱光潜的《给青年的十二封信》和《谈美》。这时，胡经之才知道世界上还有一门专门研究美的学问，叫美学。中学毕业后，胡经之在无锡县师范学校又读到了朱光潜的《诗论》。1949 年前，他加入新民主主义青年团，积极参加进步学生运动。新中国成立后，17 岁的胡经之担任无锡县学联主席，当选无锡县第一、二、三、四届人民代表，苏南首届政协委员。逐渐丰富的社会经历，扩大了胡经之阅读视野。从朱光潜的美学扩及毛泽东《在延安文艺座谈会上的讲话》、周扬翻译的车尔尼雪夫斯基的《生活与美学》等，都对胡经之日后的美学人生产生了重大影响。1951 年春，他买到一本苏南新华书店翻印的周扬编的《马克思主义与文艺》，如获珍宝。“这是我第一次接触马克思主义文艺学，从而激起了去大学攻读文艺学和美学的热情。”他回忆道。

1952 年，胡经之考入北京大学中文系。那时，全国高校的院系调整刚刚结束，北大名家云集。朱光潜、宗白华、蔡仪、马采等美学家都在北大，但都不开美学课，只有中文系主任杨晦先生开设文学概论课，胡经之是课代表，因此有机会与杨先生深入接触。入读北大后，他又集中精力读了 30 部左右五四以来的中国现代美学著作。因为喜爱美学，胡经之经常登门拜访朱光潜、宗白华和蔡仪等先生，请教他们关于美学方面的问题。久而久之，胡经之便有了一个明确的治学目标——研究文学艺术的美学问题。所以胡经之常说，他的审美人生从少小就开始了，但美学生涯却从北大开始。

1954 年，苏联专家毕达可夫来北大举办“文艺学研究班”，讲授文艺学引论。因参加这个班的必须是高年级即将毕业的学生和全国各高校的青年骨干教师，当时胡经之刚上三年级，但在杨晦先生特许下，他有幸参加了研究班的学习，完整地听了毕达可夫的课，并完成了结业论文《论文学的人民性——兼论现实主义和浪漫主义》。1956 年，胡经之又跟随杨晦先生攻读文艺学副博士研究生，毕业后留校任教。

对于在北大的求学时光，胡经之深情地回忆道：“1952 年 19 岁的时候离开苏州到北大来求学，那个时候，正好赶上全国院系调整，马寅初任校长，江隆基任书记和副校长，这两个人令人怀念。这是北大的黄金时代，名师荟萃，由蔡元培蔡老开启的人文传统、美学精神，我当时在这里能直接感受到，这是受到了人文的熏陶，在北大实现了读万卷书的梦想，在北大开始了文艺探索之路。”胡经之所说的“读书破万卷”绝非虚言，其时的同学、中国社会科学院文学研究所原所长张炯先生感叹道，“经之同志自读书时代就积累了大量的卡片和笔记，在进入 20 世纪 60 年代之后的十多年时间，相当扎实地读了大量的中外古今的著作，并得到当时北大名师诸位先生的教诲、指点，即使走上了教学岗位，几十年来也总是手不释卷，读书非常多，真是大学者一个”。

文艺美学研究初露锋芒

1980 年，中华全国美学学会成立大会在昆明召开，这是新中国成立以来的第一次美学盛会。在这次大会上，胡经之提出了高校应开拓和发展文艺美学的建议，引发了与会代表的热烈讨论，得到了朱光潜、伍蠡甫、蒋孔阳等美学大家的热忱鼓励。

胡经之告诉记者，提出“发展文艺美学”决不是一时心血来潮，这是他求学时代就一直在思考的一个重要问题。在他看来，古典名作之所以吸引人，就是因为其中蕴含着真、善、美。“古典作品至今仍具艺术魅力，一是因为古典作品表现了真、善、美，二是这些真、善、美激起今天人们相应、一致的情感，获得审美享受。”胡经之认为，优秀的古典作家虽然生活在古代，有阶级局限性，但在实践生活中具有真切的感受和体会，他们的生活体验、人生感悟，对今天仍有价值，能给我们美的享受。这也是胡经之的副博士毕业论文《为何古典作品至今还有艺术魅力》的主要观点，是从美学的角度思考文学问题。

改革开放迎来了学术发展的春天，更使胡经之精神振奋，激发了学术研究的积极性。1978 年，他读到了中国台湾学者王梦鸥的《文艺美学》，瞬间点燃了将文艺美学发展成为一个学科的宏大构想。“王梦鸥的‘文艺美学’只是一个书名，没有对这个概念进行阐释，更没有将它发展为一个学科的想法，我感觉这个名称很好，正可以把一向分离的文艺学、美学融为一体。”其实，“文艺美学”这个名称早在20世纪三四十年代就由学者李长之明确提出了。胡经之说，“李长之曾明确指出，文艺美学就是德国人所说的文艺体系学，应把文学和其他艺术放在一起做系统研究，但是他还没来得及进一步阐发”。

在昆明会议后，文艺美学一度很热，成为一个影响很大的学科，这是胡经之始料未及的。他提出“发展文艺美学”，是想把文学扩展到整个艺术领域，发展为一门交叉学科，并且付诸实践。于是，1980年胡经之就在北大开设了“文艺美学”一课，并且立即招收文艺美学研究生。

胡经之提倡发展文艺美学，力求把文艺学与美学融合在一起，透过艺术创造、作品阐释这一活动系统地去看人自身审美体验和心灵超越。“文艺美学是从美学的角度研究文学艺术，深入到文学艺术的审美层面，揭示文学艺术审美创造的特性和审美创造的规律。”这是胡经之对文艺美学的理解。他表示，文艺美学关注艺术美，探讨的是文学艺术自身与其他审美创造活动相区别的特殊的审美性质和美的规律。“也就是说，文艺美学的研究对象是文学艺术，着重把握的是文学艺术的审美特性，揭示艺术活动系统的奥秘，把握多层次的审美规律，发掘艺术生命的底蕴，探讨文学艺术创作和批评的方法。”文艺美学对创作和批评的考察侧重的是审美价值，思考怎样才能创作出美的作品，怎样进行文学批评和接受才能获得审美享受。在胡经之看来，美学不只研究人的审美活动，还应研究创美活动和育美活动。由此，“文艺创造乃是一种独特的创造，文艺美学就是美学和文艺学都关注的交叉学科”。

从20世纪80年代至今，文艺美学发展了40多年，取得的成就不小。“文艺美学”已被教育部列入研究生培养的一个专业方向，山东大学文艺美学研究中心被列入教育部人文社科重点研究基地。胡经之的学术贡献也被纳入了学术史的视野。祁志祥所著的《中国现当代美学史》、曾繁仁主编的《中国文艺美学学术史》、冯宪光等著的《全球化文化语境中的中西文艺美学比较研究》等均设有专门章节，予以评说。

同时，文艺美学学科的开创，不仅整体推进了国内美学与文艺学的相关研究，而且具有重要的国际意义。文艺理论家、中国社会科学院文学研究所研究员杜书瀛曾表示，“文艺美学这一学科的提出和理论建构，是具有原创意义的……是由中国学者首先提出来的，首先命名的，首先进行理论论述的”，“对中国和世界上其他民族的学术发展有促进作用，有启示意义的，是可以成为人类共同的学术财富的”。美学家、山东大学讲席教授曾繁仁认为：“胡经之教授对我国文艺美学学科的贡献是全方位的。正是由于他和其他许多学者的共同努力，文艺美学才成为独具中国特色的美学学科，成为美学领域中国学者特有的声音。”

但是，文艺美学还需要完善，要不断地适应文学艺术发展和审美的需要。如今，一些学者正在呼唤“文艺美学再出发”，要研究新问题。对此，胡经之非常支持。当下，属于中国人自己的文艺学、美学话语体系仍没有有效建立，今后，能否在文艺美学的旗帜下多开拓中国自己的问题，多从中国古代文艺理论、美学中汲取精华？在他看来，文艺美学要发展，还得“马列指导，古为今用，洋为中用”，但最终是要解决当今文艺实践的新问题。

“跟随胡老师求学做学问是我学术生涯中最宝贵的一笔财富，学到了太多太多。”胡先生的弟子、深圳大学美学与文艺批评研究院教授李健告诉记者，就拿研究古典文艺学为例，“胡老师告诫我，掌握扎实的古代资料并消化这些资料是进入研究的第一步，有了这个功夫还不够，还要掌握科学的研究方法。科学的研究方法中国古代、现代虽有一些，但是不够，还必须要从外国拿，也就是说，要了解西方文艺学、美学的发展，尤其是20世纪文艺学、美学的发展，多读一些西方的书，借鉴它们有价值的观点和方法，可能会推进中国古典文艺学的研究”。胡经之经常和李健谈起他的北大老师杨晦、朱光潜、宗白华，在学术研究上，“他们每一个人都学贯中西，每个人都不是食古不化或食西不化，都能把古人、西人的一些好的东西转化为自己的东西”。同时，胡经之非常明确地指出，中国当下的古代文艺理论、美学研究很大程度上是食古不化或食西不化的，这值得警惕。

探索构建美学“三部曲”

“在我美学生涯中，前期着重研究文艺美学，中间走向文化美学，后来，我又更多地投向自然美学。”胡经之表示，文艺美学、文化美学、自然美学，构成了其美学思想的“三部曲”，“研究的具体对象常有变化。但变中又有不变，那就是，我一直爱以美学的视野考量万事万物，从文学艺术到人文世界，一直到自然天地”。

改革开放之初，思想大解放促进了文学艺术大发展，文艺美学应时而生。随着改革开放的深入，20 世纪 90 年代大众文化开始在中国盛行。胡经之听了港台流行歌曲后，开始产生新的审美体验。1984—1987 年，胡经之在香港电视台上看了近百部外国影片，感觉质量参差不齐。1986 年，他到香港中文大学访学时被告知，香港的主流文化是大众文化，高雅文化只存在大学殿堂里。对此，胡经之非常困惑，大众文化怎么能成为主流呢？但随着从港台传来的大众文化对大陆的影响越来越大，大陆学界不能对此熟视无睹。美学要发展，必须面对现实，对大众文化进行美学探索。在这种情形下，胡经之主张从文艺美学走向文化美学，这是文艺美学的自然延伸。

江南水乡有着绝美的自然风光，胡经之从小便流连于这些自然风光之中，身心受到了陶冶，获得了无与伦比的审美享受。21 世纪以来，随着工业化的发展，日益严重的自然生态危机凸显在人们面前，这就让原本就对自然情有独钟、向往返璞归真的胡经之更加关注自然美学。他表示，作为生态美学的一个重要组成部分，自然美学必须引起人们的高度关注。自然是人类的生命共同体，自然生态的破坏直接影响到人的生存。人生存于人文世界之中，也生存于天地自然之中。“人的生存危机，既包括人文生态危机，也包括自然生态危机。”所以，他强调应把文艺美学、文化美学和自然美学统一起来作为整体来研究，把人文、自然、精神这些现象综合起来考察。

文艺理论家、扬州大学文学院教授姚文放曾这样说过，“透过胡经之教授美学思想的‘三部曲’还可以发现其中潜行着一条更深的伏脉，那就是从人生美学、价值美学到体验美学的递进，正是这三者，支撑着他对于文艺美学、文化美学、自然美学的不懈探索”。这个评价是比较精准的。胡经之说，“我的美学，首先是人生美学，其次是价值美学，然后是体验美学。所谓审美活动，既区别于认识活动，又不同于意向活动，而是一种体验活动，确切地说，乃是对人生价值的体验”，“人生、价值、体验这三个关键词，乃是我美学思索的最重要维度”。

胡经之著述颇丰，硕果累累。在文艺学教材编写方面，胡经之比较看重的是由其主编的《西方文艺理论名著教程》，以及他和学生张首映（人民日报社原副总编辑）合编的《西方二十世纪文论史》《西方二十世纪文论选》(4 卷)。前者自 1986 年至今，已出三版，印了近 20 次，1992 年获得国家教育委员会优秀教材二等奖，还被大多数高校采用。在文艺学研究方面，1989 年北京大学出版社出版的《文艺美学》，堪称文艺美学研究的经典之作，影响广泛。1999 年稍做增订后，被收入“北京大学文艺美学精品丛书”，成为中国高校文艺美学专业方向研究生的参考书。“我一直没有忘记中国古典文艺学传统。”胡经之与学生李健合作，先后出版了《中国古典文艺学》《中国古代文论要略》等著作，他告诉记者，这是文艺美学研究的古代延伸，希望通过对中国古代文艺学的研究，夯实文艺美学的学科建设。

“新中国成就了我这个人，培育我成为新中国第一代文学人。我个人的命运和新中国的历史变革紧密相应，深深打上了时代烙印。”胡经之说，江南沧桑，北大风云，深圳波澜，时代把他引向了历史深处，使得他深切感受到伟大的时代精神。听从时代的召唤，胡经之的美学研究也从文艺美学扩展为文化美学，进而在生态文明新时代转向自然美学，这是对新时代的积极回应。

扎根深圳做文化拓荒者

北上漂泊数十年，半生尽染书卷气；到此放眼新视界，方知尚有新天地。

1984 年，在受命创建深圳大学的清华大学副校长张维院士的邀请下，胡经之和汤一介、乐黛云南下援建深圳大学中文系。从北大未名湖到深大文山湖，几位学者很快就把中文系、国学研究所建立起来。根据北京大学的要求，等深圳大学中文系建成之后，北大的学者要按时返回。3 年后，汤一介、乐黛云回到北大，但胡经之却迟迟不走。“一方面是张维校长劝我留下来，在办好中文系外，多为人文学科的发展做贡献；另一方面，当时我对深圳已有美好的印象，这里洋溢着创新精神，办事效率甚高。在北大办不到的事，在这里很快就能办成。”1987 年初，在与张维校长的一次长谈之后，胡经之正式向北大提交了调离申请，决意留在深圳大学为发展人文学科做贡献。从中国最古老的重点高等学府来到了当时最年轻的普通大学任教职，胡经之成为最早落户深圳的著名学者之一，实为开风气之先，引发当时学界一阵热议。“改革开放的春风把我从未名湖畔吹到了南海之滨。”从此，胡经之开始了深圳大学人文学科建设的深耕之旅，担任了三届校学术委员会副主任、人文社会科学委员会主任。1993 年，被国务院批准为深圳大学自行产生的第一位博士生导师。2019 年，被深圳大学授予“荣誉资深教授”。

“我在北大 35 载，实现了读万卷书的梦想，但我的学术视野只停留在大、洋、古。到深大 37 载，进而实现了行万里路的美梦，走出国门，考察了 30 多个国家和地区的文化教育，我的学术视野扩及新、高、尖，从而走向文化美学。”胡经之说。他怀着“国际视野，深圳情怀”来关注深圳的文化艺术，写了不少文艺评论，尝试从美学上做评说，探索深圳的文艺之路。胡经之先后被推举为深圳作家协会、文艺评论家协会主席。“我在深圳的生活丰富多彩，许多人生体验只有到了这块改革开放的前沿才能亲历，从真的境界、善的境界到美的境界，一直到‘从心所欲不逾矩’的自由境界，精彩纷呈。”

从“阅读饥渴”时代走到“全民阅读”时代，改革开放进程中的深圳出版事业承载了沉甸甸的时代发展成果和个人成长经历。2015 年 10 月，深圳海天出版社出版了《胡经之文集》，含文艺美学、中国古典文艺学、比较文艺学、文化美学和随笔、散论 5 卷。这是胡经之治学生涯中的一件大事。在深圳市文学艺术家联合会、深圳大学、北京大学中文系、中华美学学会审美文化委员会、深圳出版发行集团、海天出版社联合举办的《胡经之文集》座谈会上，文艺界、美学界群贤毕至，张炯、钱中文、杜书瀛、高建平、王一川、方宁、张法、王德胜、金永兵等老中青知名学者与会，畅谈中国文艺学学科的演变脉络及创新路径。“胡经之从美学和中国古代文艺思潮开始，走向文艺学的研究，又走向中国古典文艺学和比较文艺学研究，还走向了文化美学的研究，每一个领域都写出厚重的专著，填补了有关领域的空白，这是少有学者能及的。”张炯说。在评价胡经之关于文艺美学和文化美学学术范畴的研究时，钱中文表示，“他通过对美学、诗学之间融合的缜密的思考和研究，提出文艺美学，并系统规范其范畴，使文艺美学成为一门新学科，为我国当代学术的重大创新和开拓”。而在胡门弟子、北京大学艺术学院院长王一川教授看来，正是由于胡经之推动了文艺美学学科的建成，才促进一大批学者持续开展了文艺美学的多维度研究，毫无疑问，文艺美学作为重大学术创新已经写入历史，并成为时代显学。所以，“前人栽树后人乘凉，胡先生为后辈学人种下了一棵大树”。杜书瀛则认为，“胡经之的学术创新，在弘扬中国学术传统的基础上发出了中国的声音，一定程度上建立了我们的理论自信”。

2021 年 7 月刚刚履新南方科技大学党委书记的李凤亮，在深圳大学当了八年副校长，在他看来，胡经之先生有三大贡献，第一是在学术史意义上的文艺美学学科建构，第二是开创了根红苗正的深大人文学科，第三是培育和引领了深圳的文化发展。《胡经之文集》的出版，不仅是深圳学术史上的重要事件，更是深圳文化史上的重大事件。这是因为，胡经之亲历并参与了深圳文化、学术、教育事业的快速发展，堪称深圳学术和文化建设的拓荒者和见证者。直到今天，他还密切关注深圳特区文化的发展动向，热心指导深圳文化的全面建设，持续思考真、善、美的当代进展。“胡经之教授一个重大贡献，就是培育和引领了深圳的文化发展。”2018 年 11 月，在深圳市社会科学院、深圳图书馆主办，《深圳商报》提供媒体支持的“40 年 · 40 本——记录深圳”书目评选活动中，《美的追寻：胡经之文集第五卷》入选，作为“不但具有专业领域内的价值，比如文学、历史、经济、艺术、生态等，也为读者更好地触摸时代，把握社会，理解人性，反思历史，以及更好地展望未来提供了独特的深圳文本”之一，该卷的上榜理由是：“胡经之先生是当代著名的文艺理论家，中国文艺美学的主要奠基人，深圳文艺理论的代表人物，该书是作者对自己的八十载人生做的一次完整回顾。”

文化人的生活世界总是丰富多彩的，学界耆宿的逸闻趣事则更有回味。哲学大师冯友兰与好友逻辑学大师金岳霖同庚，1983年，两位老先生在做88岁“米寿”时，冯友兰写了两副对联，一副给自己：“何止于米，相期以茶；胸怀四化，意寄三松”，另一副送金岳霖：“何止于米，相期以茶；论高白马，道超青牛”，文人雅趣跃然纸上，意思是期望老友不能止于“米寿”，还要活到“茶寿”（108岁，“茶”字上面“卄”是指二十，下面也可拆为八十八）。如今，米寿之年的胡经之依然初心不改，笔耕不辍，探寻着审美文化和美学研究的新境界，并对宗白华的艺术意境论产生了浓厚兴趣。他告诉记者，若把意境论和冯友兰、张世英等的人生境界说联结起来，文艺美学将大有可为。他还撰写了《意象经营意境生》发表在《中国文艺评论》上。“人活在这世上，一要生存，二要发展，三要完善。适者生存，善者优存，美者乐存，心有真善美的追求，才有完美的人生。”胡经之说。知者乐，仁者寿。白发鹤颜、精神矍铄的胡经之先生，既登“米寿”，唯愿以冯友兰大师的寿联祝先生“茶寿”安康！

（感谢深圳大学美学与文艺批评研究院李健教授对本文的帮助）

原载《中国社会科学报》2021年9月8日

附录二

胡经之著编要目

1. 《胡经之文集》5 卷本，海天出版社 2015 年版。
   第 1 卷：《文艺美学》
   第 2 卷：《中国古典文艺学》
   第 3 卷：《比较文艺学》
   第 4 卷：《文化美学》
   第 5 卷：《美的追寻》
2. 《体验人生价值美——胡经之美学文选》，山东文艺出版社 2020 年版。
3. 《文艺美学及文化美学》，复旦大学出版社 2016 年版。
4. 《胡经之自选集》，中山大学出版社 2017 年版。
5. 《广东省优秀社会科学家传略 · 胡经之传》，中山大学出版社 2021 年版。
6. 《胡经之画传 · 序》，凤凰出版社 2020 年版。
7. 《文艺美学》，北京大学出版社 1989 年初版，1999 年增订再版。其中《艺术形象》一章被译成英文，由美国美学家布洛克和朱立元收入《中国当代美学》一书，在美国出版。谈艺术虚实的一节，被人民教育出版社选入高中语文教科书。
8. 《文艺美学论》，华中师范大学出版社 2000 年版。
9. 《胡经之文丛》，作家出版社 2001 年版。
10. 与张首映合著《西方二十世纪文论史》，中国社会科学出版社 1988 年版。
11. 与李健合著《中国古典文艺学》，光明日报出版社 2006 年版。

12. 与李健合著《中国古代文论要略》，中国社会科学出版社 2020 年版。
13. 主编《中国古典美学丛编》（陈伟、王一川、王岳川、丁涛参编），中华书局 1987 年初版，凤凰出版社 2009 年再版。
14. 主编《中国现代美学丛编》（陈伟、王一川参编），北京大学出版社 1987 年版。
15. 主编《中国古典文艺学丛编》（李健、陈伟、王一川、王岳川、丁涛参编），北京大学出版社 2001 年版。
16. 主编《西方文艺理论名著教程》2 卷，北京大学出版社 1986 年初版，1989 年第 2 版，2003 年第 3 版。
17. 主编《论艺术创造》，中国社会科学出版社 2001 年版。
18. 主编《深圳文艺 20 年》，花城出版社 2000 年版。
19. 与伍蠡甫合编《西方文艺理论名著选编》3 卷，北京大学出版社 1986 年版。
20. 与王岳川合编《文艺学美学方法论》，北京大学出版社 1994 年版。
21. 与张首映合编《西方二十世纪文论选编》4 卷，中国社会科学出版社 1989 年版。
22. 此外，还为海天出版社主编《人与自然丛书》，和董小明合作主编《深圳市文艺理论批评丛书》，和郁龙余合作主编《文化美学丛书》。

整理后记

2018年7月，我从中山大学毕业，回到深圳大学工作，在美学与文艺批评研究院做助理教授。教师节那天，我陪着高建平老师和李健老师去益田村看望胡经之先生。先生兴致勃勃，谈到了很多学林往事。我们听得津津有味。在回去的路上，李健老师对我说，美文院正在起步，事情很多，他分身乏术，无法再像以前亲自帮助胡老师处理事情，以后就由我接手，协助胡老师处理一些学术上的事。作为徒孙，我觉得这是义不容辞的分内之事，也为能常常见到胡老、向他请教而高兴。

这一年是胡经之先生南下深圳的第35个年头，他被遴选为深圳市首批推广的“深圳文艺名家”，市委宣传部为此专门召开了“胡经之文艺理论研讨会”。在会上，有学者提出，胡先生是新中国文艺理论发展的“活字典”，也是深圳特区文化的拓荒者，并建言深圳大学应该利用好区位优势，好好做一番研究，既总结新中国成立七十年来的文艺理论和美学成就，也继承和发扬胡先生的学术精神。会后，高建平教授与李健教授策划并和胡先生商定，以学术访谈的形式展开“胡经之口述史”项目，由我和美文院的青年教师李永胜、史建成、史雄波共同承担具体访谈任务。其目的有三：一是从胡先生的个人视角回顾和反思当代中国文艺理论与美学的发展；二是梳理和刻记胡先生的学术生涯和成就；三是实现老一辈学者与青年一代的学术传承。

2019年8月，在参加完东北大学召开的中华美学学会年会的回程航班上，我读齐邦媛的回忆录《巨流河》打发时间，李健老师在旁看到后，便与我聊起了口述史的事，催促我们尽快行动起来。于是，我回到深圳，便草拟了一份访谈提纲，交给李健老师过目。李健老师做了大幅度的修改，拟定了十个主题，并列出了一大串访谈中将涉及的人物，让我们提前查资料、做准备。

项目正式启动是在2019年国庆节后。那天，李健老师驱车带着我们几人去见胡先生，商议和安排具体的访谈计划，也是一次项目成员的集体亮相，带有仪式感。胡先生看过我们预先拟好的访谈提纲，说还是以谈学术问题为重，关于他自己的人生经历和学界交往，可以在谈学术问题时顺便提及，这样可以给后人留下一些资料，比较有价值。他随即对提纲作了修改，删去了“反右”运动、下放鲤鱼洲两项内容，并把文艺美学之后的“深圳往事”扩展为西方文论、文化美学、中国古典文艺学三项。这就成了大家如今看到的格局，淡化了个人印记，突出了学术脉络。我们与胡先生初步商定，根据兴趣自领主题，回去之后认真做好准备，每个主题用一个月左右的时间谈3次，前2次谈主要内容，第3次用来补充和修改。这样做下来，一年之内便可完成。

于是，从2019年底开始，我与院里的几位青年同事开始了这项有料且有趣的工作，但进度却不像预想的那样顺利。汹汹而来的新冠肺炎疫情迅速席卷全国乃至全球，阻滞了正常的生产和交往活动。课堂转到了线上，会议转到了线上，然而我们的访谈却不能转到线上进行，只得暂停。直到2020年6月，疫情稍歇，我才再次来到胡先生的望海书斋，向他征询意见，口述史项目该怎么继续呢？先生说，看来疫情一时半会儿还无法消退，又感叹自己时日无多，只得改变计划。他提议由我们按照之前分配的工作任务分头行动，先把基本史实搞清楚，提炼问题，拟出初稿，然后由他来填空或补充细节，用时间差来弥补空间离异的遗憾。因此，这本《亲历美学风云》并不完全是“口述”，其中很大一部分内容属于胡先生的“笔耕”。同时，为了降低胡先生的染疫风险，只得减少面谈的人员和频次，由我充当双方的信使，在胡先生与同事们之间传递信息和稿件。此后，我便时常到胡先生的寓所拜访，在美丽的深圳湾畔听这位温厚和善的老人叙说学林往事。他的耐心垂教令我受益匪浅。

胡先生年届九旬，身体依旧康健，说话时中气十足，声音洪亮，而且思维敏捷，逻辑清晰，记忆力好，对历史和材料谙熟于心。虽说是访谈，但我们只消听他侃侃而谈，把话题的前因后果或来龙去脉娓娓道来，不必也不忍打断他的讲述，因此常常忘记了时间。先生耳背，在访谈的时候，见我要说话，总是倾身向前，把左手贴在耳后，仔细地听。三年来，胡先生深居简出，潜心治学。我每次去，都见到他的书案与茶几上堆叠着新出的书报杂志，也时常听他如数家珍般地谈起学界的近况和热点。对于这本《亲历美学风云》，胡先生勤勉认真对待，每一章文稿都做细致地校对与修改，行间与边白处总是密密麻麻地写满了文字。即便是在住院疗养期间，仍一心惦记着书稿的修订。那篇长达两万多字的"尾声"，就是他在医院病床边一笔一笔写下的。虽年在桑榆，先生却仍对学术抱以初心，这是很值得敬佩的。

本书是由李永胜博士、史雄波博士、史建成博士和我共同协助胡经之先生完成的。李永胜主要负责第三章和第六章的访谈和整理工作，史雄波主要负责第二章的访谈和整理工作，史建成主要负责第五章的访谈和整理工作，其余各章由我负责访谈和整理。本书的"导论"和"尾声"是胡先生独自撰写的，"余韵"部分的各篇文章是我协助先生整理的。胡经之先生全程参与了本书的所有工作，付出了极大的辛劳，倾注了热情和心血。除此之外，作为这个口述项目的组织者和策划人，高建平教授和李健教授始终关心着我们的工作，并给予莫大的支持。李健教授仔细地校阅了书稿，指出了不少错漏之处，并提出了有针对性的修改意见。黄玉蓉教授通读了书稿，并修改了其中的若干错误。郁龙余教授审读了"尾声"部分，并纠正了一些人名和时间上的讹误。李丹舟博士为本书的修改提出了建设性的意见。深圳大学文艺学专业研究生张欣同学参与了本书部分章节的整理工作。在此一并致谢！

感谢胡先生的爱人张景贤奶奶和女儿胡燕菘老师，她们为本书提供了宝贵的支持，她们的善意令这份工作温馨而美好。

感谢高建平教授在出版方面给予的帮助。感谢中国社会科学出版社张潜编辑的辛苦付出，她的出色工作是本书得以面世的重要保障。

朱海坤
2022 年 12 月 30 日腊八节